亞洲冷戰
與
文學想像

The
Cold War
and the
Literary Imagination
in Asia

張松建——著

推薦語

　　《亞洲冷戰與文學想像》縱論冷戰時期的南洋文學政治，以及其與中國大陸、香港千絲萬縷的關係。張松建教授是南洋華語文學研究的佼佼者，新著勾勒20世紀中期南洋文壇風雲變幻，以及政治、倫理及審美影響，發微鉤沉，極富史料意義，理論建構自成一家之言。從左翼的金枝芒到右翼的燕歸來，從回歸中國的黑嬰、王嘯平到南來香港再南下的力匡，冷戰南洋的文學版圖縱橫交錯，在在顯示世變之際、海外華人辯證民族家國之情的複雜多端。

　　　　　　　　——王德威（美國哈佛大學東亞語言與文明系講座教授）

　　無論是在冷戰史的領域，還是在文學史的領域，張松建的這部著作都是一個重要的貢獻。作者對十位華裔背景的作家的經歷和創作進行勾稽和細讀，在豐富的區域網絡和全球關係中展示了他們之間的重疊、歧異和不同的聲音和命運。這是一部在多重網絡中重疊穿梭而始終把握時代脈絡的著作，一部將中國、亞洲區域和全球命運編織在不同個體的人生旅程和文字世界中的著作，一部直面冷戰時代的多重衝突、綜合同情之理解與歷史之審視的著作。

　　　　　　　　——汪暉（中國清華大學文科資深教授）

　　本書將亞洲華文文學置於文化冷戰的大脈絡之下，分析跨國網絡、重疊語境、跨文類閱讀、多元化聲音之間的相互關聯及其變遷，從選題、觀點到方法論均有重要創新，是為華文文學與亞洲冷戰史研究的佳作。

　　　　　　　　——劉宏（新加坡南洋理工大學陳六使講席教授）

張松建教授的新著，對1950至1970年代世界冷戰背景下的亞洲文學命運，有深切的把握和思考，以及精闢入裡的分析。它題材新穎、視角開闊，並貫穿有對諸多具體個案的獨特研究，是從近年該研究領域中湧現出來值得期待的成果。

　　　　　——程光煒（中國人民大學首批傑出人文學者）

　　亞洲冷戰集中體現了意識形態、民族主義、建國運動和去殖民化等諸多問題。張松建教授從亞洲視角出發，通過十個案例研究，探討了亞洲冷戰複雜而豐富的內涵。這既是歷史研究，也對亞洲的現在和未來具有啟迪意義。

　　　　　——鈴木將久（日本東京大學人文社會系研究科教授）

　　張松建在亞洲冷戰文化的廢墟中重建文化冷戰的文學書寫，帶動了新世紀的整合多種知識、走向跨學科方向和華文作家的區域研究新領域。

　　　　　——王潤華（馬來西亞南方大學中華語言文化學院院長）

目次

推薦語／王德威、汪暉、劉宏、程光煒、鈴木將久、王潤華　　003

導　論　冷戰與亞洲，離散與文學　　009

第一章　「亞洲的風雷」：冷戰年代韓素音的亞洲認同　　018
　　　　引言：兩個世界之間的韓素音　　018
　　　　一、亞洲意識與文化認同　　019
　　　　二、亞洲視野中的冷戰政治　　030
　　　　結語：超越「冷戰東方主義」　　052

第二章　黑嬰的左翼之心：印尼、中國與文化冷戰　　054
　　　　引言：南洋、冷戰與歸僑　　054
　　　　一、黑嬰的帝國敘事　　056
　　　　二、左翼思想再出發　　068
　　　　三、在冷戰的天空下　　077

第三章　「一心中國夢」：王嘯平的左翼文學寫作　　087
　　　　引言：歸僑、冷戰與王嘯平　　087
　　　　一、一個民族主義者的形成　　088
　　　　二、在（後）冷戰的年代裡　　098

第四章　從南洋到唐山：韓萌的家國想像　　122
　　　　引言：華僑與國家的相遇　　122
　　　　一、庶民的哀歌　　125
　　　　二、海外孤兒，歸僑夢碎　　132
　　　　三、葉落歸根，還是落地生根？　　140

第五章	冷戰、歸僑與文革：蕭村的南洋敘事	148
	引言：蕭村小傳與文學生涯	148
	一、本土寫實中的左翼思想	150
	二、「文革」中的歸僑	161
	三、重返南洋及其問題	167

第六章	文化冷戰在香港：燕歸來、友聯社與跨國網絡	175
	引言：冷戰與南來文人	175
	一、燕歸來、香港與友聯社	176
	二、文學創作與政治神學	186

第七章	從香港到南洋：冷戰年代的南來文人力匡	197
	引言：香港的1950年代	197
	一、流亡者的抒情聲音	199
	二、文藝、冷戰與神學	205
	三、再離散與本土化	217

第八章	新加坡戲劇家王里：冷戰年代的中間道路	221
	引言：冷戰、戲劇與王里	221
	一、「我們的土地，我們的祖國」	223
	二、從英雄崛起到豪俠雌伏	231
	三、從種族到階級	241

第九章	金枝芒的現實主義：救亡、本土化與冷戰	247
	引言：金枝芒與革命文學	247
	一、離散華人與救亡運動	248
	二、如何本土，怎樣文學	257
	三、冷戰年代的戰爭敘事	267
	結語：金枝芒與馬華文學史	277

第十章　冷戰、革命與流亡：賀巾的文學之路　　　　　　　　280
　　　　引言：賀巾與左翼文學　　　　　　　　　　　　　　280
　　　　一、冷戰年代的中國想像　　　　　　　　　　　　　282
　　　　二、階級意識與社會參與　　　　　　　　　　　　　291
　　　　三、光暗交織的世界　　　　　　　　　　　　　　　302
　　　　結語：冷戰、革命與現實主義　　　　　　　　　　　312

附錄：訪談五篇

現代主義、跨國流動與南洋文學　　　　　　　　　　　　　316
　　一、談現代主義與中國當代詩歌　　　　　　　　　　　316
　　二、談跨國體驗和治學方法　　　　　　　　　　　　　321
　　三、談魯迅與南洋文學　　　　　　　　　　　　　　　324

現代詩的探索者　　　　　　　　　　　　　　　　　　　　330

新移民年代裡新華文學版圖在哪裡？　　　　　　　　　　　342

文心的追尋　　　　　　　　　　　　　　　　　　　　　　348
　　一、世界文學與比較文學的省思　　　　　　　　　　　348
　　二、中國現代詩學研究的再出發　　　　　　　　　　　351
　　三、海外華語文學重審　　　　　　　　　　　　　　　359
　　四、現代文學研究論衡　　　　　　　　　　　　　　　365

關於新馬華文文學與英培安　　　　　　　　　　　　　　　370

後記　　　　　　　　　　　　　　　　　　　　　　　　　374
作者簡介　　　　　　　　　　　　　　　　　　　　　　　377

導論　冷戰與亞洲，離散與文學

　　本書是對亞洲冷戰之文學想像的一項專題研究，聚焦於十位華裔背景的作家：包括韓素音、黑嬰、王嘯平、韓萌、蕭村、燕歸來、力匡、王里、金枝芒、賀巾。這項研究涉及新加坡、馬來（西）亞、印尼、香港、中國大陸的文化空間，關注離散經驗與跨國網絡在這些作家的冷戰想像中所發揮的作用。

　　「冷戰」（The Cold War）是一場規模浩大、曠日持久的地緣政治衝突和意識形態對抗，發生在全球範圍內的社會主義陣營與資本主義陣營之間，兩大陣營分別以蘇聯和美國為主導。冷戰起源於歐洲，蔓延到亞洲、拉丁美洲等地區，是20世紀後半期國際政治的主題之一。1946年3月，第二次世界大戰剛剛結束，英國前首相邱吉爾就在美國密蘇里州的威斯敏斯特學院發表著名的「鐵幕演說」（Iron Curtain Speech），他認為歐洲正在被一道鐵幕割裂為兩部分：鐵幕以東是社會主義國家蘇聯及其衛星國，鐵幕以西是歐洲發達資本主義國家。邱吉爾使用民主與專制的二元修辭，呼籲民主國家建立同盟以遏制蓬勃發展的共產主義，他的這番演說為全球範圍內的冷戰拉開了序幕。1947年3月，美國總統杜魯門發表的「國情咨文」倡議援助「自由世界」的人民以對抗共產主義潮流，是為〈杜魯門宣言〉（Truman Doctrine）。美國政府不失時機地推出「馬歇爾計畫」（The Marshall Plan），支援西歐資本主義國家復甦經濟，而以政治迫害為特點的「麥卡錫主義」（McCarthyism）也在美國氾濫一時，中央情報局暗中操縱了許多國家和地區的文化實踐。此後，國際關係正式進入所謂的「冷戰」階段，直到1989年的「東歐劇變」和1991年的「蘇聯解體」，冷戰正式終結。「文化冷戰」（Cultural Cold War）是冷戰的一種類型，目的是通過各種文化形式對人的思想意識進行滲透、誘導

和影響，所謂「洗腦贏心之戰」。[1]在冷戰年代，美蘇兩大陣營訴諸文字、影像、聲音、表演藝術、博覽會等手段，在全球範圍內展開外交、文化、意識形態的對抗，深刻影響了世界歷史的進程。

1980年代以來，冷戰研究蔚成國際學術界的新寵，大量的出版物和學位論文在全球範圍內出現，整合多種知識源流，走向跨學科方向，深刻有力地推動了國際政治學和區域研究。[2]但是傳統冷戰研究也存在一些缺失，主要表現是：以美、蘇等超級大國為主角，以重大政治事件為焦點，以國家與國家之間的外交關係中心。歷史學家指出，冷戰研究最初聚焦於歐洲劇場和政治－外交層面，強調民族－國家作為分析單元和地緣政治衝突，經歷了「正統論」、「修正論」、「後修正論」這三個階段，但它們都忽視了亞洲劇場、本土角色和文化層面，忽視了跨國、比較的視野對研究冷戰史的重要性。因此，對「亞洲冷戰」尤其是對亞洲的「文化冷戰」的研究，有助於為全球史和比較史學提供進路和可能性。此外，也不能僅僅把亞洲冷戰視為對美蘇

---

[1] 關於「文化冷戰」的研究成果，主要參看：Frances Stonor Saunders, *The Cultural Cold War: the CIA and the World of Arts and Letters* (New York: New Press, 2001); Greg Barnhisel, *Cold War Modernists: Art, Literature, and American Cultural Diplomacy* (New York: Columbia University Press, 2015)；Kathleen Starck ed., *Between Fear and Freedom: Cultural Representations of the Cold War* (Cambridge: Cambridge Scholars Publishing, 2010); Xiaojue Wang, *Modernity with a Cold War Face: Reimagining the Nation in Chinese Literature across the 1949 Divide* (Cambridge, MA: Harvard University Press, 2013).

[2] 關於「冷戰研究」的代表著作，主要參看：Terry Anderson, *The United States, Great Britain, and the Cold War, 1944-1947* (Columbia: University of Missouri Press, 1981); John Lewis Gaddis, *We Now Know: Rethinking Cold War History* (Oxford: Oxford University Press, 1997); Henry Heller, *The Cold War and the New Imperialism: A Global History 1945-2005* (New York: Monthly Review Press, 2006); Lorenz M. Lüthi, *The Sino-Soviet Split: Cold War in the Communist World* (Princeton: Princeton University Press, 2008); Jonathan Haslam, *Russia's Cold War: From the October Revolution to the Fall of the Wall* (New Haven: Yale University Press, 2011); James Graham Wilson, *The Triumph of Improvisation: Gorbachev's Adaptability, Reagan's Engagement, and the End of the Cold War* (Ithaca: Cornell University Press, 2014).

兩個超級大國之間的意識形態對抗和地緣政治衝突的簡單回應，因為亞洲冷戰與該地區的其他政治運動重疊在一起，包括民族主義、去殖民化、建國運動、經濟全球化。[3]

事實上，由於英國和美國的操縱，東南亞和東亞也是冷戰的重災區，在區域秩序與全球史中扮演了重要角色。因為隨著日本投降和二戰終結，一方面是東南亞國家的民族主義走向蓬勃，另一方面是中國共產革命的節節勝利，這些變化使得英國在制定東南亞政策時必須考量「美國協助」。英國和美國通力合作，扶植東南亞國家的反共民族主義，達到圍堵社會主義新中國、實施冷戰政治的目的。[4]是故，冷戰雖然主要是由美國主導的，而東南亞國家大都是英國殖民地，但是「英美同盟」在東南亞冷戰中發揮了重要作用。[5]進而言之，東南亞冷戰與該地區的民族主義運動也有密切關係，正如有學者指出，從1945年到1962年，在大多數的東南亞國家，「去殖民化」與「冷戰」這兩種敘事相互交叉，[6]因此這些國家面臨雙重挑戰：一方面是打破殖民枷鎖、爭取國家獨立，另一方面是被迫在冷戰情景中站隊表態。值得注意的是，文化冷戰在這兩個區域也發揮了很大能量。學者們關注文化

---

[3] Michael Szonyi and Hong Liu, "Introduction: New Approaches to the Study of Cold War," 見於Zheng Yangwen, Hong Liu and Michael Szonyi eds., *The Cold War in Asia: The Battle for Hearts and Minds* (Leiden and Boston: Brill, 2010), pp. 1-8.

[4] 參看Wen-Qing Ngoei, *Arc of Containment: Britain, the United States, and Anticommunism in Southeast Asia* (Ithaca, N.Y.: Cornell University Press, 2019)。巴素、楊進發、Tarling等學者為早期的東南亞冷戰研究做出了貢獻，參看Victor Purcell, *Malaya: Communist or Free?* (Stanford, C.A.: Stanford University Press, 1954); C. F. Yong, *The Origins of Malayan Communism* (Singapore: South Seas Society, 1997); Nicholas Tarling, *Britian, Southeast Asia, and the Onset of the Cold War, 1945-1950* (Cambridge, U.K.: Cambridge University Press, 1998)

[5] 參看魏文擎、彭永福〈「至暗時刻」的多米諾邏輯——從新加坡淪陷、英美同盟和「中國滲透」看美國東南亞冷戰政策的形成〉，載上海《冷戰國際史研究》2016年第2期，頁103-134。

[6] 參看Christopher E. Goscha and Christian F. Ostermann eds., *Connecting Histories: Decolonization and the Cold War in Southeast Asia, 1945-1965* (Washington, DC: Woodrow Wilson Centre Press, 2009).

冷戰的向度及其對庶民大眾的心理衝擊，關注東南亞的弱小國家和第三世界在國際冷戰中使用的策略，出現一些代表性的論著，涉及歷史研究、移民社會學和文化研究。[7]

在東亞和東南亞，華語／華裔文學的寫作、流通和消費也是介入文化冷戰的重要手段。中國當代文學發生在國際冷戰的大背景下，其對批判資本主義和帝國主義有嚴厲的批判，這是文化冷戰的一端而已。一些東南亞華文作家也深度介入了文化冷戰。1949年，「中華人民共和國」成立，這對中國人和海外華人產生了巨大衝擊：一方面，一批東南亞華僑回歸中國，是為「歸僑」，其中一部分是知識分子；另一方面，上百萬中國人出於對共產政權的恐懼，逃出大陸，流亡香港和東南亞。所以，這個時期既有「歸僑作家」，也有「南來文人」，他們的政治立場迥異，或左或右，人各有志，而他們的文學成就不一，其間的得失成敗，成為學術研討的課題。

本書研究的十位作家活躍在亞洲冷戰的年代裡，其足跡遍布於香港、新加坡、馬來（西）亞、印尼和中國大陸的廣袤空間，他們的共同點是跨國離散的經驗和對亞洲冷戰做出不同程度的回應，他們的文學想像都是典型個案。下面，對本書的十個章節逐一簡介。

韓素音（1916-2012）是左翼作家、公共知識分子和世界公民，經歷複雜，著述宏富，終生游走於東西方世界，見證冷戰風雲的跌宕起伏。韓素音的一個重要論述是「亞洲認同」。本書第一章〈「亞洲的風雷」：冷戰年代韓素音的亞洲認同〉研討她的亞洲意識的產生過程及主要內容，討論她如何從亞洲視野出發，分析冷戰年代的中國、東南亞和南亞的政治文化。在參考冷戰研究最新成果的基礎上，本文對韓素音的自傳、小說、政論等作品進行跨文類分析，認為她的亞洲論

---

[7] James A. Tyner, *America's Strategy in Southeast Asia* (Lanham: Rowman & Littlefield, 2007); Matthew Foley, *The Cold War and National Assertion in Southeast Asia: Britain, the United States and Burma, 1948-62* (London: Routledge, 2010); Tony Day and Maya Liem, *Cultures at War: The Cold War and Cultural Expression in Southeast Asia* (New York: Cornell University Press, 2010); Albert Lau ed., *Southeast Asia and the Cold War* (London: Routledge, 2012).

述有廣度、深度和複雜性，有助於廓清瀰漫在當時西方世界的「冷戰東方主義」（Cold War Orientalism）意識形態，為我們認識知識分子與公共領域的關係提供一個案例。

本書之第二章、第三章、第四章、第五章討論四位歸僑作家的作品，他們分別出生於印尼、新加坡、馬來亞。左翼民族主義、反殖民主義、反帝國主義、追逐中國原鄉是他們共同的精神結構，但在這個相似的大方向下，仍有微妙豐富的差異：有人高唱國際主義，有人傾心中國革命，有人在回歸與落籍之間糾結不已，還有人關注歸國華僑的文革經驗。這四位作家的批評思考，互相補充，遙相呼應。

第二章〈黑嬰的左翼之心：印尼、中國與文化冷戰〉分析印尼歸僑作家黑嬰（1915-1992）寫於不同時空下的多種體裁的作品，從印尼和中國的互動歷史語境出發，研討黑嬰的左翼思想成長史，包括他對荷蘭殖民主義和日本軍國主義的批判，他對離散華人的民族主義和國際主義的盛讚，他對中、印底層人士的階級分析，他對印尼華人社會之鬥爭和分化的描繪，以及他從1946年開始的對文化冷戰的參與。在文本、歷史與理論結合的基礎上，本文對黑嬰在跨文化經驗中形成的左翼思想展開歷史透視。

第三章〈「一心中國夢」：王嘯平的左翼文學寫作〉聚焦於王嘯平（1919-2003）的風雨路和心靈史，考察這位失去了「政治屋頂」的離散華人，這位「沒有祖國的孩子」，如何懷著民族主義，找回祖國，得償所願；如何從民族主義走向共產主義，如何在「新中國」歷經挫折橫逆，不改初衷；如何於冷戰末期和後冷戰時代，回首往事，借助小說敘事的方式，重申左翼理想，至死不渝。本文兼採批評理論和歷史學著作，對跨國離散、民族主義、中國革命等展開初步觀察，也會涉及冷戰政治與文學寫作之間的糾葛。

第四章〈從南洋到唐山：韓萌的家國想像〉是對韓萌（1922-2007）的專題研究。他出生於馬來亞吉打州，是活躍在冷戰年代的馬華作家，少年時隨家人回歸故里，接受中小學教育，成人後趕上抗日戰爭，從潮汕流亡到桂林和貴陽。國共內戰中，為了避免被國軍「抓壯丁」，他被迫離開祖國，回到南洋。若干年後，韓萌告別馬來亞，

移居香港，不久後進入中國大陸，是為「二次回歸」，從此落籍廣東。韓萌從早歲到晚年出版過不少華僑題材的作品，但迄今為止的學術界對他的研究並不多見。本文試圖考察韓萌在抗日戰爭、國共內戰和冷戰年代裡形成的家國想像。由於「歸僑」這個社會集團具有相似的集體記憶和情感結構，我也希望以韓萌為個案，研討歸僑群體的家國想像之起伏變化的蹤跡，在跨國的、比較的視野中展開批評思考，揭示其思想意識中的歷史決定論和目的論傾向，以及隱藏其間的洞見與不見、矛盾與張力。

第五章〈冷戰、歸僑與文革：蕭村的南洋敘事〉以祖籍福建晉江、出生於新加坡的歸僑作家蕭村（1929-?）為考察對象。蕭村比韓萌稍微年輕，經歷頗為相似，都出生於南洋，都有二次回歸的經歷，兩人也是至交好友。蕭村在1947年初登南洋文壇，發表的文學作品產生了熱烈反響；他在文革當中受到衝擊，心有餘悸；他在1980年代復出文壇，重新歸隊，出版大量的散文、小說和回憶錄，在文字想像中重返南洋，尤其引人矚目。本文把蕭村的早期和晚年作品視為一個開放的、完整的系統，在跨文類閱讀的基礎上，從全球冷戰的語境出發，考察蕭村的南洋敘事，研討其跨國離散的個人經驗如何回應歷史變遷、如何以本土寫實主義傳達左翼思想，順便對其南洋想像的結構性張力進行初步的分析。

第六章〈文化冷戰在香港：燕歸來、友聯社與跨國網絡〉和第七章〈從香港到南洋：冷戰年代的南來文人力匡〉研究1950年代的香港文學、印刷文化、冷戰與離散的關係。這兩位作家，一女一男，一個出生在北平，一個出生在廣州，兩人都在中國大陸政權易手之際，「義不食周粟」，流亡到香港，深度介入文化冷戰。回過頭來看，在「太平洋戰爭」爆發後，香港很快就淪陷於日軍之手。1949年10月，國民黨政府在內戰中完敗，被迫放棄大陸，退保臺灣，「中華人民共和國」在北平成立，兩岸分治的局面隨之出現。在這個歷史轉折關頭，有大批的中國人逃離大陸，其中許多人流亡香港。這批南來文人的右翼立場明顯，他們反共，不反華，反左，不反殖，少數人還聲稱反對國共兩黨，於是加入了張發奎的「第三勢力」。在冷戰背景下，

這些文人表面上從事文教工作，實際上採用公開或隱蔽的手法，接受美國政府的資金援助，致力於文化冷戰。不僅如此。在1950、1960年代的香港文藝界，無論是作為主流的右翼文人，還是作為少數派的左翼作家，他們都很看重東南亞華人世界的廣闊市場，於是他們想方設法，創辦報章雜誌，發行到新加坡、馬來亞、泰國、印尼、菲律賓等國家。流寓香港的這批右翼文人，一些人在若干年後遷徙到南洋。在那裡，他們有的落地生根，終老於此，有的在垂暮之年，再次移民到歐美國家。這批離散華語作家為數眾多，包括力匡、燕歸來、白垚、楊際光、姚拓、黃崖、方天、蕭遙天、馬摩西等等。準此，在跨國網絡、冷戰政治、離散文學之間，有一種複雜微妙的互動關係，呼之欲出了。有的作家作品還涉及政治神學的問題。這些作家在跨國離散的處境中從事寫作，直接或間接地回應冷戰，為區域華文文學貢獻了一個真實獨特的觀察角度。南來文人在面對冷戰的歷史變化時做出了何種反應？離散文學如何介入香港和南洋的冷戰宣傳？在香港和南洋的冷戰歷史框架內，文學與政治、離散與家國、個人與歷史的關係，到底應該如何定位、斡旋和調適？這些作家在再現冷戰政治時所表現的憧憬和焦慮、理智與情感，後之來者應該如何理解、反思和重新評價？凡此種種問題意識，均值得深入研討。這兩篇論文研討活躍在1950、1960年代的力匡（1927-1991）、燕歸來（1928-2018），觀察和評價他們如何以文字介入冷戰，也會針對其中的神學、性別、身分認同等問題進行批評探索。

第八章〈新加坡戲劇家王里：冷戰年代的中間道路〉研究的是活躍在1960、1970年代的新加坡知名戲劇家王里（1936-2002），其劇本經過跨媒介改編，成為劇場表演和電視節目，風行一時，頗受注意，本文考察王里如何介入東南亞冷戰年代的輿論宣傳。本文通過文本細讀、歷史化和理論化的結合，聚焦於王里劇作的三個方面：其一是本土意識和公民意識的強調，其二是國家主義對左翼青年的規訓和收編，其三是他對殖民主義和左翼思潮的矛盾態度。我在表示「同情的理解」之外，也會提出個人的一些批評思考。

東南亞冷戰年代的左翼華文作家為數不少，既有溫和左翼也有

激進左翼。第九章〈金枝芒的現實主義：救亡、本土化與冷戰〉和第十章〈冷戰、革命與流亡：賀巾的文學之路〉研究的是兩位馬共小說家，他們也是很有傳奇色彩的馬華作家。進入新千年（千禧年）以來，隨著本土化聲浪的高漲和馬華文學研究的走俏，學者們開始回到歷史現場，挖掘左翼文學的譜系，重寫文學史。是故，金枝芒（1912-1988）和賀巾（1935-2019）開始進入研究者的視野。

第九章分析金枝芒在三個歷史階段的創作，研討先後出現的三個主題：「救亡文學」、「本土化追逐」與「冷戰宣傳」，這三個關鍵字並不相同，其一是文學類型，其二是文藝思潮，其三是政治文化，但都彙集在「現實主義」旗號下，指向左翼現實主義、本土現實主義、革命現實主義的大方向。本文考察金枝芒如何以筆為劍，回應歷史變遷；如何扎根本土，思考馬華文藝；也會辨析其思想中的洞見與盲點，指出文藝美學上的得失成敗。

賀巾出生於新加坡，中學時代即走上文壇，長於表現青春文化和左翼思想，當時就受到批評家的熱議。1962年，賀巾離開新加坡，踏上漫長的流亡之路，先後在印尼、港澳、中國大陸輾轉漂泊，然後進入馬共部隊，當時大約是45歲。隨著《合艾和平協議》簽訂，馬共宣布解散。賀巾移居曼谷，終老於此。他是新馬華文文學中一個不容忽視的存在，饒是過著數十年顛沛流離的生活，但文學創作的癡心不改，從1951年初出茅廬到2011年出版長篇小說《流亡》，賀巾的文學生涯長達60年之久。第十章採取文史互證的方式，從小說文本的深入分析入手，聯繫東南亞、中國和國際共運的歷史語境，研討賀巾的左翼思想之生長變化的蹤跡，為理解亞洲冷戰的思想光譜提供一個例證，也會對賀巾小說的敘事技藝做出分析和判斷。

總體來看，這十篇論文聚焦於一眾作家對亞洲冷戰的思考與回應，在方法論上尤其重視以下四點：跨國網絡、重疊語境、跨文類閱讀、多元化聲音。下面的段落對這四點略做解釋。

第一，跨國網絡（transnational network）。這些作家在多個地理空間往返穿梭，接觸不同的語言、文化與政體，其中的一些作家接觸到左翼文藝書刊，受到潛移默化的影響，促進自己的思想觀念發生轉

變。因此，這項研究關注他們的跨國離散的境遇、跨文化的書寫、跨國知識傳輸的路線圖。這些作家的作品不能僵化地劃入中國現當代文學、新加坡文學、馬來西亞文學、香港文學的單一的、固定的範疇內，而是具有流動性、交叉性、跨越性、開放性的特徵。

第二，重疊語境（overlapping contexts）。在考察一些思想文化議題時，我不打算局限於本土境遇，而是試圖擴展到東亞、東南亞、亞洲的區域框架內、甚至是全球史的視野中，或者換言之，我希望在本土、區域和全球的重疊語境中去思考相關問題的變化蹤跡。

第三，跨文類閱讀（cross-genre reading）。在具體的研究材料上，我所使用的文本並不限於文學作品而是混雜運用不同文類的作品，例如，傳記和訪談、歷史著作、報章雜誌、網路資料等。即使是分析一個作家的思想觀念的生長變化，我也不是局限於單一體裁的文學作品，而是綜合運用小說、詩歌、散文、戲劇、雜文、文論等不同文類的作品，意在探勘作家的精神結構，不斷逼近本書的題旨。

第四，多元化聲音（pluralistic voices）。這十個作家由於階級出身、社會地位、教育背景、人生道路和政治理念的歧義，形成了多元化的文藝圖像和多重的批評聲音，在他們當中，崇信共產主義者有之，皈依自由主義者有之，支持國家主義者有之，擁抱世界主義者亦有之，從而呈現出一幅錯綜複雜的、流動變化的思想畫卷。在這幅歷史性的畫卷上，躍動著四個關鍵字：冷戰、亞洲、離散與文學，對它們的分析與闡釋構成了本書的中心關懷。

第一章 「亞洲的風雷」：
冷戰年代韓素音的亞洲認同[1]

引言：兩個世界之間的韓素音

本文試圖對歐亞裔作家韓素音（1916-2012）的作品進行跨文類的分析，研討她如何在冷戰年代和跨國境遇中思考亞洲認同的問題，冀能為方興未艾的冷戰研究提供一個跨文化的生動個案。

韓素音，祖籍四川，生於河南信陽，原名周光瑚、周月賓，洋名 Rosalie Matilda Kwanghu Chou，筆名 Han Suyin，中譯漢素音、韓素音、韓素英。她是掛牌醫生、左翼作家、社會活動家，也是公共知識分子、世界主義者。幼年隨雙親移居北平，在天主教學校接受教育，入讀燕京大學。1935年獲得庚子賠款獎學金，赴比利時自由大學讀書。1937年，日本發動全面侵華戰爭，韓素音出於愛國情操，毅然輟學歸國。1942年，她追隨外交官丈夫唐保黃旅居英國，不久考入倫敦女子醫學院。國共內戰期間，唐保黃死於東北戰場，韓素音在1948年離開英國，來到香港大學附屬醫院擔任醫生，後來與英國軍官梁康柏（Leon Comber，1921-2023）結婚，取得英國國籍，在1952年跟隨丈夫移居馬來亞。1964年，韓素音被迫離開新加坡，後來在香港居住過若干年，最後移民瑞士，終老於此。韓素音活躍在冷戰年代的東西方世界，享有很高的知名度，一生出版過二、三十種英文、法文著作，許多著作都有中譯本。

從1947年到1991年，東西方世界有許多知識分子參與了文化冷

---

[1] 本文發表於北京《中國現代文學研究叢刊》2021年第5期。此為增訂稿。

戰，韓素音即是其一。本文聚焦於韓素音的「亞洲認同」的產生背景、主要內容和表述方式，把亞洲認同劃分為「亞洲意識」和「亞洲視野」，研討她如何在冷戰背景下思考中國和亞洲的問題。同時需要聲明，本文的中心關懷是文化冷戰和身分認同，因此，文學作品的形式和審美不是本文的重點所在。

一、亞洲意識與文化認同

從1950年代到1980年代，韓素音通過筆耕和演講的方式，深度參與文化冷戰，實現左翼知識分子的人文關懷，這表現在她對亞洲問題的思考和論述上面。以下章節綜合處理韓素音的不同文類的作品，勾勒出韓素音之「亞洲意識」的產生過程和具體論述，分析她如何在冷戰年代的亞洲意識下，在國族敘述之外，建構一己的文化認同。

（一）亞洲意識的產生與內容

根據學者的研究發現，「亞洲」（Asia）這個概念是歐洲人的發明，亞洲問題不能僅僅看作是亞洲自身的問題，而是與西方殖民帝國的全球擴張聯繫在一起，亞洲想像在前現代歐洲就已經萌芽了，經過兩次世界大戰和冷戰時代，一直延伸到當前美國的外交政策中。[2]從國際政治的角度來看，從孫中山宣導的「大亞洲主義」到明治日本提出的「亞洲主義」，都和這種亞洲意識有確定的關聯，雖然他們的關注點、動機和理論資源有所不同。近來，有學者從廣闊的政治－歷史語境出發，針對中國革命中的「泛亞主義」的根源、歷史與潛力進行了扎實細致的研究。[3]從狄百瑞（William Theodore de Bary, 1919-2017）和杜維明討論的「東亞儒家資本主義」，到濱下武志（Hamashita Takeshi, 1943-）、曹永和、劉宏等人對「海洋亞洲」和「全球亞洲」的研究，

---

[2] 汪暉〈亞洲想像的政治〉，見氏著《亞洲視野：中國歷史的敘述》（香港：牛津大學出版社，2010年），頁37-55。

[3] 參看Viren Murthy, *Pan-Asianism and the Legacy of the Chinese Revolution* (Chicago, IL: The University of Chicago Press, 2023)

無不說明亞洲問題之重要。國際學術界對「亞洲研究」和「冷戰研究」的交叉地帶，即「亞洲冷戰」之研究，業已出現一些重要成果。[4] 回到韓素音這裡。二次大戰結束後，她活躍在亞洲國家，具豐富的亞洲生活經驗，對政治文化有近距離觀察，發表過數量可觀的（非）虛構性著作，其中顯示了亞洲意識。

韓素音的亞洲意識的形成，可以追溯到她留學比利時的時候。她在那時結識了伍德曼（Dorothy Woodman, 1902-1970）。這位英國左翼知識分子自幼對亞洲事務很感興趣，韓素音深情地說：「她對我們這個遼闊的亞洲的巨大熱情，她對民族（獨立）事業的中肯而直言不諱的維護，對頑固的殖民主義的反對，使她贏得了『亞洲母親』的雅號。」[5] 在其影響下，韓素音開始對亞洲問題產生知識上的好奇心。例如，韓素音講述了兩個動人的故事。第一個故事是，當韓素音和丈夫陸文星在印度旅行時，她忍不住大發感慨說：「亞洲真是太大了，我知道的竟是那麼少！不僅是我，還有許多像我一樣的亞洲人。西方殖民時期把我們分割開來，使我們彼此之間的距離超過我們同歐美之間

---

[4] 英文學術界關於「東南亞冷戰」的研究，主要參看：Albert Lau ed., *Southeast Asia and the Cold War* (London: Routledge, 2012); Matthew Foley, *The Cold War and National Assertion in Southeast Asia: Britain, the United States and Burma, 1948-62* (London: Routledge, 2010); Nicholas Tarling, *Britain, Southeast Asia and the onset of the Cold War, 1945-1950* (Cambridge: Cambridge University Press, 2007); James A. Tyner, *America's Strategy in Southeast Asia: from the Cold War to the Terror War* (Lanham, Maryland: Rowman & Littlefield, 2006); Tony Day and Maya H. T. Liem, eds., *Cultures at War: the Cold War and Cultural Expression in Southeast Asia* (Cornell, NY: Cornell Southeast Asian Program Publishing, 2010); Christopher E. Goscha and Christian F. Ostermann eds., *Connecting Histories: Decolonization and the Cold War in Southeast Asia, 1945-1962* (Washington, DC: Woodrow Wilson Center Press, 2009); Ang Cheng Guan, *Southeast Asia's Cold War: An Interpretive History* (Manoa, HI: University of Hawaii Press, 2018), etc.

[5] 韓素音著，邱雪豔、梅仁毅譯《寂夏》（北京：中國華僑出版公司，1991年），頁321。韓素音的著作中還提到，多羅西熱愛亞洲文化，經常穿著緬甸的傳統服裝、印尼的紗籠或印度的沙麗或是一件結拉巴長袍，帶著珊瑚珠子，她介紹韓素音參加援華委員會組織的會議。多羅西支援亞洲人民的反抗鬥爭，組織各種關於亞洲的協會，向許多亞洲學生伸出援手，她的廣闊胸懷和慷慨大方深深地感染了韓素音。

的距離。現在是互相瞭解的時候了。」[6]第二個故事是，1964年，中國的原子彈成功爆炸，此舉打破了西方列強的原子霸權，一直對共產中國懷抱疑慮的馬國首相東姑・阿都拉曼（Tunku Abdul Rahman），情不自禁地說，自己作為一個亞洲人對此感到驕傲。韓素音點評道，東姑的話「表達了每一個亞洲人──不管他的政治信仰如何──對中國爆炸原子彈的看法。」[7]顯而易見，原子彈這個高端武器不僅喚出韓素音的愛國熱情，還有亞洲人的種族自豪感。從1959年開始，她在新加坡的南洋大學開設一門名為「現代亞洲文學」的課程。她後來在回憶錄中表示，她當初在新加坡兼職教書，反對南洋大學首任校長林語堂的帶有殖民主義色彩的教育方針：「我開課的目的，不只是為了使學生瞭解亞洲其他各國的情況（殖民主義在分隔我們方面很得手），也是為了自己進一步瞭解其他亞洲國家。」[8]換言之，避免把亞洲分割為地理碎片，促進亞洲國家的橫向聯繫，提升自己對亞洲國家的深入瞭解，這是開課的目的。此處再補充一點，韓素音的一部文集名為《明天的眼睛》，其中收錄的一篇文章是〈尋找鴨嘴獸而會見澳大利亞人〉，它提到著名的「亞非會議」以及在1964年召開的「亞非經濟預備會議」，這是她關懷亞洲問題的證據。

除了上面的紀實性的個人回憶錄，韓素音在其文學創作中也多次表述她對亞洲問題的關注。例如，她的愛情小說《瑰寶》（A Many-Splendoured Things, 1952）涉及多個亞洲地區。其中的一個情節是，主人公「韓大夫」對二戰以後的亞洲革命潮流陷入了思考──

> 我們正在經歷一場革命。這不僅是中國的革命。各種舊的主義下臺了，各種新的主義登臺了。波譎雲詭的政治遮蔽了人們的視線，直到他們心甘情願地為他們並不瞭解的東西獻出生命。亞細亞諸國將找到他們各自的出路，有的以和平的方式，有的

---

[6] 韓素音著，陳德彰、林克美譯《吾宅雙門》（北京：中國華僑出版公司，1991年），頁121。
[7] 同上，頁489-490。
[8] 同上，頁280。

以戰爭的方式。[9]

英國駐香港總督瑪律科姆・麥克唐納（Malcolm John MacDonald, 1901-1981）為本書寫了序言，他也發現本書的一大特點就是「亞洲意識」。他正確指出，《瑰寶》表現了二戰後被一場接一場的革命所震撼的亞洲：「差不多每個亞洲國家都經歷了這樣一個歷史性的轉換，只不過不同的國家採取了不同的方式，因而造成了目前各不相同的政體。」麥克唐納認為，書中人物儘管來自不同的種族、國籍、階級、職業、宗教、政治立場，但都體現了今天困擾著亞細亞的種種衝突。應該說，對亞洲意識的堅持使得韓素音在這個小說中深描了亞洲在冷戰初期的社會畫面，例如，西方記者對紅色中國的恐懼和對韓素音中國之行的疑慮，流亡香港的西方傳教士對中國大陸的矛盾態度，韓素音透過馬克的眼睛而對朝鮮戰爭展開批評等。這本英文小說在1952年的英國出版，向全球發行，很快成為暢銷書，還被改編為好萊塢電影，它吸引西方讀者的不僅是跨國羅曼司還有亞洲風土，當然會引起人們對亞洲的關注。

韓素音討論亞洲問題較有深度的文章，首推寫於1960年的〈亞洲的社會變化〉，這個文章在冷戰視野中思考亞洲問題。她在開篇帶出主題「亞洲需要解脫貧困」，進而指出今日亞洲的技術和產業革命的迅速變化，正在朝著這個方向努力——

> 把世界區分為共產主義的和反共的兩種信念，是要模糊現實，不能說明促使人們採取行動的強烈需要。區別只在於為達到共同目的速度和採用的方法：食物、居住、社會安全、生活工資、社會主義、教育；人人所普遍需要的、在西方數以百萬計的人已經得到的而在東方卻並沒有得到的。在今天的亞洲，不管哪一個國家或民族，在未來的20年中能做到為其最大多數人民的這一基本的社會安全，它就可以為其他國家或民族樹立榜

---

[9] 韓素音著，孟軍譯《瑰寶》（上海：上海人民出版社，2007年），頁147-148。

樣。嚴格地說,並不是一個要模仿的榜樣,而是一個要參考的框架。這一框架由於其取得成功而威力無比。[10]

韓素音主張打破冷戰意識形態,思考亞洲國家的社會安全問題,期待這方面取得成功。根據她的觀察,在亞洲革命運動中,人們的基本關係發生了變化,包括家庭倫理和男女關係。韓素音舉出一些例子,說明在馬來亞、尼泊爾、中國等亞洲國家,「男女平權和選舉投票權已經實行,相比之下,亞洲各國沒有哪個國家比中國走得更遠」。[11]由此可見,當時還生活在冷戰年代馬來亞的韓素音超越民族－國家的疆界,展開跨國、跨區域、跨文化的分析,這就拓寬了她的歷史視野,把握到更大的主題和問題:作為整體性的一個分析範疇,「亞洲」究竟能給我們帶來哪些啟發?和發達地區「歐洲」相比較,亞洲的當前處境和未來命運可能是什麼樣?

眾所周知,亞洲包括東亞、東南亞、南亞、中亞、西亞,存在於這些地理空間中的國家在政治制度、經濟模式、文化風俗、宗教信仰等各方面都有很大分歧,它們的歷史道路也有差別,它們與西方國家的關係也很不相同。那麼,面對這個流動的、多元的、跨文化的亞洲圖景,我們應該如何在時空背景下進行清晰的界定?當我們談論亞洲的時候,我們究竟說的是哪個「亞洲」?何時的亞洲?所謂「亞洲身分」究竟是主觀臆造,還是客觀存在?韓素音寫於1963年的文章〈東方與西方的關係〉呈現了她對亞洲問題的批評思考。在她看來,亞洲不是鐵板一塊的實體而是多元文化的存在,確確實實存在一種真實可感的亞洲身分——

> 既然讀者期望我談談關於亞洲和歐洲的關係,我必須先聲明亞洲這個名詞的涵義是不明確的,因為亞洲占地廣大,擁有將近全世界三分之二的人口,包含許多國家和多種文化。這些亞

---

[10] 韓素音著,沈大力、馬清文譯《明天的眼睛》(北京:華文出版社,2000年),頁57。
[11] 同上,頁60。

> 國家無論是外在實體還是文化方面,彼此之間的差異性更勝於歐洲國家;但即便如此,仍然有一種「亞洲身分和亞洲觀念」存在。[12]

這樣看來,無論是歷史的亞洲,還是地理的亞洲,它們分享了一些重要的東西。韓素音進而指出,對亞洲身分的認同基於三大因素:第一是共用了反殖民主義的歷史記憶,許多亞洲國家在二次大戰後才獨立,而其他亞洲國家仍在進行艱苦卓絕的反殖民鬥爭。第二,過去亞洲國家都曾遭受殖民強國的奴役、剝削和掠奪,所以,它們具有趕上20世紀的科技發展和生活水準的共同需求。第三,它們共同追求的是不再貧困、挨餓和疾病威脅的全面獨立。這樣看來,在冷戰方酣的1960年代,以美國為首的資本主義陣營和以蘇聯為首的社會主義陣營,以歐洲為中心,在全球展開全面對抗,但是韓素音逆流而上,高瞻遠矚,大膽提出「亞洲認同」的命題,具有高遠的歷史意識和深切的現實關懷。韓素音在本文中指出,有關亞洲和歐洲互動的例子,古已有之,舉不勝舉。歐洲的雅利安人起源於中亞,基督教來源於東方,共產主義源自於德國人馬克思的經濟學理論。工業革命實現的科技變革造就了歐洲國家的富強,然後它們實行殖民擴張,奴役和剝削其他國家包括亞洲地區。在亞洲,民族主義的勢力最為強大,這股勢力常被西方媒體曲解成為麻煩製造者或者共產主義的影響。西方國家自己曾為民主自由而奮鬥,二戰期間簽訂《大西洋憲章》承諾保障世界各國享有獨立的權利,並且要求廢除殖民主義,但從那時直到十八年後的今天,這些目標沒有完全實現。往者不可諫,來者猶可追。韓素音嚴肅指出,亞洲人有必要銘記歷史記憶,實現徹底「去殖民化」(decolonization),追求平等、尊嚴和人類正義:「我們亞洲人不能再容忍這些『關係』——這些主人與僕從、剝削與被剝削的關係,它們留下了太多不堪回首的回憶,也殘留下貧窮和缺陷,繼而導致今日亞

---

[12] 韓素音〈東方與西方的關係〉,衣若芬、崔峰主編《素音傳音:韓素音百年誕辰紀念文集》(新加坡:南洋理工大學中華語言文化中心,八方文化創作室,2017年),頁91。

洲面臨許多迫切的問題。」[13]難能可貴的是，此文也是一個傑出的後殖民批評的文本。韓素音指出，雖說現今的亞洲國家都已實現了獨立，然而經濟獨立尚未實現，許多生產資料的主導權不在人民手上，亞洲國家經濟被外國勢力所要脅，政府企業被西方政府代理人所控制，包括政治、經濟和社會的「長期革命」將會持續很長一段時間。[14]由此可見，前殖民地、第三世界國家雖然擺脫了殖民帝國的管控，但全面的「去殖民化」仍是一項任重道遠的事業。韓素音的聲音體現了冷戰年代左翼知識分子的政治關懷，也與同時代法國思想家法農的著作《垂死的殖民主義》、《地球上受苦的人們》有所呼應和共鳴。

（二）亞洲意識下的「文化認同」

接下來，本文分析韓素音如何在冷戰年代中根據亞洲意識而建構文化認同，如何採取靈活流動的話語實踐，使其文化認同同時聯結亞洲和西方，在而不完全屬於兩個世界，具有德勒茲（Gilles Deleuze, 1925-1975）所謂的「遊牧」（nomadic）特質或者薩義德（Edward W. Said, 1935-2003）所謂的人文知識分子之「旅人」（traveler）風采。

金克木指出，韓素音的傳記和小說「揭露了我們一般不大知道和注意的一個社會側面，這就是中外通婚及其子女的處境和心理狀態」。[15]這是關於文化混雜性的觀察。韓素音的父親周煒（字映彤，1885-1958）當初官費留學比利時的大學，邂逅名門閨秀瑪格麗特‧鄧尼斯。女方出於年幼無知和對古老神祕東方的嚮往，與男方一見鍾情，戀愛結婚，後來一道回到中國。在當時，無論是中國還是外國，作為混血人的韓素音都受到種族歧視。據其自傳，韓素音在少年時因為這個獨特身分而遇到麻煩，她的文化認同在亞洲和歐洲之間彷徨無定，無所適從。她的第一部自傳《殘樹》描繪「羅薩莉」（韓素音）在成長過程中，發現自我人格的分裂和認同危機的出現。[16]第二部自傳

---

[13] 同上，頁93。
[14] 同上，頁94。
[15] 金克木〈韓素音和她的幾本書〉，北京《讀書》1979年第6期，頁144。
[16] 韓素音著，祝玨、周謨智、周藍譯《殘樹》（北京：中國華僑出版公司，1991年），頁422-423。

《凡花》談到在中國出生的羅薩莉，感到自己和生於中國的許多歐亞混血兒一樣，在社會上遭到歧視，沒有出路，容易悲觀，他們把自己生活中的一切失敗歸咎於混血身分。[17]1935年10月，羅薩莉抵達比利時的布魯塞爾，開始在自由大學讀書，這個大學是歐洲最進步的大學之一。但是當羅薩莉進入母親的大家族中，她感到瀰漫在上流社會的種族歧視，自己很難融入其中。[18]韓素音的文化認同由於種族歧視而遭到挫折，後來在冷戰年代裡，加上她的左翼立場，更是雪上加霜。

　　韓素音的自傳體小說《瑰寶》表現她如何在跨國離散的境遇中，由於混血身分、種族歧視和全球冷戰，導致文化認同處於流動、多元、不確定和開放的狀態。韓素音發現，1950年代的香港，移民對這個城市缺乏融入意識，拒絕認同香港，堅持過客身分。[19]那麼，混血女性韓素音，除了遭遇種族歧視和階級偏見之外，又會如何處理冷戰背景下的文化認同？韓素音巧遇老友安娜，兩人坐在教會賓舍的客廳裡觀賞香港夜色：「我們坐在這裡，而山那邊隱沒在黑暗中的區域就是中國大陸。我們看不到，但始終能感覺到。中國就是我們守在這裡的理由。」[20]在這裡，韓素音的亞洲意識明確體現為中國情懷和原鄉想像。此外，小說穿插了大量的中國詩詞、成語典故、民謠小曲、風俗節日，顯示她對中華文化的一往情深。《瑰寶》還寫道，當妹妹「素塵」費盡心機、移民美國的時候，韓素音明確表示她自己不想步其後塵——在這裡，韓素音的文化認同牢牢地聯結著中國原鄉和亞洲意識。

　　後殖民理論家論述過在全球化、後殖民的20世紀，文化認同的多元性和流動性[21]。韓素音本是中國公民，後來獲取英國國籍，居住在比

---

[17] 韓素音著，楊光慈、錢蒙譯《凡花》（北京：中國華僑出版公司，1991年），頁307。

[18] 同上，頁363-365。

[19] 韓素音著，孟軍譯《瑰寶》，頁24。

[20] 同上，頁26。

[21] Stuart Hall, "Cultural Identity and Diaspora," in Jonathan Rutherford ed., *Identity: Community, Culture, Difference* (London: Lawrence & Wishart Limited, 1990), p.223; Stuart Hall, "The Question of Cultural Identity," in Stuart Hall, Held David and Mcgrew Tony eds., *Modernity and Its*

利時、英國、香港、東南亞、班加羅爾和瑞士，頻繁出入中國大陸，常在世界各地旅行演講，不被民族－國家的地理疆界所束縛，這就是移民社會學家所謂的「彈性公民」（flexible citizenship）。[22]《瑰寶》描繪了兩個意味深長的細節。一個細節是當韓素音與情人馬克在澳門約會，她批評馬克對歐亞混血兒抱有種族偏見，但是馬克糾正她說，韓素音把自己培養得具有東、西方人的雙重性格，具有不同文化身分，可以自由出入不同的世界，導致個人生活的豐富多彩，值得讚賞。[23]另一個細節是當歐亞混血兒蘇珊娜因為自己被當作白種人而沾沾自喜的時候，韓素音嚴厲譴責了流行的種族歧視、帝國主義心態和文化沙文主義，她明確表達了自己對混血兒的文化身分之樂觀和自信——

> 一個歐亞混血兒不僅僅是東方和西方結合的產物，也是一種精神的狀態。這是一種由虛偽的價值觀、偏見、無知以及殖民主義的魔障混合而成的精神狀態。我們必須消除這種精神狀態。[24]

在冷戰年代裡，韓素音的文化認同植根於自覺而強烈的亞洲意識，又不被亞洲意識所束縛，而是朝向寬廣開放的雙重視野，體現出靈活辯證的批評思考。這就是薩義德指出的現代知識分子應該具有的「旅人心態」：自甘邊緣處境，保持知識上的好奇心，游離在多重文化的交叉地帶，激發出生產性的、批判性的觀點。[25]巧合的是，《瑰

Futures (Cambridge, Eng.: Polity Press, 1992), p.327; Homi Bhabha, "The Third Space: Interview with Homi Bhabha," in Jonathan Rutherford ed., *Identity: Community, Culture, Difference*, pp.209-211; Homi Bhabha, "The Commitment to Theory, "見於他的 *The Location of Culture* (London: Routledge, 1994), pp.28-56.

[22] Aihwa Ong, "On the Edge of Empires: Flexible Citizenship among Chinese in Diaspora," *Positions*, vol. 1, no. 3 (1995).

[23] 韓素音著，孟軍譯《瑰寶》，頁102。有論者注意到在《瑰寶》這部小說中，西方現代性和中國傳統的水乳交融產生了文化身分的「中間道路」，參看李憲瑜〈自我陳述與中國想像——凌叔華、韓素音、張愛玲的「自傳體小說」〉，北京《中國現代文學研究叢刊》2014年第4期，頁11-22。

[24] 韓素音著，孟軍譯《瑰寶》，頁289-290。

[25] 愛德華‧W‧薩義德著，單德興譯《知識分子論》（北京：生活‧讀書‧新知三聯

寶》其中一章的題目就是〈海陸之間——旅人〉。韓素音對自己的種族身分和文化認同進行自我反思，她這樣說道——

> 像我這樣的亞洲人，屬於一個很小的「上層社會」，也就是所謂的「歐亞混血知識分子」。我們是在兩個世界之間長大的。帶有種族主義印記的「歐亞混血意識」不值得評述。這僅僅是一種微不足道的偏見，仍然生存在大英帝國的殖民地中。[26]

韓素音揭示歐亞混血兒由於缺乏自覺的自我批判，導致他們沒有突破種族偏見、反而弔詭地鞏固了這種偏見，使得平等、尊嚴和人類正義無從實現。韓素音進而指出，這些歐亞混血知識分子大都曾在西方接受過高深教育，具有文化權力和符號資本，一旦回到故國，他們就要面臨令人難堪的生活環境，他們的靈魂不得不裂變為兩個層面，面對不同問題而展現不同性格，進退失據，無所適從，造成一種文化社會學意義上的精神分裂症。[27]韓素音指出，在這樣殘酷的現實面前，中國許多最優秀的、誠實的西化知識分子做出了勇敢選擇，出於感時憂國的精神，放棄西式生活方式和個人自由，願意融入中國人民，成為守望相助、生死與共的共同體。[28]在這種民族主義文化認同的最強音之外，韓素音發現，一方面，西方人對中國的描繪帶有異國情調的東方主義，中國變成一片神奇土地，充滿財富和智慧，對西方人很有吸引力。[29]另一方面，西方人對中國抱有成見，總是把宿命論、不可知論和清靜無為的性情強加到想像的中國人身上，這些西方人耽溺於華夏神話，卻無視中國現實，對令人不快的真相和負面因素故意視而不見，他們在讚揚中國文明的同時也在摧毀中國文明。[30]

書店，2002年），頁44-58；愛德華・W・薩義德著，朱生堅譯《人文主義與民主批評》（北京：新星出版社，2006年），頁139-168。

[26] 韓素音著，孟軍譯《瑰寶》，頁317。
[27] 同上，頁319。
[28] 同上，頁320。
[29] 同上，頁165。
[30] 同上，頁165。

第四部自傳《吾宅雙門》寫道，1960年代初韓素音回國考察，她發現一些在人民公社工作的歐亞混血兒只因為他們是混血兒而淪為被批鬥的對象，受到不公正待遇，於是她向身在政界的老朋友龔澎彙報了這個情況，後者轉告了周恩來總理，激發他在與韓素音談天時發出反對逆向民族主義、追求平等尊嚴的言論：「當我再次見到周恩來時，他用了很長時間談反對大漢族主義，並譴責它的各種表現。周恩來盡力地幫助在中國的混血兒，直至生命的最後一刻。」[31]總的看來，韓素音的絕大多數著作寫於冷戰期間，這些在歐美出版的英文、法文著作，帶有亞洲意識，具有強烈的亞洲認同，喚起西方人對於神祕、古老、遼闊的亞洲的興趣，她積極探討亞洲的當下處境和未來走向，顯示一名公共知識分子的智慧和勇氣。

　　晚年的韓素音，與時俱進，因地制宜，她對文化認同的看法已不再局限於個人的混雜身分，而是超越亞洲意識和民族－國家的森嚴壁壘，體認到打破冷戰意識形態、追求世界大同理想的可貴。1991年，她的五卷本自傳之中譯本出版了，她在序言中主張超越中西意識形態，展開文明對話。韓素音作為歐亞混血人，在而不完全屬於兩個世界，介乎兩種文化之間，能夠從邊緣立場和雙重視野出發，觀察雙方，交互主體。她陳述道：寫這套自傳不僅是為了記錄個人生活和其性格由以形成的具體環境，更重要地關聯到中國和世界各國的發展情況。[32]這個序言闡述文化自覺和歷史意識的重要性，揭示中國文明的悠遠流長，強調其具有內在活力、連續性和適應性，放在過去一百五十年的歷史視野中來觀察，中國發展之迅速，有目共睹。韓素音指出，人是歷史的產物，又造就了社會行動和人類意識，作為歐亞裔人文知識分子，她肩負文化交流的重大使命。韓素音說，這套書名為「自傳」，實乃包括對中國歷史和世界大事的觀察、分析和再評價──毫無疑問地，這是韓素音之文化認同的新變和飛躍，它出自亞洲意識而又超越了亞洲意識，從個人的文化認同出發，推進到跨文化交往和東

---

[31] 韓素音著，孟軍譯《瑰寶》，頁373。
[32] 韓素音著，祝玨、周謨智、周藍譯《殘樹》，頁1-2。

西方文明的跨洲際對話，意義之大，不在話下。

二、亞洲視野中的冷戰政治

　　韓素音之走向知識左翼、介入文化冷戰，有一個演變與綿延的過程。她出版的第一本書是《目的地重慶》（*Destination Chungking, 1943*），本書塑造出來的中國形象有點粉飾太平和異國情調。[33]她在香港寫出的長篇小說《瑰寶》在跨國羅曼司的外表下，探討中國、香港和亞洲的文化政治。韓素音與第二任丈夫梁康柏（Leon F. Comber）婚後移居馬來亞，此後她頻頻入境中國，參觀訪問，實地考察，獲得第一手資料，為新中國的繁榮進步而歡欣鼓舞，經常接觸中共高層，耳濡目染，思想左傾。在其多部作品中，她對中國歷史的敘述和評價帶有左翼氣息，對國民黨右翼、帝國主義和資本主義堅持批判立場，頌讚社會主義新中國的成就，支持亞洲被壓迫民族的反抗鬥爭。在四十多年的冷戰時代中，韓素音向西方人講述正面的中國故事，產生絕大反響，此舉打破了冷戰意識形態的迷霧，促進中西方文化交流。同時，韓素音的這些革命話語帶有思維定勢和浪漫化描繪，反映出左翼知識分子的思想問題。下面，我分別對其進行敘述、分析和評價。

（一）中國革命的敘述

　　韓素音對中國革命的同情美化有跡可循。她的愛情小說《瑰寶》（*A Many-Splendoured Thing, 1952*）在描寫歐亞裔女子韓大夫和英國駐香港記者馬克‧艾略特的跨國羅曼司之外，不失時機地插入了同情中國革命的大段文字。三十年後，她的另一部愛情小說《待到黎明到來時》（*Till Morning Comes, 1982*）敘述美國女記者斯蒂芬妮與中國外科醫生靳雍的跨國婚戀，再現現代中國的革命洪流，是早期左翼作家

---

[33] 梁德新〈韓素音《目的地：重慶》一書的寫作過程〉，丘菊賢主編《韓素音研究文集》（香港：天馬圖書，2001年），頁145-148；王鳳霞、喻天琢〈韓素音《目的地：重慶》問世前後〉，重慶《紅岩春秋》2018年第1期，頁54-57。

的「革命加戀愛」小說之翻版。[34]不過，如果要理解她在亞洲視野下的革命論述，首先應分析她的五部自傳：《殘樹》（*The Crippled Tree*, 1965）、《凡花》（*A Mortal Flower*, 1966）、《寂夏》（*Birdless Summer*, 1968）、《吾宅雙門》（*My House Has Two Doors*, 1980）、《再生鳳凰》（*Phoenix Harvest*, 1982）。在下面的章節中，我將結合韓素音的作品，根據寫作的年代順序，梳理出她的政治思想在歷史情景中起伏流變的軌跡，揭示她如何把後見之明（hindsight）滲透到她對中國革命的敘述當中，她如何結合個人傳奇和公共領域，利用自傳這種紀實性的作品，展開意識形態宣傳。

　　早年的韓素音處於青春期的反叛和認同危機中，沒有明顯的民族意識，對共產革命缺乏興趣。不過，隨著年歲漸長，她的世界觀發生了變化。當她在北京、天津讀中學時，她從大街上的閱報欄中得知共產黨人被北洋政府處決的可怕消息。同學華攬洪由於母親的影響，嚮往革命，打算將來去南方投靠革命黨，少年的韓素音對此感到好奇和害怕。有一次，她和家人去看電影，在觀影中間，一位左派大學生觸景生情，高呼民族主義口號，遭到警察的毆打；影院中的其他觀眾發現韓素音一家是洋人，這喚起近代以來中國人民的創傷記憶，於是他們對著韓素音一家高呼「打倒帝國主義」的口號。[35]韓素音提到她有一位中文補習老師「吳先生」，這是一個四十歲的未婚女性和愛國者。吳先生經常與韓素音一起讀報紙，她為東三省的淪陷而嘆息流淚。在吳先生的影響下，韓素音開始直面人生，關心國事：「吳先生確實占據了我內心深處感情的一部分，深沉、強勁、持久，在我多層次的生活中，終於壓倒一切膚淺的動盪，在一股強大的河流中把我捲向中國，不是過去死去的中國，而是今天活著的中國。」[36]

　　從1935年到1938年，韓素音在比利時留學，她產生了反法西斯主義和愛國主義的情緒。韓素音在寫作《凡花》時，正是1960年代的冷

---

[34] 韓素音著，孟軍譯《瑰寶》；韓素音著，劉國明譯《待到黎明到來時》（鄭州：河南人民出版社，1990年）。
[35] 韓素音著，祝珏、周謨智、周藍譯《殘樹》，頁418-419。
[36] 韓素音著，楊光慈、錢蒙譯《凡花》，頁163。

戰時期,她從當下的情景出發,回顧往事,批判當年西方國家奉行綏靖政策、反共潮流和歐洲中心論。[37] 1937年7月,她在義大利旅遊途中看報紙,得知「盧溝橋事變」爆發,她檢討自己以前的行為,產生了政治危機感和道德負罪感。[38]這時,比利時成立了「援華委員會」,但是韓素音失望地發現,許多歐洲人的頭腦裡裝滿扭曲的東方主義的中國形象,一些人相信不良媒體的傳言,認為日本是在保護中國不受共產主義統治,這激起了韓素音的強烈憤慨。[39]於是,韓素音決心返歸危難中的祖國,參與救亡圖存的偉業,她認為,一個人必須為追求正義和自由而付出生命的代價,這遠比個人的物質享受和世俗成功來得更為重要。[40]準此,她從一個單純追求知識的中國留學生變成了一個感時憂國的「離散民族主義者」(diasporic nationalist)。

韓素音回國以後,在抗日戰爭的洪流中,耳聞目睹國民政府的消極抗日和政治腐敗,越來越感到失望,她同時看到共產黨的光明形象和不斷壯大,於是,她的政治立場發生了急劇轉向。1941年1月,蔣介石一手製造了「皖南事變」,韓素音在事後總結道:「這個屠殺對我來說是一個轉捩點。」[41]1941年春,周恩來在重慶發表了一場公開演說,給現場聆聽的韓素音留下深刻印象,她稱讚周恩來是「最有才智的政治家」、「世界上最有頭腦的人之一」。[42] 1942年,韓素音的小說《目的地:重慶》出版,最後一章預言國民黨和共產黨即將展開一場惡戰。國共內戰期間,韓素音身處英國,得知共軍節節勝利的消息,她歡欣鼓舞,溢於言表。[43]應該說,韓素音在逃難重慶期間(1938-1942)、在旅居英國期間(1942-1948),在這短短的十年內,她從一位民族主義者變成了共產黨的同路人。移居香港期間(1948-1952),居留馬來亞期間(1952-1964),韓素音的立場繼續左傾。中華人民

---

[37] 同上,頁389-390。
[38] 同上,頁414。
[39] 同上,頁424-425。
[40] 同上,頁442。
[41] 韓素音著,邱雪豔、梅仁毅譯《寂夏》,頁240。
[42] 同上,頁248-249。
[43] 同上,頁404。

共和國成立後，她出於愛國情操，借助於老同學龔澎的幫助，每年進出中國大陸，參考訪問，這強化了她的左翼立場。應該說，冷戰年代（1947-1991）的韓素音在寫作回憶錄時，經常從左翼知識立場和中國官方意識形態出發，論世衡史，撫今追昔，闡發歷史的後見之明，每每給讀者留下「立場堅定」、「旗幟鮮明」的印象。

韓素音的第一部自傳是《殘樹》，講述個人傳奇和家族故事，穿插大量的中國近代史的苦難滄桑，對比新舊中國的變化。這樣一來，個人的、家族的、國家的，乃至於世界的眾多故事，交織纏繞，大大擴展了這套自傳的篇幅，而且闡述了作者的政治哲學。作者同情中國革命，讚揚中國人民的勤勞、智慧和勇敢。例如第91頁提到，清政府敗於西方和日本的侵略戰爭，不斷割地賠款，列強掀起了瓜分中國的狂潮，中國可悲地淪為半殖民地國家。在展開國史敘事的時候，韓素音採取「中國革命史」的敘述主線，強調革命是中國歷史的必然產物，有內在邏輯和正面價值。很多時候，她的歷史敘事與中共官方的聲音高度重疊，例如她關於「一二九運動」、「北伐戰爭」、「大革命」、國民黨政府對紅軍的五次「圍剿」、「長征」、「西安事變」等事件的評價，就是如此。

韓素音的第二部自傳《凡花》表達了她對毛澤東〈中國社會各階級的分析〉的敬仰之情。[44]《凡花》談到1920年代後期陳獨秀奉行右傾路線，毛澤東寫下著名的〈湖南農民運動考察報告〉，韓素音對農民運動的革命熱情和毛澤東的領導能力給予毫無保留的讚揚。[45]《凡花》第四章寫道，毛澤東在南昌起義、秋收起義失敗後，率領紅軍殘部到達井岡山，開闢革命根據地。緊接著，韓素音的筆觸從歷史回到當下，回憶她在1964年10月尋訪井岡山根據地的故事。韓素音說，井岡山經驗不但對中國革命具有歷史意義而且為世界革命提供借鑑：「在井岡山進行的工作至今仍具有重大意義，因為它不僅為中國共產黨奠定了基礎，而且也適用於亞洲、拉丁美洲以及非洲一切正在醞釀的

---

[44] 韓素音著，楊光慈、錢蒙譯《凡花》，頁101-102。
[45] 同上，頁104。

和即將爆發的農民革命。」⁴⁶顯而易見，這是「全球六〇年代」（The Global Sixties）思潮在韓素音回憶錄中的一次折射。《凡花》提到，1934年國民政府對中央紅軍發動第五次圍剿，而青年韓素音當時正在北平讀中學，沉迷於社交生活，懵懵懂懂，對政治毫無興趣。然而，當她在寫作這部回憶錄時，經常逸出個人的生命史，不斷把習得的革命史知識植入歷史敘事中。五十歲的韓素音在寫作此書時（1965年左右），高度讚揚紅軍長征的意義——

> 1934年10月到1935年10月歷時一年之久的長征是一首英雄的史詩。長征本身就是一首可以獨立成冊、卷帙浩繁的英雄史詩。它在人類歷史上永遠是一塊紀念人類的勇敢、忍耐、大無畏氣概的豐碑。而當時我們只知道共產黨正在退卻逃跑。⁴⁷

接下來，這本書插入韓素音在1956年對一位參加過長征的紅軍老戰士的訪談，追思往昔，憶苦思甜，意在證明歷史發展的必然性和合理性。由此看來，本書的一大特點就是，韓素音一邊回憶往事，描繪個人經歷和家族故事，一邊植入當下中國的政治思潮。所以，這本自傳就出現了奇妙的兩個部分：一部分是私人領域和個人故事，講述混血少女羅薩莉在中國的個人成長史，由過去到現在，順時演進；另一部分是老作家韓素音的歷史敘述和政治評論，由現在回溯過去，逆時敘述，兩者交織在一起，突顯個人在歷史風暴中，如何見證暴力，控訴不義，去努力說服西方讀者相信：歷史不是偶然的演進而是自有規律可循。

韓素音的第三部自傳是《寂夏》。1967年的韓素音寫作這本回憶錄的時候，回溯和分析了抗戰局勢，批評國民黨戰線的一敗塗地，讚揚共產黨的高明戰略。⁴⁸本書介紹毛澤東的《論持久戰》和〈抗日游擊戰爭的戰略問題〉。毫無疑問，這裡採用後見之明，根據官方權威論

---

⁴⁶ 同上，頁114-115。
⁴⁷ 同上，頁327。
⁴⁸ 韓素音著，邱雪豔、梅仁毅譯《寂夏》，頁61-62。

述,返觀歷史,加以闡釋,這不是一本單純的個人回憶錄,而是根據當下的闡釋學情景和意識形態,重釋歷史,重構事件,重申作者在冷戰年代的左翼政見。本書第二部敘述韓素音在英國見證反法西斯戰爭的勝利,她突然中斷了對自己的歐洲生活經歷的敘述,轉過頭去,大談中國紅色政權的壯大,然後自問自答:「經過二十年的革命,是什麼使得他們有這樣巨大的能力,組織一支軍事武裝力量,保持他的政治領導和贏得廣泛的群眾支持呢?毫無疑問,答案是毛澤東思想和中國實際的結合。」[49]至此,韓素音的道德真誠無須懷疑,她就這樣高調回歸了中共官方的歷史詮釋。

韓素音的第四部自傳《吾宅雙門》記述她從1949年到1966年往返中國大陸,感受社會主義新中國的成就。多數情況下,她是一個自由左翼,對新中國的觀察有批評反思。第五章描述她在1956年的中國之行,一方面感到社會主義新中國的巨大變化,另一方面發現它正在走向威權體制:輿論控制,集體洗腦,鸚鵡學舌,千篇一律,這就是福柯(Michel Foucault, 1926-1984)所謂的「監控社會」(Seeing society)

> 火車上的擴音器一直沒有停過,播送著告誡和鼓勵。每到一站就提醒人們不要忘了行李。不斷報告生產成就,一種沒完沒了的自我祝賀。聽了兩天以後感到有點煩人。和我同一車廂的旅伴──兩男一女──都很隨和。我告訴他們我是從馬來亞來的,他們則談論生產和成就。他們列舉了一系列令人滿意的統計數字。他們消息很靈通。我想我從未見到過任何像這樣每一級有一個情報網。統一的口徑,統一的解釋,成千上萬個地方千篇一律的解釋,連行進中的火車上也不例外。[50]

韓素音多次對中國的高度政治化的社會潮流表示不滿。她舉例指

---

[49] 同上,頁374。
[50] 韓素音著,陳德彰、林克美譯《吾宅雙門》(北京:華僑出版公司,1991年),頁136。

出,這種運動的擴大化和極端化導致把個人的生活方式牽扯到公共領域中,侵犯了個人的自由、權利和隱私,這種思想改造令韓素音聯想到前夫唐保黃在當年對她的精神奴役,喚起了她的創傷記憶,令其寢食難安。她嚴厲批評道,這不是真正的社會主義而是封建意識教條和傳統道德律令的借屍還魂,歷史在重複,只是改頭換面而已。[51]韓素音也批評「百花齊放,百家爭鳴」運動中的荒謬現象,例如「群眾」的定義總是游離不定的,隨著語境變化而變化,群眾有時是最高仲裁者,有時是淪為被愚弄的對象。這顯示韓素音從當年的逆來順受的女學生變成了一個跨國女性主義者(Transnational feminist),她不是盲目追逐潮流而是顯示了獨立思考。縱然如此,面對社會主義建設中出現的過錯,韓素音體貼同情,堅守國族認同,有時不免文過飾非。本書記述了一個小插曲。韓素音的父親周映彤和友人華攬洪的父親華南圭是當年留學比利時的同窗,共同的職業是鐵路工程師,兩人是終身至交,一生熱愛祖國,二老此時均已去世。華攬洪和韓素音聊天,他慚愧地說自己一直在中國居住,然而疏離於社會現實,而韓素音儘管長期旅居國外,但一直對中國魂牽夢縈。韓素音這樣對他說道——

> 我對中國的感情不容置疑,尤其是1960年冬天,我竭盡全力地為中國辯護。甚至對著那些刺探情況的外交官和記者,我不向他們吐露真情(含笑地),因為我與中國息息相關,我心臟的跳動、血壓的升降、每個細胞的生存都與中國連在一起。我沒有挑選它,是它選中了我。更何況是在北風怒號,嚴冬以它鋼鐵般的意志降臨大地;整個世界好像以勝利的姿態起來威脅中國的時候。畢竟我是一個中國人。[52]

韓素音說社會主義在中國是嶄新的事物,在建設社會主義過程中沒有現成經驗可以學習,沒有固定模式可以照搬,只能在實驗和糾錯

---

[51] 同上,頁157。
[52] 同上,頁356-357。

中不斷前行，不能全盤否認中國人民之選擇社會主義的合理性。歷史地看，西方國家也不是完美無瑕，它們給近代中國造成了巨大創傷，它們在國內建立民主政體，保證個人自由，但當它們面對中國人民的苦難時，無動於衷，虛偽冷酷。因此，只有信任和依靠中國人民自身，才能指望社會主義建設取得成功。[53]

韓素音為毛澤東寫過兩本傳記《早晨的洪流：毛澤東與中國革命》（*The Morning Deluge: Mao Tsetung and the Chinese Revolution, 1893-1954*，1972）和《風滿樓：毛澤東與中國革命》（*Wind in the Tower: Mao Tsetung and the Chinese Revolution, 1949-1975*，1976），她寫《早晨的洪流》的目的是「通過毛主席一生的各個階段，尤其是通過一個革命家和思想家的發展經歷，展現中國革命的歷程」。[54]因應英美出版社的請求，韓素音寫了這本書，她指出：

> 不能否認中國革命是一個重大而輝煌的事件，它不但改變了中國，而且也改變了世界。沒有這場革命，中國就不可能取得當前的成就，也不可能成功，就不可能在世界事務中發揮影響。毛澤東將永遠是整個人類歷史上的重要人物之一。他不但恢復了中國人的獨立，而且恢復了他們的尊嚴、國家自豪感及文化。[55]

《吾宅雙門》寫1965年9月韓素音來到中國，在北京第七次受到周恩來接見，她充滿敬仰之情，激動地寫道：「他使我脫胎換骨。確實他不僅是我的老師，而且是我生命的嚮導。」[56]在1986年發表的文章〈記憶中的周恩來〉中，韓素音回憶說，1956年在北京，她第一次與周恩來見面：「此後的三十年，我無論做什麼事情都深受他的影響。

---

[53] 同上，頁383。
[54] 韓素音著，李著鵬等譯《赤潮：毛澤東與中國革命，1893-1954》（太原：山西人民出版社，1972年），頁9。
[55] 同上，頁5-6。
[56] 韓素音著，陳德彰、林克美譯《吾宅雙門》，頁500。

我堅信他對世界形勢和國際關係的全面視野，遠遠超越當代其他政治家。」[57]

值得注意的是，韓素音的左翼思想也曾遭到挫折，這與「天安門事件」事件有關。1989年4月她訪問北京，感到學潮臨近，山雨欲來，後來她在歐洲聽說「天安門事件」發生了，感到震驚、悲傷和難以理解，她也遭到了法國報紙的攻擊。韓素音在當年7月返回中國，會見一些人士，訪談江澤民等中共高官，聆聽他們的解釋，提出自己的建議。論及「六四」事件，韓素音相信，民主必然會在中國實現，但應該採取別的方式，當局的處理手法避免了東歐劇變的災難性後果。[58]在《明天的眼睛》這部書的中篇，韓素音對比社會主義國家和資本主義國家對民主的不同理解，認為民主不是無政府主義，需要鞏固政府權威以實現治理成功——

> 我從不認為西方民主是放之四海而皆準的靈丹妙藥。市場民主與民主本身並非是同義詞。多年來，我一直在跟一些領導人，一些知識分子探討民主的模態。民主不能排除一個國家政府的權威。何況，在絕大多數西方國家裡，情況就是如此。[59]

此文估計作於1989年下半年，當時「天安門事件」發生不久，西方對中國充滿疑慮和不安，此文提到東歐劇變和鄧小平的改革開放政策：「鄧和李總理一再說，首先必須建立穩定的經濟、結構，然後再從事政治改革，這是為了避免像蘇聯那樣的崩潰和東歐的動亂局面。」[60]在出版於1994年的《周恩來傳》的結尾，韓素音重提「天安門事件」，有更為詳細的解釋：這次學潮主要發生在城市地區，而廣大

---

[57] 韓素音著、黃文聰翻譯：〈記憶中的周恩來〉，崔峰、衣若芬主編：《素音傳音：韓素音百年誕辰紀念文集》，頁139。

[58] Han Suyin, *Wind in My Sleeve: China, Autobiography, History* (London: Jonathan Cape, 1992), pp.154-198。

[59] 韓素音著，沈大力、馬清文譯《明天的眼睛》（北京：華文出版社，1999年），頁22。

[60] 同上，頁25。

鄉村地區人口則未受影響，人們正在享受著空前的富裕安定的生活。韓素音和許多人一樣相信，如果周恩來當時還在世的話，他一定會以柔性手段化解這次嚴重的社會危機。韓素音發現，蘇聯解體後出現混亂的局面也使得中國人開始反思戈巴契夫的努力方向是否正確？中國應該避免重蹈蘇聯的覆轍。韓素音最後指出：「但經濟的改革，勢必也將導致政治的改革。這時，我們就應該認同周恩來構想的重要性。他一生鍥而不捨所追求的，就是建立共產黨與非共產黨之間的和諧一致。」[61]此時，冷戰已經終結三年，東歐劇變和蘇聯解體給堅持社會主義道路的韓素音以不小的衝擊。總的來說，終其一生，韓素音之自由左翼的政治立場沒有根本性改變，可謂求仁得仁、有始有終，這就使得韓素音成為冷戰時代最有代表性的人物之一。

以上這些關於中國革命的敘述和評價，不是來自於韓素音的向壁虛構而是來源於個人的中國經驗。這與韓素音本人的「亞洲視野」有關。自1948年韓素音從英國暫居香港，尤其是在她移居馬來亞的十二年中，她頻繁在亞洲旅行，以目擊者、知情人和參與者的身分，見證亞洲政治文化的巨變。她注意到，亞洲作為一個廣袤無垠的地理空間和歷史悠久的文明體系，長期以來受制於西方殖民帝國的掌控和壓迫，亞洲不能自主地言說自己，而只能被動地任由東方主義的眼睛所凝視、被殖民主義的歷史敘述所表達。因此有必要以亞洲作為基本的敘事單位和分析範疇，去觀察和思考世界歷史中的亞洲，在亞洲視野的框架下，「中國革命」作為亞洲問題的組成部分，也就成為她的中心關懷了。進而言之，在韓素音那裡，中國革命的曲折、複雜和驚人成就，不但為亞洲革命的「去殖民化」議程提供寶貴的經驗。而且還為冷戰年代的世界革命提供借鑑。然而，在韓素音對中國革命的想像和闡釋當中，暴露出兩個值得深思的問題：一是她在解釋和讚揚革命政治之邏輯必然性和正面價值之外，遮蔽和遺忘了革命暴力的非理性、破壞性、去人性化的一面，有時還把暴力給予浪漫化、審美化和

---

[61] 韓素音著，張連康譯《周恩來與現代中國》（臺北：絲路出版社，1995年），頁470。

奇觀化的描述；二是她在陳述個人成長史的時候，經常把宏大敘述帶入字裡行間，急切地把當代政治的後見之明和當下的社會思潮植入歷史敘述，變成了意識形態的傳聲筒，喪失了必要的歷史理性和分寸感。這兩方面在現代知識分子之介入公共領域時，成為常見的現象，而在冷戰年代的韓素音那裡，這個現象以尖銳化和表面化的方式顯露出來了。

（二）「文化大革命」的（無）意義

韓素音的漫長一生與20世紀相始終，她也與中國的三場革命──辛亥革命、共產革命、社會主義革命──結下了不解之緣。韓素音的冷戰論述內容豐富，除了對共產革命有正面評價，她也對「文化大革命」頗有好感，這一點令人吃驚，也耐人尋味。韓素音有五卷本自傳，其中三本寫於文革的前夜和中間，包括《殘樹》（*The Crippled Tree*, 1965）、《凡花》（*A Mortal Flower*, 1966）、《寂夏》（*Birdless Summer*, 1968）。1967年，韓素音重回法國的馬賽，回想三十年前自己站在馬賽大街上的一幕，心潮起伏，百感交集：

> 我們即將開始另一場戰爭，一場規模更大的戰爭，因此選擇就更為急迫。今天東方是紅色的，未來已進入我們的現實，已經在現實到來之前就改變了它。昨天中國開始的事業，今天全世界在繼續進行。北風在歌唱著它的名字，它的名字就是革命，世界革命。[62]

韓素音目睹中國文化大革命的如火如荼，為之歡呼雀躍，而自己身在「全球六〇年代」，目睹法國的「紅五月運動」，想到越南戰爭和拉丁美洲的革命，她急於告別舊我，歡呼世界革命的到來。關於「文化大革命」的起源、性質和後果，中外學術界有許多爭議，即使在中國大陸，民間版本和官方版本對文革的敘述也是大相逕庭。縱覽

---

[62] 韓素音著，邱雪豔、梅仁毅譯《寂夏》，頁3-4。

韓素音的自傳和文學作品，我們發現她對文革抱有兩個看法：其一是認為文革旨在打倒官僚特權、封建意識和等級制度，解放政治主體的能動性，訴諸群眾民主和直接民主的方式，保持政黨國家的內在活力；其二是認為在赫魯雪夫治下的蘇聯和蘇共發生變質的危急情景中，文革讓中國有機會擔任國際共產主義運動的榜樣和世界革命的根據地。以上兩點，不妨稱之為「活力論」和「榜樣論」。

《吾宅雙門》第十六章題目是「走向文化大革命」，描繪文革前夕的中國形勢。韓素音在1964年回國正趕上「社會主義教育運動」和「四清運動」，她評價這次運動旨在改變資產階級生活作風，改變黨群關係，這是一次「整風運動」，收效顯著。[63] 根據她的觀察，當時中國少年兒童充滿活力，知識青年上山下鄉的熱潮衝破了鄉土觀念和家庭聯繫，青年人離家到偏遠省分像農民一樣從事體力勞動，改造自己的世界觀和人生觀，既幫助農民脫貧致富、進行文化教育，也緩解了大城市的就業壓力，真是善莫大焉。[64]

在〈中國的文化大革命〉一文當中，韓素音像中共黨員一樣運用「唯物辯證法」解釋歷史發展，多次引用毛的觀點，例如〈矛盾論〉、〈新民主主義論〉，回顧近代以來中國歷史，批判帝國主義在中國的治外法權，譴責西方國家不允許亞非拉國家發展強大的民族工業，重申「五四」運動是新民主主義革命的一部分，認為中國民族資本家淪為外國資本家的買辦和捐客，強調土地改革是中國革命的中心問題，讚頌近代以來農民起義和工人運動的迅猛發展，讚揚中國共產黨人創造性地發展了馬克思主義，使之與中國實際相結合。韓素音的文革論述和當時中國的官方口徑保持一致，她真誠地相信，在社會主義歷史階段中，存在兩條路線的鬥爭；在中國革命向前發展的過程中，文革是一種歷史必然性，它防止了蘇聯修正主義、官僚主義等倒退現象，為全球社會主義實踐提供了借鑑，這是所謂的「榜樣論」。韓素音的文革論述，不忘肯定中共的政治合法性及其歷史功勳。她指

---

[63] 韓素音著，陳德彰、林克美譯《吾宅雙門》，頁472。
[64] 同上，頁476-477。

出，新中國的建設速度和成就是史無前例的，「它把一個悲慘窮苦、災荒頻仍、盜賊蜂起的國家，改變成為一個五穀豐登、免除災荒、盜賊絕跡的國家，它把一個具有封建的原始農業的國家，改變成為一個已經打下了堅實的工業基礎的國家」。[65]在韓素音眼裡，文革是社會主義革命的一個組成部分，對生產力發展起了促進作用，導致的良好結果是，工人階級和貧下中農重新掌權，從中產生自己的不脫離人民群眾的知識分子。[66]這就是所謂的「活力論」。本文結尾，韓素音把讚美之詞毫無保留地獻給了這場飽受詬病的政治運動：「文化大革命的過程是持久的；它是一場真正的革命，是思想戰線上的一場大規模的革命鬥爭；它給年輕的一代以徹底革命化的教育。」[67]

出版於1971年的《婦女、家庭、新生活——變化中的中國》是一本小冊子，韓素音在書中大談文革中的中國社會形勢，焦點是中國婦女在新中國獲得了真正的解放，積極參加社會主義建設和文化大革命，在家庭中和社會上實現了自我價值，這是革命女權主義的誕生。本書章節包括婚姻自由、娼妓的改造和新生、生活安定和主婦無憂、男女平等、兒童健康成長和快樂學習、計畫生育和醫療體系，涵蓋婦女參與的各個社會領域。韓素音還訪談了工廠女工、長征女戰士、海歸女學者，具有諷刺意味的是，她們眾口一詞地對「文化大革命」致以最高的敬意。[68]

韓素音的傳記《風滿樓：毛澤東與中國革命》（1976）和自傳《再生鳳凰》（1982）有大宗的文革論述。《風滿樓》由兩部分構成，第一部分記述毛澤東與新中國的建立，社會主義革命的成就；第二部分的標題是「文革及其後」，敘述文革的前奏曲、修正主義和帝國主義、文革爆發、文革的艱難曲折、破壞之後的建設、中國與世

---

[65] 韓素英著，楊青譯《亞洲的風雷》（香港：南粵出版社，1969年），頁36。本書是韓素音英文著作 *Asia Today: Two Outlooks* (Montreal, Canada: McGill-Queen's University Press, 1969) 的節譯本。
[66] 同上，頁39。
[67] 同上，頁40。
[68] 韓素英著，凌明譯《婦女、家庭、新生活——變化中的中國》（香港：南粵出版社，1971年）。

界、毛澤東、儒家和未來。韓素音盛讚毛的思維和世界觀超越了國族邊界，他給人類最重要的教導是：革命沒有結束，只有永恆的開端，一萬年太久，只爭朝夕，萬里長征只是走了第一步，還有許多重要的事有待完成。[69]1966年1月，韓素音到北京。姚文元發表的〈評《海瑞罷官》〉以古喻今，矛頭直指當時的北京市副市長吳晗。韓素音發現，當時人們的內心充滿恐懼，到處是令人難以理解的理論論爭。[70]1966年5月，韓素音又到北京，這一次她發現形勢完全變了，到處是高音喇叭發出的噪音和高懸的毛主席畫像，憤怒的青年人揮拳發誓要砸爛牛鬼蛇神。1966年6月，社論〈橫掃一切牛鬼蛇身〉號召人們對抗「一條反黨反社會主義的黑線」，學生們分成「黑五類」和「紅五類」，毛的講話要求高校師生批判資產階級反動學術權威。愛國心切的韓素音此時也是當局者迷，她深陷其中，不明就裡，她的歷史敘事使用中共的政治修辭，例如「林彪－江青反革命集團」，她對文化大革命給予很高評價：「文化大革命是在『大民主』和『無產階級專政』的原則下發動起來的。這意味著要發動『群眾』，把背叛革命事業的黨內高級官員趕下臺。」[71]韓素音認為，文化大革命還有更多的積極內容，發動這場運動的目的是在蘇聯已經腐敗變質的情況下，充當全球社會主義實踐的榜樣。[72]在資本主義陣營和共產主義陣營之全球對峙的冷戰環境下，韓素音推銷這種「榜樣論」不難理解。此外，韓素音還為毛澤東發動文革而辯護，認為其正當理由是打破官僚主義、密切黨群關係、恢復國家機器的活力。[73]在另一個場合，韓素音看來是一個「不斷革命論」、「永遠革命論」的堅定信奉者，她重申「活力論」與政治治理的密切關係──

---

[69] Han Suyin, *Wind in the Tower: Mao Tsetung and the Chinese Revolution, 1949-1975* (London: Jonathan Cape, 1967), p. 372.
[70] 韓素音著，莊繹傳、楊適華譯《鳳凰再生》（北京：中國華僑出版社，1991年），頁5-6。
[71] 同上，頁19。
[72] 同上，頁52。
[73] 同上，頁40。

我感到，這次「文化大革命」和毛主席年輕時反對官僚機構的堅強性格有關，當時他是多麼痛恨那些達官貴人呀！可是到了1966年，參加過長征的革命者都不由自主地變成了頭髮花白的官僚。要是不通過一個機構，一個權力集團，國家怎樣治理呢？可是毛主席身上有一種氣質，也許是由於有所追求，也許是由於幼稚，他總是想造反，反對監護，反對家長統治，反對明顯的權威，現在到了晚年，他又要反對這個由頭髮花白的官僚組成的機構，反對這個機構建立的各種制度。[74]

對於周恩來在文革中的表現，韓素音給予同情和讚揚：「周恩來決定站在毛主席一邊，支持『文化大革命』，他的這一決定當然引起了我的注意，而且對我有影響。很明顯，如果周恩來支持這件事，這件事就一定是對的。」[75]韓素音的個人崇拜有點狂熱，令人覺得不可思議。在她看來，周恩來在暴風驟雨中扮演了調停者的角色，他既忠實執行了毛的命令，又能施展高度的政治智慧，巧妙保護了不少中共高官和知識分子。有時，韓素音不得不承認：儘管毛的做法是想加速人民的政治解放、打破權力機構對群眾的牢固控制，但是群眾運動中的直接民主和大民主也是大有問題的，必須正視其破壞性。[76]

當然，韓素音也承認這場運動中出現過很多暴力事件和家庭悲劇，文化人受到殘酷迫害，好友龔澎與丈夫喬冠華受到批鬥。龔澎、路易‧艾黎、斯特朗等對文革感到困惑。韓素音發現自己以前喜歡過的電影和書籍現在都變成了毒草，成了反對毛澤東思想的「反革命陰謀」的一部分。上海的大字報說韓素音是美帝國主義代理人，自傳《殘樹》和《凡花》也受到吹毛求疵的批評，認為書名是對中國的誣衊，她被迫為自己辯解。韓素音見證了文革中發生的不少重要事件，包括「二月逆流」、「林彪叛逃」、「批林批孔」、「儒法鬥爭」、「四五事件」、「四人幫垮臺」等。韓素音深刻感受到文化大革命的

---

[74] 同上，頁51。
[75] 同上，頁22。
[76] 同上，頁52。

混亂、荒謬、暴力和不可理喻,她多次敘述文革中駭人聽聞的暴行,例如羅瑞卿、賀龍、陳毅、陳雲、劉少奇、鄧小平、葉劍英等高官受批鬥。目睹層出不窮的社會亂象,韓素音這位中國革命的同情者現在感到精疲力盡,身心受創。

1976年12月,文革剛結束不久,韓素音冒著嚴寒回國,探親訪友。令人吃驚的是,回顧這場浩劫,她沒有全盤否文革而是認為文革促進了人們的獨立思考和對自由的追求——

> 「文化大革命」產生的一個意想不到的結果,就是消除了馴服、順從的心理,人們不再戰戰兢兢地默認「領袖」必然比老百姓聰明這種說法。……因為獨立思考和自由一樣,必須先經過體驗,才能成為一種原則和一種習慣。「文化大革命」及其產生的殘暴統治使中國人民重新認識了自己。我們檢查一下自己奇形怪狀的封建思想,認識到「四人幫」雖然有革命詞句做掩護,卻集中體現了一種束縛,這種束縛至今還阻礙著我們每一個人。[77]

她甚至還指出,文革給人的啟發是:清楚而廣泛的自我認知和自我意識,對中共的健康發展和對中國未來的發展起到很大作用:「中國共產黨在將近六十年的歷史中,如果有所表現的話,就是它表現出有能力對自己進行評估,有能力檢查自己,調整自己的政策,改進工作方法。」[78]這種關於「自我糾錯機制」的論述與21世紀出現的中國官方論述如出一轍。韓素音還發現,文革結束後,中國知識分子獲得了精神新生,她也提出一些切實可行的建議,包括:必須從憲法上保證個人的權利和自由,推進民主和法制建設,禁止目無法紀的群眾運動,在實現工業化現代化的同時必須實行社會變革,改革是不可避免的。至此,韓素音回顧自己的人生經驗和文革結束後的中國局

---

[77] 同上,頁294。
[78] 同上,頁295。

勢，欣慰地說道：「這樣我就參與了中國的新生，我終於為人們所接受，我做的每一件事都成了有意義的事，成了中國億萬群眾編織的表現生活與奮鬥的巨型掛毯中一個細小的針腳。我現在和他們聯繫在一起了，比任何時候都聯繫得更緊了。但與此同時，我也終於徹底解放了。」[79]

總的看來，韓素音的「文革論述」耐人尋味，不乏文過飾非、曲意迴護，可見其用心良苦。一方面，她承認文革可以激發政治機器的活力、打破官僚特權、強化黨群關係、為全球社會主義提供榜樣，總體上值得肯定，這種看法與當今國際學術界的「新左」論調遙相呼應；另一方面，隨著她的深度介入和時局的變化，她也清楚感覺到了文革的黑暗面，包括對個人權利和自由的無情摧殘，對法制建設的肆意破壞，對女性尊嚴、混血身分、知識分子的殘酷打擊，結果是，整個國家走向了恐怖的無政府狀態，革命吞噬了自己的兒女。

（三）亞洲冷戰的再現

在亞洲視野下，韓素音除了熱切描述中國革命的經驗，還密切關注亞洲的政治。由於特殊的人生道路，她和許多亞洲國家領導人都有交往，例如印度總理尼赫魯、印尼總統蘇加諾、日本首相大平正芳和田中角榮、香港總督麥克唐納、新加坡總理李光耀。韓素音還和一些政治人物保持良好的私人關係，例如中國總理周恩來、柬埔寨國王西哈努克親王、馬來亞首相東姑・阿都拉曼。她訪問過菲律賓、巴基斯坦、孟加拉、斯里蘭卡、尼泊爾等亞洲國家。韓素音在1952年移居馬來亞，在那裡生活了十二年，直到1964年被迫離開。有研究者發現，韓素音移居馬來亞以後獲得一個論世衡史的新視角，即，亞洲人的視角：「細看韓素音在馬來亞期間的寫作，最大特點就在於其作品中的『亞洲成分』，即以戰後亞洲為主要寫作題材。」[80]這是正確的觀察。需要補充的是，早在1952年出版小說《瑰寶》時，韓素音已多次從亞

---

[79] 同上，頁306。
[80] 章星虹《韓素音在馬來亞：行醫、寫作和社會參與（1952-1964）》（新加坡：南洋理工大學中華語言文化中心，八方文化創作室，2016年），頁99。

洲視野出發，觀察冷戰議題了。準確地說，在韓素音這裡，她談論的亞洲指的是「東亞」和「東南亞」，偶爾涉及「南亞」。關於中國大陸和香港等東亞區域，前文已有論述，此處再以東南亞和南亞為分析單元，考察韓素音在亞洲視野下的冷戰論述。

應該指出，韓素音描繪緊急法令下的馬來亞社會，支援新加坡的南洋大學的創建，這兩方面都與亞洲冷戰有關。接下來，我以她的第四部自傳《吾宅雙門》和自傳體小說《餐風飲露》為個案，討論她如何在亞洲視野下，再現南洋冷戰，表達左翼政見。

在馬來亞淪陷期間（1942-1945），馬來亞共產黨（簡稱「馬共」）和盟軍並肩作戰，抵抗日本侵略軍。二戰結束後，英國人重回馬來亞，漠視當地人民追求獨立的訴求，也與馬共發生了激烈衝突。為了打擊日漸坐大的馬共，殖民當局在1948年宣布實施「緊急法令」，[81]又在1950年開始實施「新村運動」，把上百萬華人驅趕到由大片鐵絲網圍起來的集中營裡，由軍警晝夜監管。[82]1952年1月，大英帝國的鄧普勒（Sir Gerald Templer）將軍擔任馬來亞最高專員，他把馬來亞劃分為「黑區」和「白區」，對馬共實施堅壁清野的戰略。同時，殖民當局禁止馬來亞與中國之間的人員出入、書籍流通，華人和華校生也被懷疑為暗通馬共，受到當局的監控和偵訊。韓素音在當時多次批判過「新村運動」和東南亞的反共潮流，她對前來訪談的記者明確表示：「緊急狀態，讓我看到一個真正的馬來亞」，她還直言不諱地說，新村政策「這是個錯誤的政策」[83]。

不妨羅列《吾宅雙門》中的一些情節以見證東南亞冷戰的風聲鶴唳。1952年3月，韓素音在柔佛的巴魯總醫院上班，她吃驚地發現醫生很少，聽說醫院多次被馬共游擊隊攻擊（頁62）。丈夫梁康柏擔任柔

---

[81] Victor Purcell: *Malaya: Communist or Free?* (London: Gollancz, 1954).
[82] 關於馬來亞「新村運動」的最新研究成果，參看：Tan Teng Phee, *Behind Barbed Wire: Chinese New Villages During the Malayan Emergency, 1948-1960* (Petaling Jaya: SIRDC, 2020)；潘婉明《一個新村，一種華人？──重建馬來（西）亞華人新村的集體回憶》（吉隆坡：大將書局，2004年）。
[83] 轉引自章星虹《韓素音在馬來亞：行醫、寫作和社會參與（1952-1964）》，頁54、55。

佛特別處的助理處長,忠實執行「緊急法令」,引起了當地華人的恐慌(頁66-67)。韓素音參觀華人新村,發現有四百位華人被安置在那裡,罪名是為「匪徒」提供了食物,這些華人的居住環境十分惡劣,缺少糧食和藥物(頁74)。韓素音提到家裡的傭人阿梅,她原來是一個馬共分子,後來在一次武裝行動中被政府軍俘獲,她投誠以後做了密探(頁85-86),這個故事被韓素音寫入她的小說《餐風飲露》中,很受關注。[84]韓素音發現,殖民政府把華人的文化認同和國族認同混為一談,導致新馬華校被認為是馬共滲透的溫床,經常受到特別處的襲擊。中華人民共和國成立後,殖民當局禁止馬來亞、新加坡和中國發生文化交流。根據緊急法令,任何持有中國書刊的人可以不經審判而被拘留,韓素音的許多書籍被特別處扣押或銷毀(頁78)。韓素音告訴人們說,自己打算去中國探親,這在當地的報界引起了騷動,因為在冷戰氛圍中沒有人敢直說「我要到中國去」。韓素音申請去美國的簽證被拒絕了,因為她最近從中國回來,有「親共」的嫌疑(頁258-259)。

聯繫韓素音的以上關於當代中國的介紹,我們看得出來,在這裡出現的關於「緊急法令」下馬來亞社會的深描,顯示了她從廣闊的「亞洲視野」出發,洞察到在戰後亞洲出現的兩種政治圖景:一方面,有些國家在追求民族解放、獨立建國的社會運動,甚至取得了社會主義建設的偉大成就,例如中國;另一方面,一些尚未獨立的殖民地則深陷冷戰對抗的政治風潮當中,並且與宗主國的冷戰東方主義、離散華人的遠端民族主義糾結在一起,呈現出錯綜複雜的歷史面貌,例如馬來亞。這就是韓素音在「亞洲視野」之下發現的兩種政治景觀,在1945年到1964年的亞洲歷史上,構成意味深長的諷刺性對照。

新加坡和馬來亞的教育問題也引起了韓素音的興趣。應該說,這個話題除了表現出後殖民社會的語言政治,也與東南亞冷戰有密切關聯。韓素音以見證人的身分介紹了南洋大學的創辦經過:1952年2、

---

[84] 韓素音著,陳德彰、林克美譯《吾宅雙門》,頁86-87。「這本書至今還在重印,在美國一些大學裡仍然被列為關於馬來亞、關於緊急法情況最好的書。」

3月間，全馬來亞的二百七十個華人團體和俱樂部參加了這一計畫，南洋大學就此誕生了（頁99）。一個持有殖民主義立場的英國人說：「南洋大學是華人沙文主義的典型表現」，遏制華語文化正是為了「反對共產主義」。韓素音加以反駁，據理力爭。由於支持南洋大學，韓素音受到福建會館的邀請，拜見陳六使和李光前，聽他們解釋了為什麼要創辦南洋大學。一個美國記者在英文報章發表文章，蔑稱陳六使、李光前是赤色代理人：「儘管如此，那時候時興把促進文化聯繫和共產主義混為一談。那些日子正是約瑟夫·麥卡錫以莫須有的罪名進行政治迫害的時期，新加坡和好萊塢一樣受到波及。」[85]韓素音發現，在亞洲冷戰的年代裡，南洋大學首任校長林語堂打算把南洋大學打造成一座反共堡壘，這引起了奉行「去政治化」立場的華商僑領的警惕和不滿，雙方很快就分道揚鑣了（頁104-105）。從韓素音的以上發言來看，南洋大學的創辦在新馬社會不是一個單純的教育問題，而是一個有高度敏感性的文化政治問題，它牽扯的是人類社會中經常出現的一個普遍現象「作為後殖民現象的語言政治」，引人深思的是，這個問題在冷戰年代變得更加複雜化了。弔詭的是，相對於歐美的帝國民族－國家來說，南洋大學創辦的問題又是一個地地道道的「亞洲問題」，而正是透過韓素音的亞洲認同的眼睛，新馬華人視野中的南洋大學創辦這個話題真正顯出「語言正義」的複雜性。

韓素音在長篇小說《餐風飲露》中給南洋冷戰以寫實主義描繪，這在當時的亞洲區域具有典型性。李星可給本書以很高評價：「戰後以來這是描寫馬來亞風光的第一部奇書。」[86]本書的前六章聚焦於六個場景。第一章描繪警察局見聞，華商「藍德」向大衛斯警官暗示馬共分子走私的祕密。[87]韓素音見到停在路邊的裝甲車內有手握輕機槍的警察。第二章聚焦於醫院見聞，指出馬共在底層華人中有廣泛的民意基礎。第三章描繪底層華人「阿牛」一家的貧苦生活。第四章假託馬共分子「陳阿白」的日記，敘述馬共的軍旅生活。第五章描繪上流社

---

[85] 韓素音著，陳德彰、林克美譯《吾宅雙門》，頁102。
[86] 漢素音著，李星可譯《餐風飲露》（新加坡：青年書局，1956年），頁5。
[87] 同上，頁17。

會的聚會，副警察總監主張把不願效忠的華人一律驅逐出境，送回中國。第六章描寫一群殖民地官員視察集中營，發現被關押的不少政治犯，包括一批華族婦孺，蒙受不白之冤。翻閱這本政治小說，我們發現，在關於南洋冷戰的紀實性描繪中，字裡行間處處透露出韓素音的政治關切，她對殖民當局的嚴厲批判，她對殖民地人民（尤其是底層華人）的深厚同情。

　　韓素音的自傳《吾宅雙門》和小說《青山不老》也涉及亞洲其他國家。一是柬埔寨。韓素音受邀訪問柬埔寨，與西哈努克親王保持長期友誼。西哈努克和中國領導人有良好的關係，這在冷戰年代是一個大膽的舉動：「那時美國對政治抱有固定的看法。誰不服從它以『自由民主』的名義推行的路線，成為它的附屬國，誰就是它的敵人──儘管華盛頓的首腦們實際奉行的政策十分專橫，蔑視人權。誰與中國交朋友便是十惡不赦。西哈努克與眾不同，他是中國的朋友；保持中立。」[88]二是印尼。1962年，韓素音訪問印尼，見到蘇加諾總統。韓素音在雅加達大街上見到蘇聯人提供給印尼軍人的坦克，她提醒印尼共產黨領導人艾地可能會發生軍事政變，但是後者不以為然。1965年9月30日，印尼果然發生了軍事政變，出現了針對共產黨人的大屠殺。[89]三是印度。1962年左右，韓素音從北京回來以後直接飛往印度求見尼赫魯，試圖調停兩國的邊界爭端，但談話很不愉快，尼赫魯由於受到美國的拉攏利誘而採取敵視中國的立場，拒絕接受韓素音的建議。四是尼泊爾。韓素音的小說《青山不老》談到尼泊爾這個南亞小國陷入了冷戰氛圍，人們在茶餘飯後討論反共話題。小說中的人物，例如麥考萊神父、弗萊德醫生、陸軍元帥和藍保使，處在冷戰時代，驚恐不安地談論共產主義，無不視其為洪水猛獸。第十三章提到，美國人麥考萊神父向朋友們講述尼泊爾的地理、歷史，還有冷戰年代的反共狂熱──

---

[88] 韓素音著，陳德彰、林克美譯《吾宅雙門》，頁269-270。
[89] 關於冷戰年代印尼政府、印尼華人與中國之關係的最新研究成果，參看：Hong Liu, *China and the Shaping of Indonesia* (Singapore and Kyoto: NUS Press and Kyoto Press, 2012); Taomo Zhou, *Migration in the Time of Revolution: China, Indonesia, and the Cold War* (New York: Cornell University Press, 2019).

他在加滿都認識的大人物們，他們對於阻遏共產主義的洪流都是了不起的頭等重要角色，而且可能都是安妮的寫作資料。像很多海外的美國人一樣，參考萊神父也有一點那種可以瞭解的毛病：他們評斷和觀察某一種心理狀態或者社會階層的人，都不是把他們當成人，而是把他們當作可以用來阻遏赤色侵略的防禦體，或者亞洲共產主義的先鋒的。[90]

醫生弗萊德批評人們忙於行動而缺乏反思，認為共產主義是物質革命邏輯的副產品。[91]陸軍元帥與朋友談天，他認為貧困導致人們接受了共產主義，這對亞洲來說是勢所必需的。[92]一個祖籍中國、在南亞出生長大的華人名叫「藍保使」，他反對快速改革，認為這會導致人民的妄自尊大和不信宗教，如同邊境那邊的中國，他還誣衊烏尼・梅農先生是一名共黨分子。[93]小說中多次出現「冷戰」字眼，這引起了新加坡作家趙戎的注意，他也驚奇地發現：「想不到這個與世隔絕的山國，也成為東西兩方冷戰的場所。印度、美國、中國，都插手進來，爭取尼泊爾的友情。」[94]

必須指出，韓素音所有這些關於亞洲冷戰的再現，和西方作家——例如，毛姆（W. Somerset Maugham, 1874-1965）、吉卜林（Rudyard Kipling, 1865-1936）、康拉德（Joseph Conrad, 1857-1924）、黑塞（Hermann Hesse, 1877-1962）等——的東南亞遊記的志趣大不相同。她不是從東南亞歷史的「外部」進行浮光掠影的獵奇描寫，也沒有使用「帝國的眼睛」[95]對東南亞進行異國情調化、烏托邦化、自我東方化的處理，而是根據自己作為一名歐亞裔人士的亞洲生活經驗，從亞洲

---

[90] 漢素音著，李星可譯《青山不老》上冊（新加坡：青年書局，1958年），頁230。
[91] 漢素音著，李星可譯《青山不老》下冊，頁405。
[92] 漢素音著，李星可譯《青山不老》下冊，頁570。
[93] 漢素音著，李星可譯《青山不老》下冊，頁644。
[94] 趙戎〈讀漢素音的《青山不老》〉，收入氏著《文藝月旦集》（新加坡：新加坡文藝協會，2009年），頁35。
[95] 「帝國的眼睛」這個說法來自於美國學者Mary Louise Pratt的名著 *Imperial Eyes: Travel Writing and Transculturation*, second edition (London: Routledge, 2007).

國家的「內部」進行同情的瞭解和深刻的再現。韓素音描繪亞洲人民在歷史上的苦難和滄桑,她分析「去殖民化」的刻不容緩的必要性,她重申歐洲和亞洲自古以來的交流互動及其積極成果,她主張西方發達國家對亞洲國家的平等對待,她提倡亞洲國家之間的橫向聯繫和國際主義,她讚嘆中國革命的成功經驗和社會主義建設的成就,所有這一些有關政治文化的論述,都有她自己的實地考察的基礎和嚴肅認真的思考。韓素音也不僅是在為那段無法忘懷的歷史記憶進行造像和留念,而是在對東南亞冷戰的描繪中,表達她對民族獨立、平等政治、尊嚴政治的思考,這當然是一種左翼知識分子的政見。由此可見,從1950年代到1980年代的冷戰時期,韓素音根據亞洲經驗,對二戰以後的亞洲產生了深切的區域認同,這也使得她在思考亞洲問題的時候,沒有沿襲西方現代性的現成模式和殖民帝國的思維框架,而是自覺地從亞洲視野出發,深度分析亞洲國家之相似的歷史記憶、現實處境和未來走向,發人深省地提出一些關於去殖民化、國際主義和全球民主的洞見。

結語:超越「冷戰東方主義」

終其一生,韓素音都是一名活躍的公共知識分子,她的著作觸及重大理論議題:離散民族主義和中國性、婦女解放和女性主義、世界革命、全球六〇年代,等等。最重要的是,在漫長的冷戰年代,韓素音走向知識左翼,同情中國革命,推動東西方的文明對話,形成自己的雙重文化認同。她根據豐富的亞洲經驗和堅定的亞洲認同,在思考二戰以後第三世界的獨立建國問題時,她從後殖民批評和亞洲視野出發,強調「去殖民化」的重要性和國際主義的可行性,為解決平等、尊嚴和人類正義等問題貢獻了一己之批評思考。

韓素音的亞洲論述有打破「冷戰東方主義」的效果。根據薩義德的分析,「東方主義」具有知識體系、話語實踐和權力運作等三重涵義,服務於西方殖民帝國對東方世界的殖民、征服和掠奪。[96]雖然薩義

---

[96] 愛德華・薩義德著,王宇根譯《東方學》(北京:生活・讀書・新知三聯書店,

德討論的「東方」只局限於中東的伊斯蘭教世界，但他的相關論述也適用於亞洲其他國家的情形。在東方主義的思維定勢下，「亞洲」被描述為與西方相反的一個地理空間：政治上的專制制度，經濟上的農耕和遊牧模式，思想文化的缺乏啟蒙。即使在黑格爾等哲學家那裡，這一套歐洲中心主義和東方主義的思維方式依然是根深柢固，牢不可破。[97]根據最新的研究，在冷戰年代，美國政府和英國政府通力合作，制定了管控東南亞政局的策略，結果是，東南亞五個主要的反共國家（馬來西亞、新加坡、菲律賓、泰國、印尼）鎮壓國內的受中國影響的社會主義運動，在地理空間上形成一個弧形的戰略包圍圈，以遏制越南革命，包圍社會主義新中國。[98]再加上二戰以後，西方帝國主義國家喪失了亞洲殖民地，當地的民族解放運動和建國運動走向蓬勃，而社會主義國家蘇聯向亞洲國家（北韓、中國、越南、老撾等）輸出革命，這些因素導致了在西方人的眼中，早已被東方主義化的亞洲又變成了共產主義氾濫的重災區。此時在美國國內，美國政府出於反共目的，通過外交手段和文化生產的合作，使得中產階級的亞洲想像在原有的東方主義色彩之外，又添加了冷戰內涵，而這種被製造的亞洲形象服務於美國在亞洲的勢力擴張，是為「冷戰東方主義」（Cold War Orientalism）。[99]所以，在這個歷史背景下來思考，韓素音的著作在英國、美國和其他西方國家出版，其中對於亞洲冷戰和中國革命的論述，有助於西方人放棄傲慢和偏見、消除冷戰東方主義。因此，通過對韓素音這個思想人物的個案分析，也有助於理解現代知識分子和公共領域之間的複雜微妙的關係，這種關係既是文化的，也是政治的，當然更是歷史的。

2007年第2版）。
[97] 黑格爾著，王造時譯《歷史哲學》（上海：上海書店，1999年），頁122-143。
[98] Ngoi Wen-Qing, *Arc of containment: Britain, the United States, and Anticommunism in Southeast Asia* (New York: Cornell University Press, 2019).
[99] Christina Klein, *Cold War Orientalism: Asia in the Middlebrow Imagination, 1945-1961* (Los Angeles, CA: University of California Press, 2003).

第二章　黑嬰的左翼之心：

印尼、中國與文化冷戰[1]

引言：南洋、冷戰與歸僑

　　本文對印尼歸僑作家黑嬰的作品進行跨文類分析，從印尼和中國的歷史語境出發，研討黑嬰的左翼思想成長史，包括他對荷蘭殖民主義和日本軍國主義的批判，他對離散華人的民族主義和國際主義的盛讚，他對中印底層人士的階級分析，他對華僑社會之分化和鬥爭的描繪，以及他從1946年開始對文化冷戰的深度介入。通過文本、歷史與理論的綜合，本文對黑嬰在跨國經驗中形成的左翼思想展開批評探索，結合歷史的後見之明和文本的邊緣閱讀，點出其中的矛盾、弔詭和不合時宜；將其置於1980年代湧現的「歸僑文學」寫作浪潮中，突顯這個經歷豐富而又獨具特色的個案，希望對海外華語文學和中國現代文學之研究起到補充、豐富和深化的作用。

　　從1500年開始，西班牙、葡萄牙、荷蘭、英國等殖民帝國輪番崛起，這標誌著世界近代歷史的開端。此後，這些帝國通過遠洋貿易、海盜式掠奪、軍事征服、殖民墾拓等方式，把南洋（即今日之東南亞）的絕大多數國家變為殖民地，直到第二次世界大戰終結。[2]在殖民化的歷史過程中，華南中國人出於「推－拉作用」而大舉南下，從事商貿、苦力、教育、報館等行業，遂使南洋成為海外華僑之最大聚

---

[1]　本文發表於開封《漢語言文學研究》2022年第4期，此為修訂版。
[2]　安東尼‧瑞德著，孫來臣等譯《東南亞的貿易：1450-1680》（北京：商務印書館，2013年第1版），頁370-393。瑞德在考察東南亞近代以來海洋貿易的基礎上，明確指出殖民主義和帝國主義是東南亞國家之貧困落後的根源。

居地。從1596年開始，荷蘭人開始殖民印尼，長達三百五十年，直到1949年荷蘭人才交還主權。生活在漫長苦難的「荷印時代」，一些華僑自比為「海外孤兒」，堅持文學寫作，見證暴力，控訴不義，表達去國懷鄉的心情。南洋與中國的互動有悠久的歷史，在文化領域也是如此。從晚清到當代，由於各種原因，既有「南來文人」也有「歸僑作家」，形成南洋和中國的跨國文化網絡。[3] 1949年10月1日，中華人民共和國成立，吸引大批華僑回歸祖國，投身社會主義建設。[4]黑嬰（1915-1992）即是其中之一。

黑嬰原名張炳文，又名張又君，祖籍廣東梅縣，客家人，1915年出生於印尼的棉蘭市，父親是當地華僑商店的職員。七歲被父母送回故鄉念小學[5]，十三歲返回棉蘭就讀於英文學校，同時在《新中華報》打工。1932年7月，十七歲的黑嬰來到中國，考入上海暨南大學外文系。[6]他在上海居留了五年，積極從事文學寫作，在茅盾主編的

---

[3] 清末民初，左秉隆、黃遵憲、邱菽園、康有為、楊雲史、蕭雅堂、葉季允等官員和文人來到南洋，多數人支持維新。1927年，大革命失敗，左翼作家流亡南洋，例如許傑、洪絲絲、馬寧、洪靈菲等，他們宣傳革命思想，促進「新興文學」出現。1937年，抗戰軍興，郁達夫、胡愈之、巴人等來到南洋，宣傳抗日救亡。1949年，中華人民共和國成立，一批自由主義作家和忠於國民黨政權的作家，離開中國流亡香港，然後漂泊到東南亞，例如力匡、黃崖、白垚、馬摩西、蕭遙天、楊際光。此後，由於全球冷戰和文化大革命等原因，南洋和中國的文化交往出現了停滯和中斷。1980年代以後，東南亞國家和中國政府陸續建立邦交關係，大批中國人出於留學、移民、經商、家庭團聚等原因來到東南亞，其中的一些人活躍於當地文壇，是為「新移民作家」。

[4] 關於歸僑研究，參看：王賡武《中國與海外華人》（香港：商務印書館，1994年）；黃小堅《歸國華僑的歷史與現狀》（香港：香港社會科學出版社，2005年）；奈倉京子《「故鄉」與「他鄉」：廣東歸僑的多元社區、文化適應》（北京：社會科學文獻出版社，2010年）；Glen Peterson, *Overseas Chinese in the People's Republic of China* (New York: Routledge, 2012); Ong Soon Keong, *Coming Home to a Foreign Country: Xiamen and Returned Overseas Chinese, 1843-1938* (Ithaca, N.Y.: Cornell University Press, 2021).

[5] 黑嬰的〈第一個新年〉記述他在七歲時被父母帶回故鄉的感受，上海《東方雜誌》1935年32卷1期，頁55-56。

[6] 1933年11月，已在上海讀書的黑嬰寫下散文〈歸國雜記〉，回憶他在1932年7月首次離開印尼、遠行到上海讀書的難忘經歷，見上海《十日談》1933年第14期，頁6-7。

《文學》創刊號上發表短篇小說《五月的支那》，在《申報月刊》上發表短篇小說《帝國的女兒》。這位新進作家迅速崛起，引起文壇的注意。關於黑嬰小說，國際學術界出現了一些代表性的成果，[7]本文不打算重複這些論述，而是廣泛搜求黑嬰的早期（1932-1937）、中期（1937-1951）和晚期（1951-1982）的作品，合而觀之，對照分析，考察他在跨國經驗中形成的左翼思想成長史，研討從1946年到1983年，黑嬰如何追逐左翼理想，回應亞洲冷戰。

一、黑嬰的帝國敘事

印尼長期以來是荷蘭的海外殖民地，19世紀的一些印尼華人從事中國古典文學的翻譯工作。1900年以後，印尼華人移民數量大增，形成與原住民相互隔離的華人社區。受到晚清維新變法和辛亥革命的影響，印尼華人出現民族主義，創辦中華會館、華僑學校、華文報章。1920、1930年代是印尼華文文學的萌芽和起步階段。印尼華僑受到中國「五四」新文化運動的影響，關注祖國政治變革，投身抗日救亡，戰後支持印尼人的民族解放戰爭。[8]黑嬰即是其中的一員。從二戰結束到1957年，印華文學進入了一個坎坷發展的時期。

黑嬰曾經長期生活在殖民帝國的陰影下。1500年以來，西方帝國主義國家競相進行海外殖民擴張，給當地人民造成了深重苦難，正如

---

[7] 田文〈一個地球流浪者的飄落感：讀黑嬰《五月的支那》〉，太原《名作欣賞》1987年第1期，頁73-79；張英進〈都市的線條：三十年代中國現代派筆下的上海〉，北京《中國現代文學研究叢刊》1997年第3期，頁93-109；巫小黎〈游走於都市與鄉村之間：黑嬰早期小說創作心態尋蹤〉，梅州《嘉應大學學報》1998年第2期，頁61-64；陳麗汶〈狐步舞結束以後：論中國歸僑作家黑嬰的成長小說〉，臺北《中國現代文學》第33期（2018年6月），頁43-62；楊慧〈1930年代滬上文壇獨特的「新感覺」：南洋華僑作家黑嬰的「鄉愁」書寫〉，成都《四川大學學報》2015年第1期，頁102-110；周海威〈「新感覺」背後的隱祕：黑嬰的南洋記憶書寫〉，銀川《寧夏師範學院學報》40卷3期（2019年3月），頁32-39。

[8] 參看賴伯疆〈五四新文化運動前後印尼華人社會、報刊與文學〉、犁青〈1919年五四前後的印尼華文文學〉，收入王潤華、潘國駒主編《五四在東南亞》（新加坡：八方文化創作室，2019年），頁136-149、377-386。

薩義德所說：「帝國主義畢竟是一種地理暴力的行為。通過這一行為，世界上幾乎每一塊空間都被勘察、劃定、最後被控制。」[9]像多數印尼華人一樣，黑嬰見證荷蘭的殖民管控和日本的侵略戰爭，留下了不可磨滅的創傷記憶。黑嬰如何再現荷蘭與日本的帝國暴力？他的「帝國敘事」如何表達左翼思想？下面的章節分別從殖民和戰爭的角度出發，對黑嬰的「帝國敘事」中的左翼思想進行描述、解釋和評價。

（一）荷印時代的華人：從民族主義到國際主義

廖建裕指出，19世紀末期的荷屬東印度時代以種族作為劃分社會等級的界限，當時社會分為三個等級：最上者是歐洲人（以荷蘭人為主），其次是外國東方人（包括華人、日本人和阿拉伯人），最下者是土著。不僅如此。殖民地法律歧視華人，華人被局限在華人居住區，若要離開華人區經商或工作，則需要申請通行證，否則會受到法律制裁。當時華人對自己與土著等同的法律地位大為不滿，華人領袖主張華人應該取得與歐洲人一樣的法律地位，為了達到這個目的而採取的策略是建立為數眾多的華人團體和華僑學校。[10]身處這種殖民地歷史情景中，印尼華人不可避免地淪為「跨國弱裔」（transnational minority）：一方面，他們作為移民（immigrant）需要小心處理與當地土著之間的關係；另一方面，他們與土著一樣屬於被殖民者（The Colonized），被迫與荷印殖民當局進行抗爭和斡旋。準此，印尼華人的文化認同和國族身分顯得敏感而複雜。同時，由於印尼華人的經濟狀況的差異造成了不同的階級身分和位置性（positionality）。由異族父母通婚而導致的混血子女是所謂的「土生華人」（Peranakan），他們從祖輩開始就定居在本地，已有好幾個世代，職業通常是政府公務員和商行經理，精通馬來語，有時運用方言，極少人懂華語，他們的

---

[9] 愛德華・W・薩義德著，李琨譯《文化與帝國主義》（北京：生活・讀書・新知三聯書店，2003年第1版），頁320。
[10] 廖建裕《現階段的印尼華人族群》（新加坡：新加坡國立大學中文系，八方文化創作室，2002年），頁33-34。

政治立場是屈從於荷印殖民當局，而與中國原鄉的關係較為疏遠。「新客華人」漂泊南來，篳路襤褸，在印尼從事教育、報館、經商和苦力等工作。此外，還有所謂的「僑生」，他們是在本地出生的移民第二代，習慣於回中國升學。新客和僑生把中國視為祖國，他們的民族意識較為顯著。安德森（Benedict Anderson, 1936-2015）研究過東南亞國家的民族主義，他指出，正是殖民經驗深刻塑造了民族主義：首先，族群政治的根源在現代，不在古代歷史中，它們的狀態很大程度上是殖民政策決定的，其次是族群與宗教和階級的更深層力量錯綜地交織在一起。在外來少數族群中，最顯明的例子是華人，他們掌握著與其人數極不相稱的經濟權力。[11]這樣一來，在荷印時代形成了兩種民族主義：一種是作為多數族群的印尼土著人的本土民族主義，另一種是作為少數族群的華人的遠端／離散民族主義。這兩種民族主義面臨著共同敵人：起初是荷蘭人，後來是日本人，所以它們有共同的反抗對象，但是在歷史經驗中，兩者之間也有緊張和衝突。

　　安德魯・鍾斯（Andrew F. Jones）發現：「黑嬰的小說與散文中，不少作品發生在來往蘇門答臘、新加坡與上海的輪船上。」[12]這是正確的觀察，不過嚴格地說，黑嬰在跨殖民地旅行中目睹殖民帝國的陰影，發現海洋亞洲的華人族裔性與文化認同，洞察到性別、階級、種族與國家的糾葛。黑嬰講述的故事大都發生在雅加達、新加坡、檳城、香港、上海等海洋城市，這些作品對熱帶海洋和南洋鄉愁有迷人的描繪，刻畫離散主體的身體流動與感知地圖。散文〈印度洋上〉寫黑嬰有一次乘船從印尼出發，經過新加坡回中國的見聞。「我」是一名南洋僑生，在輪船上與一個義大利水手聊天，此人崇拜法西斯頭子墨索里尼，讚譽其是「世界第一偉人」，還興奮地詢問「我」是否讀過墨索里尼自傳。「我」尷尬地搖頭否認，然後匆忙離去。事後，「我」有一段自我反思的總結——

---

[11] 本尼迪克特・安德森著，甘會斌譯《比較的幽靈：民族主義、東南亞與世界》（南京：譯林出版社，2012年），頁417。

[12] 安德魯・鍾斯〈黑嬰的異域情歌〉，上海《文學》2018年春夏卷（上海：復旦大學出版社，2018年）。

> 一個殖民地生長下來的僑生會有很好的政治意識嗎？那些統治者真聰明呢，他們有法子使你什麼也不懂得的。做了好幾年教會學校的善良學生，念過許多我主耶穌的書，我卻終於海底出太陽的奇蹟似的走開了。[13]

「僑生」由於被荷蘭殖民者施行系統性的奴化教育，喪失了自己的國族意識。由此可見，離散華人通過身體主體在「海洋亞洲」的跨界流動，邂逅不同種族人士，在自我與他者的跨文化對話中出現了反思性的民族意識。

黑嬰對荷印殖民當局的批評首先在中篇小說《驅逐出境》中表露出來。這個小說講述的是，混血華人石亦堅在「關都」（殖民當局的行政部門）擔任書記有十多年了，朋友新開的一間華僑中學從海南招聘一位名叫「胡亮」的教員。石亦堅出於同鄉情誼把自家的一個房間出租給胡亮，兩人自此熟識起來，胡亮發現石亦堅是一個老實、可憐、平庸的人，缺乏政治覺悟，渾渾噩噩，「他沒有法子把世界看得清楚一些，顯著的奴性不時表現出來」。[14]出於同情心，胡亮把自己的藏書推薦給房東石亦堅借閱。這篇小說特意提到荷印殖民政府系統性地打壓海外華僑。胡亮自述，他初次踏上這塊殖民地就感到不安，因為移民廳長粗暴地表示：這裡不歡迎中國知識分子，還威脅胡亮說，如果膽敢不遵守這裡的法律，就會被遣送出境。荷印當局專門設置一個機構名叫「華民漢務司」，負責審查華校和華文報。漢務司查禁了一間華僑中學的兩種教科書，任課教師正是胡亮，他很快就被警察帶走了，接受漢務司的盤問。漢務司官員的副手名叫「孫國唐」，他是石亦堅的老同學。孫國唐警告胡亮說，這裡不是中國，不可在教科書裡傳播危險思想，否則下不為例。應該說，這裡對荷印當局打壓華文教育的描寫符合歷史事實。根據歷史學家的研究，當時的殖民地政府儘量限制華人參與中國政治，也禁止革命組織的出現，反荷蘭的政治

---

[13] 黑嬰〈印度洋上〉，上海《申報・自由談》1934年10月15日。
[14] 黑嬰〈驅逐出境〉，上海《文藝月刊》1936年8卷1期，頁110。

組織根本不允許存在,各種政治運動都受到嚴格限制。[15]顯然,在對土生華人與新客華人的對比敘述中,黑嬰透露了殖民地時代印尼華人社會的複雜結構,荷印當局的思想管控激發了他的族群民族主義,這在南洋華人社會是普遍情緒。後來,由於世界經濟危機的影響,房東石亦堅被政府解雇了,他懷著一線希望去找上司求情,也是白費口舌。後來,石亦堅忍受不了窮困生活的折磨,他在孫國唐的教唆下向當局誣告胡亮是危險分子,導致胡亮被驅逐出境。小說結尾寫出了石亦堅的愧疚不安的心情——

> 胡亮因行動與居留政府條例抵觸被判驅逐出境的新聞在報紙上用大號標題登出來,捧著報紙,他不能唸下去。他的一生似乎已經有過洗不去的汙點;只要想到那良善的年輕人,就有一種內心的苛責,他幾乎不能寬恕自己似的揪住頭髮亂搖起來。[16]

這些情節說明,處在荷蘭殖民管控下,印尼社會普遍缺乏左翼思潮的生存土壤,有的土生華人扮演了落井下石、為虎作倀的不光彩角色。新客華人與土生華人之間不乏矛盾衝突,他們與殖民當局的關係不大相同,他們的思想狀況之差異取決於他們的經濟狀況和階級地位。

黑嬰晚年寫出的長篇小說《漂流異國的女性》繼續譴責荷印當局。在小說的上卷,兩位主人公是「袁麗萍」和「廖潔」,她們在1930年初離開故鄉汕頭,飄洋過海來到印尼的蘇門答臘島,任教於棉蘭的兩間華僑學校。當時荷蘭殖民政府實行文化鉗制,在巴達維亞(即今日之雅加達)設置「漢務司」,棉蘭警察廳裡設置了一個由「漢務司」管轄的科室,除主管的荷蘭人外,還雇傭兩名譯員,專事翻譯和檢查工作,小說這樣寫道——

---

[15] 王賡武《海外華人的民族主義》(新加坡:UniPress of NUS,1996年),頁54。
[16] 黑嬰〈驅逐出境〉,頁123。

所有進口的和本地出版的中文印刷品，都要經過他們的嚴格檢查。教科書的採用，不僅是中學，從小學一年級起，每一本教科書都要先送給漢務司審核，經過他們同意。他們特別害怕講到帝國主義，講到工人和農民遭受壓迫剝削的文字，連各色人種生來平等的話也講不得。馬克思、恩格斯、列寧的名字，對殖民者來說，簡直成了洪水猛獸。[17]

防範左翼思想是漢務司的工作重點，而中文印刷品是承載這種思想的媒介，所以，華人知識分子、華文書籍、華文學校和華文報館就成了替罪羔羊，淪為荷印殖民當局打壓的對象。當局啟動國家機器以實施洗腦教育，企圖抹除華人的政治意識和文化認同，達到鞏固殖民帝國之合法性的目的。袁麗萍發現，棉蘭華僑中小學的教材品質堪憂，她使用的語文課本是上海商務印書館出版的，地理、歷史教科書卻是新加坡的出版商特地編印的，還有一本教科書被撕去了幾頁才獲准使用，這些怪現象使袁麗萍大為吃驚，憤憤不平。她與校長夫人丁若虹談到此事，聽說校長方正多次找到國民黨南洋領事館爭取合法權益，可是毫無結果。這部小說的另一個主人公是廖潔。她來到棉蘭以後被介紹到先達中華學校教書。警察和暗探盯緊這間學校，對文學社團「青草社」編輯的週刊非常警惕。後來，大批警察去教員宿舍搜去不少書刊，其中就有魯迅、郭沫若的作品和左聯的文藝期刊《萌芽》和《拓荒者》，他們沒收了學生的全部作文本，檢查後發現上面有「帝國主義壓迫」、「無產階級聯合起來」等字眼。警察抓走了兩個僑生出身的教員，誣衊他們是煽動階級鬥爭的共黨分子，將其流放到利幸島去了。

黑嬰的作品不但彰顯海外華人的離散民族主義，而且突出他們的國際主義情操，針對印尼民族解放運動表達道義支持。劉宏研究過1949到1965年印尼與中國的互動，包括印尼左翼知識分子普拉穆迪亞對魯迅和新中國的敬仰，這種冷戰年代的跨國知識傳輸促進了印尼政

---

[17] 黑嬰《漂流異國的女性》（哈爾濱：黑龍江人民出版社，1983年），頁16。

治文化的轉變，為我們理解這個歷史階段貢獻了中肯的論述。[18]黑嬰的作品在個人經驗的基礎上加入了創造性想像。《漂流異國的女性》的下半部分透過總編英子健的眼睛觀察戰後印尼社會。英子健負責的左翼華文報《晨光報》支持印尼人民的獨立運動。劉克非帶著兩位印尼朋友找到《晨光報》編輯部，希望幫忙印刷印尼文的宣傳品《燈塔》週刊，得到英子健和董事長王源昌的大力支持（頁97-99）。荷蘭政府急於恢復對印尼的殖民統治，不斷往爪哇島派兵，在泗水發動登陸作戰，印尼人民在城鄉拿起武器進行游擊戰。僑生朱傑精通印尼語，自告奮勇，報名擔任《晨光報》外勤記者進行戰地採訪，這個勇敢行為得到英子健的讚揚（頁100-103）。泗水華僑青年成立戰地服務團，華僑捐獻的藥品、食物和衣服源源不斷地送給印尼人。英子健的國際主義行為激怒了荷印殖民當局，他被捕入獄，然而無所畏懼——

> 我不怕荷印殖民主義者。他們進行的殖民戰爭，肯定要失敗；印尼人民爭取民族獨立鬥爭，已經到了勝利前夜。歷史的潮流滾滾向前，誰也不能阻擋。在我們的祖國，解放的旗幟，到處飄揚，海外的兒女，滿懷激情地等待新中國的誕生。到了那一天，我們要為新中國的誕生慶祝，為中華民族的崛起歡呼！我等待的就是這些。個人的命運與祖國密切相連，有祖國做靠山，華僑兒女再也不感到孤獨了。[19]

這裡顯示兩種思想的交織：一是海外華人在支持印尼民族解放運動中體現的國際主義情懷，二是海外華人對中國懷有的左翼政見和遠端民族主義。在小說結尾，英子健被驅逐出境，但是他無怨無悔，因為他堅信：「祖國，新生的祖國，會像母親一樣，張開雙臂，擁抱海外歸來的兒女。」[20]這個「海外孤兒」的隱喻肯定了原鄉追逐的正

---

[18] Hong Liu, *China and the Shaping of Indonesia, 1949-1965* (Singapore: NUS Press, 2011).
[19] 黑嬰《漂流異國的女性》，頁181。
[20] 同上，頁192。

當性和崇高感，黑嬰歡呼「中華人民共和國」這個主權獨立的民族－國家的創建，認為它為海外華人提供了必要的「政治屋頂」（Political roof）。

黑嬰的中篇小說《紅白旗下》寫荷印殖民統治瓦解、印尼獨立建國以後，進步華僑促進中國與印尼建立邦交的故事。汪暉在分析近代中國民族解放運動時指出——

> 在抵抗外來侵略，反對國內統治秩序的過程中，中國的許多知識分子和有識之士並沒有把自己簡單視為民族主義者，這是因為弱小民族的社會解放運動從一開始就是和其他弱小社會的反抗息息相關的。中國的現代民族主義從一開始便具有世界主義或國際主義的特點。[21]

黑嬰的海外華人民族主義不屬於印尼土著民族主義的一部分，而是屬於中國民族主義在海外的延伸，這種民族主義從一開始就具有國際主義元素。黑嬰的中篇小說《紅白旗下》表達這樣一種思想認識：在第三世界國家，那些最有思考能力和批判精神的知識分子發現，真正的民族主義從來就不是民族利己主義和排外主義，它必然會走向抱負遠大的國際主義。小說結尾出現一幅恢弘壯闊的群眾遊行場面，敘事者觸景生情，慷慨宣誓。[22]印尼聯邦共和國和中華人民共和國是兩個具有獨立主權的新生亞洲國家，前者容納左翼政治，後者是地道的共產政權，它們具有相似的被殖民的歷史記憶和建設新社會的重大使命，在帷幕已經拉開的全球冷戰的歷史條件下，它們共同面臨來自西方帝國主義的敵意和打壓，自然而然地結成一個堅實的命運共同體。

弔詭的是，從歷史經驗來看，印尼華人的處境非常尷尬。荷印當局實行分化瓦解、以華制華的政策，包括甲必丹制度、居住區制度、通行證制度、警察裁判權制度等，導致華人受到印尼人排擠的事件屢

---

[21] 汪暉《死火重溫》（北京：人民文學出版社，2000年）序，頁11。
[22] 黑嬰《紅白旗下》（香港：赤道出版社，1950年），頁121。

有發生。[23]孔飛力指出，印尼的排華運動「根源於殖民主義對於當地原住民的長期潛移默化，正是在殖民主義的長期影響之下，形成了海外華人長期生活於其中的那樣一個『他者』社會。」[24]從1945年8月到1949年12月的「八月革命」時期就發生了大規模的排華活動。[25]這讓鼓吹國際主義的黑嬰情何以堪？1950年代，印尼總統蘇加諾實施過自相矛盾的排華政策。但是這些種族迫害在黑嬰的《時代的感動》和《紅白旗下》當中完全缺席了，他描繪種族和諧、形勢大好的場景，也許太過樂觀，或者另有苦衷。1965年，印尼發生了大規模的反共排華騷亂「九三〇事件」，蘇哈托上臺後斷絕與中國的外交關係，肆意打壓華人，恢復使用歧視性的「支那」一詞稱呼中國。1998年，印尼又爆發了針對華人的種族迫害「黑色五月暴動」，黑嬰在六年前已經去世了，他如果九泉之下有知，也會痛心疾首。我們無須標榜後見之明，然而歷史的複雜弔詭，也應納入考量。

（二）太陽旗下：抗日救亡在中印

　　黑嬰在中國留學期間（1932-1937）適逢「一二八事變」和「盧溝橋事變」爆發。1937年10月，他回到棉蘭，在報館工作，從事救亡宣傳。1941年12月，「太平洋戰爭」爆發了。1942年3月，印尼淪陷，黑嬰被日寇抓捕，關進華僑集中營，直到日本投降，他才重獲自由。[26]從1932年到1947年，黑嬰文學作品的一個主題是左翼民族主義和普世人道主義，批判日本軍國主義，追求世界和平。

　　黑嬰在中國發表的作品涉及「民族主義」問題，把這些作品逐一分析，可以看出他經歷了從軟弱苦悶到堅定樂觀的心理轉變。〈紀念

---

[23] 周南京〈種族關係與國家建構：印尼華人個案研究〉，收入李元瑾主編《新馬印華人：族群關係與國家建構》（新加坡：亞洲研究學會，2006年），頁159-211。
[24] 孔飛力著，李明歡譯《他者中的華人：中國近現代移民史》（南京：江蘇人民出版社，2016年），頁293。
[25] 魯白野（1924-1962）的小說〈負傷兵〉、〈戰俘〉揭露印尼民族解放戰爭中，印尼的雜牌軍、敗兵和暴徒屠殺華僑。參看張松建《重見家國：海外漢語文學新論》（北京：北京大學出版社，2019年），頁177。
[26] 參看黑嬰〈集中營的回憶〉、〈爪哇華僑集中營紀實〉，藍素蘭編《黑嬰文選》（廣州：世界圖書出版公司，2013年），頁44-66。

碑〉、〈青春第一章〉、〈青春第二章〉[27]的思想格調消極頹廢。相比之下，散文〈忘不了的仇恨〉和〈捐款〉的主題思想就不同了，前者記述愛國青年「敏」在「九一八事變」三週年之際冒險還鄉，義無反顧地從事救亡工作；[28]後者講述「我」在愛國情操的驅使下，兩次為綏遠抗敵的將士們慷慨捐款，還貢獻出自己的微薄生活費。[29]民族意識、民族情感、民族歸屬感的結合產生了強大的民族主義熱情，把歸僑黑嬰與祖籍國緊密聯繫在一起，他的「離散華人」身分被淡化了，他的國族認同大幅度趨向中國。顏清湟指出，海外華人民族主義是一種歷史現象和過程，它是表達對祖國生存和發展關切的一種意識形態和運動，是一種自衛和反應式的運動，目的是為了給海外華人提供尊嚴和自豪感，這是近代中國民族主義在海外的延伸，而不是土著民族主義的一環。[30]毫無疑問，黑嬰的小說表達的正是這種海外華人民族主義。

　　黑嬰寫於戰後的短篇小說集《時代的感動》有更多的印尼經驗和近距離觀察，其中有四篇小說──〈嫂嫂〉、〈美麗的頭〉、〈淡淡的血痕〉、〈飯田大尉〉[31]，表達抗日救亡的民族主義主題。上述四篇小說有兩篇盛讚華僑女性的獻身精神，一篇從英國僑民的角度著墨，一篇聚焦於日本戰俘，共同點是黑嬰放棄了他在上海時期慣用的現代派技巧和異國情調，文筆質樸直率，情節緊湊集中，處理戰爭敘事和創傷記憶，洋溢著時代感和政治意識。

　　黑嬰的中篇小說《紅白旗下》講述戰後印尼華人中的正義人士拒絕與漢奸王一軒、曾氏兄弟合作辦報，表達同仇敵愾的民族主義。「文革」結束後，黑嬰復出文壇，重新歸隊，寫出長篇小說《漂流異國的女性》，其中有印尼華僑從事抗日救亡的故事，他們去國懷鄉，

---

[27] 黑嬰〈紀念碑〉，收入氏著《異鄉與故國》（上海：千秋出版社，1935年4月初版），頁1-4；黑嬰〈青春〉、〈青春第2章〉，上海《文藝大路》1935年1卷1期，頁21-27；1935年1卷2期，頁122-127。
[28] 黑嬰〈忘不了的仇恨〉，上海《女子月刊》1936年4卷9期，頁112-113。
[29] 黑嬰〈捐款〉，上海《青年界》1937年11卷1期，頁147-149。
[30] 顏清湟〈海外華人民族主義〉，收入氏著《海外華人的傳統與現代化》（新加坡：南洋理工大學中華語言文化中心，八方文化創作室，2010年），頁287、307。
[31] 參看黑嬰的短篇小說集《時代的感動》（雅加達：鮫人書屋，1947年），頁11-18、47-53、63-72、73-82。

遭逢離亂，冷風熱血，洗滌乾坤。其中的一個感人情節是：印尼淪陷，日軍搜捕抗日志士，報館主編莊一鷗和編輯廖潔等五名華僑慘遭殺害。袁麗萍來到棉蘭市中心的大草坪上，發現這五名烈士的頭顱被高懸在竹竿上，還有大群百姓在圍觀。袁麗萍深感悲痛，她佇立觀望，百感交集——

> 赤道的雨水淋溼了他們的頭髮，淋溼了他們的臉。他們冷嗎？他們想對大草坪上的人群說什麼呢？他們多麼熱愛這塊土地，又多麼憎恨踐踏這塊土地的強盜！他們曾經為中華民族的抗戰，做了許多工作，為這個莊嚴的使命奔走、呼號，……現在，他們的頭顱，懸掛在異國的大草坪上……。[32]

　　這個暴力場景一方面帶出海外華人的民族意識，另一方面傳達對日本的沉痛控訴。這個故事告訴讀者，在反抗帝國主義的侵略奴役方面，海外華人民族主義既是一種深沉美好的感情，也是一樁崇高神聖的事業。海外華人在歷史洪流中追求民族主義的核心價值，願意為之付出慘重的代價，這啟發袁麗萍等倖存者去想像一個共同體，同心同德，奮鬥搏擊，重建現代中國人的「政治屋頂」（political roof），在更深一層意義上，引領他們去思索人類正義、尊嚴政治與世界和平等問題。

　　當然，黑嬰不是一味揮灑民族主義，他的個別作品嘗試深度思考。短篇小說〈帝國的女兒〉在跨國離散背景下思考性別政治，朝向「欲望的地緣政治學」。這裡簡介一下故事情節。日本女子勉子由於深受軍國主義毒害，自認是「帝國的女兒」，這導致她與中國情人分手。她流落馬來亞，變成了一名應招女郎，生活落拓，孤獨抑鬱。某天，勉子到咖啡館，她勾引一個年輕的「支那人」，邀請他到自己家裡，喝酒聊天，向其大獻殷勤。當支那人說兩人是「仇敵」關係時，勉子表示困惑，這名支那人朝她很不耐煩地大聲咆哮道——

---

[32] 黑嬰《漂流異國的女性》，頁72。

不是嗎？難道你們東洋人是我的朋友嗎？東三省，想想上海！你們推（注：原文如此，當為「摧」字之誤——引者注）殘了我的祖國，你們殺死了我的同胞！[33]

他正要起身走開，但被勉子刻意挽留，自薦枕席，一夕歡好。翌日早晨，這名支那人還在酣睡當中，勉子一方面為自己的墮落而感到難過，另一方面從內心愛慕這個純真的支那人，然而一想到中日兩國是敵對關係，她預感到這段感情毫無結果。最後，支那人的敷衍態度激怒了勉子，她委屈地譴責對方的粗暴無情，而對方無言以對——

——我知道的，你認到我是仇敵，你不愛我，你剛才盡力地踩躪我的身體，也許是為了這念頭。但是，朋友，你錯了！
——怎麼，一句話也不說？我並沒有催（原文如此，當為「摧」字之誤—引者注）殘過支那；我也沒有殺過你的同胞。朋友！我這帝國的女兒是可憐的，在馬來半島過糜爛的生活。沒有人愛我，沒有人憐，是這麼的孤單！
——朋友，我受著的壓迫比你們更厲害，誰有錢皆可以在我的身上找到滿足。朋友，你應當明白。……[34]

勉子的意思是，她作為一名日本妓女遭到的性別壓迫並不比中國人的民族苦難來得輕鬆，她的不幸是來自不同種族、年齡、職業的男人們在金錢勢力主導下的階級奴役，她在性別壓迫之外遭受中國民族主義的情感暴力。在咄咄逼人的質問下，這名沉默的支那男子終於開口說話了：「——我明白了，帝國的女兒！」他現在發現，這個帝國的女兒不是帝國主義分子而是和他一樣屬於「被侮辱與被損害者」，區別在於：他喪失了國家主權，變成「沒有祖國的孩子」，而她失去了身體主權，淪為歡場賣笑的妓女，同是天涯淪落人，都需要別人的

---

[33] 黑嬰《帝國的女兒》（上海：開華書局，1934年2月），頁62。
[34] 同上，頁65-66。

同情、諒解和尊重。黑嬰動情地寫道，這個支那男子對勉子產生了深沉的人道主義情懷，「他抱她抱得更緊了」。準此，海外華人對日本的民族主義反抗、男人對女人的性別歧視、有產者對妓女的階級壓迫，這三重張力被置換成普世人道主義的同情心，超越國族、地理、語言與文化的疆界，指向對平等、尊嚴和人類正義的追尋。這裏的性政治不是狹隘的民族主義而是廣闊的人道主義。這是十八歲的黑嬰對「性別化國族」（engendered nation）的批評想像。

二、左翼思想再出發

　　黑嬰的左翼思想有一個從隱微到顯豁的發展軌跡，這個轉變受制於外在的歷史情景的變動——包括印尼、東南亞、中國與世界的歷史變遷，同時是他對後者的積極回應和深刻思考的結果。巫小黎注意到，上海時期黑嬰的有些作品接近1930年代的中國文學主潮「左翼文學」，例如〈赤道線〉、〈青春〉、〈私貨船〉、〈小夥伴〉。[35]楊慧研究過1932年到1937年的黑嬰作品，他準確指出：「綜觀黑嬰1930年代文學創作的整體狀況，他其實是一位偏向左翼文學的南洋華僑作家。」[36]那麼，黑嬰與革命組織到底有什麼關係呢？根據藍素明的敘述，乃父黑嬰早年在印尼報館工作，他的出身、經歷和情感促使他自覺趨向左翼思想：「共產黨建立的新中國也必然是他投奔的方向，而『愛國』、『進步』，也很快成為作家黑嬰明確的身分標誌。」[37]在另一場合，藍素明特意提到，黑嬰自述他在南洋很早就接觸到印尼共產黨，回國讀書時冒著生命危險為他們送過機密文件，由於上海的地下黨負責人姚篷子的被捕和叛變，黑嬰未能及時入黨，但他後來所做的工作都是在中共領導下的。[38]不過，這些單方面的說詞缺乏來自官方的有力證據。學術界普遍

---

[35] 巫小黎〈黑嬰的文學創作與活動述評〉，梅州《嘉應大學學報》1999年第4期，頁119。
[36] 楊慧〈穿越「摩登」的家國書寫：重讀黑嬰的南洋敘事〉，北京《中國現代文學研究叢刊》2016年第5期，頁167。
[37] 素明〈理解父親（代序）〉，見藍素蘭主編《黑嬰文選》，頁1。
[38] 素明〈我的父親節〉，見藍素蘭主編《黑嬰文選》，頁27。

認為，黑嬰小說的都市羅曼司受到穆時英的影響，這點得到了黑嬰的證實。[39]我認為，他寫作左翼文學可能受到過葉紫的鼓勵。1933年夏季的某天，在上海讀書的黑嬰意外收到葉紫的來信，邀其加入「無名文藝社」。據黑嬰的回憶，兩人見面後有誠實地交談：「葉紫他們聽了我的情況：千里迢迢從南洋回國求學，有一些殖民地生活經歷，身受過殖民主義的壓迫，就鼓勵我寫這方面的小說，並約好寫完以後送到『無名文藝社』去。」[40]——以上證詞說明了黑嬰與革命政黨、與左翼思潮的關係。接下來，我從兩個方向展開討論：其一，他旅居上海寫出的作品如何刻畫中國和南洋之底層庶民，藉以表達一位華僑作家的左翼姿態；其二，他在戰後和晚年發表的作品如何記述印尼華僑社會的鬥爭和分化，突顯他支持中共力量、批判國民政府的立場。這兩方面顯示黑嬰在1937年重返印尼後，左翼思想不斷強化，直到人生暮年，一脈相傳，不絕如縷，這說明了他日後介入文化冷戰自有思想邏輯。

（一）底層的哀歌：從中國到南洋

上海時期的黑嬰，年齡介於十七歲到二十二歲之間，這位文學新人發表的部分作品有左翼文學的特點。這類作品有兩個類型：一是中國城市與鄉村的底層故事，見證國民政府之治理失敗導致的階級鬥爭；二是南洋社會的弱裔群體的不幸命運，呈現為性別、種族與階級相互交織的圖像。

黑嬰的小詩〈春之街〉批判上海這個半殖民地城市的貧富懸殊，階級政治和性別政治的主題呼之欲出。[41]他的短篇小說〈小夥伴〉寫黃浦江畔的兩個小流浪漢小順子和得福的故事，他們生活困苦，受到巡捕的迫害，產生了明確的階級意識。[42]〈泥潭裡〉寫一群工人不滿於資本家的剝削，計畫舉行罷工。[43]〈暮景〉敘述一個鄉下人的妻子慘遭兵

---

[39] 黑嬰〈我見到的穆時英〉，北京《新文學史料》1989年第3期，頁142-145。
[40] 黑嬰〈葉紫與無名文藝〉，北京《新文學史料》1979年第4期，頁115。
[41] 黑嬰〈春之街〉，上海《申報・自由談》1934年4月3日。
[42] 黑嬰〈小夥伴〉，上海《現代》1934年5卷1期，頁484-490。
[43] 黑嬰〈泥潭裡〉，上海《新文學》1935年1卷1期，頁77-82。

痞蹂躪而死,小家庭破敗,他只得流浪上海,淪為乞丐。⁴⁴〈破滅〉從第一人稱敘事角度寫上海的窮人故事,具有階級鬥爭與民族主義的雙重主題。⁴⁵〈歸來〉寫的是世界經濟危機之下,一群番客只好從安南、暹羅、怡保、吉隆坡、新加坡回國,「五年或是十年的海外生活換來的是老了的身子和破爛的行李」。⁴⁶

黑嬰的第二種底層敘事是關於南洋社會的弱裔群像,這些人或是遭遇濟危機,見證階級矛盾的惡化,品味生活困苦;或是作為失足女性,淪落風塵,泣血掙扎。〈急性虎列拉〉寫1930年代初的世界經濟危機如同急性傳染病,迅速蔓延到麻六甲、檳城、蘇門答臘,大群失業工人被殖民政府遣返。⁴⁷〈爸爸上園口去〉從十三歲少女亞珍的視角觀察世界,描寫經濟危機下一個南洋華僑家庭令人心碎的故事。⁴⁸〈新加坡之夜〉寫的是海南人楊中的故事。他在英國的一艘貨輪上當水手,漂泊流離,生活單調,遭到老闆和水手頭的欺壓。在新加坡上岸以後,他邂逅一名海南籍的土娼,得知其淒慘經歷以後,他動了惻隱之心,給她一些金錢資助。⁴⁹〈沒有爸爸〉寫南國少女維娜與英國水手查理發生了一夜情,後來懷孕生子,輾轉流落,默默忍受世人的苛待。⁵⁰

上述文本在上海時期黑嬰的作品中占據三分之一的比重。和他那些描繪都市羅曼司和南洋風情畫的知名作品相比,這些表現左翼思想的文本長期受到忽略,僅有少數學者有所注意。毫無疑問,這些作品屬於練筆階段的習作,文字稚嫩青澀,功底薄弱,偶或顯出單調、重複和急就章的特點。然而,這些作品有顯著的階級意識和道德責任感,使用現實主義手法描述底層人民的困苦生活,注重階級分析方

---

[44] 黑嬰〈暮景〉,上海《文藝月刊》1934年6卷5、6期合刊,頁241-246。
[45] 黑嬰〈破滅〉,收入氏著《帝國的女兒》,頁184-190。按:黑嬰的短篇小說〈長夜交響曲〉和〈破滅〉在人物、背景、情節和主題上存在雷同,前者應該是對後者的改寫,收入氏著《雪》(上海:千秋出版社,1936年)。
[46] 黑嬰〈歸來〉,上海《通俗文化》2卷4期(1935年8月),頁22-35。
[47] 黑嬰〈急性虎列拉〉,上海《生存月刊》1933年4卷8期,頁138-144。
[48] 黑嬰〈爸爸上園口去〉,上海《中學生雜誌》1933年第38期,頁171-177。
[49] 黑嬰〈新加坡之夜〉,上海《中華月報》1卷7期(1933年9月),頁6-8。
[50] 黑嬰〈沒有爸爸〉,收入氏著《帝國的女兒》,頁163-177。

法，暴露由階級、種族、性別的不平等所造成的重重悲劇。應該說，黑嬰後來成為左翼作家和愛國華僑，並不是無本之木、無源之水，而是存在著一條若隱若現、走向清晰的思想軌跡。為了勾勒黑嬰左翼思想的發展線索，必須把這些早期作品納入研究視野，觀察他從早期到中年以至於晚境，如何接近左翼思想，追求平等、尊嚴和人類正義，介入文化冷戰，成為歸國華僑和中國公民。從階級政治的關切，到民族主義的宣洩，再到共產主義的皈依，三者合而觀之，可以發現，黑嬰的心靈史已經深深嵌入現代亞洲的激進政治中了。

（二）左右之爭：華僑社會的分化與重組

從辛亥革命到太平洋戰爭爆發，南洋華人的中國意識非常強烈，「中國的每一樁事物都贏得南洋的迴響。毫不驚奇地，兩個大政黨，國民黨和共產黨的摩擦，在南洋也受到反映」。[51]從辛亥革命到中華人民共和國成立，國民黨勢力滲透南洋華人社會，改變了當地政治生態，影響華人與中國的關係。[52]黑嬰返回棉蘭後，左翼思想繼續發展。二戰結束後，中國陷入內戰，黑嬰的立場明確堅定，他同情中國革命，譴責國民黨的腐敗專制。這種立場體現在他戰後發表的報章文字、短篇小說集《時代的感動》、中篇小說《紅白旗下》當中。中華人民共和國成立後，歷經反右和文革，黑嬰的左翼政見復現在長篇小說《漂流異國的女性》中。進而言之，1946年到1950年正是全球冷戰的開始，黑嬰的作品評論中國政治，帶有左翼色彩，這些文章可以看作是他對「冷戰」的初步回應。定居中國後，他在資本主義／社會主義的二元框架內評論國際政治，那是他介入冷戰宣傳的重要證據。

黑嬰有一個短篇小說集名為《時代的感動》，其中一篇是〈女人〉，寫一個印尼華僑女青年的故事。她為了追求光明理想，忍痛犧牲了自己的家庭幸福，這個小說刻畫了海外華人民族主義和左翼知識分子的進步理想：反對國共內戰，追求民主政治。〈時代的感動〉寫

---

[51] 王賡武著，張奕善譯《南洋華人簡史》（臺北：水牛出版社，2002年），頁184。
[52] 參看C. F. Yong and R. B. McKenna, *The Kuomintang Movement in British Malaya 1912-1949* (Singapore: Singapore University Press, 1990).

一位中產階級老華僑持續不斷地捐款，贊助辛亥革命，救濟祖國難民，贊助北伐戰爭，支援抗戰救亡。他還細心閱讀了毛澤東的《論持久戰》和〈論新階段〉等著作，心悅誠服之下，向每個朋友熱情推薦。作為報人的黑嬰，把中國新聞時事迅速植入小說情節中。值得注意的是，這部短篇小說集再現了華僑社會內部的分裂和鬥爭。不妨介紹一下〈平凡的故事〉。慧如、錦如兩姐妹的父親在巴達維亞唐人街開了一間小小的印刷廠。思想進步的表哥經常探訪這家人，他和兩姐妹的父親談論時事，還主動借書給她們，鼓勵她們走出家庭，增長見識。於是，姐妹倆參加了一個合唱團，滿懷熱情歌唱愛國歌曲。後來，妹妹與某個政治組織的幹事小陳成為戀人。在男友的影響下，妹妹經常缺席合唱團，後來還加入了男友的那個組織。小陳偷偷向兩姐妹的父親打聽印刷書籍的內容，居心叵測，令人生疑，導致小家庭的和諧氣氛被破壞了。後來，出差到新加坡的表哥郵寄一些書刊給兩姐妹，而妹妹以「宣傳赤化」為藉口，私自焚毀了那些書刊。姐姐得知以後，又驚又怒，她發出了這樣一段議論──

> 我們是生活在怎樣的時代呢？即使在巴達維亞，這跟祖國離開了七八天海程的地方，都有人在幹著下流的勾當。這種人破壞了華僑社會的團結，破壞了我家的幸福。
>
> 我控訴，我控訴這些人！因為，這些人的活動對於一家所起的作用固然很小，小到不值得一提；可是，對於一個國家民族那是怎樣可怕的事呀！今天，他們不是豢養了一百數十萬的爪牙，在毒害我們的民族嗎？
>
> 這真是什麼世界！[53]

這裡相當露骨地表達了黑嬰對中國的左翼政見，他批判國民黨政府在國外和國內的兩種作為：一是南洋領事館在華僑社會內部安插特務，監控人們的思想動向；二是國民黨當局在國內豢養了一百多萬特

---

[53] 黑嬰〈平凡的故事〉，見氏著《時代的感動》，頁32-33。

務，殘害全國百姓。這見證了當時南洋華僑社會的幾股勢力：有些人支持國民黨的正統政權，有些人同情中共力量，這就造成了華僑社會內部的衝突的白熱化。順便提一下，黑嬰的〈還鄉〉通過一名南洋番客王一萍的回國見聞，對戰後國民黨政府的特務政治有恐怖的描繪。[54]

1945年8月，日本投降，印尼宣布獨立，正式使用紅白旗，這就是後來的印尼國旗。中篇小說《紅白旗下》記述1949年12月27日印尼從荷蘭殖民者接管主權，到1950年5月1日中印兩國建立邦交的故事。黑嬰自述這部書的重點是講述華僑社會的進步力量與倒退勢力的鬥爭。思想「進步」的華僑支持中華人民共和國，頭腦守舊的華僑支持偏安臺灣的國民黨政權。第一章的標題是〈敬禮！我們的五星旗〉，記述印尼聯邦共和國成立當天，華僑報館、商店和組織機構除了懸掛印尼的國旗「紅白旗」，也懸掛祖國的國旗：親北京的左翼團體懸掛的是「五星紅旗」，親臺北的右翼組織懸掛的是「青天白日旗」，互不相讓，針鋒相對。雅加達華文報館《僑聲日報》首先把五星紅旗高高掛起，吸引了路人的注意。然而，印尼政府奉行反共民族主義，把新中國的「國旗」誤認為中共「黨旗」，認為懸掛五星紅旗是宣揚共產主義，他們派出軍警來到現場，強行降下五星紅旗。後來雙方經過交涉，《僑聲日報》取得勝利。第五章特意提到《僑聲日報》編輯部的牆壁上懸掛著一幅「中國解放區大地圖」，還有一位華僑畫家贈送給這家報館的一幅二十四寸的毛主席油畫。第十二章記述一百三十二個僑團慶祝中國和印尼建交：「無產階級革命領袖的巨幅畫像，由群眾擁戴著，他們是馬克思、列寧、史達林、毛澤東。」[55]總的來看，《紅白旗下》是一篇立場鮮明的政治小說，黑嬰迅速採集中印新聞，注重視覺意象，編織故事情節，突顯華僑社會的左右之爭。根據周陶沫的研究成果，二次大戰以後的印尼華人和政治活躍分子是促進中印兩國關係的重要推手，他們積極回應冷戰年代的重大事件；國民黨政權和共產黨政權對印尼華人的政策大不相同，新中國成立以後，臺灣的中

---

[54] 黑嬰〈還鄉〉，見氏著《時代的感動》，頁35-46。
[55] 黑嬰《紅白旗下》（香港：赤道出版社，1950年），頁117。

華民國政權和北京的中華人民共和國展開外交之戰，華人社區發生了支持國民黨和擁護共產黨的派系衝突。[56]黑嬰的《紅白旗下》生動詮釋了發生在印尼的這樁歷史事件，具有強烈的真實性和感染力。

黑嬰在晚年推出的長篇小說《漂流異國的女性》繼續表達這種主題。印尼《華僑日報》在報導國共內戰的消息時毫不含糊地走向左翼立場，暴露國民黨黑幕，支持中共的武裝鬥爭。總編輯英子健在編輯室處理來信來稿，翻閱新加坡、檳城、棉蘭的報紙，他欣慰地發現──

> 現在，進步的華僑報紙多起來了，《南僑日報》、《現代日報》、《生活報》、《民主日報》……都經常刊登祖國人民進行民主鬥爭的消息，發表反對獨裁、陰謀發動內戰的言論。昆明國民黨特務殺害聞一多、李公樸的事件經過，也在進步報紙上詳細刊載了。這兩宗連續發生的慘案，在華僑社會也引起很大反應，又一次撥亮他們的眼睛，看清了獨裁統治的罪惡。[57]

寫於1982的這部小說的政治立場和黑嬰在1940年代後期的思想動向保持一致，這說明在全球冷戰的年代（1947-1991），黑嬰保持一種穩定、清晰、系統性的左翼政見。這部小說雖然沒有正面觸及資本主義制度，但是對共產主義的接受是一目了然的，這在小說中的主要人物角色──例如廖潔、莊一鷗、英子健、王源昌──的身上得到了確鑿無疑的表現。

（三）葉落歸根：黑嬰與歸僑文學的局限

華僑在海外的多元處境，中國人對華僑的刻板印象，以及華僑與歷屆中國政府的關係，這些都是複雜的學術課題。根據王純強的研

---

[56] Taomo Zhou, *Migration in the Time of Revolution: China, Indonesia, and the Cold War* (Ithaca, NY.: Cornell University Press, 2019)，第4章討論印尼華人社區在1950年代出現的「紅藍之戰」，亦即支持國民黨政權或共產黨政權的衝突。

[57] 黑嬰《漂流異國的女性》，頁102。

究發現，從晚清到民國，中國人對華僑的刻板印象是：落後、野蠻、遠離文化中心、缺乏中國性。中國政府對待華僑的態度有功利主義動機，通過勸說捐款籌賑、贊助華僑教育的方式，鞏固華僑與祖籍地的關係，華僑只有在海外處境邊緣化的形況下，才能得到中國主流話語的關注，中國官方習慣於把華僑的處境納入民族主義的國族論述中。[58] 這是多元歷史圖像的陰暗面，當然也是一個特定的觀察角度。不過，黑嬰等歸僑作家對祖國懷有深沉美好的感情，不容置疑，他突出血緣神話、宏大敘事、民族主義和中國中心主義。在《漂流異國的女性》的結尾，主人公袁麗萍決心離開南洋，回歸睽違已久的祖國，黑嬰這樣描寫她在歸國前夜的激動心情——

> 我一夜沒有合眼。夜很靜，恍惚聽得見海風輕輕細語，又恍惚聽到祖國在召喚，不久，黎明就來到了窗外……
> 祖國啊，當你還在苦難中的時候，我在海外漂流；今天，你站起來了，新生了，我投奔你的懷抱。祖國啊，我的母親，我終於回來了。[59]

離散華人的民族主義於焉達到高潮，小說的故事情節至此戛然而止。讀者可能會提出疑問：在1940年代後期的南洋，黑嬰表達的原鄉追逐是當地華人的大宗意識嗎？放大歷史視野來觀察，我們可以說，在二戰後的南洋華人社會，「回歸故國」不是主流意識。在這裡，有必要補充相反的歷史資料，以對照黑嬰的個人選擇與主流意識之間的差距，見出南洋華僑在歷史處境中的複雜心態和多元選擇。應該說，不是「葉落歸根」的僑居模式，而是「落地生根」的定居模式，才是當時海外華僑的首選。王慷鼎以新馬地區的四大華文報紙——《南洋商報》、《星洲日報》、《南僑日報》、《中興日報》——的社論為對象，考察1945年9月5日到1959年6月3日，僑民意識與國民意識的起

---

[58] 王純強〈約莫是華人：華僑與海外華人的邊緣化〉，新加坡《華人研究國際學報》9卷1期（2017年6月），頁41-66。
[59] 黑嬰《漂流異國的女性》，頁209。

伏消長之蹤跡。[60]崔貴強研究過從1945年到1959年新馬華人國家認同的轉向，發現絕大多數華僑都選擇「落地生根」的生活方式，取得居住國的公民權，成為新興國家的公民，而選擇「回歸祖國」者畢竟是極少數。[61]王賡武和原不二夫（Fujio Hara, 1935-2008）的研究也有類似發現。[62]由此可見，黑嬰看重的是以他為代表的這批歸國華僑的歷史選擇的合理性和崇高意義，他動用多種修辭手法，給予濃墨重彩的想像，這種文學敘事固然深切動人，卻不是南洋華人的主流選擇，只能說是局部事實和非典型案例。反過來看，東南亞華語文學中的「在地化」追逐是一條不絕如縷的線索。新馬華語文學有五種話語促進了本土化進程，包括：1927年關於「南洋色彩」的提倡，1929年關於「馬來亞地方作家」的倡議，1947-1948年關於「馬華文學獨特性」的論辯，1956年關於「愛國主義大眾化文學」的呼籲，1982年關於「建國文學」的提倡。[63]活躍在1940年代到1960年代的東南亞離散華文作家，例如魯白野、周容、李汝琳、姚紫、力匡、白垚、杏影等，都以本土化作為發展方向。此外，晚近國際學術界發生了重大變化，學者鼓吹在地化、本土化、注重移民在居住國的橫向聯繫，反對回歸故國家園，已成為最有影響力的論述，例如霍爾（Stuart Hall, 1932-2014）、克里弗德（James Clifford, 1945- ）。對照這種後見之明和當令西學，反觀黑嬰逆流而上、執意回歸的作品，似有「思想落伍」之嫌。然而，我們不能囿於後起的理論論述，而必須尊重歷史的多元化和複雜性，展現一幅眾聲喧譁的文學圖像，庶幾不辜負前輩的篳路襤褸、苦苦耕

---

[60] 王慷鼎《新加坡華文日報社論研究（1945-1959）》（新加坡：新加坡國立大學中文系，1995年），頁261-295。

[61] 崔貴強《新馬華人國家認同的轉向（1945-1959）》修訂版（新加坡：青年書局，2005年）。

[62] Jennifer Cushman and Wang Gungwu eds., *Changing Identities of the Southeast Asian Chinese since World War II* (Hong Kong: Hong Kong University Press, 1988); Fujio Hara, *Malayan Chinese, and China: Conversion in Identity Consciousness 1945-1957* (Singapore: Singapore University Press, 2002).

[63] 楊松年《戰前新馬文學本地意識的形成與發展》（新加坡：新加坡國立大學中文系，八方文化創作室，2001年）；黃孟文、徐迺翔主編《新加坡華文文學史初稿》（新加坡：新加坡國立大學中文系，八方文化創作室，2002年）。

耘，這是詩學正義，也是學術倫理。

三、在冷戰的天空下

　　二戰結束以後，世界政治格局發生了巨大變化，包括：西方殖民帝國的瓦解，亞非拉民族解放運動的蓬勃，中國陷入為期四年的內戰，最後是中共勝出，建立新政權。在這個時期出現一個影響深遠的世界歷史事件，那就是「冷戰」登場。在黑嬰的個案中，他參與的文化冷戰與印尼、中國的民族主義建國運動、東南亞區域的反共民族主義聯繫在一起，拼湊出一幅錯綜複雜的歷史畫卷，而海外華人是這個畫卷中的要角。1991年，在東歐劇變和蘇聯瓦解後，曠日持久的冷戰終於落下了帷幕。一年後，黑嬰在北京溘然長逝。準此，讀者可能產生一個疑問：在漫長的冷戰年代裡，黑嬰如何保持左翼思想，介入文化冷戰？下面的章節，討論黑嬰寫於1946年到1982年的作品，通過文本分析以觀察其跌宕起伏的心靈史，針對其中的弔詭和矛盾展開初步的分析。

（一）歸國前夜（1946-1951）：見證冷戰開幕

　　「太平洋戰爭」結束後，黑嬰參與創辦雅加達的華文報《生活報》。在隨後的五年內，他在本報發表過大量文章，有些收入六十多年後才出版的《黑嬰文選》中，這些文章觸及美蘇爭霸、全球冷戰和中國政體。他還使用過李奕、紅眉、伐楊、黎明等筆名，在新、馬各大華文報章發表作品。[64]總的看來，從1946年到1951年，黑嬰的思想動向是繼續左傾。關於中國政局，他同情中國革命，譴責國民黨政權；關於印尼時政，他支持印尼民族解放，批判荷蘭殖民當局；關於世界政治，他支持蘇聯社會主義制度，批評美國資本主義政體，深度介入冷戰宣傳。

---

[64] 蕭村〈悼黑嬰〉，收入氏著《馬來戀歌》（成都：四川民族出版社，1996年），頁114。

《黑嬰文選》中的一類文章是關於美國和蘇聯的論述，基本立場是批判美國的帝國主義、霸權主義、資本主義制度，支持蘇聯的社會主義制度，盛讚後者的蓬勃活力和遠大前景，傳達這個主題的文章至少有五篇。下面逐一列舉，簡單介紹。〈美國的兩條路線〉寫於1946年9月25日，這是黑嬰最早回應冷戰的文章。本文指出，二戰後美國一躍而成為世界上最強大的國家，蘇聯是唯一競爭對手，杜魯門當選美國總統後，改變了羅斯福的和平主義路線。黑嬰認為，擺在美國的面前有兩條路，一是國際合作的和平主義路線，二是向外冒險的帝國主義路線。杜魯門領導的美國走向了向外擴張的路線，以美元和原子彈為後盾，部署全球軍事力量，辯稱是為了阻止蘇聯對歐亞的侵略——

> 在聯合國機構內，在巴黎歐洲和平會議席上，貝爾納斯領導了反蘇的陣營，唇槍舌劍，向莫洛托夫和克羅米科展開了猛烈的戰鬥。比基尼島上原子彈試驗的火焰，迷糊了世界人士的眼睛，配合著邱吉爾之流擂出的戰鼓，山雨欲來風滿樓，大有已臨第三次大戰前夕的樣子。[65]

本文提到英美兩國正在準備軍事合作，邱吉爾唱出「重整西歐集團」的老調；美國國務卿貝爾納斯（James Francis Byrnes, 1882-1972）的反蘇路線走近了危險地帶；美國商務部長華萊士（Henry Agard Wallace, 1888-1965）發表演講反對杜魯門的冷戰政策，主張與蘇聯進行協調。在文章的結尾，黑嬰寄希望於美國人民做出決定，是選擇戰爭？還是選擇和平？〈美國到何處去〉譴責美國主導全球冷戰、建立反共陣營、對抗蘇聯。黑嬰批評戰後美國外交政策違反了羅斯福的國際合作道路，美國以兩手政策對付其他國家，打造國際聯盟，製造地緣政治緊張。[66]黑嬰的短文〈世界一年間〉讚揚蘇聯的和平攻勢及其在聯合國提出的世界裁軍方案，提到法國共產黨在議會選舉中成為多數黨派。[67]

---

[65] 黑嬰〈美國的兩條路線〉，收入藍素蘭主編《黑嬰文選》，頁135。
[66] 黑嬰〈美國到何處去〉，收入藍素蘭主編《黑嬰文選》，頁151。
[67] 黑嬰〈世界一年間〉，收入藍素蘭主編《黑嬰文選》，頁157-159。

〈沒有歌唱的自由〉以階級分析的方法批判資本主義國家的意識形態和公共政策，批評美國政府壓制左翼力量和民主文化。[68]饒有意味的是，黑嬰的文章〈新書介紹《美國之音》〉把階級鬥爭學說推廣到國際關係中，用以描述冷戰下的國際境遇。[69]黑嬰特別指出，美國政府把蘇聯當作頭號敵人，推銷美式民主，宣稱要把全世界從共產主義的威脅中拯救出來。總的看來，黑嬰這些關乎文化冷戰的文章有個特點：使用資本主義／社會主義的二元框架，在分析美蘇政治課題時似乎有絕對主義、獨斷論、本質主義的嫌疑。因為黑嬰從來沒有實實在在的美國經驗和蘇聯經驗，他在這裡完全一邊倒地展開意識形態宣傳，不可避免地製造了關於冷戰、美國、蘇聯的刻板印象，為自己信仰的左翼政治理念背書，所以這些觀念實際上是一種政治姿態，一種話語實踐。

收入《黑嬰文選》的另一類文章是對中國政局的觀察，基本立場是同情中國革命，支持社會主義新中國，盛讚中共的政治治理。1940年代後期，黑嬰轉向左翼，支持中共，反對國民黨，他的國族認同傾向於北京的新政權。這時的黑嬰在印尼《生活報》發表大量政論，筆端洋溢著的不僅是民族主義而且是共產主義，這在亞洲冷戰的時代氛圍中是鮮明的政治立場，也是對文化冷戰的初步介入，只是尚未在全球範圍內的「共產主義／資本主義」的二元框架中論述。〈香港行（三）〉提到兩位熟識的南國青年回歸中國大陸，一年後在香港重逢，黑嬰驚異地發現，他們的「政治水準之高，絕不是南洋的中學生所能有的。他們懂得新民主主義的各方面，甚至能夠有條有理地給我分析新民主主義的經濟政策」。[70]〈論新中國的電影〉介紹在中國新近出現的一部紀錄片《新中國的誕生》。黑嬰贊同馬列文論的說法「藝術是有階級性的」，他引用列寧的觀點「藝術是屬於人民的」。他從全球冷戰的視野出發，指出：「美國好萊塢的片子，是資產階級的產物，它們為資產階級，特別是美國資產階級服務。相反，蘇聯的電影

---

[68] 黑嬰〈沒有歌唱的自由〉，收入藍素蘭主編《黑嬰文選》，頁164。
[69] 黑嬰〈新書介紹《美國之音》〉，收入藍素蘭主編《黑嬰文選》，頁209-210。
[70] 黑嬰〈香港行（三）〉，收入藍素蘭主編《黑嬰文選》，頁192。

是為無產階級服務的一種藝術。」[71]黑嬰還介紹了幾部新中國生產的電影，包括《中華兒女》，凌子風導演的取材於東北抗日聯軍之「八女投江」的故事，還有從馬烽、西戎同名小說改編而成的電影《呂梁英雄》，他盛讚中共在抗日戰爭中的貢獻，批判國民黨政府的投降路線；在篇末，黑嬰引用毛澤東《論持久戰》的以「野牛」比喻日本侵略者的說法，類比當前的美國，發出了冷戰年代左翼知識分子的批評聲音：「今天的美帝，如果敢於侵犯我們，那麼，就讓人民的火陣，燒死這頭『野牛』吧！」[72]由此可見，當時的黑嬰一方面對介入冷戰的美國等西方國家進行譴責，另一方面對社會主義新中國充滿美好想像。在印尼華僑社會的左右之爭中，黑嬰堅定支持中國新政權，思想走向激進，一望可知。

（二）遙望印尼叛亂：在風暴中寫作（1958）

「歸國華僑」在現代中國歷史上是一個重要現象。有學者從地方史、移民社會學、跨國華商網絡的多重視野出發，深刻分析鴉片戰爭以後到抗日戰爭爆發以前（1843-1938），東南亞歸僑如何促進了廈門的商業環境和城市發展。[73]太平洋戰爭爆發後，東南亞國家很快被日軍侵占，華僑飽受蹂躪，直到1945年日本投降。從1949年到1966年，東南亞有大量華僑返歸中國，是為「歸僑」。根據奈倉京子（Nakura Kyoko, 1977- ）的研究，歸僑在1950、1960年代的湧現主要是由於東南亞國家出現了歷史上大規模的排華運動。排華原因是華人與土著的貧富差距造成了種族矛盾，而冷戰的影響加速了東南亞各國的排華進

---

[71] 黑嬰〈論新中國的電影——介紹紀錄片《新中國的誕生》〉，收入藍素蘭主編《黑嬰文選》，頁194。

[72] 黑嬰〈《呂梁英雄》——從小說到銀幕〉，收入藍素蘭主編《黑嬰文選》，頁208。毛澤東《論持久戰》（1938年5月）中的這段話出現了「野牛」的說法：「戰爭的偉力之最深厚的根源，存在於民眾之中。日本敢於欺負我們，主要的原因在於中國民眾的無組織狀態。克服了這一缺點，就把日本侵略者置於我們數萬萬站起來了的人民之前，使它像一匹野牛衝入火陣，我們一聲喚也要把它嚇一大跳，這匹野牛就非燒死不可。」

[73] 參看Ong Soon Keong, *Coming Home to a Foreign Country: Xiamen and Returned Overseas Chinese, 1843-1938*.

程。廣東省和福建省開闢了數十個華僑農場，用來安置來自東南亞國家的歸僑、僑眷和難僑。[74] 黑嬰的歸國發生在這個歷史時段中，但是他回國的時間較早，而當時的中國和印尼尚且保持良好關係，直到1950年代中後期和1965年，印尼發生大規模的排華運動，大批的歸僑和難僑才於焉出現。

1951年，黑嬰單身返回中國，擔任北京《光明日報》副刊編輯，由海外華人變為歸國華僑，後來歸化入籍，成為中華人民共和國公民，身分認同發了轉變。1952年，妻子藍鳳嬌攜帶三個女兒來到北京，一家人團聚，從此落地生根。根據學者們的研究，在1950年代，歸國華僑群體主要由愛國者、難民、資本家和學生等構成，他們大都受到了中國政府的優待，一個原因是出於投資和僑匯的需要；歸僑在中國經歷了社會主義改造，在文化大革命當中又因為有「海外關係」而受到不同程度的迫害。[75] 回國以後的黑嬰感受到社會主義新中國帶來的巨大變化，他計畫寫一個長篇小說《成長》，反映華僑青年回歸祖國後的成長歷程，可惜由於「文革」爆發，這本書流產了。[76] 王賡武指出，歸僑的前身是海外華人，他們大多數於1949年後從東南亞返回中國大陸，有些人是自願回國的，但多數是出於非其所能控制的原因被迫回國的，但他們全都受到不同程度的熱情歡迎，在某些方面享有優惠待遇。[77]

1958年11月，黑嬰以本名「張又君」出版了一本小冊子名為《帝國主義對印尼干涉的失敗》，集中體現他對文化冷戰的參與，他批判美國和荷蘭等西方國家對印尼外島叛亂的支持。[78] 發生在1956年到1958年的印尼外島叛亂必須放在全球冷戰的背景下加以解釋。[79] 本書的〈前

---

[74] 奈倉京子《「故鄉」與「他鄉」：廣東歸僑的多元社區、文化適應》，頁53-55。
[75] 參看Glen Peterson, *Overseas Chinese in the People's Republic of China*，特別參看頁163-178。
[76] 素明〈理解父親（代序）〉，收入藍素蘭主編《黑嬰文選》。
[77] 王賡武《中國與海外華人》（香港：商務印書館，1994年），頁270。
[78] 張又君《帝國主義對印尼干涉的失敗》（北京：世界知識出版社，1958年）。
[79] 參看白建才、代保平〈1956-1958年印尼外島叛亂與美國的隱蔽行動〉，西安《陝西師範大學學報》2007年第2期，頁77-84。

言〉批判印尼叛亂勢力勾結美國和荷蘭以出賣國家利益,讚揚印尼人民追求國家獨立的政治熱情,稱讚以蘇聯為首的社會主義陣營的支持。黑嬰在社會主義／資本主義的二元對立關係中論述上述問題,在對被壓迫民族之解放鬥爭的聲援中帶出國際主義傾向,毫無疑問具有顯著的冷戰色彩——

> 在維護民族獨立鬥爭中,印尼人民團結起來了。他們從鬥爭中鍛鍊得日益堅強。他們的鬥爭不是孤立的,得到社會主義陣營、亞非各國以及全世界愛好和平和正義的人民的支援。現在,整個國際形勢是東風繼續壓倒西風,大大有利於社會主義陣營國家和民族獨立國家反對帝國主義的鬥爭,而僅僅不利於帝國主義侵略集團。就以印尼反對帝國主義干涉的鬥爭來說,也是帝國主義一次接著一次遭到失敗,印尼人民唱出了一曲又一曲的凱歌;印尼共和國更加鞏固了。帝國主義是紙老虎,並沒有什麼可怕。只要團結國內外的進步力量,在社會主義陣營的支持下進行不屈不撓的鬥爭,一定會戰勝垂死掙扎的帝國主義勢力。[80]

饒有意味的是,這裡出現了中共領導人毛澤東的兩個著名說法:一個是「紙老虎」論,另一個是「東風壓倒西風」論。後者源於1957年11月毛澤東在莫斯科大學正式提出的說法,指的是社會主義陣營壓倒了資本主義陣營。前者來源於1946年8月毛澤東對美國記者斯特朗提出的「一切反動派都是紙老虎」的術語。1958年12月1日,毛澤東在中共八屆六中全會期間發表〈關於帝國主義和一切反動派是不是真老虎的問題〉,從國內政治、政黨政治延伸到國際政治、民族矛盾。黑嬰這本書在1958年11月出版,應該說,他正是在準確領悟了1946年毛的概念以後,創造性地運用在國際關係的討論上,擲地有聲地宣布:「帝國主義是紙老虎,並沒有什麼可怕。」黑嬰特意提到,印尼在聯

---

[80] 張又君《帝國主義對印尼干涉的失敗》,頁2-3。

合國中進行的鬥爭是反殖民主義的一個縮影；他多次讚揚印尼共產黨人在爭取國家獨立、消滅叛亂勢力等方面做出的卓越貢獻。

（三）晚期歲月（1983-1992）：左翼思想的回歸

1983年，黑嬰的長篇小說《漂流異國的女性》出版，主要內容是描繪海外華僑的生活、鬥爭和追求。這裡簡介一下內容。1930年代初期，兩個時代女性廖潔和袁麗萍離開故鄉汕頭，飄洋過海，來到印尼，在華文報館和華僑學校工作。後來，廖潔在抗日鬥爭中殉難。袁麗萍在愛情和工作上遭遇坎坷，最終回歸祖國，得償所願。這本小說寫於1981年到1982年之間，此時，「文化大革命」已結束了五、六年，中國開始告別「革命政治」，推行「改革開放」政策，邁進「後社會主義」階段，全球冷戰的帷幕即將落下。

《漂流異國的女性》的敘述手法和思想主題稱不上複雜高深，廖潔和袁麗萍這兩個人物形象也有單薄、平面化和概念化的嫌疑，大段大段的政治言論暴露出人物形象變成了作者的意識形態的單純的傳聲筒。不過，如果從「政治小說」的範疇去閱讀這部作品，也許有更多發現。應該說，表達海外華人的「離散民族主義」或者「遠端民族主義」乃是貫穿全書的劇情軸線，作者敘述很多社會現象或歷史事件，匯攏在民族主義和國際主義的主題下，由此表達激進的政治意識。一是對荷蘭殖民主義的譴責，小說從歷史到現實都揭露荷蘭殖民主義對海外華僑的思想管控和武力鎮壓。例如，黑嬰特意安排廖潔去棉蘭的「五祖廟」參觀，介紹這個紀念廳的來歷，又安排袁麗萍住在雅加達的「紅溪」附近，藉機交代發生在19世紀的「紅溪慘案」。這兩處名勝古蹟喚出印尼華人的創傷記憶和族群民族主義。二是批判日本帝國主義對中國和東南亞的侵略，這些故事情節包括：郁達夫等中國作家來到東南亞宣傳抗戰救亡，金山、王瑩率領的抗日救亡劇社來到新加坡為華僑演出，五名抗日華僑被日軍殺害。三是對國民黨右翼的批判和對中共的支持，關於國共兩黨在抗日戰爭中的表現，敘事者說道：

「蔣介石消極抗戰,對共產黨不斷製造摩擦。」[81]海外華僑的團結局面正在面臨分化瓦解,棉蘭兩大華文報《華僑日報》和《民意報》的分歧不斷,連華僑學校也分成了兩派,蘇島中學成了幫派爭奪的焦點。關於「皖南事變」,黑嬰陳述道:「這是蔣介石發動的又一次反共高潮。」[82]後來,國民黨領事館出面,要求警察廳禁止共產黨宣傳,於是,警察傳訊莊一鷗,莊據理力爭。[83]小說中還有一個宣傳意味明顯的插曲。英子健對新加入編輯部的王慶春比較賞識,發現這個青年人工作稱職,朝氣蓬勃,於是推薦斯諾(Edgar P. Snow, 1905-1972)的《西行漫記》、鄒韜奮的書、唯物辯證法等著作給王慶春去閱讀。[84]

陳麗汶根據「成長小說」的文類討論這部小說,她正確指出:「《飄》不僅是一部有關海外華人如何經過革命與青春歷練培養其『中國人』的身分認同的成長小說,同時也可視為歸僑作家在後文革時期嘗試為其族群的『中國人』身分正名的作品。」[85]弔詭的是,這樣一部「三觀端正」的小說在出版後竟然反響寥寥,這難免讓黑嬰心情失落。陳麗汶的解釋是:1980年代初期中國作家正忙於寫作傷痕文學和尋根文學,黑嬰未能迎合文壇主旋律。這是正確的觀察。我認為,需要補充的是,黑嬰的敏感身分造就了他在文學場域中的位置,這決定了他的發言方式和內容。黑嬰以「歸僑」身分在反右、文革中受到迫害,如今劫後餘生,已成驚弓之鳥,他不便與傷痕文學共襄盛舉,只能借助海外華人的愛國故事,暗示自己的風雨路和心靈史。黑嬰在後社會主義的、後革命的、文化消費主義的中國,逆流而上,回歸左翼,試圖洗雪籠罩在歸僑頭上的「間諜」、「奸細」等罪名,自證清白,昭示天下。補充說明一點,蘇聯解體讓黑嬰痛苦不安,他在給三女兒藍素明的信中表達了這種感受。看到飄揚了七十多年的蘇聯國旗在冬夜的寒風中徐徐降下,面對全球社會主義運動的重大失敗,這位

---

[81] 黑嬰《漂流異國的女性》,頁44。
[82] 同上,頁45。
[83] 同上,頁46-47。
[84] 同上,頁156。
[85] 陳麗汶〈狐步舞結束以後:論中國歸僑作家黑嬰的成長小說〉,臺北《中國現代文學》第33期(2018年6月),頁49。

歸僑作家發出了痛苦無奈的嘆息。[86]

從1940年到1966年，一批來自新加坡、馬來西亞、印尼、菲律賓的華僑作家，北歸中國，追逐原鄉，其中包括洪絲絲、秦牧、劉少卿、王嘯平、白刃、陳殘雲、杜埃、黑嬰、黃浪華、蕭村等人。[87]文革結束後，他們劫後餘生，重操舊業，書寫海外華人故事，成為文壇一大亮點。

總的來看，學術界的黑嬰研究主要是從「新感覺派」與「都市現代性」、「南洋色彩」、「成長小說」等面向展開分析。本文從南洋與中國的互動語境中研討黑嬰的左翼思想成長史。黑嬰的作品生動刻畫不同類型的印尼華人及其與中國關係的親疏遠近。廖潔、莊一鷗等華人既反對荷蘭殖民主義的文化鉗制，也反對日本軍帝國主義的侵略戰爭，他們煥發出民族主義熱情，殺身成仁，視死如歸。英子健、王源昌等支持印尼人的民族獨立運動，推動中印兩國建立邦交關係，朝向前景廣闊的國際主義。胡亮、袁麗萍等「新客華人」對民族意識抱有異乎尋常的熱情，走向左翼思想，為此付出代價。石亦堅等「土生華人」喪失了對中國的國族認同，民族意識淡薄，甚至與荷印殖民當局合作，打壓進步的「新客華人」。在印尼出生的「僑生」朱傑、劉克非，對中國抱有深沉美好的情感。還有一部分華僑華人，例如，往返中印之間的水客廖偉堂和袁麗萍的丈夫姜志強，或者輕信謠言，以訛傳訛，或者投靠日寇，淪為漢奸。國共內戰期間，華人社會內部的撕裂和分化達到表面化、白熱化的程度。一部分華人支持中共對國民黨的政治鬥爭以及後來成立的新中國。另一部分華人力挺國民黨政府的腐敗統治及其特務政治，最終淪為「孤臣孽子」。

黑嬰作品之大宗主題是海外華人的民族主義。孔飛力指出，對海外華人而言，「民族主義」是由情感和策略共同構築而成，其共同指向一是都將中國視為共同的祖籍地，二是同時又將自己的根深植於所在國的土壤之中。在他們所生存的異國土地上，民族主義訴求適應了

---

[86] 素明〈理解父親（代序）〉，參看藍素蘭主編《黑嬰文選》序言。
[87] 孫愛玲的《論歸僑小說家》（新加坡：雲南園雅舍，1996年）在這方面有開拓之功。

多重需求：營造華人群體的共同形象；增強相互團結以維護華人的經濟利益；在華人社會內部構建一個特殊的舞臺，既是政治競爭之地，同時也是實現社會流動之所在。[88]黑嬰從廣闊的歷史視野出發，描繪南洋華人的生存處境、歷史記憶、文化認同和政治憧憬，在進步華人身上體現的民族主義成為東南亞之「黑暗王國裡的一線光明」，構成黑嬰作品的一道風景線。不但如此，從1946年到1958年再到1983年，黑嬰趨向左翼思想，同情中國革命，思考國際政治，介入文化冷戰，塑造美好的中國形象，肯定國際共產主義的正面價值，展示一位左翼知識分子的批評思考和凜然風骨，有時也顯露出理想主義者的浪漫情懷。概而言之，在結合文本、歷史與理論的基礎上，本文針對上述課題加以描述、分析和評價，希望對海外華語文學和中國現代文學的研究起到豐富、深化與推動的作用。

---

[88] 孔飛力著，李明歡譯《他者中的華人：中國近現代移民史》（南京：江蘇人民出版社，2016年），頁254。

第三章 「一心中國夢」：
王嘯平的左翼文學寫作[1]

引言：歸僑、冷戰與王嘯平

本文以歸僑作家王嘯平（1919-2003）的作品為個案，兼採批評理論和歷史學著作，對跨國離散、民族主義、中國革命展開初步的觀察，同時探討冷戰與文學之間的糾葛。

1949年10月，中華人民共和國創立。從1950年代到1960年代，大批海外華僑返歸中國，以期接受高等教育，服務於社會主義建設，是為「歸國華僑」，簡稱「歸僑」。來自日本、加拿大、中國、新加坡的學者對歸僑現象進行過深入研究，產生了一些學術成果。[2]王嘯平是歸僑作家的其中一員。[3]他雖然在「太平洋戰爭」（1941年12月）爆發之前就已回歸中國，然而冷戰階段（1947-1991）占據其個人生命史（1919-2003）的一半光景，所以可以在冷戰視野中閱讀王氏的晚期作品，把躍動於其間的從「民族主義」到「共產主義」的左翼思潮勾勒

---

[1] 本文發表於南京《世界華文文學論壇》2021年第1期，此為修訂版。
[2] 陳乃超《中共鐵蹄下的僑眷和歸僑》（香港：自由出版社，1962年）；王賡武《中國與海外華人》（香港：商務印書館，1994年）；黃小堅《歸國華僑的歷史與現狀》（香港：香港社會科學出版社，2005年）；奈倉京子《「故鄉」與「他鄉」：廣東歸僑的多元社區、文化適應》（北京：社會科學文獻出版社，2010年）；Glen Peterson, *Overseas Chinese in the People's Republic of China* (New York: Routledge, 2012)；游俊豪《廣東與離散華人：僑鄉景觀的嬗變》（北京：世界圖書出版公司，2016年）。
[3] 關於歸僑作家群體及其創作，參看孫愛玲《論歸僑作家小說》（新加坡：雲南園雅舍，1996年）。

出來，與王氏早年在新加坡發表的作品合而觀之，構成一條完整、連續、清晰生動的線索，由此窺見其跌宕起伏、百轉千折的心靈史。到目前為止，大約有五、六篇論文研討王嘯平對新馬華文學的貢獻、他的離散身分與國族認同、他晚年的長篇小說寫作，這些文章各有特色和貢獻。根據喬治・布萊（Georges Poulet, 1902-1991）的批評理論，一個作者的全部作品形成了一個不可分割的整體，這一整體中各部分之間的相互關係是辯證的。[4]因此，筆者廣泛搜求王嘯平的全部作品，視為一個開放、辯證的系統，通過對不同文類的文本之分析，進入這位作家的思想意識，呈現其跌宕起伏的心路歷程。

一、一個民族主義者的形成

1919年11月，王嘯平出生於新加坡。原本家境殷實，後來由於經濟危機，父親失業，家道中落，王嘯平在小學畢業後年僅十三歲，即開始在工廠辛苦謀生。新加坡當時還是英國的殖民地，種族歧視和階級壓迫相互交織，激起王嘯平的民族主義。據其自述，他在青年時就有強烈的「海外孤兒」、「亡國奴」、「賤民」的心態。[5]例如在1935、1936年左右，新加坡華僑工人舉行大罷工，反對外國資本家的壓榨，當地的國民黨領事館袖手旁觀，遭到了進步文藝工作者的痛斥，王嘯平就是當時的見證人。[6]

---

[4] 希利斯・米勒著，郭英劍等譯《重申解構主義》（北京：中國社會科學出版社，2000年第1版），頁15。

[5] 王嘯平在晚年回憶錄中寫道：「海外孤兒在這裡失去了尊嚴，失去了自由，而從祖國不斷傳來的，也都是不幸的音信，東北失守，華北淪陷。抗戰一爆發，南京很快被日軍占領了，還發生了聞所未聞的大屠殺，外國人用鄙視的眼神瞟著中國人：國都失守了，國也算完了！你們快當亡國奴了，嘻嘻……。」另一段話如下：「亡國奴！一個沒有國家的奴才。賤民還有一個國籍，我們二十歲的時候，命運對我們是多麼殘酷，它將在我們臉上鏤刻著人間最恥辱的亡國奴的字眼啊！」參看王嘯平〈我二十歲的時候〉，《上海市新四軍暨華中抗日根據地歷史研究會專題資料彙編》2011年2月1日，頁34。林明發〈無地方性與地方感：論王嘯平海外孤兒形象〉，臺北《東吳中文線上學術論文》51期（2020年9月），頁42-68。

[6] 王嘯平〈奇遇〉，上海《世紀》2014年第1期，頁7-9。

「九一八事變」以後，中國的民族危機日趨嚴重，這激發了海外華人救亡的熱忱。王嘯平上小學時就愛好文藝，後來投身於話劇藝術。戲劇具有集體性、社會性、大眾化的特點，很容易被作為宣傳工具，針對普羅大眾進行階級整合和民族動員。1936年，年僅十七歲的王嘯平聯合志同道合的林晨、朱緒、戴隱郎等友人，組織「星洲業餘話劇社」。他在1938年參加「馬華巡迴劇團」，通過高強度的流動演出，宣傳抗戰救亡。在1938年3月發表的一篇文章中，王嘯平這樣寫道——

> 祖國在戰鬥著，我愛祖國，那當然也應該為祖國而戰鬥！但是，我不能拿槍，沒有氣力去上前線，這就讓我站在一個愛好文藝工作者的崗位吧。[7]

他把遙遠陌生的中國稱為「祖國」，願意把救亡文學作為宣傳工具，這出自於海外華人的離散民族主義、遠端民族主義，這使得他們的日常生活恢復了英雄維度和崇高感。馬華巡迴劇團只有十六名成員，卻在短短五個月內走遍馬來亞六十多個城市，進行一百多場的演出，把籌得的十萬元款項全部用於支援中國抗戰。王嘯平擔負了多種工作：演出、演講、出席歡迎會、寫作宣傳稿。他還參加戲劇運動和演出的座談會，導演戲劇作品，搬上舞臺。[8] 王嘯平在晚年的回憶錄透露了當時新馬華人的救亡熱情，數十年後，記憶猶新。茲舉例如下。大型娛樂場的少東李承走出上層階級，深入普羅大眾，做街頭演講，參加救亡劇團，而且粉墨登場。[9] 1939年，金山、王瑩率領中國救亡劇社來到新加坡，舉行籌賑演出，受到華僑的歡迎。[10] 音樂家任光在1939年來到新加坡，宣傳抗戰救亡，他不修邊幅，灑脫豪爽，追求藝術民

---

[7] 楊松年〈王嘯平與新加坡華文文學〉，上海《上海戲劇》1992年第111及113期，頁29。
[8] 同上，頁28-29。
[9] 王嘯平〈我的朋友李承〉，上海《世紀》2014年第1期，頁6-7。
[10] 王嘯平〈五十年風水輪流轉〉，上海《世紀》2014年第1期，頁11-12。1940年6、7月份，中華民國駐新加坡總領事高凌百編輯的《新中國劇團在新嘉坡》出版，這本小冊子收錄了演出劇本、海報、照片、籌賑款項等。

族化和大眾化，獻身救亡事業，這給王嘯平留下了深刻印象。[11]郁達夫在1938年12月來到新加坡，擔任《星洲日報》副刊「晨星」的主編，王嘯平向本報投稿，多次與郁達夫見面，得到關懷和幫助，這讓王非常感動。[12]

王嘯平是一位民族主義者，努力向左翼思潮靠攏。他認為巴金的作品是用血與淚寫成的，承認自己「發狂般的愛讀巴金的東西」。[13]他結識吳天（1912-1989）、戴英浪（1906-1985）、郭曼果等中共地下黨員。[14]王嘯平說吳天在戲劇藝術和為人處世上對他有所指點，引導他從民族主義走向了共產主義，最終回歸中國，參加了新四軍。半個世紀後，他以謙卑感恩的心情寫道：「是吳天再三啟導我，鼓舞我，使我認識到那個光明世界是我青春和生命最有意義的歸宿，他把我交給新四軍到上海來擴軍的司徒揚同志，從此我展開了新生命的一頁。」[15]這裡順帶指出，在王嘯平晚年推出的三部長篇小說當中，有一個光彩照人的人物「馬仲達」，此人的原型就是吳天。

根據楊松年的研究發現，從1937年到1940年，王嘯平以多個筆名在新加坡的報章雜誌——例如《南洋商報》、《新國民日報》、《星中日報》、《星洲日報》、《總匯新報》、《南洋週刊》、《青年》、《文藝長城》等等——上面發表了兩百多篇作品，體裁有新詩、小說、散文、劇本、論文。[16]方修主編的《馬華新文學大系》收錄王嘯平的若干作品，包括評論、散文、小說、雜文、劇本。王的這

---

[11] 王嘯平〈憶任光〉，上海《音樂愛好者》1990年第4期，頁12-13。
[12] 王嘯平〈作家與戰士：回憶郁達夫先生〉，上海《上海文學》第12期（1979年12月），頁44-46。
[13] 王嘯平〈關於文藝之憂鬱性〉，轉引自方修《馬華新文學史稿》下卷（新加坡：世界書局，1965年），頁102。
[14] 林明發〈無地方性與地方感：論王嘯平海外孤兒形象〉，頁46。
[15] 王嘯平〈為了不該忘卻的紀念——紀戲劇家吳天〉，上海《戲劇藝術》1990年第4期，頁35。林萬菁對吳天在新加坡的文化活動有精細的考證，參看他的《中國作家在新加坡及其影響（1927-1948年）》修訂版（新加坡：萬里書局，1994年），頁34-45。
[16] 楊松年〈王嘯平與新加坡華文文學〉，上海《上海戲劇》1992年第111及113期，頁38-43。

些作品有顯著缺點：主題單一、單薄和重複，反覆發洩民族主義，缺乏多樣性、深刻性和複雜性。這裡稍作舉例分析，以見證一個民族主義者的形成，以及王的藝術構思的特點和缺失。王在抗戰救亡的社會形勢下，論證民眾教育與「文藝通俗化運動」需要齊頭並進，不可偏廢。[17]他評述葉尼（吳天）的戲劇集《沒有男子的戲劇》，盛讚本書在戲劇宣傳上的成功以及在推動馬來亞戲劇運動上的業績。[18]在評論葉尼的散文集《懷祖國》時，王高度肯定本書的技巧純熟、形式活潑和文字優美，還強調指出本書緊緊把握著南洋現實，描寫華僑救亡運動。[19]王創作的不少文學作品表現了抗戰救亡、同仇敵愾的主題。例如，散文〈失火〉發表在1937年11月，距離中國的「盧溝橋事變」四個月，它記述新加坡一件大型棧房由於出售日貨而被愛國華僑憤怒地燒毀了，眾人圍觀沖天的火光，宣洩著民族主義的復仇快感，神聖暴力和恐怖正義交織在一起。[20]王的雜文〈征服這悲哀的時代〉批判甘做順民奴才、缺乏愛國心的部分海外華人，他欣慰於那些有血性、有人性的中國人已經挺身而出，「在解除那些悠長歷史重壓著的苦難和不幸」。[21]王也對戲劇和電影——例如，街頭劇、文明戲、凌鶴的群眾劇《黑地獄》、由曹禺劇本《日出》改編而成的同名電影，進行切實的檢討，提出真知灼見。[22]王的短篇小說〈碼頭上小天使〉傳達的也是抵

---

[17] 王嘯平〈「媚俗與否？還是第二個問題」的商榷〉，方修編《馬華新文學大系》第2卷》（新加坡：世界書局，1971年），頁188-190。

[18] 王嘯平〈沒有男子的戲劇〉，方修主編《馬華新文學大系》第2卷，頁437-440。

[19] 蕭克〈葉尼的《懷祖國》〉，原載新加坡《新國民日報》副刊「新流」第103期（1940年3月2日），收入方修編《馬華新文學大系》第2卷，頁441-443。根據楊松年的考證，「蕭克」是王嘯平的筆名，參看楊松年〈王嘯平與新加坡華文文學〉，上海《上海戲劇》1992年第111及113期，頁31。方修《馬華新文學史稿》下卷（新加坡：世界書局，1965年）之頁206-207介紹了「蕭克」的傳記和作品，與王嘯平本人高度重合，據此可斷定楊氏看法的正確。

[20] 王嘯平〈失火〉，方修主編《馬華新文學大系》第7卷（新加坡：世界書局，1971年），頁496-497。

[21] 蕭克〈征服這悲哀的時代〉，方修主編《馬華新文學大系》第7卷，頁503-504。

[22] 王嘯平〈評《黑地獄》〉、〈1939年星華「街頭劇」運動〉、〈話劇中的文明戲問題〉，方修編《馬華新文學大系》第9卷（新加坡：世界書局，1971年），頁381-384、506-513、545-547；王嘯平、艾蒙〈《日出》影片觀後感〉，方修編《馬華新文學大系》第8卷（新加坡：世界書局，1971年），頁436-440。

制日貨的主題。故事講述的是「小明」的父親在中國死於日軍之手,母子二人亡命南洋。缺吃少穿的小明每天早上去碼頭,撿拾貨船上掉落的蔬菜,受到流氓同夥的欺侮。後來,他誤入一個貨艙中,無意中發現了奸商偷偷購買的仇貨,這一下子激發了小明的復仇欲念,他隨即冒著傾盆大雨趕往一個愛國組織的駐地,大膽揭發此事。小明的故事很快在碼頭上傳播開來,他的勇敢、機智和愛國心得到了大家的讚賞,連原先經常欺負他的小流氓也對他刮目相看了。[23]

接下來,讓我們重點分析王嘯平的兩個劇本〈救國團〉和〈忠義之家〉。

〈救國團〉講述南洋華人參與抗戰救亡的故事,據說是根據中國作家殷揭的一個劇本改編而成,以求適合在馬來亞各地的演出。[24]劇中人「唐庭恩」是一個中產華人家庭的主人,上有年邁的父親唐老爹,下有一雙兒女——待字閨中的桂珍以及愛國青年桂華,另外還有一個外甥王立生。立生的父母已經病故,唐庭恩出於手足之情,對立生非常照顧,幫助他回國升學。後來,日軍侵華,南洋華人民族主義高漲,立生和桂華暗中加入了「救國團」,展開宣傳活動,他們鼓勵華人捐款救亡,懲罰走狗和奸商,立生因此被學校開除。桂珍也支持救亡事業。唐老爹長年不出家門,年邁失聰,記性很壞,但關心華僑的愛國行動。只有一家之主唐庭恩舉棋不定,優柔寡斷,過分看重小家庭的生活,對祖國的安危漠然處之,對救國團的義舉消極抵抗。唐庭恩的老朋友「韓老二」希望與唐家聯姻,這是一名喪失了愛國心的奸商,他投靠日本人,淪為走狗,帶領小嘍囉,四處走動,竭力破壞救亡工作。某天,唐庭恩收到救國團的一封信,信中建議他參加籌賑,幫助抗戰。他非常煩惱,遲遲不肯行動,提心吊膽,待在家中,擔心救國團找上門來。桂珍得知內情以後,出於民族大義,鼓勵父親去捐助。後來,桂華回到家中,與父親和姐姐提起了救亡工作,爺爺也聞

---

[23] 蕭克〈碼頭上小天使〉,方修編《馬華新文學大系》第3卷(新加坡:世界書局,1971年),頁316-323。

[24] 方修〈救亡戲劇〉,收入方修《馬華文藝史料》(新加坡:四海書局,1962年),頁26。

風而動，好奇地打聽。桂華介紹說，救國團的使命是展開民族動員和階級整合，效命於救亡圖存的偉業，他的言論激濁揚清，擲地有聲──

> 這些「救國團」是一班不願意做亡國奴的僑胞所組織的，他們的工作，就是推動後方的人民，努力捐錢，幫助籌賑和肅清奸商、漢奸，等等各方面的救亡工作。裡面的成員各階層都有，不分男女，不分貧富，不分老幼，團結在一起！[25]

作為救國團成員的立生，現身說法，呼應桂華，向大家說明當前形勢：馬來亞各階層僑胞熱情加入，宣傳抗戰救亡，爭取世界和平。唐庭恩以前對救國團的傳單、警告信和過激行動頗為不滿，此時糾結於「救國」和「顧家」的矛盾中，他瞻前顧後，無所適從。見此情景，立生挺身而出，發表演說，重申民族大義的寶貴、個人選擇的正確、對救亡事業不移的信心──

> 一個人只要睜開眼睛看一看事實，沒有不會被感動的！舅舅！你剛才教訓我的話，我難道還不明白，家是一天一天的敗落下去了！爸爸，媽媽不知道在地下怎樣的盼望著我能長進，替祖宗爭口氣，您還好意地造就我，讓我上學去念書，難道我就沒有人心，難道我不知道應該成家立業嗎？為什麼我不安分，要去參加救亡工作來讓學校開除呢？舅舅，您也睜開眼睛看一看吧，現在的世界是變成怎樣的了！我們整個民族在遭受著一個空前的危機，我們的民族正在從滅亡的黑暗中燃起了復興的抗戰火焰，千千萬萬的同胞在苦難中，前線無數的戰士正在和殘暴的敵人肉搏。誰害得我們這樣苦，是誰？是誰？現在連三歲兒童也會認識我們可惡的敵人的，我們能有一天得到幸福自由

---

[25] 王嘯平〈救國團〉，方修編《馬華新文學大系》第5卷（新加坡：世界書局，1971年），頁354。

的日子,從被壓迫中翻身過來嗎?有的!有的!我們現在只有一條生存的路,就是抗戰,抗戰,抗戰的勝利,就是我們的翻身日子啊![26]

這時,漢奸韓老二帶著跟班走訪唐家,他辱罵愛國大眾是「過激黨」,誣衊一般青年的抗戰救亡信念是「危險思想」,他危言聳聽地散布投降主義論調,立生與之展開了激辯。後來,立生藏在身上的傳單掉落出來,這一下子暴露了他的真實身分。眾人大驚,韓老二氣急敗壞,掏出手槍,與唐家的親人打成一團,很快被大家制伏了,在這危急關頭,救國團的戰友及時趕到了。經歷了這次生動的愛國主義教育,桂珍和唐老爹要求加入救國團,唐庭恩幡然醒悟,他熱情打開家門,歡迎救國團進來。顯而易見,這齣戲劇是典型的救亡文學,採用忠奸對立、因果報應、改過自新的敘事模式,在劇烈衝突的情節中表達民族主義。

劇本〈忠義之家〉的篇幅短小緊湊,情節更見張力,聚焦於救亡背景下血緣親情和民族大義的衝突,講述本地一個華人家庭大義滅親的故事。這個家庭有四名成員:父親,長子「坤福」,次子「坤浪」,女兒「玉芳」。「坤福」對中國抗戰前景非常悲觀,他失業在家,生計無著,投靠日本人,得到一些好處,經常散發反宣傳材料,破壞救亡事業。坤浪從小謹記母親講述的岳飛「盡忠報國」的故事,有強烈的愛國情操,他痛恨日本侵略者,勇敢地參加了華僑機工隊,準備在碼頭和大夥集合,一起動身回中國。小妹玉芳由於貧困而輟學,但在民族大義的問題上,她保持了清醒頭腦,還主動參加賣花籌賑,支援抗戰事業,她反對大哥的漢奸論調,支持二哥回國參戰。父親是一個善良弱懦、毫無原則的好好先生,他疼愛三個子女,但在抗戰救亡這個問題上,畏首畏尾,游移不定。後來,坤福攜帶反宣傳材料回到家中,沒想到自己已被鋤奸隊暗中跟蹤了,他在家庭辯論中受到弟妹的痛斥,百般狡辯,冥頑不靈。後來,弟妹二人合力把他擒

---

[26] 同上,頁359-360。

獲，交給了家門外的正義人士，使之受到了嚴厲懲罰。這個大義滅親的事件也教育了頭腦糊塗的父親，他終於明白了事理，堅定了愛國立場，還對坤浪的歸國計畫表示支持。最後，當坤浪走出家門，父親和兩名子女之間有如下的一段對白——

> 父：但是，浪兒！我們什麼時候才可再相見？
> 浪：爸！我們抗戰最後勝利的時候，就是我們見面的日子！
> 妹：是的！我們在自由的新國家再見！[27]

坤浪是土生土長的新加坡華人，他和一班南洋華人具有遠端民族主義，這不是由他們的中國經驗所激發而是出自強大的原鄉情結，或者用周蕾發明的概念，「血緣神話」（myth of consanguinity），坤浪正是王嘯平本人的化身和傳聲筒。王後來的歸國行動是一個「自我預言」的實現。饒有意味的是，在上述兩個劇本中，父權不再是崇高的國族象徵而是經歷了一個陽剛氣質（masculinity）的失落和重建的過程，父親扮演的都是起初消極抵制、後來悔過自新的角色。相比之下，子女們代表了青春文化和國族符號，他們有強大的政治能量，通過活生生的事例教育了保守的父親，使其悔過自新，加入到正義隊伍中來。根據詹明信（Fredric Jameson, 1934-）的說法，敘事是一種「社會象徵行為」（narrative as a socially symbolic act）[28]，王嘯平的上述劇本表現了當時南洋華人社會中一種常見現象。

至此可以說，王嘯平這些作品的主題是宣敘「民族主義」。在他的筆下，民族主義既是一種深沉美好的感情，也是一樁神聖崇高的事業，當這種感情得到了恰當的安置或釋放，主人公在心理上就會產生一種尊嚴感、自我正義感和滿足感。而這種感情一旦受挫，主人公就會迸發出強烈的憤怒和怨恨，甚至沉迷於神聖的痛苦中，不能自拔。西方歷史學家蓋爾納（Ernest Gellner, 1925-1995）、霍布斯鮑姆（Eric

---

[27] 王嘯平〈忠義之家〉，方修編《馬華新文學大系》第5卷，頁347。
[28] Fredric Jameson, *The Political Unconscious: Narrative as a Socially Symbolic Act* (Ithaca, NY: Cornell University Press, 1981).

Hobsbawm, 1917-2012）、德拉諾瓦（Gil Delannoi）等在歐洲經驗中研究民族主義運動，認為「民族」（nation）不是天生一成不變的社會實體而是特定時空下的產物，而且是一項相當晚近的發明，他們強調民族中的政治實體和獨立主權的涵義，看重由單一民族所構成的國家。[29] 這與中國歷史的情形不大一樣，因為中國不是完全由單一民族構成的現代民族－國家，而是多元民族、一體並存的主權國家和文明體系。英國歷史學家史密斯（Anthony Smith, 1939-2016）指出，到了20世紀，「民族主義」主要有五方面的涵義，而民族的歸屬、情感或意識是最基本的方面，民族主義意識形態的核心觀念是自治、統一和認同。[30]回到王嘯平的作品中，我們可以說，他表現的是一種「民族歸屬感」、「民族意識」或「民族情感」，而非一種系統的、連貫的、理論化的意識形態。

　　1940年3月，出於民族主義，王嘯平孤身一人，返歸中國。在回國前夕，他有意模仿精神導師吳天的散文〈向馬來亞的朋友告別〉[31]，也寫出一篇文情並茂的散文，當晚就發表在新加坡的報章上，其中有這樣熱情洋溢的文字——

> 　　我是愛這長年是夏的熱帶，這裡是我的第二故鄉，在這裡有我的兄弟和親娘，更有那些具有這熱帶的特徵的熱情友人，他們像一團烈火，時刻地、永遠地燃起我生命的力量，時刻地、永遠地給我生命的溫暖，給我覺到這世界是多麼值得留戀的啊！
>
> 　　然而，現在我要離開這一切了！踏著遙遠的路程，去尋找隱藏在我靈魂中，一個無限美麗的夢。那夢便是和一切年輕人一樣所憧憬的，投進祖國的懷裡。現在我是跑上了回到這我還

---

[29] 埃里克・霍布斯鮑姆著，李金梅譯《民族與民族主義》（上海：上海世紀出版集團，1992年），頁17。

[30] 安東尼・史密斯著，葉江譯《民族主義：理論、意識形態、歷史》（上海：上海人民出版社，2006年），頁7、29。

[31] 關於吳天〈向馬來亞的朋友告別〉這篇散文的內容，參考林萬菁《中國作家在新加坡及其影響（1927-1948）》修訂版（新加坡：萬里書局，1994年），頁38-39。

沒有見過面，這曾流了我的愛液的親娘的大地了！因此，我雖是帶著離別的悲苦，但也更帶著熱情的喜悅和興奮！[32]

雖然文筆有點粗糙煽情，但真誠表達了對馬來亞的地方之愛和對血緣親情的眷戀。像當時的大多數華人一樣，王嘯平視他的出生地馬來亞為「第二故鄉」，他毫無在地化、反離散、落地生根的念頭，他的惜別之情被一種憧憬和狂喜壓倒了，那就是，一位離散民族主義者決意走向從未謀面的「祖國母親」，走向意義的中心地帶和神聖的價值源泉。四五十年後，王嘯平回首這段往事，肯定了自己當年的勇敢果決，無怨無悔——

我們這些誕生在海外的青年人，大都有一個美麗的夢，他們提到「祖國」兩字，總是感到一種難言的親切；因為祖國就是母親。但是他們對這偉大的母親，又是感到那麼陌生，因為他們從來還沒有見到她的真面目。他們希冀著，思念著，夢幻著有一天回到她的懷抱中，母親正在患難中，正在血泊中求生存，遠方的兒女們能忍心把她忘卻嗎？延安、陝北公學、抗日大學、八路軍、新四軍，這些字眼，這些地方，它們是祖國的希望、民族的驕傲，自由的土地，光明的未來，它們是那麼激動著我們，誘惑著我們。[33]

這段文字與作者早年的文章遙相呼應，首尾銜接，為其漫長一生畫上了一個圓圈。歲月流逝，滄桑苦難，但沒有摧毀他的愛國情操。對「祖國母親」的感情是他當年的回國動力，數十年後，除了「忠孝

---

[32] 王嘯平〈馬來亞——當我們再見面時——向朋友們告別〉，原載新加坡《新國民日報》文藝副刊「新流」第120期（1940年3月27日），收入方修編《馬華新文學大系》第7卷，頁498，標題被刪改為〈向朋友們告別〉。方修的選集在文字上略有改動，此處逕用原始文獻。
[33] 王嘯平〈我二十歲的時候〉，《上海市新四軍暨華中抗日根據地歷史研究會專題資料彙編》，頁35。

不能兩全」的遺憾外，他的思想感情並無太大改變。[34]借用南宋遺民鄭思肖的詩句來說，這正是：「一心中國夢，萬古〈下泉〉詩。」[35]有人認為王嘯平回國以後遭受了政治磨難，所以如果當初不回國，也許就一帆風順了。其實，這是無端的猜測。因為在1930年代，日本軍國主義者已經做好了侵略東南亞的準備，他們在1941年12月7日發動「太平洋戰爭」，在1942年1月11日攻陷吉隆坡，在2月15日侵占新加坡。淪陷以後的新加坡被改名為「昭南島」，日軍隨即對星華義勇軍、愛國華僑和無辜平民展開大屠殺，死難者不下數萬人，此即「大檢證」（肅清大屠殺）。如果王嘯平當時還留在新加坡的話，那麼，等待他的將會是什麼命運呢？我們可想而知。

二、在（後）冷戰的年代裡

根據原不二夫的研究，太平洋戰爭爆發前從馬來亞回國的華僑有三類：其一是與政治無關的、僅為經濟原因而回國；其二是為了參加抗日救亡運動而自發回國的人，尤其是青年人；其三是因為在南洋參加抗日活動而被英國殖民當局強制遣返的人，他們回國後參加八路軍和新四軍的也很多。[36]王嘯平就是屬於第二類的歸國華僑。他返歸中國後首先到達上海，不久後在蘇北加入新四軍文工團，參與救亡事業。這個「沒有祖國的孩子」終於找回了祖國，求仁得仁，如願以償。抗戰結束後，他隨軍參加國共內戰，在新四軍文工團中與作家同事茹志鵑結婚，育有兩女一男，次女王安憶是知名作家，是為「一門三學士」，傳為文壇佳話。[37]1947年6月，「冷戰」在全球範圍內拉

---

[34] 王嘯平〈愛的折磨與榮耀〉，上海《世紀》2014年第1期，頁4-6；王嘯平〈生命中的盛大節日〉，上海《世紀》2014年第1期，頁9-10。

[35] 「一心中國夢」出自鄭思肖的五言律詩〈德祐二年歲旦·其一〉，原詩如下：「力不勝於膽，逢人空淚垂。一心中國夢，萬古下泉詩。日近望猶見，天高問豈知。朝朝向南拜，願睹漢旌旗。」

[36] 原不二夫著，劉曉民譯《馬來亞華僑與中國——馬來亞華僑歸屬意識轉換過程的研究》（曼谷：大通出版社，2006年），頁318-319。

[37] 錢祖武〈沉迷在戲裡的人——記導演王嘯平〉，上海《上海戲劇》1982年第5期，頁40-43；王安憶〈話說父親王嘯平〉，上海《上海戲劇》1987年第1期，頁15-

開序幕。王嘯平作為左翼作家和中共黨員，自然會竭盡全力，在文藝活動中宣揚政見。中華人民共和國成立後，他最初在在南京軍隊文工團擔任編劇和導演，導演劇本《海濱激戰》、《霓虹燈下的哨兵》、《薑花開了的時候》、《紅鼻子》、《灰色王國的黎明》、《深深的愛》。[38]他創作的劇本有《永生的人們》、《回到人民隊伍》、《繼續為祖國戰鬥》、《海岸線》等。[39]這些作品都是冷戰年代的意識形態宣傳品。此外，他在1950年出版的《馬少清和他的連長》收錄五個短篇小說，內容都是表現中共軍隊與老百姓的關係，宣揚黨國意識形態。[40]

由於性格耿直、仗義執言，王嘯平曾在「反右」運動中被打成右派，開除黨籍和軍籍，又在「文化大革命」中飽受磨難。[41]茹志鵑的散文〈我的年輪〉含蓄表達了她對陷身政治風暴中的丈夫的憂懼。幸有貴人相助，王得以在1962年從南京移居上海，任職於人民藝術劇院。1978年，王的右派罪名被平反，黨籍和行政級別得到恢復。據其長女王安諾的回憶，王嘯平拿到補發的工資後所做的第一件事就是補交了

17；阿章〈當代「一門三學士」——新四軍老戰士王嘯平、茹志娟訪談錄〉，上海《大江南北》1996年第5期，頁213-220；王振科〈「我只是『滄海一粟』」——追憶歸僑藝術家王嘯平先生〉，上海《上海檔案》2003年第3期，頁10-11；祖丁遠〈伉儷作家的情緣傳奇〉，南京《鍾山風雨》2017年第3期。

[38] 王振科〈「我只是『滄海一粟』」——追憶歸僑藝術家王嘯平先生〉，上海《上海檔案》2003年第3期，頁10。

[39] 參看「維基百科」關於王嘯平的條目（https://zh.wikipedia.org/wiki/%E7%8E%8B%E5%95%B8%E5%B9%B3）。

[40] 王嘯平《馬少清和他的連長：當代短篇小說集》（上海：正風出版社，1950年）。

[41] 王安憶的回憶文章記述了乃父的性格特徵：不通人情世故，不會曲意周旋，熱情直率而又不合時宜，原話如下：「他同樣的，以只須他自己證明的赤誠，去愛國，去愛黨。以他最無方式、最無策略的形式去愛國和愛黨，在一些最不合宜的時候說一些最不合宜的話，又因他極易衝動的情緒，將那些話表達得十分極端。這於一個以中庸為美德的民族實是十分十分地不適宜了。」參看王安憶〈話說父親王嘯平〉，上海《上海戲劇》1987年第1期，頁15。本文也提到，王嘯平在晚年終於與新加坡的兄弟姐妹取得聯繫，他們年年到上海探親，王嘯平一生追求革命理想和文藝事業，在追逐金錢的這些親戚面前不免感到有點失落，他一度對自己的價值觀感到懷疑。這與王嘯平的長篇小說《和平歲月》的主人公方浩瑞在新加坡探親訪友時的內心感受十分吻合。另外，錢祖武的文章〈沉迷在戲裡的人——記導演王嘯平〉也提到王的專注於藝術工作、不拘小節、生活隨意的軼聞趣事，載上海《上海戲劇》1982年第5期，頁40-43。

二十年的黨費，由此可見他的政治信仰之堅貞。[42]退休後的王嘯平不甘寂寞，他回顧平生，百感交集，在十多年時間內一口氣寫出三本長篇小說。《南洋悲歌》寫一個「民族主義者」的形成，《客自南洋來》寫一個「共產主義者」的造就，這是王嘯平左翼思想的連續和新變。《和平歲月》寫主人公在人生暮年的還鄉經歷，以及他在新中國歷經政治磨難而不改初衷，他撫今追昔，自我總結，重申左翼政治理想。本節文字重點分析王嘯平這三部長篇小說和短篇小說集《馬少清和他的連長》中的政治文化，討論他在全球冷戰的歷史時刻，在後革命時代的中國，如何堅持左翼政見，求仁得仁，一償所願。

（一）南洋風暴：離散華人與民族主義

《南洋悲歌》的主題思想，一言以蔽之，就是「民族主義」的宣敘。應該說，海外華人的民族主義與中國歷史命運緊密相連。根據王賡武的研究，1950年之前，東南亞華人至少有兩種看待其華人屬性的方式，分別是「中國民族主義認同」和「歷史認同」。[43]王賡武指出，海外華人由最初接受民族主義到現在，已經有超過一百年的歷史了，他把這段歷史劃分為四個階段，其中第二階段是從1920年代到1950年代，或可稱之為「愛國華僑時代」。[44]《南洋悲歌》講述的正是這個時代的新加坡愛國華僑從事救亡運動的故事：英雄兒女，青春熱血，感時憂國，義薄雲天，結局是主人公「方浩瑞」被驅逐出境，返歸祖國，繼續追逐「想像的共同體」。有研究者採訪過作者本人，確認小說主人公的原型就是王嘯平。[45]民族主義的主題體現在作者對海外華人的原鄉情結、血緣神話、中國想像和國族認同的記敘上，所有人物和情節均服務於這個主題。本書也有其他元素，例如，「階級鬥爭」經常出現，華人社會的「性別歧視」和殖民地上的「種族歧視」偶然出

---

[42] 參看林明發〈無地方性與地方感：論王嘯平海外孤兒形象〉，臺北《東吳中文線上學術論文》第51期（2020年9月），頁45。
[43] 王賡武《中國與海外華人》（香港：商務印書館，1994年），頁235。
[44] 王賡武《海外華人的民族主義》（新加坡：UniPress，1996年），頁46、53。
[45] 孫愛玲《論歸僑作家小說》（新加坡：雲南園雅舍，1996年），頁227。

現，然而不是本書的重點，它們被編織在總體性的「民族主義」敘事框架內，突顯主人公的左翼思想之形成和展開。

這部小說的主人公是一對戀人「方浩瑞」和「鄭莉英」，前者出身於敗落的商人家庭，後者是富家小姐，兩人在火熱的救亡宣傳中相識相惜，也因為深度介入政治而鬧得家庭不寧，最後是飲恨分別，天各一方。小說不厭其煩地敘述方浩瑞的愛國熱情。例如，當方浩瑞聽說日本人占領了東北，他慨然表示要去當義勇軍。他在商行的簡陋宿舍的牆上，懸掛了一幅從雜誌上剪下來的俄國詩人普希金的畫像。他受雇於鄭莉英的父親開設的汽車配件公司，白天辛苦工作，晚上參加救亡宣傳，因此耽誤了工作，最後被解雇了，遭到鴉片鬼父親的責罵。方浩瑞全情投入救亡戲劇的演出，令朋友和觀眾大為感動。他在華光中學教書期間，組織師生支援罷工，結果被警察盯梢，遭到校方開除。他經常使用筆名在當地報章發表作品，宣揚抗戰救亡，又徹夜不休地印刷傳單，引起了日本奸細和殖民地官員的注意，行蹤暴露，身陷囹圄。根據楊松年的研究，日寇在1937年發動了全面侵華戰爭，不但中國上下為之震盪，新馬華人社會也為之沸騰了，「從日本帝國主義手裡拯救與自己有民族關聯的中國已成為所有華人共用的價值」。[46]當地華人發動了聲勢浩大的救亡運動，採取籌賑、抵制敵貨、征衣、勸募公債，甚至從戎、救傷等方式，馬來亞各地華僑在新加坡的帶動之下，紛紛成立了籌賑總會、分會、支會，遍地開花，生機蓬勃。這個時期的新馬華文文學正是僑民意識騰漲的時期。[47]不過，美國學者孔飛力對這類觀點提出質疑。他認為，在20世紀上半葉，華人民族主義並非一個單獨統一的架構，而是呈現出如同馬賽克一樣的拼裝板塊，絕大多數商人在當地奉行「政商分離」的原則，像陳嘉庚這樣的華商僑領是極少數，關於南洋華僑實現了民族主義大團結的恢弘圖景其實不足採信。[48]這樣看來，《南洋悲歌》中的英雄兒女和愛國華人

---

[46] 王賡武《移民與興起的中國》（新加坡：八方文化創作室，2005年），頁211。
[47] 楊松年《戰前新馬文學本地意識的形成與發展》（新加坡：新加坡國立大學中文系，八方文化創作室，2001年），頁103-165。
[48] 孔飛力著，李明歡譯《他者中的華人：中國近現代移民史》（南京：江蘇人民出版

的救亡活動正是作家對這段歷史的文學想像，不過應該是有所放大、渲染和誇張而已。

《南洋悲歌》塑造一批栩栩如生的華人群像。南來的共產黨員馬仲達在報館就職，他很有智謀和愛國情懷，同情草根民眾，豪爽樂觀，熱情助人，在南洋策畫多起救亡運動。後來，他押送一批寶貴的藥物悄悄回國，輾轉交給蘇北的新四軍。不久後，「皖南事變」爆發，馬仲達突出重圍，潛伏在上海，奉命加入國民黨軍隊，從事祕密工作。他的太太陳雪嬌是華商僑領之女，自願參加救亡工作，在數千人的集會上發表激動人心的演說，為貧苦工人無償擔任夜校教師，後來她毅然前去中國，支持丈夫參與救亡事業。陳雪嬌的父親是一位德高望重的社會名流，原本不問世事，後來關心時局，支援抗戰事業，送女兒去上海讀書。從唐山來的苦力蔡海山，和妻子劉銀花、兒子小毛失散多年，他領導抵制日貨的運動，嚴懲漢奸，揭發「皖南事變」的真相，贏得了華社的普遍敬重。一些灰色人物，例如方浩瑞的父親方文發，鄭莉英的爺爺，雖然有不少弱點，但是堅持文化認同，在民族大義上毫不含糊。相比之下，反面形象也各有特色。鄭福興為富不仁，老奸巨猾，剝削工人，毫不心軟，甘冒天下之大不韙，與日商做祕密交易，妄圖發國難財，結果被愛國群眾發現了，受到嚴厲懲罰，狼狽逃竄。兒子喬治鄭毫無民族意識，對中國安危無動於衷，他的中國歷史常識驚人地缺乏，而且崇洋媚外，歧視少數種族，有病態的自輕自賤。他打擊妹妹鄭莉英的救亡熱情，暴露出自私冷酷、愚昧無知。鄭家的姑丈陳加禾是著名商人，長袖善舞，追名逐利，他略施小計，洗白了鄭福興的奸商罪名，使其鹹魚翻身，受到對方的崇拜。上述丑角的共同特性是缺乏愛國心，被王嘯平給予了辛辣的諷刺。

民族主義運動起源於近代歐洲，國際學術界關於「民族主義」多有研究。有學者認為，問題不是給民族主義本身做道德定位，而是判定它最有可能出現的歷史後果，要從民族主義的工具層面去審視它，看其是否促進了整體的歷史進程，正如大衛斯所說：「民族主義作為

社，2016年），頁286。

特定文化的擁護者，在道德上它是中立的。作為反抗民族壓迫的運動它是正義的；作為侵略的手段，它是有悖於道德的。」[49]落實到東南亞海外華人這裡，他們的民族主義起源於清末民初，與帝制中國的政治危機和孫中山領導的辛亥革命有密切關係；進而言之，海外華人的這種民族主義不是當地國家的民族主義運動的組成部分，而是現代中國民族主義在海外的延伸，「對中國國家主權的外來威脅使這種民族主義感情更為高漲；對中國的前途和命運的強烈關注是海外華人民族主義的主要特徵」。[50]在《南洋悲歌》中，「民族主義」把離散華人凝聚在一起，他們煥發出驚人的政治能量和道德責任感，甚至連一些負面人物也迷途知返，天良發現，尋回道德空間中的方向感，找到了作為中國人的自尊心和尊嚴感。饒有意味的是，這些華人們反覆使用的一個詞彙是「祖國」，這個祖國不是新加坡或馬來亞，也不是大英帝國，而是萬里之外的赤縣神州，他們中的一些人甚至從未踏足其上，但它是祖父輩的魂牽夢縈的聖地。小說的一個感動人心的細節是：當方浩瑞找到鄭莉英，告之以馬仲達「回祖國」的消息時，她的神色立即嚴肅起來，何以故？個中的原因是，「回祖國」這三個字在當時土生土長的華僑青年的腦子裡「是件非常神聖、莊嚴，也帶著神奇色彩的大事」。[51]在這裡，方、鄭等海外華人的國族認同是「中國」，他們把自己的出生地「新加坡」當成了一個不折不扣的流放地，這讓我們想到阿克頓勳爵說過的一句名言：「流放是民族主義的溫床。」只有在這個聯想和類比的意義上，我們才能用安德森的論述來描述方浩瑞、鄭莉英的民族主義：「民族主義運動的興起，以及它們的可變終點，即如願以償地成為民族－國家，是擺脫流放的回家之舉，是混居問題的解決之道，是為了在政治鬥爭的暗室裡從底片上沖洗出來的正片。」[52]當然也須看到，研究王嘯平作品中的民族主義，重要的不是隨

---

[49] 帕爾塔・查特吉著，范慕尤、楊曦譯《民族主義與殖民地世界：一種衍生的話語》（南京：譯林出版社，2007年），頁28。
[50] 劉宏《跨界亞洲的理念與實踐——中國模式・華人網絡・國際關係》（南京：南京大學出版社，2013年），頁82。
[51] 王嘯平《南洋悲歌》（北京：作家出版社，1986年），頁123。
[52] 本尼迪克特・安德森著，甘會斌譯《比較的幽靈：民族主義、東南亞與世界》（南

便套用那些植根於歐洲經驗的民族主義理論,而是深切關懷百年中國的命運浮沉和海外華人的歷史處境,正是後者深刻塑造了王嘯平們的民族意識、民族感情和民族歸屬感。《南洋悲歌》繪聲繪色地描寫救亡活動,包括:聲勢浩大的遊行示威、抵制仇貨、懲治奸商、籌賑、義賣。王嘯平動情地寫道,當方浩瑞步行到市中心,見到大群青年學生參加籌賑會組織的義賣,紀念抗戰爆發三週年,他大受感動,當場捐出身上僅有的十元錢,這個不小的數字讓抱著捐款箱的十歲女生大吃一驚,她向方浩瑞深鞠一躬,真誠道謝:「我代表祖國難民向你致敬!」接下來的段落,描繪了激動人心的義賣場面及其帶給方浩瑞的內心觸動——

> 大街上的商店、雜貨鋪、大小攤販也有展開「義賣」活動的,把今天收入連本帶利捐獻給祖國,還有幾輛黃包車,車斗邊插著寫有「義賣」的小三角旗,他們把終日汗水換來的錢,捐獻出來。方浩瑞想,他們那一毛、五分的捐獻,要比富人們捐獻幾千幾萬還高尚、偉大。他泫然淚下,如果說他因為祖國做點工作,蒙受了生活的艱困和波折,是人生的苦酒,那麼,這些在飢餓線上掙扎的勞動者,他們是流著熱愛祖國的苦血。在他們面前,他覺得自己是渺小的。[53]

這段文字表達出幾層意思:第一,在民族主義旗幟下,不同階級和職業身分的華人被整合和動員起來,奔赴共同的價值體系;第二,在左翼分子方浩瑞看來,窮人比有產者享有更多的道德優越感;第三,方浩瑞真誠地覺得自己固然是一名愛國者,但與苦難深重的普羅大眾相比,貢獻仍然微不足道,他無法擺脫小知識分子的身分原罪。應該說,這正是左翼文學中常見的道德淨化的主題。小說繼續以緊湊的筆觸講述方浩瑞的民族主義熱情。當他從熱鬧的大街拐入一個陋巷中,驚見慘絕人寰的一幕:殖民地警察以整潔市容為藉口,拘捕沒有執照的華人攤販,還

京:譯林出版社,2012年),頁81-82。
[53] 王嘯平《南洋悲歌》,頁204。

向他們大打出手,這大大地激發出方浩瑞的憤怒和痛苦——

> 方浩瑞望著被警棍痛擊著的骨肉同胞,望著他們跪在異國土地上向人求饒,望著他們被揪著脖後衣領,揪著胸襟,揪著頭髮,像羔羊、像條狗、像頭豬被扔進警車,中國人的尊嚴全被踐踏在地。他卻不能說出一句話,無處申訴,無處喊冤。方浩瑞真想痛痛快快地哭一場,但悲憤如鉛塊塞填著胸膛,呼吸幾乎窒息了,他哭不出來,只暗暗地祈禱著,祖國啊,你快快站起來,快快富強起來吧![54]

貧苦無依的一群海外華人被殖民地警察施暴,這表現了弱國子民的無力感、無望感和卑賤感,見證贏弱的國族主體在全球權力結構中被殖民帝國邊緣化的可悲處境。主人公的激情無以言表,只能沉默無語,暗中祈禱。在這個驚悚的特寫鏡頭中,警察的合法性暴力與底層華人的身分認同聯繫在一起,階級壓迫和種族歧視的合流召喚出民族主義幽靈。由此可見,王嘯平擅長以煽情的文字進行寫實主義描繪,傳達作家的道德義憤和政治意識。接下來,方浩瑞經過了一個紅燈區,看到各個種族的本地和外國嫖客聚集在一處,蹂躪歡場賣笑的妓女,而這些可憐的弱者並不是來自其他種族,她們都是漂流海外的「中國同胞」,在異國他鄉淪為性暴力的受害者。目睹此情此景,方浩瑞的民族自尊心受到殘酷打擊。在這裡的段落中,「性政治」的批判靶子不僅指向階級壓迫和性別霸權,而且指向由白人男性造成的種族主義,最後喚起主人公的民族主義精神創傷。由此也可發現,暴力是這個小說中常見的語象。除了上面的兩個實例,還有許多場景,例如,「奸商」的耳朵被激進分子割掉,他們的商行被愛國群眾汙損,他們偷偷購進的東洋貨被人放火燒毀。紈絝子弟喬治鄭在群眾集會上被群毆,險些喪命。貧苦的兒童蔡小毛被白人男孩欺侮,他在和方浩瑞告別時遭到警察的毆打。這些暴力大多數是非法性的神聖暴力,導

---

[54] 王嘯平《南洋悲歌》,頁205-206。

向民族主義身分認同，經常獲得了正當性。有的是自發性的暴力，有的是護法暴力。有的是殖民者的暴力，有的是被殖民者的暴力。徹底消除這些暴力的唯一途徑就是實現真正的人類平等、尊嚴和正義。[55]當然，這未必是當時的王嘯平充分意識到的問題。

後來，兩名密探逮捕了方浩瑞。警察開堂審問方浩瑞，蔑稱他是擾亂治安的危險分子，硬說他寫的宣傳救亡的文章是煽動國家之間的仇恨，指控他煽動碼頭工人罷工的舉動是他充當共黨分子的罪證，又聲稱這裡不是中國，如果方浩瑞真想要「愛國」，警察就會把他遣送到中國去。方雖然出生於新加坡，是離散華人的後裔，但他堅持遠端民族主義，辯稱自己是一名「中國人」，愛國無罪，抗暴有理，海外華人不管身在何處，都有權利熱愛自己的祖國──

> 審問之後，方浩瑞痛苦地尋思：祖國啊！你哪天富強起來，讓全世界承認你偉大的存在，使海外的同胞有熱愛自己國家的自由和權利。[56]

鄭莉英前來探監，告之以師友馬仲達的上海地址，這樣一來，方浩瑞回國以後，就可以投奔和追隨馬仲達，繼續追逐救國救民的理想。一念及此，這對戀人深感欣慰，相視而笑──

> 「我們又能夠在一起了。」
> 一個更廣闊的自由天地已展開在他面前。那個天地是祖國的大地。他對它是那麼熟悉親切，因為他日夜懷念著它，為了它，他曾經苦鬥不竭，可又是那麼陌生隔膜，因為他連它一眼也沒見過呢。如今他將投進它的懷抱裡了。[57]

---

[55] 參看理查‧J‧伯恩斯坦著，李元來譯《暴力：思無所限》（南京：譯林出版社，2019年）第2章〈瓦爾特‧本雅明：神聖暴力？〉以及第4章〈弗朗茨‧法農對暴力的批判〉。

[56] 王嘯平《南洋悲歌》，頁339。

[57] 同上，頁341。

主人公從事民族主義事業，為此受苦受難，自我犧牲，獲得了精神上的英雄維度和崇高感，對於茫然不可知的未來，他心平氣和，坦然接受。最後，方浩瑞在警察押送下，來到海邊的碼頭，等待遣返。這時，鄭莉英趁機逃出家門，來到碼頭，希望與方見上最後一面。方的母親和姐姐，蔡海山的兒子小毛，眾多碼頭工人，也都不約而同地趕來，為他送行，演劇隊的同伴們唱起了悲憤的歌聲，這是小說結尾的描寫——

> ……這時天空盡是一片深灰色，暮色濃濃。忽然耳邊響起聲音：「方叔叔！方叔叔，我全家祝你一路平安……」他跟隨聲音轉過頭去，看見一個小小人影，向跳板外鐵門狂奔而來，雙手猛搖著鐵欄杆：「方叔叔，爸爸說讓我們在新中國再見！……」警察奔過來，邊拉走他邊用警棍打他身上，他仍回頭拼命回頭高喊：「讓我們在新中國再見！……」方浩瑞腦子裡翻騰著那衣裝襤褸、手臂勾著小竹籃、瘦巴巴的身影、臉色陰鬱的劉銀花，那個名叫水仙的女人，被痛擊得滿身鱗傷的小販……再見！我不幸的同胞們！讓我們在新中國再見！那時真理將戰勝謊言，正義要戰勝專制！
>
> 我夢想中的祖國啊！[58]

這裡首先推出一個殘酷的場景：年幼的無辜者遭受強制型的國家機器的對待，這暗示著廣大的離散華人和這名可憐的孩童一樣，都是失去了政治屋頂的「沒有祖國的孩子」；然後採用電影中的蒙太奇手法，讓眾多底層華人的形象在主人公的腦海中疊加和翻滾，最後讓他以戲劇性獨白喊出了民族主義的最強音，其中交織著血緣神話、原鄉情結和中國想像。準此，這齣宣傳抗戰救亡的緊鑼密鼓的大戲，終於畫上了圓滿的句號。

冷戰末期的王嘯平創作這部小說時突出左翼書刊的啟蒙作用，

---

[58] 同上，頁350。

「延安」兩個字有很高的出現頻率。不妨舉例如下。馬仲達給鄭莉英捎帶一份名為《延安頌》的樂譜（頁46），希望她下次演出中唱這首歌，馬送給方浩瑞一本毛澤東的《論持久戰》；商行打烊以後，方就在他居住的簡陋宿舍裡翻看這本書，已經看了大半（頁90）。方被老闆解雇以後打算請馬仲達幫忙在報館做事，但是鄭莉英提醒他說，他的左傾思想恐怕不會被報館容納（頁93）。方失業後困居家中，在父親的辱罵聲中閱讀史達林寫的著作《列寧主義問題》（頁109）。後來，方通過馬仲達的幫助，在「華光中學」謀得教職，而這所中學由幾位志同道合的左翼分子合辦，他們私下裡將它比作是南洋的「陝北公學」，即，中共在1937年8月於延安創辦的一所高等幹部學校（頁114）。小說還提到鄭莉英在家中閱讀巴金的小說《家》，讀到鳴鳳自殺的段落，她深受感動（頁50），她的個人書櫃裡還藏有左翼分子的書刊，包括戲劇家張庚在1933年創辦的刊物《生活知識》、李公樸在1934年創辦的雜誌《讀書生活》、馬克思主義哲學家艾思奇寫的《大眾哲學》。這些左翼書刊有些是從方浩瑞那裡借閱的。鄭的這種讀書興趣遭到了父兄的冷落和責罵（頁53、55）。後來，鄭莉英受到左翼思潮的影響，斥責毫無愛國心的父親，二人爭吵，女兒揚言要去延安投奔共產黨（頁85）。鄭福興打算讓兒子娶一個洋人老闆的女兒，當兩家人見面時，這個洋老闆發現了鄭莉英的救亡歌曲樂譜《延安頌》，他氣勢洶洶地質問鄭父，導致婚事告吹。兩名便衣警察來到方家搜查，找到了方浩瑞收藏的毛澤東的《論持久戰》（頁297）。這些跨國流通的書刊資料帶出了青春文化、左翼思潮和文化認同，同時說明，在當時南洋社會，華族青年人通過閱讀左翼書刊，不斷成長為思想進步的知識青年。他們通過文學教育來實現自我啟蒙，建構了自我的身分認同，做出對華族文化認同的承諾，召喚民族主義，凝聚國族認同，這是安德森所謂的民族主義的「文化根源」，[59]正是通過對這種跨國知識傳輸，方浩瑞、鄭莉英等華人青年的民族意識得以建立起來。

---

[59] 關於民族主義的文化根源，參看本尼迪克特・安德森著，吳叡人譯《想像的共同體：民族主義的起源與散布》增訂版（上海：上海人民出版社，2011年），頁9-37。

小說也描繪了南洋社會的五重政治勢力之間的角力。在方浩瑞、鄭莉英、馬仲達的一次聚會上，馬告訴他們：日本政府照會當地殖民地政府，禁止從事抗戰宣傳；國民黨政府的南洋領事館警告華僑社團，切勿把捐款送交八路軍和新四軍，還聲稱抗戰只有一個中心和一個政府，又指責華僑當中藏匿了共黨分子，要求殖民地政府加以鎮壓。這裡顯示了當時的新加坡存在著五重政治勢力之間的緊張和角力，即：殖民地政府、華僑社團、日本領事館、國民政府南洋領事館、共產黨地下組織（頁126）。小說第202頁介紹說，方浩瑞等人展開抗戰救亡戲劇，目的就是為了支援八路軍、新四軍的抗日事業。這些愛國激進分子，懲治奸商，抵制日貨，引起了當地國民黨領事館的注意，後者認為這是共黨分子從中搗亂和圖謀不軌，要求殖民地政府嚴加管束。當地的日本外交機構也和國民黨南洋領事館存在著複雜曖昧的關係。應該說，這些政治勢力之間的錯綜複雜的互動正是當時南洋歷史的真實描繪。英國歷史學家藤布爾（C.M. Turnbull, 1927-2008）指出，1937年抗日戰爭爆發後，國民黨政府號召南洋華人踴躍捐款，號召青年志願者返回祖國投身抗戰大業，陳嘉庚等華商僑領紛紛響應，新加坡殖民政府對當地反日情緒的高漲感到不安，華人不再光顧日本人的商店，日本與馬來亞之間的貿易額急跌，華人業主解雇日本員工，中國學生用石塊襲擊日本學童，日本駐新加坡總領事提出抗議，殖民地當局於是禁止反日遊行示威和為抗日戰爭募捐，隨著中國的國民黨和共產黨結成統一戰線，馬來亞共產黨的勢力迅速壯大，英國人對共產黨人的滲透民族救亡運動中深感憂慮。[60]當王嘯平敘說這些插曲的時候，他的筆調傾向於民族主義和共產主義，帶有明顯的宣傳意味。本書在1984年完稿，兩年後由北京的作家出版社出版，此時正是文革結束以後、蘇東劇變和冷戰終結之前，王嘯平的自我總結、重申信念的姿態，毫不含糊，一目了然。

---

[60] 康斯坦絲・瑪麗・藤布爾著，歐陽敏譯《新加坡史》（上海：東方出版中心，2016年），頁199-203。

（二）找回祖國：左翼思想的演進

王嘯平的短篇小說集《馬少清和他的連長》出版於1950年，其中的五篇小說寫作於1946年到1948年的國共內戰期間，寫作地點在蘇北、魯南和魯中、徐州。內容屬於軍旅故事，文類屬於戰爭文學，主要表現抗日戰爭和國共內戰期間發生在根據地的故事，主題是肯定中共政權的合法性、戰鬥力和光輝形象，宣傳血緣親情和男女之愛都敵不過階級感情和革命情誼，這是共產文學中的常見論調。〈恩情〉寫八路軍和老百姓之間的和睦融洽的關係。主人公張達明受傷後被當地農民羅大娘收留，得到細心周到的照顧，羅大娘的兩個兒子都參與了八路軍，在一次危急事件中，這位農村老婦犧牲了自己的二兒子，掩護這名傷兵免於中央軍的搜捕。[61]〈兩位戰友〉寫一位解放軍班長成功改造了一個國軍戰俘的故事，兩人成為肝膽相照的戰友，小說讚揚了階級友愛和新型政治。[62]〈王大奎〉寫貧苦人家出身的國軍戰士王大奎在解放軍的不斷喊話下，投誠自首，加入共軍部隊，經過道德折磨和思想改造，決心脫胎換骨，繼續幹革命。[63]〈宋蘭英〉是小說集中唯一一部以女性為主角的作品，講述的是在共產黨革命思想的影響下，農村婦女翻身解放的故事。窮人家庭的女孩宋蘭英由於父母雙亡，為了還清欠債，被迫給地主當丫鬟，受盡折磨，後來逃出生天，成為一名共黨積極分子，歷經與日軍、漢奸、地主還鄉團和中央軍的鬥爭，她豐富了自己的生活經驗，昇華了自己的思想認識，在小說的結尾，她牢記傷病的陳紀元的囑咐，決心把個人感情放到一邊，加入解放戰爭的洪流。[64]這部小說集的開卷作品是〈馬少清和他的連長〉，這裡值得詳敘。馬少清出生於貧農家庭，十五、六歲時參加了韓德勤屬下的國民黨軍隊，這支軍隊毫無戰鬥力，只會搜刮百姓，被憤怒的百姓稱為

---

[61] 王嘯平〈恩情〉，見《馬少清和他的連長》（上海：正風出版社，1950年），頁39-68。
[62] 王嘯平〈兩位戰友〉，見《馬少清和他的連長》，頁69-105。
[63] 王嘯平〈王大奎〉，見《馬少清和他的連長》，頁106-143。
[64] 王嘯平〈宋蘭英〉，見《馬少清和他的連長》，頁144-196。

「掃帚星」和「豆腐兵」。馬少清跟隨一個排長當勤務兵，白天侍奉排長夫婦，晚上外出搶劫百姓，還沾染了吃喝嫖賭的壞毛病。後來，日軍進犯南方，國軍望風而逃，新四軍趁勢崛起，王嘯平這樣煽情地寫道——

> 為了拯救民族的危亡，為了把千千萬萬人民從敵人鐵蹄下解放出來，共產黨領導的新四軍，渡江東進。他們使受難的人民，第一次嘗受到自由、安樂……的幸福。人民把最虔誠、最感激的稱呼，來加到這人民軍隊的身上「菩薩軍」。[65]

　　根據小說中的描述，新四軍英勇抗日，但是國軍偏偏要製造摩擦，不得人心。雙方戰鬥的結果是，「豆腐軍」一敗塗地，馬少清被俘，被迫加入共軍。不過，馬少清三年多來在工作上毫無起色，打仗怕死，貪汙享樂，受到大家的嫌棄。他很愛面子，不肯低頭認錯，面對戰友和領導的關懷，執迷不悟，懷恨在心，這讓大家傷透了腦筋。抗戰接近尾聲時，中共軍隊興起「思想整風」。曹連長整風歸來，決心放棄對馬少清的輕蔑和厭惡，而以崇高的革命情誼來感化他，把他從落後頹喪的精神狀態中拯救出來。王嘯平的這段描寫突出共幹的政治覺悟、大局意識和道德情操——

> 他如果不能突破這思想的死角，馬少清就要永遠和他成為冤家，那連隊就要搞不好，練兵的任務就不能完成，他就要給革命受到損失。但是，這個思想死角是如此堅固不易突破的，這在他可比敵人的十個碉堡還難摧毀。
>
> 　　然而，在整風中，黨是怎樣教育他，怎樣引導他，怎樣鼓勵他，督促他必須做一個革命的好幹部。這可給他一股強大的力量，這力量便是無堅不摧的活力。[66]

---

[65] 王嘯平《馬少清和他的連長》，頁9。
[66] 同上，頁29-30。

曹連長認為自己以前對馬少清的打罵喪失了革命立場，他向馬誠懇道歉，希望得到原諒。這讓馬非常吃驚和尷尬。於是，這兩個人相互批評，自我檢討，達成了真誠的諒解，增進了革命情誼。曹連長讓班長召集會議，當眾檢討自己，馬少清大為感動，他對大家的成見渙然冰釋了。當天晚上，馬少清轉轉反側，無法安睡，想到自己這三、四年來的表現，良心上極為愧疚，於是他連夜爬起來，冒著刺骨的西北風，走到曹連長所在的集體宿舍，聲淚俱下地懺悔。後來，在全連戰士的面前，馬少清痛哭流涕，坦白承認自己的錯誤，表達了重新做人的決心。思想轉變以後的馬少清充滿青春朝氣，他面帶微笑，待人溫和，工作異常積極，他的故事在連隊傳為美談。──總的看來，上述五個短篇小說講述的都是個人主體在革命思想的感召下煥發政治能量的故事。這些作品寫於1940年代後期，出版於1950年，正是全球冷戰來拉開序幕的時刻。冷戰政治的特點是：突出共產主義與資本主義、集權政治與自由世界的二元對立關係。應該說，王嘯平在新加坡工作期間對資本主義有所認識，也主動傾向於左翼思想。在他歸國以後，自覺迎向共產主義，與時俱進，因地制宜。在冷戰背景下重讀這些小說，我們不難發現，作者對共產主義的描繪和對革命政治的迷戀，突出了政治宣傳的動機，這構成了當代中國文學史的文化冷戰的一部分。

下面，我們分析王嘯平的第二部小說《客自南洋來》。它寫的是方浩瑞懷著離散民族主義的熱情返歸中國，加入新四軍文工團，在游擊戰爭的間隙從事文藝活動，同時進行思想改造，不但肉身得到鍛鍊，而且在精神上消滅了「小資產階級思想」，成為一名合格的「無產階級戰士」，迎來人生的高光時刻。這部小說的敘述時間是1941年到1945年之間，由兩部分組成，分別是「一顆『個人主義』的子彈」、「自由的失落」，這種敘事結構概括了小說的主題。

當方浩瑞從軍以後，一個嶄新的世界在他的眼前鋪展開來。異於南洋世界的風土人情，緊張動盪的軍旅生涯，同袍之間的革命情誼，軍民之間的互助友愛，革命與背叛，生離與死別，這一切新奇的經驗令他眼界大開。當然，一些殘酷的場面也讓他大受刺激。當他乘坐的

客輪在香港暫停的時候，守候在碼頭上的難民蜂擁而上，衝進客艙去搶奪食物，遭到白人旅客和上等華人的毆打。在投奔新四軍的路上，衣衫襤褸的兒童和孤獨無助的村婦令方浩瑞倍感心酸。在新四軍官兵大會上，旅長駱鷹下令處決一名年輕的逃兵，大家群情激奮，方浩瑞目瞪口呆。更重要的是，在戰地生活中湧現出來的英雄故事讓這名來自南洋的文弱書生深受震撼。旅長駱鷹運籌帷幄，屢勝日寇，又身先士卒，跳進河中，與大家一起用肩膀架起了浮橋，讓大部隊通過。政治委員杜修林宅心仁厚，做下級的思想工作，不辭勞苦。團長嚴大盛和營長魏剛衝鋒陷陣，不畏犧牲。小戰士徐兆勇追隨兄長加入新四軍，嚴以律己，英勇作戰，最後壯烈殉國。應欣萍時刻以大局為重，高風亮節，息事寧人。年輕的菲律賓歸僑吳楚，去新四軍部隊中尋訪哥哥吳恆，得到的卻是一份他在犧牲前口述的遺書。富家小姐凌燕被戰友誤認為變節分子，蒙冤受屈，百口莫辯，但她最終選擇了含垢忍辱，默默地離開了愛人駱鷹。此外，一些有缺點的小人物，例如朱鋼、張玉梅、劉達民，莫不顯出人性的光輝和可愛。在這些英雄人物和勇敢事蹟的影響下，方浩瑞決心自我改造，儘快適應新環境，與祖國人民生死與共。1941年12月，太平洋戰爭爆發，日軍進犯南洋，新加坡岌岌可危，中國的抗戰形勢更凶險了。此時的方浩瑞在組織的安排下，暫時脫離了部隊，他走在上海的租界中，想到國破家亡，內心悲慨萬端——

> 日本軍勢如破竹地向南挺進，香港，新加坡都遭到轟炸。一百多年沒聽過槍炮聲的「東方瑞士」，方浩瑞的第二故鄉，如今也將戰火瀰漫。病重的父親，孤苦的母親，誰來照顧？方浩瑞走在南京路上，日本坦克車，威風凜凜，不可一世。天空飄著「大東亞共榮圈」大氣球。國土淪陷，山河變色。日本開始在租界裡大逮捕，那位在青年會指揮進步歌曲合唱團的著名音樂家，也被逮捕了。爸爸，媽媽，姐姐，我在南方所有的親友們，別了！也許是永別了！鄭莉英，我們相愛三年的好人啊！你用不著等待我了！你那兒還有什麼「安身立命」的安全海

岸！我們只有一條路，越過洶湧波濤的大海，勇敢的向著光明的彼岸，去爭取民族生存。他埋頭走著，連頭也不敢抬。日本軍日本奸細遍布租界，怕有人認出他參加過新四軍，坐牢、胡椒水、老虎凳、酷刑、殺頭……在等著他，哪裡有自由，哪裡有自尊，哪裡有安全，哪裡有幸福？暗暗抬頭再望一下天空大氣球，「大東亞共榮圈」，六個字張著六個血紅血紅的眼睛，又化成六隻血紅血紅的嘴巴，似乎要把他「圈」進它肚子裡。他恨不得馬上插上翅膀飛到內地去。[67]

南洋與祖國都處在日本法西斯的掌控下，方浩瑞的周圍殺機四伏，雖然他可以置之度外，但一想到「第二故鄉」的親人們的人身安全，不禁愁苦萬分，但是，他最終激發出民族主義，希望趕回蘇北，追求抗戰救亡事業。王嘯平誠懇地寫道，由於受到「深刻」的思想教育，歸隊後的方浩瑞決心克服驕傲自滿、自由散漫的作風。在小說的結尾處，出生入死、與時俱進的方浩瑞，在書桌前正襟危坐，攤開稿紙，準備填寫入黨申請書，他決心告別自由主義，遵守黨紀，掀開人生新頁。至此，方浩瑞完成了從民族主義者到共產主義者的身分轉變，這也是王嘯平的風雨路和心靈史。

《客自南洋來》濃墨重彩地描寫戰爭年代的生活險境、革命隊伍中的禁慾主義、黨性和人性的較量、公私領域的越界、神聖光環之外的詭詐人心、大公無私旗號下的名利爭奪、生死之際的眾生相。誠然，蘇北不是桃花源，革命隊伍中除了可歌可泣的故事，也有善與惡的較量、人性的高貴與卑劣、男權壓迫和陳規陋習、等級森嚴和種種不平。小說描寫了不少革命隊伍中的陰暗面，估計取材於王嘯平的個人經歷。其中一個人物名叫「何克庸」，這是一個善惡交織的兩面人。此人精明圓滑、長袖善舞、嫉賢妒能、諂上欺下，在名利心的驅使下做出了不少令人不齒的行為。他打壓方浩瑞的事業心，多次干擾方的寫作計畫，故意拖延印刷方浩瑞和應欣萍合寫的劇本《大地

---

[67] 王嘯平《客自南洋來》（上海：百家出版社，1990年），頁152-153。

回春》。他擅長對陷入困境中的同事玩弄「打一把、拉一把」的兩手策略，屢試不爽，洋洋得意。他在自創的劇本《人民子弟兵》封面上故意放上政委杜修林的名字，拍馬溜鬚，終於達到目的。他把自己與劉達民合作的劇本據為己有，欺上瞞下，過河拆橋。他在戰地受傷以後，自以為來日無多，盤算了一下，發現婚姻大事還沒有著落，於是匆忙與女戰士張玉梅結婚，後來他的身體安然無恙，又使出詭計，始亂終棄。從字面上看，「何克庸」的意思就是「何以克服庸俗」，作者如此命名筆下的人物，目的不言而喻。

本書也出現了主人公萬里歸來、投筆從戎的過程中始料未及的挫折橫逆，那就是共黨內部的整風、肅反、內訌和政治迫害。軍營中展開政治運動，無中生有地要揪出「托派分子」。方浩瑞由於性格耿直，屢屢碰壁，他早年在上海參加的「托爾斯泰讀書小組」被人張冠李戴地變成了「托洛茨基讀書小組」，以訛傳訛，他被扣上「托派分子」的帽子，被迫「靠邊站」，暫停一切業務，呈報交代材料。這個莫須有的罪名讓方非常氣憤，感到荒唐無奈。下面這段話描寫了方的心理活動——

> 「靠邊」到底是什麼，還以為很有意思，原來是種懲罰，不准和人交往，不准唱歌排戲，連工作的權利也沒有。而且，明明沒影子的事，硬逼你承認，我連托洛茨基的書也沒讀過，從來也沒想過搞什麼托洛茨基研究小組，叫我從何承認起。靠邊靠邊，我這個邊要靠到哪年哪月？當他離開異國他鄉，回到日夜思念著的祖國，他不會想到現在會坐在這光線陰暗、空氣汙濁的稻草棚裡。他又看見碼頭黑壓壓的人群中，來送行的母親滿臉淚痕，悲痛地高喊：「兒啊！兒啊！……」他心中雖也痛楚，但祖國在向他召喚，他沒有流淚，只回頭應了一聲：「媽，你放心回家吧！……」如今，他忍不住低低哭泣。怯懦是恥辱的，只有女人才把眼淚當成武器。他方浩瑞不是女人！他橫下一條心，該來的就來吧，我等待著你！[68]

---

[68] 王嘯平《客自南洋來》，頁80。

革命隊伍中的肅反和內訌，對良善者的政治清洗，對於歸僑來說是無妄之災，也一度動搖了方浩瑞的人生理想。人在窮途末路的時候習慣於回顧以往，自我反省，然而，血緣親情的掛念敵不過民族主義熱情，方浩瑞很快就恢復了自信心。這部小說還寫道，「整風運動」臨到了新四軍，女戰士張玉梅遭受政治審查，戰友們對她橫加指責、百般刁難，她羞憤交加，絕望自殺，幸而被及時搶救過來了。這些故事顯示了革命政治的陰暗面：粗暴、冷酷、殘忍和不近人情。

總的看來，《客自南洋來》的主題是歸國華僑方浩瑞抱著救亡理想，加入新四軍，歷經戰地考驗和思想整風，從民族主義者成長為共產主義者的人生歷程。主人公通過身體的跨國流動和生活世界的考驗，完成自我認同的轉變和政治理想的實現，算是求仁得仁，不虛此生了。本書的落款是「1989年7月5日脫稿」，這個日期耐人尋味，也顯示了一個倔強固執的姿態。當時，震驚世界的「天安門事件」剛剛結束，中共政權的合法性遭受巨大挑戰，官民情緒嚴重對立，在這低迷的輿論環境中，歸國老華僑王嘯平已經七十歲了，他回顧五十年前自己萬里歸來、報效祖國的風雨歷程，一如既往，不改初衷。在東歐已經劇變、蘇聯即將解體、冷戰大幕即將落下的世界歷史轉折關頭，王嘯平揮筆寫下這本自傳體小說，它是青春文化和成長小說，也是國族敘述和政治宣誓，作者刻意為之，讀者豈可大意？

《和平歲月》是王嘯平的長篇小說三部曲之最後一部。無可否認的是，三本書的質量良莠不齊。《南洋悲歌》給人以生機勃勃、元氣淋漓的感覺。《客自南洋來》顯得有點捉襟見肘、才情不足。《和平歲月》已經是老態畢現、老手頹唐了。這本小說由兩條交錯進行的敘事線索構成，一是遲暮之年的方浩瑞受到姐姐的邀請，踏上還鄉之路，前往闊別了四十年的新加坡。二是連接《客自南洋來》主公人方浩瑞的中國故事，講述他在新中國成立後，身不由己地捲入「反右」運動和「文化大革命」，身心備受折磨。值得注意的是，儘管如此，在全書結尾處，主人公撫今追昔，總結一生，重申左翼政見，真是無怨無悔，至死不渝了。

顧名思義，《和平歲月》講述方浩瑞在新中國成立後的「和平年

代」裡的工作和生活。淮海戰役結束後，方浩瑞和戰友們乘坐火車，向大城市挺進，回想崢嶸歲月，大家激動萬分。不久，中華人民共和國成立，邁進社會主義初級階段，方浩瑞繼續在軍區文工團工作。這時，雖然物質生活相對富足，然而，同事間的衝突、夫妻間的矛盾，一一浮出水面。單位裡的官僚習氣、爭名奪利、耍弄手段的現象，並不罕見。1957年，「反右運動」開始。軍區政治部主任梁某手握大權，動輒把人打成右派，開除別人的黨籍和軍籍，弄得怨聲載道，道路以目。方浩瑞為人耿直，不善逢迎，不幸撞到了風口浪尖。在文工團反右會議上，方受到打擊和陷害，一些人發言上綱上線，把他的批評言論扭曲為「反黨反社會主義」的證據。劉達民為方浩瑞鳴不平，認為他埋頭苦讀，死鑽業務，卻被人指控是「想成名成家」，被打成了「罪該萬死的右派分子」。相比之下，何克庸之流，嫉賢妒能，玩弄權術，卻官運亨通，橫行無阻；那些所謂的「偉大、高明、正確的馬克思主義者」紛紛現出了虛偽、醜陋、專橫、殘暴的嘴臉。在高度政治化的時代洪流中，多數人與世俯仰，隨波逐流，甚至落井下石、賣友求榮，只有方浩瑞、應欣萍夫婦，劉達民夫婦，馮小莉等寥寥數人才是光彩照人的正面形象。這裡暴露了思想整風和政治運動的非人性的一面。小說中描寫了感人至深的一個場景。當方浩瑞以戴罪之身去火車站護送妻子應欣萍回上海，在風雨如晦中，他回想自己孤身回國、從事救亡的十幾年革命生涯，對比目前遭受的政治迫害和妻離子散，不僅感慨萬千。經過浴血奮戰，日本鬼子投降了，國民黨政府垮臺了，全國解放了，新中國成立了，他原以為在民族獨立以後，包括自己在內的中國人民會得到民主自由和幸福生活，然而弔詭的是，他這個歸來的愛國者竟然變成了階下囚，即將被劃入「黑五類」當中，千夫所指，形影相弔，他當年的那句豪言壯語：「讓我們在新中國再見吧！」現在竟成了無情的嘲諷。一想到這裡，方浩瑞感到窒息，腳步格外沉重。後來，方浩瑞的「右派」帽子被摘掉了，他調回上海話劇藝術團，編導幾齣戲劇，廣受好評，妻子在業餘從事學術研究，取得令人矚目的成就。然而好景不長，不久後，「文化大革命」爆發了。方浩瑞的養子應小虎只有十幾歲，作為知青上山下鄉，去黑龍江

插隊，由於生父駱鷹的犧牲、養父方浩瑞的右派出身，他無法報考大學，悲憤莫名，險些斷絕父子關係。當「文革」結束的時候，方浩瑞已是年過花甲了。

《和平歲月》中主人公遭遇的人生苦難，如果聯繫現代中國歷史來看，當然也與「歸國華僑」的特殊身分有關。這是一個值得重視的社會現象。加拿大學者格蘭·彼得遜（Glen Peterson）研究過1950年代的歸國華僑和僑眷，以及中國官方制定的僑務政策。他發現，這些歸僑的背景不同，包括愛國分子、難民、富商大亨、學生等，官方有特定的公共政策來「優待」這些歸僑，並且對其進行社會主義改造，後者在文化大革命當中也遭遇困厄。[69]日本學者奈倉京子從「華南移民」的敘事框架出發，深入研究廣東省歸國華僑，描繪出多元社區之內的群體關係和文化適應的豐富圖景。[70]王賡武建議把歸僑和僑眷包括在「海外華人」的範疇內，最主要的原因是他們在文化大革命中的遭遇——

> 他們當中的大多數人都因早年享有為數不多的特殊權利而受到衝擊。不少人——和差不多每一個在1949年前曾居住在國外的人——都被指責有「海外關係」。他們的特殊權利，儘管為數不多，全被剝奪，來自國外親屬的匯款以及與國外親屬的任何其他聯繫亦均遭到阻攔。許多人的遭遇悲慘，特別是在他們回歸祖國的動機橫遭責難，回國後的一舉一動均受到懷疑的時候。儘管歸僑和僑眷並未被選作不公正待遇的對象，但他們身受的一切卻給他們留下了恐怖的創傷，而且還對其海外的親友產生了完全消極的影響。有鑑於此，自1977年以來政府竭力為一些歸僑和僑眷平反昭雪。昭雪的最有效方式就是讓他們恢復他們的海外關係。[71]

---

[69] 參看格蘭·彼得遜（Glen Peterson）的專著 Overseas Chinese in the People's Republic of China.
[70] 參看奈倉京子的專著《「故鄉」與「他鄉」：廣東歸僑的多元社區、文化適應》。
[71] 王賡武《中國與海外華人》，頁271。

根據黃小堅的研究發現，歸僑在融入和適應國內的社會環境方面也遇到一些問題，包括思想觀念的對立、經濟利益的衝突、社會關係的局限。歸僑在歷次政治運動中受到極左思潮的衝擊，造成個人悲劇和家庭苦難，例如，歸僑因為有所謂的「海外關係」而被誣衊為「特務」、「叛徒」、「反革命分子」，遭受批鬥和毒打、關押判刑，甚至有的被處決。他們的家庭被抄查，財產被沒收，房屋被拆毀，祖墳被挖掉，還發生過大批量的歸僑再次向國境外遷移的現象。[72]這種悲劇現象也反映在一些歸僑作家的作品中，例如，忠揚的短篇小說集《昨日夢華中》和《回首夕陽紅》，原甸的長篇小說「探索三部曲」《活祭》、《奉獻》、《重軛》，駱賓路的長篇小說《海與島》，蕭村的短篇小說〈往事如煙〉和〈雅寶路重逢〉等，均有這種內容。

《和平歲月》有一半篇幅講述的是方浩瑞在闊別南洋四十年後返鄉探親的故事。他在陌生的故國家園，看望親友，祭拜先人，故地重遊，感慨唏噓。更重要的是，由於新加坡和中國的歷史發展軌道的不同，他和親友的生活境遇目前有很大差別，一種強烈的失落感，昭然若揭，呼之欲出了。這對主人公當初選擇的人生道路來說是一種諷刺和挑戰。方浩瑞的姐夫當年只是一個普通的店員，後來經商，家境一般，近年來時來運轉，生意大好，坐擁三五家工廠，成為大老闆，物質生活富足，子女均已成才。方浩瑞住在姐姐寬敞的家裡，想到自己當初孤身回國，為了理想而奮鬥半生，從未想到自己會成為闊佬，如今他年逾花甲，更無發財的念頭了，現在住在姐姐家裡，觸摸豪華的物質生活，他一時難以適應，感覺有點尷尬。在方浩瑞乘坐姐夫的名車前往父母墓地的路上，他透過車窗看到花園城市的繁華景象和百姓的豐衣足食，回憶四十年前新加坡的貧窮敗落，變化之大，他確實感到吃驚，不過這沒有激起他的興趣和羨慕——

> 這太平洋上的花園之國，果然名不虛傳，乾淨，美麗，繁榮。然而，這一切並沒惹起方浩瑞多大的興趣和羨慕，因他並非屬

---

[72] 參看黃小堅《歸國華僑的歷史與現狀》第6章，尤其是頁249-273、292-296。

於這世界的人。這個世界,他一生並沒有為它盡過任何義務,沒有為它流過半滴血汗。它是屬於別人的,與己毫無關聯。他不是一個「樂不思蜀」的阿斗,他心中正懷念著只離開一天的故國,懷念在那兒的妻兒、戰友⋯⋯[73]

方浩瑞在新加坡出生和長大,但他像很多懷抱民族主義的離散華人一樣,只是把這裡當作「第二故鄉」,而把遙遠陌生的神州當作真正的「祖國」,他對這裡缺乏歸宿感、情感依戀和國族認同。小說的最後幾頁寫道,方浩瑞明天就要回中國了。想起自己的跌宕起伏的一生經歷,對此茫茫,百感交集。他的老情人鄭莉英由於留戀養尊處優的生活,缺乏冒險精神,走上了與他完全不同的人生道路。方浩瑞自我反省了一下,認為這是由個人性格所決定的。最後,方浩瑞來到海邊與這個島國告別,看到波瀾壯闊、雲蒸霞蔚的海景,他彷彿回到了青春年少的時代,他的憂鬱、苦悶和一切不愉快的情緒都被呼嘯的海濤沖洗淨盡了——

> 方浩瑞站在這海岸邊,望著那矗立雲霄的烈士紀念塔,心中感慨良多。我死後還能被人敬仰麼?我的骨灰將安放何處?真的到了那一天,我⋯⋯他忽然想起一句詩來:
>
> 我正直的一生得到了報酬
> 死去時面對著上升的太陽。
>
> 他雖然是滄海一粟,是紅塵的[74]的小人物,卻一生光明磊落,與人為善,正直做人,胸懷坦蕩,沒有虛偽,沒有陰險。生前可以向著陽光敞開心扉,死後也要面對太陽。生前沒有被鬥臭,死後更不該把骨灰弄髒。只要有太陽升起的地方,都是我骨灰

---

[73] 王嘯平《和平歲月》(長沙:湖南文藝出版社,1999年),頁75。
[74] 此為衍文,疑當為「裡」字。

安葬之所，生時面向太陽，死後也要面向太陽！[75]

人生暮年的主人公把個人的歷史地位和道德品格視為重中之重，他自喻為「滄海一粟」，認為自己的一生是清白做人，奮鬥搏擊，求仁得仁，甚感欣慰。本書出版於1999年，這時的世界政治格局進入了「後冷戰」時代，中國改革開放進行了二十年，這是一個「後革命」的時代和「後社會主義」的時代。王嘯平用自我激勵的話為三部曲作結，似有大限來臨、蓋棺論定的味道，也重新肯定了他追逐一生的左翼理想自有不可磨滅的價值。[76]有研究者指出，王的三部長篇小說「折射出個人、家族和國家等不同層次的歷史記憶，無論是個人的小歷史還是國家的大歷史，王嘯平以一歸國華僑的身分，娓娓訴說了一個離散華人的流動身世和家國情懷，也透露出其中傷心的所在」。[77]應該說，這是精準公允的評價。

---

[75] 王嘯平《和平歲月》，頁212。
[76] 黃錦樹對這本書的評語是：「祖國之愛顯然是苦澀的，祖國的回報也是異常嚴酷的——這嚴酷，還是來自人性、權力與貪婪。它讓理想主義顯得迂腐、不合時宜。」參看黃錦樹〈在或不在南方：反思「南洋左翼文學」〉，香港《香港文學》第348期（2013年12月），頁64。我認為，這3部小說的主題是重申左翼政見，表達九死未悔的立場。
[77] 賴佩暄〈離散與歸返——論王嘯平半自傳體小說中的流動身世與家國情懷〉，臺北《中國現代文學》第24期（2013年12月），頁186。

第四章　從南洋到唐山：
韓萌的家國想像[1]

引言：華僑與國家的相遇

　　冷戰年代的歸僑作家為數眾多，韓萌（1922-2007）是其中之一。本文試圖結合他在1940年代的跨國流亡經驗和冷戰年代的人生道路，在知識社會學的框架內研究其思想狀況與社會集團之間的關係，聚焦於韓萌的家國想像之形成過程以及衍生的張力，。

　　欲瞭解「歸僑」的涵義和命運，首先要說明華僑的歷史概況。當代學者對「華僑」、「華人」、「華裔」、「華族」等概念有翔實的辨析，茲不贅述。[2]帝制中國自視為「天朝上國」，堅持中國中心主義的立場，嚴守華夷之辨。明清帝國一度實行過「海禁」政策，不許中國人私自出洋，海外華人被描述為「棄民」、「逃民」、「漢奸」、「萎民」等不堪的形象，後來則被「華民」、「華商」、「華僑紳商」等稱謂取代。[3]鴉片戰爭後，清廷迫於國際條約，允許國人出洋。此時的中國，天災人禍頻發，社會動盪不安，而南洋的橡膠種植業和錫礦開採業走向蓬勃，出於這種「推－拉作用」（push-pull effect），華南省分的底層人民以「契約勞工」的身分大量遷徙到南洋。晚清興

---

[1] 本文發表於南京《世界華文文學論壇》2023年第3期，此為修訂稿。
[2] 王賡武〈「華僑」一詞起源辨析〉，收入氏著《移民與興起的中國》（新加坡：八方文化創作室，2005年），頁154-167；莊國土〈論東南亞的華族〉，北京《世界民族》2002年第3期，頁37-48。
[3] 顏清湟《海外華人的傳統與現代化》（新加坡：南洋理工大學中華語言文化中心，2010年），頁7-32。

起洋務運動，朝廷重視海外華人的政治忠誠和經濟資本，李鴻章提倡保護海外臣民作為自強和主權的標誌。孫中山啟用「海外孤兒」和「革命之母」的說法定義華僑身分，喚起歷史創傷，鞏固血緣神話，強調華僑在顛覆清廷、肇造民國的過程中發揮的政治能量。[4]1949年前，中國國民黨和共產黨對南洋、香港的華僑社會展開激烈爭奪，希望得到政治上和財力上的支持，於是成立「海外黨部」、「南洋華僑歸國服務團」。中日戰爭爆發以後，南洋華僑萌發民族主義熱情，由陳嘉庚領銜創辦了一個跨國組織「南洋華僑籌賑祖國難民總會」。從1936年到1941年，馬來亞共產黨努力爭取大眾的支援，組織抗日救亡運動。還有眾多華僑返歸祖國，投身抗日戰爭，包括「南洋華僑機工回國服務團」。[5]中華人民共和國成立後，設置「華僑事務委員會」，其華僑政策有含混和衝突之處。從1949年到1960年，中國大約有一千多萬僑眷、六十萬歸僑、六萬僑生。[6]研究者發現，印尼、馬來亞的華僑在1950、1960年代大舉歸國，主要原因是居住國發生了大規模的排華運動，這些歸僑被中國政府接送回國，安置在福建、廣東、海南等地，他們經歷了文化適應和社會融入。[7]歸國華僑有傳統型、參政型、難民型、投資型、專業型，他們深度參與了現代中國的政治變革、經濟文化建設與社會發展。在中華人民共和國成立之前已有三十幾萬歸

---

[4] 參看 Yen Ching Hwang, *The Overseas Chinese and the 1911 Revolution, with Special Reference to Singapore and Malaya* (Kuala Lumper: Oxford University Press, 1976)；梁志明〈辛亥革命與東南亞：密切關係與巨大影響〉，昆明《東南亞南亞研究》2011年第4期，頁44-52。

[5] 楊進發著，李發沉譯《陳嘉庚：華僑傳奇人物》（新加坡：八方文化創作室，1990年），頁225-247；C. F. Yong, *The Origins of Malayan Communism* (Singapore: South Seas Society, 1997), PP. 241-271；黃堯、黃蕙《南僑機工：南洋華僑機工回國抗戰紀實》（昆明：雲南人民出版社，2015年）；劉道南、盧觀英《搜路記上：馬來西亞南僑機工歷史記錄》（吉隆坡：馬來西亞陳嘉庚基金，劉道南出版基金聯合出版，2022年）；林孝勝、葉鍾玲、崔貴強《從徵募到復員：南僑機工回國抗戰史》（新加坡：高藝出版社，2023年）

[6] Glen Peterson, *Overseas Chinese in the People's Republic of China* (London: Routledge, 2012), pp.3-23.

[7] 奈倉京子《故鄉與他鄉：廣東歸僑的多元社區、文化適應和認同意識》（北京：社會科學文獻出版社，2010年）

僑在國內定居；在中華人民共和國成立初期回國定居的華僑以知識分子、青年學生、愛國人士和難民為主體。[8]在歷次政治運動中，歸國華僑也受到了衝擊，造成了創傷記憶，導致數十萬歸僑和僑眷出走大陸，回流到香港和東南亞。

德國社會學家曼海姆指出：「知識社會學所探求的是理解具體的社會—歷史情況背景下的思想，在此過程中，各自不同的思想只是非常緩慢地出現。因此，一般來說不是思維的人，或甚至進行思維的孤立的個人，而是處於某些群體中發揚了特殊的思想風格的人，這些思想是對標誌著他們共同地位的某些典型環境所做的無窮系列的反應。」[9]具體到本文來說，來自東南亞的歸國華僑就是曼海姆所說的「某些群體」，這些歸僑中的作家所宣揚的民族主義就是「特殊的思想風格」。本文從歷史語境出發，分析歸僑作家韓萌的文學作品，探究其家國想像的結構性特徵和民族主義的形成根源，採用的就是知識社會學的方法。進而言之，本文還提出下列研究問題：華僑區分為哪些類型的社會集團以表達自己的中國敘事？華僑歸國這個事件的政治邏輯是什麼？歸僑作家如何想像海外華人與故國原鄉的關係？歸僑話語是否存在無法自圓其說的裂隙和自我消解的張力？本文以韓萌為個案研究的對象，採用知識社會學的方法研討歸僑這個「社會集團」從抗戰到內戰再到冷戰時代的思想狀況，涉及跨國離散、民族主義、文化認同等課題。在具體的研究方法上，本文把韓萌不同文體的作品視為一個開放、流動和相互補充的系統，通過跨文類的閱讀實踐，在跨國視野中展開歷史透視和批評思考，考察歸僑在歷史語境中的心路歷程，揭示其思想意識中的憧憬與失落、洞見與不見。

---

[8] 黃小堅《歸國華僑的歷史與現狀》（香港：香港社會科學出版社，2005年），頁41-42、476-477。

[9] 卡爾・曼海姆著，黎鳴、李書崇譯《意識形態與烏托邦》（北京：商務印書館，2000年），頁3。

一、庶民的哀歌

　　有學者指出，韓萌的作品往往取材「僑鄉生活和海外華人的生活」，[10]毫無疑問地，這個題材特點與韓萌的華僑身分有關。韓萌，原名陳君山，另有筆名「陳北萌」，[11]祖籍廣東普寧，1922年出生於馬來亞吉打州的一個貧民家庭。十三歲時跟隨父親回到普寧，接受中學教育。太平洋戰爭爆發後，韓萌流亡桂林、貴陽，當過記者、編輯。1946年，國共內戰爆發，為了避免被國民黨政府「抓壯丁」，韓萌回到潮汕，與同學米軍結伴，經過泰國回到馬來亞。1949年，他來到馬來亞霹靂州的和豐興中教書，也曾南下新加坡，有短暫的教學經驗。韓萌在新馬從事華文教育期間，結識經歷相似的蕭村、方北方等華僑青年，切磋文藝，砥礪節操，成為志同道合的好友。當時的韓萌在東南亞和香港的報章上發表了不少作品，例如中篇小說《七洲洋上》，此外還編印了《海外文藝叢刊》。1950年6月，韓萌離開馬來亞來到香港，主編《學生文藝》雜誌，集資創辦了「赤道出版社」，編輯出版《赤道文藝叢書》，[12]印行《南洋散文集》和《南洋短篇小說集》的第一集《頭家和苦力》。方修、苗秀、趙戎、方北方、馬崙、黃孟文、秦牧對韓萌這個時期的作品頗有好評。[13]1951年3月，韓萌離開香港，

---

[10] 鄭明標〈新馬歸僑作家韓萌的創作道路〉，潮州《韓山師專學報》1993年第1期（1993年3月），頁76。

[11] 日本學者原不二夫把陳北萌和韓萌誤認為兩個人，參看他的《馬來亞華僑與中國——馬來亞華僑歸屬意識轉換過程的研究》（曼谷：大通出版社，2006年），頁406、415。

[12] 韓萌主編的「赤道文藝叢書」一共有6本，包括黑嬰的中篇小說《紅白旗下》、米軍的詩集《熱帶詩抄》、蕭天的短篇小說集《湄南河邊岸》、蕭村的短篇小說集《椰子園裡》、韓萌的中篇小說《紅毛樓故事》和短篇小說集《海外》。

[13] 馬崙稱讚韓萌「銳筆震文林，創作成就輝煌」，參看馬崙《新馬華文作家群像》（新加坡：風雲出版社，1984年），頁95。方北方認為韓萌是「戰後馬華著名作家之一」，參看方北方〈韓萌的創作歷程及近況〉，汕頭《華文文學》1993年第1期，頁71。秦牧讚揚韓萌小說的好處是文筆流暢自然、生活氣息濃厚、人物頗具個性、有對光明幸福的嚮往，見秦牧為韓萌小說集《僑鄉夢》（汕頭：汕頭歸僑作家聯誼會編印，非賣品，1991年）寫的序言。方修指出韓萌是馬來亞「緊急狀態」時

回到廣州，成為歸國華僑，從事文教工作。退休後，定居潮汕地區，遲暮之年重出文壇，寫出長篇小說《尋根奇遇》、《柑園風雨》、《臺灣歸來》。[14]由此可見，在三十歲之前，跨國離散、輾轉流徙是韓萌生命史中的常態，這種生活模式為他帶來地理空間的轉換和身體主體的流動，伴隨文化認同和政治意識的變化，這些元素在他的文學世界裡留下了深淺不一的印痕，經過審美化、敘事化和形式化的處理，形成一種類似於「情感結構」（structure of feeling）的東西，長處有之，缺陷亦有之，清晰生動地展示出來，顯示韓萌作為華僑的自我理解和自我規定，在歸僑作家群體中頗有代表性，值得進行專題研究。

韓萌的作品涉及散文、小說、詩歌、戲劇等文類，主要內容是敘述底層人士的苦難生活。散文〈龍眼樹〉寫於1947年8月的馬來亞檳榔嶼，講述故鄉的貧窮破敗和兵荒馬亂，加上災荒、匪患和苛捐雜稅，鄉民苦不堪言。有人淪為盜賊，被鄉民處以私刑，家畜被肆意宰殺。有人走投無路，打算賣掉薄田，過番南洋。「龍眼樹」是這些磨難和暴行的見證人。[15]另一篇散文〈布施〉寫於1947年10月的馬來亞吉打州，敘述作者在南洋巴士上的見聞。一個南來的中國人在戰前曾是老闆，戰後由於經濟不景氣，生意破產，又擔心唐山米貴、賺錢艱難，只好滯留南洋，沿街乞討。這個乞丐邂逅一個商人模樣的布施者，竟是他舊日的手下員工。世事無常，人生如夢，這心酸的一幕令路人大為感慨。[16]方修對這兩篇散文的評價如下──

期的代表作家，《七洲洋上》側重於批判舊中國政治腐敗，《飛》寫當時新馬學生競相去中國升學或工作，參看方修編《馬華文學作品選六・小說（戰後）》（雪蘭莪：馬來西亞校董事聯合會總會，1991年），頁50。

[14] 陳韓星〈韓萌叔，你是一條河〉，收入汕頭市僑聯歸僑作家聯誼會編《檳榔花》（廣州：暨南大學出版社，2020年），頁217-226；方北方〈韓萌的創作歷程及近況〉，汕頭《華文文學》1993年第1期，頁71-72；馬崙《新馬華文作家群像》，頁95；李錦宗〈吉打早期作家韓萌〉，見李錦宗《新馬文壇步步追蹤》（新加坡：青年書局，2007年），頁231-232。

[15] 陳北萌〈龍眼樹〉，方修編《馬華新文學大系（戰後）》第3卷（新加坡：世界書局，1981年），頁166-169。

[16] 陳北萌〈布施〉，方修編《馬華新文學大系（戰後）》第3卷，頁170-172。

再如陳北萌（韓萌），他的散文〈龍眼樹〉，內容可說和〈湘北流亡〉的回憶之類相差不了多少，但像〈布施〉南洋的散文，寫戰後殖民地經濟百孔千瘡，一般華人小資本家相繼破產沉淪的遭遇，則又完全是本地的現實的反映了。[17]

方修發現「底層書寫」是韓萌作品的題材特徵，他更看重其中的「南洋色彩」。韓萌在1940年代後期發表過一批短篇小說，部分作品以《在古屋裡》和《海外》為名在香港結集出版，前者的背景設在中國內地，後者敘述南洋華人的故事，作者以寫實主義手法描繪草根庶民的生活、情感和欲望，筆端流露左翼思想，異常醒目。

《在古屋裡》裡的五個短篇小說寫大西南地區的百姓在抗戰和內戰中的苦難生活，韓萌走筆所至，處處是血淚哀歌。〈撤退〉敘述桂林在1944年遭到日軍的空襲，省政府宣布緊急疏散，社會混亂不堪，恐懼焦慮的情緒瀰漫開來，正直善良的律師馬天法及其親友面臨巨大壓力。〈獵〉的主人公是剛踏上社會的阿韓，他託關係進了一個地方警局，經常被李警長半夜叫起來，打著掃黃的旗號，到公園裡敲詐暗娼和嫖客，這讓阿韓於心不忍。〈在古屋裡〉提到日寇投降，家鄉物價飛漲，饑荒嚴重，災民生活淒慘。「老李」激憤地說，中國人剛打走了日本人又來了美國人，他斥責老百姓看不清美國要滅亡中國的陰謀和美國大兵強姦中國婦女的罪行，他發誓要改造這個不公正的世界。這五篇小說寫的都是庶民與國家的相遇，記述他們如何在國家機器的碾壓下，生活困窘，流離失所，淪為歷史漩渦中的失語者。這本集子的後記寫得義正詞嚴，韓萌見證暴力，控訴不義，反覆批判國民黨當局失敗的政治，言詞過於激切直露，幾乎讓這個小說集變成了宣傳品：「反共逆流」迫使韓萌從潮汕流亡到桂林，當局消極抗日造成「湘桂撤退的空前慘劇」，日本投降後「蔣介石屠殺人民的炮聲又跟著響起」。韓萌在艱難時世中形成了左翼思想，走向現實主義——

---

[17] 方修〈導言〉，方修編《馬華新文學大系（戰後）》第3卷，頁8。

而當時，我在桂黔各省流浪，為了時局日變月遷，個人的生活方式也只好隨時更換：我當過受人白眼的「貸金僑生」、律師事務所的書記、縣政府救濟會的幹事、軍隊中的文書、警察、小學教師、報館的校對、記者和編輯……。在那些不斷變動的生活環境中，不少黑暗的現象──壞蛋逞凶，好人受盡迫害，叫我不平，叫我痛心，於是，我拿起我底禿筆，偷偷地把人民底血債記錄一些下來……[18]

是的，在蔣匪幫統治下的舊中國，無疑正像我這裡所描寫的「古屋」，有比「錢大奶」更加貪惡的奸徒、國賊，又像「錢大嫂」那樣的受盡迫害的善良者，也有像「小林」那樣的可愛而被踐躪著的新生代……。然而，新生的，從石頭下彎曲地生長，腐朽的，在瘋狂中趨向毀滅，終於，中國從沉重的封建桎梏中解放出來而走上新生的坦途了，今天，當我們再來巡視這「古屋」的遺跡的時候，我們是有著怎樣濃烈的仇恨啊！[19]

〈後記〉寫於1950年6月，此時他剛抵達香港，這時的中共作為革命政黨已於內戰中勝出，建立了新政權，這個事件讓韓萌這樣的海外華人大受鼓舞，他站在歷史轉折關頭，撫今追昔，使用「解放」、「新生」等宏大詞彙表述政治憧憬。然而，「解放與自由並非一回事；解放也許是自由的條件，但絕不會自動帶來自由」。[20]他強調個人經驗與文學寫作的對應關係，訴諸「舊中國」與「新時代」的二元辯證，字裡行間透露出歷史目的論和決定論，這是很多歸僑作家的傾向。

與《在古屋裡》的戰爭／內地背景不同，韓萌的短篇小說集《海外》寫的都是海外華人在戰後的故事，主角多數是窮人，儘管生活空間發生了轉換，但是接續了上一本小說的庶民書寫，當然，這次與庶民相遇的不是中國政府，而是馬來亞的殖民當局。顯然，韓萌的跨國

---

[18] 韓萌《在古屋裡》（香港：赤道出版社，1950年），頁99。
[19] 同上，頁100。
[20] 漢娜・阿倫特著，陳周旺譯《論革命》（南京：譯林出版社，2011年），頁18。

流徙經驗和跨文化書寫再次鞏固了他的左翼思想。茲舉數例如下。〈花會〉寫新加坡農婦「花貓孀」在丈夫死後沉迷於賭博，大做發財夢，終日四處奔波，無暇照顧年幼的兒女，鄰居和熟人大都是賭徒，花貓孀得不到實質性的幫助，還差一點被流氓大頭龍姦污了，最後，她報復性地燒毀了一個黑心腸的鄰居的房屋，然後跳河自盡了。[21]〈過番新娘〉寫貧苦華人的不幸和罪惡。窮人不再是一味地受到同情和讚美的「完美受害人」，他們出於陳規陋習，騙取家鄉的新娘「阿蘭」過番南洋，讓她與從未見過面的、還是殘廢人的小叔子結婚，他們一手製造了「盲婚」的悲劇，可憐的阿蘭被逼跳井自殺，可是又被救上來了，她求死不能，求生不得。[22]應該說，這兩篇小說在表現貧困問題上流露自然主義的趣味，文筆瑣碎冗餘，敘述節奏拖沓，並非特出的作品。相比之下，〈殺妻〉的構思值得稱道。本篇小說寫戰後新加坡通貨膨脹、物價飛漲、百姓困苦，走投無路。黃天耀的妻子被迫在晚上偷偷外出賣淫，碰巧被路過的丈夫發現了，丈夫的自尊心大受打擊，他對妻子責罵之餘，還飽以老拳。妻子回家後愧疚地上吊自殺，留下了一堆嗷嗷待哺的兒女。丈夫打罵妻子以後，在街頭徘徊和露宿，夢見自己一手殺死了妻子，他回到家中發現妻子自殺，感覺如同晴天霹靂。[23]上述小說展示南洋貧苦華人的生活畫面，階級和性別的維度相互交織。庶民不會說話，誰聽庶民說話？只能由作家代其發聲，讓聲音變成文字，流布在華人社會，有一定文化程度的人士讀之，揮灑人道主義，謀取社會變革。不過，這幾篇小說沒有涉及種族問題，缺乏深刻的政治內涵。

《海外》中的短篇小說〈貓標油〉的題材和風格比較特殊，它影射南洋上流華人的為富不仁和荒淫墮落，描寫正直知識分子的困頓和不幸，表達作者在冷戰年代的左翼立場。[24]主人公蕭向明是一家華文報

---

[21] 韓萌〈花會〉，見氏著《海外》（香港：赤道出版社，1950年），頁44-61。
[22] 韓萌〈過番新娘〉，見氏著《海外》，頁62-86。
[23] 韓萌〈殺妻〉，見氏著《海外》，頁87-100。另參韓萌〈似屬「編造」的《殺妻》——憶短篇小說《殺妻》的創作經過〉，汕頭《華文文學》1988年第2期，頁71-73。
[24] 韓萌〈貓標油〉，見氏著《海外》，頁1-19。結合〈貓標油〉的故事內容和當時的南洋／中國的歷史事件，可以斷定它是對《星洲日報》老闆胡文虎的影射。《星

的副刊編輯，為了養家糊口，他忍氣吞聲，屈服於總編、社長和主筆的無理要求。由於來稿中的一首小詩歌頌「新中國」，思想保守的總編古姍姍要求蕭向明修改，可是，主筆程白帆對修改後的版本還是不滿意。後來，程向蕭傳達了董事會決定停辦副刊的消息，但是這沒有嚇到蕭。蕭自稱「中華人民共和國的僑民」，他嘲諷古姍姍是走狗，揭發程白帆和董事古月貓「當過文化漢奸，現在是蔣匪幫的文化特務，專門製造謠言，破壞愛國民主運動，分裂僑胞的團結，使受夠了苦的僑胞更陷進水深火熱之中」。[25]發表演說以後，蕭宣布辭職，一走了之。平心而論，這篇小說的技巧並不高明，主要人物變成了作者的意識形態的單純的傳聲筒，有大量的謾罵、漫畫化手法、含沙射影的人身攻擊，反映了在新加坡這塊殖民地上，華人社會面對冷戰時的分裂和鬥爭：一派屬於左翼，支持北京的中共政權另一派是右翼，偏袒臺灣的國民黨政府，兩派的分歧達到白熱化的地步，讓人想到類似的作品，例如黑嬰的《紅白旗下》、蕭村的〈灰色的氛圍裡〉。

韓萌表現冷戰主題的作品不止於此。他的獨幕劇〈謠言的破產〉發表在1950年底的香港報紙副刊上。故事發生在1950年的香港，正值朝鮮戰爭爆發，一些反共報章造謠說美國原子彈投到了大陸，廣州正在緊急大疏散，「第三次世界大戰」即將爆發。劇中的主人公批判美帝國主義的侵略政策，宣揚中國政府抗美援朝、保家衛國的政治理念，斥責港媒製造的謠言破產了。[26]

1950年，身在香港的韓萌編了一本作品集名為《第一次飛》，由他的赤道出版社出版，收錄短篇小說、詩歌、散文等不同文體的作品，標明《海外文藝叢刊》第一輯，作者有韓萌、班俊、蕭村、葉劍

洲日報》的中國評價顯示了中間偏右的立場，它起初對1949年10月中華人民共和國建立有積極評價，可是在1950年4月突然強烈批評中國新政權，這是因為廣州政府在1950年3月24日關閉了胡文虎的虎標永安堂廣州分行，這下子激怒了胡文虎，他馬上指示《星洲日報》批評中國政府。參看王慷鼎《新加坡華文日報社論研究（1945-1959）》（新加坡：新加坡國立大學漢學研究中心，1995年），頁197-205。

[25] 韓萌〈貓標油〉，見氏著《海外》，頁18。
[26] 韓萌〈謠言的破產〉，香港《大公報》文藝副刊第176期（1950年12月10日）。

平、黎陽、魯白野。本書收錄韓萌的兩個作品：一是短篇小說〈第一次飛〉，又名〈飛〉；二是署名「陳北萌」的政治抒情詩〈母親：新生的祖國〉。這個叢書的發刊詞談到南洋文藝的貧瘠現狀，只有少數作家苦苦耕耘，編者希望華僑作家致力於文學創作，接著出現了叢刊的編輯方針，一望而知屬於左翼文學的理念——

> 現階段，文藝應該為大多數人服務，這是無疑問的。而海外文藝，應該為海外人民大眾而寫，應該為華僑大眾的利益而服務，這個大前提，諒也不至有什麼疑問吧。所以，舉凡海外華僑生活：謀生的血淚史、現實生活的掙扎、熱切的希望、光明面和黑暗面的搏鬥、封建殘餘的頑強剝削、市儈主義者的卑鄙醜惡，以及蔣幫匪特們的陰謀毒行……等等，都是此地當前的創作主要課題，也是我們今後創作上努力的方向。[27]

緊接著，韓萌歡呼中共在大陸建立新政權，這顯著地表達了他同情左翼思潮、支持革命政黨的立場：「今天，祖國人民已擺脫了兩千多年的封建桎梏，在千多萬華僑的熱切冀望中向自由新生的坦途邁進了。現在我們要怎樣來迎接這個新的今天，如何來配合當前的客觀形勢，又是我們今後工作努力的標的。」[28]這個新型主權國家被韓萌描述為線性歷史的巔峰，它對那些失去了政治屋頂的「海外孤兒」產生了強大的向心力；從此以後，文藝工作者的目標不再是形式主義的訴求，而是積極扮演「意識形態國家機器」的角色。

上述的小說、劇本和叢書的編寫和創作適逢冷戰開幕，此時的東亞和東南亞發生了歷史性的變化：在中國大陸，內戰結束，新邦初造；在英屬馬來亞和新加坡，緊急法令頒布，當局圍剿馬共；在殖民地香港，大陸難民聚集，反共思潮流行。準此，身處歷史漩渦中的海外華人對冷戰做出了不同回應，或擁抱左翼，或堅持右翼，人各有

---

[27] 本社〈表現海外華僑生活──代發刊詞〉，見韓萌、班俊等《第一次飛》（香港：赤道出版社，1950年），頁2。
[28] 同上，頁2。

志,豈能強求?正如本尼迪克特‧安德森(Benedict Anderson)所說的那樣:「一個人的想像共同體也可能是另一個人的地獄」,可以想見,南洋和香港的華人社區有截然不同的意識形態,在社群內部發生了衝突、鬥爭和分裂,也是在所難免,毫不奇怪了。

二、海外孤兒,歸僑夢碎

新馬文學中的歸僑故事也有不少的前例,集中出現在抗日戰爭時期和國共內戰期間。王嘯平的劇本〈忠義之家〉中的坤浪,趙戎的長篇小說《在馬六甲海峽》中的余琳,都是義薄雲天、豪情滿懷的熱血青年,前者大義滅親,後者感時憂國,兩人都有南僑機工的偉岸形象。不過,大宗的民國年代歸僑故事卻是底層人物的血淚人生。楊嘉的短篇小說〈歸僑〉和陳殘雲的中篇小說《南洋伯還鄉記》的主人公只是過番南洋的小人物,他們辛苦輾轉,養家糊口,並無英雄主義的壯舉。姚紫的中篇小說《閻王溝》中的小王司機,岳野的劇本《風雨三條石》中的老溫,苗秀的短篇小說〈河灘上〉中的松生,雖然也有歸國華僑的身分和南僑機工的經歷,卻是典型的失敗者形象,他們見證了亂離年代的日本侵略者的殘暴、國民黨政府的腐敗無能、女性淪為戰爭暴力的犧牲品,以及小人物在兵荒馬亂年代裡的悲慘生活。有研究者正確指出:「同韓萌的漂泊生涯相聯繫,他小說中的一些人物總處於漂離的生活狀態和歸依的心緒之中。」[29]應該說,輾轉流徙、萬里歸來的海外華僑在韓萌的作品中展示出兩種命運:一類是「中華民國」年代的歸僑,他們夢想幻滅,結局悲慘;另一類是「中華人民共和國」時期的歸僑,他們夢想成真,得償所願。把兩類歸僑合而觀之,可見韓萌的清晰樸素的左翼思想,而隱藏在背後的歷史決定論和目的論,也是一目了然,無須多言。韓萌至少有五篇小說反映民國時代的歸僑故事。〈過番新娘〉中的老番客「黃阿添」在南洋打拚了多年,後來榮歸故里,買地建屋,但是不久

---

[29] 黃孟文、徐迺翔主編《新加坡華文文學史初稿》(新加坡:新加坡國立大學中文系,八方文化創作室,2002年),頁122。

後，太平洋戰爭爆發了，他的妻小在淪陷的南洋過著貧苦生活，參加抗日軍的兒子又慘遭殺害，親人天各一方。戰後，這位歸國的老番客被迫背井離鄉，再次過番南洋。

華僑歸國的原因有多種，其中之一就是離散民族主義、遠端民族主義、族群民族主義。這裡對海外華人民族主義的起源和發展稍作介紹。霍布斯鮑姆指出，從1918年到1950年是民族主義的最高峰，這個觀點不局限在歐洲國家的歷史經驗，同樣適用於亞洲、非洲和拉丁美洲。[30]根據王賡武的研究，海外華人民族主義起源於孫中山領導的辛亥革命，終結古老帝制、創建民族－國家的政治理想對海外華人產生了巨大的感召力，1920年代到1950年代堪稱「愛國華僑時期」。[31]顏清湟指出，海外華人民族主義是中國近代民族主義的延伸而不是土著民族主義的一環，「海外華人民族主義的興起是海外華社中國傳統價值觀的重新定位、海外華人的政治化以及受中國政治局勢激烈變化所刺激的結果」。[32]明石陽至研究過1908年到1928年的南洋華僑如何發揚民族主義，發起多次的抵制日貨運動。[33]需要補充的是，和歐洲經驗中的民族主義不同，海外華人民族主義不是一種系統性的理論學說而是一種樸素簡單的民族意識、民族情感、民族歸屬感。[34]日寇侵華，抗戰軍興，這個歷史事件大大地激發了海外華人的民族主義，陳嘉庚領銜在新加坡創建「南洋華僑籌賑祖國難民總會」，在各地成立分會，展開救亡宣傳，歷史學家楊進發對此有深入研究。[35]從1937年的「盧溝橋事

---

[30] 埃里克・霍布斯鮑姆著，李金梅譯《民族與民族主義》（上海：上海人民出版社，2006年第1版），頁128-158。
[31] 王賡武《海外華人的民族主義》（新加坡：UniPress, the Centre for the Arts of NUS, 1996年），頁45-55。
[32] 顏清湟〈海外華人民族主義：在傳統與現代化之間〉，收入氏著《海外華人的傳統與現代化》，頁307。
[33] 明石陽至著，張堅譯《1908-1928年南洋華僑抗日和抵制日貨運動：關於南洋華僑民族主義的研究（上）（下）》，廈門大學《南洋資料譯叢》2000年第3期，頁68-79；2000年第4期，頁65-73。
[34] 張松建〈王嘯平：冷戰年代的歸僑作家〉，南京《世界華文文學論壇》2021年第1期，頁34。
[35] 顏清湟〈海外華人與中國的抗日戰爭〉，收入氏著《海外華人的傳統與現代化》，頁309-327；孔飛力著，李明歡譯《他者中的華人：中國近現代移民史》（南京：

變」到1942年新馬淪陷之前,新馬華文文學的大宗主題就是「抗日救亡」,這被研究者稱為「馬華左翼文學」的一部分。[36]據不完全統計,出於民族主義,三千兩百多位愛國華僑返歸祖國,在滇緬公路擔任戰地司機和技術員,在艱苦環境中從事救亡,是為「南洋華僑機工回國服務團」,其中有一千多人壯烈犧牲了。根據韓萌自述,他輟學後當了兩年店員,這期間受到「九一八事件」的刺激,立志到中國參加救亡,在1935年跟隨父親回到普寧。[37]抗戰激發了韓萌的愛國心,但他的「祖國見聞」打擊了這種熱情,這位僑生從潮汕流亡到桂林,經歷「湘桂大撤退」的混亂,見證國民黨政府的腐敗專制和消極抗戰,他過著貧困落拓的生活,夢想幻滅,苦不堪言。

上面提到的黃阿添老人的故事雖然不幸,卻不是小說的重點所在。相比之下,〈偷書的人〉和〈饒恕〉講述僑生滿懷報國熱情、最終幻想破滅的故事,文筆細緻曲折,在在令人動容。根據韓萌自述,他的部分小說取材於個人經驗。〈偷書的人〉寫於1947年4月的馬來亞。1944年春天,小韓在桂林一家書店工作,見到同事抓到一個年輕的偷書賊,在這個小偷的苦苦哀求下,書店經理放走了他。後來,小韓與這個小偷重逢,得知此人的悲慘身世。原來這人名叫「邱光浦」,是來自暹羅的僑生,他在抗戰爆發後回到祖國從事救亡,團體解散以後,他到處漂泊,為了生計,去讀初中一年級,受到年輕同學的嘲笑。光浦指控他就讀的學校如同地獄,校長就是閻羅王,經常辱罵僑生。不久,光浦的激烈言行引起了校方的注意,他的書籍和行李被搜查,還被懷疑是潛伏在學校裡的共黨分子。小說還穿插了另外一些僑生的歸國故事。有一對家境不錯的暹羅僑生參加了鐵血團,被當局驅逐出境,於是回到祖國投身救亡,結果吃了不少苦頭,兄弟倆絕望自殺了。小韓和光浦經常見面,光浦表示他想自己辦報,做些力所能及的啟蒙工作。抗戰結束後,小韓在香港與光浦重逢,得知他的不

江蘇人民出版社,2016年),頁278-288;康斯坦絲‧瑪麗‧藤布爾著,歐陽敏譯《新加坡史》(上海:東方出版中心,2016年),頁199-203。

[36] 謝詩堅《中國革命文學影響下的馬華左翼文學(1926-1976)》(檳城:韓江學院,2009年),頁64-115。

[37] 方北方〈韓萌的創作歷程及近況〉,汕頭《華文文學》1993年第1期,頁71。

幸遭遇。後來，小韓回到馬來亞，多次發出書信，可是聯繫不上邱光浦，後來從旁人那裡得知光浦已在香港醫院病死了。[38]總的看來，這篇小說敘述一位暹羅僑生回到祖國後受到的迫害，批判國民黨政權的製造摩擦、破壞統一戰線，流露顯著的左翼思想。在我們熟知的救亡文學中，常見的主題是批判日本侵略者的殘暴，表達民族主義的神聖情感，然而韓萌的這個小說有些「異類」，民族主義作為宏大敘事退居幕後了，在歸國僑生的眼睛注視下，國民黨政府淪為被無情批判的靶子，其政治合法性的釉彩一層層剝落，由此宣洩作者倔強的左翼政見。

〈饒恕〉作於1946年底的暹羅。故事講述的是小韓和一群歸國僑生考進了某間中學，大家都傳言童軍教練張恕人不學無術。李少剛揭發校長是貪官汙吏和國民黨特務，還克扣僑生和戰區生的貸款，他指控張恕人老師是校長的走狗。很快地，李少剛與張老師發生了正面衝突，他與小韓的關係變得疏遠了。後來，少剛潛入教師宿舍，把張老師的衣服剪成碎片，還留下一首侮辱性很強的短詩。恰好小韓前來拜訪張老師，趕上此事發生。出乎意料的是，張老師向小韓坦誠講述了自己的不幸人生。原來，張老師的父親死於日軍侵華戰爭，為了養家糊口，張老師被迫從大學退學，委屈自己來到這間中學工作。他承認自己懦弱，揭發學校是一所訓練奴才、排斥異黨、摧殘青年的集中營。張老師說自己在處分學生以後經常良心不安，他明知剪衣事件是少剛所為，但不予追究。少剛得知內情後深感後悔，最後他被校長開除了，張老師為了保護他而宣布辭職。少剛聽說後匆忙趕到教師宿舍，向臨行的張老師誠懇道歉，得到了諒解，這是小說題目「饒恕」的由來。[39]總之，這篇小說講述抗戰期間的歸僑故事，作者的政治立場清晰明確，他讚賞歸僑的民族主義，同情其不幸遭遇，有對日本侵略的譴責，但大宗篇幅是對國民黨政權的批判。

韓萌寫於香港的中篇小說《紅毛樓故事》有類似情節。馬華青年「洪田」懷抱民族主義，返歸祖國參加救亡。但他的報國熱情受盡國

---

[38] 韓萌〈偷書的人〉，收入氏著《在古屋裡》，頁1-23。
[39] 韓萌〈饒恕〉，收入氏著《在古屋裡》，頁24-41。

民黨政府的打擊，身陷囹圄，九死一生。戰後，他輾轉回到南洋，發現父母已死於日據時代，他只好孤身一人，辛苦謀生。後來，他從事教育工作，在傳授知識之餘，向學生傳播左翼思想。在小說集《在古屋裡》的後記中，韓萌這樣自述——

> 〈偷書的人〉和〈饒恕〉這兩篇，寫的是歸國求學的華僑學生的悲慘遭遇。那時候，匪幫們一面模仿中山先生把華僑捧為「革命之母」，一面卻把萬里來歸的「海外孤兒」，任意摧殘，致使有些走投無路的竟致跳灘江自殺，那種痛心現象，比起現在人民政府對僑生盡力的扶持來，那真有天淵之別了。[40]

這個後記寫於1950年的香港。這時，抗日戰爭和國共內戰均已結束，冷戰剛剛拉開序幕。韓萌從中國重返馬來亞，又漂泊到香港，這種跨殖民地的旅行越過地理、語言和文化的疆界，但作者的左翼政見一如既往。他沿襲孫中山的說法，以「革命之母」和「海外孤兒」這兩個標籤定義海外華僑的身分，他輕蔑地以「匪幫們」稱呼國民黨政權，將其與「人民政府」進行對照，突顯後者的政治合法性。幾個月後，韓萌告別香港來到廣州，是為「二次回歸」。彼時的中國發生了天翻地覆的變化，一個由革命政黨創建的主權國家誕生了。韓萌走向國族，擁抱大眾，求仁得仁，夫複何求？

中篇小說《七洲洋上》寫於1949年12月的馬來亞。唐老番客有三子：長子大峇，次子番仔，幼子少武。1931年，「九一八事變」爆發，大峇和番仔投身國難紀念活動。1932年，「淞滬抗戰在『先安內後攘外』的親日賣國的國民政府壓迫下屈辱結束」[41]，大峇聽說後，捶胸頓足，痛哭流涕，希望將來為祖國報仇。大峇十五歲時，「盧溝橋事變」爆發了，他向父母請纓回國參戰，但遭到無情的奚落，他絕食抗議，卻沒有成功，還被囚禁在家裡，精神變得失常了。父母使用迷

---

[40] 韓萌《在古屋裡》，頁100。
[41] 韓萌《七洲洋上》（香港：赤道出版社，1950年），頁25。

信的方法治療他，可是不見好轉。這個正常人變瘋狂的故事不是由於瑣碎無意義的個人欲望被壓抑導致的，而是由於一個華人的民族主義訴求沒有被合理承認，以至於被正常的社會秩序所排擠，他最終變成了一個象徵意義上的「狂人」。這正如福柯的觀察，瘋狂不是一種自然現象而是一種文明產物，它的涵義是曖昧複雜的，「既是威脅又是嘲弄對象，既是塵世無理性的瘋狂，又是人們可憐的笑柄」。[42]唐家無奈之下，只好拍賣了橡膠園，舉家遷回故里。沒想到的是，二十多年前那個向唐老番客追討賭債的雷某目前健在，他得知老番客還鄉的消息，趁機索要天價賭債，還勾結官府打壓唐家，各種手段層出不窮。唐老番客萬般無奈，只好離開故土，再下南洋。大峇還鄉後，病情不見好轉，又沾染了賭博、嫖娼和偷盜的惡習，後來被抓去當兵，死在路上。少武愛讀革命書籍，參加救亡劇團和青年抗敵同志會，可是不幸被國民黨殺害了。戰後，唐番仔為了逃避抓壯丁，偷偷離開故里，乘坐客輪，經過七洲洋，前往南洋謀生，不幸的是，他在船上被人打成了重傷，在半途中淒然死去。韓萌的小說集《海外》的目次後面就是文藝廣告，對《七洲洋上》的介紹如下——

> 這個中篇小說寫出了南洋華僑僑眷在潮汕蔣管區裡所受到的蹂躪，也寫出了「海外孤兒」生活的悲苦。1949年，在新加坡《南僑日報》連載時，曾受到馬來亞華僑熱烈的歡迎，從這裡，你可看到國民黨反動派和貪官劣紳怎樣盤剝人民，醒覺的僑生怎樣英勇地在南山上戰鬥和壯烈犧牲，固執的落後的人民又怎樣在慘酷的現實中覺醒過來。真的，這是一部華僑的血淚史，是一部人民的血債。

由此可知，這是一部左翼文學，有強烈的政治宣傳意味，反映華僑歸國的悲慘命運，譴責國民黨政府的政治失敗。本書的故事情節與馬來亞的社會現實脫節，屬於不折不扣的「中國題材」，這一點引起了本地

---

[42] 米歇爾・福柯著，劉北成、楊遠嬰譯《瘋癲與文明：理性時代的瘋癲史》（北京：生活・讀書・新知三聯書店，2007年第3版），頁10。

出生的華文作家苗秀的批評。[43]從藝術技巧看，這個小說也有瑕疵，主要表現是中間幾章的插敘篇幅太長，與前後幾章的情節銜接有點吃力，前因後果得到了清楚交代，但是造成敘事節奏的拖沓，手法笨拙。不過，這個小說的政治寓意更重要。韓萌使用「海外孤兒」的修辭召喚族群民族主義，這是情感政治的回歸，僑生與人民走向「覺醒」的說法暗示革命是一種啟蒙的方式，革命訴諸階級動員，凝聚集體身分，人民大眾煥發驚人的政治能量，以共同的價值體系重建現代民族－國家。

　　1946年到1965年的二十年是東亞、東南亞、世界歷史的關鍵期。這是冷戰時期，在東南亞地區也是民族解放時期，這些國家的土著民族主義造成了排華浪潮。黑嬰、韓萌、蕭村的歸國發生在這個時期。當然，把「中華民國」的歸僑和「中華人民共和國」的歸僑合而觀之，可以發現，無論歷史事實還是文學虛構，歸僑們的心境都是多樣的，不可化約為單一模式，這與他們對兩個政體的認知有關，而且與二戰後新馬華人的「中國觀」有關。根據魯虎的分析，從1949年到1965年，新馬華人社會有三種「中國觀」，即，左翼人士的「新中國」觀，右翼分子的「共產主義中國」觀，中間立場的「崛起的亞洲大國」觀。新馬華人社會的三類華人——海峽華人、新客華人、僑生——對中國新政權也有截然不同的看法。[44]韓萌的作品中有兩類歸僑，一類是國民黨時代的歸僑，遭受身心創痛，生死攸關，例如上述那些作品，見證暴力、控訴不義。另一類是中華人民共和國成立後的歸僑，他們感到天翻地覆的變化，見證主權國家和政治主體的誕生。韓萌在「二次回歸」的前夜，化名「陳北萌」，於香港寫下一首政治抒情詩〈母親：新生的祖國〉：

隔著浩瀚的海洋，
我們傾聽著祖國解放後的召喚：

---

[43] 苗秀〈導論〉，見苗秀編選《新馬華文文學大系》第5集（新加坡：教育出版社，1972年），頁10。
[44] 參看魯虎《新馬華人的中國觀之研究（1949-1965）》（新加坡：新躍大學中華學術中心，八方文化創作室，2014年）第4章。

「起來，

不願做奴隸的人們……」

透過煙，透過霧，

我們望見了

火紅的五星紅旗，

從殘破的國土上升起；

升起，放射出金色的光，

照亮了四萬萬張從黑夜中熬過來

的臉孔，

照亮了

一千多萬顆「海外孤兒」底心！[45]

　　本詩寫於1950年春季，抒情自我是一名熱情洋溢的海外華僑，他自稱「海外孤兒」，以性別化國族的方式召喚民族主義，對新中國表達急切的政治憧憬。作者銘刻歷史記憶，敘述華僑祖輩開拓南洋的功績，哀嘆他們是一群失去了政治屋頂的「沒有祖國的孩子」，令他欣慰的是，這種不堪的局面正在成為歷史，因為新造的邦國正是華僑的希望所在。1951年3月，韓萌回到廣州。幾年後，他寫出一批散文，在香港左翼報章發表，主題是表現歸僑的愛國心和幸福生活，例如〈幸福花開──僑鄉散記〉、〈新居〉、〈曼谷姑娘〉，在1964年完成了長篇小說《柑園風雨》，這些作品充分說明韓萌在當時的政治意識。[46]「文革」結束後，中國實施「改革開放」政策，進入「後社會主義時代」、「後革命時代」。已經擱筆了十五年的韓萌復出文壇，重操舊業，一口氣寫出兩部長篇小說《尋根奇遇》（1987）和《臺灣歸來》（1989），他在遲暮之年回歸民族主義，清晰顯示了個人思想的一致

---

[45] 陳北萌〈母親：新生的祖國〉，收入韓萌、班俊等著《第一次飛》（香港：求是出版社，1950年），頁5。

[46] 韓萌〈幸福花開──僑鄉散記〉，香港《文匯報》文藝副刊1957年4月27日；韓萌〈新居〉，香港《文匯報》文藝副刊1957年5月11日；韓萌〈曼谷姑娘〉，香港《文匯報》文藝副刊1957年6月15日。

性、穩定性和連貫性。我們把他的兩類作品對比閱讀，不難發現背後的歷史決定論和歷史目的論。

三、葉落歸根，還是落地生根？

1946年到1951年正是冷戰開端，中國和東南亞籠罩在冷戰陰雲中，年輕的韓萌在這時走上了文壇。短短幾年內，他發表了不少華僑題材的作品。弔詭的是，這些作品的主題向兩個相反的方向展開：一是回歸祖國，二是扎根南洋。換言之，「葉落歸根」和「落地生根」的模式重疊交織，在韓萌的家國想像中產生了張力，很可能他本人也沒有意識到這個矛盾。關於韓萌的曲折隱晦的本土意識，下面的段落圍繞三個方面來展開分析：一是「赤道出版社」的創建始末，二是關於「馬華文藝獨特性」的回顧，三是針對短篇小說《第一次飛》和中篇小說《紅毛樓故事》的主題分析。這三個方面涉及文化實踐、話語形構和文學想像，儘管形式不同，但都指向「落地生根」的本土意識，關係到亞洲冷戰，與歸國華僑的「葉落歸根」的價值符號產生了衝突。

赤道出版社的出現和關閉，一方面表現出韓萌的「文化民族主義」心態下的南洋想像，另一方面是他出於左翼思想而對冷戰做出的回應。1949年春，韓萌與蕭村等友人離開新加坡，避難北馬的山芭中學，在教書過程中認識方北方等文友，大家談得很投機。韓萌提出醞釀多年的計畫：搜集南洋華文文學作品編成文集，在香港創辦「赤道出版社」推出它們，這個想法得到熱烈回應。後來，韓萌把這個計畫告知了新加坡的苗秀、杜運燮，吉隆坡的林參天。1950年6月，韓萌到達香港，他把這個計畫告訴當地的司馬文森、杜埃、楊嘉、丁家瑞，他還聯絡印尼的黑嬰、泰國華文作家、北婆羅洲的作家、汕頭歸僑作家，邀約寫稿，得到支持。韓萌集資四千元港幣，創建赤道出版社，苦幹八個月，直到1951年3月回廣州為止。[47]由此可見，創辦赤道出版

---

[47] 韓萌〈難忘的「赤道」〉，香港《香港文學》第9期（1985年9月5日），頁90。

社的宗旨是強調本土情懷，它的成功得益於經由人脈關係而形成的跨國文化網絡，這似乎是一個推銷純文學的機構。不過，韓萌在五年後發表的回憶錄明確點出了其中的「冷戰」因素。文章指出，早在1946年到1948年，司馬文森、陳殘雲在香港主編刊物，組織文藝社團，胡愈之在新加坡創辦出版社，這幾位左翼作家都對南洋文學起到鼓舞作用——

> 但是，好景不長，由於1948年6月馬來亞的英國殖民當局頒布了「緊急法令」，馬來亞華文文學界人士多被迫走散，於是海外曇花一現的出版局面也隨之消失了。當時，仍在新加坡繼續寫作的我和蕭村等文友，正如詩人原甸所說的「試圖在香港尋求工作的突破口」，「利用香港的出版條件編印一些反映新加坡生活的文藝作品」；此外，我們還打算進一步經營一個專門出版反映海外華僑生活的文學作品的出版機構，逐步把南洋的優秀文學作品介紹到港澳和海外各地去。[48]

　　二戰結束後，冷戰從歐洲蔓延到了東南亞。1948年6月20日頒布的「緊急法令」標誌著大英帝國和馬來亞共產黨的蜜月期結束，新馬社會籠罩在風聲鶴唳的冷戰氛圍中。在這樣的歷史境遇中，殖民當局無端懷疑和打壓華人，華文文學和左翼思潮無法容身，韓萌只好暫借殖民地香港的文化空間，迂迴前進，從長計議。赤道出版社的出現顯示南洋和香港之間存在一個跨殖民地的文化網絡，其推銷的「華文文學」不是以中原文化為本位，而是有強烈的南洋色彩和本土意識，這當然不是「葉落歸根」的中國中心主義。韓萌的這個文章也交代了赤道出版社的停辦乃是冷戰年代的反共氛圍所導致——

> 詩歌、劇本等佳作的選集，赤道出版社也準備繼續辦下去，誰

---

[48] 韓萌〈回憶赤道出版社〉，汕頭《華文文學》1990年第2期，頁49；重刊於香港《文匯報》文藝副刊1990年8月12日。

料1950年春節前後,蕭村、黎田和我都因辦赤道出版社等事先後遭到殖民主義者的「打擊」(蕭村、黎田被關進馬來亞集中營,繼而驅逐出境回北京,我在香港的住處受到搜查,還被拘留審問),並累及新馬一些社員、文友,這樣,我也只得離開駐足八個月的香港回到廣州,以致我當時已編好的南洋短篇小說第二集《為兒女求婚》(米軍等著)只好交給香港學文書店出版,我寫好了初稿的中篇童話《椰子飄流記》和中篇傳奇小說《榴槤山神話》(均用「耶子」筆名)也只得交給香港中華書局出版。[49]

赤道出版社同仁在馬來亞和香港遭到英國殖民當局的迫害,不僅終止了他們推廣南洋文學、凝聚文化認同的志業,也導致他們結束離散生涯、被迫提前回國。由此可見,在冷戰年代裡,海外華人的族群民族主義引起了殖民者的警惕,當局的政治迫害是造成「歸僑」現象的一個直接原因。

接下來,我們討論韓萌對「馬華文藝獨特性」的參與。在《赤道文藝叢書》編者前言中,韓萌提倡「面向南洋」,身體力行,編成一本書名為《南洋散文集》,當時很受南洋青年學生歡迎,一版再版,此外還編輯出版《南洋短篇小說集》第一集《頭家和苦力》。在《南洋散文集》前言中,他說南洋文藝從萌芽階段直到現在都是處於自生自滅的狀態,如果華僑坐視不管,也會影響到它的前途。二十多年裡出版的南洋華文文學單行本只有十來本,後來日寇大舉南侵,摧殘華僑文化,這些單行本大都被付之一炬。出於緬懷前輩的筆路襤褸、為南洋讀者增加精神食糧、向國內讀者介紹華僑生活、為南洋問題專家提供參考資料的目的,韓萌和朋友決定推出一套《南洋文藝作品選集》,包括散文集、短篇小說集、獨幕劇集、詩集、報告文學集。韓萌提到,南洋本地讀者對中國題材比較生疏,而對於表現南洋色彩的作品容易產生共鳴,換言之,這種對「馬華文藝獨特性」的重視,就

---

[49] 韓萌〈回憶赤道出版社〉,汕頭《華文文學》1990年第2期,頁50。

是本土化的自覺追求。[50]這本散文集的作者包括郁達夫、威北華、方北方、楊嘉、馬寧、白寒、杜運燮、韓萌、米軍、蕭村等，他們既有南來作家，也有本地文人，來自新加坡、馬來亞、印尼、泰國等東南亞國家。韓萌編排的這個散文集子反映南洋的風土人情、歷史沿革、景觀建築、社會生活等方面，後來得到研究者的注意，認為其中表現了「下南洋和返唐山」這兩個特質的錯綜交織。[51]此外，我們還清楚記得，從1947年到1948年，新馬華文文藝界發生了關於「僑民文藝」和「馬華文藝獨特性」的大規模論爭，很多作家深度介入其中，結果是顯著推進了新馬文學的本土化進程。[52]應該說，韓萌創辦赤道出版社、出版《南洋文藝叢書》、組織文藝活動，顯示他對「馬華文藝獨特性」的大力支持。不過，晚年韓萌回憶這次論爭，態度含混其詞，淡化他推崇過的「本土意識」，[53]原因何在呢？我認為，這與他從「海外華人」到「歸國華僑」再到「中國公民」的身分轉變有關。「落地生根」和「扎根南洋」的主題重現在韓萌的短篇小說〈第一次飛〉和中篇小說《紅毛樓故事》中，這與他當時那些鼓吹「回歸」的作品構成了鮮明的對照。〈第一次飛〉在1949年8月完稿，在1950年8月改定。故事發生在冷戰初期的新加坡，中國的國共內戰的新聞不斷植入文本中，刺激著南洋僑生的回國衝動。高中生何金玉出身於一個華商家庭，心地純潔，追求光明，產生了「從這個男女不平等的畸形社會中挺身站起來做個新女性」的理想。金玉再過半年就畢業了，感覺前途

---

[50] 郁達夫、林林、馬寧等著《南洋散文集（一）》（香港：求是出版社，1950年），頁1-4。

[51] 鍾怡雯〈下南洋，返唐山——《南洋散文集》的移民史縮影〉，武漢《外國文學研究》2017年第6期，頁161-171。

[52] 方修《戰後馬華文學史初稿》（新加坡：T. K. Goh，1978年），頁29-90；黃孟文、徐迺翔主編《新加坡華文文學史初稿》，頁89-100；今富正巳〈華文文學在新加坡和馬來西亞的政治作用〉，汕頭《華文文學》1996年第1期，頁45-52；小木裕文〈戰後馬華文學的發展軌跡（1945-1965）——以馬華作家的意識變遷為中心〉，見諸家《新馬汶華文文學評論集》（新加坡：斯雅舍，2008年），頁77-87；郭惠芬《中國南來作者與新馬華文文學》（廈門：廈門大學出版社，1999年），頁185-194。

[53] 韓萌〈「馬華文藝獨特性」的爭論及其他〉，汕頭《華文文學》1986年第4期，頁59-60、63。

茫茫。同學們一批批地回國升學，對她產生了強烈誘惑。同學吳華為了逃婚而打算回國，大家為其祕密送行，吳華在宴席上批判華僑社會陳規陋習，在金玉心中引起波瀾。不久，百萬人民解放軍渡過長江，國民黨敗局已定，這些消息像一股洪流激蕩著華僑青年的心，韓萌使用熱情的筆觸描寫金玉的內心——

> 飛，飛向自由的天空！回去，投回到新中國的懷抱裡去，去求取活的智識，去生活的熔爐裡鍛鍊，去學做新時代的新人……[54]

金玉和一群同學搭乘客輪，興沖沖地向她從未謀面的「祖國」前進。時值國共內戰，國民政府宣布封鎖海岸線，北開的客輪在香港擱淺，金玉只好投宿在表叔的家中。幾天後，她的母親突然出現了，在其責罵和勸說下，金玉乖乖地飛回了新加坡。表姐程蓮來探訪，她惋惜金玉喪失了遠走高飛的機會，還告之以金玉父母包辦婚姻的密謀，最後，這位親戚語重心長地提醒金玉——

> 近年來，很多青年，以為要為人民服務必定要回國，其實，這裡，我們還有成千萬的僑胞，也有跟我們同樣命運的各民族人民，難道他們就不是人民嗎？所以，我想，你現在也不一定要回祖國，就在這裡找一份工作，為僑胞服務不是一樣嗎？[55]

方修發現，這篇小說充滿「回國至上」的僑民思想，「在本地做事」看來是一種退而求其次的權宜之計。[56]楊松年指出這篇小說雖然還是以僑民意識來寫作，但是這種意識在本地已衰落了。[57]蘇菲認為《七洲洋上》有濃厚的僑民意識，而這種意識到了〈第一次飛〉變得微弱

---

[54] 韓萌、班俊等著《第一次飛》，頁20。
[55] 韓萌、班俊等著《第一次飛》，頁41。
[56] 方修《戰後馬華文學史初稿》，頁84。
[57] 楊松年《新馬華文現代文學史初編》（新加坡：BPL教育出版社，2000年），頁247。

了。[58]這點出韓萌思想中的矛盾和混亂，他的心理在「回歸中國」和「面向南洋」之間，在「葉落歸根」和「落地生根」之間被拉扯和撕裂了，〈第一次飛〉就是他的思想矛盾的折射。韓萌講述何金玉「回國升學」的故事符合歷史事實。根據學者的研究，1953年新加坡《新報》上的一個熱門話題就是新馬華人青年要不要回祖國參與建設社會主義的問題，從8月到10月有大量的讀者來信湧向編輯部，內容都是詢問回國的資訊和意見，包括船票價錢、在中國的生活費用、可否攜帶個人物品回國，等等。[59]

中篇小說《紅毛樓故事》講述1940年代後期新加坡的一個華商家庭的故事，明顯見出巴金小說《家》的跨國影響。一家之主「羅豹」罪惡累累，罄竹難書，長女「羅玲」和三子「羅堅」是光輝主角。小說開篇寫南洋的一家私人公寓裡，羅玲在閱讀一封來信，羅堅陳述自己的回國計畫——

> 祖國快要全面解放了。洪老師說，解放後的祖國，是自由、民主、富強的；它將伸出母愛的手，來牽引我們這些海外孤兒前進。那麼，我回國去念書不是最好的嗎？[60]

隨著故事情節緊鑼密鼓地推進，越來越多的政治敏感內容出現了。羅豹和心腹曾夢紫密謀在華僑中小學監控進步師生，向殖民當局告發他們。羅、曾認為，雖然國內大局已定，但是臺灣的國民黨也會密謀籌畫，反攻大陸。羅玲受到別人妖魔化共產黨的影響，她加入了「三民主義青年團」，錯誤地認為蔣介石才是中國人民的大救星，後來聽了洪田和三青團幹事張忠國的辯論，才恍然大悟，迷途知返了。

---

[58] 蘇菲《戰後二十年新馬華文小說研究》（廣州：暨南大學出版社，1991年），頁59-60。
[59] 孔莉莎著，潘永強譯〈一九五零年代新加坡華人移民社會的政治：緊急狀態時期身分歸屬的敘事〉，收入陳仁貴、陳國相孔莉莎編《情繫五一三：一九五零年代新加坡華文中學學生運動與政治變革》（八打靈再也，雪蘭莪：策略資訊研究中心，2011年），頁41-43。
[60] 韓萌〈紅毛樓故事〉，收入氏著《韓萌華僑題材小說選》，頁180。

學生邱細漢不思進取，國文程度很差，還蔑稱洪田老師是毛澤東派到南洋來活動的共黨分子。羅豹看到有人郵寄左傾報紙給羅玲，勃然大怒，還威脅說要脫離父女關係。同學李冰寫信給羅玲，自述在從事教育事業，參與婦女會的工作，實現了當革命女性的理想。洪田在與羅玲的談天中提到國民黨節節敗退，海外領事館即將關門。在這個歷史關頭，洪田這個南洋僑生是否要回歸祖國、一償所願？小說的情節到此有了耐人尋味的轉折。洪田認為大陸解放指日可待，救國任務已經完成，建國階段即將展開，不再迫切需要華僑回歸祖國，南洋此後變成了「祖國的前線」，千萬受壓迫的同胞同樣需要解放和自由。洪田思前想後，決定扎根南洋，去一間山村小學當教師，逐步實現理想。最後，羅玲和羅堅喬裝打扮，悄悄離家出走，追求遠大前程去了。[61]

　　至此，我對〈第一次飛〉和《紅毛樓故事》的故事情節進行了不厭其煩地敘述，一方面是由於其主題切合我的中心論點，另一方面是因為這兩部作品尚未引起學術界的注意。這兩個小說寫於1951年的香港，正是韓萌回國前夕，兩篇小說的主人公放棄回歸祖國、葉落歸根的的想法，立志扎根本土、改造南洋，這個有些突兀的結尾對「歸僑」韓萌來說，如何自圓其說，說服讀者？顯然，這與愛國歸僑信仰的血緣神話產生了衝突。我們在文本邊緣進行「症候式分析」，可以窺見韓萌當時的思想矛盾。他其實希望扎根南洋、在地發展，所以，他結交南洋文學同人，打造跨國文化網絡，累積社會資本，編輯《南洋文學叢書》，創建赤道出版社，鼓吹馬華文藝獨特性，不遺餘力，勁頭十足。然而，由於香港當時瀰漫著冷戰氣息，思想左傾的韓萌不幸被港英警察盯梢，還遭到抄家搜查和拘留盤問，他為了避免夜長夢多，只好提前離港，回歸大陸，被迫當上了一名愛國「歸僑」。從解構主義修辭學出發，閱讀這個流亡者的人生和文本，不難發現，韓萌的思想邏輯不是光滑、平順、自洽，相反，他的思想深處存在一些不易覺察的矛盾和張力，推而廣之，是否可以說：一些華僑回國並非純

---

[61] 韓萌《紅毛樓故事》在1952年由香港的赤道出版社出版了單行本，後來收入汕頭歸僑作家聯誼會1992年編印的《韓萌華僑題材小說選》，無出版社，屬於非賣品。

粹出於歷史因果律的必然，而是交織著意外和偶然的因素？

綜上所述，植根於個人跨國經驗而形成的「庶民書寫」，以及由此體現的「左翼思潮」；海外華人被中國抗日救亡所激發的「民族主義」；從1947年開始籠罩在東亞和東南亞的「冷戰語境」，這是理解歸僑作家韓萌的四個關鍵字，通向葉落歸根、回歸祖國的話語模式，這是歸僑作家的身分政治，也是他們的家國想像的一致性。在這些關鍵字的背後是東亞和東南亞的歷史變遷：共產主義在中國大陸的完勝、兩岸分治局面的出現、緊急法令在新馬地區的頒布、歐洲殖民體系的瓦解、民族解放運動的蓬勃、反共逆流的氾濫、種族與族裔性的危機，等等。

從這些重疊的歷史語境出發，我們可以對歸國華僑的情感結構及其文學寫作的主題模式做出切實的觀察。毫不誇張地說，在幾乎所有冷戰年代的歸僑作家那裡，由這些關鍵字——庶民、左翼、民族主義、冷戰——構成的「中國敘事」都被反覆銘刻，成為他們的「身分識別」之標誌，這是他們在「文革」後重出文壇的主要傾向。1980年代出現的歸僑文學熱潮在當時的中國文壇迥異於主流，因為它們不是質疑政治合法性、追求個人尊嚴，而是歌頌遠端民族主義，鞏固歷史決定論，這些總體特點與見證暴力、控訴不義的成為主流的「傷痕文學」截然相反，異常醒目。

在1940年代後期左翼文學的大合唱當中，韓萌的聲音顯得有點另類。一方面，他譴責國民黨政權的失敗政治，同情民國歸僑的創傷記憶，讚揚葉落歸根的血緣神話，乃至於親身實踐「二次回歸」的政治理想。但另一方面，他在文學想像的世界中，眷戀南洋色彩，突出馬華文藝獨特性，用多篇小說詮釋「落地生根」和「扎根本土」的政治無意識。準此，我們清晰發現了他的「家國想像」中的話語裂隙和內在張力，如此意味深長，令人思之再三。

第五章　冷戰、歸僑與文革：

蕭村的南洋敘事[1]

引言：蕭村小傳與文學生涯

　　中華人民共和國的成立吸引了大批華僑回歸祖國，是為「歸國華僑」，簡稱「歸僑」。祖籍福建晉江、出生於新加坡的蕭村也是歸僑作家之一，他在1947年初登南洋文壇，發表的作品產生了熱烈反響。他在1980年代復出文壇，出版大量的散文、小說和回憶錄，重返南洋，引人矚目。本文從全球冷戰的語境出發去考察蕭村的南洋敘事，研討其跨國離散的個人經驗如何回應歷史變遷，如何以本土寫實主義傳達左翼思想，也會針對其南洋想像的結構性張力進行分析，希望豐富海外華語文學研究界對歸僑作家的認識。

　　蕭村原名李君哲，祖籍福建晉江，1929年出生於新加坡的蔡厝港，家庭貧寒，屬於第4代華僑。[2]1930年代中期，世界經濟危機爆發，很快波及到南洋，蕭村的父母失業，一家人只好回到了祖籍地晉江，在那裡完成了中學教育。蕭父很快又離開了晉江，來到菲律賓辛苦謀生。「太平洋戰爭」爆發後，來自南洋的僑匯斷絕了，蕭村與母親、家人的生活陷入困頓，他只好就讀減免學費的師範學校，畢業後曾

---

[1] 本文發表於新加坡《亞洲文化》第46期（2022年12月），此為修訂版。
[2] 蕭村的出生日期有兩種說法，一是1929年12月，二是1930年1月，我估計是農曆和西曆的差別所致。蕭村的回憶錄沒有提及他幼年回國的具體年月，有研究者認為是抗戰爆發後。筆者對比蕭村的回憶文章，發現存在著語焉不詳和自相抵觸的敘述，例如，有的地方說他在新加坡的市中心讀過華僑中學，有的地方又說他回到故鄉接受了中小學教育。

經當過小學教師。1946年,十七歲的蕭村為了逃避被「抓壯丁」的命運,被迫過番南洋,輾轉回到出生地馬來亞。他在新加坡、馬來亞當過小販和教師,在韓萌、米軍、苗秀等前輩的扶植下,堅定了文學創作的信心,在《星洲日報》、《南僑日報》、《南洋商報》等報章雜誌發表了不少作品,開始走上文壇。[3] 1950年6月,英屬馬來亞當局指控蕭村思想左傾,將其關入怡保市的集中營。同年11月,蕭村被驅逐出境,他與六、七百位華僑在馬來亞的巴生港乘船回國,從此成為「歸國華僑」。不久,考入中國人民大學經濟學專業,畢業後任職於遼寧省的工廠和政府部門,歸化入籍為中國公民,以研究東南亞經濟成名,旁及海外華僑華人史。

蕭村的文學創作可圈可點。他的一些散文和短篇小說在1951、1952年在香港結集出版,包括短篇小說集《國術師》和《椰子園裡》,散文集《山芭散記》,當時他才是一位二十歲出頭的青年。其作品入選方修編的《馬華新文學大系(戰後)》,以及李庭輝主編的《新馬華文文學大系》、柏楊主編的《新加坡共和國華文文學作品選(散文卷)》,受到文學史家方修、陳賢茂等人的讚賞。像很多歸國華僑一樣,蕭村在「反右」和「文革」等政治運動中受到株連。「文革」結束後,他復出文壇,重操舊業,出版長篇小說《椰子肥,豆蔻香》、中篇小說集《僑鄉人家》、散文集《新加坡情思》和《馬來戀歌》等等,誠可謂烈士暮年,壯心不已。[4]

本文研討蕭村在冷戰年代的文學寫作,分析其如何回應南洋和中國的歷史變遷,聚焦於三個相互交織的方面:其一是蕭村在1940年

---

[3] 蕭村《新加坡情思》(北京:中國華僑出版公司,1990年),頁6、169-173、186-187。

[4] 除了本文引用的蕭村作品以外,他還出版了一些著作,名單如下::李君哲編著《異國風情趣事》(瀋陽:遼寧大學出版社,1988年);李君哲《戰後海外華僑華人社會變遷》(瀋陽:遼寧教育出版社,1998年);李君哲《海外華文文學箚記》(香港:南島出版社,2000年);蕭村《熱帶行吟》(香港:南島出版社,2001年);蕭村《故園尋夢》上下冊(北京:中國文聯出版社,2005年);蕭村《瀋水漫筆》(香港:南島出版社,2007年);駱明主編《蕭村文集》上中下(新加坡:新加坡文藝協會,2008年)。上述著作有的屬於文史雜談,有些作於冷戰結束以後,與本文的主題不合,故不作為討論對象。

代末漂泊南洋期間的本土寫實主義與左翼民族主義，這是導致他被捕入獄、成為歸僑的導火線。其二是「文革」終結後，世界進入冷戰尾聲階段，蕭村寫下兩個小說講述歸僑的文革痛史，這與其早年懷抱的民族主義構成張力。其三是蕭村晚年出版的長篇小說《椰子肥，豆蔻香》，他在文學想像中重回冷戰南洋，鞏固早年的左翼思想，同時顯出自相矛盾的方面。

一、本土寫實中的左翼思想

韓萌創作於1940年到1950年代的作品寫出了「華僑歸國潮」，而蕭村的作品與其不同，他聚焦於南洋庶民和風土人情，「在地意識」更濃厚。根據方修的研究，1948年到1953年的新馬華文文學存在兩個題材傾向：一是從華僑生活出發支持中國民主運動，二是反映新馬的一些次要問題或非本質意義的現象，這兩種傾向分別以韓萌、蕭村為代表。[5] 有學者補充指出，蕭村的小說「涉筆於鄉村、工廠、學校芸芸眾生的灰暗生活，題材廣泛，日常生活氣息濃厚，被視為50年代初新加坡本土小說的重要作品」。[6] 楊松年以蕭村、貂問湄、丘絮絮的作品為例，強調由於馬來亞緊急法令的實施，「大多數作者轉向反映馬來亞社會，特別是都市、鄉村裡小人物的生活」。[7] 綜觀上述學者的看法和蕭村在冷戰早期的創作，不難發現，「本土書寫」是其題材特點，「寫實主義」是其鍾愛的藝術手法，「左翼政見」是其逐漸萌芽、一以貫之的思想意識，只是在英屬馬來亞時代，蕭村的左翼思想不是露骨地呼籲階級鬥爭和暴力革命，而是表現為同情南洋庶民的貧苦生活、讚揚進步華僑的思想行動，在中國政治風雲中站隊表態。

蕭村由於崇拜中國作家蕭軍，酷愛其小說《八月的鄉村》，故

---

[5] 方修《戰後馬華文學史初稿》（新加坡：T. K. Goh，1978），頁81。
[6] 黃孟文、徐迺翔主編《新加坡華文文學史初稿》（新加坡：新加坡國立大學中文系，八方文化創作室，2002年），頁122。
[7] 楊松年《新馬華文現代文學史初編》（新加坡：BPL教育出版社，2000年），頁247。

自取筆名曰「蕭村」。他擅長以寫實主義筆法描寫戰後新馬底層華人生活。二戰後，英國人捲土重來，再次把新馬變為殖民地，不久頒布了「緊急法令」，打擊日漸坐大的馬共勢力，新馬社會陷入了兵荒馬亂、動盪不安的局面，出現很多社會問題：物價飛漲，通貨膨脹，移民湧入，屋荒嚴重，私會黨猖獗，犯罪激增。這在苗秀、趙戎、韋暈、姚紫、岳野等作家的筆下，均有細膩動人的描繪。蕭村作品裡出現大批卑微的南洋華僑：愚昧的農婦、淒慘的礦工、割膠工人、伐木工人、菜農、琉琅婆、水手、老番客、賭徒、算命先生，他們之中有的從唐山而來，有的在本地出生，經過掙扎苦鬥後，無不以悲劇而告終。當然，蕭村筆下的華人還有一批反面形象：騙子、寄生蟲、神漢、巫醫、廟祝、惡霸地主、流氓工頭、黑心老闆。在這些故事中，階級與性別的問題相互交織，見證蕭村感時憂國的道德責任感。韋勒克（Rene Wellek, 1903-1995）考察過歐洲文學史上的現實主義運動，概括特點如下：方法上力求客觀，把社會現實當成動態演變來理解，具有說教、道德主義和改革主義的特點，使用典型的概念，經常變成了歷史主義。[8]根據這個權威的定義，蕭村的小說當然屬於「現實主義」。

　　蕭村的《國術師》包括七個短篇小說：〈國術師〉、〈寄生蟲〉、〈半天娘娘〉、〈「六個月畢業」〉、〈風波〉、〈中秋〉、〈山芭〉。這些小說使用倒敘、插敘和懸念，以樸素寫實主義講述離散華人的故事，他們出身卑微，操著各式方言，生活在動盪的社會中，棲身環境是有著南洋色彩的熱帶景物，作家描繪階級分化、華洋雜處的殖民地現實。[9]方修有如下的概括：蕭村小說大抵取材於都市或鄉村的灰暗面，諸如上流人家的醜態、教育界的黑幕、小市民的生活、私會黨的活動、封建農村的小悲劇、一些卑微人物的不幸遭遇等等。[10]蘇菲指出，蕭村在描繪中下層華人的生活不僅看到他們的困苦和不幸，也發現他們的愚昧、落後和迷信，這種國民性批判正是蕭村的

---

[8] 雷內‧韋勒克著，張金言譯《批評的概念》（杭州：中國美術學院出版社，1999年），頁243。
[9] 蕭村《國術師》（香港：學文書店，1951年）。
[10] 方修編《馬華新文學大系（戰後）》第2卷（新加坡：世界書局，1979年），頁10。

深刻之處。[11]1980年代，蕭村回憶個人的文學道路，有這樣一段誠懇的自白——

> 在文學創作方面，避開敏感題材，多表現卑微人物的不幸遭遇，迂迴曲折地反映芸芸眾生的苦難，既可發揮燒毀殖民主義助燃劑的作用，又能阻擋黃色的、灰色的稿子占領華文副刊毒害青年讀者群。因此，我日後發表了近百篇描敘三教九流、五行八作底層人物的喜怒哀樂的小說、散文，可以說是上述意念的體現吧。[12]

如此看來，蕭村的本土寫實主義具有政治批判的潛能，迂迴曲折，微言大義，蘊蓄引而不發的左翼思想。同時他承認自己在當年沒有正面批判殖民主義：「當然，沒有將矛頭指向罪惡的殖民主義制度，這是當時政治氣候所不允許的；同時，文學作品也不是火藥槍，具有廝殺功能的篇章我寫不出來啊！」[13]

蕭村散文集《山芭散記》包括二十一篇作品，篇幅不長，但南洋色彩濃郁，走筆所至，淨是對底層華人的描繪，悲憫之情無處不在。本書既以紀實性的散文命名，可見均有其本事所在，不同於虛構性的文體。早在1970年代，新馬批評家趙戎即已發現，《山芭散記》有相當分量，收入的作品都有生活實感，作者很熟悉馬來亞內地的各種生活，觀察細心深入，發掘人類的痛苦，愛憎態度明顯，並非閒情逸致的筆觸。[14]其中的〈掃墓〉具有樸實熱誠的民族主義，記述蕭村的一位在日據時代遇難的親戚。這個華僑青年英勇抗日，參加救護隊，救死扶傷，毫無怨言。後來馬來亞淪陷，日寇殘害人民，母親苦勸兒子逃

---

[11] 蘇菲《戰後二十年新馬華文小說研究》（廣州：暨南大學出版社，1991年），頁87-88。
[12] 蕭村〈漫漫天涯路〉，見氏著《僑鄉人家》（香港：南島出版社，1999年），附錄，頁207。
[13] 蕭村《新加坡情思》（北京：中國華僑出版公司，1990年），頁49。
[14] 趙戎主編《新馬華文文學大系：散文卷（1）》（新加坡：教育出版社，1972年），頁10。

走，但被他拒絕了，他堅持抗日，被執，遭受酷刑，不屈而死。新馬光復後，蕭村懷著沉重悲痛的心情來到華僑墓地，祭奠親友，憑弔忠魂。[15]

盧卡奇（Georg Luacs, 1885-1971）在歷史視野中分析過歐洲無產階級的階級意識之出現及其意義，他深刻指出：「階級意識不是個別無產者的心理意識，或他們全體的群體心理意識，而是變成為意識的對階級歷史地位的感覺。」[16]蕭村的散文〈家庭的叛徒〉寫一個南洋華人知識分子的情感倫理之轉變與階級意識的萌發。主人公「老方」是一個中學教員，原是馬來亞怡保一個橡膠廠的少東，愛好文藝作品和社會科學，「看出有產階級必然沒落的命運」。日據時代，他從高中輟學，躲到山芭裡過起開荒種菜的生活，這也縮短了這個小知識分子和農民之間的距離，讓他體會到「勞動創造了人和世界的道理」，而且「他更明確地望見歷史的燦爛的遠景」。[17]後來，老方拒絕了父親讓他去店裡幫忙的建議，他和隔壁煙園主人的女兒談戀愛了，為此和頑固的父母斷絕了關係，就這樣變成了「家庭的叛徒」，然而毫無悔意。小說的結尾動情地寫道，這對戀人結婚後住在破敗的亞答屋裡，老方為了養家糊口而日夜操勞，他的相貌加速地衰老，但是性格變得堅強勇敢了。總的來看，這篇散文寫一個青年知識分子背叛自己的家庭出身，走向民間，擁抱大眾，經歷自我身分的改造，迎來靈魂新生的故事。毫無疑問地，「階級」是這篇散文的主題，它是馬克思主義和其他左翼政治話語的關鍵字。根據學者的研究，階級這個詞彙「屬於與社會的政治改造相關的一個更大的計畫，這種改造基於一種信仰，即無產階級社會將通過推翻各種經濟剝削的形式而實現」。[18]〈家庭的叛

---

[15] 蕭村〈掃墓〉，收入氏著《山芭散記》（香港：學文書店，1952年），頁118-122。
[16] 盧卡奇著，杜章智等譯《歷史與階級意識》（北京：商務印書館，1992年第1版），頁133。
[17] 蕭村〈家庭的叛徒〉，收入氏著《山芭散記》，頁78。
[18] 于連・沃爾夫萊（Julian Wolfreys）著，陳永國譯《批評關鍵詞：文學與文化理論》（北京：北京大學出版社，2015年），頁40。不過，意大利思想家墨菲和拉克勞認為，經典馬克思主義的階級理論有本質主義化的嫌疑，關於經濟基礎和上層基礎的二分法不免僵化，關於身分認同的論述有教條主義傾向，參看埃內斯托・拉克勞、尚塔爾・墨菲著，尹樹廣、鑑傳今譯《領導權與社會主義的策略——走向激進

徒〉的主題是小知識分子的自我改造，提倡書本知識與生產勞動的結合，具有明確的階級意識和樸素的左翼思想，這是蕭村在冷戰時期萌發的政治想像。當然，使得這個故事帶有左翼浪漫氣息的，還涉及個人主體的情感轉變，而這個方面也與階級意識密切相關。這個小說特意提到老方在戀愛時嚴守道德原則，他反感都市女性的淺薄、浮華和虛榮，而他熱戀中的這個鄉村女孩恰恰相反，她有健壯的體魄，充滿青春氣息，在老方的眼裡簡直就是「一朵荒山裡的野玫瑰」。老方出身於富商家庭，由這個經濟基礎而形成特定的階級身分以及與此相關的情愛模式，但他後來的戀愛故事打破了流俗社會的心理期待，實現了小說情節的成功逆轉，這也代表他的情感方向經歷了轉變。根據歷史學家裴宜理的研究，中國革命的成功原因之一就是：依靠個人主體的情感轉變，實現階級力量的整合、集體身分的凝聚和民族－國家的政治動員。[19]這個愛情故事有情感倫理學，還有情感政治學，這正是左翼文學的一大特點。

　　蕭村的小說集《椰子園裡》屬於韓萌主編的《赤道文藝叢書》之一，內有四個短篇小說，其中的〈灰色的氛圍裡〉和〈一千分〉從南洋華僑社會的小人物故事入手，揭示政治意識與社會環境之間的消長起伏，背景涉及1940年代末中國政局的變化，對華僑社會的意識形態衝突和蕭村的左翼思想有深度表現。歷史學家藤布爾研究過戰後新加坡的輿論環境，她指出，國共兩黨在當時華人社會各有追隨者，兩派之間常有紛爭、對抗和衝突——

> 1949年，中國建立了共產主義政權，這使得殖民地當局對新加坡人捲入中國政局的態度變得強硬，也讓當地受華語教育者中支持共產黨和支持國民黨兩派的紛爭重起。這兩個政黨當時在新加坡都已遭禁，馬來亞共產黨是在馬來亞宣布進入緊急狀態時被宣布為非法的，而國民黨則是因為沒能在1919年成功完成

民主政治》（哈爾濱：黑龍江人民出版社，2003年）
[19] Elizabeth Perry, "Moving the Masses: Emotion Work in the Chinese Revolution," *Mobilization* 7 (2): pp. 111-128.

註冊。但兩黨的支持者私底下仍然上演著忠誠之爭。[20]

透過蕭村的小說〈灰色的氛圍裡〉的故事情節,可以看到中國的國共衝突瀰漫到了南洋華人社區,有人支持國民黨,有人同情中共,勢不兩立,一觸即發,這是全球冷戰的前奏曲,預示著蕭村已經成長為一名左翼作家了。如果說〈家庭的叛徒〉講述的是私人領域的羅曼司,那麼〈灰色的氛圍〉通向公共領域中的政治議題。故事發生在1949年下半年的馬來亞,在一間僻靜的山谷中有間華僑小學,董事長、校長、訓育主任都是國民黨的忠實追隨者,校方警告教師們不得在學校裡談論政治議題,還恐嚇說,誰的思想動搖「做共匪的尾巴」,就會被開除。青年教師周平剛到這個學校就發現學生們被灌輸了黨化教育,變得閉目塞聽,不辨是非,於是,他經常使用講故事、報新聞的方式,旁敲側擊地教育這些孩子們。1949年10月1日,中華人民共和國宣告成立,蕭村用激情的語言描述這個政治事件帶給華僑的鼓舞力量——

> 10月來了,輝煌燦爛的10月,像一顆光芒萬丈的巨星,照耀著中國的城市、村莊和原野;也像一股洪流,奔蕩過浩瀚的七洲洋,震撼了海外華僑的心魂。
>
> 報紙上的紅字標題,昭示著新的歷史的篇章,偉大的人民領袖巨像,刊登在極顯要的版位上。校長和張訓育把這些鮮明、令人興奮的報紙撕成粉碎,……他們企圖把這人類史上重大的事件,輕易地掩飾著,然而,已經覺醒和開始睜開眼睛的孩子,誰都牢記著:10月1日,在人民首都北京,偉大的中華人民共和國誕生了。[21]

---

[20] 康斯坦絲・瑪麗・藤布爾著,歐陽敏譯《新加坡史》(上海:東方出版中心,2016年),頁330。

[21] 蕭村〈灰色的氛圍裡〉,收入氏著《椰子園裡》(香港:赤道出版社,1952年),頁52。

「雙十節」那天，許多高年級學生消極抵抗升國旗、唱國歌，訓育主任惱怒地用藤鞭毆打學生，場面很快就失控了。周平在當天晚上從荒郊野嶺走回教工宿舍，中途遭到訓育主任及其流氓同夥的毆打，幸虧學生們及時趕來，救起了他。綜上所述，這個短篇小說反映左翼人士與右翼分子在南洋華僑社會的拉鋸戰。長期以來，南洋華僑社會的意識形態衝突在華校、華文報、宗鄉會館充分展開，尤其是當處理華僑與其他政治實體——例如英國殖民當局、日本侵略者、中國國民黨政府、中共與馬共——的關係時，更會出現矛盾激化和社群分裂的現象。王嘯平的長篇小說《南洋悲歌》、黑嬰的中篇小說《紅白旗下》、韓萌的中篇小說《紅毛樓故事》對這種華僑社會內部的分化和鬥爭都有清晰生動的描繪。1948年6月，殖民當局頒布緊急法令，打擊馬共勢力和進步華僑。蕭村這篇小說寫於1949年底，正是冷戰初始，他的左翼立場明確表達出來了。

　　短篇小說〈一千分〉的主人公金桂年輕時在中國家鄉受到土豪劣紳的欺壓，薄田被霸占，本人被打得死去活來，他只好過番南洋，和鄉親們在馬來亞合夥挖錫礦。由於得到有國民黨背景的礦家的幫助，金桂事業有成，於是，知恩圖報的他加入了國民黨。「盧溝橋事變」爆發前，金桂擔任籌賑會的負責人，成績很好，在華僑社會深孚眾望，他還動員長子參加華僑機工回國服務團。馬來亞淪陷後，金桂受到日軍的殘害。國共內戰中，金桂的長子被送往四平去剿共，卻遭到國民黨連長的槍殺，有國民黨背景的礦場主把此事歸罪於共產黨，三青團的陳祕書還對金桂進行洗腦教育，這讓沉浸在噩耗中的金桂頭腦糊塗了。他認為，中國政治腐敗的原因在於下級幹部貪汙無能，只要徹底改革，國家就能強盛。關心國事的金桂訂了一份被稱為「共產黨報」的《南僑日報》，他覺得新聞真實可靠，但是存有戒心。應該指出的是，這個故事情節符合當時新馬華文報章的歷史事實。[22]金桂的小

---

[22] 由陳嘉庚投資創辦、胡愈之擔任總編的《南僑日報》非常明確地支持中共，對國民黨政權和蔣介石有激烈的批評，參看王慷鼎《新加坡華文日報社論研究（1945-1959）》（新加坡：新加坡國立大學漢學研究中心，1995年），頁205-209。當時新馬地區的左翼報章是《南僑日報》、《新報》、《現代日報》、《夜燈報》，立

兒子阿海被王老師教成了宣傳家,支持左翼分子和北京政府,老是向小夥伴們說——

> 我們的國家是「中華人民共和國」,誰再叫「中華民國」,便是甘做蔣匪幫的陪葬品⋯⋯。接著,便亮開清脆嗓子,教那些蓬頭垢臉的孩子們,唱:「起來,不願做奴隸的人們!」[23]

起初,國民黨政府發行了美金公債,官員跑到南洋華人社會,動員金桂去大力購買,還花言巧語,蒙蔽他說,會歸還他的被霸占的祖田。於是,金桂慷慨購買了兩千元公債,結果,內戰很快爆發了,金桂的公債泡湯,血本無歸了,他的錫米店關門大吉,只好搬到偏僻小鎮,勉強度日。後來,金桂得知故鄉的惡霸地主被鎮壓了,被霸占了幾十年的祖田被法院判決歸還原主,他反覆求證,證實這個消息的真實性以後,他的腦筋發生了很大的轉彎。他把自己的國民黨黨員證丟進了糞桶,把獲得的獎狀撕得粉碎,逢人就誇人民政府幫自己伸了冤。在小說的結尾,P埠的華僑們雲集在會館裡慶祝中華人民共和國成立。金桂為了表示對人民政府的支持,他當場宣布以全部身家認購「一千分」公債。總的來看,〈一千分〉以繁複細密的筆觸描寫一位老華僑面對中國大陸政權易手時的思想轉變,對主人公的心理描寫見出良好的敘事技藝,而蕭村的歷史決定論、目的論的思維模式也是清晰明確,呼之欲出。顏清湟研究過清末民初的中國契約勞工在海外的情況,為我們瞭解金桂之類苦力出身的華僑群體提供了參考資料。[24]楊進發研究辛亥革命以來國民黨在新馬地區的擴張、滲透與影響,描述其與南洋華人民族主義的互動,分析國民黨在殖民當局政策變化下由

場傾向於國民黨的報章是《中興日報》、《光華日報》、《中國報》,中間偏右立場的是《南洋商報》、《星洲日報》、《星檳日報》,參看魯虎《新馬華人的中國觀之研究(1949-1965)》(新加坡:新躍大學新躍中華學術中心,八方文化創作室,2014年),頁77-79。

[23] 蕭村〈一千分〉,收入氏著《椰子園裡》,頁76。
[24] 顏清湟著,粟明鮮、賀躍夫譯《出國華工與滿清官員》(北京:中國友誼出版社,1990年)。

盛到衰的過程，研討戰後國民黨成功控制了大多數華校、華文報、華商團體，迎來短暫的高光時刻。[25]這種歷史知識對理解蕭村作品很有幫助，也可看出現實主義是蕭村的創作手法。

蕭村在晚年寫出大量回憶文章，介紹從事寫作的緣起和文壇掌故，交代個人作品的寫作意圖和素材來源，突出個人文學作品的真實性、歷史感和道德責任感，這些文章收入了《新加坡情思》和《馬來戀歌》等書。[26]這種文藝觀令人想到亨利・詹姆斯（Henry James，1843-1916）的著名觀點：「予人以真實之感（細節刻畫的詳實牢靠）是一部小說的至高無上的品質。」[27]在另一個場合，詹姆斯毫不含糊地申明自己的觀點——

> 小說家只能把自己當作歷史學家、把自己的敘事當作歷史，除此之外真難以想像他還能把自己當作什麼。只有做一位歷史學家，他才有最起碼的確認的地位（locus standi），而作為虛構事件的敘事者，他就毫無地位；為了使他的企圖得到某種邏輯的支援，他必須敘述那些假定是真實的事件。這種假定充斥著最嚴肅的講述故事的人們的作品，同時也激勵著他們的創作。[28]

正是在「小說家等同於歷史學家」這個嚴肅而偏頗的意義上，我們才能理解蕭村對小說與歷史之對應關係的強調、對細節真實的迷戀、對道德責任感的不移的信心。概而言之，〈灰色的氛圍裡〉和〈一千分〉分別聚焦於南洋華文學校和華商團體，以教師周平和商人金桂為主角，展示華社內部的思想狀況，以及眾人的政治意識的衝突

---

[25] C. F. Yong and R. B. McKenna, *The Kuomintang Movement in British Malaya, 1912-1949* (Singapore: Singapore University Press, 1990), pp.199-222.

[26] 蕭村《新加坡情思》（北京：中國華僑出版公司，1990年）；蕭村《馬來戀歌》（成都：四川民族出版社，1996年）。

[27] 亨利・詹姆斯著，朱雯等譯《小說的藝術：亨利・詹姆斯文論選》（上海：上海譯文出版社，2001年），頁15。

[28] J・希利斯・米勒著，郭英劍等譯《重申解構主義》（北京：中國社會科學出版社，2000年），頁51。

和起伏。這些華僑由於經濟地位和政治觀念的差異而形成不同社會集團，或者屬於左翼，支持共產政權；或者屬於右翼，遙奉國民黨為正朔，他們在關懷中國政局的過程中產生了衝突和對抗，共同之點在於「族群民族主義」的表達，而在南洋冷戰的年代裡，這種海外華人民族主義無論是同情共產黨還是支持國民黨，在1949年5月都遭到了英國殖民當局的嚴厲鎮壓。[29]1950年6月，蕭村被捕入獄，幾個月後，他在吧生港被驅逐出境。根據怡保集中營難友的回憶，吧生港口附近設有出境營，又稱遣送營，是被拘禁者的臨時住處，殖民當局以被拘留者不在新馬本地出生為藉口，對其或是終身監禁，或是驅逐出境。[30]蕭村雖然是在新加坡出生的華人，卻不屬於上層階級，無法取得馬來亞公民權，所以被判處驅逐出境。蕭村回國後發表散文〈在馬來亞被捕記〉和〈國旗〉，自述入獄經過，塑造風骨凜然的愛國者形象，顯示他具有堅定的左翼思想，但一些細節的真實性值得懷疑。[31]

蕭村在1940年代末期出版三部作品《國術師》、《椰園裡》、《山芭散記》，雖有小說與散文、虛構性與紀實性的差別，但是帶出來一些共通性的問題，這裡補充介紹一下。

一是蕭村小說中的「重複」現象。應該指出，重複現象不但常見於人類歷史和社會中的宏大實踐中，也可能出現在一個作家的某個文本或全部作品中，或者這個作家的作品與文學史上眾多文本的關係網絡中。薩義德認為：「重複是討論人類歷史連續性、永存性和重現性的被利用（或者能夠利用）的視角。」[32]柄谷行人（Karatani Kojin,

---

[29] 1948年6、7月，馬共、職總、退伍會、新青團、致公黨等左翼黨團被打成了非法組織。1949年5月，殖民當局把中國國民黨和支持中共的中國民主同盟打成了非法組織，前者很快宣布停止活動，後者決定解散，參看原不二夫著，劉曉民譯《馬來亞華僑與中國——馬來亞華僑歸屬意識轉換過程研究》（曼谷：大通出版社，2006年），頁244。

[30] 洪建華、黃樂群、蔡檢年《五十年代怡保集中營生活雜記》（吉隆坡：朝花企業，1998年），頁29-30。

[31] 蕭村〈在馬來亞被捕記〉、〈國旗〉，北京《新觀察》1952年第1期，頁30-31；1952年第2期，頁25。

[32] 愛德華‧薩義德著，李自修譯《世界、文本、批評家》（北京：生活‧讀書‧新知三聯書店，2009年），頁212。

1941-）對世界近代史上那些難以擺脫的反覆現象很感興趣，他指出：「歷史的反覆並非意味著相同事件的重複。能夠反覆的並非事件（內容），而是形式（結構）。」[33]米勒（J. Hillis Miller, 1928-2021）專門研究過現代英國小說的重複現象。他指出，重複現象組成了作品的內在結構，同時這些重複還決定了作品與外部因素多樣化的關係，「這些因素包括，作者的精神或他的生活，同一作者的其他作品，心理、社會或歷史的真實情形，其他作家的其他作品……」[34]應該說，這些重複現象在蕭村的上述作品中都有體現。單個作品中的細節、場景和事件的重複，不必詳說。在更大的方面，例如，三部作品的題材與主題、人物與事件、自然環境與社會關係都有重複的現象，這顯示了蕭村對南洋色彩、現實主義、本土書寫的執著，當然也暴露出他的想像力的貧困。在這些創作方法的背後，是冷戰年代的文化政治和作家本人的左翼世界觀。推而廣之，這三部作品與其他歸僑小說家──例如韓萌、黑嬰──的作品也有互文、呼應和類似之處，這雄辯地說明了1940、1950年代的歸僑群體的情感結構以及歸僑文學的整體特徵。二是蕭村的《國術師》、《山芭散記》、《椰子園裡》中的多篇作品寫於馬來亞霹靂州怡保的小城鎮「和豐」。他晚年寫出的散文集《新加坡情思》中，有一篇作品名為〈和豐戀〉深情回憶了此地。蕭村早年作品中那種心酸苦難的底層敘事在晚年的回憶錄裡不復可見。這位生活幸福、心情愉快的老者回首往事，走筆所至，帶出浪漫迷人的田園生活與種族和諧的社會環境，經常流露謙虛感恩的心情。無疑，遲暮之年的作家放棄了苦難美學和批判現實主義，這種懷舊詩學在其他作家那裡也有流露。

---

[33] 柄谷行人著，王成譯《歷史與反覆》（北京：中央編譯出版社，2011年第1版），頁4。
[34] J・希利斯・米勒著，王宏圖譯《小說與重複：七部英國小說》（天津：天津人民出版社，2008年第1版），頁3。

二、「文革」中的歸僑

　　根據原不二夫的研究，二戰以後，東南亞華僑有三次歸國高潮，分別是：1948年到1950年代中期由於緊急法令而導致的從馬來亞回國的華僑，1960年代由於排華騷亂導致的從印尼歸國的華僑，1970年代後期由於中越戰爭導致的從越南回國的華僑。在1950年代前期，來自新加坡和馬來亞的歸僑人數最多，大多數是被強制遣返者，人數高達兩、三萬人。[35]中華人民共和國成立以後，大批懷抱民族主義的華僑返歸祖國，投身社會主義建設。然而好景不長，1957年，「反右」運動發生了。[36]1966年，「文革」爆發了。在這兩次政治浩劫中，許多中國人遭受巨大的磨難，苦不堪言。城門失火，殃及池魚；覆巢之下，豈有完卵？歸國華僑也受到了株連，其實並不意外。根據原不二夫的研究，在「文革」期間，馬共的和平鬥爭路線被聲討為「修正主義」，戰後被強制遣返回到中國的馬共黨員受到了嚴厲的清算，據說所有的歸僑都受到了無端的批判，失去了地位和工作，許多人在收容所或「下放」的地方受虐待而死，「拋棄了馬來亞的全部財產參加祖國建設的人們，其真情不僅沒有得到評價，而且蒙受間諜的罪名受到處分，因此這個時期歸僑陷入了無可比喻的悲慘心境」。[37]在文革當中，蕭村被扣上「英國特務」、「現行反革命」等帽子，但是他得到了工人群眾暗中保護，得以避免自殺和傷殘——

　　　「文革」使包括我在內的無數歸國華僑、僑眷蒙受不白之冤，

---

[35] 原不二夫著，劉曉民譯《馬來亞華僑與中國——馬來亞華僑歸屬意識轉換過程的研究》（曼谷：大通出版社，2006年），頁317。

[36] 朱正《兩家爭鳴：反右派鬥爭》（臺北：允晨文化出版社，2001年）；汪國訓《反右派鬥爭的回顧與反思》（香港：香港國際學術文化資訊出版公司，2005年）；納拉納拉揚・達斯著，欣文、唐明譯《中國的反右運動》（西安：華嶽文藝出版社，1989年）；丁抒《陽謀：反右運動始末》（香港：開放出版社，2006年）。

[37] 原不二夫著作，劉曉民譯《馬來亞華僑與中國——馬來亞華僑歸屬意識轉換過程的研究》，頁327。

> 遭到野蠻殘酷的折磨,甚至含恨離開人間。為了慰藉健在的海外赤子和悼念長眠九泉的僑界英靈,我悲恨交加、徹夜不眠,相繼撰寫反映上述題材的中篇小說〈雅寶路重逢〉和〈往事如煙〉。[38]

蕭村據一己之創傷記憶寫出兩篇文革題材的小說,遙寄忠魂,感人至深。不過,仔細閱讀兩篇小說,我們發現蕭村連篇累牘寫了歸僑的文革痛史,但是留下的「光明的尾巴」牽強生硬,難以自圓其說,淪為自我消解的元素,暴露出蕭村晚年的政治意識的含混曖昧。下面的段落分別對這兩部小說進行敘述、分析和評價。

〈雅寶路重逢〉講述馬來亞歸僑青年夏暮雲與情人趙貞的愛情悲劇。三十年前,夏暮雲是山海關外一家國營建材企業的綜合統計員,他在北京接受培訓期間認識一位前來進修的報表員趙貞。趙貞當年是十七八歲,長相端莊,熱情活潑,少年喪父,寡母做洗衣工養活幾個子女。夏、趙二人認識後,過從甚密,很快發展為戀人關係,即將談婚論嫁,孰料中途生變。夏暮雲突然收到趙貞寫來的一封絕交信,他不明就裡,一頭霧水,情感上受到很大的傷害,萬念俱灰之下,臥軌自殺,僥倖被人救起。不久,趙貞與鄰居兼同學賈湘結婚,後來證明是遇人不淑。夏暮雲迫於母命與一位樸實直率的村姑結婚。這個有情人未成眷屬的傷感故事留下了一個很大的懸念。三十年後,中國進入改革開放的年代,夏、趙二人在北京重逢了,他們坦誠相待,回首往事,這才揭開了當年分手的內幕。原來,這齣悲劇起因於壞人作梗,在見證人性的醜陋殘忍之外,也暴露了政治環境的畸形和歸國華僑的處境。二十年前,當夏趙熱戀的時候,心術不正的同學和鄰居賈湘向趙貞大獻殷勤,企圖橫刀奪愛,他誣衊夏暮雲的海外關係很複雜:父親是華僑資本家,本人是靠吃剝削飯長大的少爺。在注重血統論和階級出身的年代,這種莫須有的指控很有殺傷力。1957年,「反右」運

---

[38] 蕭村〈漫漫天涯路〉,見氏著《僑鄉人家》(香港:南島出版社,1999年),附錄,頁214。

動在神州大地展開。夏暮雲為人正直，工作積極，得罪了工廠領導，他的言行被定性為攻擊醜化領導的證據，成為內控的右派。接著，「大躍進」來臨，單位裡規定了右派的比例，同事互相揭發和誹謗。賈湘趁機造謠誣衊，煽風點火，落井下石，打擊報復。單位領導多次找到趙貞，軟硬兼施，威脅利誘，要求她捕風捉影，羅織罪名，誣陷同事蕭岩和情人夏暮雲。賈湘設下圈套，歪曲事實，督促趙貞和「資產階級右派」劃清界限，後來在醉酒以後姦淫了趙貞，逼迫對方嫁給自己。在「文革」當中，賈湘長袖善舞，見風使舵，很快成為造反派的頭目，他誣陷趙母是現行反革命，逼其含冤自殺。三十年後，夏、趙二人在北京著名商業中心「雅寶路」重逢，幾乎鴛夢重溫，但是發乎情、止乎禮義，渡盡劫波故人在，相逢一笑泯恩仇。[39]總的來看，這篇小說講述病態的政治氣候下的歸國華僑由於特殊敏感的身分淪為替罪羔羊的故事。這對他們當初懷抱的民族主義是重重的一擊。海外華僑在殖民地南洋是「海外孤兒」，他們對新成立的主權國家充滿政治憧憬，萬里歸來，擁抱國族，走向大眾，孰料在政治運動中，他們成為被無情打擊的對象，夢想化為泡影，愛情無端告吹。「我愛咱們的國呀，可是誰愛我呢」，老舍劇本《茶館》中的常四爺發出的這句沉痛弔詭的質問，近乎浪漫反諷和黑色幽默，迴蕩在蕭村這篇小說中。在這個意義上，〈雅寶路重逢〉雖然講述的是愛情故事，其實也是情感政治學的反映，蕭村從個人領域出發，抵達公共領域，寫出歸國華僑的集體記憶和當代中國的滄桑一頁。

〈往事如煙〉敘述馬來亞歸僑陳凱和楊瑛夫婦在文革中的磨難，驚心動魄，血淚斑斑，令人不忍卒讀。1968年10月，在山海關外的工業重鎮S市，文化大革命正在轟轟烈烈地進行，紅衛兵、紅寶書、批鬥會、群眾專政隊，四處氾濫，好不熱鬧。歸僑和僑眷雖是少數人，但是引人注目，被紅衛兵劃入「第九類」，他們感覺大禍臨頭，心驚肉跳。陳凱是1950年代初從馬來亞巴生海港歸國的華僑，他大學畢業

---

[39] 蕭村〈雅寶路重逢〉，收入氏著《僑鄉人家》（香港：南島出版社，1999年），頁21-130。這篇小說連載於馬來西亞《南洋商報》1988年7月20日至9月17日。

後自願到冰天雪地的關東地區擔任建材廠的技術員。陳凱從事工業產品的研發和技術改造，為工廠做出了重大貢獻，成為歸僑界的一顆明星。楊瑛原本是馬來亞華商家庭出身的千金小姐，出於民族主義而歸返祖國，獻身於教育部門。女兒陳蕾是小學三年級學生。這一家人原本過著幸福的生活。然而，文化大革命來了，政治風暴席捲神州大地。陳蕾說夢話擔心自己變成黑幫子女，她就讀學校的劉校長是基礎教育專家和美國歸僑，這時也被扣上了莫須有的罪名，橫遭批鬥。廠裡的黃書記被造反派打倒了，罪名是「生拉硬扯海外關係不清的歸國華僑混入組織，為中國頭號走資派網羅社會渣滓」。[40]深更半夜，造反派頭目胡幹破門而入，宣布陳凱是英國特務，對其採取「革命行動」，胡幹在抄家以後還打砸搶，最後抓走了陳凱，把他關押在職工俱樂部地下室，嚴刑拷打。陳凱回憶自己的身世，心情沉痛，感慨萬千：作為苦力的父親拓荒南洋，埋骨異邦；殖民地軍警發動新村運動，讓他們一家人流離失所；陳凱被指控為政治犯而遭到祕密逮捕，後來被驅逐出境，回歸祖國。這篇小說以巨細無遺、不厭其煩的筆觸渲染文革的暴力場面，例如，造反派審訊陳凱，捏造罪名，從南洋寄來的家書成了「裡通外國」的罪證，陳凱在筆記本上記下的外國親屬的通訊位址成了遍布東南亞的「特務網」，姑媽從馬尼拉寄來的僑匯成了間諜經費。陳凱當場反駁，遭到毆打。造反派頭子姜彪與胡幹指揮手下折磨陳凱，這慘絕人寰的一幕猶如當代中國小說中國民黨獄警刑訊共產黨員的場面。具有諷刺意味的是，蕭村特意提到陳凱喜歡閱讀革命小說《紅岩》──

> 陳凱喜愛文學作品，震撼祖國文壇的《紅岩》，他不止讀過一遍。此時此刻，白公館、渣滓洞裡英烈們的「寧為玉碎，勿為瓦全」的不屈不撓的精神，沉著機智、靈活巧妙地鬥爭藝術，為國為民、忍辱負重的傳統美德，鞭策他堅決頂住這一小撮禍

---

[40] 蕭村〈往事如煙〉，收入氏著《僑鄉人家》，頁137。根據篇末附識，這個小說初稿於1979年6月，修改於1985年6月，在遼寧省直機關工委主辦的《機關生活》雜誌上選載，時間在1993年9月到1994年5月。

國殃民的野心家的酷刑與利誘。許雲峰、江姐、華子良這些甘為黎民百姓的生存與尊嚴灑熱血、拋頭顱的華夏精英,化作一支支道義力量的擎天巨柱,成為他去戰勝形形色色惡勢力的銅牆鐵壁般的後盾。[41]

從歸國華僑變為中國公民的蕭村,通過把「造反派」描述為一小撮背叛革命理想的野心家,放棄了對政治制度的反思批評,喚起革命文學中的英雄人物的精神感召力,至此,蕭村的文革書寫安全地回歸到了官方的歷史敘事中,卻弔詭地突顯了一個愛國者的困境:「為理想而痛苦並不可怕,/可怕的是看它終於成笑談」(穆旦〈智慧之歌〉)。然而,陳凱的心思比敘事者的內心更為複雜。陳凱在牛棚裡聽到夜半蟲鳴,覺得似曾相識,想起十多年前一個悶熱的馬來半島的夜晚,他慘遭殖民者特務機關的烙刑以後被丟棄在怡保拘留所的單人黑牢裡,疼痛難忍,體溫燙人,蟋蟀的鳴叫聲陪伴他呻吟到天亮,敘事者筆鋒一轉,寫出陳凱的悲慟、憤怒和困惑——

> 誰知在可愛祖國的土地上,在他奉獻青春才華的工廠裡,他後背胸椎周圍的斑斑舊烙疤處,如今又增添了密密麻麻的新傷痕。這是為什麼?為什麼?他輾轉難眠,他是可記掛著臨產被踢傷的妻子和遭鞭笞的嬌弱的幼女,舊恨新仇,齊湧心頭。[42]

這個內心獨白有強烈的諷刺意味,它寫出民族主義的兩難,進退失據,徒喚奈何。陳凱的太太楊瑛懷有身孕,也遭到造反派的殘酷折磨,淒慘而死。陳凱多年後出獄,見到家園如同廢墟,不勝悲痛,所幸找到了失蹤的女兒小蕾。〈往事如煙〉動用整整七十頁的篇幅不厭其煩地刻畫文革中的恐怖場面,這種寫實手法不但導致行文的拖沓累贅、敘事節奏的緩慢,而且蕭村越是真實客觀地描寫社會現實,越

---

[41] 蕭村〈往事如煙〉,收入氏著《僑鄉人家》,頁159。
[42] 同上,頁160。

是暴露了「改造現實」這個理想的無望。這是寫實主義的內在困境，安敏成（Marston Anderson, 1951-1992）早已發現這個弔詭的現象。[43]令人困惑的是，蕭村為〈往事如煙〉安排了一個軟弱無力的「光明的尾巴」，幾有敗筆之虞。1980年代的第一個春天，一批文革倖存者參加慶祝活動。陳凱發表感言，他含淚感謝大家在危難中挽救了一個瀕臨毀滅的家庭，劫後餘生，今朝幸會，他當場朗誦白居易的詞〈長相思〉，觸景生情，直抒胸臆。眾人想起崢嶸歲月中的磨難，無不為之動容。毫無疑問，這首詞插播在這裡不合時宜，畫蛇添足，因為負屈銜冤、長眠地下的楊瑛再也無法重生了，而痛失親人的陳凱父女只能保持「月明人倚樓」的蒼涼姿勢，望斷天涯路，抱恨終生，如此而已。這個場景是對愛國歸僑的無情諷刺，也暴露了民族主義的兩難，更是對革命政治的批評。

　　蕭村這兩篇小說均寫於文革結束以後的1980年代，此時正是全球冷戰的收尾階段，作者借助於歸僑的遭遇，批判高度政治化、意識形態化的時代對人性的傷害，也對極端化的革命政治進行反思和批判。根據威廉斯（Raymond H. Williams, 1921-1988）的考證，「革命」（revolution）一詞的早期用法意指時間或空間上的旋轉循環運動，後來的意思演變為「反對現有秩序的運動」，由此帶上了政治涵義，而革命這個詞彙的兩個重要意涵——恢復（restorative）或革新（innovative），都帶有「根本的重要變革」之意。[44]因此，革命天生具有無法駕馭的、難以控制的暴力潛能，值得注意的是，有思想家指出：「作為原則的暴力是否達到公正目的的道德手段，這仍然是一個懸而未決的問題。」[45]文革是革命政治的畸形表現，是一種極左的冷戰意識形態，它訴諸二元對立修辭、本質主義思維、血統論、身分政治，把一種全新的暴力和恐怖引入社會，展開激進的政治清洗，最

---

[43] Marston Anderson, *The Limits of Realism: Chinese Fiction in the Revolutionary Period* (Berkeley, CA: University of California Press, 1990).

[44] 雷蒙・威廉斯著，劉建基譯《關鍵詞：文化與社會的詞彙》（北京：生活・讀書・新知三聯書店，2005年），頁411-416。

[45] 瓦爾特・本雅明著，陳永國、馬海良編《本雅明文選》（北京：中國社會科學出版社，1999年8月第1版），頁341。

終給中國的個人、家庭、社會和國家帶來了深重的災難。蕭村作為左翼作家和愛國歸僑不幸受到文革風暴的衝擊，這充分說明了革命烏托邦一旦走到偏執、內捲的境地，必然會吞噬掉自己的兒女。阿倫特（Hannah Arendt, 1906-1975）認為，革命是一種現代性的事物，現代革命總是同時涉及解放和自由，「解放和自由在任何歷史情境下都難分難解，這並不意味著解放和自由是一樣的，也不意味著作為解放的結果贏來的這些自由，就道出了自由的全部故事」。[46]換言之，華僑歸國固然趕上了民族解放的潮流，然而沒有獲得真正的公共自由。文革雖奉「革命」之名，然而既無解放也無自由，只是毫無意義的暴力和恐怖而已，而且本身又是反政治的無政府狀態，正如阿倫特指出的那樣：「革命的目標是實現公共自由。暴力不能創造這種自由；暴力是手段，並且只會破壞。」[47]

三、重返南洋及其問題

　　文革結束後，蕭村早已人過中年，他復出文壇，重操舊業，在文學想像中不斷重返南洋，反覆書寫新加坡、馬來亞，樂此不疲，著作豐富。這方面最主要的成果是長篇小說《椰子肥，豆蔻香》。本書寫於冷戰即將結束的時候，大約在1985年左右，據作者自述，原名是《柔佛海峽兩岸》，三易其稿，方始告成，終於在1993年出版，厚達四百二十三頁，封面印有「長篇華僑歷史小說」的字樣。平心而論，這本小說的一些場景描述和部分故事的確很精彩，社會背景和細節有高度的真實感，不乏戲劇衝突和扣人心弦的情節以及感人至深的人物形象，正如孫愛玲的觀察：本書的敘事結構採用主線和副線相互交織的方式，主線是李傑的活動，副線是英國殖民當局對進步人士和革命分子的打擊和鎮壓。[48]不過，本書的缺點十分明顯。誠然，蕭村勤奮

---

[46] 漢娜・阿倫特著，陳周旺譯《論革命》（南京：譯林出版社，2011年），頁22。
[47] 轉引自理查・J・伯恩斯坦著，李元來譯《暴力：思無所限》（南京：譯林出版社，2019年），頁6。
[48] 孫愛玲《論歸僑作家小說》（新加坡：雲南園雅舍，1996年），頁218-219。

積累了很多素材，但他對素材缺乏精心裁剪和嚴格選擇，沒有區分主次和詳略，結果，敝帚自珍，細大不捐，把這些資料全部寫入了小說中，導致有的情節幾乎雷同，而巧合又太多了（例如蔡來伯和吳瓊先後跳河自殺，上岸昏迷，被游擊隊員救起，繼續參加革命，最後英勇就義），故事密度太大，顯得有些臃腫，不免有點「細節肥大症」，敘事節奏拿捏得不大好，情節推進比較緩慢，有時甚至失去了敘述焦點，主人公在幾個章節中完全缺席，行文散漫凌亂，文字拖泥帶水。不過，本書對緊急法令下的馬來亞、新加坡有正面描繪，最能顯示蕭村在冷戰年代的左翼立場，是一個研究其思想變化的典型文本。接下來的段落簡述故事情節，分析蕭村如何想像冷戰年代的南洋，也會討論其歷史想像的缺陷。

《椰子肥，豆蔻香》是一篇不折不扣的政治小說，由於與蕭村早年寫作的環境不同，本書洋溢著強烈的反帝國主義、宣揚種族和諧與國際主義的立場，一些故事情節有真實的歷史事件和個人經歷作為素材，例如主人公在集中營裡的鬥爭就有蕭村自己的牢獄經驗。值得注意的是，蕭村在這部長篇中處處流露的左翼世界觀與寫實主義創作方法密切對應、互為表裡，這讓人想起了盧卡奇的說法：「作家必須有一個堅定而生動的世界觀，他必須按其動盪的矛盾性觀察世界，以便一般地能夠選擇一個可以在其命運中交錯種種矛盾的人來做主人公。」[49]小說開篇是1947年3月的新加坡和馬來亞，到處是抗議、罷工、傳單的浪潮，重新把新馬變為殖民地的英國殖民當局頒布了白皮書和藍皮書，妄圖把新、馬分而治之，這個馬來亞聯合幫的計畫激起了軒然大波。在緊張衝突的社會形勢下，這個小說的主角李傑登場了。他是南僑中學的高二學生，父母在新馬淪陷期間被日寇殺害，他成了一名孤兒，由商人出身的伯父撫養成人。李傑追求光明和進步，有青春熱血和崇高理想，他在學生時代加入了左翼組織「新青團」。這本小說以繁複密集的筆觸描述他的文化民族主義、反殖民主義思想的形成過程，以及他加入馬共後從事的反抗活動和付出的巨大犧牲。

---

[49] 參看《盧卡奇文學論文集》（北京：中國社會科學出版社，1980年第1版），頁72。

這部小說處處突顯左翼思潮，包括海外華人的民族主義，國族歷史和創傷記憶，殖民地的種族壓迫，貧富分化造成的階級意識，等等。例如，李傑小小年紀就有遠大理想，他多次拒絕繼承伯父的產業。他從左翼思想出發對新加坡殖民歷史進行批評思考，截然不同於明哲保身的伯父的觀點，這招致了伯父的疑慮、不滿和警告。李傑在華僑夜校為工人們講授近代中國歷史課，介紹鴉片戰爭和南京條約導致先輩被當作豬仔販賣到南洋，如今的洋人資本家為了撈回新馬淪陷時的經濟損失，正在對廣大華僑和底層人民進行敲骨吸髓的剝削。他的講課喚起了夜校學生的民族主義熱情，這些來自膠園的工友熱烈討論問題，階級反抗的怒火一下子被激發出來，一位名叫吳瓊的女生由此結識了李傑，後來發展成為戀人。李傑在南天酒樓拋下三種語言寫就的反殖民傳單，號召各民族參加全馬總罷工，追求馬來亞獨立、民族自決、建立全馬統一民主自治政府，因此遭到警察和暗探的追捕。1948年6月，英國欽差大臣宣布實施緊急法令，掀起反共逆流，新加坡軍警和國民黨特務合夥破壞左派社團，企圖把反殖人士一網打盡，李傑被捕入獄。華僑中學師生分裂為兩派，一派支持中共，另一派擁護國民黨，由於在升國旗和唱國歌上的分歧，雙方產生了衝突，最後由警察介入。種植園工人聯合會領導聲勢浩大的罷工，反擊橡膠種植園主的倒行逆施，抗議英國殖民者殺害印度族工運領袖。英國殖民當局出動軍機對馬來亞農村進行轟炸，藉口打擊馬共勢力，造成了無辜的百姓葬身火海。馬共游擊隊在原始森林中和政府軍展開鏖戰，多次取勝，也付出了慘重代價。當地華人百姓冒著生命危險把糧食、藥品、補給品送給森林中的馬共戰士，表達敬仰和支持。出於普世人道主義，英國的母親代表團和通訊社記者來到馬來亞召開新聞發布會，批判英屬馬來亞「剿匪」指揮官蓋斯開爾將軍濫殺無辜。被捕入獄的李傑團結眾多獄友和集中營當局展開絕食鬥爭，不屈不撓，取得勝利。小說最後一章寫李傑和戰友經過精心籌畫，逃出了集中營，奔向馬來亞原始森林，繼續進行革命事業。

《椰子肥，豆蔻香》有顯著的南洋色彩和現實主義元素。那麼，什麼才是「現實主義」？艾布拉姆斯（Meyer Howard Abrams, 1912-

2015）建議，不僅要從題材選擇的「真實性」而且要從傳達效果的「逼真性」去理解現實主義——

> 現實主義小說的創作目的在於表現普通讀者眼中的生活和社會環境，引導讀者產生這樣的意識，即小說中的人物可能真的存在，小說中的事情可能真的會發生。為了取得這樣的效果，我們稱之為現實主義者的小說家可能會也可能不會在題材方面進行選擇——雖然大多數人都偏愛對普通、平凡和日常的事物，而非生活中罕見的方面，加以細膩的描繪——但他們必須對創作進行處理，使讀者感到它們似乎就是日常經驗中的事物。[50]

這樣看來，《椰子肥，豆蔻香》所敘述的社會運動、政治事件和軍事鬥爭都是發生在冷戰背景下的新馬地區，許多敘事都有歷史事實的出處，有的情節還是作者早年作品的重寫，讀者可以深切感受到其中的歷史感、真實性和客觀性，以及表達效果的生動逼真和感人至深，因此可以說這部作品成功結合了本土性和現實主義，不妨名之為「本土現實主義」。

蕭村對南洋華僑的離散民族主義有深入描繪，寫出李傑、老許、程蒙等華僑對國共內戰的左翼立場。第9頁提到國內時事，稱呼中國為「祖國」，特意提到國共內戰中延安被國軍占領——

> 這時候，祖國的內戰緊張激烈，蔣介石的嫡系胡宗南部隊已占領革命聖地延安。毛主席轉戰陝北，運籌帷幄，神機妙算，正在採用「蘑菇」戰術，把敵軍磨得精疲力盡，然後撒下天羅地網，全殲這支所謂精銳的王牌軍。萬里迢迢的海外愛國僑胞是很難瞭解毛主席的雄才大略的，包括高中生李傑在內，都為延安的陷落而憂慮。一小撮國民黨、三青團分子卻舉手加額、彈

---

[50] M. H. 艾布拉姆斯著，吳松江等譯《文學術語詞典》第7版（北京：北京大學出版社，2009年），頁521-523。

冠相慶，在總領事館面前大放鞭炮。南僑中學的三青團也搞什麼「祝捷會」，可是參加的人卻寥寥無幾。[51]

這裡的敘事者見縫插針，在李傑尋找新加坡進步報章《南僑日報》的時刻，不忘植入背景知識的介紹，而且從後見之明去放入歷史敘事，涉及中國政局中的國共衝突，以突顯蕭村的歷史觀的正確。小說特意提到李傑所在的新加坡郊區的一所中學，指出先輩建校的目的正是為了保持華僑的文化認同和遠端民族主義，頑強抵抗拒馬來亞殖民當局的教育政策──

> 今年修座圖書館，明春建間實驗室。郊區的唐人為了讓自己的後代掌握祖國的語言、文字，不被殖民者的奴化教育引上「認倫敦為祖家」的歧途，頂住所謂「新加坡十年教育計畫」的巨大壓力，慘澹經營三五載，到底使北郊這所華僑中學越辦越興旺了。[52]

富家小姐王秀霞平時養尊處優，不問世事，她高中畢業後由於生病而錯過了英國大學入學考試，在檳榔嶼養病期間，她閱讀進步報刊例如新加坡《南僑日報》和香港《大公報》，視野和思想慢慢發生了變化。王秀霞的心中萌發民族主義熱情，她加強了對中國的國族認同，開始關心時事，視野變得開闊，她拒絕三青團校友的邀請，同情左翼知識分子領導的南洋社會運動，關心中國的解放政治──

> 近幾個月來，華僑富商小姐的思想境界在潛移默化著。莎翁、易卜生和莫里哀的名劇，不像以往有巨大的魅力牢牢地吸引住她了；首都、大華戲院相繼上映的國產故事片《一江春水向東流》、《八千里路雲和月》和《萬家燈火》等，卻使她

---

[51] 蕭村《椰子肥，豆蔻香》（北京：中國華僑出版社，1993年），頁9。
[52] 同上，頁47。

產生強烈的興趣。曾經擔任學生會工作的幾位要好的女生,借給一批新鮮的文學作品——《母親》、《鋼鐵是怎樣煉成的》、《白毛女》、《王貴與李香香》……。這些紙張粗糙、裝潢樸實的書籍,有如一扇扇打開的窗戶,向她展示出聞所未聞的嶄新的世界。

她驚異地發現在那陌生的國土上,洋溢著人類最崇高最純潔的情感。在不知不覺之中,祖國霞光萬道的晨曦已探進她的心扉,古老大陸的勁風驟雨在牽動她的脈搏。在一張八裁紙那麼大的秋海棠似的中國地圖上,每個解放了的省會,她都插著粘在大頭針上的小紅旗。這張地圖貼在她深閨的內牆上,用金絲絨的帷幔掩蓋住,只有奶娘曉得這一祕密。[53]

蕭村使用熱烈動人的抒情筆觸寫出殖民地華人知識分子的政治意識,寫出青春文化、族群民族主義和自我認同通過文學教育而交織纏繞地生成。王秀霞的私密的生活空間隱藏著不為人知的視覺化的革命政治,這是性別與國族的交織。第140頁再次提到蘇聯小說《鋼鐵是怎樣煉成的》深深打動了王秀霞的心。根據文學史家的研究,梅益在上海淪為孤島時期根據英文版譯出了蘇聯小說《鋼鐵是怎樣煉成的》,在1942年由上海的新知書店出版了,「此書很快引起了轟動,解放區的書店紛紛翻印。雖然該書先後有多種譯本,但最終還是梅益的譯本流傳最廣最久,影響和激勵了中國幾代青年人」。[54]南洋華人社會與中國一直保持著緊密聯繫,書籍的跨國流通和消費是司空見慣的事,新加坡、馬來亞的華文書店非常普遍,這為跨國知識傳輸提供了物質基礎,當時的華文教育環境尚未惡化,文學書籍的消費活動在華僑青少年中頗為常見。這樣看來,從蘇聯到中國再到南洋形成了一個文本和符號的跨文化運動,這種跨國知識傳輸塑造了小說人物的文本式態度

---

[53] 蕭村《椰子肥,豆蔻香》,頁125。
[54] 劉德有〈梅益與《鋼鐵是怎樣煉成的》〉,出自「中國作家網」(http://www.chinawriter.com.cn/n1/2021/0917/c431803-32229860.html),上網時間是2021年9月17日。

（Textual Attitude），他們對自我主體進行文學啟蒙，為陷入困境的現實人生尋找出路，這也是列文（Harry Levin, 1912-1994）所謂的「吉訶德原則」（The Quixotic Principle）。[55]

《椰子肥，豆蔻香》突顯種族團結和階級情誼在反殖鬥爭中發揮的作用。蕭村在後記中說這本小說「是那個正義與邪惡殊死搏鬥年代的一鱗一爪的錄影，是馬、華、印三大民族同舟共濟、患難與共、爭取自主自立的頌歌」。[56]小說有不少這方面的故事。馬共女戰士洪姑與馬來族乾媽的深厚情誼跨越種族文化的壁壘，顯示階級友愛和人道主義。印度族醫生納派斯不僅機智過人，而且有正義感和同情心，他收容和救治了槍傷嚴重的游擊隊員吳瓊。李傑和游擊隊戰友在逃難過程中遇到了危險，幸虧被馬來族同胞救起。李傑作為政治犯在監獄中團結馬來族、華族、印度族獄友與當局鬥智鬥勇，取得勝利。英國女孩露珂麗絲險遭日寇毒手，英軍見死不救，她被馬來亞抗日軍救起，傷好以後輾轉回到英國，大學畢業後參加英國人民的反戰運動，仗義執言，為民請命。

總而言之，晚年的蕭村生活在冷戰末期和後冷戰年代，他寫出大量的紀實性和虛構性的文學作品，遙望南洋，一再重寫。蕭村的重寫南洋有兩個特點：一是他早年以批判寫實主義和苦難美學所塑造的南洋形象消失不見了，缺席的南洋形象不斷被浪漫化、異國情調化了，喪失了真實性和動人的力量，這種現象在他的回憶錄中屢見不鮮。二是他放棄了早年在英國殖民當局禁令下的小心翼翼的自我審查，這樣做的結果是有好有壞：好處是可以直面歷史的殘酷性，直抒胸臆，直書無隱，暴露英國殖民統治的累累罪惡。壞處是詞氣浮露，筆無藏鋒，類似於晚清四大譴責小說，感傷氣息四下瀰漫，有時甚至淪為淺薄的道德說教。應該說，蕭村這種南洋想像中的語言風格既折射了他

---

[55] 關於「文本式態度」的說法，參看愛德華・薩義德著，王宇根譯《東方學》（北京：生活・讀書・新知三聯書店，2007年第2版），頁120-122；關於「吉訶德原則」概念的涵義，參看哈利・列文〈吉訶德原則：塞萬提斯與其他小說家〉，收入北京師範大學中文系編《比較文學研究資料》（北京：北京師範大學出版社，1986年），頁351-376。

[56] 蕭村《椰子肥，豆蔻香》，頁423。

的晚年心境和生活狀態,也反映了後革命時代的中國社會現實,因此它是一種歷史性的文學事實,正如米勒所說的那樣:「語言就是哲學——不是抽象的而是具體的社會哲學,這種哲學滲透著一種價值系統,與生活實踐和階級鬥爭不可分開。」[57]

---

[57] J・希利斯・米勒著,郭英劍等譯《重申解構主義》(北京:中國社會科學出版社,2000年第1版),頁8-9。

第六章　文化冷戰在香港：

燕歸來、友聯社與跨國網絡

引言：冷戰與南來文人

　　1949年，在內戰中失敗的國民黨政府放棄大陸，退保臺灣。中共在北京建立了「中華人民共和國」，兩岸分治的局面由此出現。此時有大量中國人逃離大陸，其中的許多人流亡到香港。根據歷史學家的研究發現：「中國大陸湧入這個殖民地的難民超過兩百萬人，他們只得到最基本的供應，每一個人都有飯吃有水喝，有些人還分到了臨時住所，除此之外，他們就只有自謀生路了。」[1]這些流亡者當中有一小部分是文化人，所謂「南來文人」。有學者指出，南來文人有兩大特點：一是以香港為暫居之地，二是向祖國喊話以求政治變革。他們的活動一旦表現得過於激烈（無論是來自國民黨還是共產黨），就會受到港英政府的干預。[2]這批文化人的右翼立場明顯，少數人還聲稱同時反對兩岸的政權，他們加入了張發奎主導的「第三勢力」。[3]

　　這些南來文人從事文教工作，在冷戰背景下他們採用或公開或隱蔽的手法，接受美國政府資金援助，致力於意識形態宣傳。徐速主編的《當代文藝》、友聯出版社的《中國學生週報》、亞洲出版社、高

---

[1] 弗蘭克・韋爾什著，王皖強、黃亞紅譯《香港史》（北京：中央編譯出版社，2007年），頁510。
[2] 王宏志〈「借來的土地，借來的時間」：香港為南來文化人所提供的特殊文化空間（上編）〉，收入氏著《本土香港》（香港：天地圖書，2007年），頁55-57。
[3] 參看張發奎口述，夏蓮蔭訪談及記錄，胡志偉譯注《張發奎口述自傳》（臺北：亞太政治哲學文化出版有限公司，2017年），第20章〈創建第三勢力的努力以及類似的牽連（1950年至1962年）〉。

原出版社、人人出版社，這些都是深度介入冷戰宣傳的報章和組織。應該說，美援文化與香港文藝的關係、南來文人的文化心態等課題，已經得到一些研究者的關注。[4] 進而言之，在1950、1960年代的香港文藝界，無論是作為主流的右翼，還是作為少數派的左翼，都很看重東南亞華人社會的廣闊市場，他們想方設法，出版文藝作品，發行到新加坡、馬來亞、泰國、印尼、菲律賓等國家，展開反共宣傳，推銷自由主義。有些文化人從大陸流亡香港，居住若干年後，又遷徙到東南亞，包括力匡、白垚、楊際光、姚拓、黃崖、蕭遙天、馬摩西等。值得注意的是，他們有的落地生根，終老於此；有的在垂暮之年，又移民歐美。準此，在跨國文化網絡、冷戰政治宣傳、離散華語文學之間，展示出來一種複雜的互動。這些作家在跨國離散處境中從事寫作，回應冷戰，為區域華文文學貢獻一個切實的觀察角度。我的問題意識是：這批南來文人在面對歷史危機時究竟做出了哪些反應？離散華語文學如何介入香港和東南亞的冷戰宣傳？在跨越香港、東南亞、歐美的冷戰歷史框架內，審美與政治、離散與家園、性別與國族的關係，如何進行定位、斡旋和再調整？這些南來作家在再現冷戰時表現出來的憧憬和焦慮、洞見與不見，我們如何進行理解、反思和重新評價？凡此種種，值得思之再三。本文研討活躍在1950、1960年代的文化人燕歸來（1928-2018），觀察她如何透過文學寫作和跨國網絡而從事冷戰宣傳、推銷政治議程。

一、燕歸來、香港與友聯社

　　1950年代的香港正是冷戰的前沿，英國、美國、臺灣當局和中國政

---

[4] 黃康顯〈從難民文學到香港文學〉，見氏著《香港文學的發展與評價》（香港：秋海棠文化，1996年），頁70-93；蘇偉貞〈不安、厭世與自我退隱：南來文人的香港書寫——從1950年代出發〉，成都《四川大學》2011年第5期，頁87-96；王梅香《隱蔽權力：美援文藝體制下的臺港文學（1950-1962）》（新竹清華大學社會學系博士學位論文，2015年）；陳凌子《顯隱之間：文化冷戰中的香港亞洲出版社》（新加坡國立大學中文系碩士學位論文，2017年）；Po-Shek Fu, *Hong Kong Media and Asia's Cold War* (Oxford, U.K.: Oxford University Press, 2023).

府都介入了冷戰，這四種政治勢力在香港進行角力。根據歷史學家的研究——

> 戰後歷任香港總督及其同事發現，香港陷入四面楚歌的境地。中華人民共和國政府（北京）和中華民國政府（臺灣）都把香港視為中國領土的一部分，也都暫時擱置主權要求，在這個殖民地展開針鋒相對的活動和宣傳。美國政府敵視中華人民共和國，全力扶持臺灣當局。為了進行反共產主義聖戰，美國大肆利用香港的間諜設施，竭力阻礙香港經濟的發展。作為香港名義上的主人，英國政府夾在中華人民共和國（政治上極為重要）與美國（經濟上不可或缺）之間，只是聽任事態的發展，避免開罪中美兩國。在香港居民看來，這些強國往往無視他們的利益，真正為他們著想的是殖民當局。[5]

不難理解，在1950、1960年代的香港，許多文藝家和社團機構曾與「美援文藝體制」保持密切關係。在眾多南來文人當中，燕歸來是很有代表性的一位。

燕歸來，女，本名「邱然」，別署「邱燕」，英文名Jane Chiu，有中文筆名「燕歸來」和「燕雲」、英文筆名「Maria Yen」，祖籍江西寧都，1928年生於北平。邱父是北京大學教授、著名教育家邱椿（字大年，1897-1966），與錢穆為至交好友。燕歸來在北京度過童年時光，抗戰軍興，北平淪陷，她與家人流亡南方，光復後回到北平。1950年，燕歸來在北京大學念了半年英文系，就出走香港。1955年，創辦國際筆會香港分會，她也是「友聯出版社」的主要創辦人，還擔任友聯研究所的祕書長。燕歸來在香港從事文教工作，出任「民主中國青年大同盟」祕書長，後來被張發奎的政治組織「第三勢力」吸收，她深度介入冷戰，是一名非常活躍的右翼文人。[6]燕歸來在1956

---

[5] 弗蘭克‧韋爾什著，王皖強、黃亞紅譯《香港史》，頁494。
[6] 《張發奎口述自傳》介紹了由美國扶植的以反共、反蔣、追求自由民主為己任的「第三勢力」。白垚在晚年回憶錄中指出，「第三勢力的說法不自今日始，以前，

年左右前往馬來亞，住在友聯出版社附近的八打靈再也舊區，大約在1958年返回香港，以後不曾故地重遊。[7]1960年代中期，燕歸來離開香港，前往德國漢堡大學攻讀博士學位，畢業後任教於瑞士蘇黎世大學。據說，燕歸來在1980年代創建「裴斯泰洛齊項目」。1994年，「裴斯泰洛齊教育思想國際研討會」在北京舉行，此時已六十六歲的燕歸來以本名「邱然」擔任會議主持人之一，正是：無可奈何花落去，似曾相識燕歸來。[8]燕歸來在香港受洗為天主教徒，終身未婚，晚年患上失智症，住進瑞士的一家養老院，2018年去世。[9]燕歸來是知名文化人，創作多樣化，出版過兩部報告文學《新民主在北大》和《紅旗下的大學生活》（有英譯本 Umbrella Garden: A Picture of Student Life in Red China），兩本散文集《謝謝你們，雲、海、山》和《梅韻》，一部個人詩集《新綠》，一部合著詩集《夥伴》等。

　　燕歸來最主要的成就是創建「友聯出版社」，[10]這是當時著名的媒體－學術－情報組織「友聯社」的旗下機構之一。友聯社是一個非政府組織（NGO），何振亞回憶說，友聯社創辦於1949年至1950年之間。[11]奚會暲指出，友聯社的主要創辦人是陳濯生（陳思明）、徐東

國民黨是第一勢力，共產黨是第二勢力，其他一切民主黨派，統稱第三勢力，1949年以後，共產黨取代國民黨，成第一勢力，國民黨在臺灣，成第二勢力，當年第三勢力的民主黨派，在共產黨的統戰下，已潰不成軍，代之而起的，是流亡海外的民主人士，既不折腰留大陸，亦不蹈海赴臺灣，他們以各種方式批判國民黨和共產黨，大陸和臺灣不約而同，稱之為第三勢力。年老的多是國民黨、共產黨、民盟的舊黨員，品流複雜。當中最單純的要算友聯，他們年輕，最有理想。」參看白垚《縷雲前書》上冊（吉隆坡：有人出版社，2016年），頁116。

[7] 參看李錦宗〈「似曾相識」燕歸來〉，原刊吉隆坡《南洋商報》副刊「商餘」2006年5月18日，收入氏著《新馬文壇步步追蹤》（新加坡：青年書局，2007年），頁265。

[8] 參看《百度百科詞典》「邱然」條目（https://baike.baidu.com/item/%E9%82%B1%E7%87%95/7636782）。

[9] 根據燕歸來妹妹邱同提供的資料，參看北京師範大學網站的消息〈邱椿先生生前教育研究手稿捐贈北京師範大學圖書館〉（https://fe.bnu.edu.cn/html/002/1/201509/18505.shtml），上網時間2015年9月29日。

[10] 友聯出版社成立於1951年4月，參看黃繼持、盧瑋鑾、鄭樹森主編《香港文學大事年表1948-1969》（香港：香港中文大學人文學科研究所，1996年8月初版），頁26。

[11] 盧瑋鑾、熊志琴編著《香港文化眾聲道》第一冊（香港：三聯書店，2014年），頁15。

濱、司馬長風、史誠之、邱然（燕歸來）。1951年左右，燕歸來到新亞書院拜謁錢穆，請其介紹幾位出色的同學，後來，錢穆推薦新亞書院畢業生余英時出任《中國學生週報》首任總編輯，不過為期只有三個月。[12]友聯社的主要成員是一批大學畢業生，宗旨是三大口號「民主政治、公平經濟、自由文化」。[13]余英時晚年談到友聯社的創辦經過時，提到燕歸來是核心人物，她憑藉個人的容貌氣質和外語優勢，經常和美國相關機構的人士密切接觸。余氏概括友聯的兩大特徵：其一是其跨國、跨地域的特色，影響力超出香港，遠及於東南亞和歐美華人社區；其二是深入淺出地傳統中國人文觀念和現代西方普世價值，對廣大青年人的價值觀發生了一代又一代的啟蒙作用。[14]根據盛紫娟的回憶，燕歸來很有組織能力，擅長籌措經費，所以，友聯能夠不斷壯大，在經濟方面不但自立更買下大片土地蓋了房子，賣給已經在美國的友聯人。[15]根據奚會暲的證詞，燕歸來學成歸來，擔任友聯研究所所長，業務繁重，經常和研究員研討中共政治、經濟、文化的發展，又為《祖國週刊》寫稿，接待國際中共黨史研究者，組織顧問小組，成員都是哥倫比亞大學、加州大學、香港中文大學的專家學者。[16]《蕉風》主編白垚以一貫的浮誇筆調讚揚道：「燕歸來更本北大的五四精神，在市井閭里之間，庠序殿堂之上，以《紅旗下的大學生活》，為自由與奴役辯證，為理想與現實較量，其人其言其行，80年代同屬北大的柴玲，庶幾近之。」[17]

有人指出，燕歸來拿出自己第一本書的版稅與一群朋友創辦了「友聯出版社」，成為友聯真正的旗手。[18]關於友聯社、友聯出版社和

---

[12] 盧瑋鑾、熊志琴編著《香港文化眾聲道》第一冊，頁55。不過，根據友聯總經理何振亞的說法，許冠三是友聯的創辦人，但不久即推出該組織，和孫述憲一起創辦了平凡出版社，參看此書之第11頁。

[13] 盧瑋鑾、熊志琴編著《香港文化眾聲道》第一冊，頁11，頁86。

[14] 余英時《余英時回憶錄》（臺北：允晨文化，2018年），頁137-140。

[15] 盛紫娟〈燕歸來——邱然〉，香港《文學評論》第15期（2011年8月15日），頁97。

[16] 盧瑋鑾、熊志琴編著《香港文化眾聲道》第一冊，頁65。

[17] 白垚《縷雲起於綠草：散文・詩・歌劇文本》（吉隆坡：大夢書房，2007年），頁48。

[18] 盛紫娟〈燕歸來——邱然〉，頁96。

《中國學生週報》,已有學者進行了初步考察。[19]為了展開反共宣傳,介入文化冷戰,友聯出版社出版了好幾個報章雜誌:《兒童樂園》、《中國學生週報》、《大學生活》、《祖國週刊》,目標讀者涵蓋中小學生、大學生和普通成年人,還進軍東南亞的中學華文教材市場,大規模地、長年不懈地編選《友聯活頁文選》。友聯研究所、友聯編譯所也編著了大量出版物,一些有強烈的反共色彩,例如《反共鬥爭與人類前途》(陳濯生、徐東濱合著)、《中共怎樣對待學生》(徐東濱著)、《紅旗下的大學生活》(燕歸來著)、《新民主在北大》(燕歸來著)、《中共的高等教育》(徐東濱著)、《中共的文藝工作》(趙聰著)[20]。奚會暲坦率地說——

> 友聯研究所有很多關於中共的資料,那時候任何人研究中共問題都要到我們「研究所」來,譬如人家講中共的什麼「三反」、「五反」,你來看,資料都有了,不然你怎麼找?我們很多資料是難民逃出來時,我們跟他們收買報紙。「研究所」也出版書籍(奚按:包括《江青正傳》)。[21]

《中國學生週報》經常發布新書廣告,例如燕歸來的《紅旗下的大學生活》、蕭濟容的《中共怎樣對待工商業者》、吳惠民的《中共

---

[19] 中國期刊發表的6篇論文,包括趙稀方〈民族主義與殖民主義——「友聯」及《中國學生週報》的思想悖論〉,瀋陽《社會科學輯刊》2017年第4期,頁105-171;古遠清〈為香港文學的發展鋪平道路——五、六十年代《中國學生週報》的文藝評論〉,新鄉《管理教育學刊》1996年第5期,頁53-56;古遠清〈發掘三、四十年代文學寶藏,促進相關文學繁榮——七十年代前半期的香港《中國學生週報》〉,黃石《黃石教育學院學報》1996年第1期,頁11-13;周麗娟〈《中國學生週報》與香港文學發展的關係〉,汕頭《華文文學》2002年第3期,頁79-80;王豔麗〈《中國學生週報》與香港文學的本土化〉,北京《中國現代文學研究叢刊》2013年第10期,頁75-82;王豔麗、曹春玲〈香港二十世紀五、六十年代刊物對中華文學傳統的傳承——以《中國學生週報》等為例〉,南京《揚子江評論》2015年第1期,頁87-91。

[20] 金千里〈50-70年代香港的文化重鎮〉,香港《文學研究》第7期(2007年9月),頁168-176。

[21] 盧瑋鑾、熊志琴編著《香港文化眾聲道》第一冊,頁65。

怎樣對待學生》、史誠之的《論中共軍事發展》、蕭獨的《什麼東西專政》、岳鴻文的《細菌戰》，這些書都有激烈的反共內容。[22]所以，友聯社旗下的這些組織兼有書刊出版、學術研究、情報搜集等多種功能。當事人何振亞在半個世紀後接受採訪時承認：「我們可以說，辦《中國學生週報》是為青年辦一份刊物，所謂編輯政策是沒有的，反共是有的，除了這個就沒有其他政策可言。」[23]

燕歸來等人支援的《中國學生週報》創辦於1952年7月25日，停刊於1974年，在這漫長的二十二年當中，一共出版了一千一百二十八期，自始至終使用「中華民國」紀年，擺出一副嚴守「大義名分」、「義不食周粟」的姿態。友聯社的《中國學生週報》受到美國亞洲基金會的資助，傅葆石對此有專門的研究。[24]《中國學生週報》刊載文章的主要內容是什麼呢？一是廣泛持久的反共宣傳，二是宣揚西方的民主文化和自由教育，三是推廣新亞書院的新儒家論述和中華傳統文化。總體目標就是：反共，不反華，反左，不反殖，對廣大華族青少年進行意識形態宣傳。值得注意的是，在對中國和蘇聯的文教事業和社會風氣進行妖魔化的同時，《中國學生週報》對西方和港澳的文教事業給予毫無保留的讚揚，推銷自由主義教育理念。例如，柏林的「國際學生之家」消除了國家之間的隔閡，扮演世界主義教育的角色；南斯拉夫學生建設學生城，打破國界，實現天下一家；美國國務院新聞處的書籍展覽琳琅滿目。[25]美國的洛克菲勒基金會造福人類，貢

---

[22] 關於這些新書廣告，可以參看香港《中國學生週報》第1期（1952年7月25日）、第5期（1952年8月22日）、第6期（1952年8月29日）、第13期（1952年10月17日）。

[23] 盧瑋鑾、熊志琴編著《香港文化眾聲道》第一冊，頁20。在這本書的第36頁，何振亞說出了這樣露骨的話：「我們當時的目的不是為香港人而搞，我們總的目的，在意識形態上我們是反共。實際工作上，我們做文化工作，你說宣揚也好，改變也好，但最終我們走不出這條路，就衰落了。」

[24] 傅葆石〈文化冷戰在香港：《中國學生週報》與亞洲基金會，1950-1970〉上下篇，香港《二十一世紀》2019年6月號，頁47-82；2019年8月號，頁67-82。

[25] 〈各國學生合作創辦柏林國際學生之家〉、〈南國青年展開建設，外籍學生協助進行〉、〈美新聞處展覽圖書〉，見香港《中國學生週報》第7期（1952年9月5日）。

獻至大。[26]芬蘭青年在荒島上建立學生城。[27]西方十二國學生領袖在西德舉行會議討論學生與社會的關係。[28]美國公私團體慷慨撥款資助外國學生深造。[29]美國大學教育實現三種不同訓練。[30]美國熱心人士解決亞洲學生的困難，籌建東方學生之家。[31]美國的鄉村學校組織完美；澳門學生成立自由學聯，為民主中國的實現而奮鬥。[32]《中國學生週報》以文教事業為角度講述負面的中國故事。本刊有一套編輯手法：其一是比較中西文化時採用二元對立、本質主義、西方主義的價值判斷；其二是在觀察中共政治時採取以偏概全、誇大其詞的立場，有選擇性的篩選新聞，使用一邊倒的報導。這樣一來，青少年讀者翻讀《中國學生週報》後，他們看到的不是純粹事實和客觀知識而是意識形態化的事實、新聞化的事實、甚至是娛樂化的事實。

　　友聯社的部分資金來源是美國的「亞洲基金會」，背後勢力是美國中央情報局和國務院新聞處。友聯社與亞洲基金會發生關係的牽線人正是燕歸來、陳濯生等，他們通過中央大學教授何義均的介紹，結識亞洲基金會負責人艾維（James Taylor Ivy）。[33]據何振亞的說法，友聯社所有出版物都接受其資助。[34]據張詠梅的研究，香港有不少文化機構例如張國興主持的亞洲出版社、謝澄平主持的自由出版社，都接受美國官方和民間基金的資助，以友聯出版社的影響最大、最持久──

---

[26] 〈洛克菲勒獎學金造福人類貢獻大〉，香港《中國學生週報》第8期（1952年9月12日）。

[27] 〈芬蘭青年開天闢地〉，香港《中國學生週報》第9期（1952年9月19日）。

[28] 〈十二國學生領袖在西德舉行回憶〉，香港《中國學生週報》第10期（1952年9月26日）。

[29] 〈美公私團體撥專款資助外國學生深造〉，香港《中國學生週報》第20期（1952年12月5日）。

[30] 〈美國大學教育三種不同訓練〉，香港《中國學生週報》第14期（1952年10月24日）。

[31] 〈美國熱心人士發起籌設東方學生之家〉，香港《中國學生週報》第14期（1952年10月24日）。

[32] 〈組織完美的美國鄉村學校〉、〈澳門學生發出吼聲，自由學聯即將成立〉，香港《中國學生週報》第21期（1952年12月12日）。

[33] 盧瑋鑾、熊志琴編著《香港文化眾聲道》第一冊，頁27、33。

[34] 同上，頁25。

它在全盛時期設有研究所、出版社、雜誌社、印刷廠、發行公司、書店等，形成一個全方位的制度系統，出版了一系列適合不同年齡階層讀者的雜誌，有《中國學生週報》、《大學生活》、《兒童樂園》、《祖國週刊》等，其中持續出版了二十多年的《中國學生週報》對香港文壇有深遠影響。此外，人人出版社出版的文藝雜誌《人人文學》和人人文叢，徐速主持的「高原出版社」出版的文藝雜誌《海瀾》和文藝叢書等，都在一定程度上直接或間接受到美援資助。[35]

晚年在接受訪談的時候，友聯的前工作人員孫述宇把反共的動機全盤托出——

基本上我們知道《週報》是給香港的中學生看的，希望能夠給他們最好的教育，這樣我們的使命就算是完成了，就是這樣。而這最好的教育，有一方面是談民主自由和反共的，這一點當然很明顯跟美國人的資助配合，美國人主要就是反共。其實美國人拿錢來，……錢的來源當然是美國納稅人所納的稅，美國政府透過CIA——我暫且當作是CIA——拿一筆錢出來，在國外做這些宣傳和對抗蘇聯的工作。[36]

燕歸來的友聯社插手東南亞華人社區，創辦一個跨國文化網絡。1952年，友聯社進入新加坡，創辦辦事處，發行旗艦刊物《中國學生週報》。[37]當時的馬來亞適逢緊急法令頒布，英國殖民當局忙於剿共，需要青年人從事傳媒活動。馬六甲州長、土生華人梁宇皋（1901-1985）邀請友聯社派人遠赴南洋，開展宣傳。[38]1956年，友聯社決定在新馬發展業務，派出燕歸來、余德寬、陳濯生、奚會暲等，財政來

---

[35] 張詠梅《北窗下呢喃的燕語：力匡作品漫談》，頁10。
[36] 盧瑋鑾、熊志琴編著《香港文化眾聲道》第一冊，頁131。
[37] 鍾宏志〈向下扎根，向上生長——友聯書局七十年歷史回顧〉，參看馬曉敏主編《回望——新加坡友聯書局七十週年紀念特刊》（新加坡：友聯書局，2022年），頁19。
[38] 盧瑋鑾、熊志琴編著《香港文化眾聲道》第一冊，頁21。

源除了梁宇皋的支持，還有新加坡電影鉅子陸運濤（1915-1964）的贊助。這個跨國文化網絡的目標讀者是南洋華族青少年，為此實施了全方位、多形式、本土化的發展戰略，精心布局，廣泛滲透，推行西式民主和自由文化，以中華文化為本位，鞏固華人的文化認同[39]。奚會暲回憶說——

> 友聯的業務範圍很廣，除了出版《週報》新馬版外，還辦華文教科書、《蕉風》雜誌、書店等等。我和古梅主要辦《學生週報》與學生活動，後來黎永振與劉國堅來加強陣容，《學生週報》在新加坡與馬來西亞各城市設立據點，招收中學優秀人才做通訊員。除了辦與香港相似的活動，例如合唱團、戲劇、文藝創作等外，那邊的工作主要還是對華僑青年宣揚民主思想與保存中華文化。[40]

友聯社在馬來亞創辦「生活營」，派出專人與學員接觸，發表專題講座，舉辦創作比賽和辯論會，訓練青年領袖，介入文化冷戰。[41] 友聯社的南洋業務還包括在當地創辦出版社，包括新加坡、馬來亞的友聯書局，銷售四大刊物《學生週報》、《蕉風》、《兒童樂園》、《友聯活頁文選》，而且友聯書局還是臺版書的專賣店，在華文書業競爭激烈的年代，只此一家，別無分號。[42] 燕歸來是友聯社的高層領袖，在發展迅速、人手不足的情況下，她不得不身兼數職，包括從事外務工作，與亞洲協會、香港文化界、美國領事館溝通交流。燕歸來

---

[39] 白垚的《縷雲起於綠草》（吉隆坡：大夢書房，2014年）中的這段話可為佐證：「1951年，友聯社在香港成立，1952年出版《中國學生週報》，除香港本版外，還配合海外情況，出版了馬新版、印尼版、泰國版，設立通訊部，廣徵通訊員，報導當地學生活動，其中以馬新版的反應最好，銷量也多。吾道能傳浮海去，1956年，將馬新版擴大，獨立在當地編輯印刷，正名《學生週報》。我初來吉隆坡時，即在《學生週報》當編輯，兼通訊部工作，與通訊員聯絡。」參看此書之頁35。

[40] 盧瑋鑾、熊志琴編著《香港文化眾聲道》第一冊，頁60。

[41] 同上，頁58。關於生活營的活動，白垚其晚年出版的兩卷本回憶錄《縷雲前書》有詳細的描述。

[42] 參看馬曉敏主編《回望——新加坡友聯書局七十週年紀念特刊》收錄的相關文章。

多次遠赴新馬，除了寫作，常在僑界發表演講，介紹友聯，宣揚民主思想，常去農村偏鄉，發表演說，有時由梁宇皋陪同。[43]燕歸來風神琳琅，舌粲蓮花，一時萬眾矚目。四十年後，白垚使用誇張的筆觸形容其魔力——

> 燕歸來又名燕雲，她的明朗如滿月在空，她的親和如初陽在野，她的凝引如磁心在極，讓早期《學生週報》、《蕉風》的讀者作者通訊員，自自然然地仰望她、接受她、親近她，環繞在她的周圍，桃李繽紛，暱稱「燕姐」。她行止如雲流水動，進退之間，揮灑自如。[44]

白垚對燕歸來傾慕不已，在吉隆坡機場送別後，偷偷寫下一首小詩，引用但丁《神曲》中的名句，盛讚其為「牽引眾星的女神」。白垚指出，燕歸來鳳儀秀整，擅長演講辯論，頗能在觀眾中引起轟動：「燕歸來的知性和理性，讓無數的街頭標語顯得淺薄，讓無數狂呼的口號啞然失聲。她讓村夫知理，讓村婦知權，讓彷徨的知判斷，讓躊躇的知抉擇，讓他們用自己的手，投下自主的一票，掀開這塊土地上的歷史新章。」[45]白垚的《縷雲起於綠草》之一節〈當年雲燕知何處〉寫道，1956年燕歸來在馬來亞金馬崙高原為《學生週報》生活營創作一首新詩〈生活營歌〉，由《學生週報》社長奚會暲譜曲，在馬國廣為流傳。[46]白垚還提到，1958年燕歸來從歐洲回到馬來亞，在生活營中主講兩個專題，其中一個題目是〈什麼是民主〉，她侃侃而談，思路清明，論證民主不僅是政治制度而且是生活方式。[47]六十年後，白垚使用濫情的筆觸，描繪燕歸來的風儀和文章，彷彿女神歸來，傾城傾國

---

[43] 盧瑋鑾、熊志琴編著《香港文化眾聲道》第一冊，頁63-65。
[44] 白垚《縷雲起於綠草》，頁50。
[45] 同上，頁57。
[46] 同上，頁53。
[47] 同上，頁55。

更可思可慕的是，她的光熱所在不限於她的文章和志業，更在於她人生態度的健朗煦和，她言行舉止的磊落明亮，這些優美的氣質，讓周圍的人仰望感應，群相影從。如此種種，不因時日久遠而淡忘，不因地域區隔而疏離，無論何時何年何月，無論她漂泊到何處何方，依然是我們心中永遠的燕雲、燕歸來。[48]

實際上，友聯出版社和《蕉風》、《學生週報》之受到美援文化的薰染，在當時馬來亞引起了左翼人士的警惕，受到他們的揭露和批判。白垚的回憶錄《縷雲前書》記載了燕歸來的回應，但缺乏說服力，有自我開脫、避重就輕的意味。友聯社的影響力在1970年代開始走向消退，全盛期過去，失去了在香港和東南亞的重要性，這是歷史的必然。原因有三：第一，中華人民共和國加入聯合國以後，亞洲基金會對友聯的經費支持完全停止了。第二，許多資深成員有了家累，友聯社出現人才老化和人才外流的現象。第三，友聯同仁堅持冷戰意識形態，沒有因時因地制宜，走不出困局，而馬來西亞的友聯社完全企業化了，形勢比人強，徒喚奈何。[49]燕歸來曾是時代的弄潮兒，後來淡出文化界，遠走歐洲，聲名不再，也是意料中的事。

二、文學創作與政治神學

燕歸來不僅是報人、社會活動家，也是作家、政治異見人士、自由主義者，早年出版過不少文學作品。她寫過兩本報告文學《新民主在北大》、《紅旗下的大學生》[50]。為了向英文讀者進行冷戰宣傳，燕歸來與美國新聞處文化部主任麥卡錫合譯《紅旗下的大學生活》，由美國的麥克米倫出版公司出版（Maria Yen, *Umbrella Garden: A Picture*

---

[48] 白垚《縷雲起於綠草》，頁59。
[49] 盧瑋鑾、熊志琴編著《香港文化眾聲道》第一冊，頁40、67、75、135。
[50] 燕歸來《新民主在北大》（香港：自由出版社，1950年12月初版）；燕歸來《紅旗下的大學生活》（香港：友聯出版社，1952年3月初版》。

of Student Life in Red China, London: Macmillan，1954年），前面有麥卡錫（Richard M. McCarthy）寫的序言。《紅旗下的大學生活》有自序〈寫在前面〉，正文有兩部分，分別是「唯物主義下的物質生活」、「黨化精神生活」，內容是北平地區、尤其是北京大學的大學生的日常生活，語調是嘲諷、抨擊和哀嘆，材料經過故意篩選，這本書介紹了大學校園的方方面面，全部是負面消息，例如：改組和消滅資產階級，大學生的物質生活貧乏，健康狀況堪憂，校園變成牢籠和戰場，處處紅旗飄揚，學生會組織嚴密、工作繁瑣，落伍的體育課，無聲息的宗教生活，娛樂活動變成了改造工具，學生生活一再被干擾，勞動創造了虛榮的世界，大家庭壓碎了小家庭，精神生活一片灰色，戀愛和結婚受到束縛。在《新民主在北大》一書的〈後記〉當中，燕歸來哀嘆民主、科學、自由在北大的消失，她還對一些香港左翼青年的回國計畫表示憐憫和嘲諷，最後一句話是：「我不阻止他們去，我等著他們歸來。」[51] 總的看來，作者現身說法，根據個人在北京和北大的生活經驗，管窺中國大陸的高等教育現狀和大學生的精神狀態，朝向冷戰年代的意識形態宣傳。王梅香指出，英文版《紅旗下的大學生活》後來在1958年於香港重印，發行到新加坡、馬來亞、緬甸、泰國、印尼等東南亞國家；1959年後被譯成日文、韓文、德文、印地語等九種語言，擴大發行範圍。這種把文學進行政治化處理、服務於冷戰宣傳的現象，在1950年代非常普遍。[52]

燕歸來於1950年代在《祖國週刊》和《海瀾》等發表詩作，她出版過一本與人合著的詩集《夥伴》（1952），一部個人詩集《新綠》（1954），兩部獨著的散文集《謝謝你們：雲、海、山！》（1952）、《梅韻》（1954）。這幾本書出版後引起馬華文壇的注意。1957年，燕歸來的散文〈舊曆年〉和〈繼續飄泊的生涯〉以及新

---

[51] 燕歸來《新民主在北大》，頁63。
[52] 王梅香的博士論文《隱蔽的權力：美援體制下的臺港文學》之第4章討論燕歸來的報告文學《新民主在北大》和《紅旗下的大學生活》如何受到美國新聞處的資助進行反共宣傳。

詩《新綠》被編入《友聯活頁文選》，成為南洋華人中學生的教材。[53]

散文集《謝謝你們，雲、海、山！》收錄九篇散文，大體上以風景、離散和冷戰為關鍵字，表達一名文藝青年的苦悶彷徨以及經過內心搏鬥之後的決斷和奮鬥。這是燕歸來在1950年離開大陸、流亡香港以後的內心獨白，有青春的哀怨和悲歡，有理想的幻滅和追逐，有離散漂泊的落寞，也有感時憂國的情懷。香港的《中國學生週報》的新書廣告讚揚這本書有冰心、朱自清散文的風格。[54]在燕歸來筆下，流雲、大海、高山都被人格化了，傳達出背井離鄉的燕歸來投身政治運動、遭遇重重挫折、於焉而生的孤獨苦悶。作者遊目騁懷，移情體驗，筆下的山水風物象徵凜然不屈的道德人格，這是中國古典文學的常見套路。這類作品有模式化的特點：首先，從優美自然景物的描寫開始，繼之以觸景生情，回憶自己深陷於共產中國的經歷，筆端充斥著偏執的論調，最終，個人幡然醒悟，重申自由主義，表達雄心壯志。例如，〈隨著浮雲消逝了〉寫道，有人追名逐利、互相傾軋，走向權力崇拜和拜金主義，幹著低俗卑下的事，卻受到世人崇拜，而普通小人物固然有德行和理想，卻湮沒無聞，不受重視。作者猶豫不定，苦惱不已，在大自然美景中忽然受到啟發，決心擺脫庸俗的人生觀，做出嚴肅莊重的決斷。[55]〈繼續飄泊的生涯〉充滿流亡途中的內心糾結和艱苦思考。作者寫道，漂泊到香港後，為繁重工作所苦，生活拮据，身心疲憊，孤獨寂寞，拒絕了親友的勸阻，在友聯社從事自認為「有意義的工作」。結果，來自左翼陣營的攻擊漸多，自己遭到誤解，徘徊在十字街頭，觸景生情，鄉愁油然而生。這裡的離散書寫有強烈的浪漫抒情和個人想像。燕歸來在孤獨苦悶的調子之外，想到友聯同人的鼎立支持，確認了人文理想的可貴——

> 在天空裡，一片片的雲，各自過著寂寞而動盪的生活，終日飄忽不定。但是這一群浮游的雲碰在一起，卻構成一幅清雅而美

---

[53] 白垚《縷雲起於綠草》，頁60。
[54] 參看香港《中國學生週報》第6期（1952年8月29日）。
[55] 燕歸來《謝謝你們：雲、海、山！》（香港：友聯出版社，1952年），頁10-18。

麗的圖畫。它們自己雖然並沒有意識到自己的美雅，然而站在他們之外的人們卻看得清清楚楚的，卻在窗內呆呆地欣賞。在地面上，一個個孤苦正直的大孩子，各自過著清寒而顛沛的歲月，終日勞碌無休，但是這一群飄泊的大孩子碰在一起，卻做出一般人所不敢做的事，寫下歷史可歌可泣的一頁。他們現在可能還沒有完全察覺自己的工作意義，更可能在摸索、苦難中哀傷，然而在他們之上的上帝卻看得清清楚楚的，卻在一旁叉著手，側著頭欣賞、讚許那些義勇的行為和聖潔的心！浮雲不斷的飛翔。他們懷念不懷念家，我不知道。我依然想家。但是，共同完成那可歌可泣的一頁吧，我決心繼續自己長期飄泊的生涯！[56]

〈比人聰明〉是燕歸來的月夜獨白，出現了對共產中國的民主集中制的嘲諷。燕歸來以雲為喻，抨擊言行不一、出爾反爾、掛著民主招牌而欺騙百姓的現象。〈笑〉的開篇寫作者在香港沙灘上的休閒經歷，回憶在北大讀書時的不愉快經歷，抨擊官僚習氣和陳規陋習，她認為宣揚仇恨的共產學說趁虛而入，左翼勢力不斷坐大，而自己拒絕迎合政治理念，與社會格格不入，被迫漂泊異鄉。[57]燕歸來回憶一名高級幹部在北大做演講的情形，為他宣揚的你死我活的階級鬥爭學說所震撼，她批判校園內的個人崇拜風氣、言論自由匱乏、嚴重的黨化教育。[58]〈做第一等人〉批判中國教育制度，認為它製造了精緻利己、人格卑鄙的「第三等人」。本文還批判思想整風運動、周揚的社會主義文藝政策，燕歸來建議中國人做態度客觀、度量宏大、擁護真善美、獻身於人類幸福的人，她認為這種人代表了人類的希望，是「第一等人」。[59]〈愛和恨〉說自己流亡香港，加入「第三勢力」，創辦友聯出版社，為文化冷戰而激情投入，親友勸她不要染指政治，她辯解說自

---

[56] 同上，頁27-28。
[57] 同上，頁37-48。
[58] 同上，頁47-52。
[59] 同上，頁63-67。

己是在追求真善美。⁶⁰〈入深山〉訴說自己在世間遇到一些難以相處的人，孤獨失落，格格不入，只有走入深山，在自然中才遇到了知音。⁶¹〈不動〉從高山雲彩的形象姿態中獲得頓悟，表達堅毅勇敢、自我犧牲的信念。⁶²〈前面還有更高的山頭！〉充滿自我激勵的昂揚詞句，有曲終奏雅、卒章顯志的用意。

燕歸來的散文集《梅韻》收錄散文十三篇。開篇就是名篇〈梅韻〉，對比美豔驕傲的桃花和嬌怯恬靜的梨花，採用擬人手法，描畫梅花的莊重美麗──

> 沐浴在潔白的雪片裡的梅，是最美最明輝的時候。她有鑲嵌在孤傲裡的俊秀，也有填補在堅貞上的玲瓏，既不莊嚴得使人不敢接近，又不嬌豔得逗開你褻玩的意圖。而她的冰雪聰明更令人驚羨：她能使百花所畏懼的風雪，在她身上反成了美的裝飾──使風增添了她的韻致，使雪襯托了她的清新堅忍。……如果你對祖國已失去信心，那麼我要提醒你，梅花是我們的國花，梅魂是我們的國魂；如果你想找回失落了的國魂，為什麼不去訪梅？⁶³

燕歸來以梅花自喻，把中國傳統文化符號轉化為個人的生命意志，表達故國之思和身世之感，反覆表明她對文化事業的堅持。〈無形〉批判「新的思想體系」和「野心家們的欲望」這些無形的力量，對戰士們受到蒙蔽、在戰場上彼此廝殺表示譴責。⁶⁴〈舊曆年〉寫的是解放後的第一個除夕，爆竹聲疏疏落落，顯得比平時緊張和淒慘。燕歸來回首抗戰八年，批判日本軍閥和中國政客──

---

⁶⁰ 同上，頁78-81。
⁶¹ 同上，頁83-93。
⁶² 同上，頁95-106。
⁶³ 燕歸來《梅韻》（香港：中國學生週報社，1954年），頁5-8。
⁶⁴ 同上，頁13-16。

舊曆年，是一首正題歡樂副題哀傷的詩，但如果把自己每個舊曆年的經過依次記下來，卻是一部充滿了人生苦樂和哲學的小史。在黑暗中，想到那不可預測的明年今日，想到哀樂無常，想到人生，想到人類的命運，預感到再度離散，不自覺地跪在神像面前，含著忍不回去的熱淚，很久，很久，很久不肯起來，……真的又離散了。歡樂的舊曆年和流亡生活緊密地扣在一起。但流亡歲月不單是淒苦的，而是既豐富又悲壯的。兒童時代像囚犯盼赦似的迎舊曆年，青年時代像路經匪窩似的希望快些過去，現在，雖然不到壯年，但激蕩的時代卻促使我們有了更成熟的抱負和目標。如果有歹徒在騷擾某地，我們大概不應只保佑自己快點過去就算了。在今天，在祖國的大陸，你能說一個年關不是一重苦難的標記？震耳的爆竹響了，又響了，不像你兒童時代的爆竹，放開了你的心花；也不像二次大戰勝利前的爆竹，催下了你的淚水；更不像解放後的爆竹，衝擊了你的希望。震耳的爆竹又響了，它在慶賀你反抗的決心，歡送你毅然走上前線，預祝今天少數人的犧牲，在明年元旦換來整個苦難同胞的大赦。[65]

在冷戰導致的漂泊離散中，燕歸來撫今追昔，展望未來，把個人的苦難滄桑轉化為奮勇前行的力量，使得本文成為她的文學作品中最動人的抒情聲音。〈敵友之間〉呼籲自由世界的各國朋友團結起來，對抗他們的共同敵人。[66]弔詭的是，作為宗教信徒的燕歸來一方面譴責共產中國的暴力革命，另一方面卻把自己期待的暴力給以神聖化。[67]此文回憶了一個年輕的共產黨員，燕歸來聲稱他不是自己的朋友，因為對方無論出於何種原因而走入了共產黨陣營，僅此一點，足以定位他是不共戴天的敵人了，因此她要放棄個人友情，訴諸無情殺戮。[68]這

---

[65] 同上，頁75-76。
[66] 同上，頁42。
[67] 同上，頁43。
[68] 同上，頁46。

類描寫見證燕歸來深陷意識形態的牢籠，把暴力給予美化、神聖化和奇觀化，最終走向了思想偏激之路。〈活躍〉寫朋友們調侃燕歸來近來很活躍，而她把自己的反共活動等同於耶穌忍辱負重、拯救世人的行為，這篇文章多次出現基督教典故，一種激進的政治神學呼之欲出——

> 我走在肩負著十字架的隊伍裡面，被罪人們用最適合加上他們自己身上的字眼咒罵著，也屢次被他們推倒，而且還不止三次。我緊緊地咬著牙根忍受著，自己慢慢地爬起來，繼續背著沉重的十字架跛行，……我吞下了和耶穌所受的相似的委曲。[69]

> 那時我被釘在十字架上，你們瞪著血流如注的我狂笑，我也看著被我踢死的人的屍體微笑。是的，我不該殺人，不過，我是在戰場上殺的。當耶穌被釘在十字架上的時候，身邊只有約翰一位宗徒，可是今天的信徒卻布滿天下了；當我們死在我們的十字架上的時候，也許敵人的狂笑會暫時淹滅我們的微笑，不過若干年後，那最後勝利的微笑，難道還會是屬於敵人的？[70]

宗教先知扮演了受難者的崇高形象，與其對照的是大眾的愚昧和敵人的暴虐。〈像新娘一樣〉以聖經中的典故打比方，把反共活動視為上帝指定的偉大事業。[71]〈常奏的心曲〉堪稱散文集《梅韻》的壓卷之作，長達三十二頁，作於耶穌受難日，由「我」（燕歸來）向「你」（基督耶穌）表達熱愛、懺悔和讚美，內心獨白的大量使用讓本文類似於一篇懺悔錄和主禱文，其中談到自己的政治理想：「今天，不知道有多少人在忍受飢餓、奴役的痛苦！無論如何，我還算能得到溫飽，並且沒有受到統治者的直接迫害。耶穌，把你分給我的這份快樂，轉贈給那些最不幸的人吧！讓我只分擔你的痛苦，只分擔你

---

[69] 同上，頁49。
[70] 同上，頁50。
[71] 同上，頁73、75。

的痛苦！」[72]這種宗教論述在燕歸來的作品中所在多有。她之皈依天主教起因於她在離亂生涯和政治活動中遭到的壓力，她希望皈依天主，安頓身心。盛紫娟指出，燕歸來在1958年8月去羅馬攻讀神學，兩年後回到香港。奚會暲說過，燕歸來從無神論者變成虔誠的天主教徒，每天一定去望彌撒，她的轉變令同事困惑不已。余英時也為此感到驚異：「她在香港時已信了天主教，中年以後（大約在70年代末）她到德國去進了修道院，宗教信仰竟成為她的人生歸宿，這是我意想不到的。」[73]

燕歸來的詩集《新綠》中的意象多有古典文學的影子，例如松、竹、梅、蘭之類，題材和主題有較多的重複，多是宣揚自由世界、維護真善美，有固定的寫作模式，技巧顯得稚嫩和單調，想像力也很貧乏。這些詩作大都以寫景抒情開篇，繼而說理議論，以自我激勵的調子結束，有的通篇都是標語口號，淪為粗糙笨拙的政治宣傳，是失敗的文學作品。這部詩集收錄二十首新詩，寫於1953年3月到1954年1月。開篇就是〈新綠〉，最後兩節寫道——

> 力布滿天下，／嫩占據尖端，／青草變天涯，／維護真善美的人們，／聽見了它們的話？／／散布在宏偉自然中的話，／讓人們細細尋找，／新苗處處，／捲起自由浪潮；／追問新綠，／「又深、又廣、又高！」[74]

「新綠」隱喻燕歸來這類青年，「力」是他們的熱情、意志和理想的寫照。〈鳥語〉中的「不倦鳥」任憑山呼海嘯，堅持飛翔，也曾窺見尊榮和屈辱，最後發出「血染碧海」的誓言，發誓去追求「真理和道路」。[75]〈君子竹〉中的抒情主體是君子竹，它以堅挺的枝幹支撐

---

[72] 同上，頁84。
[73] 盛紫娟〈燕歸來——邱然〉，香港《文學評論》第15期（2011年8月），頁96；盧瑋鑾、熊志琴編著《香港文化眾聲道》第1冊，頁63-64；余英時《余英時回憶錄》，頁138。
[74] 燕歸來《新綠》（香港：友聯出版社，1954年），頁5-6。
[75] 同上，頁22-26。

軟弱的人心。[76]〈峰巒挺秀〉的抒情自我自比為孤單的小樹，面對荒山絕壁，傲然挺立，自問自答。[77]〈向上探〉表達燕歸來對天主教的虔誠信念。[78]〈雙十之禱〉寫於國民黨政府的國慶日，燕歸來提醒人們：「昨天是封建專制，／今天是暴政極權，／革命尚未成功，／不許收弓斂箭！」[79]〈雄獅〉寫一名少女在深山中救起一隻垂死的雄獅，以此為喻，鼓舞青年同盟軍奮力作戰。〈跨上戰馬〉寫詩人披甲上陣追求政治理想。有學者指出：「燕歸來的詩作大都以寫景為題材，但在婉約的詩句中，另有『反共』寄託，寫景的氣氛中，間有『豺狼橫臥要津』、『山腰出現鐵騎』、『大雪阻隔了倦鳥歸家』的詩句，自比激烈的口號高明，也點出當年一整代『破國亡家』者的集體處境。」[80]這個看法大體正確。

燕歸來與人合著的詩集《夥伴》在1952年9月出了第一版，10月推出第二版，其中包括燕歸來的十首新詩，寫她剛到香港時的心理狀態。詩集的序言如此寫道——

> 把這本小小的詩集，鄭重地呈現在讀者之前。詩，是心聲；是情感的精煉表現；是人性的發抒；是靈性觀照與感性奔流的融煉。這裡選錄的詩是幾個年輕詩人的作品。他們有熱情，有理想，有憤懣，也有哀傷。時代的混亂和人生的暗影折磨著他們的心靈，但他們勇毅的心靈要探求光明的希望。光明和希望屬於一切勇毅的心靈。把這本小小的詩集，鄭重地呈現給一切勇毅的心靈。

〈同同〉回憶十年前的自己厭棄人世，離群索居，如今長大成人，環顧世界，找不到純潔的愛與美，於是希望狂風暴雨毀滅這個世

---

[76] 同上，頁38。
[77] 同上，頁51。
[78] 同上，頁95-97。
[79] 同上，頁63-64。
[80] 黃梅雨〈似曾相識燕歸來〉，吉隆坡《南洋商報》2006年5月18日。

界。[81]〈夜曲〉寫詩人在微風輕拂的夜晚輾轉不寐，夜夜懷念故都北平，感喟自己生在「紅潮氾濫」的時代，只好流亡異鄉，品味淒清的滋味，篇末寫道──

> 願微風送來小舟，
> 願窗簾化作長堤，
> 恰恰攔住紅潮，
> 恰恰由南而北，
> 恰恰載我歸去。[82]

　　白垚認為燕歸來雖然沒有寫出以馬來亞為背景的文作品，但是「歷史已經證明，她為友聯社闡述的文化自由理念，在生活營播下的文學自由創作精神，通過《學生週報》和《蕉風》的實踐，豈止跨進馬華文壇的門檻，且直入馬華文學的殿堂，扳倒神祇，改變了20世紀馬華文學的整個精神面貌」。[83]這番話儘管有點誇大其詞和，也還是肯定了燕歸來對友聯社立下的汗馬功勞。

　　概而言之，燕歸來作為文化人和社會活動家在香港和南洋創辦跨國組織和報章雜誌，是文化建制的重要推手。友聯社是亞洲冷戰年代的跨國組織，具有綜合性、系統化、國際化的特點。燕歸來創建出版社和研究所，從事政治宣傳、情報搜集、學術研究的三重工作。她參與創辦的《祖國週刊》、《中國學生週報》、《友聯活頁文選》等報章、雜誌和書籍，發行到東南亞的華人社會，促進跨國知識的傳輸和文化冷戰的展開。燕歸來等友聯同仁講究本土化的發展策略，設置了生活營、野餐會、演講辯論、徵文比賽等文藝活動，聯絡作者、編者和讀者，提供一個交流互動的文學平臺，成功收編了東南亞華人青年，廣泛持久地從事冷戰宣傳。

　　和其他作家比起來，燕歸來還有兩點值得注意，即，她的女作

---

[81] 燕歸來等著《夥伴》（香港：友聯出版社，1952年），頁16-18。
[82] 同上，頁46-48。
[83] 白垚《縷雲起於綠草》（八打靈再也：大夢書房，2007年），頁60。

家身分和天主教徒身分，這使得她的作品在冷戰、離散、國族、文學這四個關鍵字上，增加了性別與神學的維度。所以，冷戰政治、文化參與、宗教神學，在燕歸來那裡是交相為用，互為表裡。由此衍生了幾個文藝美學和文化政治的問題：第一，她在離散境遇中表述國族政治，情動於衷，托物言志，她的詩文從古典文學中選擇意象套語，移情自然山水，後者是道德人格和政治理念的投射，而她的文化冷戰論述顯出固化、模式化的特色。第二，論及國族政治和國際時事，燕歸來的思維方式在自由世界／共產中國的二元框架中展開，有簡單化、極端化、本質主義的特點，一方面是對中國體制的全盤否定，另一方面是對西方文化的毫無異議的讚頌，她的作品有時成了粗糙笨拙的宣傳品。第三，燕歸來在離散境遇中表述文化議題時，她的女性身分被遮蔽和壓抑了，沒有走向跨國女性主義的批評思考，而是轉換為去性別化、中性化、甚至男性化的角色，戴著人格面具去發聲，帶有雄渾崇高的風格，回歸了父權制民族－國家的話語實踐，而女性的自我認同和性別政治遭到了懸置和遺忘的命運。第四，燕歸來的冷戰敘事常有宗教意識的流露，主要是天主教思想，她的文學作品經常引用宗教典故，儼然有政治神學的面向。眾所周知，忍耐順從、反對暴力是聖經的主導敘事和核心思想，而燕歸來鼓吹的暴力論調與之背道而馳，難以自圓其說，這構成了一道諷刺性、自相矛盾的文學風景線，引人思索，意味深長。

第七章　從香港到南洋：
冷戰年代的南來文人力匡

引言：香港的1950年代

　　本文從跨國離散與文化冷戰的雙重視角出發，聚焦於力匡在香港和南洋的文學實踐，研討冷戰在其文本中的再現、流變和後果。全球冷戰延續了四十餘載，為世界政治和文化藝術造成巨大的衝擊。香港作為大英帝國的殖民地不僅在東西方冷戰中扮演著前沿角色，而且在海峽兩岸的對抗中發揮著重要作用。當時的香港有四股政治勢力：中國共產黨、中國國民黨、英國、美國，它們的關係非常複雜而且在歷史風雲中充滿變數。根據學者的研究發現，當時的香港總人口大約是兩百五十萬人，其中的百分之七十二是華人，另有六、七十萬的大陸難民。美國的情報和宣傳在冷戰政治中扮演了重要的功能，冷戰給香港帶來了麻煩和痛苦的同時也促進了香港的工業化和經濟繁榮。[1]無數南來文人在冷戰年代裡經歷了跨國流亡的苦難滄桑，鄭樹森指出——

> 在東西兩大陣營的冷戰氣氛中，左右雙方在5、60年代香港華文社會，一直在意識形態上角力。當時退守臺灣的國民黨政府仰仗美援維持，可說是自顧不暇。香港的右翼文化如無美國資金的初步灌溉，在當日香港的經濟環境，恐怕早就夭折，遑論日

---

[1] 參看 Lu Xun, "The American Cold War in Hong Kong, 1949-1960: Intelligence and Propaganda," in Priscilla Roberts and Jon M. Carroll eds., *Hong Kong in the Cold War* (Hong Kong: Hong Kong University Press, 2016), pp.117-141.

> 後的茁長壯大，成為本土和獨立自主的力量。同樣，左翼如無中國幕後支援，恐連較為弱勢的經營也無法維持。當年相當激烈的左右鬥爭，雖也產生不少張口見喉之作，但也形成不少報章、出版及雜誌為文學提供園地，間接孕育香港文學創作的局面。[2]

這段話指出香港的左右翼的激烈對抗及其背後的政治勢力，也點出報章雜誌和文化事業在當時的繁榮局面。

本文的研究對象力匡（1927-1991）是當時一位文化人。他原名鄭健柏，別署百木、文植、叔康等筆名，原籍海南文昌，生於廣州，畢業於中山大學歷史系，1951年從大陸流亡香港，有人說「他是從海南島，隻身經湛江、江門、澳門，輾轉而來的」。[3]力匡在香港做過中學教師和圖書館館長，創辦高原出版社並出任總編。1958年5月，力匡離開香港，衣冠南渡，南下獅城，開始定居下來，後來取得公民權。力匡在新加坡育英中學擔任過華文教師、代理校長，後來執教於文殊中學，直到1987年退休。[4]從廣州到香港再到新加坡，這是力匡的跨國流亡路線圖，他終生都在從事文學創作，離散生涯對他的創作產生了很大影響。

香港七年是力匡創作的豐收季。他主編《人人文學》和《海瀾》，聲名鵲起，當時的文藝青年崑南、方蘆荻、盧因、陸離、西西等都承認受到力匡的影響。[5]力匡的作品散見於香港的《星島晚

---

[2] 鄭樹森〈遺忘的歷史・歷史的遺忘——五、六十年代的香港文學〉，參看黃繼持、盧瑋鑾、鄭樹森《追跡香港文學》（香港：牛津大學出版社，1998年），頁4。

[3] 黃康顯〈力匡的香港之戀〉，見香港《筆會》總第7期（1996年3月），頁145。

[4] 關於力匡在新加坡育英中學工作時的情況，參看作者署名為「參商」的文章〈詩人力匡在育英〉，新加坡《聯合早報》2016年7月1日。

[5] 張詠梅認為，《人人文學》的編輯同人「自覺負有復興文化的使命，因此一直對文藝工作持認真嚴肅的態度，強調以人類的精神力量，抗拒商業社會中物質對人性的誘惑和腐蝕。」本刊所登載的作品之內容特色是：淡化政治色彩，表達鄉愁的苦悶，譯介西方文壇，重視學生園地，參看她的〈開拓者的足跡——試論《人人文學》〉，《香港文學》第156期（1997年12月1日）。古遠清認為，「堅持嚴肅文學路線，不走迎合大眾的媚俗道路，是力匡從事創作和編輯的原則。由於過於堅

報》、《祖國週刊》、《中國學生週報》、《大學生活》、《香港文學》、《明報月刊》等。他著有詩集《燕語》（1952）、《高原的牧鈴》（1955）、散文集《北窗集》（1953）、短篇小說集《長夜》（1954）、中篇小說《阿弘的童年》（1955）、長篇小說《聖城》（1956）、神話故事集《諸神的復活》（1958）、詩論集《談詩創作》（1957年）等等，可見力匡的勤奮和高產。力匡寫作大量新詩，在1950年代的香港名動一時，仿效「力匡體」者大有人在，這些作品還流傳到東南亞，成為當地華人青年的新寵。在新加坡期間，力匡在《蕉風》、《南洋商報》、《星洲日報》、《聯合早報》、《聯合晚報》、《新明日報》等新馬報章頻頻發表作品。[6]令人遺憾的是，他生前沒有將這些作品結集出版，未能在新馬文壇居於主流、產生持久的影響。1985年，從香港文壇消失多年的力匡，重新在《香港文學》、《星島晚報》發表作品，引來一片好奇的目光。

一、流亡者的抒情聲音

　　力匡在香港發表了大量作品，涉及新詩、小說、散文、詩論等文類。梁秉鈞指出：「詩人力匡50年代後南下香港，以懷鄉抒情詩及懷念『短髮圓臉』姑娘的懷人情詩傳頌一時。力匡過去往往被視為抱持放逐心態的南來懷鄉詩人代表。」[7]他的第一部詩集是《燕語》，屬於「人人文學」叢書之二，在1952年12月從人人出版社發行，1961年6月由高原出版社再版，夏侯無忌和歐陽天寫序。本書收錄新詩四十

持，所以刊物無法打開銷路，不久即無疾而終，這是意料中事。」參看他的〈力匡：五十年代知名度最高的香港詩人〉，香港《城市文藝》第5卷第3期（2010年10月25日），頁50。

[6] 根據新加坡作家莫河的回憶，1960年他在育英中學讀書，曾經受教於力匡：「當時力匡從香港南來執教，他算是創作力最旺盛，作品見報率最高的作家。」當時的《南洋商報》副刊、《星洲日報》副刊幾乎天天都刊載力匡的新作。吳啟基等人指出，力匡退休之後一心寫詩和小說，1978年一年時間中發表了約四百篇大小不等的詩文，傳為美談。

[7] 梁秉鈞、鄭政恆編《長夜以後的故事：力匡短篇小說選》（香港：中華書局，2013年），頁1。

六首,分為三輯,第一輯「燕語」的十六首詩寫漂泊者的憂鬱感傷,懷念美好往日,表達對香港的陌生感和疏離感。第二輯「和平」的二十一首詩是對中國共產政權的憂懼和抗議,作者堅守個人主義,從基督教神學出發,呼籲時代走向和平安寧,這些詩有強烈的冷戰意識形態。第三輯「幸福」的九首詩傳達的是詩人尋獲愛情後的喜悅。總的看來,這個詩集繼承了新月派風格,講究句的勻稱和字的均齊,隔行押韻,流利婉轉,字句通俗曉暢,可讀性良好,在新詩創作比較羸弱的香港和南洋迅速贏得了讀者,理有固當,並不奇怪。

《燕語》有關於離散放逐的大宗詩篇,抒情自我追憶少年時光和故國人物。夏侯無忌的序言寫道:「我們生長的,是個苦難的年代。所以我們有深切的痛楚和悲哀,我們碰到許多挫折而且無所憑藉。」[8] 年輕的力匡唱出他的心事,這也是廣大青年人的心聲。他表達對故國的怨望、深切的哀痛、感傷孤獨而無所憑藉的旅心,夢幻破滅,唯有傷逝懷舊,在時空錯置中經歷自我認同的危機。短詩〈燕語〉用戲劇性獨白結構全篇,抒情主體自比為一隻漂流瀚海、來寄修椽的燕子——

> 我此刻歇息在你樑上,
> 為了疲倦於長途的飛翔,
> 你說我像是個外地的客人,
> 是的我正來自遙遠的異鄉。

今昔對比,詠物起興,抒情言志,婉諷時事,這是力匡慣用的藝術手法。「你」指代香港友人,「我」自比燕子,棲身於雕樑畫棟的殿堂,與春日花香、溫暖天氣為伍,眷戀飄逸的綠楊。後來,「北國」的嚴霜降臨,燕子因為有高遠的希望,不願愚昧地葬送自己,被迫拋棄伴侶,獨自流浪。這幾句詩的意象與格調也令讀者想起周邦彥的〈滿庭芳〉詞中的「年年,如社燕,漂流瀚海,來寄修椽」,只不

---

[8] 力匡《燕語》(香港:高原出版社,1961年再版),頁7。

過增加了冷戰寓意而已。這隻燕子暫時棲身在香港島，牠銜泥結草，營造小巢，儘管酣醉於和暢的海風，但也深知梁園雖好、不可以久留的道理。燕子默默發誓，如果有朝一日香港也進入了寒冷的季節，牠會勇敢地離開此地，繼續漂泊——

> 當那一天我又恢復了強健的翅膀，
> 我會再追逐於那花香日暖的理想，
> 飛向更南的地方。[9]

遷徙流亡、漂泊離散的主題反覆在力匡詩中浮現。〈夢中的道路〉借用何其芳的舊題詩，抒寫詩人的客途秋恨，表達逝水年華、夢想渺茫的感嘆——

> 舊照片記錄了昔日的華年，
> 鏡子裡卻是一張憔悴的瘦臉，
> 倦乏於已走過的長長的旅途，
> 嘆息所期待的仍在遙遠。[10]

照片作為視覺文化是近代科技的產物，鏡子是傳統文學中常見的意象，兩者的對比表現出傷逝懷舊的情緒。過去的旅途已是漫漫長路，未來的旅途遙遙沒有盡頭。抒情自我在時空交錯的當下時刻，一籌莫展，進退茫然。〈設想〉寫道，鷹隼被困於樊籠裡、幼松被移栽在瓦盆裡、年輕人在困苦中流浪異鄉，所有這些隱喻性的意象都有類似的涵義：一個人／物被迫從故土遷移，導致了空間錯位、自由無存和安全感的喪失。最後，詩人面向未來，心中仍有不滅的憧憬，他相信終有還鄉的一天——

---

[9] 同上，頁1-3。
[10] 同上，頁26-27。

> 海燕不會在暴風雨中震悚，
> 松柏不會在大冰雪中死亡，
> 溫暖的季節燕子終會再來，
> 失去了家的孤獨的孩子，
> 會回到他生長的地方。[11]

　　浪子力匡告別家國，離散異鄉，他對香港的主觀印象又是如何呢？他是否能夠迅速有效地融入當地社區，在陌生的都市空間裡錨定個人的感知地圖？他是否會像中國古代文人那樣，獲得「此心安處是吾鄉」的曠達灑脫？答案顯然是否定的。力匡的〈孤獨〉寫他對香港的浮華和墮落感到厭倦，他認為香港猶如中世紀之拜占庭帝國，生活在其中的居民大都喪失了靈魂，一如行屍走肉，面目可憎，他拒絕同流合汙，但又無力遠遁，只能曲意周旋，徒喚奈何。抒情自我在酒宴散後面對桌上的空杯，倍感孤獨無助。他又回憶六朝故都和秦淮河畔，感到歷代興亡歷歷如在眼前，他嘆息華夏古國常受異族折磨，雖有中流砥柱的忠臣義士，而孱弱的小朝廷只能偏安江左，如此而已。[12]這裡回到了借古諷今的傳統寫法，顯得有點不倫不類。〈夏日〉這樣寫道——

> 街道上飛起塵埃，
> 惶懼的行人在奔走喧攘，
> 車中我審視每個不同的臉孔，
> 都是為欲念所扭曲的醜臉。[13]

　　香港這個殖民地都會，環境喧譁逼仄，居民欲望征逐，令力匡產生了疏離厭倦的情緒，他緬懷越秀山和玄武湖的風光。〈我不喜歡這個地方〉寫在力匡抵達香港不久——

---

[11] 同上，頁28-29。
[12] 同上，頁21-22。
[13] 同上，頁30-31。

這裡的樹上不會結果，／這裡的花朵沒有芳香，／這裡的女人沒有眼淚，／這裡的男人不會思想。／／除了空氣和海水，／這裡一切都可以賣錢，／櫥窗裡陳列著奇怪的商品，／包括有美麗的女人的笑臉，／廉價的只有人格與信仰，／也沒有人珍惜已失去的昨天。／／誰都不喜歡工作，／填不滿的時間就用來消遣，／這裡缺少真正的友誼，／偽裝的笑臉裡沒有溫暖。／／這裡不容易找到真正的人，／如同漆黑的晚上沒有陽光，／看這一切如同噩夢，／我不喜歡這奇怪的地方。[14]

從自然景觀到城市居民，從物質、設施到風俗、心態，香港的一切都讓這位詩人很難適應。人文地理學家西蒙（David Seamon, 1948- ）說過，理解地方的關鍵是「身體移動性」（bodily mobility），或者說身體在空間中的日常移動，「由個人自己展開的身體或身體局部的任何空間移置（displacement）」，身體移動性在空間與時間裡結合，產生了存在的內在性和強烈的地方感，那是一種地方內部的生活節奏。[15]由此可見，在一個既定的空間內，時間性和日常性是身體主體之建立地方感的條件。從上面的詩句可知，力匡落腳於香港，暫時無法讓身心與城市建立情感紐帶，導致迷失（disorientation）與錯位（dislocation）的感覺，對居住地產生了負面印象。有論者指出，對於力匡來說「香港的一切都迥異於中國內地，是一個異質的空間，但在作者的筆下，香港卻又再次被加深主觀和現實的距離，以至多少帶有扭曲，故可稱之為再異質化」。[16]梁秉鈞對此有準確的解釋：「南來之初的文化人，由於對本地社會文化不熟悉，很容易把懷鄉心情轉化為對本地的敵視與否定：認定本地沒有文化、中文水準不高、只是一

---

[14] 力匡〈我不喜歡這個地方〉，香港《星島晚報》1952年2月29日。轉引自鄭政恆編《五零年代香港詩選》（香港：中華書局，2013年），頁54。

[15] Tim Creswell著，徐苔玲、王志弘譯《地方：記憶、想像和認同》（臺北：群學出版社，2006年），頁45。

[16] 陳智德〈懷鄉與否定的依歸：徐訏和力匡〉，香港《作家》第13期（2001年12月），頁123。

塊殖民地、商業社會，一無可取。」[17]力匡的其他作品證實了這點。〈「迂」孩子的故事〉發表於1952年，寫初來香港的「我」與當地風俗格格不入，不通人情世故，常常鬧出笑話，於是大發感慨：「我幾乎還未瞭解社會應酬的基本法則，我離做成一個香港人的資格還差得太遠太遠。」〈零賣靈魂的人——文字工作者生活素描〉以諷刺幽默而苦澀的筆觸寫道，香港作家分為三等，各有不同的生活方式，而最低等的小作家生計艱難，過著拮据心酸的生活。[18]〈一間合意的屋子〉寫於1956年12月，力匡還滯留在香港，尚未南下獅城，他發出這樣的嘆息：在人煙稠密的香港，若想賃屋，著實不易。[19]

毫不奇怪，離散者處於錯位空間，身心剝離，無法／不願自我調適，難以融入居住地，容易產生文化震撼的心態，傷逝懷舊是常見心態。力匡詩集中有不少此類篇什。〈難忘的名字〉緬懷越秀山前的桃花和玄武湖畔的殘荷。〈昔日〉追憶舊時情侶，筆調流露出溫馨的感傷。〈童年〉追憶純潔的童年時光，希望時光倒流，最後，抒情自我從幻想中醒悟過來，表達似水流年的失落感。〈聖誕夜〉寫自己困居在一間小屋中，自我反省為何流放此地，自比為擔負人類罪惡的基督耶穌。〈歲暮〉中的詩人自喻為漂流異鄉的王謝堂前燕子，不敢聽人唱昔日的戀歌，害怕帶來淒怨的情緒。〈遠簡〉寫詩人在辭舊迎新之際收到遠方朋友的來信，他以自由主義勸告友人：「別依戀於鮮豔的旗幟，／想像世界還有更廣大的一面」，這就透露出冷戰的底細了。可以想見，既然力匡對香港缺乏情感依戀和歸屬感，他必然會迷戀傷逝悼亡。需要指出，力匡的長篇小說《聖城》充滿似水流年、傷逝懷舊的浪漫感傷氣息。這部小說講述的是發生在1945年到1949年的廣州學府生活和青年人的戀愛故事。男主角名叫「陳有藕」，是一名中山大學歷史系學生，他出身於官宦家庭，生活優渥，個性文靜，多愁善

---

[17] 梁秉鈞〈力匡筆下的三個城市〉，梁秉鈞、鄭政恆編：《長夜以後的故事》（香港：中華書局，2013年），頁7。

[18] 力匡〈零賣靈魂的人——文字工作者生活素描〉，香港《星島日報》1952年12月23日。

[19] 百木〈一間合意的屋子〉，列浦、莫河編《力匡散文、詩歌遺作集》（新加坡：錫山文藝中心，2003年），頁14-18。

感,也是一位耽迷於西方文學的青年。女主角是一個名叫「盧麗康」的高中生,父親長期患病,導致家道中落,她長相漂亮,個性倔強,和陳有藹一樣愛好文學藝術,兩個人參加了基督教青年會的合唱團,由此認識和相戀。這個作品是一部散文化的抒情小說,主要內容是敘述兩個人的戀愛故事,偶爾出現時事評論。陳有藹的父親是國軍高官,在遼瀋戰役中下落不明,戰事吃緊,徐蚌會戰也爆發了,廣州很快落入共軍之手。隨著廣州的政權易手,陳有藹畢業後在當地找不到工作,為了養家糊口,被迫告別親友,前往香港。這部小說的一些段落見出力匡對左右翼的政黨都很反感,他鍾情的是自由主義思潮和西方文化。這部作品的寫景、抒情、描寫瀰漫著濃重的懷舊氣息,抒發流亡香港的鄉愁。書名中的「聖城」既是故鄉廣州城的隱喻,也是人文主義理想的寄託。[20]有學者指出,懷舊有兩種類型:「修復型懷舊」(restorative nostalgia)和「反思型懷舊」(reflective nostalgia),前者把過去描繪為黃金時代,試圖重建一個失去的家園,彌補記憶中的空缺,後者並不避諱現代性的種種矛盾,在廢墟、時間、歷史和夢境中低徊流連。[21]毫無疑問地,力匡的詩文屬於「修復型懷舊」,缺乏反思和批判的意涵。

二、文藝、冷戰與神學

　　冷戰與離散、家國與異鄉的糾葛滲透在力匡的精神世界裡。中華人民共和國成立後,大部分左翼文化人北歸大陸,擁抱祖國,另一批對新政權抱有不滿的文化人南下香港,徐圖大舉,「因此在50年代初期,右翼文化活動轉趨活躍。而美國也在此時介入,資助香港的文化活動,使情況更為複雜」。[22]關於美國在香港實施的文化冷戰,張詠梅的分析如下——

---

[20] 百木《聖城》(香港:自由出版社,1956年)。
[21] 斯維特蘭娜・博伊姆著,楊德友譯《懷舊的未來》(南京:譯林出版社,2010年),頁46-63。
[22] 張詠梅《北窗下呢喃的燕語:力匡作品漫談》(香港:洪葉書店,1997年),頁6。

美國一向實施「圍堵政策」（policy of containment），在韓戰爆發後，美國政府意識到文化陣地的重要，從政府到民間都成立文化基金，在全世界非共地區援助文化和教育工作，宣揚美式自由民主，在意識形態上抗衡共產主義，香港也是受援助的地區之一，當時既有由美國官方機構直接在香港展開活動，也有美國民間文化基金會等組織資助香港文化活動，甚至美國官方機構中，也有不同部門同時在香港活動，如美國新聞署、中央情報局等。各個組織雖然目標一致，但往往互不溝通，各自行動。他們資助文化工作者成立出版機構，出版書籍和刊物，使香港文化事業一時間蓬勃起來。[23]

根據張詠梅的研究，當時香港有不少文化機構接受美國官方和民間基金的資助，例如，張國興主持的「亞洲出版社」，謝澄平主持的「自由出版社」，其中尤以友聯出版社的影響最大而且最持久——

它在全盛時期設有研究所、出版社、雜誌社、印刷廠、發行公司、書店等，形成一個全方位的制度系統，出版了一系列適合不同年齡階層讀者的雜誌，有《中國學生週報》、《大學生活》、《兒童樂園》、《祖國週刊》等，其中持續出版了二十多年的《中國學生週報》對香港文壇有深遠影響。此外，人人出版社出版的文藝雜誌《人人文學》和人人文叢，徐速主持的「高原出版社」出版的文藝雜誌《海瀾》和文藝叢書等，都在一定程度上直接或間接受到美援資助。[24]

這裡明確指出，力匡參與編輯的《人人文學》和《海瀾》以及他參與創辦的高原出版社直接受到美元文化的支援，服務於冷戰宣傳的目的。馬漢認為，力匡主編的《人人文學》當年受到香港的美國新聞

---

[23] 同上，頁9。
[24] 同上，頁10。

處的資助,毫無疑問屬於美援文化,這是冷戰的產物。[25]美元因為是綠色的,所以美元文化也被戲稱為「綠背文化」。劉以鬯認為,《人人文學》和《中國學生週報》都是綠背文化的產物,有政治目標而不大重視商業利潤,「在『綠背浪潮』的衝擊下,作家們不但失去獨立思考的能力,甚至失去創作的衝勁,寫出來的作品,多數因過分重視思想性而缺乏藝術魅力」。[26]在1950年代的香港,帝國自由主義是主流的意識形態,左翼思潮並不流行。根據法律史專家吳海傑的研究發現,在港英時代,當局對媒體、學校進行嚴厲的政治審查,這是早已有之的公共政策,那種認為香港的言論自由是英國法治遺產的看法是流行性的誤解,所謂的「言論自由」其實是非常晚近的法律實踐,而且與中國的國際處境、全球政治有密切的關係。在1950年代,港英當局對《大公報》和《文匯報》等中文報章進行嚴厲的審查。[27]力匡居留港八年,物質生活貧困,急需金錢支持,而他從事的文化活動需要經濟贊助。彼時的香港,冷戰大幕剛剛拉開,作為自由主義者的力匡,出於追求文藝理想和維持個人生計的需要,與美元文化一拍即合,介入冷戰宣傳,也在所難免。

　　劉登翰指出:「力匡的詩,並不以對現實的敏銳反映見長,而以對內心感傷的浪漫情懷的抒發打動讀者。」[28]應該說這句話只說對了後半句,因為詩集《燕語》的一大主題就是冷戰政治,不少詩作或者影射共產政權,或者直斥中蘇制度,表達對民主政治的憧憬。這當然與力匡的政治理念有關。夏侯無忌的《燕語》序言提到屈原放逐陵陽的典故,指出力匡寧願自我流放也不想與共產政權妥協,這個類比有點誇大其詞、故作姿態。夏侯氏發現,力匡寄語香港青年人不要被左翼政治宣傳所欺騙,力匡在彷徨寂寞中看到樹枝長出了嫩葉,

---

[25] 盧瑋鑾、熊志琴編《香港文化眾聲道》第一冊(香港:三聯書店,2014年),頁145頁。
[26] 劉以鬯《暢談香港文學》(香港:獲益出版事業有限公司,2002年),頁112。
[27] Michael Ng, *Political Censorship in British Hong Kong: Freedom of Expression and the Law (1842-1997)* (Cambridge, U. K.: Cambridge University Press, 2022), pp. 55-86.
[28] 劉登翰主編《香港文學史》(香港:香港作家出版社,1997年),頁246。

又對未來產生了希望。詩集《燕語》的第二輯曰「和平」，大量出現關於冷戰想像的詩作。力匡是一位虔誠的基督徒，[29]他多次在詩中運用聖經典故，不過，作為自由主義文人，他信奉的不是原教旨神學（fundamental theology）而是自由神學（liberal theology），他從宗教角度談論冷戰，又有一點「政治神學」（political theology）的意味了。力匡的詩作批判暴力革命，表達他的自由主義政見。例如〈和平〉寫他的一次秋日郊遊的經歷，聯想到基督出生的聖經典故，最後相信歷史會撥亂反正，和平時代終究到來。[30]〈懷鄉〉出現了這樣粗糙膚淺的說教：「日子總會變得更好的，／人類將會由冷酷走向善良，／愚昧的人終會覺醒，／縱道路仍崎嶇而且漫長。」[31]〈無題〉認為左翼思潮是宣揚仇恨和偏見，這與鼓吹寬容的自由主義是水火不容的——

    不要對我宣揚仇恨的學說，
    我早已由那圈子跳了出來，
    自從我接受了寬容的理想，
    我就與過去的幼稚的偏見告別離開。

力匡反感階級鬥爭學說和暴力革命論述，他慶幸自己能夠流亡海外，接觸自由主義，具有諷刺意味的是，流亡放逐不再是喚起人的感傷自憐情緒的一個契機，反而是促進人的心智走向成長、實現世界主義的一種途徑。在這首詩裡，力匡坦承自己是個人主義者，他認為自己與晚期紀德、尼采產生了思想共鳴，他的愛國主義是理性穩健的，注重個人的思想自由和人格尊嚴，不會走向狂熱的、破壞性的極端主義：「我愛我的祖國但沒有變態的狂熱，／我有自己的觀點但不強迫

---

[29] 力匡的中篇小說《阿弘的童年》提到阿弘的同學陳竹平及其母親是基督徒，這母女二人去住家附近的教堂做禮拜，她們還有在就餐前祈禱的習慣；在耶誕節到來之際，陳竹平送了一幅小小的耶穌受難畫像給阿弘，還問他是否愛耶穌。在力匡的長篇小說《聖城》的開篇，就是主人公陳有蕆與同學李封雲在學校禮堂裡觀看廣州中華基督教男青年會演出的一齣神劇《聖城》。
[30] 力匡〈和平〉，見氏著《燕語》，頁35-36。
[31] 力匡〈懷鄉〉，見氏著《燕語》，頁58-59。

別人信仰，／我更不會諂媚無恥地歌頌異族的暴君，／說他是堅強的鋼或者人類的太陽。」[32]〈愚昧〉這樣寫道──

> 看到了一些醜惡的臉譜，
> 我如同在一場惡夢中醒來，
> 我看到狼群披著羊皮坐在先知的座位，
> 說這已是屬於他們的年代。

這裡又出現了聖經典故，文學、政治和神學的混雜，重複表現力匡的政治信念。這首詩的其他片段寫道：「縱在這混亂而且愚昧的日子，／我願能更謙卑和平學會忍耐，／當我又看到樹枝發嫩長葉，／我知道美好的日子會再次到來。」[33]這裡的謙卑忍耐迴響著聖經的教義，然而藝術技巧薄弱，近乎標語口號了。〈旗幟〉攻擊左翼意識形態和政治精英，文字粗魯直率，整首詩變成了一篇糟糕的宣傳品。[34]

力匡的第二部詩集是《高原的牧鈴》。徐速在序言中承認香港文壇的封閉情況，讚賞力匡、貝娜苔等作家的苦心孤詣──

> 由於政治的偏見，出入境的限制，不僅將我們分成兩個世界；而且還形成了若干個小部落。在香港的文藝工作者，不但是跟國內的文壇隔絕了；就連臺灣、南洋的文藝界的活動，我們也覺得很生疏。但是，目前我所熟識的年輕詩人畢竟還不算少，力匡、夏侯無忌、貝娜苔，以及正在埋首創作萬行長詩的趙滋蕃。他們都在為新詩的前途，辛苦地工作著。[35]

和詩集《燕語》不同，這本詩集中的大部分篇什是情詩，戀愛的喜悅與失戀的痛苦占據了多數篇幅，偶爾也有詠懷時事的作品，例如

---

[32] 力匡〈無題〉，見氏著《燕語》，頁68-69。
[33] 力匡〈愚昧〉，見氏著《燕語》，頁75-76。
[34] 力匡〈旗幟〉，見氏著《燕語》，頁78-79。
[35] 力匡《高原的牧鈴》（香港：高原出版社，1955年4月初版，1961年11月再版），頁5。

〈挽〉藉由史達林的死亡而譴責蘇聯政治，輕蔑地呼之以「撒旦」。[36]透過文學寫作而介入冷戰宣傳，混合自由主義與政治神學，這種獨特的寫法在詩集《燕語》中已經開始而且延續到《高原的牧羚》當中。力匡痛斥俄國的侵略本性和專制體制，認為俄國人背信棄義、販賣戰爭、與納粹訂立盟約，他連帶批判了共產中國的政治家，[37]這些文字都是說教、詛咒和謾罵，顯示力匡缺乏必要的歷史理性，見證其想像力的單薄和貧困。

力匡的中長篇小說也與冷戰有隱約的關聯。《阿弘的童年》屬於兒童文學，從1930年代廣州一個男孩「勞士弘」的視角展開敘事，中心內容是講述家庭生活和校園故事，在表現主人公的幸福童年的同時也出現了一系列令人傷感悵惘的情節，包括：「女先生」與追逐夢想的丈夫去了義大利，在鄉下生活的爺爺病逝了，高中生「麗康」姑姑突然離家出走，同窗好友「陳竹平」的母親患癌去世，阿弘依依不捨地與即將返滬的陳竹平告別，因此，整個小說帶有流年似水、傷逝懷舊的氣息。在第八章，高三學生「藍平」是一名愛國青年，他向女友麗康提到「九一八事件」等系列時事，譴責國民黨政府的屈膝投降導致東北三省淪陷，他批評阿弘的爸爸「自私」由此激怒了麗康。小說還提到，阿弘的爸爸生氣地說藍平「激烈得和共產黨一樣」，他擔心這個左翼青年對麗康會有不好影響；阿弘的媽媽害怕地詢問丈夫「共產黨是不是1927年廣州暴動身上掛紅布條的那些人」；阿弘好奇地打聽什麼是「暴動」，父母沒有回答他，還警告說不要和姑姑談起這件事。[38]力匡的長篇小說《聖城》屬於成長小說和言情小說。關於《聖城》的寫作意圖，《海瀾》第七期（1956年5月）的出版廣告寫的非常清楚，涉及力匡對共產主義的偏見和冷戰宣傳的意圖——

> 這是作者一本以廣州為背景的長篇創作，時間是由1944至1948。這段期間，是抗戰勝利與「解放」的一段歷史空隙。

---

[36] 力匡〈挽〉，見氏著《高原的牧羚》，頁23。
[37] 力匡〈法利賽人〉，見氏著《高原的牧鈴》，頁24。
[38] 百木《阿弘的童年》（香港：自由出版社，1955年），頁75-76。

不合理如何產生的呢,人民如何為了希望消除這不合理而又接受了另一個更大的不合理,這就是本書企圖表現和說明的,自然,這通過了藝術的方式。

梁秉鈞指出,力匡「的著眼點在生活於那時代政治文化底下的一堆男女,也對彼此分歧的政治取向有所理解」。[39]由此可見,這本小說也不免涉及冷戰政治的問題。

力匡還在香港出版了一本短篇小說集《長夜》,從書名即可看出他的政治立場。在他的眼中,中共治下的大陸處在漫漫長夜中,人民受著痛苦的煎熬。本書收錄十二篇作品:分別是〈心曲——A Rhapsody〉、〈初戀〉、〈長夜〉、〈江畔〉、〈商人的兒女們〉、〈瓷杯〉、〈父親的懺悔〉、〈離家〉、〈點路燈的人〉、〈故事〉、〈哨子〉、〈沒有陽光的早晨〉。這些小說的故事情節無法坐實為力匡本人的經歷,其中至少有三篇作品有政治批判的意圖,既出自於作家的個人感懷,也服務於當時的冷戰宣傳,下面舉例分析之。

〈心曲〉寫生活在海南島的「曼芸」及其家人在國共內戰中的遭遇,這是一個感傷動人的天涯孤女的故事。其中一些段落反映了力匡對改朝換代的偏見和恐懼,例如:「雷州半島的共軍在瓊西登陸成功,1950年4月23晚,海口淪陷了!」[40]接下來的段落提到解放軍戰士霸占了曼芸的住家,摧毀了花園裡的剪春蘿,有人還粗魯地撫弄曼芸的鋼琴。韓戰期間,曼芸的哥哥因為仗義執言而被關押在大牢裡,母親不幸病死,曼芸只好孤身逃離海口,流浪到香港。她原本是衣食無憂的中產階級,現在淪為一名紗廠女工,過著貧苦孤寂的生活。顯然,這篇小說把曼芸一家人的不幸歸咎於政治變革。

〈長夜〉敘寫的是普通百姓在中共建政前後的遭遇,針對新政權的厭惡和恐懼的情緒,所在多有。「齊然」和「李瑜」是一對青年戀

---

[39] 梁秉鈞、鄭政恆編《長夜以後的故事:力匡短篇小說選》(香港:中華書局,2003年),頁6。
[40] 力匡《長夜》(香港:自由出版社,1954年),頁11。

人,本來過著幸福的生活。當大陸變色後,他們的家宅被官方侵占,敬愛的中學老校長死於獄中,齊然迫於黨組織的命令,拋妻別女,去朝鮮戰場工作,不幸染病去世,留下妻子與襁褓中的女兒,相依為命。敘述者「我」是他們的中學好友,耳聞目睹其不幸命運,為之扼腕嘆息,流亡香港。後來,「我」的老父被抓進牢獄,地方政府催交欠糧,「我」被迫回鄉去交繳地稅。這篇小說也反映了力匡筆下的人物淪為他本人之政治理念的單純傳聲筒,未能顯出人物的複雜心理,而藝術技巧也乏善可陳。茲舉例如下,底線為筆者添加——

> 是的,天總會亮的,然而夜實在太長太長了,多少<u>無辜的生命</u><u>已被摧殘</u>,已在苦難中倒下了,在這深沉可怖的長夜。[41]

> 我等了一年,這一年,共軍攻陷了廣州,又<u>赤化了海南</u>![42] 珠江畔長堤一家旅店開了個小房間,洗過澡,正想休息,區派出所的「同志」來了。他脫了那頂<u>髒汙的嵌著紅星的灰帽</u>,一下坐在椅上,把我的外衣壓在屁股底下。[43]

這些詞彙顯出強烈的情感色彩和政治涵義。接下來的一段自白也是赤裸的政治宣傳——

> 於是我又搭上廣九鐵路的火車,背著簡單的行囊,以沉重的腳步再走過羅湖橋,黃昏,回首再看那邊苦難的祖國,小山上招展著一面醜惡的旗幟,蒼茫暮色中吹起了刺耳的軍號,那面旗落下了。我堅定地對自己的心許下願,除非這面旗永遠落下(不會再升起),我不願考慮回來。為了老年的一代,為了幼小的一代,我願奉獻出自己。從此,我努力地工作,為了對抗那宣揚仇恨的統治者,兩年來,我用口用筆向年輕的一代敘述

---

[41] 力匡《長夜》,頁32。
[42] 同上,頁35。
[43] 同上,頁36。

著信、望、愛。⁴⁴

在戴著有色眼鏡的主人公看來，政權更迭後的大陸人民正在「苦難」中受煎熬，迎風飄揚的五星紅旗是「醜惡」的，軍號的嘹亮聲音是「刺耳的」，當政者是「宣揚仇恨」的，年輕的主人公面向未來，發誓要奮力抗爭，而他手中的武器卻是一支軟弱無力的筆，以及一些神聖而抽象的宗教信條。主人公的亂世羅曼司變成了一個眼淚汪汪的感傷故事，連篇累牘的議論往往是幼稚單薄的文藝腔——

> 青春是無價的，然而我已失去，十七歲的日子過去已有十年，我們這一代命定得擔負這20世紀最大苦難，讓幸福留給小瑜那一代吧，幸福會來的，只要努力爭取。不會有一個無盡的長夜的，雖然此刻大陸和島上還有如許人沉睡未醒。我聽到第一次雞啼，東方的黎明就要來了。⁴⁵

〈點路燈的人〉寫一批青年知識分子對新政權的興奮和失望、不滿與恐懼的情緒——

> 我們興奮地迎接著一支自稱是代表人民的軍隊，如同長夜裡等候太陽。……當我們所在的南方城市易幟的第一天，我早早起來了就看到一個新的政權。……但我們終於分開了，一個放逐自由蔑視人性的統治終非我能接受。⁴⁶
>
> 我歸來了，十五年的歲月又已逝走，江山無恙朱顏改，我失去了的是太多了，我不知道該責備是那一班殘暴的「狼群」呢還是錯誤的時代。……我對祖國灰心，對全人類失望，對於自己，我也失掉了一切美麗的未來的夢想。……⁴⁷

---

⁴⁴ 同上，頁41。
⁴⁵ 同上，頁42。
⁴⁶ 同上，頁84。
⁴⁷ 同上，頁85。

長大成人的主人公追憶逝水年華,痛感個人的夢想破滅,流露處他對祖國和人類的灰心失望。準此,力匡以文青筆觸寫下的文字再次指向了反共的套路。

受制於冷戰意識形態,居港期間的力匡路子狹窄,才情不足,大量作品回應時代變化,在不同文類作品中都放進了政治寓意,念茲在茲,一以貫之。例如,他改編希臘神話故事,出版過一本名為《諸神的復活》通俗讀物,署名「百木」。弔詭的是,基督教的主張是「一神教」,「摩西十誡」之一就是「不可信奉異教的神」,而古希臘宗教是「多神教」。更重要的是,冷戰年代的力匡編纂這本書的初衷不是為了普及客觀知識而是企圖「夾帶私貨」,含沙射影地兜售意識形態。〈代序〉寫道——

> 在希臘的神話,無論神,無論人,都是有血有肉的造物,愛神亞弗羅底和戰神亞來士同樣能被塵世的長矛刺傷。希臘的神們有優點,也具有缺點,這在神話中並未被誰加以掩飾,來虛偽地說是完美,以圖獲取愚民的崇拜。……(省略號為引者所加)在對抗一些誇張集體、抹殺個人、製造偶像、欺詐群眾的主義,希臘神話是多好的文學武器呢?[48]

集體主義、個人崇拜、群眾路線等革命信條淪為力匡批判的靶子,這就暗示出作者之編寫這本神話故事集的意圖:參與文化冷戰,復活希臘諸神,對抗共產政權。借助於隱喻、類比、誇張、反襯等修辭術,力匡效命於冷戰宣傳的意圖已昭然若揭,這何嘗不是一種另類的「政治神學」?

再介紹散文集《北窗集》。其中的〈弟弟的來信〉寫「我」離家四年,經常收到故鄉的「弟弟」的來信,他迫於上級命令,輟學工作,無法照顧老母。「我」讀了來信,傷感憤怒,不能自已——

---

[48] 百木《諸神的復活》(香港:自由出版社,1958年1月),頁2。

淚湧滿了我的眼眶，流下了我的雙頰，流在藍色的信紙上，字跡在淚眼中模糊了，就像隔著那流著雨水的窗戶看出去，我看不見那平日青翠的遠山了。把年輕的人都趕出了家，讓年老的和幼小者孤獨無靠，這是一個怎樣的政權呢？如果說人類一定要追逐一個神聖的理想，那不是為的要年輕的能夠工作，幼小者就可以自由萌芽！而不是像今日那些沒有人性的黨徒們所作的那樣，使哥哥要離開妹妹，使母親見不到孩子。[49]

力匡譴責公共政策導致百姓骨肉分離，字裡行間瀰漫著感傷主義的格調。這本散文集中的〈寒夜書〉的字句異常犀利，對退保臺灣的國民黨政權表示失望，也嚴厲譴責大陸的共產政權——

你也在讀歷史嗎？我近來常常為一些一再重複歷史底錯誤的人們生氣。舊的腐朽的政權過去了，代替的卻是如此的一班妄人。在口裡叫嚷著和平與民主，但心裡還是偷偷羨慕略輸文采的唐高漢武，或者想模仿那彎弓射大雕的鐵木真呢，是因為還有如許人企圖把時代拉回愚昧與專制，才需要我們更多地努力奉獻自己於理性與自由！[50]

黑格爾說：「人們慣以歷史上經驗的教訓，特別介紹給各君主、各政治家、各民族國家。但是經驗和歷史所昭示我們的，卻是各民族和各政府沒有從歷史方面學到什麼，也沒有依據歷史上演繹出來的法則行事。」[51]這段引文的第一句話暗示力匡與黑格爾產生了共鳴，他對實用主義歷史書寫深信不疑，誤讀毛澤東的〈沁園春‧雪〉，為意識形態背書，擺出獻身理性與自由的姿態。

毫不奇怪，作為自由主義文人的力匡，在他的詩論集《談詩創作》中，主張精緻唯美的純文學，貶評左翼文學理論。第三篇〈最精

---

[49] 百木《北窗集》（香港：人人出版社，1953年7月），頁12。
[50] 同上，頁50。
[51] 黑格爾著，王造時譯《歷史哲學》（上海：上海書店出版社，1999年），頁6。

煉的語言〉這樣寫道——

> 詩是眾多的文學形式中的一種，而且是最高級的一種文學形式。[52]
> 詩是較短的、較簡的、也較精的文學形式。[53]
> 詩，需要更高的表現技巧和更深的對藝術的瞭解和感受是無疑的。[54]

〈風雪灞橋驢背上〉使用輕蔑的語調談到文藝大眾化、左翼思潮和題材決定論——

> 他們批評主要的立足點是「政治意義」，哪一種題材是正確的題材呢？這得先看起是否讚美人民大眾，是否敘述「被侮辱與被損害的」，答案如果是肯定的，這作品選擇的題材就正確了，如果答案是否定的話，那篇散文或詩就有了反動的意識。[55]

公正地說，力匡的下述觀點言之成理，的確擊中了左翼文學的軟肋——

> 因為評判一篇文學作品的優劣，是不能只用「政治立場」這唯一觀點的，詩並不是政治論文。就說要注意「意識」吧，也並不只是「政治意識」那麼狹隘的。人類的生活是多方面的，政治生活是其中的一面（正如經濟、宗教等等生活也是一面），詩可以描寫政治生活，但不能只限於政治生活；政治意識是可供批評時採用的一個標準，但並不是唯一的標準。（還有，你自己的政治意識就對了麼？）[56]

---

[52] 力匡《談詩創作》（香港：友聯出版社，1957年7月初版），頁5。
[53] 同上，頁6。
[54] 同上，頁6。
[55] 同上，頁15。
[56] 同上，頁15。

強調文學題材的廣闊豐富，避免絕對主義和獨斷論的批評標準，主張以靈活、彈性、綜合性的處理手法，衝破左翼文學的狹隘、教條和泛政治化傾向，這顯示了力匡之文學觀念的開放和寬容。

三、再離散與本土化

如前所述，力匡在香港居住了八年，沒有安適自在之感，經常品味孤寂、困頓和挫折的滋味，最後產生了再移民、再離散的衝動。抒情小詩〈桅燈〉這樣寫道，力匡離開喧囂熱鬧的人群街道，回到自己的小房，打開向北的窗戶，發現星空閃爍、船舶停息、海洋寧靜，一幅安然的夜景，但詩人說道：「我覺得自己留下已經太久，／而且我已厭倦了這畸形的地方。」煩躁不安的他，對心上人表達歉疚，尋找一個自我流放的機會。1957年9月，離開香港的前夕，力匡寫下一首感傷迷惘的小詩〈當我要離開這裡……〉——

> 要是我在這島上一直孤單，／我從未愛人也未被人愛過，／我離開時就沒有牽掛，／我的心就不會痛楚，／／要是我們從來不曾見面，／沒有犯了人類最初的和最後的過錯，／這過錯使一個人的生命要依賴別人，／以後再不能孤獨而愉快地生活。／／我留下了我所有的寶藏，／只有你有鑰匙打開和關鎖，／我留下了我無憂無慮的微笑，／我留下了我在快樂時才唱的歌。

1958年6月，力匡初到新加坡，被人問及從何而來，他有感而發，寫下散文〈一個香港人〉，其中這樣描述其香港經驗：「我是一個香港人，不管我願意或不願意，我必須接受這個頭銜，這決不等於說我對香港的一切都已同意，正相反，我怕在許多地方與這島上的事物都不協調。」力匡移民新加坡後，工作穩定，家庭幸福，在本地生活了三十多年，很快就擺脫了過客心態，歸化為新加坡公民，有了國族認同和地方之愛。力匡從中學教師的崗位上退休後，享受政府的公積金制度，安度晚年，優遊卒歲。他在散文〈新加坡的雨〉的篇末寫下了

一段質樸動人的文字——

> 我在這裡，一住三十年，一直沒有去意，原因雖不少，但都不是主要的理由。真正的原因，只有一個，我如今已是新加坡的公民，這裡是我的國，這裡有我的家！[57]

2003年6月，新加坡作家莫河主編的《已故瓊籍作家力匡、李蘊朗、林秀合集》出版，收錄力匡散文二十三篇。讓我們瀏覽其中的篇章，一窺力匡的晚年心境。〈城〉對全世界主要大城市進行比較，說明自己不會選擇倫敦、紐約、莫斯科、東京，然後談到香港，和新加坡進行比較——

> 香港如何？那裡風光如畫，坐纜車上太平山去「看老村」，到宋城區吃岳飛時代的點心，到海洋公園看海豚表演，都足以使人心曠神怡，只除了我，我在太平山下住了七年，有一段心碎的往事，我不想舊地重遊。我看，我大概只剩下一個選擇了，我只能在新加坡生活。我在這兒有正當的職業，有快樂的家庭，有人格高尚的朋友。這裡的食物比倫敦和紐約要好吃，天氣比莫斯科溫和，人人和我笑臉相迎，雖然物價在迅速上漲，差不多要趕上東京了，但這對我沒有影響，我有一張新加坡HDB的屋契，告訴我可以在這層樓住上九十九年，由1956年到2055年！[58]

力匡的抒情詩〈8月9日——從這一天開始〉寫於1978年的新加坡國慶日，回顧新加坡的建國歷程，感慨邦國新造，歡喜讚嘆，他讚揚主權獨立、經濟繁榮、百姓生活改善、多元種族和諧共處。[59]〈國慶日說往事〉寫於1979年，力匡在新加坡十四週年國慶之際，從個人經驗

---

[57] 力匡〈新加坡的雨〉，張詠梅《北窗下呢喃的燕語：力匡作品漫談》，頁78-79。
[58] 力匡〈城〉，參看莫河主編《已故瓊籍作家力匡、李蘊朗、林秀合集》（新加坡：武吉智瑪瓊崖聯誼會，海南作家作品研究室，2003年），頁64。
[59] 力匡〈8月9日——從這一天開始〉，參看列浦、莫河編《力匡散文、詩歌遺作集》（新加坡：錫山文藝中心，2003年），頁136-137。

出發，回顧新加坡獨立以來的社會發展，深感欣慰和自豪——

> 新加坡人民的生活日益幸福，就是渺小的我，也有了極大的改變。我起先只是做短暫的居留，然後是永久居民，然後，我是新加坡共和國的公民了。……這個公民與這新生共和國一同進步，一同改變。[60]

力匡談到新加坡公民可以購買政府出資建造的組屋，在大選時可以行使投票權。〈香港仔的那一夜〉寫於1986年11月26日的馬林百列（Marine Parade）。垂暮之年的力匡在新加坡定居了二十八年，安適自在，心情愉悅，他回憶當年在香港的流亡生活，當下的心情不再是寂寞困苦而是溫潤灑脫。所以，他筆下的香港不再是一個「傷心之地」而是一個「悅納異己」的離散城市：朋友小黃的熱情助人，餐館老闆的慷慨大方，教堂的溫馨氣氛，自然風光的美麗，結尾的一句話令人感動：「在1952年，在香港仔，我唱出了我一生最值得紀念的一首歌。」[61]力匡的抒情詩〈當我們進入80年代〉回顧1960、1970年代的世界歷史及其愚昧沉淪，相信1980年代有一陽來復、貞下起元的機會：「不要再犯同樣的錯誤／也不可守舊不遷／那只是無用的廢物／別讓它把你壓扁／像華人要努力把華人的根找回／就該以華語取代方言」。[62]這最後一句帶出新加坡政府在1979年推動的廢除方言、講華語運動，真是應景文字，因時制宜。力匡的〈啊！馬林百列〉寫自己對馬林百列的居住環境十分滿意。〈很長的假期〉、〈沒有時間表的一天〉寫力匡愜意的退休生活，他擺脫了工作限制，可以自由支配時間。力匡的四篇散文〈蘇宅的黃昏〉、〈住在如切的三伯〉、〈「阿舍」的酸枝椅〉、〈下雨的眼睛〉展現新加坡的熱帶風情和社會風俗，他不再是置身事外的觀察者而是融入本地的參與者，顯示身分認

---

[60] 力匡〈國慶日說往事〉，參看列浦、莫河編《力匡散文、詩歌遺作集》，頁23。
[61] 力匡〈香港仔的那一夜〉，列浦、莫河編《力匡散文、詩歌遺作集》，頁29。
[62] 力匡〈當我們進入八十年代〉，列浦、莫河編《力匡散文、詩歌遺作集》，頁128。

同和晚年心境的轉變。根據黎達材的回憶，他當年親自把稿費送到退休在家的力匡手中，力匡對人民行動黨政府把新加坡這個殖民地建設成為現代化國家深表讚賞，他欣慰於自己結束了流離生活，定居於此，壯有所用，老有所安。[63]

晚年的力匡生活在新加坡，懷著謙虛感恩的心情，偶爾回望香港和廣州。1985年，《中英聯合聲明》簽署之際，他寫下一首小詩發表在《香港文學》上，表達他對香港即將結束殖民統治、回歸祖國大陸時的欣慰心情：「我在香港時生活並不愉快／我覺得現在的香港比較進步／現在的香港比以前更好／明天的香港將比今天更好」。這種遠端民族主義（long distance nationalism）出現在這位自由主義作家的筆下，令人吃驚。力匡闊別香港二十七年後，直到1985年12月才有機會故地重遊，儘管物是人非，他的心情依然樂觀：「舊的香港，我生活過的香港，已成為灰燼。但由灰燼中，卻出現了另一個香港，新的香港，一如神話中五百年就要應劫一次，被烈火焚為灰燼、為輕煙的一隻鳳凰。」[64]力匡在1958年離開香港時不肯承認自己是香港人，可是二十八年後他在一篇文章中宣稱「我驕傲，我曾為香港人」，態度之轉變反映了他在新加坡的晚年心境。他還說，願意以自己的親身經歷反駁流行的「香港人沒有人情味」的刻板印象。張詠梅精闢指出，力匡經過時間的過濾和空間的距離，漸漸忘掉了香港經驗中不愉快的記憶，突出流亡生活中的美好人性：「他晚期作品中的香港人多呈正面的形象，跟過去的負面形象分別頗大。」[65]晚年的力匡回憶他早年在廣州的生活，撫今追昔，感慨故國山川煥然一新，他這時放棄了對中國大陸抱有的偏見和敵意。至此，這位輾轉於廣州、香港、新加坡的抒情詩人，這位曾經深度介入冷戰的華文作家，終於實現了身分認同的轉變，而且在時間的川流中療傷止痛，達成和解，這難道不是令人欣慰的結果麼？1991年，冷戰終結，也就在這一年，力匡病逝於新加坡，這真是一個奇特的巧合。

---

[63] 黎達材〈老而難安的詩人〉，列浦、莫河編《力匡散文、詩歌遺作集》，頁141。
[64] 張詠梅《北窗下呢喃的燕語──力匡作品漫談》，頁85。
[65] 同上，頁87。

第八章　新加坡戲劇家王里：

冷戰年代的中間道路[1]

引言：冷戰、戲劇與王里

　　馬華戲劇萌芽於1922年到1925年間，先後出現過「南洋色彩」、「新興文學」、「救亡戲劇」等發展階段。1942年，「太平洋戰爭」爆發，新馬淪陷，馬華戲劇戛然而止。[2]有研究者指出，1950、1960年代是學校戲劇的世界，業餘劇團緩慢復甦。進入1970年代以來，由於受到馬共和中國「文革」的衝擊，新加坡華文戲劇趨向於激進化。1976年3月，大批戲劇工作者在內安法令下被捕，新華戲劇運動進入了低潮。[3]方修含蓄地說道，從1967年到1976年，有一類新馬戲劇文學是「世界性思潮」衝擊下的產品，[4]這其實就是冷戰背景下的左翼思潮。文化冷戰在東南亞通過各種形式而得到充分表現，例如，表演藝術、文學、戲劇、電影、節日慶典、博覽會、報章雜誌、出版社、跨國組織。[5]王里（1936-2002）是活躍在1960年代中期、1970年代初期的新加坡戲劇家，深度介入了冷戰年代的輿論宣傳。

---

[1] 本文發表於馬來西亞《南方大學學報》第14期（2021年8月），此為修訂稿。
[2] 方修〈馬華戲劇文學的發展〉，參看方修《馬華文藝思潮的演變》（新加坡：萬里文化，1970年），頁16-21。
[3] 楊碧珊《新加坡戲劇史論》（新加坡：海天文化，1992年），頁19-34。
[4] 方修〈導言〉，參看方修編《戰後新馬文學大系：戲劇集》（北京：華藝出版社，2001年），頁10。
[5] Tony Day and Maya H. T. Liem eds., *Cultures at War: The Cold War and Cultural Expressions in Southeast Asia* (Ithaca, New York: Southeast Asia Program Publications of Cornell University, 2010), pp.3-4.

王里，本名許智榮，1936年出生於福建金門，後來移居新加坡，青少年時代就讀於華僑中學，後來升入南洋大學物理系。大學畢業後，曾在中學教書，後來任職於南洋大學輔導處，擔任過南大學生聯誼會和南大畢業生協會的演出顧問，這兩個機構曾把王里的劇本搬上舞臺。王里在南大工作期間和政府積極合作，寫過一些劇本，在人民行動黨的直落亞逸支部、例打支部、人民協會、國家劇場俱樂部等機構公開演出。[6]王里是一個表現官方意識形態和時代主旋律的作家，他的劇本入選新馬華文文學選集，受到文學史家的關注。[7]此外，王里的劇本經過跨媒介改編，成為劇場表演和電視節目，風行一時，成為大眾文化的一部分。[8]

　　本文吸收國際冷戰研究的新成果，通過文本細讀、歷史化和理論化的結合，解讀王里劇本中的文化政治議題，主要聚焦於三個方面：其一，本土意識和公民意識的強調；其二，國家主義對左翼青年的規訓和收編；其三，對殖民主義和左翼思潮的矛盾姿態。本文在表示「同情的理解」之外，也會提出一己之批評思考。

---

[6] 謝秀彬《王里劇作與演出研究》（新加坡：南洋理工大學中文系本科畢業論文，2010年），頁4；駱明主編《新加坡華文作家傳略》（新加坡：文藝協會、作家協會、錫山文藝中心，2005年)，頁562；新加坡國家圖書館、新加坡文藝協會編《新華作家傳略》（新加坡：國家圖書館、文藝協會，1994年），頁17。

[7] 方修編選的《戰後新馬文學大系》收錄〈把國旗掛起來〉，趙戎、苗秀、鍾祺編選的《新馬華文文學大系》第7集收錄〈騎樓下〉，黃治澎主編的《新華文學大系》收錄〈時代的腳步〉。方修認為：「王里劇作的特點，是注重灌輸國家意識，可視為後來新加坡當局一度提倡的『建國文學』。」參看方修編《戰後新馬文學大系：戲劇集》，頁24。柯思仁介紹過王里劇本〈過去的年代〉和〈懸崖〉，他指出：「與當時大部分帶有多少左翼色彩的民間劇團不同，王里的劇作往往表現與前者對立的立場。……這些劇作，否定與批判學生的社會、政治參與，也宣揚政府的穩定社會、發展經濟的政策。」參看柯思仁《戲聚百年：新加坡華文戲劇1913-2013》（新加坡：戲劇盒，新加坡國家博物館，2013年），頁106。王里還有一些劇本以手稿的形式被收藏在新加坡的國家圖書館，例如獨幕劇〈喬遷〉和〈水聲笑影〉，這是24套電視劇《千家萬戶》的劇本。1965年4月20-22日，王里編劇、蘇昱導演的四幕劇〈愛情〉在維多利亞劇院演出。

[8] 從1965年到1968年，王里的劇本〈歸來〉、〈懸崖〉、〈臨時抱佛腳〉、〈騎樓下〉在新加坡維多利亞劇場演出。〈生日〉在1965年10月被拍成電視劇播出。〈把國旗掛起來〉是為了慶祝1967年新加坡國慶而寫，拍成電視劇在國慶日播出。1993年，為紀念抗日烈士林謀盛，王里編寫劇本〈林謀盛烈士〉並由創藝劇團演出。

一、「我們的土地,我們的祖國」

　　王里的劇作有一個顯著特點,那就是飽含本土意識和家國情懷。從歷史上看,新馬華文文學的本土意識的演進有一個漫長的過程。從1927年的「南洋色彩」的提倡,到1934年的「馬來亞地方作家」的呼籲,[9]從1947年的「馬華文藝獨特性」的爭論,到1956年的「愛國主義大眾文學」的倡議,乃至於1982年出現的關於「建國文學」的號召,[10]無不強化了新加坡華語文學中的本土意識。新加坡在1959年6月取得自治後,雖然舞臺上演出的劇本主要來自中國和歐美,但是創作和公演「本地」劇本開始成為戲劇界的共識,好多部本地創作的劇本得以演出,作者包括林晨、朱緒、葉苔痕、岳野、征雁、史可揚等。[11]從1965年開始,王里的劇作開始進入大眾的視野。編者在王里的戲劇集《懸崖》和《歸來》序言中,熱情誠懇地提出本土意識和時代感的問題——

> 新加坡的戲劇活動相當普遍,許多業餘話劇團體經常在維多利亞劇院演出,電視臺及電臺也經常播出電視劇及廣播劇。可是令人感到遺憾的是以本地背景和本地題材創作的劇本太少,外國劇本儘管具有高度的藝術水準,其所表現的主題往往與現實情況存在著很大的距離,其所表現的故事內容與時代背景也往往與我們的現實生活漠不相關,令人感到隔膜與生疏,無法引起共鳴,更不能發揮積極性的教育作用。因此,鼓勵本地劇本創作乃是推動戲劇運動的一項基本任務。王里先生是我國傑出

---

[9] 楊松年《戰前新馬文學本地意識的形成與發展》(新加坡:新加坡國立大學中文系、八方文化創作室,2001年)。

[10] 黃孟文、徐迺翔主編《新加坡華文文學史初稿》(新加坡:新加坡國立大學中文系、八方文化創作室,2002年),頁86-100、213-217。

[11] 連奇發現,在1950年代到1965年,新加坡華語劇團演出的話劇基本上以中國劇本為主,作者有曹禺、丁西林、夏衍、柯靈、師陀、吳祖光、于伶、黃佐臨、茅盾、李健吾、陳白塵、歐陽予倩、許幸之、郭沫若、宋之的等人,參看連奇《新加坡現實主義華語戲劇思潮的演變(1945-1990)》(新加坡:春藝圖書,2011年),頁130-140。

的青年劇作家，多年來從事劇本創作不遺餘力，許多獨幕劇及多幕劇劇本都曾經演出或拍成電視劇，獲得觀眾的好評。……這兩本劇作集出版，我們希望對推動戲劇運動有所貢獻，鼓勵更多的本地劇本創作，以及鼓勵話劇的演出更加普遍。[12]

這裡強調新加坡戲劇表演要有在地題材，表現本土故事。王里在這個方面有自覺嘗試。他的三幕劇《巷口》批判小市民的投機心理，他們因為沉迷於博彩，造成家庭悲劇，劇本暗示誠實勞動和守望相助的社群精神。[13]

相比之下，獨幕劇〈差一點落伍的人〉的本土意識特別明顯。這部戲劇講述新加坡獨立前後一個華人家庭的故事。男主人顏守仁是一個小商人，為人正直，吃苦耐勞。妻子李秀雲是一個家庭主婦，保守固執，個性強硬。兒子顏策英是一名年約二十六歲的海歸學生，他對本國情況所知甚少。另外還有一個人物是陳文娟，她是顏策英的好友，一位性格豪爽、思想成熟的進步青年。顏策英擁有眾人羨慕的洋文憑，回國後尚未找到合適的工作，他驕傲固執，自私自利，虛榮心強，拒絕承擔公民的義務，一味追逐享樂，揚言要享受「最舒服的生活」，而且毫無愛國情操，對國家有絕對偏見。他的言行受到了陳文娟和顏守仁的批評。陳文娟嘲笑小顏沒有人文關懷，「滿腦袋都是齒輪、滑輪、飛輪、機械的零件」，[14]她斥責他的好逸惡勞的惡習，鼓勵他「下決心衝破舊時代的思想意識、舊時代的社會觀念」！提醒他「明白工作的意義、生活的意義」，勸告他獻身祖國、服務社會。顏父的觀念經歷了前後期的變化。七年前的新加坡，社會動盪不安，左派思潮大行其道，顏守仁擔心兒子會「誤入歧途」，於是鼓勵其出國留學，更換一下生活環境。如今兒子學成歸來，父親苦口婆心地勸說

---

[12] 王里《懸崖》（新加坡：教育出版社，1968年），另見氏著《歸來》（新加坡：教育出版社，1969年）的編者前言。

[13] 王里《巷口》（新加坡：教育出版社，1971年）。本劇本曾以「人民行動黨例打支部」的名義發行，出版年代不詳。

[14] 王里〈差一點落伍的人〉，收入氏著《差一點落伍的人》（新加坡：教育出版社，1972年），頁31。

道:「你一旦開始工作,你就要把你的工作觀念確定下來」,要明白為誰工作、為什麼工作,他直截了當地告訴兒子說:工作的目的就是為了「社會的發展,國家的前途」。兒子對父親的思想轉變表示難以理解,父親解釋說自己在1958年還是把新加坡當作「第二故鄉」,沒有落地生根的念頭;如今新加坡實現了獨立,父親因之而改變了自己的世界觀,他用莊重誠懇的語調對兒子說:「以前我是把這兒當著是我的第二故鄉,現在我是把這兒當成是我的家,我們的國家。」[15]他還多次強調說,新加坡「不是第二故鄉,是我們的土地,我們的祖國」![16]對父親和文娟的提點,顏策英起初有點抵觸心理,雙方僵持不下。促使顏策英轉變態度的是他收到了留學海外的同學和以前的老師寫的一封信,信中讚揚新加坡是一個「有前途,有希望,有活力,守紀律,能自力更生的國家」。[17]顏策英感到不可理解,陳文娟不失時機地勸其「丟下舊的思想包袱,接受新的思想意識」。當顏策英表示,他對這個變化太快的社會不能適應、希望稍作停留的時候,陳文娟警告說這是一個不斷發展、日新月異的社會,過去的一個歷史階段可能持續三、五十年,現在的一個歷史階段可能只有兩、三年了。最後,陳文娟打算帶著猶豫不決的顏策英去新加坡的各地走走看看,「看看我們的工業發展,看看我們的國家建設」,「聽聽全國人民的心聲,聽他們歌頌祖國,讚美祖國」。[18]當顏策英終於鼓起勇氣、下定決心時,陳文娟的這句話為全劇畫上了句號:「走,去學做怎樣才是真正的公民!」至此,公民意識和國家主義的主題揭示出來了。眾所周知,新加坡以前是英國殖民地,很多華人計畫葉落歸根,榮歸故里。當馬來亞在1957年獨立、新加坡在1959年自治、在1965年獨立後,華人的國家認同發生了轉向,開始把落地生根、歸化入籍當作首要選項。[19]本劇表現的國家認同的轉向是一個時代潮流,新馬華人的選擇改

---

[15] 同上,頁49。
[16] 同上,頁49。
[17] 同上,頁50。
[18] 同上,頁51。
[19] 崔貴強《新馬華人國家認同的轉向(1945-1959)》修訂卷(新加坡:青年書局,2007年),頁289-336。

變了他們與中國的關係。

　　進而言之,王里劇中的本土意識進一步發展為「國家意識」或者「公民意識」,他積極回應人民行動黨政府的公共政策,鼓勵公民為國家奉獻自己。這種創作意圖呼應著新加坡的教育政策。英國歷史學家藤布爾發現:「新加坡視教育政策是培養國民意識,建設一個團結、穩定和繁榮國家最重要的長期手段。在其執政的前九年裡,人民行動黨政府把近三分之一的預算都投在教育上。」[20]新加坡學者吳元華也指出,人民行動黨主張學以致用、視教育為立國之本,教育是國家培訓人力資源的投資,通過教育培養國民對國家的效忠感,教育也是取得社會地位和經濟效益的踏板。[21] 1965年8月9日,新加坡獨立,在教育領域以「雙語教育」作為建構其國家教育體系的政策基石。根據梁秉賦的研究,從1965年到2005年,新加坡的雙語教育是一個在形式與內容上都不斷改變的教育模式,一個「移動的靶子」,更準確地說,「它是一個需要與時並進,緊隨著新加坡國家和社會形勢的發展,以及世界和亞洲時局的演變而加以更新和調整的教育體系」。[22]

　　王里獨幕劇〈小夫妻〉積極回應人民行動黨政府的雙語政策。林石俊、王巧琳是一對年輕夫婦,職業都是公務員,二人育有一子,名叫林華英(意思是同時掌握了華文和英文兩種語言的雙語人才)。故事開始的時間在1969年,這時新加坡已獨立了四年,政府推行務實的雙語政策。這對公務員夫婦積極回應,丈夫原來是英校出身,現在開始積極購買華文書報,努力學習。妻子本來是華校生,現在積極閱讀英文書刊,希望迎頭趕上。在一個週末,林氏夫婦在家裡,到處翻找兒子的「報生紙」(即出生證),目的是為了報考中學。兒子讀了英文幼稚園和華文小學,現在面臨畢業,那麼他應該報讀華文中學還是英

---

[20] 康斯坦絲・瑪麗・藤布爾著,歐陽敏譯《新加坡史》(上海:東方出版中心,2016年),頁424。

[21] 吳元華《務實的決策:新加坡政府華語文政策研究》(北京:當代世界出版社,2008年),頁251-297。

[22] 梁秉賦〈新加坡的雙語教育:1965-205〉,收入何啟良、祝家華、安煥然主編《馬來西亞、新加坡社會變遷40年(1965-2005)》(柔佛:南方學院出版社,2006年),頁89-122。

文中學？夫妻二人展開激辯，僵持不下。這時，岳父王松凱出面了，他彷彿是化身為「意識形態國家機器」，他語重心長地對女婿林石俊說道：「你應該瞭解我國的教育政策，對於你的孩子你應該深信，將來他至少會精通兩種語文。」[23]王松凱對林氏夫婦有這樣的諄諄教導——

> 實際上，你們都已經深深地明瞭，在我國這種多元種族的社會，懂得多一種的語文不僅是為了促進各民族之間的諒解，同時也是為了生存。[24]
>
> 這樣吧！怎樣才能使你的孩子有正確的、強烈的國家意識，我提議你們倒是可以辯一辯！[25]

王松凱認為新加坡官方奉行雙語政策是因應多元民族的社會現實，目的是強化國家意識，這一政策的推行有助於實現種族和諧，也為個人生存提供了便利的條件。最後，這對夫妻茅塞頓開，都聲稱自己有了國家意識，含笑相視，皆大歡喜。應該說，本劇透露出來的「作為後殖民現象的語言政治」正是新加坡社會的結構性問題，其來有自，源遠流長。不過，王里只是積極宣傳雙語政策的好處，卻沒有批判由於殖民蟬蛻而造成的英文霸權，也沒有宣洩華文作為弱勢語言的悲情。1986以後，隨著南洋大學的關閉和新加坡華校徹底消失，給華校生造成精神壓力和文化創傷，由此而來的語言政治和語言正義成為文學史的大宗主題。

王里的獨幕劇〈把國旗掛起來〉同樣宣揚的是國家認同、愛國主義和公民意識。陳金吉是一個普通公務員，為人老實，奉公守法，熱愛工作，雖然年近半百，但熱情不減，自告奮勇地參加了警衛隊。兒子陳夢生受過中等教育，目前在商行工作，他要當一名志願兵。李秀蘭是一個思想保守的家庭主婦，她經歷過戰爭的殘酷，期待天下永遠太平，出於自私而膽怯的心理，她反對丈夫和兒子的愛國行為。明天

---

[23] 王里〈小夫妻〉，收入氏著《差一點落伍的人》，頁25。
[24] 同上，頁25。
[25] 同上，頁25。

就是國慶日了,父子倆早出晚歸地準備遊行活動,但李秀蘭對他們的態度很冷淡。房客周玉明是一位年輕的女護士,她很有同情心和愛國情操,不但關懷另一個房客李騰遠,鼓勵他從頹廢消沉的心態中走出來、找到合適的工作以提升自我,還主動幫忙,耐心說服房東太太李秀蘭。後來,李秀蘭變得明白事理了,逐漸接受了父子的愛國行動,還要求與他們一起參加國慶遊行。劇本結尾處,陳金吉正要走出家門,還不忘提醒太太「把國旗掛起來」。[26]

和上面兩個劇本比較,王里的另一個獨幕劇〈時代的腳步〉的劇情有些曲折,主題有點複雜。陳國昌是一位成功的商人,兒子陳森偉受過高等教育,很有進取心和責任感,也是一位白領人士。森偉的女友蘇麗敏是工廠女工,她為人正派,工作勤奮。然而,陳國昌反對他們談戀愛,為了拆散這對年輕戀人,他拐彎抹角、裝腔作勢地說:兒子是養尊處優、生活散漫、沒有奮鬥精神的人,配不上麗敏這個時代青年。後來,陳國昌還坦白告訴兒子:麗敏是一個地位低微的女工,根本配不上森偉這個富家子弟,她嫁給森偉的目的無非是想貪圖陳家的錢財。為了拆散兩人,陳國昌無中生有,在麗敏面前說了森偉的很多壞話,挑撥離間,製造隔閡。這個卑鄙的做法激怒了森偉,他失望於父親並沒有告別過去、與時俱進地變成好人,他傷心難過地看清了父親是假裝同情工人、實際上掩蓋了自己的真實用意,他憤怒譴責父親是「社會的敗類」、「違反了全國人民的意志」,「不學習做新時代的商人,卻墨守成規,變本加厲,情願做舊時的剝削老闆」,[27]「簡直代表舊時代的殘遺勢力」,「徹徹底底是新時代的絆腳石」,[28]根據社會的發展規律,父親遲早要被時代所拋棄。森偉相信:「我們的社會,我們的國家是朝著新時代的方向邁進」,[29]自己作為進步的時代青年「為祖國美好的明天」而「準備奉獻自己的青春」,[30]父子激

---

[26] 王里〈把國旗掛起來〉,收入氏著《懸崖》,頁152-184。
[27] 王里〈時代的腳步〉,收入氏著《差一點落伍的人》,頁78。
[28] 同上,頁79。
[29] 同上,頁79。
[30] 同上,頁79。

辯良久，幾乎要撕破臉面。看到父親的冥頑不靈，兒子憤怒地離家出走了。毫無疑問，陳森偉和蘇麗敏是王里的思想意識的傳聲筒，也是新加坡官方意識形態的化身，在當時的歷史情景中，這兩位青年人代表的是平等、現代性、發展主義、進化論和國家主義。本劇通過描述一個華商家庭的父母和子女在工作觀和愛情觀上的代溝，批判階級歧視、性別歧視等落後觀念，主張新加坡公民在國家獨立以後，應該同心同德、群策群力，緊緊跟上「時代的腳步」，獻身於國家建設。

　　王里的劇本〈歸來〉講述一個富商家庭的子女的成長故事，宣揚年輕人應該告別政治、報效祖國。這個劇本在兩個情節層面展開，第一是長子陳國輝投身左翼社會運動，結果是一無所有，萬念俱灰，後來洗心革面，重新做人；第二是次子陳國雄和女兒陳丹妮有感於大家庭的專橫父權，失望地離家出走，留學國外。兄妹二人起初嫌棄新加坡的落後，後來決心返歸故里，滿懷熱情地建設祖國。題目中的「歸來」有二義：一是因為左翼理想破滅而從歧路歸來，二是出於愛國情操而從海外歸來。最後，兄妹三人告別政治迷途和離散生涯，獻身於故國家園，可謂殊途同歸了。陳家的大家長是富商陳伯倫，他個性固執，白手起家，奮鬥半生，發家致富，希望兒女長大以後成為對社會有用的人，所以對兒女嚴加管束，甚至不近人情。陳伯倫的思想觀念保守而市儈，實用主義嚴重，他壓抑子女的愛好和個性，有一些過火的言行，例如，他打擊國輝的社會參與意識，嘲笑國雄對音樂的熱愛，向丹妮宣揚三從四德，所以他與子女們產生了代溝。結果，這個大家庭中充滿了緊張、冷漠、壓抑的氣息。國雄和丹妮鄙視新加坡的落後，打算去英國留學。在臨行前夕，他們憧憬未來的新生活，希望學成以後留在外國，甚至環遊世界，四海為家，以世界公民自居──

　　　妮：（得意地）你想想看，我們這個地方科學這麼落後，即使我將來回來了，也還不是英雄無用武之地。充其量還不是要去吃粉筆灰，做個教員。
　　　雄：對！我也不要回來了，我可以住在英國，義大利，甚至維也納……我實在不敢想像我們這個地方的音樂水準能對我

有什麼幫助。[31]

後來,他們長期留在外國工作,與父母通信也總是以新加坡的國家落後、設備不好、組織不健全為藉口,拒絕考慮回國發展,這讓父母大失所望。當新加坡獨立以後,許多國外同學和國內老師都在議論新邦初建、萬象更新,紛紛希望回國發展。在他們的啟發影響下,國雄、丹妮的觀念發生了根本性的動搖——

> 雄:(不假思索地)爸爸,你聽我說,為上(當為「了」字——引者注)我們個人的前途,我們本是應該繼續留在外國,因為不管怎樣,在那兒學習的機會總是比較多⋯⋯可是,當們我(當為「我們」——引者注)發覺比我們後去的留學生都先後返回他們自己的國家,我們慚愧極了⋯⋯
>
> 妮:(滿懷熱情)⋯⋯因為,他們都趕返自己的祖國,為祖國的人民服務,而我呢⋯⋯
>
> 雄:(痛定思定)只為自己,為著自己的聲譽,為著自己能出人頭地,除此之外,什麼也沒有⋯⋯
>
> 妮:(似有其事地)起初,我還以為只要能夠在國際上表現自己的成就,不也是在為自己的祖國爭光嗎?可是後來我慢慢地感到⋯⋯
>
> 雄:(激昂地,教訓地)這不是在為自己的祖國爭光,這是浪費自己的青春與智慧,去為別人服務⋯⋯
>
> 妮:我們也感到儘管自己的國家設備比較差,我們還是應該回來為國家服務。[32]

兄妹的內心搏鬥的結果是愛國思想占了上風,於是他們收拾行裝,告別英國,風塵僕僕地趕回新加坡,結束了離散狀態,擁抱故國家園。顯然,這是一個關於放逐與回歸的動人故事,表現王里那一代

---

[31] 王里〈歸來〉,見氏著《歸來》,頁42。
[32] 同上,頁122-123。

知識青年的人生信念，也是新加坡獨立前後官方的意識形態。毫無疑問，上述五個劇本都是針對時代變化的思考和回應：從〈把國旗掛起來〉中的護士小姐和參加國民服役的父子，到〈小夫妻〉中的普通公務員夫婦，從〈差一點落伍的人〉中的進步女青年，到〈時代的腳步〉中的藍領女工及其白領男友，再到〈歸來〉中的海歸知識分子兄妹，王里筆下的主人公形象已經大體定型了。他們是回應國家政策，具有國民意識和青春朝氣的時代青年和愛國者。這正是王里劇作的主要特點，也是他備受新加坡政府的青睞、在當年紅火一時的真正原因。

二、從英雄崛起到豪俠雌伏

在王里的劇本中，官方意識形態化身為某個人物形象，道德說教色彩濃厚，主題除了講述市井故事、宣揚公民意識之外，最矚目的是左翼青年「回歸正道」的故事。這些劇作的主人公都是熱血青年，生逢亂世，感時憂國，而按照王里的說法，他們不幸被左派地下組織吸收了，投身社會運動，成為活躍分子，領導學潮和工運，鬧得家庭分裂、學府不寧，所幸在親朋好友的幫助下，他們急流勇退，回頭是岸。這個「英雄歸順、豪俠雌伏」的敘事模式正是王里戲劇的一大亮點。

這些左翼青年都是華校生。從1945年到1965年，新馬華校是滋生左翼分子的溫床，激進的社會運動包括工運和學潮，都有華校生的深度介入。在1950年至1960年代，新加坡左翼政黨操縱和發動了很多次的罷工、罷課和示威抗議，一些華文中學和南洋大學的學生都捲入其中，到1975年以後，新加坡大學的學生會徹底喪失了政治能量。李光耀當年與華校生有過接觸，他在回憶錄中以欽佩的語氣寫道：「這是個生機蓬勃的世界。有那麼多活躍分子，個個生龍活虎；有那麼多理想主義者，他們不自私，準備為更美好的社會犧牲自己的一切。看來他們完全獻身於革命事業，下定決心，一心只想推翻殖民地政府，建立一個平等和公正的新世界。這給我留下了深刻的印象。」[33]必須指出

---

[33] 李光耀著，陳新才、張清江、梁文寧譯《李光耀回憶錄》（新加坡：聯合早報，

一點，在1960、1970年代，中國的「文化大革命」也曾對新馬地區的華人華僑、華校生、左翼知識青年產生了深刻的影響，有學者針對這個問題進行了深入研究。[34]不難理解，二次大戰以後，在亞、非、拉民族解放運動的鼓舞下，在新、馬的左翼政治組織、馬來亞共產黨和社會主義中國的誘導下，華校生迸發出強烈的社會參與意識，他們積極創作左翼文學，涉及小說、戲劇、詩歌、散文、評論等文類，從「中華人民共和國」的建立橫貫「文化大革命」的結束。新馬學者謝詩堅、朱成發、韓寶鎮等對此有細緻的考察。[35]在戲劇領域，具有不同程度的左傾思想立場的華文戲劇，標榜現實主義，洋溢著社會意識，極一時之盛。考慮到劇場藝術之表演的集體性和觀賞的社會性，官方與民間也在戲劇領域展開了意識形態上的拉鋸戰。譬如，人民行動黨在奪取領導權以後，就開始重視戲劇活動的文宣效果。柯思仁指出，人民行動黨在中央和各區支部成立戲劇組織，中央文化局在1965創立了戲劇股，國防部長吳慶瑞對戲劇的政治功能有清晰準確的認識，教育部長王邦文曾以王里的作品為例，說明本地戲劇工作者的政治立場的變化。[36]

王里刻畫了不少時代青年的肖像，這些左派青年參與社會運動，一些著名事件就有他們的身影，例如1954年的「抵制服兵役」，1961年的「鼓動中學生罷考」。下面，我以三個劇本，即〈過去的年代〉、〈歸來〉、〈懸崖〉為抽樣，分析王里如何以國家主義的政治理念，規訓和收編左翼青年，在冷戰年代表達一種具有新加坡經驗的

1998年），頁201-202。

[34] 程映虹的〈毛主義和「文革」與新加坡左翼運動間的關係〉討論過新加坡左翼政黨「社會主義陣線「如何系統介紹中國文化大革命，本文發表在「愛思想」網站（http://www.aisixiang.com/data/59153.html），上網時間2012年11月16日。

[35] 謝詩堅《中國革命文學影響下的馬華左翼文學（1926-1976）》（檳城：韓江學院，2009年）；朱成發《紅潮：新華左翼文學的文革潮》（新加坡：玲子傳媒，2004年）；韓寶鎮《新華左派詩歌研究》（新加坡國立大學中文系碩士學位論文，2004年）。

[36] 柯思仁《戲聚百年：新加坡華文戲劇1913-2013》，頁102-106。王邦文的原話說下：「像青年作家王里先生，能以一個受革命熱浪激蕩的青年，從盲目地參加反國家活動中，回頭是岸，投入人民懷抱為題材，這正說明了他對我國現實生活，敏銳觀察和分析的結果。」

「中間道路」，而這種政治選擇在建國和去殖民化的歷史條件下如何獲得了正當性。

劇本〈過去的年代〉涉及當時的學生運動（「五一三事件」）。左翼學者強調這個事件推動了新馬的反殖民運動，具有政治變革的意義。[37]藤布爾以中立的態度介紹道：「1954年5月，政府決定招募兩百五十名年輕人作為預備役入伍。這激起了大規模的學生示威遊行活動。警察驅散了遊行隊伍，許多學生被捕。這又引發了要求釋放被捕學生的新遊行，而且，幾乎所有的學生都拒絕註冊服役。」[38]本劇主人公陳以平是一個二十歲左右的中學生，本性純潔，自命為思想進步，他沒有主見，加入了左派組織，捲入社會運動，在家裡召集同學劉國威、林禮明祕密開會，脅迫寄居在自己家裡的表妹李夏宜，煽動她組織遊行示威。但是，陳以平的目的沒有達到，於是他就阻撓夏宜參加會考。甚至連自告奮勇地陪伴夏宜去參加考試的陳父，也被兒子當眾辱罵為「敗類」和「反動分子」。後來，朋友們都從激進政見中覺醒了，紛紛退出了左派組織，陳以平感到了很大壓力，他苦悶彷徨，蟄伏家中，偶爾翻閱《胡適文存》，慢慢明白了一些道理。為了保護父母不受左派分子的傷害，陳以平決定離家出走，追隨左派分子而去。此時，左派首領老周給陳以平布置了任務：燒毀汽車、擾亂治安、製造謠言。在這個緊急關頭，由於父母、表妹和同學們的勸阻，陳以平及時剎車，宣布與過去一刀兩斷。

這個四幕劇的敘述時間，設置在1954年、1958年、1961年、1962年，一一對應當時的社會背景。第一幕中，陳以平參加了1954年5月12日群眾大會，他熱血沸騰，豪情萬丈。聚會結束後，他回到家中與父母展開激辯，大言不慚，內容空洞，例如——

你只要看到每一個人，感覺到每顆心都在加速地跳動，還

---

[37] 參看陳仁貴、陳國相、孔莉莎編《情繫五·一三：一九五零年代新加坡華文中學學生運動與政治變革》（吉隆坡：策略諮詢研究中心，2011年）。
[38] 康斯坦絲·瑪麗·藤布爾著，歐陽敏譯《新加坡史》（上海：東方出版中心，2016年），頁337。

有憤怒的眼光，激昂的聲調；你什麼都會忘記。
一個共同的願望，一種大難來臨的預兆，就這樣地把個人變得那樣渺小；把集體的力量擴大，再擴大，再擴大！[39]

陳父詢問兒子打算要幹什麼，兒子的回答也是鸚鵡學舌，不得要領。當兒子說他明天要向殖民當局請願、舉行遊行示威的時候，父親詢問兒子是否知道後果？兒子滿不在乎。在下面這幾段對白中，王里的政治觀念通過陳父的口而表達出來，這是一種理性選擇和務實態度──

七年前，你強烈地反對殖民主義，我給你精神及物質上的支持，因為那是對的。七年後的今天，新加坡自治了，接著就要獨立了，我們就要由居民的地位，變成國民的地位……[40]
現在每個人開始培養國家意識的觀念，開始建國，為自己的國家的努力，這是多麼重要的關頭，可是你們要走，要轉入地下去破壞……[41]
我相信你不是主動，但你放棄了國民的責任，跟著人家去反國家。[42]

父親鼓勵兒子要學會歷史地思考問題，此一時也，彼一時也，國情已發生了很大變化，年輕人應該迷途知返，與時俱進。在這齣戲劇的結尾，陳氏夫婦告誡兒子──

以平，你們所留戀的年代，已經是過去了，我們要用新的精神、新的智慧、新的才華去理解現在，及未來的新年代。
以平，不要回頭看，就讓過去的，永遠過去吧！[43]

---

[39] 王里《過去的年代》（新加坡：教育出版社，1970年），頁17。
[40] 同上，頁115。
[41] 王里《過去的年代》，頁115。
[42] 同上，頁115。
[43] 同上，頁119。

按照王里的看法，既然馬來亞已經獨立，新加坡已經自治，既然殖民主義壽終正寢了，那麼，新馬人民的任務就是：團結一致，上下一心，懷著公民意識，共建美麗家園。然而左翼分子執迷不悟，堅持抗爭政治，繼續從事社會運動，企圖顛覆社會秩序，這是逆風而動，大錯特錯。值得注意的是，王里劇本中的左翼分子的目標定位不很清晰，有時指的是採取左翼路線的早期人民行動黨（1954-1959年），有時指的是從人民行動黨中脫離出來的林清祥[44]等左派分子成立的「社會主義陣線」（1961年成立），有時指的是深受馬來亞共產黨和中國毛主義之影響的知識青年（例如，劇本〈懸崖〉）。需要補充的是，在1950年至1970年代的新加坡和馬來亞，所謂「左派分子」也可能指的是社會主義的信奉者，例如，韓素音、魯白野、郭寶崑等。所以，王里劇本中的那些左派青年可能信奉的是社會主義，反對殖民主義和帝國主義，追求平等、獨立和建國；也可能信奉的是共產主義和馬克思主義，迷戀階級鬥爭和暴力革命。[45]

　　四幕劇〈歸來〉於1967年5月間在維多利亞劇院演出。劇中的陳家長子國輝是左派中學生，熱衷於政治活動，經常高唱「人民」、「革命」、「水深火熱」、「忍飢挨餓」、「伸張正義」、「維護真理」等政治口號。父親對此表示厭煩，擔心兒子參加非法活動，會越陷越深，所以對兒子冷嘲熱諷，警告提醒。國輝在家裡也向弟妹們灌輸激進思潮，他蔑視弟妹對藝術和科學的愛好，還向他們大聲咆哮，反對他們到外國去留學深造——

> 你們明知我在外面是搞群眾工作的，你們明知我的工作是負有改革社會的重大使命的，你們明知社會改革的成功與否是要靠

---

[44] 參看《林清祥與他的時代》上下冊（吉隆坡：社會分析學會，朝花企業，2002年）。

[45] 岳玉傑認為，《過去的年代》的主人公「中學生陳以平在人民行動黨採取左翼路線的1954年，懷著『用赤誠的心擁護正義，把生命獻給全人類的信仰』的青春激情，上街遊行，下鄉宣傳，……數年後，人民行動黨執政，轉而採取『非共』路線，陳以平仍信奉左翼路線，甚至轉移到『地下』跟政府對抗」。參看黃孟文、徐迺翔主編《新加坡華文文學史初稿》，頁440頁。

我們這輩青年，你們明知我是在盡一切努力使更多的青年人加入到我麼的隊伍裡來，你們不肯加入到我們的隊伍裡來已經罪該萬死了，現在反而要變本加厲，到外國讀書。[46]

國輝目睹左派頭目在社會上的可恥行徑，理想發生了動搖。後來他身陷囹圄，見證所謂「革命領袖」的自私醜陋，理想幻滅之下，主動寫下悔過書，決心痛改前非，重新做人。當舊日戰友白淑明前來探望國輝，告之以戰友們對他淪為「無產階級敗類」的指控，國輝感到憤怒和痛苦，他對這個莫須有的罪名進行了駁斥。最後，弟弟國雄和妹妹丹妮萬里歸來，打算獻身社會、建設祖國，而此時已經離家出走的國輝，由於缺乏勇氣，悄悄溜回了家中。國輝與弟妹們談天，他回思過往，痛不欲生，對那些傷害過他的人滿懷憎恨，也充滿了自我厭棄的情緒：「我起初把自己充作為智者，後來又以為自己是革命家，最後才發覺自己是個大傻瓜！」[47]這句話恐怕是王里對革命青年的最辛辣的諷刺了，無疑也會招致左翼人士的不滿。準此，國輝萬念俱灰，打算自暴自棄。這時，弟妹竭力勸說哥哥道：祖國是一個朝氣蓬勃的國家，大家應該各盡所能、獻身社會，這是公民應盡的責任。在他們的鼓動之下，國輝終於振作起來，迎接新生活。

四幕劇〈懸崖〉於1968年3月在維多利亞劇院演出，背景是1961年11月新加坡華校中四學生的罷考事件。[48]故事發生在1961年9月，父親陳勤生是一位受過教育的、忠厚老實的商人，妻子白演麗是家庭主婦，兩人生養了一個獨生子，名叫陳民可。民可是血氣方剛的中學生，典型的時代青年，眼看會考就要來臨了，但他的成績大不如前。父母非常焦急，經過觀察思考，發現兒子近來有些異樣，經常滿口大話，早出晚歸，躲躲閃閃，似有難言之隱。父親盤問民可，確認兒子深受左翼思想影響，兒子以時代青年自居，說起話來都是「真理」、

---

[46] 王里〈歸來〉，參看氏著《歸來》，頁27-28。
[47] 王里《懸崖》，頁131。
[48] 張子源《1961年11月27日新加坡中四罷考事件》（八達靈再也：策略資訊研究中心，2019年）

「人民群眾」、「無產階級」、「批評與自我批評」等時髦詞彙。父母認為兒子正在被危險思想所洗腦，走上了一條不歸路，他們為之困惑和擔憂。有一次，父親批評兒子夥同朋友在家裡偷偷書寫反對考試的標語，兒子振振有詞地答道：「要青年人讀死書，這是統治者的目的，不合理的考試制度，是剝奪青年人讀書的權利。」[49]兒子還表示，文憑和學位沒有用，讀書的目的應該是「武裝思想，改造社會」！[50]父親譴責兒子和左派學生的鼓動罷考是攪亂社會、破壞秩序，兒子大聲頂撞父親，還挖苦父親的話是「充滿了統治者的語氣，反動派的情緒」。[51]

劇中還出現一名左翼學生領袖、女青年李子慧。這是一個求全責備、冷酷無情的教條主義者，也是民可的頂頭上司，她嚴厲批評民可由於家庭出身而帶有嚴重劣根性、常犯舊錯誤、沒有犧牲小我的精神、不能解除思想包袱、自私軟弱、不敢面對現實，這一通指責令自信滿滿的民可困惑不已，手足無措。同學王豪傑家庭貧困，父親去世，母親辛苦謀生，豪傑需要在課餘照顧弟妹，幫助母親分擔家務，他表示自己無力完成分派的任務，但遭到李子慧的冷酷指責。陳民可同情豪傑的家庭貧苦，多次幫助過他，李子慧也批判陳民可的這種同情、人情和私情是「工作的絆腳石」。另一位同學吳梅茵的家庭條件也不好，父親生病，不見好轉，母親是洗衣婦，辛苦勞作，梅茵需要看望父親和說服母親，還要解決全家人的生計。但是，李子慧對梅茵的孝心不但沒有憐恤和讚揚，反而給予冷血的嘲笑和無端的批評。

在第二幕中，王豪傑和吳梅茵前來探望正在關禁閉的民可。二人拒絕追隨左派分子的罷考宣傳，因此受到騷擾和迫害，不敢回家，只好前來投奔民可。他們勸說民可冷靜反省一下：這種激進的政治活動對自己的前途究竟有何益處？罷考與改造社會有關係嗎？下面是這三個人的對話，透徹表達了王里的務實眼光和理性選擇——

---

[49] 王里〈懸崖〉，參看氏著《懸崖》，頁32。
[50] 同上，頁33。
[51] 同上，頁33。

傑：（理智地）我總覺得我們是被人利用了，我們所搞的事，跟我們的事業無關。

茵：民可，你有正義感，你有熱情，可是你可曾想到我們是在新加坡。

傑：究竟我們要革誰的命呢！

可：當然是革反動派的命！這還用說？

茵：這種煽動性的話，我們已經聽得太多。

可：這是真理！這是偉大的目標。

茵：我們過去老是叫嚷反帝，反殖，反封建，反迫害，事實上新加坡已經自治了，殖民地統治快要結束了，政府是由我們自己選出來的，我們受到誰的迫害呢？

可：這……

傑：如果真有迫害的話，那是子慧所代表的惡勢力，脅迫我們做出不該做的事。

茵：他們派人在我家附近等我，準備要硬拉我去考場參加糾察。[52]

　　至此，王里的言外之意非常清晰了：新加坡取得自治（1959年）以後，殖民統治已經終結了，左翼運動原有的革命目標喪失了針對性，它應該與時俱進，因地制宜，放棄激進政治議程，偃旗息鼓，解甲歸田，甚或考慮選擇另一條路子：英雄歸順，豪俠雌伏，與政府當局積極合作，效命於國家建設的藍圖。

　　第四幕的時間是1963年大選後，此時新馬已經合併，形勢一片大好。民可搬回家中居住，他回顧自己的革命歷程，內心苦悶憂傷，他與父親聊天，後悔自己受人利用，誤入歧途，成了一名激進分子，又把同學拉上賊船，拋入火坑。這時，子慧前來探望民可，兩人激烈爭吵。民可建議子慧重新分析國際形勢，他說自己不忍看到有人再做無謂的犧牲，他主張通過合法的、民主的途徑，達到改造社會的目的：

---

[52] 王里〈懸崖〉，參看氏著《懸崖》，頁55。

「我們要用新的智慧、新的才華，寫下新的歷史，沒有流血的革命的歷史！」[53]這番話讓子慧老羞成怒，氣急敗壞，她恐嚇要把民可逐出革命隊伍，然而，民可當場宣布，與她一刀兩斷，分道揚鑣。如今，民可說自己擺脫了「陰魂的糾纏」，覺得渾身輕鬆，同時也感到迷惘。這時，父母和豪傑、梅茵出現了，他們異口同聲地建議他重返校園，回歸正道。最後，民可打起精神，發誓要「要從頭開始，開始做個真正的人」。[54]

以上三個劇本刻畫了一些中學生如何受到左派組織的拉攏利用，接受其有關階級鬥爭和暴力革命的激進政見，變成四下惹禍的左翼青年，[55]他們的言行引起了家長的擔憂、警告和勸阻。最後，這些「誤入歧途」的時代青年在家人和朋友的勸說下，懸崖勒馬，迷途知返，回歸到正常的家庭、學校和社會秩序中。毫無疑問地，這是一個左翼青年如何被官方意識形態所馴化、吸納和收編的過程。通過對以上劇作的分析來看，宣揚國家主義和政治意識形態，描繪英雄歸順、豪俠雌伏的人間喜劇，正是這些劇作的中心思想。應該說，王里對國家意識的宣傳，本來就是自治後的新加坡政府的一貫政策，例如，南洋大學從創辦到關閉的典型個案。周兆呈對南洋大學早期校史有過專門研究。他指出，從1953年到1968年，從殖民地政府到勞工陣線政府，再到人民行動黨政府，南洋大學與歷屆政府的關係呈現出複雜微妙的變化，最後的結果則是：當局徹底清除了南大學生的政治力量，實現南洋大學從族群專屬到國家化的轉型。[56]黃康顯回顧南洋大學的整個歷史，他分析指出，南大在國際因素和中國元素的夾縫中苦苦支撐，謀求發展，其合併的命運自有歷史條件。[57]根據陳劍的研究，新加坡在

---

[53] 同上，頁114。
[54] 王里〈懸崖〉，參看氏著《懸崖》，頁124。
[55] 例如，當時新加坡內政部長蔡善進的文章〈共產主義——真正的威脅〉揭露馬共地下組織如何利用各種機會和場合招募新成員，進行思想灌輸，以至於將其帶入森林中與馬共領袖見面，甚至將新成員帶到泰國南部的馬共軍營進行體能訓練。轉引自韓寶鎮《新華左派詩歌研究》，頁136。
[56] 周兆呈《語言、政治與國家化：南洋大學與新加坡政府關係（1953-1968）》（新加坡：南洋理工大學中華語言文化中心，八方文化創作室，2012年）。
[57] 黃康顯〈國際因素、中國元素、南大發展〉，收入李元瑾主編《南大圖像：歷史河

1965年獨立後，政府當局「在意識形態上，與左翼劃清界限，巧妙地以國家民族主義作為新意識形態來團結國民，確立非共民主社會主義民生政策，標榜議會民主、民族平等、經濟建國的務實政策，建立民族國家」。[58]由此看來，凝聚國魂，召喚國體，推行國家主義的法律，這是新加坡的務實做法，王里的作品屬於意識形態國家機器。[59]

這裡應該指出，這些華人知識分子、左翼青年在1950、1960年代的激進言行，一共有五個方面的起源。一是馬共的崛起和壯大（1930-1989）得到新馬華人社會的支援，對廣大青年產生了普遍的感召力。二是新馬左翼政黨的蓬勃，包括林清祥領導的社會主義解放陣線，代表了草根庶民的聲音。三是從1949年到1966年，中華人民共和國的成立吸引了廣大海外華僑和華人，有些人主動返歸中國，成為歸國華僑。四是中國的「文化大革命」對海外華人華僑產生了震動，有些人深度捲入其中，包括一批藝術家和知識分子。[60]五是「全球六〇年代」（The Global Sixties）的政治思潮使得東方與西方、南半球到北半球、第三世界與西歐資本主義國家的一眾知識分子，參與其中，競相發聲，造成貌似世界革命的形勢。[61]從全球視野來觀察，1950、1960年代

流中的省視》（新加坡：南洋理工大學中華語言文化中心，八方文化創作室，2007年），頁17-31。

[58] 陳劍〈意識形態與新馬四十年社會變遷〉，參看何啟良、祝家華、安煥然主編《馬來西亞、新加坡社會變遷四十年（1965-2005）》，頁264-265。

[59] 對新加坡政體和法律的分析，參看約西・拉貴著，陳林林譯《威權式法治：新加坡的立法、話語與正當性》（杭州：浙江大學出版社，2019年）。

[60] 朱成發《紅潮：新華左翼文學的文革潮》對這個問題有深入研究。例如，工人作家崇漢當年是1名左翼青年，他在2003年接受訪談時說，他當年聽到中國「文革」結束的消息後，由於理想破滅，他覺得「失落」和「傷心」；參看頁148-149。王里劇本〈懸崖〉中的學生領袖李子慧、陳民可，開口閉口都是「革命小將」、「偉大導師」、「無產階級」、「人民群眾」、「革命事業」、「批評與自我批評」、「動搖分子」、「槍桿子裡出政權」等政治詞彙，這顯然是王里對「文革」的影射和諷諭。

[61] 關於「全球60年代」的研究成果，參看詹明信著，張旭東編《晚期資本主義文化邏輯：詹明信批評理論文選》（北京：生活・讀書・新知三聯書店，1997年，頁339-395；Chen Jian ed., *The Routledge Handbook of the Global Sixties: Between Protest and Nation-Building* (New York: Routledge, 2018)；汪暉《去政治化的政治：短20世紀的終結與90年代》（北京：生活・讀書・新知三聯書店，2008年），頁1-57。

是一個「革命年代」，也是一個「冷戰年代」，在新馬還是一個「建國年代」。在這種大環境下，左翼思潮成為東南亞華人社會的主流意識，甚至在新加坡學府中出現了左派學生團體，這並不奇怪，而是水到渠成。[62]但是話又說回來，在當時的新加坡，邦國初建，萬象更新，建設國家的偉業除了需要政治精英的殫精竭慮，更需要激發普通百姓的愛國情懷，需要展現團結政治和集體主義。這是時代的主題，也是執政黨的理念。王里生逢其時，聞風而動，積極扮演公共政策的代言人，他搖旗吶喊，左右開弓，主張穩健的中間道路，這是理性選擇，也是務實態度，這些言論代表了官方和民間的主流聲音，自有其內在的邏輯和歷史選擇的合理性。

三、從種族到階級

王里處在一個急劇變化的時代，他的歷史感和社會意識強烈，能夠在冷戰年代裡緊跟政治形勢，宣傳國家意識。需要指出，在新加坡等東南亞國家，「冷戰」和「去殖民化」是相互交織的政治實踐，所以，王里等知識分子面臨著雙重任務：一方面是反左反共，追求團結和諧的社會局面，另一方面是反對殖民主義，建設獨立自主的主權國家。同時，新加坡建國伊始，在灌輸國民意識、宣傳團結政治之外，如何改變積貧積弱的局面，處理工人運動和階級政治，這是一個重要課題。這一節從兩個角度分析王里的政治意識，即，他對殖民主義的愛恨交加（ambivalent）的態度，以及他的階級意識和左翼文學的共通性。

---

[62] 例如，南洋大學學生會的左翼特色非常明顯，經常介入教育問題、社會問題和政治方案的討論，包括：支持獨立建國、反對殖民主義、為華文教育請命、參與1963年大選、組織學潮。參看丘淑玲《理想與現實：南洋大學學生會研究（1956-1964）》（新加坡：南洋理工大學中華語言文學中心，八方文化創作室，2006年）。

（一）新邦與舊主：王里對殖民主義的矛盾態度

　　王里劇本中經常出現「時代」、「年代」、「國家」、「社會」等大詞，有的甚至作為劇本的題目，例如〈時代的腳步〉和〈過去的年代〉，還常常出現「舊時代」、「新時代」等字眼，這說明社會現代性、進化論、二元對立思維、線性歷史觀在王里的思想意念中占有重要地位。所謂「舊時代」當然指的是殖民主義時代，從萊佛士登陸新加坡的1819年直到新加坡自治的1959年，整整一百四十年。所謂「新時代」指的就是新加坡成為主權國家的1965年及其以後的歷史階段。在1950年代，除了新加坡進步黨、勞工陣線等親英的政治勢力和少數的殖民地上流社會精英，包括王里在內的大多數人都反對殖民統治，追求平等、尊嚴和國家獨立。王里的劇本〈時代的腳步〉設計了一個人物名叫陳國昌，作者在開篇的介紹中特意標明，陳國昌「外表和藹可親，內心卻是奸詐無比，是舊時代殖民地的典型商人」。[63]〈差一點落伍的人〉中的陳文娟是一名思想進步的時代青年，她批評虛榮淺薄、自私狹隘的顏策英「有殖民地時代的意識」，她譴責說：「你這種優越感跟過去殖民地的官員有什麼兩樣？」[64]顏策英的母親李秀雲是一名個性強硬、思想保守的家庭主婦，她認為兒子是海歸人才，就應該保持典型讀書人的身分，有一份輕鬆賺錢的工作，高高在上，隨意使喚別人，丈夫顏守仁自認是一名負責任的公民，他斥責太太的觀念「簡直就是殖民地時代的想法」。[65]這些言論說明王里對殖民主義抱有批判立場。但在劇本〈過去的年代〉當中，左翼理想破滅以後的中學生劉國威把同學林禮明喊出的「維護民族教育」、批判殖民地「奴化教育毒害年輕一代」[66]的口號當作是「舊式的口號，過了時代的宣傳資料」，這顯然又是王里的聲音了。然而在1954年的新加坡，左翼思潮是時代主流，反對殖民主義是大眾心聲，彼時的人民行動黨也奉行

---

[63] 王里〈時代的腳步〉，參看氏著《差一點落伍的人》，頁53。
[64] 王里〈差一點落伍的人〉，參看氏著《差一點落伍的人》，頁31。
[65] 同上，頁42。
[66] 王里《過去的年代》，頁53。

了左翼路線。如果王里真的認為這是「落伍過時」的觀念，那麼，什麼才是「正確進步」的觀念呢，眷戀殖民統治？反對建國運動？放棄華族文化？這顯然有悖於王里的立場。所以，在如何評價殖民主義這個問題上，王里根據新加坡獨立以後的國家意識，評述歷史事件，把後見之明帶入歷史敘述，急切充當傳聲筒，結果帶出的是一種混亂矛盾的思想觀念。

（二）階級意識與國家認同：王里與左翼思潮的共鳴

具有階級意識，進行階級分析，發現階級矛盾，強調階級政治，相信個人主體的政治能動性和普羅大眾的解放潛能，這是左翼思潮的特性。弔詭的是，皈依了官方意識形態的王里，在肯定工人階級的政治能量方面，與左翼人士分享了相似看法。因此，訴諸德曼（Paul de Man, 1919-1983）的解構主義修辭學[67]的批評方法，從文本的邊緣閱讀王里，會發現其思想深處的矛盾性和搖擺不定。

獨幕劇〈把國旗掛起來〉中的女護士周玉明租住陳金吉夫婦的房子，工作勤奮，為人正派，熱心助人，充滿愛國心。她關懷另一名訪客李騰達，鼓勵他積極向上，張揚愛國主義，向房東太太宣傳公民意識，使後者轉變了對丈夫和兒子的消極態度，和他們一道參加國慶日的群眾遊行，表達愛國熱情。這樣一來，這個劇本的情節就有些耐人尋味了：一方面，王里固然是堅定的國家主義者，以反共反左為職志；另一方面，他筆下的草根百姓又顯出左翼人士的思想風格。

獨幕劇〈差一點落伍的人〉中的女工陳文娟，積極上進，品行端正，樂於助人，覺悟很高，其實和左翼文學中的主人公沒有差別。陳文娟是王里的傳聲筒，她批評顏策英的自私自利、追名逐利，「忽略了國家，人民的利益」。[68]陳文娟這個年輕的女性，開口是「國家」

---

[67] 保爾・德曼著，沈勇譯《閱讀的寓言：盧梭、尼采、里爾克和普魯斯特的比喻語言》（天津：天津人民出版社，2008年）；Paul de Man, *Blindness and Insight: Essays in the Rhetoric of Contemporary Criticism* (New York: Oxford University Press, 1971).

[68] 王里〈差一點落伍的人〉，參看氏著《差一點落伍的人》，頁33。

和「社會」，閉口是「人民」和「時代」，充滿道德說教氣息，彷彿是一名向人灌輸意識形態的左翼分子。看得出來，王里和左翼人士的政治觀有重合之處，差別在於，雙方用相似的語言修辭表達了相反的政治理想：前者尊崇國家主義，反對激進言行，主張社會和諧、團結政治和國民意識；後者信奉社會／共產主義，主張階級鬥爭，追逐抗爭政治和暴力革命；前者是建設，後者是破壞，這是最根本的分歧。整個劇本從頭到尾都是喋喋不休的說教，人物個性單一、蒼白、平面化，缺乏多樣化、豐富、深刻內涵，借用馬克思的話是，這種風格是「席勒化」而不是「莎士比亞化」，或者借用美國小說家福斯特的話說，這些人物屬於「扁平人物」而非「圓形人物」。王里劇中的這些言論和左翼文學中的說法毫無二致，他們強調集體力量、階級政治、能動性、國家意識。

最後，我們再以獨幕劇〈時代的腳步〉為例，討論階級政治的問題。蘇麗敏的父親早年病故，留下母女二人，相依為命，麗敏只受過中等教育，她的戀人是父親生前好友陳國昌的兒子森偉。陳國昌伸出援手，幫助麗敏找到一份工廠的工作。麗敏個性要強，工作勤奮，晉升為工廠的第一位女管工。某天，麗敏去陳家拜訪。陳太太李愛珍誇獎麗敏是「行行出狀元」，麗敏謙虛地說自己願意做個「真正的生產工作者」。陳太太有階級偏見和性別歧視，認為女孩子終究是要嫁人的，規勸麗敏不要抱有太高的理想，還想讓丈夫替她換一份高尚的職業。但是麗敏並不介意，她認為自己是社會的一分子，相信男女平等，沒有階級歧視：「我是跟男人同工同酬，對國家的責任各有千秋。」[69]老奸巨猾的陳國昌想拆散森偉與麗敏，他對麗敏虛情假意，花言巧語，這讓單純善良的麗敏信以為真，她讚揚陳老闆「你除了會賺錢，也認清了這個時代的轉變；而更可貴的是你也跟著變了」，她寄希望於陳國昌「成為一個符合這個時代的商人」！[70]森偉受過高等教育，目前的工作在流俗看法中被認為是高人一等。所以，麗敏感覺到

---

[69] 王里〈時代的腳步〉，參看氏著《差一點落伍的人》，頁58。
[70] 同上，頁62。

兩人之間出現了一個階級鴻溝。其實，森偉和麗敏的工作性質雖然不同，但他其實也是正派青年，經常超時工作，早出晚歸，父母不知內情，還以為兒子不務正業。森偉認為，自己雖是所謂的白領階層，麗敏屬於藍領階層，但這只是分工不同，並無貴賤之別，他批評庸俗市儈的父親說：「在建國的初期，我們是需要多方面人才的，而這些人才更需要能配合社會的進展。」[71]森偉告訴麗敏說，在新建國家裡，為了發展工業，工人地位普遍提高，而在工業化過程中，其他工作者不應該被忽略，在目前社會裡，知識分子和工人之間不應有矛盾和隔閡。他鄭重指出：「健全的，有紀律的國家是要靠各階層人士通力合作建立起來」，「剛強勇猛的社會，需要思想與努力，能有適當的平衡。」[72]——由此看出，這兩個年輕人充滿青春熱力，也有書生意氣，在追求思想進步的道路上，你追我趕，當仁不讓。他們強調勞工神聖，反對階級歧視，宣揚職業倫理，高揚集體主義，義正詞嚴、擲地有聲，這其實與流行的左翼文學沒有兩樣了。[73]諷刺的是，以反共反左為職志的王里，竟然在思維方式與左翼分子遙相呼應，這顯然削弱了這些作品的政治說服力，也反映了王里的思想意識的混亂。

總的看來，王里的戲劇有兩大主題：其一，張揚國民意識和愛國情操，傳達新加坡的官方意識形態；其二，講述左翼青年懸崖勒馬、迷途知返，最終被國家體制所規訓和收編的故事。這兩者其實是一體之兩面，不妨合而觀之。總的來看，王里劇本取材於庶民故事，歷史感和時代氣息濃厚，主角都是清一色的華校生。他積極回應官方意識形態，劇作有強烈的說服教育的目的，屬於郭寶崑所謂的「統治劇場」。[74]這些劇本的情節簡單緊湊，風格樸素大方，主題指向國家主義。後來，伴隨著新加坡的自治和獨立，王里劇本中的族群意識開始淡化，他不再突出華人的族裔性而是強調新加坡人的國民意識。這些

---

[71] 王里〈時代的腳步〉，參看氏著《差一點落伍的人》，頁71。
[72] 同上，頁73。
[73] 有研究者認為蘇麗敏標榜「工人至上主義」，散布「知識無用論」，這顯然是對這個劇本的誤讀。參看黃治澎主編《新華文學大系：戲劇集（上冊）》，頁71-72。
[74] Kuo Pao-Kun, "Uprooted and Searching"，參看陳鳴鸞主編《郭寶崑全集》第7卷（新加坡：八方文化創作室，2008年），頁176。

劇作公演後名動一時。當然，王里的劇作也有疵瑕。他喜歡採用忠奸對立、因果報應的敘事模式，常有大團圓的結局，人物經常進行長篇大論的說教，缺乏節制和平衡，幼稚感傷的文青筆觸時常出現，人物性格沒有深度、豐富性和複雜性，缺乏表現永恆人性的道德素質和思想深度。

眾所周知，在冷戰的年代裡，二元對立和本質主義的思維定勢無處無之，盡現於各種文化實踐，人們習慣於非此即彼地做出選擇：要麼擁抱左翼立場，要麼展示右翼姿態，或左或右，人各有志，風行草偃，人性使然。王里既不同於當時走紅的一眾左翼作家，也和南來的一批右翼文人截然不同。他的政治意識別樹一幟，耐人尋味：既反對左翼政見，又批判右翼思潮，左右開弓，毫不容情，他主張第三種立場，那就是植根於新加坡經驗的「中間道路」。毫不奇怪，王里的劇本經常流露出愛國主義、國家主義的思想，他採取的是務實態度，這也是新加坡在歷史情景下的產物。總之，在風雲激蕩的冷戰年代，在1960、1970年代的新馬文壇上，王里絕對是一個不容忽視的存在，只此一家，別無分號。

第九章　金枝芒的現實主義：
救亡、本土化與冷戰[1]

引言：金枝芒與革命文學

　　21世紀以來，隨著國際冷戰研究和身分認同研究的蓬勃，學者們重寫馬華文學史，重思左翼運動，重新檢視文化與政治的複雜糾葛。是故，馬華作家金枝芒（1912-1988）開始進入研究者的視野。

　　本文分析金枝芒在三個歷史階段的文學創作，研討其作品中先後出現的三個主題：「救亡」、「本土化」與「冷戰」。通過文本、歷史與理論的結合，本文返回新馬華文文學的場域，考察金枝芒如何以筆為劍，回應歷史變遷；如何扎根本土，思考文化政治，辨析其思想中的洞見與盲點，指出藝術技巧方面的得失成敗，期待與相關論述展開批評對話。

　　金枝芒原名陳樹英，另有乳嬰、殷枝陽、周容、文萱等筆名，在馬共隊伍中化名「周力」、「老陸」，出生在江蘇常熟一個貧民家庭，中學時代即踏上社會。1935年，金枝芒由於受到國民黨政府的迫害，被迫攜妻別子，南下謀生，首先抵達新加坡，旋即任教於馬來亞霹靂州督亞冷的同漢華文小學。1937年，「盧溝橋事變」爆發，日本全面侵華。1942年，日軍南侵，馬來亞淪陷，金枝芒當時在一家錫礦辛苦工作，還參加了馬共領導的地下組織「抗日同盟會」。1943年，由於組織當中出現了叛徒，他被迫離開錫礦，轉到農村去開荒種地。

　　從1945年8月日寇投降到1946年初，金枝芒化名「周力」擔任《北

---

[1] 本文發表於開封《漢語言文學研究》2024年第2期，此為修訂稿。

馬日報》和《怡保日報》的編輯。《怡保日報》被殖民當局查封後，他來到到吉隆坡，擔任抗日軍退伍同志會的機關報《戰友報》的編輯，接著去《民聲報》擔任「新風」副刊的編輯，直到1948年6月，「緊急法令」頒布，他北上加入馬共部隊，化名「周力」，奉組織命令調往彭亨州參加武裝鬥爭，在南彭和北彭的州委機關工作，負責編輯和出版油印報刊，包括《戰鬥報》、《團結報》、《火線上》等。1951年底，他調入中央機關，負責宣傳、出版、撰寫評論和通訊，也負責部隊的文教工作，輔導馬共戰士的文化學習、寫作歌詞。1953年，馬共中央機關北上馬、泰邊境，金枝芒協助指揮部的後勤工作，負責管理糧食物資。1961年，他跟隨馬共總書記陳平，繞道越南前往中國，執行宣傳任務。1969年，「馬來亞革命之聲」在湖南益陽建成，使用四種語言面向東南亞進行廣播，這是冷戰年代的政治宣傳，金枝芒擔任華文組一把手，從事編譯工作，直到1981年電臺關閉為止。後來，他擔任馬共海外代表團的祕書，1988年在北京逝世。[2]由於這段傳奇經歷，他不單被譽為文學馬來亞化的開拓者，而且堪稱「馬來亞民族民主運動的標杆」。[3]

一、離散華人與救亡運動

隨著抗戰軍興，南洋華僑掀起了聲勢浩大的救亡運動，作家們也熱情參與抗戰文藝。[4]金枝芒在1937、1938年發表過不少文學作品，背景有中國和南洋之分，主題都是宣傳抗日救亡，宣洩民族主義，他戰後發表的短篇小說〈犧牲者的治療〉也屬於這個主題系列。中國背景的短篇小說有〈逃難途中〉和〈小根是怎樣死的〉，講述婦女和兒童在戰爭暴力下淪為犧牲品的故事。〈逃難途中〉的主角是農婦李大

---

[2] 〈悼詞〉，見文山編《人民文學家金枝芒抗英戰爭小說選》（吉隆坡：21世紀出版社，2004年）。

[3] 麥翔〈論金枝芒〉，收入21世紀出版社編輯部編《緬懷馬新文壇前輩金枝葉芒》（吉隆坡：21世紀出版社，2018年），頁99-109。

[4] 參看方修編《馬華新文學大系》第2卷（新加坡：世界書局，1971年）。

嫂，她和家人原本在一個村子裡過著安穩的生活，後來日寇來襲，丈夫被殺，她帶著兩歲的女兒在風雪交加的深夜加入了逃難人群。李大嫂在途中飢寒交迫，疲憊不堪，一個路人見此情景，勸她扔掉孩子、輕裝逃命。她起初於心不忍，經過多次猶豫，最終下了狠心，把孩子拋到雪地裡，隻身逃亡，可是她不幸被流彈擊中，當場慘死。[5]〈小根是怎樣死的〉寫日寇進犯中國某個城市，十一歲的男孩小根在逃難過程中與家人失散了，他遇見了鄰居家的小男孩阿興，二人結伴同行，四處流浪，露宿街頭，靠著外國慈善機構分發的食物勉強活下來。後來，食物嚴重短缺，飢民瘋搶慈善機構拋送的食物，不幸發生了嚴重的踩踏，小根就這樣慘死了。[6]這兩篇小說的文筆笨拙幼稚，詞彙貧乏累贅，故事情節有重複之處，總體上是一種感傷濫情的風格。這說明金枝芒缺乏真實的戰爭經驗，也見證了他的寫作能力的薄弱。金枝芒有時使用筆名「乳嬰」，意思是正在吃奶的孩子，這個謙卑的筆名說明他正在創作的起步階段，文筆的青澀和笨拙是無法避免的，同時由於嬰孩也是生命、青春和希望的象徵，這暗示他對個人的文學前途頗有信心。金枝芒還發表有「南洋色彩」的小說、散文和隨筆，表現底層華人的血淚生涯和高貴情操，洋溢著現實主義氣息，見證暴力，控訴不義，有一種深沉凝重的崇高感。〈弗瑯工〉中的張福仔是一家錫礦山的工人，他勤勞誠實，忍氣吞聲，經歷重重折磨，費盡心機討生活，還是走投無路，打算一死了之。這篇小說涉及離散華人的愛國情懷。被開除的礦工們哀求高管工手下留情，他們除了有養家糊口的卑微理由，還懷著積蓄盤纏、回國抗日的崇高動機。結果，他們遭到了欺騙和恐嚇，一無所獲，悲憤無奈地離去了。[7]

金枝芒還有四篇以「南洋兒童」為敘事視角的短篇小說。〈新衣服〉寫南洋華人興起抵制仇貨的潮流，小學女生嬌娣在姐姐出嫁時得到母親買給她的一件新衣，她非常興奮。後來穿著新衣服去學校上

---

[5] 乳嬰〈逃難途中〉，方修編《馬華新文學大系》第4卷（新加坡：世界書局，1971年），頁224-229。
[6] 乳嬰〈小根是怎樣死的〉，方修編《馬華新文學大系》第4卷，頁230-237。
[7] 乳嬰〈弗琅工〉，方修編《馬華新文學大系》第4卷，頁266-299。

課，有個女同學揭發說這是一件「敵貨」，嬌娣因此遭到了大家的嘲笑。她很不開心，經過內心掙扎，把新衣送給了鄰居家的貧苦女孩，心裡如釋重負，隨即和同學們連夜參加賑濟難民的活動去了。[8]方修讚揚這篇小說以小見大，從側面反映當地華族社會愛國情緒的高亢。[9]〈一天的生活〉從第一人稱的角度展開敘事，「我」是南洋華校一名小學生，授課教師陶先生是一個膽小怕事的人，他曾經受到過英國殖民當局的警告，不准學生們提到日寇侵華。可是，達利等學生在作文中不可避免地提到了日本的侵略，這下激怒了陶先生，他擔心自己因此而坐牢，於是惱怒地用藤鞭抽打學生。「我」回到家裡，心裡異常恐慌，忍不住大聲哭了出來。[10]〈兒童節小景〉敘說南洋一間華僑小學在兒童節舉行活動，老師們悲憤講述日軍侵略中國的時事，激起了小學生們的愛國熱情。學校發放紅包給這些小朋友，但他們出於愛國心，決定把這些微薄的錢捐出來，救助祖國受苦兒童。他們還勇敢地排隊走出校園，舉著小旗到礦場、街道上進行救國宣傳。[11]這兩篇小說寫海外華人對救亡的不同反應、英國殖民當局對華人的管控。〈姊弟倆〉寫一個蒙昧無知的小孩思想覺醒、成長為愛國者的故事。魏牛是一個貪玩、愛翹課的小學生，當聽到老師在課堂上激動地講述中國軍隊取得「臺兒莊大捷」的新聞，他懵懵懂懂。當班長號召同學們參與募捐用以支持中國抗戰事業，魏牛謊稱父母沒有給自己零用錢。他的姐姐每天積攢零花錢支持抗戰，受到大家的讚賞。下課後，姐姐和幾個女生翻看中國地圖尋找臺兒莊的位置、議論抗日救亡，魏牛從旁邊走過，還取笑她們。在回家路上，魏牛看到姐姐因為誤買了幾條東洋魚、遭到愛國學生的指責而傷心哭泣，他受到了很大的觸動，決心開

---

[8] 乳嬰〈新衣服〉，原載新加坡《星洲日報》副刊「晨星」（1937年12月15日到20日），收入方修編《馬華新文學選集》第4卷（新加坡：世界書局，1969年），頁181-203。

[9] 方修編《馬華新文學大系》第4卷，頁13。

[10] 金枝芒〈一天的生活〉，原載新加坡《南洋商報》副刊「南洋文藝」（1938年4月3日），轉引自葉清潤編《金枝芒散文彙編》（無出版社，2017年），頁45-55。

[11] 金枝芒〈兒童節小景〉，原載新加坡《南洋商報》副刊「獅聲」（1938年4月11日），轉引自葉清潤編《金枝芒散文彙編》，頁56-60。

始儲蓄和捐款,救助中國的苦孩子。他還主動告訴班長說,他願意出演一齣救亡戲劇中的漢奸角色。[12]這篇小說使用對比手法和情節翻轉,場景和情節緊密圍繞救亡思想。上述作品試圖表明,強大的民族主義熱情已經普遍滲透在海外華人的社群當中了,不分年齡、性別、職業,即使是少年兒童也激發出了他們的救亡熱忱。

方修認為:「乳嬰雖然寫了不少中國題材的小說,如〈逃難途中〉、〈小根是怎樣死的〉等,但他主要的貢獻還是在於一系列反映抗戰初期馬華救亡運動的健旺狀態的創作,包括〈新衣服〉與〈八九百個〉。」[13]這段話顯示方修的馬華文學本土意識,指明了南洋題材之於金枝芒寫作的重要性。〈八九百個〉講述馬來亞錫礦華工的離散民族主義,文筆繁複細膩,人物的心理轉變有跡可循。這裡介紹一下故事情節和主要人物。在馬來亞一家日本人開辦的礦山上,八、九百個華工過著與世隔絕的日子,他們辛辛苦苦地幹活,不分白天黑夜,為日本老闆做牛做馬。某一天,礦工漢祥帶了一份華文報紙給大家看,上面的新聞有馬來亞各埠華僑進行熱火朝天的救亡宣傳,這讓萎靡不振的礦工們振奮起來了。小說的重心是描寫秉全從消極到奮發的心理轉變過程。秉全曾組織過兩次工人罷工,但是罷工被分化瓦解了,他的進取心遭到打擊,變得意氣消沉。後來,哥哥秉初告訴他一個消息:英國輪船上四十名中國工人,拒絕運輸硝鹽給日本公司,而且集體辭職了。這個消息讓秉全覺得自己懦弱無能,他痛苦地認為自己對危難的祖國毫無幫助。在和同鄉聊天時,秉全得知礦上的鋼鐵是被運送到日本,用以製造屠殺同胞的武器,這讓他大吃一驚,決心喚醒渾渾噩噩的工友們,制止日本人的罪惡陰謀。在漢祥、秉全的領導下,八、九百個華工集體辭職了,還得到數十個馬來族和印度族工人的鼎立支持。這些工人仿效中國「焦土抗戰」的做法,一把火燒掉了自己的簡陋宿舍,小說結尾的這段描寫交織著聲音和畫面,浸透了民族主義熱情——

---

[12] 乳嬰〈姊弟倆〉,原載新加坡《星洲日報》「文藝」週刊(1938年6月5日),收入方修編《馬華新文學大系》第4卷,頁238-243。
[13] 方修編《馬華新文學大系》第4卷導言,頁13。

汽車裝走了拿不動的東西。八九百個中國工人的一條長的行列,愉快地,歡呼著、談笑著,緩緩地行進。在山麓、在原野、在敵人鐵山的附近,大家一點也不愛惜地,親手燒了用幾年的血汗搭起來的小屋的火,在燃燒著、燃燒著。

像別的一些地方的,寒冷的黃昏的篝火一樣,這裡一堆,那裡一堆,這堆堆的篝火,照耀著八九百個中國工人所走的路,照耀著龍運的以及別的一些敵人鐵山裡的中國工人所走的路;每一個中國人所走的路,這堆堆的篝火也照耀著。

「打倒東洋,打倒東洋……」

「起來,不願做奴隸的人們……」

會唱的人在行列的前頭和旁邊領唱著、指導著。這八九百個中國工人的行列,一聲聲,雄偉地歌唱著民族底仇恨,民族底新生。[14]

金枝芒曾在馬來亞錫礦工作過,體驗到礦工們的艱難困苦、兄弟情誼和愛國熱忱,〈八九百個〉和〈弗瑯工〉的故事原型很可能來自他的人生經歷。比較而言,〈弗瑯工〉僅僅描繪草根庶民的苦難生活和主人公逆來順受的性格,氛圍是愁苦、灰暗和壓抑的。〈八九百個〉前進了一大步,有階級鬥爭和民族反抗的雙重面向,湧動著一股壯烈的英雄主義氣息。

南洋華人有不同的階級出身和社會地位,對祖國危難表現出不同態度,這也是人性和環境使然。金枝芒以現實主義刻畫南洋華人的眾生相,和少年兒童的題材相比較起來,成人世界的反響更為曲折、複雜和多樣化,而且敘事者有嚴厲的道德譴責。〈母女倆的故事〉寫一個名叫陸芬的南洋華僑女生的故事。她幼年喪父,與做洗衣婦的母親相依為命。抗戰軍興,華僑青年中間興起了回國參戰的潮流。陸芬收到了朋友們的不少來信,他們的崇高言行激發起了她的愛國心,她

---

[14] 乳嬰〈八九百個〉,原載新加坡《星中日報》副刊「星火」(1938年1月11日至1月21日),收入方修編《馬華新文學大系》第4卷,頁244-265。筆者對照兩個版本,發現方修版有字句和標點錯誤,此處引文逕用《星中日報》版。

也很想到中國去參加抗戰,可是又捨不得含辛茹苦的母親。多次猶豫後,陸芬鼓起勇氣把想法告訴了母親,被潑了冷水,她的絕食抗議不但沒有感動母親反而遭到了打罵,她愧疚於自己的不孝。後來,同學阿銀找到陸芬的家裡,希望她參加「盧溝橋事變」一週年的戲劇演出,她考慮以後答應下來,最終放棄了回國念頭,這得到母親的支援,母女關係和好如初。[15]這個小說使用對比和反諷的手法講述一出海外華人放棄原鄉神話、選擇落地生根的喜劇,寫出人性的常態和理想主義者的挫折。短篇小說〈亡鄉人〉寫一所南洋華校的青年教師童先生對救亡事業漠不關心,與她形成鮮明對比的是其他教師的愛國言行。[16]〈閱報室裡的小風波〉批評華校教師曾先生和梁太太在祖國危難之際的蠅營狗苟,道德墮落。[17]金枝芒曾在馬來亞霹靂州的華文小學教過書,他對教育界的情況有切身經驗,華人師生及其對祖國危亡的不同反應,估計給他留下了深刻印象。在陸芬、童先生、曾先生、梁太太、陶先生等南洋華人的身上,暴露出普遍的人性弱點和道德缺陷,對這些知識分子形象的描繪顯示了金枝芒的政治意識和原鄉情結。

金枝芒有些寫景抒情的散文寫於南洋,主題也是民族主義。〈懷念〉寫作者懷著一片傷感和愧疚的心情,思念淪陷中的故鄉親人。[18]〈亡鄉人之歌〉希望不願做奴隸的同胞們保家衛國,爭取抗戰勝利。[19]〈南湖的船娘〉讚揚南湖船娘在時代精神感召下變成了救助傷兵的巾幗英雄。[20]金枝芒的寫作於南洋的那些雜感和隨筆同樣關注祖國危亡,

---

[15] 金枝芒〈母女倆的故事〉,新加坡《南洋商報》副刊「獅聲」(1938年7月7日),見《金枝芒散文彙編》,頁94-103。
[16] 金枝芒〈亡鄉人〉,新加坡《南洋商報》副刊「獅聲」(1938年5月14-17日),見《金枝芒散文彙編》,頁66-77。
[17] 金枝芒〈閱報室裡的小風波〉,新加坡《南洋商報》副刊「獅聲」(1938年5月29日),見《金枝芒散文彙編》,頁78-88。
[18] 金枝芒〈懷念〉,新加坡《星洲日報》副刊「晨星」(1937年11月20日),見《金枝芒散文彙編》,頁7-12。
[19] 金枝芒〈亡鄉人之歌〉,新加坡《星洲日報》副刊「晨星」(1938年1月8日),見《金枝芒散文彙編》,頁29-33。
[20] 殷枝陽〈南湖的船娘〉,新加坡《星洲日報》副刊「星火」(1937年11月25日),見《金枝芒散文彙編》,頁13-18。

他為救亡大業積極出謀畫策。〈南洋教育人往那裡走〉提到南洋華人的救亡宣傳受到了殖民當局的刻意打壓,一些教育工作者為了維持生計,只好忍氣吞聲,金枝芒認為南洋華人目前迫切需要一個政治組織,讓大家為這個群體貢獻力量。[21]應該說,這是金枝芒對時局的準確觀察,也符合當時的歷史事實。[22]不久後,華商僑領陳嘉庚和馬來亞共產黨創立了宣傳救亡的籌賑組織,南洋華僑踴躍參與。〈略談打漢奸〉聯想到當前的華社缺乏民族統一戰線,鋤奸工作實屬不易,作者呼籲馬來亞華人團結和組織起來,向著統一的救亡目標奮勇前進。[23]〈我們得忍受陣痛〉指出國人需要摒棄懦夫論調和漢奸思想,發揚艱苦奮鬥、不怕犧牲的精神。[24]

需要指出,金枝芒有四篇書評也體現出左翼立場,儘管所評之書在中國、蘇聯、日本和朝鮮出版,但內容與主題有相似點,這說明在東北亞、中國和南洋有跨國文化網絡的存在,中文書很快流通到了南洋的華文圖書市場。金枝芒的書評促進了左翼文學的跨國知識傳輸,有助於南洋華人萌發民族主義。四篇文章所評之書如下:端木蕻良的長篇小說《大地的海》[25]、胡風翻譯的臺灣朝鮮的短篇小說集《山靈》[26]、蘇聯作家班臺萊耶夫(Leonid Panteleev, 1908-1988)的小說《文件》、[27]《列寧

---

[21] 金枝芒〈南洋教育人往那裡走〉,新加坡《星洲日報》副刊「星星」(1937年11月16日),見《金枝芒散文彙編》,頁1-6。

[22] 有研究者指出,當時馬來亞政府當局為了避免給英日兩國關係帶來負面衝擊,既不容許華僑舉行抗日運動,又不許可支援國民政府的運動,還發出公告,禁止一切基於「七七事變」的政治運動,禁止輸入抗日教科書,禁唱抗日歌曲。參看楊建成主編《南洋華僑抗日救國運動始末(1937-1942)》(臺北:中華學術院南洋研究所,1983年),頁37。

[23] 金枝芒〈略談打漢奸〉,新加坡《星洲日報》副刊「晨星」(1937年12月1日),見《金枝芒散文彙編》,頁19-22。

[24] 金枝芒〈我們得忍受陣痛〉,新加坡《星洲日報》副刊「晨星」(1937年12月30日),見《金枝芒散文彙編》,頁23-28。

[25] 金枝芒〈大地的海〉,新加坡《南洋商報》副刊「獅聲」(1938年10月24-25日),見《金枝芒散文彙編》,頁104-111。

[26] 乳嬰〈山靈〉,新加坡《南洋商報》副刊「獅聲」(1938年11月18日),見《金枝芒散文彙編》,頁112-119。

[27] 乳嬰〈給孩子們介紹一個好童話——《文件》〉,新加坡《南洋商報》副刊「獅聲」(1938年4月29-30日),見《金枝芒散文彙編》,頁61-65。

家書集》的中譯本。[28]這四本書都是革命現實主義作品,飽含階級鬥爭和民族反抗,宣揚革命政治和國際主義。

金枝芒上述的小說、散文、雜文的主角都是底層華人,他們有民族意識、民族情感、民族歸屬感,流露出中國認同、原鄉情結、血緣神話與離散民族主義。及至他的短篇小說〈犧牲者的治療〉,關懷「此時此地」的社會現實,塑造馬共抗日英雄的形象,有顯著的馬來亞認同,實踐了他提倡的「馬華文藝獨特性」。這裡稍作介紹。新馬淪陷期間,林醫生受到日本老闆的命令,經常拎著藥箱去監獄中為受刑的「犯人」清洗傷口、塗抹藥膏,這些所謂的「犯人」其實是抗日分子、愛國華僑、進步人士。林醫生耳聞目睹病人的慘狀和呼號,憐憫之情油然而生。日子長了,日本老闆對林醫生的態度變粗暴了,海經常刁難他。林醫生對工作感到厭煩,他敷衍了事,脾氣暴躁,斥罵可憐的病人們。某天,林醫生照例來到獄裡,日本老闆給了他一盒藥膏,讓他好好治療「五四八號犯人」。這是一名抗日分子,由於飽受酷刑的折磨,傷勢嚴重得無法行走了,只得躺倒在床上。林醫生見此慘狀,大為駭然,他好心地在這位勇士的傷口上塗抹藥膏,卻被對方一把推開了,對方解釋說,自己明天就會被執行死刑了,與其白費氣力接受治療,不如把寶貴的藥膏留給其他難友們。林醫生幾十年來不問世事,現在感動於革命者的崇高情操,不禁潸然淚下。小說結尾有這樣一段動人的描寫——

> 青年興奮得過度了,一陣昏迷,身子搖晃了一下,就突然昏厥了下去,沉重的身體倒落在水泥的地面,發出一個重濁的聲音,整個監牢也震動著,發出一個同樣重濁的迴響。而林醫生,也好像失卻了理智,他一絲一毫也不曾想到扶起昏倒的人,使用寫什麼急救的手術;青年對他說過的話,也好像忘記得一乾二淨。他只是用手指撈著藥膏,淚眼朦朧的,在這裡那

---

[28] 乳嬰〈大家應讀的「家書」〉,新加坡《南洋商報》副刊「獅聲」(1938年5月30日),見《金枝芒散文彙編》,頁89-93。

裡塗敷著又塗敷著。[29]

在日據時期的馬來亞，很多政黨都被消滅了，僅有兩個存活下來，其中之一就是馬共，它創建和指導了全國最大的抵抗力量「馬來亞人民抗日軍」（The Malayan People's Anti-Japanese Army，簡稱MPAJA）。[30]由於總書記萊特的叛變，幾乎全部的馬共中央委員會的高級幹部都被逮捕和處決了，抗日鬥爭遭到了重創。直到1943年中期以後，抗日鬥爭才贏得了廣泛支持，在活動上有逐步的擴展。[31]金枝芒從事過地下抗日活動，耳聞目睹不少英雄故事。根據馬共退伍兵周彤的回憶，《犧牲者的治療》中抗日志士的原型是金枝芒的入黨介紹人應敏欽，這是一位馬華女子，她在時代風雲中投身於革命運動，成為馬共著名人物。[32]方修對這篇小說有較高的評價：「作者在短短的三幾千字的篇幅之內，深刻地揭示出日治時期一般抗日志士的艱苦戰鬥以及勇於犧牲的精神，創作技巧顯得比戰前更加成熟了。」[33]苗秀也指出，戰後初期馬華作家最喜愛的題材是敘述馬來亞淪陷時期抗日青年的英勇鬥爭，但是缺乏藝術上的提煉和經營，結果寫出來的作品淪為笨拙的政治宣傳，相比之下，〈犧牲者的治療〉算是較為出色的一篇，「作者用非常經濟的筆墨寫出一個抗日青年在生命臨到結束的一刻仍以別的戰友的健康為念的偉大犧牲精神」。[34]

---

[29] 殷枝陽〈犧牲者的治療〉，見苗秀編選《新馬華文文學大系》第5集（新加坡：教育出版社，1972年），頁28。

[30] Cheah Boon Kheng, *Red Star over Malaya: Resistance and Social Conflict during and after the Japanese Occupation, 1941-1946* (Singapore: Singapore University Press, 1982), p. 56.

[31] Hara Fujio, "Leaders of the Malayan Communist Party During the Anti-Japanese War," in Akashi Yoji and Yoshimura Mako eds., *New Perspectives on the Japanese Occupation in Malaya and Singapore, 1941-1945* (Singapore: NUS Press, 2008), p.93.

[32] 周彤〈金枝芒和馬華文藝獨特性論戰的歷史背景〉，收入21世紀出版社編輯部編《緬懷馬新文壇前輩金枝芒》（吉隆坡：21世紀出版社，2018年），頁95。

[33] 方修編《馬華新文學大系》第2卷（新加坡：世界書局，1979年），導言，頁4。

[34] 苗秀編選《新馬華文文學大系》第5集（新加坡：教育出版社，1971年），頁7-8。

二、如何本土，怎樣文學

　　戰後的三年內，金枝芒使用「周容」的筆名發表過兩篇文論，深度介入「馬華文藝獨特性」與「僑民文藝」的論爭。現在看來，這場論爭是發生在馬華左翼作家陣營內部的一個事件，從中帶出了一系列的二元對立的敘事：僑民文藝／馬華文藝，中國革命／馬來亞革命，中國認同／馬來亞認同，形式／內容，族群／國家，特殊性／普遍性，民族主義／國際主義，論爭雙方各有自己的中心關懷，有時也不免產生了誤解，產生了情緒上的對立。「馬華文藝獨特性」最初是在1947年1月新加坡後覺中學舉行的一個寫作人座談會上提出的命題。[35] 此後，這個話題逐漸引起文化人的興趣，例如秋楓、漂青。[36] 凌佐的觀點，著人先鞭，值得重視。他正確指出，馬華文藝的獨特形式至少有五個方面的內容：其一，它不能是**翻版**的中國文藝；其二，它不能是「僑民文藝」；其三，它是馬來亞文藝的主要成分；其四，它著重人民性和民族性；其五，它滲透了社會生活的特色。[37] 1947年11月，新加坡的「星洲華人文藝協會」召開一次座談會，絕大多數參與者都認為馬華文藝的確有其獨特性，因為當時馬來亞和中國的社會現實確實不同，那就是馬來亞的三大民族（華人、馬來人、印度人）正在參與爭取民族自主的運動。[38] 應該說，這種觀點是正確的陳述，因為馬來

---

[35] 方修《戰後馬華文學史初稿》（吉隆坡：馬來西亞華校董事聯合會總會，1987年），頁29。

[36] 秋楓〈藝術創造的社會基礎〉，新加坡《南僑日報》副刊「文藝」第38期（1947年10月1日）。秋楓原名吳荻舟（1907-1992），是中共黨員，1946年南來新加坡。漂青〈關於馬華文藝的獨特性〉，原載新加坡《星洲日報》副刊「晨星」1947年10月4日，收入苗秀編選《新馬華文文學大系》第一集（新加坡：教育出版社，1972年），頁199-200。

[37] 凌佐〈馬華文藝的獨特性及其他〉，原載新加坡《星洲日報》副刊「晨星」1947年10月11日，收入苗秀編選《新馬華文文學大系》第1集，頁201-204。按：凌佐原名林宏昌，另有筆名「佐丁」等。

[38] 普洛記錄，秋楓整理〈「馬華文藝的獨特性」座談會〉，新加坡《南僑日報》1947年12月3日、12月10日。參與討論者除了普洛和秋楓，還有楊嘉（李玄）、吳楚、馬寧、佐丁、王峀、杜邊、劉思。「普洛」是南來作家，原名鄭德松，1923年出生

亞的各種族人民與英國殖民當局展開的鬥爭屬於「民族矛盾」；而當時中國的主要衝突發生在共產勢力與國民黨政府之間，屬於「國內矛盾」。

金枝芒的〈談馬華文藝〉對上面的座談會做出回應。本文的開篇大談戰後一年來馬來亞三大民族結成的統一戰線及其反殖鬥爭，認為這正是「此時此地」的馬來亞社會現實，馬華作家應該表現這種獨特現實。然而當下文壇竟有一些作家出於「大國民思想」，迷戀「中國認同」，遠離此時此地的馬來亞，醉心於「僑民文藝」。金枝芒獨尊左翼現實主義，看重其政治潛能和道德價值——

> 一個現實主義的作家是忠實於現實、是不看天花板寫作的。寫政論，用道理，用事實，用數字，我們不妨承認可以手執報紙，可以寫出一篇很好的政論來，然而，文藝作家，特別是一個現實主義的文藝作家卻不能；當他表現現實的時候，必須要熟悉現實，文藝作品需要描寫典型的人物和典型的環境，作為觀念形態的文學藝術的唯一源泉，是作為自然形態的人民生活，不熟悉人民生活，對於現實鬥爭沒有經驗，是不能創作文藝作品的，即使寫出來，也決然空洞無力，沒有什麼此時此地的戰鬥性；所以，手執報紙而眼望天外，絕不是一個現實主義作家的態度，僑民文學的傾向（或者說中國文藝的「海外版」的傾向）必須及時的加以糾正……（省略號為引所加）。[39]

金枝芒看重「左翼現實主義」和「革命現實主義」，一再強調「此時此地」、「人民性」、「典型性」和「戰鬥性」，將這些馬列文論範疇內的的關鍵字安置在「馬華文藝獨特性」的敘事中——

於廣東潮安，1939年秋來到馬來亞的柔佛柔佛巴魯等地，1946年參加剛成立的戲劇團，後來與杜邊等人組織新星文化服務社，在中共建政以後回到中國定居，從事中學教育工作，1990年去世。參看王寶慶主編《南來作家研究資料》（新加坡：新加坡國家圖書管理局、新加坡文藝協會聯合出版，2003年），頁184。

[39] 周容〈談馬華文藝〉，吉隆坡《戰友報》1947年12月26日新年特刊，第4版。

一切文藝現有獨特性,這是因為只有有「獨特性」的文藝,才是現實主義的有藝術價值和政治價值的文藝;這是因為只有有「獨特性」的文藝,才有此時此地的戰鬥作用,才能發揮文藝武器的力量,才能有力的幫助現實的政治鬥爭。[40]

一個水到渠成的邏輯是,金枝芒不但強調現實主義的道德優越感而且突出作家的身分政治,處處張揚走向人民、擁抱大眾的左翼思想——

到今天,說時代已經進步到除了崇拜和迷戀洋奴文藝、封建文藝、幫閒文藝的所謂文藝作家之外,已經沒有一個願為人民利益服務的文藝作家,認為文藝作品可以不必表現「此時此地」的了。這是因為要為「此時此地」的人民利益服務,必須要變現「此時此地」的現實:「此時此地」的人民生活和人民鬥爭,從而可以說:一切文藝都是有「獨特性」的,沒有獨特性的文藝,是僑民文藝,僑民文藝即便有若干作用,這種作用也不是最大的、最高的,不是馬華文藝創作的主導方向……(省略號為筆者所加)。[41]

金枝芒進而指出,「形式和內容統一」的馬華文藝獨特性可以是馬華作家在今後的發展道路,馬華文藝獨特性在形式上可以「暫時是中國的」,而內容卻必須永遠是馬來亞的。他呼籲中國南來作家必須關懷馬來亞本土、深入人民生活和社會現實,他辛辣地諷刺道:「要是身處馬來亞而等待中國人民的大翻身,那就連僑民作家都夠不上,只好做『逃難作家』了。」[42]

李玄的〈論僑民文藝〉辯駁道:一切現實主義文藝具有通用的價值,無論是表現中國革命的僑民文藝,還是表現馬來亞革命的馬華文

---

[40] 周容〈談馬華文藝〉,出處同上。
[41] 周容〈談馬華文藝〉,出處同上。
[42] 周容〈談馬華文藝〉,出處同上。

藝，都是為了求得民族解放和民主自由，均有不容抹殺的價值。僑民作家的中國認同和愛國情操值得肯定，僑民文藝的存在並不妨礙馬華文藝的發展。[43]這裡補充一點，金枝芒的〈也論「僑民文藝」〉連載完畢以後，李玄又發表〈關於「馬華文藝獨特性」〉重複上述看法。[44]不過，看來李玄的兩篇文章顯然不得要領，他偏離了金枝芒的核心觀點，他強調中國認同，所以他對「馬華文藝獨特性」的重要性輕描淡寫。沙平（胡愈之，1896-1986）的文章〈朋友，你鑽進牛角尖裡去了！〉認為「文藝獨特性」乃是指民族形式而言，馬華文藝獨特性不在於「內容」，因為內容一定是國際性的，那就是民族翻身和人民解放。毫無疑問的是，沙平的理解並不準確。他還認為，只要反映馬來亞這個殖民地的現實就是有價值的作品，不一定非要書寫「此時此地」的現實。[45]這個觀點雖然糾正了金枝芒觀點的一些偏頗之處，但是有避實擊虛的嫌疑，仍然沒有突出馬華文藝的獨特性。沙平後來又發表了〈牛角尖圖解〉，依然堅持文藝的普遍性和一般性，批判金枝芒提倡的文藝特殊性和此時此地現實主義。[46]必須指出，李玄和沙平都是中國民主同盟的發起人，也是中共地下黨成員，二人傾向於中國認同，他們為僑民文藝做辯護，這也很自然，他們拒絕承認馬華文藝獨特性的存在，他們忽視了馬華文學的本土化追逐、內在視野和主體性建構，在他們那裡，馬華文學仍然沒有從中國文學的話語系統中解放出來。

  針對李玄、沙平的反駁，金枝芒又很快寫出了一個長篇反駁文章〈也論「僑民文藝」〉，在吉隆坡的《民聲報》上連載了六次，清晰、完整、系統地闡發了自己的主要觀點。[47]在本文的第一部分中，金

---

[43] 李玄〈論僑民文藝〉，新加坡《南僑日報》副刊「南風」1948年1月8日。李玄原名楊家駒，另有筆名楊嘉，1917年出生於廣州，曾經南來新馬，後來歸國。

[44] 李玄〈關於「馬華文藝獨特性」〉，新加坡《南僑日報》副刊「南風」1948年2月14日。

[45] 沙平〈朋友，你鑽進牛角尖裡去了！〉新加坡《風下週刊》第108期（1948年1月10日），此處轉引自苗秀編選《新馬華文文學大系》第1集（新加坡：教育出版社，1972年），頁208-211。

[46] 沙平〈牛角尖圖解〉，新加坡《風下週刊》第112期（1948年2月7日）。

[47] 周容〈也論「僑民文藝」〉，本文的篇幅較長，分6次連載於吉隆坡的《民聲報》副刊「新風」1948年1月17日、1月19日、1月20日、1月21日、1月23日、1月24日。

枝芒承認馬華文藝和僑民文藝的論爭本質上是一個關乎立場和原則的爭論，核心是文藝的戰鬥作用和為人民利益服務的程度高低問題。在第二部分中，金枝芒重申：「僑民作家」的定義是一種「創作態度」而非身分識別，僑民作家的創作態度是沒有深入表現馬華現實，「手執報紙而眼望窗外」。「逃難作家」指的是為了討生活而暫住南洋，盼望早點回歸中國。第三部分批判李玄的「大國民思想」對馬華文藝的輕視態度，指出那些初來乍到馬來亞、不熟悉馬華現實的中國作家多寫了幾篇表現中國現實的作品，這無可厚非。緊接著，他筆鋒一轉，犀利地指出——

> 但是，如果有某些身處馬來亞的華僑作家，不管他們是來自中國或是生長於馬來亞的，他們鄙視生活實踐和寫作實踐的結合，不承認馬華應有其本身的新文藝運動，以直接服務於馬華愛國運動和民主運動，不承認馬華作家應該以表現此時此地為創作主導方向，企圖超然於馬來亞的半空中，遙望中國；用報紙和幻想來虛構其作品的題材，這怎樣不是「僑民作家」？這怎樣不會有「大國民思想」？

金枝芒認為，僑民作家的大國民思想拒絕表現「此時此地」的馬來亞現實，應該徹底清除。第四部分批駁沙平的看法，認為馬華文藝和中國文藝畢竟還是有區別的。金枝芒服膺文藝必須服務於政治、現實主義有道德優越性的文論，例如下面的三句話——

> 中國文藝服從中國的政治鬥爭，馬華文藝也不能例外的應當為馬華的政治鬥爭（自治運動和愛國運動）服務。因為馬華文藝的讀者，不是一般的中國人，而是具體的馬華。
> 我主張馬華文藝應該表現此時此地的馬華現實，目的只是為了促使馬華文藝能夠有力的服務於馬華的政治鬥爭。
> 我認為能夠最有力服務於馬華愛國運動的文藝，應該是表現此時此地現實的馬華文藝，而不是「手執報紙而眼望窗外」

所虛構出來的「僑民文藝」。

金枝芒發現,「馬華文藝獨特性」和「僑民文藝」的論爭是發生在「民主陣營內部」的對於不正確的文藝創作傾向的討論。令人吃驚的是,此文兩次引用了毛澤東的觀點,他贊成〈延安文藝座談會上的講話〉的看法,希望中國南來作家把政治實踐、生活實踐和創作實踐密切地結合起來。第五部分重申馬華文藝必須表現此時此地的馬來亞現實,這次直接出現了「革命現實主義」的說法——

> 馬華文藝不應該以表現中國現實為主,而應該表現馬華現實。這是由於:第一,只有表現此時此地的馬華現實的馬華文藝,才能夠最直接的和最有力的服務於馬華的政治鬥爭(這就是各民族聯合的自治運動和馬華的愛國運動)。第二,革命的現實主義也要求著作家應該以表現作家所處的「此時此地」的現實作為創作的主要方向。只有這樣,才能反映現實和改造現實,表現鬥爭和推進鬥爭。

金枝芒主張馬華作家要有本土意識和在地關懷,呼籲他們走向階級鬥爭、思想改造和革命現實主義。金枝芒指出,「僑民作家」有走向脫離現實、脫離鬥爭、脫離生活的危險,這對馬來亞各民族的自治運動、馬華愛國運動以及僑民作家本人都是一種損失。第六部分又引用了毛澤東的話,說馬華文藝尚處在「萌芽狀態」,主張在普及的基礎上提高馬華文藝,鼓勵馬華作家走向「革命現實主義」的廣闊道路。

綜上所述,金枝芒的〈也論「僑民文藝」〉包含三個環環相扣的關鍵字:「本土」、「左翼」、「現實主義」。強調馬來亞認同,放棄僑民意識,這是本土化追逐;強調文藝應該為革命服務,作家應該重視階級政治和思想改造,這是左翼文藝觀;強調作家關注「此時此地」的馬來亞現實,這是我們熟悉的現實主義文藝。以前的馬華文學史家例如方修、李庭輝、黃孟文等,一邊倒地讚賞此文的本土化論

述，忽視了其中的左翼政見和革命現實主義，主要原因是他們當時沒有發現金枝芒的馬共身分。馬共作為革命政黨強調階級鬥爭和暴力革命，反抗殖民主義和帝國主義，追求民族解放和國家獨立。馬共作家金枝芒從事文教宣傳工作，他的文論突出左翼思潮和革命現實主義，這符合組織紀律和政治立場。不難理解，此文提倡的現實主義不單是「本土現實主義」而且還是「左翼現實主義」和「革命現實主義」。金枝芒在文中大談左翼思潮，使用不少馬克思主義政治術語，例如「階級鬥爭」、「無產階級」、「革命」、「為人民服務」等；「毛澤東」的名字出現了很多次，〈在延安文藝座談會上的講話〉也出現了，「革命現實主義」被多次使用。在馬華文學史上出現過本土現實主義，例如「南洋色彩」、「馬來亞地方作家」，但沒有突出「左翼」成分。1927年到1930年的「新興文學」是左翼文學、革命文學的同義詞，作者都是僑民作家，有中國背景也有南洋故事，清一色是現實主義。1956年出現的「愛國主義大眾文學」與現實主義有重疊，不過突出的是「國家」而非「族群」。1981年湧現的「建國文學」呼籲本土現實主義，然而沒有左翼思潮。

不過，金枝芒所理解的現實主義仍然有僵化、教條、偏執的地方。因為現實主義無論是作為歐洲文學史上的運動，還是作為一種審美理念和寫作技巧，都不是鐵板一塊的存在而是有多元化和豐富性。彙集在現實主義流派下的文學作品，諷刺戲謔有之，奇思異想有之，詩意抒情有之，現代主義技巧亦有之，豈可被如此的窄化、固化、單一化的理解？美國學者列文深刻指出，任何想像性的文學作品都可能展示了浪漫和寫實這兩種趨勢，它們絕不能被局限在歷史上的文學運動中，浪漫主義者在急切地搜集本土色彩、處理嚴肅題材、打破古典文類等方面期待現實主義；現實主義者接管了可觀的羅曼司的殘餘；兩者的混合體現在歐洲文學作品中，例如狄更斯的「浪漫現實主義」（romantic realism），陀思妥耶夫斯基的「荒誕現實主義」（fantastic realism），以及一些作家的「詩意現實主義」（poetic realism）。[48]這

---

[48] Harry Levin, *The Gates of Horn: A Study of Five French Realists* (New York:

是對金枝芒某些偏駁觀點之最有力的辯駁。話又說回來，我們也必須承認，金枝芒仍然準確把握住了一切現實主義文學之核心，那就是，文學的寫作和閱讀都不是純粹的語言遊戲和形式主義，而是為了激發讀者的思想情感，付諸行動，達到改造現實的目的，正如法國學者加洛蒂（Roger Garaudy, 1913-2012）所說：「作為現實主義者，不是模仿現實的形象，而是模仿它的能動性；不是提供事物、事件、人物的仿製品或複製品，而是參加一個正在形成的世界的行動，發現它的內在節奏。……對他（現實主義者）和對所有人一樣，問題不在於說明世界，而在於參加對世界的改造。」[49]

這場論爭在1947年1月出現萌芽，到1947年11月進入高潮，直到1948年3、4月落幕。支持「僑民文藝」者有沙平、李玄、金丁、郭沫若等。讚賞「馬華文藝獨特性」者包括佐丁、金枝芒、苗秀、趙戎、鐵戈、海郎等。傾向於折衷論調的是丘天、克剛、洪絲絲、夏衍等人。[50]需要指出的是，戰後新馬地區出現了大量華文報刊，一些報章有

Oxford University Press, 1966), p. 67。列文的這本名著研究了5個法國小說家：司湯達、巴爾扎克、福樓拜、左拉、普魯斯特。其中，福樓拜和左拉是自然主義者，普魯斯特現在被公認為是意識流小說家和現代主義文學的先驅。

[49] 羅傑‧加洛蒂著，吳岳添譯《論無邊的現實主義》（天津：百花文藝出版社，2008年），頁172。

[50] 金丁〈開窗子，透空氣——與周容先生略談「馬華文藝」〉，新加坡《風下週刊》第113期（1948年2月14日），見《新馬華文文學大系》第1集，頁237-242；郭沫若〈申述「馬華化」問題的意見〉，新加坡《南僑日報》1948年3月16日；聞人俊（苗秀）〈論「僑民意識」與「馬華文藝獨特性」〉新加坡《星洲日報》副刊「晨星」1948年2月25日，見《新馬華文文學大系》第1集，頁257-260；西樵（趙戎）〈略論僑民文藝〉，新加坡《星洲日報》副刊「晨星」1948年1月26日，轉引自《新馬華文文學大系》第1集，頁212-213；鐵戈〈文藝獨特性、任務及其他〉，吉隆坡《民聲報》副刊「新風」第358期（1948年2月18日）；海郎〈是「僑民文藝」呢，還是「馬華文藝」？〉，吉隆坡《民聲報》副刊「新風」第344期（1948年2月2日）、第345期（1948年2月3日）、第346期（1948年2月4日）；丘天〈關於「僑民文藝」論爭〉，吉隆坡《民聲報》副刊「新風」第340期（1948年1月28日）；克剛〈我對於「僑民文藝」的見解〉，新加坡《風下週刊》第91期（1947年9月15日），轉引自《新馬華文文學大系》第1集，頁247-249；洪絲絲〈馬華文藝之路：談「獨特性」諸問題〉，檳城《現代週刊》第94期（1948年2月29日），見《新馬華文文學大系》第1集，頁261-265；洪絲絲〈關於馬華文藝的論爭〉，檳城《現代週刊》第96期（1948年3月14日），見《新馬華文文學大系》第1集，

顯著的左翼立場，上述文章發表在上面。莊華興發現，這些媒體的政治傾向與參與者的社會背景有很大差異，這就讓這場爭論在萌芽之初就帶上了意識形態的烙印。[51]這是準確的觀察，不過需要補充一點：大多數文章多少都有左翼立場而且看重寫實主義。今日重訪「馬華文藝獨特性」與「僑民文藝」的論爭，必須注意金枝芒提出這些觀點時的針對目標和多重語境。其一，金枝芒批判的對象是「僑民意識」這種有中國中心主義色彩的思想觀念，而不是與本土作家相對應的「僑民作家」這個特定身分。必須清楚一點：身分與意識之間不存在絕對化的因果關係，例如一個地主家庭出身的青年人背叛了自己的階級身分，產生了左翼思想，最後投入革命陣營，這種例證所在多有。在當時的馬來亞，屬於「土生土長」的作家寥寥無幾，只有苗秀、趙戎、張金燕等人，絕大多數馬華作家都是南來文人，擁有僑民身分，金枝芒本人就是如此。關於「馬華文藝獨特性」這個話題，這些僑民作家要麼反對，要麼支持，要麼折衷調和。方修在一篇文章中深刻指出「僑民身分」與「僑民意識」的問題。[52]其二，反殖民主義和追求民族解放是時代潮流。馬共自誕生之初，就強調政治鬥爭，注重階級分析，主張各民族聯合戰線的戰略，[53]號召組成統一戰線，把革命文學作

　　頁268-273；夏衍〈馬華文藝試論〉，香港《文藝生活》海外版第2期（1948年3月底），新加坡《南僑日報》副刊「南風」（1948年4月14日）轉載。
[51]　莊華興〈馬華文藝獨特性論爭：主體（性）論述的開展及其本質〉，收入朱文彬編《世界華文文學研究》第2輯（北京：新星出版社，2005年），頁24。
[52]　方修在1968年指出：「其實，戰前的馬華新文學作者，他們的僑民身分是一回事，他們的文藝事業，創作方向，服務對象又是一回事。僑民身分不等於所謂僑民意識，並不妨礙他們為新馬的民主改革、民族獨立而獻出他們的藝術才能以至於可貴的生命。非僑民如土生華人等，也不等於他們就有所謂公民意識，或為本地人民的利益服務的民族意識，不等於他們的作品就是真正的馬華文學。而且，戰前馬華新文學作者之大多具有僑民身分，也並非他們自己的過錯；新馬的華族人民能夠自由地選擇僑民抑或公民的身分，那已經是戰後的事，並且還是最近十零年的新事。」方修《新馬文學史論集》（香港：三聯書店香港分店；新加坡文學書屋，1986年），頁20。
[53]　陳劍〈馬來亞共產黨的革命綱領及其作用〉，收入陳劍主編《與陳平對話——馬來亞共產黨新解》（吉隆坡：馬來西亞華社研究中心，2006年），頁269-291；Richards Stubbs, *Hearts and Minds in Guerrilla Warfare: The Malayan Emergency 1948-1960* (Singapore: Oxford University Press, 1990), pp. 46-48;

為宣傳工具。金枝芒是馬共黨員,他必然會服從組織紀律和政黨意識形態,談論文學課題必然會強調此時此地的馬來亞現實。馬共退伍老兵周彤在回憶錄中指出,二戰後馬共領導的爭取馬來亞獨立自治的鬥爭是「馬華文藝獨特性」論戰的歷史背景,作為共幹的金枝芒「基於馬共的鬥爭政策和任務,積極參與馬華文藝獨特性論戰,以便從正面宣傳和教育人民,為爭取本身的權益和獨立而鬥爭」。[54]其三,全球冷戰在1947年正式開始,英國殖民當局和美國政府在東南亞積極配合,推行冷戰政策,「緊急法令」就是冷戰政治的尖銳化。金枝芒在戰後從事文教工作,適逢冷戰開幕,他的兩篇文論帶有強烈的意識形態色彩和冷戰宣傳的氣息,其實並不奇怪。其四,二戰後新馬華人的本土意識崛起,國家認同出現轉向,民意調查顯示多數華人願意在保留中國國籍的同時獲得居住國公民權,他們的生活模式從葉落歸根的僑居模式轉向落地生根的定居模式,崔貴強、原不二夫、王慷鼎、王賡武的論著均已指出這點,茲不贅述。

　　「馬華文藝獨特性」這個單元觀念具有重大文學史意義。苗秀認為:「1947年底馬華文藝界提出的『馬華文藝獨特性』這一創作口號,及隨後為了確立馬華文藝獲得獨立發展而展開的有關清算『僑民文藝』的那場大規模的論爭,對馬華文學運動是有著劃時代的意義的,是馬華文藝史上值得大書特書的事件。這口號的提倡,是馬華文藝發展的一個里程碑,馬華文藝從此走上獨立發展的新階段。」[55]方修認為馬華文藝獨特性實際上是馬華文藝的一個自立運動。但這種自立運動並非從二戰後才開始,早在馬華新文學運動發軔之後,林獨步、陳桂芳、李垂拱、李西浪等已經在創作方面初步確立了這個路向。1920年代後期至1930年代初期的「南洋色彩」的提倡,特別是帶有反殖色彩的「南洋新興文學運動」的開展就是馬華文藝自立運動的正

Lee Ting Hui, *The Open United Front: The Communist Struggle in Singapore 1954-1966* (Singapore: South Seas Society, 1996);葉鍾玲編撰《戰後星洲馬共重要人物誌》(吉隆坡:策略諮詢研究中心,2019年)。

[54] 周彤〈金枝芒和馬華文藝獨特性論戰的歷史背景〉,21世紀出版社編輯部編《緬懷馬新文壇前輩金枝芒》(吉隆坡:21世紀出版社,2018年),頁92。

[55] 苗修主編《新馬華文文學大系》第1集,頁12。

式發端。1930年代中期的「地方作家」問題討論,「馬來亞新文學」（又稱「民族自由更生的大眾文學」）口號的提出……以至1940年代初期的「馬華文學現實化運動」的推行,進一步說明馬華文藝自立運動一向來就是此起彼繼、連綿不斷的。[56]應該說,方修的觀點高屋建瓴,鞭辟入裡,在很大程度上影響了後來的馬華文學史論述。

三、冷戰年代的戰爭敘事

馬來亞共產黨（Malayan Communist Party）簡稱「馬共」（MCP）,在東南亞現代史上有特殊而重要的意義,也與國際共產主義運動保持著千絲萬縷的聯繫,不但有本土性而且有跨國性。1954年出版的一本英文著作指出:「馬共在很大程度上依賴於外部共產主義的政策方向。馬來亞游擊戰爭緊密聯繫著當前的全球冷戰,它只是這個廣闊鬥爭的一個晴雨表而已。」[57]馬共在1930年4月宣告成立,取代1928年1月創建的南洋共產黨（簡稱「南共」）,直到1989年12月宣布解散,大約有六十年歷史。關於馬共歷史,中英文學術界有大量論著可供參考。[58]一些馬共幹部和革命志士撰寫的回憶錄提供了第一手資料。[59]有學者針對文學作品和歷史著作中的「馬共書寫」進行了綿密

---

[56] 方修《戰後馬華文學史初稿》（吉隆坡：馬來西亞華校董事聯合會總會,1987年）,頁76；楊松年《戰前新馬文學本地意識的形成與發展》（新加坡：新加坡國立大學中文系,八方文化創作室,2001年）。

[57] Gene Z. Hanrahan, *The Communist Struggle in Malaya* (Kuala Lumpur: University of Malaya Press, 1971), p. 135.

[58] Victor Purcell, *The Chinese in Southeast Asia*, second edition (Kuala Lumpur: Oxford University Press, 1965); Cheah Boon Kheng, *From PKI to Comintern, 1924-1941: The Apprenticeship of the Malayan Communist Party* (Ithaca, N.Y.: Cornell University Press, 1992); Lee Ting Hui, *The Open United Front: The Communist Struggle in Singapore 1954-1966* (Singapore: South Seas Society, 1996); C. F. Yong, *The Origins of Malayan Communism* (Singapore: South Seas Society, 1997)；原不二夫著,劉曉民譯《馬來亞華僑與中國》（曼谷：大通出版社,2006年）；羅武《南洋共產黨史實鉤沉》（吉隆坡：策略資訊研究中心,2023年）。

[59] 陳平、伊恩沃德、諾瑪米拉佛洛爾著,方山等譯《我方的歷史》（新加坡：Media Masters Pte Ltd, 2004）；方壯璧《「馬共全權代表」——方壯璧回憶錄》（雪蘭

扎實的研討，主張把「馬共書寫」與馬共分子的「歷史書寫」區別對待，展示這個課題的豐富內容。[60]

作為殖民地的馬來亞，其橡膠種植和錫礦開採是大英帝國的經濟支柱。「太平洋戰爭」結束後，英國允許印度、巴基斯坦、錫蘭、緬甸獨立，但是拒絕放棄馬來亞。日本投降後，馬來亞出現了短暫的權力真空，導致馬共迅速壯大。霹靂州北部和柔佛巴魯發生的針對歐洲種植園主和華人膠工的暴力事件是殖民當局頒布「緊急法令」的導火線。[61]馬共對此做出了火速回應。

金枝芒在戎馬倥傯之際不忘文學事業。從1954年到1960年，他出版了三部中篇小說《督央央和他的部落》、《甘榜勿隆》、《烽火中的牙拉頂》。1960年，他出版了長篇小說《飢餓》。這些作品是冷戰年代的典型文本，在馬共內部油印出版，沒有進入圖書市場，因此有學者稱其為「潛在寫作」。[62]這四部作品有革命現實主義特色，在題材、主題、文字和風格上有很多相似，也在藝術技巧上暴露出明顯的疵瑕。《金枝芒抗英戰爭小說選》收錄的三個作品都有反抗殖民主義和帝國主義的主旋律。第一篇是〈督央央和他的部落〉，屬於地地道道的「小說」，後兩篇是〈甘榜勿隆〉和〈烽火中的牙拉頂〉，屬於「非虛構」文類。不同於一般馬華作家只寫華人故事的習慣，金枝芒的這三篇小說轉向「跨族群敘事」和「跨文化書寫」，他講述華人、馬來人、土著人的風雨同舟和患難與共，突顯馬來亞民族解放戰爭植

莪：策略諮詢研究中心，2006年）；陳劍主編《與陳平對話——馬來亞共產黨新解》（吉隆坡：華社研究中心，2006年）；陳劍主編《浪尖逐夢——余柱業口述歷史檔案》（雪蘭莪：策略諮詢研究中心，2006年）；應敏欽《應敏欽回憶錄：戰鬥的半個世紀》（雪蘭莪：策略諮詢研究中心，2007年）；鄭昭賢《陳田夫人——李明口述歷史》（雪蘭莪：策略諮詢研究中心，2007年）；林雁、賀巾、文羽山編撰《陳田紀念文集》（雪蘭莪：策略諮詢研究中心，2008年）。

[60] 潘婉明〈文學與歷史的相互滲透——「馬共書寫」的類型、文本與評論〉，收入徐秀慧、吳彩娥主編《從近現代到後冷戰：亞洲的政治記憶與歷史敘事》（臺北：里仁書局，2011年），頁439-474。

[61] Peter Lowe, *Contending with Nationalism and Communism: British Policy towards Southeast Asia, 1945-65* (London: Palgrave Macmillan, 2009), p. 43.

[62] 黃麗麗〈論馬華文學的「潛在寫作」——以金枝芒為例〉，臺北《臺北大學中文學報》第27期（2020年3月），頁183-221。

根於各民族統一戰線這個左翼敘事。

〈督央央和他的部落〉從原住民的視角講述故事，突出種族團結和統一戰線的重要性。根據這篇小說的介紹，阿沙族長期以來被叫做「沙蓋」和「山番」，被視為野蠻愚蠢的民族，飽受鄙視、侮辱與欺詐，只有馬共才平等地對待和真誠地幫助他們。[63]阿沙族男青年「巴谷」年輕時父母被日軍殺害，他在老江的栽培下成為馬共積極分子。小說令人信服地寫出了阿沙族的頭人「督央央」的思想變化過程。這位老者起初不辨是非、混混沌沌、膽怯懦弱、息事寧人，後來經過一系列災難性的事件，他的思想終於覺醒了，他深切認識到「紅毛鬼」是阿沙人的不共戴天的死敵，只有「朗外」（馬共）才是生死相依的救命恩人。下面這段話寫督央央的人生經歷和馬共發生了交集，雙方產生了患難與共、守望相助的感情，促成這個族長告別苟且偷生的態度，政治意識出現覺醒──

> 一向以來，他也很為他和他部落的好名聲而覺得驕傲。因為他和他部落曾經帶過抗日的朗外衝出了敵人的包圍，也曾經拿一些槍和子彈交給老江。督央央一直清楚記得，當他把這些武器交出的時候，老江怎樣排列了他的隊伍，向他行軍禮，向他說千恩萬謝的話語，那是何等光榮的事情呵！阿沙在森林裡一向默默無聞地出生，默默無聞地長大，又默默無聲地死去，覺得很可惜；他懂得自己老了，盼望著做一點什麼光榮的事情，使得人死了也還有個名聲留著，為人們所紀念不忘。而且，在這

---

[63] 阿沙族（Orang Asli）是馬來半島最早的人類棲居者的後代，在馬來語中這個詞彙的涵義是「原住民」，馬來亞當局在1960年代採用這個詞彙，以取代原先帶有歧視性的稱呼英語說法「土著」和馬來語說法「沙蓋」。阿沙族由至少十九個不同文化和語言的亞群體組成，直到大約1960年代，大多數阿沙人住在內陸森林和偏僻農村的帳篷和村子裡，其他馬來亞公民很少會見到他們。阿沙族社區過著自足自治的生活，依靠漁獵、採摘、園藝和林產品貿易為生。直到近來，內陸地區的經濟發展以橡膠和棕櫚種植取代了原先的雨林，政府發起了把阿沙族帶入社會主流的項目，逼迫大多數阿沙人遷入重組的村鎮中，政府期待阿沙以照顧橡膠樹和棕櫚樹、販賣種植的水果來自給自足。參看Kiek Endicott ed., *Malaysia's Original People: Past, Present and Future of the Orang Asli* (Singapore: NUS Press, 2016), p. 1.

個戰爭的年代裡，生活上一切有關生死的大事情，都迫著他和他部落的命運和朗外緊緊地結合在一起。他明白，有朗外，阿沙不會死；朗外沒有了，阿沙也活不得。眼前的一切事情都告訴他：阿沙一定要跟著朗外走，和朗外一同去奮鬥才能打開生路，找到幸福。[64]

後來，督央央和族人被殖民軍趕入集中營，忍受飢餓和疾病的折磨，面臨滅頂之災，他被迫指示手下人偷偷找游擊隊求救。游擊隊及時趕來，救出了阿沙人，偷襲了特警樓，殺死紅毛警長和奸細依淡，為族人報了血海深仇；又護送他們連夜進入深山，擺脫了殖民軍的追捕。小說中的老江、金祥、老馬都是作者歌頌的對象，他們身上有許多美好品質。例如第二章，老江告訴督央央：阿沙人「依淡」做了殖民當局的特警，恐怕會陷害自己的族人。但是這位頭腦簡單的部落酋長半信半疑，他把依淡的墮落歸咎為花花世界的影響。老江看到督央央沉默地想著心事，知道這件事在老人家的心上糾纏不清了，作者在這裡細緻描寫老江的心理活動，清晰顯示馬共的政治動員策略：通過跨族群的群眾路線和革命思想的灌輸，促成督央央的政治覺悟的出現。[65]由於阿沙部落以前從未出現過奸細，這也導致督央央對奸細的危害性認識不夠，這令老江深感憂慮。老江考慮到敵人即將進攻，帶路者是沙奸依淡，如果消滅這個奸細可能會引起族人的不滿、破壞群眾路線和種族團結。可是不消滅這個奸細，他又會帶領敵人來進攻阿沙族，這讓老江左右為難，但他還是想出了解決問題的聰明辦法。[66]上述的故事情節針腳細密，有條不紊，深刻表現老江的工作能力和道德品質：忠於黨組織，愛護人民群眾，時刻以大局為重，有勇有謀，隨機應變。當然，金枝芒對阿沙族投奔馬共的文學想像只是道出了部分真相，他是出於自證合法性和政治宣傳的目的。根據歷史學家的研究，無論是英國殖民當局還是馬共游擊隊都曾經殺戮過馬來亞原住

---

[64] 《人民文學家金枝芒抗英戰爭小說選》，頁68。
[65] 同上，頁31。
[66] 同上，頁39-40。

民。[67]

〈甘榜勿隆〉署名「永丁」，收入《人民文學家金枝芒抗英戰爭小說選》，篇末有一段文字解釋說，本文主要是根據永丁的文章整理而成，又參考了洋平、老江、阿漢等馬共軍人所寫的同一內容的文章，而且補充了不少材料。這樣看來，這個小說不是金枝芒的個人原創而是屬於「集體創作」。整篇小說的敘事散漫而雜亂，敘事人稱混亂，情節缺乏提煉，類似於普通的講故事，沒有淬煉成為真正的藝術品。人物形象缺乏生動傳神的肖像、神情、動作的精心描寫和暗示力量，讀者看完小說以後仍然感覺主人公面目模糊，沒有取得生氣灌注的效果，他們只是政治理念的傳聲筒而已。下面的文字介紹故事大綱和主要人物，中心關注是冷戰意識形態的宣傳。1951年2月1日馬共建軍節的這天，幹部老馬誓師出發，他帶領第一中隊的十六個戰士沿著呲叻河向甘榜勿隆前進。小說特意提到，老馬深知經過土匪蹂躪的甘榜人見到拿槍的人是怎樣一種情形，所以他叮囑同志們要嚴格執行紀律、尊重馬來人的風俗習慣。他走遍整個村落，瞭解到由於長期的土匪、惡霸、紅毛人的壓榨，馬來百姓生活貧困、驚恐不安，於是，他決心為馬來群眾謀福利，用實際行動保護他們。[68]於是，老馬指揮戰士們幫助農民收割莊稼、提供醫藥、消除迷信、改善生活習慣、消滅各種疾病，上山打獵，下河捕魚，真心救濟這些窮苦的馬來農民。經過三個月的努力，這支馬共游擊隊改變了甘榜勿隆的面貌，獲得了馬來農民的真心擁護。[69]游擊隊成立了人民委員會和保衛團，領導馬來群眾投入生產勞動和土地改革，效果可觀，敘事者發出感嘆：「現在，甘榜勿隆的面貌真正的改變了。整個甘邦顯得整潔、美麗、緊湊、愉快，好像遍地開了花，處處閃爍著金黃色的希望了。」[70]然而好景不長。英國殖民當局出動軍機對甘榜狂轟亂炸，殘害百姓，摧毀農作物，逼迫百姓搬遷。為了保存有生力量，游擊隊只好轉移到別處，

---

[67] 參看陳劍主編《與陳平對話——馬來亞共產黨新解》的相關章節。
[68] 《人民文學家金枝芒抗英戰爭小說選》，頁217。
[69] 同上，頁255。
[70] 同上，頁260。

在他們臨行前，馬來群眾依依不捨地送行，他們放聲痛哭，悲慘萬狀。毫無疑問，這篇小說是典型的革命小說的敘事邏輯。游擊隊員都是足智多謀、品德高尚的形象，毫無人性弱點，遇到惡劣環境總能逢凶化吉、履險如夷。老江、金祥、老馬等幹部的外貌神采、語言動作和生活細節都被金枝芒一筆帶過了，他們的五官長相、神色表情、衣著打扮統統沒有被仔細交代，他們沒有經歷過複雜激烈的內心衝突，永遠保持著清教徒般的偉岸形象，結果是變成了政治意識形態的抽象符號。盧卡奇在討論歐洲現實主義時一針見血地指出，現實主義主要的美學問題就是充分表現人的完整的個性，真正的、偉大的現實主義把人和社會當作完整的實體來加以描寫，而不是僅僅表現他們的某一個方面，單純的內省或者單純的外傾都會使現實趨於貧乏並且將它歪曲；現實主義的意義就是給予人物和人的關係以獨立生命的立體性、全面性。[71]根據這樣的標準來衡量，〈甘榜勿隆〉的藝術技巧顯然是失敗的。這個小說中的每個開口說話的人物，不管是華人還是馬來人，不管是馬共幹部還是草根百姓，都缺乏與其身分個與性相吻合的語言風格，字裡行間頂多是穿插了幾個馬來文詞彙和方言土語。此外，在道德說教和政治宣傳的外表下，小說對事件的挑選和敘述有歷史決定論和目的論的傾向，這當然是冷戰之一端而已。

〈烽火中的牙拉頂〉正文前有編者方山的說明：「周力同志綜合金祥、老勝等人的口述資料和和筆記，以署名『愚伯』為第一人稱，展開本小說。」看來本書是從口述歷史和工作日誌修訂而成，有高度的紀實性，文體屬於新聞報導。因為有語言的藝術經營、故事情節的編排、修辭手法的運用，勉強可稱之為「報告文學」，但不是嚴格意義上的「小說」這種虛構性的文類。而且，這個文本的所有權不屬於金枝芒個人，因為它是「集體創作」的產物。故事的發生地「牙拉頂」位於彭亨州的深山，此地與外界少有接觸，居民們大都是華人，祖先來自華南地區，飄洋過海，篳路藍縷，辛苦開闢了十個山村，方

---

[71] 盧卡奇著，施界文譯〈《歐洲現實主義研究》英文版序〉，收入中國社會科學院外國文學研究所外國文學研究資料叢刊編輯委員會編《盧卡奇文學論文集（二）》（北京：中國社會科學出版社，1981年），頁48-49。

圓一、二十英里，大約有一、兩百戶人家。太平洋戰爭爆發後，馬來亞淪陷，日寇和強盜殘害牙拉頂人民。抗日軍打敗了日寇強盜，解放了大片的馬來農村和阿沙族的地盤，建立起一塊根據地，牙拉頂很快就呈現出一片繁榮景象。後來，殖民當局企圖絞殺馬共。馬共火速派出「老羅」趕到牙拉頂布置任務。「金祥」是游擊隊的負責人，他緊急動員抗日人民軍的退伍兵拿起武器，招兵買馬。殖民軍遭到多次失敗後，氣急敗壞，放火燒掉了芭田和民居。作者交代說，這件事發生在1951年6月20日左右，恰好是「緊急法令」頒布三週年，冷戰宣傳的意圖不言而喻。這篇作品的敘事人稱是「我」和「我們」交替使用，有時還使用第三人稱，太過平鋪直敘，近似流水帳，故事一覽無餘，直線推進；最吸引人的地方是樸實的文字、生動的場景描繪、鮮活的方言土語。

金枝芒最為看好的是長篇小說《飢餓》。「緊急法令」執行以後，由於馬共實行群眾路線和人民戰爭，殖民當局的剿共行動嚴重受挫。為了更有效地打擊叢林中的游擊隊，當局在1950年4月實施「布里格斯計畫」（The Briggs Plan），把數十萬華人趕入集中營，統一供應食物，實行宵禁政策，男女老少的百姓出入都要被搜身，此所謂「新村運動」，真正目的是企圖斷絕華人百姓給馬共提供糧食和藥品。[72]從1952年2月到1954年6月，鄧普勒將軍擔任馬來亞最高軍政長官，他推行心理戰，對馬來亞人民進行「洗腦贏心」的策略（gain the hearts and minds of the people）。[73]1957年8月31日，馬來亞獨立。1960年7月31日，「緊急法令」被馬國政府廢除。在這之前的十年當中，馬共遭到災難性的失敗，戰士總人數從四千人銳減到一千五百人以下。從1948年到1960年，馬共分子被消滅了一萬零六百九十九人（被殺六千七百一十人，俘擄一千二百八十七人，投降二千七百零二人），另有二千八百

---

[72] Anthony Short, *The Communist Insurrection in Malaya 1948-1960* (London: Frederick Muller Limited, 1975), pp. 231-253.

[73] 關於「緊急法令」時期英國殖民當局的「洗腦贏心」宣傳，有學者進行了翔實深入的專題研究，參看Kumar Ramakrishna, *Emergency Propaganda: The Winning of Malayan Hearts and Minds 1948-1958* (London: Curzon Press, 2002).

一十人受傷。[74]

　　《飢餓》講述的是馬來亞一座高山密林中活躍著一支馬共游擊隊，一共有十六個人，包括十四位游擊隊員、一個嬰兒、一個叛徒。小說描寫這十四個人在殖民當局封鎖下堅持戰鬥，付出巨大代價以後獲取了糧食，又及時聯繫到上級組織，成功突圍。第五章第十七節描寫長期的飢餓導致這些人的身體極度虛弱，金枝芒描寫了七個游擊隊員的肖像，可謂是窮形盡相，觸目驚心──

> 飢餓，越來越凶惡的蹂躪著隊伍，同志們已經今非昔比，面目全非了，本來年輕力壯的，不見了泛著紅潤的顏色的豐滿的肌肉，變得面黃肌瘦，衰弱起來了；桂香的病日見沉重，吃野菜喝水要人扶著坐起來；青蓮腳腫面腫，傷腳近於殘廢，扶著木棍走路也覺吃力；年輕的小良，從小嬌生慣養，未經體力鍛鍊，不曾吃過苦，身體激劇衰弱，平白無故地也會頭昏眼花得突然跌倒，常常像個病人一樣躺在床上；老劉、玉蘭、老方、才伯，臉孔也有些浮腫，走多幾步路也氣喘了。[75]

　　金枝芒使用細密堅實的寫實筆觸，進行大量的細節、場景和心理活動的描寫，效果震撼人心。這種段落貫穿全書，不妨試舉數例如下。第三章第七節，金枝芒在揭發明富的投機革命、貪生怕死的性格之外，也寫出他的一閃而過的天良發現，刻畫了一個叛徒的真實微妙的心理。第三章第九節，青蓮在撤退過程中與敵人交火，她的一隻腳受傷了，只好辛苦地爬回了營地。小說使用好幾頁的篇幅細緻描寫青蓮負傷爬行的艱難和內心的信念。[76]第三章第十節，滿仔救起落入水湖的受傷昏迷的青蓮。青蓮醒來後告訴同志們明富已叛變的消息。金枝芒沒有緊接著描寫圍觀者的反應，而是詳盡刻畫隊長老劉的震驚和

---

[74] Edgar O'Ballance, *Malaya: The Communist Insurgent War, 1948-60* (London: Faber and Faber Limited, 1966), p.177.
[75] 金枝芒《飢餓──抗英民族解放戰爭長篇小說》（吉隆坡：21世紀出版社，2008年），頁114。
[76] 同上，頁58。

愧疚的心理，又補充了一段他以前被救治腿傷的細節，表現政治理想如何支撐了他的生命意志。第四章第十一節，游擊隊絕糧日久，只好食用山芋荷、山薺菜、山公蕉、檸檬、山椰等。陳月帶領幾個戰士去偵察敵情，他們餓著肚子出發了。看著他們的背影在矮青間消失了，游擊隊長老劉大為感慨，心情激動。第五章第十七節，關於才伯這個游擊隊老隊員的軟弱、細心和善良的描寫，見證人性中真實、脆弱而溫暖的一面。第六章第十九節，蠻仔和石古在尋找糧食時中了檸檬刺，被迫臥床養傷，玉蘭給他倆敷藥時看到傷痕累累，憐惜之情油然而生。這一段文字有困境中的幽默對話，有慘不忍睹的視覺奇觀，還有革命者的深厚情誼、自由聯想和感動人心的內心獨白。經過幾個月的飢餓、疾病和傷痛的折磨，九名游擊隊員先後倒下了，而且有各種遇難的原因和方式：老劉在掩護大家撤退時，彈盡糧絕，投崖自盡。桂香長期體弱多病，雖有革命同志的悉心呵護，還是回天乏術。老方在大風中爬上高樹去砍檸檬，摔下來當場犧牲，現場慘不忍睹。才伯吃了生竹筍，毒發身亡。張福、劉芳與敵軍發生了槍戰，雙雙遇難，還被斬首示眾。小良長期「餓鹽」難耐，後來尋獲了幾罐食鹽，他偷吃過量，中毒而死。阿冬在返回營地的過程中，不幸被大水沖走。永興在追擊山豬時迷路，他採食「波拉」樹的葉子充飢，中毒身亡。這個小說還提到一名剛出生的嬰兒，其父母是陳月和玉蘭。因為游擊隊遭到了敵人的包抄追擊，由於擔心嬰兒的哭聲會暴露游擊隊的行蹤，這對年輕的父母只好忍痛扼殺了他。總之，整部小說講述革命、飢餓和死亡的壯烈故事。有評論家認為，《飢餓》之最有力量的部分是在「對那種特殊狀態下日常生活細節的刻畫，被包圍、反擊、退走，尤其是陷入飢餓情境下狂亂的覓食與死亡」。[77]這是準確的觀察。最後，這支游擊隊只剩下了五名年輕男女，他們費盡千辛萬苦，獲得了集中營裡的群眾偷運出來的糧食，又找到了組織上派遣的前來救援他們的同志。小說的最後一段以樂觀昂揚的筆觸寫道——

---

[77] 黃錦樹〈最後的戰役——論金枝芒的《飢餓》〉，香港《香港文學》第298期（2009年10月），頁73。

他們從殘酷的饑餓中過來，經歷了森林游擊戰爭中的最大的困難和最高的艱苦，這已不足以阻止他們的鬥爭的前進的步伐了。在黨的領導和群眾的支持下，隊伍又慢慢地壯大了起來，高舉著民族解放的光輝燦爛的旗幟，勇往前進了。[78]

樂剛指出，毛澤東把馬列主義原理與中國社會現實結合的一個手段就是，使用通俗易懂的語言向農民大眾解釋食物分配、階級鴻溝與暴力革命的因果關係。「誰養活了誰」這個問題不但是中國共產革命需要解決的中心問題，也是革命文化急需解決的關鍵問題，延安文學中有關於「飢餓革命」與「革命飢餓」的精彩描述。[79]這個批評分析對理解金枝芒的《飢餓》也很有幫助。飢餓是糧食的匱乏與肉體的磨難，也是道德的淨化和意志的考驗，關乎革命大業的成敗。這部小說形象化地描繪了「飢餓」與「糧食」、「吃喝」與「革命」、「馬共」與「群眾」之間深刻微妙的關聯，有王斑所謂的「崇高至死境」的美學風格。[80]2008年是「緊急法令」實施六十週年紀念，馬共稱之為「抗英民族解放戰爭六十週年」，也是《飢餓》出版五十週年，馬共老戰士此時重印這部小說，紀念目的不言而喻。出版社甚至將其與蘇聯作家法捷列夫（Alexander Fadeyev, 1901-1956）的小說《毀滅》相提並論，評價如此之高，用心一望而知。[81]

---

[78] 金枝芒《飢餓——抗英民族解放戰爭長篇小說》，頁368。
[79] Gang Yue, *The Mouth That Begs: Hunger, Cannibalism, and the Politics of Eating in Modern China* (Durham, NC: Duke University Press, 1999), pp. 150-183.
[80] 這裡的「崇高至死境」的說法是借用美國華裔學者王斑的專著，參看Ban Wang, *The Sublime Figure of History: Aesthetics and Politics in Twentieth-Century China* (Stanford, CA: Stanford University Press, 1997), pp. 17-54.
[81] 原話如下：「《飢餓》形象地描繪了14位革命戰士在英殖民當局嚴厲封鎖糧食的飢餓線上堅持鬥爭的慘烈事蹟，從殘酷的一面反映出革命戰士的高貴品質，在絕望的境地仍然看到曙光。他們也為一個初生生命的離去致以革命的送別；雖然最終只剩下5位戰士，但他們毫不動搖，看到的畢竟是革命的前景，終於突破重圍勝利轉移。而那個立場不穩、品質卑劣者，早就逃跑投敵，背叛革命，為所人所不齒。正如蘇聯十月革命時期的著名小說《毀滅》，敘述一個游擊隊的勇士們在殘酷的鬥爭中英勇犧牲，最後剩下幾個戰士，故事悲切壯烈，卻也使讀者體會到勇士們高貴的

《飢餓》的缺點也無須諱言。整部小說的故事情節散漫游離，敘事速度推進太慢，將近四百頁的篇幅講述的只是幾個月內發生的故事，節奏疲沓，密度過大，細節肥大、冗贅、瑣碎，類似的情節重複發生。這些缺失說明金枝芒未能以精煉的文字表達豐富複雜、有深刻暗示性的內容。有學者認為：「金枝芒執著於現實主義寫作，現實主義的語言原來是相對透明及工具化的，但他卻用來描寫極致的革命經驗，將語言的特性發揮到極點。」[82]其實，能將革命經驗發揮到極致的，非現實主義莫屬，無論是注重抒情幻想的浪漫主義，還是回歸個人內心的現代主義，都難以勝任。話又說回來，這部小說的優點也不可抹殺：文字樸實生動，故事有真實性和感染力，個別人物形象很有生氣，心理刻畫有成功之處。是故，有人盛讚金枝芒「成功塑造真實英雄人物形象」、「高揚革命英雄主義精神」、「馬來西亞森林武裝鬥爭與左翼文學創作的圖繪」。[83]

結語：金枝芒與馬華文學史

　　從馬華文學史來看，金枝芒是一個不容忽視的存在，他的文學作品包括了多方面的線索，例如：現實主義、左翼文學、本土化追逐、亞洲冷戰。這些線索在馬華文學史上承前啟後，又與同時代其他作家有呼應和共鳴，可以說是縱橫交織，蔚然成風。這些線索既是文藝現象也是文化政治，雖然扎根於馬來亞本土社會，但與區域和全球的歷史存在互動。

　　「現實主義」是19世紀歐洲文學的主流，後世學者研究歐洲文學史，甚至提出「偉大的現實主義」、「無邊的現實主義」等說法。中國「五四」作家感時憂國，遵奉現實主義為正宗。受此影響，現實主

革命精神和品質，從而增強革命的鬥志。」
[82] 蘇穎欣〈論戰、現實與馬華革命文學：金枝芒的「此時此地」實踐〉，臺北《文化研究》第32期（2021年春季號），頁38。
[83] 長河〈馬華軍旅文學的精品——談金枝芒的《飢餓》等軍旅小說〉、田英成〈馬來西亞森論武裝鬥爭與左翼文學創作的圖繪〉，收入21世紀出版社編輯部編《緬懷馬新文壇前輩金枝芒》，頁110-122、123-128。

義曾是馬華文學的主流,至少在1960年代現代主義出現之前,這是馬華文學史的事實,方修對此有準確的把握。[84]方修的三卷本《馬華新文學史稿》、十卷本《馬華新文學大系》、《戰後馬華文學史初稿》,莫不視現實主義為金科玉律,引領馬華文學史書寫的方向。金枝芒講述離散華人的心史和革命人物的事蹟,突顯現實主義,躋身「人民文學家」之列。

新馬華文「左翼文學」也是源遠流長,代不絕續。從1920年代出現的「新興文學」,到蓬勃於新馬淪陷之前的「救亡文學」,再到1950年代崛起的「愛國主義大眾文學」,以至於1970年代出現的新華文學「文革潮」,甚至是當下少許作家的創作實踐,已然構成了一個連續不斷的左翼文學發展史。金枝芒抱持的是「批判現實主義」、「左翼現實主義」、「革命現實主義」,念茲在茲,無時或已,這些已然成為其作品的身分標識,允為南洋「革命文學」之重鎮。

說到新馬華文文學的「本土化」傾向,這方面有很多話語實踐:1920年代「南洋色彩」的提倡,1930年代「馬來亞地方作家」的命題,1947、1948年「馬華文藝獨特性」的論爭,再到1981年「建國文學」的號召,這些思潮構成了綿綿不絕的本土化的「最強音」。金枝芒寫於1947、1948年的文論〈談馬華文藝〉和〈也論「僑民文藝」〉提倡馬華作家表現「此時此地」的社會現實,強調馬來亞認同,扎根在地,融入本土,立論大膽偏激,令人側目,數十年後讀之,仍然擲地有聲。

「冷戰」與馬華文學的關係是一項重大課題。在二次世界大戰後的東南亞地區,英屬馬來亞頒布的「緊急法令」發生在冷戰背景下。從1948年到1991年,韓素音、黑嬰、賀巾、韓萌、蕭村、杜運燮、王里、郭寶崑等人都是冷戰歷史的見證人或參與者。金枝芒在戰後發表的文論和中長篇小說,可以說是冷戰年代的產物,也以冷戰宣傳為主要內容。

---

[84] 方修《馬華文學的現實主義傳統》(新加坡:洪爐文化企業公司,1976年),頁20-31。

由此可見，金枝芒作品的主題思想已經與馬華文學史的若干面向（現實主義、左翼文學、本土化、冷戰）發生了密切持續的關聯。本文從「救亡文學」、「本土化追逐」、「冷戰政治」這三個角度出發，重探金枝芒的文學世界及其思想意識，期待與學術界的相關論述形成批評對話。

第十章　冷戰、革命與流亡：
賀巾的文學之路[1]

引言：賀巾與左翼文學

　　在冷戰年代的東南亞，不同的社會集團捲入了劇烈衝突的政治漩渦，華人作家們的反應耐人尋味。大體而言，這些作家的思想立場可以區分為四種敘事，構成一個多樣化的光譜：一是帝國－自由主義[2]，二是民族－共產主義，三是世界主義，四是國家主義。這四種立場的關係比較微妙，有些是勢如水火，難以調和，例如帝國－自由主義和民族－共產主義；有些是交錯重疊，呼應唱和，例如左翼世界主義和民族－共產主義。必須指出，從二次大戰終結到1950、1960年代，左翼思潮風靡東南亞，華人社會概莫能外。當時華文作家為數眾多，成就有大有小，而思想立場各異。在左翼作家中，既有追求「葉落歸根」的歸國華僑，也有南來文人和本土作家，[3]還有極少數馬共作家。這些左翼作家對冷戰的回應既有大方向的一致也有細緻的歧異。賀巾（1935-2019）是其中最有傳奇色彩的一位左翼作家，引起了國際學術

---

[1] 本文發表於馬來西亞《南方大學學報》第16期（2023年12月），此為修訂稿。
[2] 關於「帝國自由主義」的研究，參看Uday Singh Mehta, *Liberalism and Empire: A Study in Nineteenth-Century British Liberal Thought* (Chicago, I.L.: The University of Chicago Press; 1999); Jennifer Pitts, *A Turn to Empire: The Rise of Imperial Liberalism in Britain and France* (Princeton, N.J.: Princeton University Press, 2005); Theodore Koditschek, *Liberalism, Imperialism, and the Historical Imagination* (Cambridge, Eng.: Cambridge University Press, 2011).
[3] 參看朱成發《紅潮：新華左翼文學的文革潮》（新加坡：玲子傳媒私人有限公司，2004年）。

界的濃厚興趣。本文從小說文本的分析入手,聯繫東南亞、中國和國際共運的歷史語境,研討賀巾的左翼思想之生長與變化的蹤跡,也會對賀巾小說的思想局限與審美得失進行分析和判斷。

賀巾原名林金泉,祖籍廣東澄海,1935年出生於新加坡貧苦家庭,後來有邵虹、韋嘉、賀立、于琴、高靜朗、古戈、顧軍等筆名。賀巾在三山學校讀過小學,受教於華僑中學、中正中學總校。1954年,他尚未念完初三,就被迫輟學,做過派報員、印刷廠學徒、建築工人、電臺播音員及編劇、華校教師。1950年代中期,賀巾轉入地下工作。1962年,他奉組織上的命令離開新加坡,流亡印尼,長達十五年。此後,他繞道港澳地區,抵達中國大陸,在湖南益陽的「馬來亞革命之聲」電臺工作近兩年。1980年,已經四十五歲的賀巾離開中國,經由菲律賓,抵達馬來西亞和泰國的邊境,正式加入馬共部隊。1989年12月,馬共與馬、泰政府簽訂《合艾和平協定》,正式宣布解散。賀巾從此定居泰南,2019年病逝。[4]

根據賀巾自述,他在1951年開始寫作,年僅十六歲。在流亡以前,他在新加坡出版過單行本小說《青青草》、《沈郁蘭同學》、《小茅屋》、《青春曲》、《陽光與霧》。四十多年以後,他把青年時代創作的十個短篇小說以《賀巾小說選集》之名在新加坡結集出版。賀巾寫於1980、1990年代的一些小說結集為《崢嶸歲月》,另有部分作品散見於泰國《世界日報》文藝副刊。進入新世紀以來,賀巾寫出兩部自傳體長篇小說《巨浪》和《流亡》。這些作品涉及眾多問題的重疊、交織和互動,既有族群、殖民地與宗主國的問題,也有本土、區域與全球的問題,包括離散華人、民族主義、冷戰政治、全球南方、學潮工運、去殖民化、建國運動、國際共運。本文結合新馬

---

[4] 網雷〈流亡作者賀巾訪談錄〉,收入網雷《無花果之憶》(新加坡:青年書局,2007年),頁113-126;謝詩堅〈60年代馬共作家賀巾訪談〉,參看謝詩堅的部落格「飛揚網路」(http://seekiancheah.blogspot.com/2010/11/blog-post_08.html),訪談時間在2009年11月,地點在泰國的合艾市;陳國首〈賀巾談創作與人生〉,新加坡《聯合早報》2013年4月2日、4月5日;流軍〈魂兮歸來──悼念賀巾〉,新加坡《聯合早報》2019年8月16日;謝詩堅〈紅色紐帶牽動的年代──賀巾、馬陽與原甸締造學運神話〉,檳城《光華日報》2019年12月12日。

華文文學史,對賀巾小說的風格特徵進行描述、分析和再評價,兼顧東南亞和中國的歷史語境,探索賀巾左翼思想之發生過程和多重面向。

一、冷戰年代的中國想像

賀巾的文學生涯始於1950年代,適逢冷戰開幕,這位青年作家想像中國,追逐原鄉,回應冷戰政治,以樸實剛健的文字表現時代主題。在進入正題之前,有必要對冷戰、東南亞、華人社群的情況稍作說明。

1947年3月,冷戰在全球拉開序幕,很快波及東南亞。從二戰終結到1970年代,美國和英國積極合作在東南亞推行冷戰。此時,東南亞的另一個主題是「去殖民化」(decolonization)。眾所周知,東南亞的十個國家先後淪為歐洲國家的殖民地——例如,新加坡、馬來亞、緬甸、汶萊是英國殖民地,越南、柬埔寨、老撾是法國殖民地,印尼是荷蘭殖民地,菲律賓是西班牙殖民地,東帝汶先後淪為葡萄牙和荷蘭的殖民地;二戰結束後,這些殖民地紛紛謀求民族解放和國家獨立。在此期間,「冷戰」和「去殖民化」是居於主流、相互交織的兩種政治實踐,在這個歷史情景中的東南亞面臨雙重任務:一方面是打破殖民枷鎖,實現獨立建國,另一方面是在冷戰風暴中站隊表態。它們在處理與英美關係時出現既鬥爭又合作的關係:鬥爭的目的是為了實現國家獨立,合作的意圖是為了共同反共,一些國家出現「反共民族主義」的潮流。1948年6月16日,英國殖民當局頒布「緊急法令」,新馬地區形勢驟變,隨之而來的剿共行動變成了冷戰年代的「熱戰」,這是一場地區性的、低烈度的、小規模的軍事衝突。英國歷史學家巴素(Victor Purcell, 1896-1965)是冷戰歷史的見證人,他對緊急法令下的馬來亞社會有精準分析。他指出,在共產主義與殖民主義之間應該提供一個中間道路:在馬來亞這個多元種族的社會選舉一個政府,貫徹議會制民主政治,有效回應公共輿論,展開急需的社會、經濟改革,消除族群分歧,這是切實可行的政策,而正在實施的緊急法令於事無

補，也必將失敗。[5]然而，巴素的這番逆耳忠言並沒有被殖民當局認真聽取，歷史發展走上了另外一條截然不同的道路。

在冷戰年代，新馬華人（包括土生華人、新客華人、僑生）由於經濟狀況、社會地位和政治理念之差異，形成不同的權力結構和社會集團，他們在看待冷戰問題時有較大的思想分歧。新加坡四大華文報章——《南洋商報》、《星洲日報》、《南僑日報》、《中興日報》的中國敘事有明顯的立場差異：有的中間偏右，有的支持中共，有的擁護國民黨。[6]「中國民主同盟」創始人胡愈之在戰後創辦《風下週刊》，鼓動僑民意識，成功團結了馬來亞的親中國派華僑。[7]值得注意的是，二戰結束後，新馬華人社會的國家認同出現大幅度轉向，《南僑日報》在1947年初展開的民意調查表明，百分之九十五點六的馬來亞華人希望在保留中國國籍的情況下成為馬來亞公民。[8]絕大多數馬來亞華人選擇從「葉落歸根」的僑居模式轉向「落地生根」的定居模式。在1947、1948年，新馬文學史上出現「僑民文藝」和「馬華文藝獨特性」的論爭，目標是追求本土化、現實主義和左翼政見。弔詭的是，一方面，「去殖民化」促使新馬（華族）人民走向團結，召喚國魂，凝聚國體；另一方面，「冷戰政治」造成新馬華人社會的分化、對立和重組，導致華人淪為英國殖民當局之無端懷疑和打壓的對象。

從1940年代末到1970年代後期，一部分新馬華人迷戀血緣神話，追逐故國原鄉，接受左翼思潮，同情中國革命，這種政治意識在底層華人和華校生那裡最為顯著。[9]賀巾出身於底層華人家庭，他在階級

---

[5] Victor Purcell, *Malaya: Communism or Free?* (London: Victor Gollancz Ltd, 1954), pp.281-282.
[6] 王慷鼎《新加坡華文日報社論研究（1945-1959）》（新加坡：新加坡國立大學漢學研究中心，1995年），頁180-211。
[7] 原不二夫〈戰後馬來亞的愛國華僑〉，廈門大學《南洋資料譯叢》2005年第2期，頁62-80。
[8] 原不二夫著，劉曉民譯《馬來亞華僑與中國》（曼谷：大通出版社，2006年），頁173。
[9] 邱淑玲《理想與現實：南洋大學學生會研究（1958-1964）》（新加坡：南洋理工大學中華語言文化中心，八方文化創作室，2006年）；周兆呈《語言、政治與國家化：南洋大學與新加坡政府關係（1953-1968）》（新加坡：南洋理工大學中華語

分化的殖民地社會產生左翼思想，這毫不奇怪；他當時迷戀蘇聯文學作品例如《毀滅》、《鋼鐵是怎樣煉成的》，他在冷戰年代憧憬共產中國，也是水到渠成。如果要研究賀巾在冷戰年代的中國想像，首先應該分析他寫於1950、1960年代的短篇小說。《賀巾小說選集》收錄的十篇作品包括校園、知識分子、底層華人、華校生的故事，創作地點都在新加坡。按照年代排序，〈青春曲〉最早，寫於1953年，作者時年十八歲，正在中正中學讀初二。〈遲到的禮物〉最遲，寫於1961年，作者二十六歲，正是他流亡印尼的前夕。十篇小說寫華校生的校園生活、青年女性的情感挫折、知識分子對鄉村教育的投入、時代青年投身社會運動、庶民百姓的貧困、堅忍與反抗，作者走筆所至，洋溢著青春活力、泥土氣息、人道主義溫情和社會責任感。

（一）原鄉追逐

1949年10月1日，中華人民共和國成立，這個有世界歷史意義的事件對東南亞華人社會產生了巨大衝擊。在1950年代新加坡和馬來亞，中國資訊經由信件、報刊、書籍、學校、電臺等媒介被介紹到東南亞，影響了當地華人的「中國觀」的建構。[10]《賀巾小說選集》的作品有明顯的中國元素，這證實了上述歷史事實。

〈青春曲〉寫1950年代新加坡華校生的故事，風格清新活潑、健康有力。主人公名叫馬賓，這是一個出生貧寒、瘦黑矮小的高中生，他在勤工儉學的過程中成長為一名進步青年。在他的關懷和指點下，富家女張燕同學走出了個人生活的小圈子，融入校園集體，產生社會意識，關心中國時事。這篇小說有兩條敘事線索：主線是馬賓和張燕的認識和互動的過程，以及前者對後者的人生觀指導；副線是張父的生意每況愈下，家庭關係出現裂痕，經濟地位的中落引起張燕的思想變化，她逐漸形成了階級意識，發現個人的真實處境。饒有意味的是，除了文字表述之外，這篇小說還出現不少視覺文本、表演藝術和

言文化中心，八方文化創作室，2012年）

[10] 魯虎《新馬華人的中國觀之研究（1949-1965）》（新加坡：新躍大學中華學術中心，八方文化創作室，2014年），頁57-88。

音樂文化，反映出濃烈的中國元素和左翼思想，包括：表現官逼民反主題的傳統戲曲《打漁殺家》、吳祖光的話劇《少年遊》、表現解放區故事的電影《小二黑結婚》、反映時代離亂和小人物悲劇的電影《一江春水向東流》、抗戰救亡歌曲〈青春戰鬥曲〉、左翼作家茅盾的格言。據作者晚年的訪談，這篇小說的某些情節取材於他的個人經歷。[11] 賀巾《青春曲》表達成長小說的主題，猶如中國作家楊沫的《青春之歌》之南洋版，採取跨媒界呈現和跨文化文本互涉的方式，再現南洋與中國之間的跨國文化網絡和跨國知識傳輸，這些東西刺激了左翼思潮在新馬地區的傳播和海外華人的民族主義。[12] 在歷史危機時刻，賀巾有意在小說中植入中國元素，表達他的原鄉想像和文化鄉愁，這就是對殖民當局的一種迂迴抗辯的姿態。

　　賀巾的小說集《崢嶸歲月》、《巨浪》、《流亡》寫於冷戰末期和後冷戰年代，作者已是中晚年的光景，小說的「中國元素」銳減，並不奇怪。這裡僅能提供一個細節。短篇小說《崢嶸歲月》（1999）寫1950年代早期新加坡華校生的故事。幾名中學生在學長徐瑞的鼓勵下成立一個讀書會，地點在東陵區的許輝英家裡，每個週末下午，大家在一起研究中國左翼社會學家鄧初民的著作《社會發展史》。綽號「小瓜子」的女同學出身不錯，但是家庭氣氛低迷，她正在入迷地閱讀巴金的小說《家》，為鳴鳳自殺的情節而感動不已。「陳樹」出身底層家庭，正在看一本禁書：魯迅翻譯的蘇聯作家法捷耶夫的長篇小說《毀滅》。[13] 蘇俄文學在東南亞革命運動中發揮重大作用，新加坡、

---

[11] 根據賀巾的回憶錄，他在中學時代參加過《打漁殺家》的排練，結果被當局禁止演出。參看網雷〈流亡作者賀巾訪談錄〉，收入網雷《無花果之憶》（新加坡：青年書局，2007年），頁115。

[12] 有學者以中國戲劇藝術的跨國表演為例證，討論不同東南亞區域之間的文化交流及其對新馬華人社群的的影響，例如Beiyu Zhang, *Chinese Theatre Troupes in Southeast Asia: Touring Diaspora, 1900s-1970s* (London: Routledge, 2021).

[13] 法捷列夫的長篇小說《毀滅》由魯迅化名「隋洛文」譯成中文，1931年9月上海大江書鋪出版。1931年10月，上海三閒書屋出版了署名「魯迅」的中譯本。新加坡的《南方月刊》第1卷第1期（1932年1月15日）的「文藝情報」提到這個中譯本的出版，文藝情報的作者「綠天」寄自上海，盛讚「譯文甚可靠」，參看本刊第42頁。賀巾的短篇小說《崢嶸歲月》中的陳樹閱讀的就是魯迅翻譯的《毀滅》中譯本。

馬來亞、印尼、越南、汶萊的華人在閱讀進步書刊的過程中形成左翼思想，深度介入了當地的文化政治。[14]實際上，在1950年代的新馬地區，殖民當局的禁書令並未對外來華文書刊趕盡殺絕，中國和蘇聯的進步書刊經由香港而流入新馬華文書店，深受當地讀者歡迎。當時的新加坡有數十家書店，華文書店經營進入旺季，商務印書館、中華書局、南洋書局、上海書局是著名的四大書局。[15]《崢嶸歲月》的故事包含原鄉追逐的元素，展示橫亙在中國和南洋之間的一個跨文化網絡，左翼思想獲得跨國傳輸的機會，這種觀念符號和印刷文本的跨區域運動導致青春文化的興起和族裔身分的凝聚。

原鄉追逐在賀巾的早年作品裡不乏例證。〈青春曲〉一個故事情節是星洲三所華校C、H、N中學舉行大規模的聯合野餐會，結合作者的傳記資料來看，這三所學校很可能是「中正中學」（Chung Cheng High School）、華僑中學（Hwa Chong Secondary School）、南洋女中（Nanyang Girls' High School）的英文校名的首字母，三個字母合在一起就是CHN，這是中國在聯合國註冊的代碼，由此可見賀巾的原鄉情結。〈沈郁蘭同學〉的一個故事情節是，學生會幹部李桑以迷人的外表、橫溢的才華和雄辯的口才贏得了大家的敬重，沈郁蘭和他陷入了熱戀。後來，李桑回到中國去升學了，而沈郁蘭留在了南洋。

（二）冷戰政治

《賀巾小說選集》裡的十篇作品寫於1953年至1961年，此時正是冷戰早期，年輕的華校生賀巾傾向於左翼思潮。作為新客華人的後裔，他像多數僑生一樣對祖籍國有深沉美好的感情，他的中國想像不可避免地反映冷戰政治。〈可愛的家庭〉有兩個細節與中國有關。其

---

[14] 程映虹〈蘇俄文學在東南亞華人革命運動中的影響〉，哈爾濱《俄羅斯學刊》2013年第5期，頁26-31。

[15] 魯虎《新馬華人的中國觀之研究（1949-1965）》，頁60-64；周維介〈文化大坡之書店篇〉，新加坡《怡和軒》第31期（2017年5月），頁50-59；周維介〈再談文化大坡〉，新加坡《怡和軒》第37期（2018年10月），頁60-69；周星衢基金編著《致讀者：新加坡書店故事（1881-2016）》(新加坡：周星衢基金，2016年)，頁263-264。

一，是女主角高秋蘋找來一些中國出版的連環畫和兒童書刊給兒子去閱讀，結果被同居伴侶曾醫生發現，那人大發雷霆，聲稱這是「共產黨的書籍」，辱罵秋蘋要做「暴徒」，[16]這充分證實在緊急法令時代，英國殖民當局為防範共產主義，嚴禁新、馬從中國進口書刊，當地瀰漫著歇斯底里的反共氛圍，華人深受其害。其二，是于琴（故事敘述者、電臺播音員、高秋蘋的晚輩同事）去山芭小學的教工宿舍，拜訪高秋蘋的丈夫喬德輝先生，發現其書桌上擺放著中國左翼學者胡繩和艾思奇的著作，這令于琴感覺心情愉快。[17]

中篇小說〈崢嶸歲月〉（1999）的三個主要人物「徐瑞」、「鄭林」、「陳樹」都是左翼華校生，他們滿懷熱情，投身社運。徐瑞、鄭林被驅除出境，來到中國成為歸僑。後來，徐瑞繞道回到馬來亞，懷著宗教般的虔誠心情上山打游擊，成為一名馬共女戰士。鄭林主動去中國的邊疆工作，原本打算死心塌地為社會主義效勞，奈何他有海外關係，因之遭到批鬥。他何曾想到自己當初在新加坡受到殖民當局的迫害，回中國後又受到共產政權的整肅，萬般無奈，只好亡命香港。[18]三十年後，這三個人在泰國的合艾市聚會了，回首崢嶸歲月，他們百感交集，但是無怨無悔。這裡的中國想像涉及亞洲冷戰，徐、鄭被驅逐出境的故事符合當時的歷史事實，馬共領導人陳平的回憶錄證實了這一點。[19]不過，本篇小說塑造的「中國形象」與〈青春曲〉迥乎不同，帶有感傷暗淡的調子，這是由於中國大陸政權易手之後發生了不少政治運動，歸僑淪為替罪羔羊，留下創傷記憶，這對賀巾等海外華人的中國想像造成了負面影響。

長篇小說《巨浪》（2004）再現南洋冷戰的緊張氛圍，大宗篇幅描寫1950年代華校生投身社會運動的故事，本土意識強烈，只有四個細節與中國有關。第五章閃現「延安」這個象徵符號。H中高中部的

---

[16] 賀巾〈可愛的家庭〉，收入《賀巾小說選集》，頁90。
[17] 賀巾〈可愛的家庭〉，收入《賀巾小說選集》，頁88。
[18] 賀巾《崢嶸歲月》（香港：南島出版社，1999年），頁42。
[19] 「緊急法令」實施以來，超過5千名馬共黨員被流放到中國，如果將馬共支持者和家屬計算在內，到1966年共有2萬人。陳平、伊恩沃德、諾瑪米拉佛洛爾著，方山等譯《我方的歷史》（新加坡：Media Masters Pte Ltd，2004年），頁402。

饒立敬來自聯合邦,受到英國殖民當局的洗腦教育,指責同學們排練的節目《唱春牛》是來自延安的革命歌舞,這當場遭到陳天柱的駁斥和嘲弄。[20]第九章提到陳天柱轉入地下狀態後不忘政治學習,他認真研讀毛澤東的〈在延安文藝座談會上的講話〉,這個細節也有賀巾本人的影子,因為他在1950年代末期讀過此文,晚年承認自己當時大受其影響。[21]第十章有兩個耐人尋味的細節。一是陳天柱說「群眾路線」關係到革命事業的成敗,他引用毛澤東的話說看一個知識分子是否革命就看其是否贊同與工農結合。二是陳天柱安排幾個轉入地下狀態的女同學與家人告別,他舉例說紅軍長征後有一批知識分子奔向延安,走向工農兵,在抗日戰爭和解放戰爭中發揮重要作用,他認為這是大家學習的榜樣,就像劉胡蘭和黃繼光的壯烈犧牲,他們願意讓青春閃閃發光而不是碌碌無為。[22]在這裡,賀巾描繪亞洲冷戰年代的緊張形勢,包括英國殖民當局對進步人士的打壓,海外華人的民族主義和中國想像,華人社會的分化與衝突,革命中國對東南亞的廣泛影響,這些都是歷史的見證,也說明賀巾小說的現實主義取向。魏月萍認為:「賀巾的小說,除了具有反帝反殖、提倡民族獨立,以及恪守大我情懷的理想主義以外,似乎還有一種游移在中國與馬來亞之間的認同意識,在『他方』的延安和『此地』的居所,構成某種的張力。」[23]這是準確的觀察,但需要補充一點:這種張力在賀巾早年作品中彰明較著,中晚年以後,他的中國認同、中國元素、中國意識已大幅度削弱了,這仍然是歷史形勢使然。

冷戰元素也出現在長篇小說《流亡》的中國想像中。本書是《巨浪》的姐妹篇,有些情節根據作者的經驗寫成。《巨浪》中的新加坡華校生現在變成了一群流亡印尼的馬共分子,陳天柱改名為「李發

---

[20] 賀巾《巨浪》(吉隆坡:朝花企業,2004年),頁76。
[21] 謝詩堅〈60年代馬共作家賀巾訪談〉(http://seekiancheah.blogspot.com/2010/11/blog-post_08.html),訪談時間在2009年11月,地點在泰國的合艾市。
[22] 賀巾《巨浪》,頁216。
[23] 魏月萍〈青春、革命與歷史:賀巾小說與新加坡左翼華文文學〉,臺北《中國現代文學》第23期(2013年6月),頁45。

原」，其妻梅麗改名為「張玉玲」。小說的若干章節點出冷戰年代國際共運的活動，包括蘇聯、中國、新加坡、馬來西亞、印尼，形成一些錯綜複雜的跨國網絡。第十一章提到馬共派人來雅加達考察，建議當地同志像爪哇那邊一樣，來一場「整風運動」，李發原對此深表讚許——

> 我們天天收聽北京電臺，知道中國正在進行文化大革命，天天在喊毛主席萬歲、興無滅資等革命口號，我們決心打回老家，抖掉思想中的缺點，我是完全贊成的。[24]

「文化大革命」作為一場政治浩劫也是全球冷戰在中國的一個縮影，資本主義／社會主義的二元對立思維氾濫，只是表現得更加內捲化、本土化、極端化而已。然而，整風與破家、肅反等政治活動一樣，都會對革命事業造成很大傷害，主人公很快就意識到了這一點。第十四章提到李發原白天在戰友的養豬場工作，晚上收聽北京電臺的新聞。第十七章提到整風運動在印尼的流亡馬共分子中進行。印共分子艾琳支援「中國文化大革命」之查禁進步文藝書刊的做法，這反倒暴露了她自己患有「左派幼稚病」，她高舉革命旗號，批判個人主義，顯示了她缺乏常識和人性化原則——

> 要知道，這種個人感情在革命鬥爭中是要不得的！現在，《三家巷》、《苦鬥》、《野火春風鬥古城》和《青春之歌》這類文藝作品在中國都已經被禁止了！[25]

中國想像與冷戰政治在《流亡》的第十八、十九、二十章繼續展示出來。主人公夫婦奉命離開印尼，繞道港澳，進入中國大陸，在湖南的馬共電臺工作，他們參觀革命聖地後，又經由菲律賓，返回馬、

---

[24] 賀巾《流亡》（八打靈再也：策略資訊研究中心，2011年），頁155。
[25] 賀巾《流亡》，頁251。

泰邊境，準備進入部隊。

　　由此可見，賀巾的小說涉及1950、1960年代東南亞華人的中國想像，表現出左翼文學的顯著特徵，至少有三方面的意義。其一，小說中的這些華人雖在南洋出生長大，但對革命中國抱有政治憧憬，他們通過各種管道接觸中國的思潮觀念、圖書刊物、表演藝術。這些觀念、書刊和文化經過跨國運動，對南洋華人尤其是華校生產生了廣泛影響，促成他們的政治意識發生轉變，走向左翼，投身社運。其二，中國想像的元素在賀巾的早年作品中占有一定比例，但在他的中後期作品中比重銳減。究其原因，這是由於本土化、在地化、去中心化早已成為南洋華人社會的主流意識，加上新加坡、馬來亞、印尼的民族解放運動蓬勃，出現一系列主權獨立的現代民族－國家，這就導致東南亞華人在國族認同上發生了重大轉向。這些社會歷史的變化也投射到賀巾的文學作品中。其三，賀巾的上述作品反映出一系列的張力和問題：在個人與社會之間，個人意志如何介入社會變革？在殖民者與被殖民者之間，合作、疏離與對抗的多重關係如何展示出來？在南洋華人社會內部，不同的政治意識形態如何撕裂了這個群體，形成不同的利益集團、權力結構和發聲管道？在去殖民化和冷戰之間，兩種政治實踐如何產生了張力、有時又奇特地糾結在一起？在文學與政治之間，作家如何維護個人良心和自由想像，回應冷戰亞洲的壓力？這些錯綜複雜的問題交織纏繞，構成東南亞冷戰歲月中的文化景觀，也是新馬華語文學的一道風景線。

　　還有一點值得注意，那就是賀巾小說的現實主義風格。根據艾布拉姆斯的定義，現實主義小說不但在題材選擇上不同於傳奇小說，而且它的創作目的在於真實表現普通讀者眼中的生活和社會環境，作家對創作素材進行藝術化的處理，細膩描繪日常經驗中的平凡事物，在表達效果上引導讀者產生一種「逼真性」的意識。[26]韋勒克認為，現實主義文學講求當代社會現實的客觀再現，題材上無所不包，方法上力

---

[26] M. H.艾布拉姆斯著，吳松江主譯《文學術語詞典》第7版（北京：北京大學出版社，2009年），頁521。

求客觀，在歷史主義的意義上把社會現實當成動態演變來理解，通過典型描寫而為社會問題提供答案，所以不免有道德說教和改革主義的傾向。[27]伊格爾頓（Terry Eagleton, 1943-）指出，現代文學理論的歷史乃是我們時代的政治和意識形態的歷史的一部分，它是由以觀察我們時代的歷史的一個特殊角度。[28]現實主義文學理論與歷史、與政治、與意識形態的關係尤其密切。現實主義作為賀巾小說的主導敘事對東南亞冷戰年代的重大事件都有敘述：緊急法令（1948-1960）、反黃運動（1953）、五一三事件（1954年）、華玲談判（1955）、南洋大學創辦（1955）、新加坡市議會選舉（1957年）、九三〇事件（1965）、文化大革命（1966-1976）、馬共整風和肅反、《合艾和平協議》簽訂（1989）。賀巾出身於下層華人家庭，早年接觸俄蘇文學和中國革命文學，有明確的階級意識和堅定的政治承諾，擁抱現實主義，至死不渝。

二、階級意識與社會參與

賀巾小說的一個主題是敘說華人知識分子的階級意識和政治覺悟，表現文化關懷和社會參與。這裡首先勾勒出左翼華人的思想狀況和行為方式，然後在冷戰脈絡中加以分析評價。

從1919年的馬華新文學開端，到1976年的中國「文化大革命」結束，南洋華人社會並不缺少左翼人士。這是一個身分敏感、地位特殊的社會集團，有其特定的思想狀況，面對歷史變革，堅持發聲，結果遭到了威權政府的打壓，大大地喪失了政治能量，徹底淪為邊緣化、汙名化的尷尬處境。1919年，「五四」運動發生，這對新加坡、馬來亞的華人有很大影響，他們抵制日貨，遊行示威，遭到殖民當局的彈壓。[29]1927年，「新興文學」崛起，這是南洋版本的革命文學。從

---

[27] 雷內·韋勒克著，張今言譯《批評的概念》（杭州：中國美術學院出版社，1999年），頁243。

[28] 特雷·伊格爾頓著，伍曉明譯《二十世紀西方文學理論》（北京：北京大學出版社，2007年），頁196。

[29] David L. Kenley, *New Culture in a New World: The May Fourth Movement and the Chinese Diaspora in Singapore, 1919-1932* (London: Routledge,

1937年到1942年,「抗戰救亡」堪稱南洋華文文學的大宗,屬於左翼文學的光譜。戰後初期,馬來亞左派華人分為兩派,一派是馬來亞認同派,以馬來亞共產黨為代表,另一派是中國認同派,以中國民主同盟為代表。[30]隨著亞非拉民族解放運動的蓬勃,「愛國主義文學」在1955、1956年興起,左翼作家湧現。隨著中華人民共和國的成立,歸國華僑隊伍壯大。受到「全球六〇年代」(The Global Sixties)的思潮和中國「文化大革命」的衝擊,南洋左翼文藝在1960、1970年代盛極一時。以上段落勾勒出新馬左翼華文文學的蹤跡和輪廓。一般來說,左翼人士大都出生於底層家庭,他們的階級身分加上啟蒙教育形成一種激進政見:同情草根,強調集體主義,鼓吹民族主義、反對殖民主義和帝國主義,追求平等、尊嚴和人類正義。左翼人士投身學潮、工運和農運,創辦報章和出版社,就職於華僑學校,通過講習和筆耕,追求階級鬥爭和民族解放。這些左翼作家大都數是南來作家,極少數是本地出生,包括許傑、馬寧、戴隱郎、洪絲絲、黑嬰、王嘯平、韓萌、蕭村、謝白寒、韓素音、杜運燮、胡愈之、王任叔、金枝芒、鐵戈、賀巾,等等。

這裡首先概述西方學者的階級理論,為分析賀巾小說提供一個參考框架。在1770年至1840年間,「階級」(class)開始演變成一個具有現代意涵的詞彙,而且對特別的階層皆有相對固定的名詞來稱呼之,例如下層階級、中產階級、上層階級、勞工階級,這一段時間也是工業革命與關鍵性的社會重整時期。馬克思將階級描述為「形構群」(formation),包括個人所處的客觀的經濟狀態,隨著歷史發展而出現的對個人經濟狀態的意識(consciousness)和處理這種經濟狀態的組織(organization)。[31]階級觀念通常表示社會內部的各個等級或地位,它是馬克思主義和左翼政治話語的關鍵字之一;階級觀念被用於維護

2003);王潤華、潘國駒主編《五四在東南亞》(新加坡:八方文化創作室,2019年)。
[30] 原不二夫著,劉曉民譯《馬來亞華僑與中國》,頁169。
[31] 雷蒙・威廉斯著,劉建基譯《關鍵詞:文化與社會的詞彙》(北京:生活・讀書・新知三聯書店,2005年),頁52-63。

社會權力、經濟關係、生產方式和社會不平等的等級制度；階級關係具有一種結構性的必要因素，也有隨著時間發展而變化的流動性；階級既是人們經歷過的社會關係又是意識形態的產物，一個人採取某種方式進行思考和行動，不僅因為外部因素，也由於他們所接受的觀念和信仰結構，所以一個弔詭的是現象，一個階級的成員可以與自己的階級相認同，也可以與壓迫他們的階級相認同。[32]盧卡奇分析過歐洲無產階級在歷史進程中產生的階級意識，認為當最後的經濟危機衝擊資本主義時，革命的命運和人類的命運取決於無產階級在意識形態上的成熟程度，即取決於它的階級意識；無產階級的階級意識具有特殊功能；如果不廢除階級社會，無產階級就不可能解放自己。[33]由此可以發現，階級意識的出現與經濟基礎、歷史情景有很大的關係，它讓個人主體產生方向感和能動性，主動嵌入一個政治共同體當中，讓意識和行動經過協調而取得一致，煥發集體力量，推動政治議程的實現。階級意識當然也是一種身分政治，它作為左翼作家之世界觀的表現形式，對其文學寫作而言，至關重要。毫無疑問，階級意識有潛在的革命性，左翼人士付諸的行動與經常既定的社會體制發生衝突。

回到賀巾這裡。從寫作於1950年代的《賀巾小說選集》到完成於1980、1990年代的《崢嶸歲月》，從2004年出版的《巨浪》到2011年問世的《流亡》，其中都有華人知識分子的偉岸身影，他們懷抱階級意識，參與社會變革。〈青春曲〉中的華校生馬賓家境貧困，但是關心班級集體，他受邀擔任籃球隊隊長，發表一番熱情洋溢的講話——

> 親愛的同學們，我們受著相同的教育，我們原是一家，無奈環境使人們生疏了。這種可怕的生疏使我們遠離。這是人為的！……我們要突破這種障礙，我們要重新聯合起來。[34]

---

[32] 于連・沃爾夫萊著，陳永國譯《批評關鍵詞：文學與文化理論》（北京：北京大學出版社，2015年），頁40-45。
[33] 盧卡奇著，杜章智等譯《歷史與階級意識》（北京：商務印書館，1995年），頁129。
[34] 賀巾〈青春曲〉，收入《賀巾小說選集》，頁13。

這裡的言外之意是，在緊急法令下的殖民地社會，人民大眾被分化為原子式的、彼此生疏和孤立的個人，他們唯有被重新組織起來，才能突破人為設置的障礙，形成一個以華校生和進步人士為核心的社會集團，深度介入社會變革。這段引文說明了十八歲的賀巾已萌生了左翼思想，他重視階級意識和集體身分，相信由「覺醒的個人」組成的一個共同體能夠煥發出驚人的政治能量，達到改造社會的目的。方修指出〈青春曲〉「刻畫了一個在當時來說是屬於新的類型的中學生的形象」，[35]這是正確的觀察，然而不夠精準。後來，女同學張燕魂不守舍，生病在家，前來探望的同學們安慰和勸導她，然而大家不明就裡，只有馬賓準確揭示了緣由所在——

> 她是為了演戲不成，和父親的生意被人吃掉傷心。主要的還是她父親的事。這是小康家庭的破滅，此後，他們將步入勞苦大眾的行列。[36]

賀巾採用階級分析的方法診斷張燕的精神狀況，發現她從小康家庭到勞苦大眾的身分轉變，這暗示她可能會產生階級意識。後來，馬賓也生病了，但他念叨著張燕的思想問題，特地來信鼓勵她從困境中振作起來——

> 燕，抹去眼淚，在殘酷的現實面前僅僅哭泣，是可恥的。讓我們深恨它，詛咒它，並且用我們堅實的手擊退它，然後，建立一個合理的社會。你要堅決的站在我們這一邊，跟著大夥兒走！[37]

這段話雖有煽情的筆調，但觀點明確：個人的不幸與制度之間存在因果關係，個人有必要融入共同體中，展開有意義的對話和互動，

---

[35] 方修編《馬華新文學大系（戰後）》第2卷導言（新加坡：世界書局，1979年），頁15。
[36] 賀巾〈青春曲〉，收入《賀巾小說選集》，頁28。
[37] 同上，頁32。

長遠目標是「建立一個合理的社會」。馬賓勾畫的這幅人生遠景讓張燕大為感動,她發現馬賓不僅心地善良而且深知苦難的現實,能夠瞭望到遙遠的未來。後來,張燕的個性發生了顯著變化,馬賓讚揚她關心別人正是思想進步的表現,張燕回答說:「我覺得不應該為了個人的苦難而悲哀,這太狹窄了;應該為許多人的幸福而努力!」[38]在馬賓的指導下,張燕開始用最真誠的友誼對待他,對他是那麼的尊敬和親切,彷彿他有一種強大的內在力量吸引著周圍的同學們,眾星拱月,面貌日新。張燕思想進步的表現被作者細緻地描繪如下——

> 此後,她與馬賓及其他同學接觸,日漸密切起來。他們坦然地暢談,談到國家獨立,社會變革,人民生活,談到「回國」問題,個人家庭與愛情,談到星洲的戲劇藝術,也談到青春和生命的價值。——對這一切,燕有了一番新的認識。原來生活是可以理解的,苦難是可以戰勝的!新的信念開始在她身上滋長。
>
> 她現在逐漸堅定而自信。她覺得有一個巨大的夥伴,時時護著她,鼓舞她,又嚴肅地督促著他。她愛他,可有時候也怕他。然而,她大部分時間總覺得愉快,心裡充滿著崇高的激情。她開始認真閱讀報紙,要努力看清時事的面貌,何況,這份報紙是馬賓派的。[39]

從國家獨立的政治願景,到葉落歸根的血緣神話,從個人生活到戲劇藝術再到青春文化,這些個人的、集體的、社會的問題交織在一起,被走出了思想困境的張燕重新梳理和反省,她終於找到了道德空間中的方向感。張燕還和大嫂聊天談時事,主動分擔家務勞動,給後者暗淡的生活增添了一絲亮光。張燕每天勤奮讀書,看剪報,寫摘錄,記感想,關心國家大事。賀巾特意提到張燕從收音機裡傾聽

---

[38] 同上,頁35。
[39] 同上,頁35。

「遙遠的呼聲和偉人的演講」，聆聽「雄壯的歌詠、進行曲和各種評論」。這裡含蓄提到中華人民共和國的成立、中國政治人物、北京電臺的時事評論和國歌〈義勇軍進行曲〉，這說明張燕不僅融入了校園集體生活，矚目新馬本土社會，而且關心亞洲區域的重大問題，依稀產生了國際主義情懷。需要指出的是，張燕通過無線電臺而瞭解到中國資訊的這個故事情節符合歷史事實。當時的新媒體「無線電臺」正在發揮強大的作用，1950、1960年代是電臺最盛行的年代，用於政治、商業、娛樂的目的，英國殖民當局、獨立以後的新馬政府、馬共、中國政府都積極採用電臺展開輿論宣傳。麗的呼聲（新加坡）私人有限公司在1949年開播，每天有一、二十個小時的華文節目，為新馬華人提供新聞和娛樂。中國也擁有對外宣傳的廣播機構，即「北京電臺」，向國外聽眾尤其是華僑華人介紹中國各方面的情況。[40]結合歷史研究和聽覺文化來看，張燕的收聽北京電臺的時事節目這個行為在其政治意識和身分認同的跨國形成當中發揮了重要作用。

〈青春曲〉講述個人經歷和同儕情誼促成張燕的思想發生了轉變，產生階級意識，但是沒有展示宏大敘事。而且張燕付諸的行動局限於個人、家庭和校園，沒有廣泛的社會參與，小說的結尾只是暗示了這一點。相比之下，〈沈郁蘭同學〉在社會參與方面有所推進。沈郁蘭出生於馬來亞的貧困家庭，從小就有階級意識和社會責任感。全校女生要慶祝「三八」婦女節，沈郁蘭通宵工作，趕在天亮前印出壁報《三八特刊》，贏得了大家的讚賞。這篇小說的情節中出現了發生在1954年的「五一三事件」。[41]沈郁蘭不落人後，衝在前面，在混亂場面中救起了幾名低年級的同學，大家深表敬佩。沈郁蘭因此而與膽小怕事的父親發生了爭吵，導致她被軟禁在家、不准外出，但她拒絕屈

---

[40] 魯虎《新馬華人的中國觀之研究（1959-1965）》，頁71-74。
[41] 在1950年代，新加坡有8個華校深度介入社會運動和政治變革，即，華僑中學、中正中學、公教中學、南洋女中、中華女中、南僑女中、南華女中、育英中學。參看陳仁貴、陳國相、孔莉莎編《情繫五一三：一九五零年代新加坡華文中學學生運動與政治變革》（八打靈再也：策略資訊研究中心，2011年）；《英殖民地時代——新加坡學生運動珍貴史料選（1945年9月-1956年10月）》（新加坡：草根書室，2012年），無編者。

服，絕食抗議，感動了頑固的父母，重獲自由。這篇小說敘述一名華校女生從校園生活到社會運動的積極參與，在鬥爭中鍛鍊、改造和提升了個人主體，小說突出階級認同和性別身分，強調集體意識和政治覺悟，發表後在新馬文壇引起熱烈討論，至少出現四篇評論和兩次筆談，作者的寫實主義手法和塑造的新型人物受到一致讚揚，也有人惋惜作者沒有寫出沈郁蘭的思想轉變及其客觀條件。[42] 根據賀巾在2009年接受的一次訪談，他也誠懇地進行了自我批評，認為張燕和沈郁蘭還不算是「無產階級革命形象人物」。[43]

除了〈青春曲〉和〈沈郁蘭同學〉這兩篇講述華校生故事的小說，賀巾還有四篇作品敘述華族青年教師的故事。周麟、馬建、李章、喬德輝有正直善良的品德，除了教書育人、從事文化建設，他們也有階級認同、集體意識和社會參與，他們是南洋冷戰年代裡光彩奪目的華人形象。〈小偷的故事〉講述山芭夜校老師周麟幫助一個有小偷小摸習慣的十六歲少年阿壽改過自新的故事，單純樸實、草根特色的語言受到文學史家的讚賞。[44]〈小茅屋〉敘說代課教師馬建幫助成績不佳的學生們補習功課，指導他們改掉散漫、頑劣的習慣，他和學生們一道從事體育鍛鍊和生產勞動，鼓勵大家增強集體榮譽感，師生很快打成了一片。兩年後，他故地重遊，受到同學們的熱情歡迎，篇末描寫了一幅喜樂融融的師生聚談的場面。根據方修的說法：「賀巾的〈小茅屋〉雖然是薄薄的一冊，但取得的評價是很高的，而且有幾個問題曾被提出討論。」[45]〈可愛的家庭〉在描寫主人公高秋蘋的婚變故事之外還穿插一些冷戰年代的時事。[46] 喬先生是小說中光彩照人的角

---

[42] 平心〈從沈郁蘭談起〉，苗秀編選《新馬華文文學大系》第1集（新加坡：教育出版社，1972年），頁355-360。

[43] 謝詩堅〈60年代馬共作家賀巾訪談〉，參看部落格（http://seekiancheah.blogspot.com/2010/11/blog-post_08.html），訪談時間在2009年11月，地點在泰國的合艾市。

[44] 蘇菲《戰後二十年新馬華文小說研究》（廣州：暨南大學出版社，1991年），頁137-138。

[45] 方修〈一九六零年的馬華文藝界〉，收入方修《新馬文學史論集》（香港：三聯書店香港分店；新加坡：文學書屋，1986年聯合出版），頁134。

[46] 這篇小說提到南洋、華社和中國大陸的著名事件和人物，例如在印尼召開的萬隆會

色，賀巾突出他的正直無私的靈魂和對教育事業的投入。喬先生回憶年輕時在中國的往事，因為自己在祖國危難中逃亡海外而感到良心不安；他認為南洋的華文教育基礎穩固，加上南洋大學的新建，所以他樂觀地表示，無論華文教育有多少困難，他都要像林連玉那樣獻身其中，不計成敗。喬先生滿懷信心地提到兩種鼓舞力量：一是貧苦鄰居常在晚上聚集到這裡，聆聽他講讀報紙，大家非常關心馬來亞獨立；二是進步學生贈送一些左翼書刊給他，這成了他在家庭和社會雙重危機中的一線光明。[47]準此，這個畫龍點睛的情節暗示喬先生的階級意識的萌芽和政治覺醒的可能性。

最值得仔細分析的是短篇小說〈青青草〉，發表於1960年。方修在回顧這一年的馬華文藝界的創作情況時盛讚這篇小說——

> 就筆者個人讀過的來說，當以高靜朗的一個較長的短篇〈青青草〉寫得最為精彩。這是馬來亞的新寫實主義的作品。這裡面，飽含著樂觀的進取精神，顯示著人類的一種新的道德品質的成長。馬來亞的作者，能夠採取這種創作方法的還很少。有三兩位青年作者，似乎也是走這一路的，但還沒有〈青青草〉的作者掌握得那麼好。[48]

方修在這裡提到的「新寫實主義」其實就是左翼寫實主義、革命寫實主義，這種文學觀主張改造不公平的世界，創造道德高尚的新人。這個小說裡的小學教師李章是一名思想進步、品德高尚、熱心公共事務的青年知識分子，他排除干擾，不辭勞苦地創辦一所夜校，苦口婆心地對村民們進行掃盲教育。小說細膩描述這位知識分子的左翼言行：例如，他強調窮人之間應該有階級友愛，他指出讀書識字可以

議，越南反擊法國殖民軍的奠邊府戰役，新馬地區頒布的緊急法令，南洋大學的籌辦和創立，新馬華文教育的困境，林連玉捍衛華文教育，中國左翼學者艾思奇和胡繩的哲學著作，氾濫開來的反共和恐共的社會意識。

[47] 賀巾〈可愛的家庭〉，見《賀巾小說選集》，頁89。
[48] 方修〈一九六零年的馬華文藝界〉，收入方修《新馬文學史論集》，頁132。

讓窮人擺脫愚昧落後的狀態，他使用階級分析的方法討論社會問題，他把一團散沙般的農民成功地組織起來，興利除弊，移風易俗。小說特意提到殖民地時代的新馬人民都在爭取國家獨立，社會運動頻繁發生，時代青年投身反殖運動，正如李章所說「像野火一樣」，甚至連李章的女友琴也被抓進了監獄。李章說明夜學班的同學們組織工作隊，推行簽名運動，向殖民當局表示抗議，希望把琴拯救出來。李章還鼓勵村民關心公共領域，他動員大家去投票選舉市長，得償所願，大家歡天喜地。這個小說寫於1958年7月，其中出現村民們投票選舉的故事情節，這是對1957年10月舉行的新加坡市政議會選舉的寫實主義再現。[49]李章多次強調窮人的可悲處境和政治潛能。例如，李章對紅豆的忠告是：「做朋友是要做一生一世的。如果人們能好好做朋友，互相幫助，窮人的痛苦，就會減輕。」[50]李章勸告浪子阿財懸崖勒馬，回頭是岸：「打來打去，還不是打自己人？大家都是窮人，像你們一樣！」[51]李章提醒涉足賭場的紅豆放棄不良嗜好：「我們都是窮人，每一分錢都是血汗換來的……舅舅病倒床，婆婆在發愁，哥哥被人責罵，……你怎麼不想想家？」[52]春節來臨，村民們生活窮困，唉聲嘆氣，只有雜貨店老闆羅其大放爆竹，歡慶春節，大家都感嘆說自己是在給羅其做奴才，李章一針見血地指出：「看，這是我們窮人過的日子！」[53]這篇小說突顯階級意識、集體身分和政治覺醒，這是左翼文學的常見主題，正如盧卡奇指出的那樣：「只有在作家正確而有把握地知道而且體會到什麼是本質的、什麼是附帶的，他才能在創作中也懂得怎樣表達本質的東西，怎樣從一個個人命運中塑造出一個階級、一個時代，甚至整整一個歷史時期的典型命運。」[54]華人青年作家賀

---

[49] 康斯坦絲·瑪麗·藤布爾著，歐陽敏譯《新加坡史》（上海：東方出版中心，2016年），頁361-362。
[50] 賀巾〈青青草〉，見《賀巾小說選集》，頁171。
[51] 同上，頁173。
[52] 同上，頁175。
[53] 同上，頁176。
[54] 中國社會科學院外國文學研究所編《盧卡奇文學論文集》（北京：中國社會科學出版社，1980年），頁247。

巾產生了階級意識，他準確把握到殖民地新加坡之社會結構的特點，由此形成他的世界觀與政治意識，折射在他的現實主義小說的人物對話和故事情節中。這個小說發表後很快就引起了文壇的矚目。呂珊敏銳指出，出現在〈青青草〉中的知識分子李章和他的愛人琴是背叛舊社會的氣勢充沛的新型知識分子，他們與勞動人民同呼吸、共命運，他們不是作為一個孤立的知識份子而存在，而是作為勞動人民的一分子而存在。[55]其實，李章就是義大利思想家葛蘭西（Antonio Gramsci, 1891-1937）在《獄中箚記》中提出的「有機知識分子」（organic intellectuals）。晚近馬華學者謝詩堅與呂珊分享了相似看法，他認為上述作品顯示「作者已轉入以農村為背景的創作，將小資產階級型的知識分子與工農結合轉成無產階級的形象」。[56]

除了關注華校師生的政治意識和社會參與，賀巾的小說還描繪工人階級的生活狀態和精神面貌，例如，〈遲到的禮物〉的無名計程車司機，〈尊嚴〉的有正義感的建築工人阿獅，〈陽關與霧〉的建築工人志強、建隆、七妹。值得詳細介紹的是〈渴望和平〉。主人公「阿嘉」出身於馬來亞怡保貧苦家庭，由於無法忍受新村的惡劣狀況，流浪到新加坡，當了印刷廠的排字工人，在工作之餘受到女僕「老阿嬤」的照顧。小說深描了緊急法令下新馬華人的遭遇，例如，何大姐的丈夫謝鴻被當作政治犯關進了監牢，她只好辛苦工作，獨自撫養子女；鴉片哥幹過買賣舊貨的工作，有一次他收購的香煙罐裡藏有非法文件，就被當作嫌犯關進牢裡；軍警在山芭裡打死了膠工，硬說是共黨分子，還把屍首拖到街上示眾；老阿嬤的兒子阿牛不願意當兵，逃跑後被抓進了監牢，他再次逃脫，這次音信全無。後來，馬共代表陳田（1922-1990）即將和殖民當局談判的消息上了當地的報紙，百姓渴望早日撤銷緊急法令，過上正常生活。孰料不久以後，談判破裂了，和平的希望化為烏有。相比於賀巾寫於同時期的其他小說，〈渴望和平〉從底層經驗帶出緊急法令下華人社群的狀況，文筆緊密對應社會

---

[55] 呂珊〈關於《青青草》〉，見《賀巾小說選集》，頁311。
[56] 謝詩堅《中國革命文學影響下的馬華左翼文學（1926-1976）》（檳城：韓江學院，2009年），頁249。

現實,見證寫實主義的長處,[57]它的缺點也很明顯,那就是直截了當的敘事手法和激切的社會評論讓小說喪失了暗示和回味的力量。

　　賀巾的短篇小說集《崢嶸歲月》在1999年出版,此時已是後冷戰年代,有好幾篇作品寫華校生的社會參與。例如,〈紅旗〉中的「建」是抗英同盟的成員,他把初中女生「菊」發展為成員,兩人在晚上潛行到大街的十字路口,勇敢地掛起紅旗,慶祝馬共的節日。建投身於反殖鬥爭,付出了生命的代價。菊受到建的深刻影響,在「五一三事件」中表現踴躍。受其耳濡目染,連她的英校出身的弟弟也變成了革命運動的同情者。〈紅旗〉敘說的底層華人的反殖鬥爭起源於族群認同和階級意識的交織,這場運動出現在冷戰背景下,彰顯強烈的政治意識形態,這一點區別於賀巾的早年小說,原因不難理解:因為存在著寫作年代的差異,又融入了作者後來加入馬共的經歷。

　　長篇小說《巨浪》厚達四百四十八頁,濃墨重彩地再現1954年的「五一三事件」,盛讚新加坡華校生不屈不撓的反殖鬥爭、抗拒國民服役法令、反對黃色文化、支持南洋大學創辦。這部小說的主人公受到左翼地下組織和亞非拉民族解放運動的影響,重視集體生活,強調政治意識,有積極的社會參與意識和行動。有學者認為,《巨浪》表現賀巾對五一三事件之歷史複雜性的看法:它雖然受到過地下組織的影響,但是這是學生們的自發行動,沒有受控於任何一個人或特定組織,所有的決定都是學生代表爭辯和討論後的結果。[58]「五一三事件」的歷史真相有複雜性,後來的歷史敘事出現多元化的特點,所以《巨浪》有為歷史造像、正本清源的寫作動機。賀巾的另一部長篇小說《流亡》表現的是革命政治及其歷史困境。根據馬共代表方壯璧的晚年回憶,1961-1962年前後,馬共新加坡的地下組織單單照顧在鬥爭中躲避追捕的幹部,已經成為一個壓力巨大、窮於應付的負擔了,於是

---

[57] 陳田是參加華玲談判的三個馬共代表之一,他在文章中記述了整個談判的過程,解釋了破裂的原因,參看林雁、賀巾、文羽山編撰《陳田紀念文集》(八打靈再也:策略資訊研究中心,2008年),頁30-40。

[58] 孔莉莎著,潘婉明譯〈虛構中的「事實」:賀巾小說裡的歷史〉,收入《情繫五·一三》,頁244。

在1961年底，根據工作組從印尼方面傳達的意見，開始了新加坡幹部的撤離工作，兩、三年內分批撤退五十多名男女同志，這幾乎是新加坡地下組織的全部有生力量。[59]賀巾就是這五十多名同志的其中一員。流亡印尼期間的賀巾，隱名埋姓，蟄伏草澤，無法拋頭露面、鋌而走險，因為他是一名來自外國的政治犯，無法介入印尼當地的社會運動，而只能在中小學、郊區農村、養豬場的工作期間，以見證人的身分思考革命事業的處境和前途，近距離觀察政治潮流的起伏動盪，包括血腥的反共暴亂「九三〇事件」。

三、光暗交織的世界

賀巾的小說有顯著的自傳因素和高度的歷史真實性，一個重要內容是對馬來亞共產黨（簡稱「馬共」）的描述和反思。巴素指出，1950年到1963年在馬來亞華人歷史上極為重要，當時有四個重要事件影響了華人社區：緊急法令，中國共產革命勝利，1957年馬來亞獨立，「大馬來西亞」方案的提出。[60]這段話為我們理解當時的新馬文學提供了線索。賀巾的馬共敘事與東南亞歷史、國際共運有高度的相關性，作者為革命政治造像，既有肯定和讚揚也有反思和批評，值得仔細分析。

1920年代初，一批印尼共產黨人流亡到馬來亞，試圖在馬來人當中進行共產主義宣傳，但是效果不理想，大部分人很快被英國殖民當局逮捕和驅逐出境。[61]1928年1月，以中共派遣到南洋的五名黨員為中心成立了南洋共產黨（簡稱「南共」）；不久後，南共接受共產國際的指令而成立「反帝大同盟」，吸收一些馬來人加入其中，個別人還擔任了領導職務。1930年4月30日，南共第三次代表大會在森美蘭州的

---

[59] 方壯璧《「馬共全權代表」——方壯璧回憶錄》（八打靈再也：策略資訊研究中心，2006年），頁193。

[60] Victor Purcell, *The Chinese in Southeast Asia*, second edition (Kuala Lumpur: Oxford University Press), 1960, p. 340.

[61] Cheah Boon Kheng, *From PKI to Comintern, 1924-1941: The Apprenticeship of the Malayan Communist Party* (Ithaca, N.Y.: Cornell University Press, 1992), pp. 6-7.

瓜拉庇拉（Kuala Pilah）宣告成立「馬來亞共產黨」。1989年12月，馬共宣布解散。在馬共的六十年歷史當中一共出現過十一位總書記，其中最有名者是萊特和陳平。[62]根據楊進發的研究，馬來亞共產主義運動的起源與一次大戰後從中國南來的無政府主義者和國民黨左派有關。早期馬共為自身的生存而掙扎，後來致力於領導能力、意識形態和組織的建設，通過深度介入勞工運動而壯大了權力基礎，在支持中國抗戰救亡的過程中贏得了群眾支持。[63]在日本占領下的新加坡和馬來亞，馬共領導抗日民主軍展開了游擊戰爭，配合盟軍在正面戰場上的進攻，立下汗馬功勞。[64]馬共也曾因為總書記萊特的內奸活動、英國殖民當局的殘酷清剿、馬泰政府軍的聯合追擊而遭受了慘重損失。[65]馬共的命運除了受到東南亞（後）殖民時代和冷戰歷史環境的制約，也與共產國際、中國、蘇聯、印尼、越南等國有互動的關係，其中最明顯的是中國因素。[66]根據原不二夫的研究，馬共與中共的關係很密切，馬共早期領導人大多數出生於中國，即使是在馬來亞出生者，也有留學中國者或者後來投奔延安者，一些在中國出生的馬共領導人原來就是中共黨員。[67]馬共也吸引了王炎之、吳天、馬寧、戴隱郎、黃望青等華人作家參與其中，從事消滅階級壓迫、反殖民主義和帝國主義、謀求民族解放的革命鬥爭。

---

[62] 劉鑑銓主編《青山不老——馬共的歷程》（香港：明報出版社，2004年），頁177-178。

[63] C. F. Yong, *The Origins of Malayan Communism* (Singapore: South Seas Society, 1997).

[64] 原不二夫〈日本占領下的馬來亞共產黨〉，廈門大學《南洋資料譯叢》2006年第1期，頁26-47。

[65] 關於萊特混入馬共領導層，為英國、法國和日本擔任三重奸細的敘述，參看21世紀出版社編輯的《戰後和平時期（三）——內奸萊特事件揭祕》（吉隆坡：21世紀出版社，2014年），尤其是明石陽至的論文很有參考價值。

[66] 關於馬共與國產國際的關係，參看 Fujio Hara, *The Malayan Communist Party as Recorded in the Comintern Files*, working paper series issue 2016, ISEAS-Yusof Ishak Institute, Singapore。1961年7月，陳平在北京觀見鄧小平，此後馬共每年都向中國政府提交經費要求並獲得經濟贊助，一直持續到1989年為止。參看陳平、伊恩沃德、諾瑪米拉佛洛爾著，方山等譯《我方的歷史》，頁385-392。

[67] 原不二夫著，劉曉民譯《馬來亞華僑與中國》，頁42-48。

從1951年發表第一篇文學作品到2011年出版長篇小說《流亡》，賀巾的文學生長達六十年之久，折射出一己之風雨路、心靈史和多次的身分轉變：從普通華校生到左翼知識分子，從流亡地下黨到馬共老戰士，從校園生活到社會參與再到暴力革命，度過十年軍旅生涯以後，《合艾和平協議》簽訂，賀巾解甲歸田，頤養天年。他的傳奇人生見證東南亞和中國的滄桑巨變：從殖民地時代到後殖民時代，從革命年代到後革命年代，從冷戰年代到後冷戰年代，跌宕起伏，充滿變數，令人目不暇接。然而，遲暮之年的賀巾，撫今追昔，無怨無悔。小說集《崢嶸歲月》的多數篇目是對革命的正面描述。茲舉例如下：〈戰士歸來〉（1982）當中的阿毅和前妻在北馬打游擊，陷於敵軍的包圍中，為了免於暴露目標，阿毅忍痛悶死了啼哭的幼兒，前妻在戰鬥中沖散，餓死在孤山上。醫科大學生莫莉放棄了舒適的物質生活，成為一名馬共女戰士，她後來與喪偶的戰友阿毅結婚。後來，阿毅在運糧時遭到敵軍伏擊，壯烈犧牲。〈我是一株小蒲葵〉（1988）寫馬共戰士王志海夫婦一心幹革命，生下兩個兒子以後，無暇照顧，只好交由親戚撫養，他們長大後淪為不良少年，而乃父已經為革命事業壯烈犧牲了。〈蘭蘭〉（1988）中的李勤和周梅夫婦為革命事業而犧牲了青春、健康和家庭溫情。戰友林安負責照顧他們的遺孤梅梅，為了掩護梅梅轉移到外國與母親團圓，他忍痛讓警察抓走了自己的女兒蘭蘭。〈崢嶸歲月〉（1990）當中的一群華校生熱情從事反殖活動，付出了沉重代價，三十年後，他們聚首泰南，回首崢嶸歲月，表示九死未悔。〈丟失的耳環〉（1994）寫日本老兵田中在二戰結束後拒絕回國，選擇留在馬來亞，發揚國際主義，參與民族解放戰爭。

然而，革命有兩面性甚至是多面性，絕非只有崇高理想可供人們尋求愉悅和慰藉，也並非只有壯烈犧牲令人油然而生敬意。魯迅對那些對革命抱有羅曼蒂克幻想的年輕人提醒道：「革命是痛苦，其中也必然混有汙穢和血，絕不是如詩人所想像的那般有趣，那般完美。」[68]

---

[68] 魯迅〈二心集・對於左翼作家聯盟的意見〉，見《魯迅全集》第4卷（北京：人民文學出版社，1981年），頁236。

這是革命政治的殘酷真相。賀巾對革命政治並非一味的讚賞和美化，他在描寫英雄主義和光明面之外，也對其陰暗面有所質疑、反思和批判，這在他的作品中多有流露。以下的文字從若干個層面概括賀巾對馬共歷史陰暗面的描寫，然後分析他對革命政治的批評性思考。

其一是官僚主義和假革命黨。〈熱戀〉（1983）中的地下工作者廖明與愛人辜素琴從事革命工作，遭到上級的官僚主義對待，最後在一場火災中雙雙喪命。〈怪人〉（1984）中的史清年輕時是學運分子，後來加入馬共。她由於性格耿直，看不慣等級制度和特權作風，仗義執言，屢遭打擊。史清在感情上遇人不淑，只好保持單身，與戰友的關係也不大融洽，最後被迫離群索居，踽踽獨行，結果被眾人目為怪人。最後，青年戰士林軍被排擠走了，史清和幾個戰友前來送行，林軍的內心感慨是──

> 回想這個民運單位，他覺得戰士們是好的，但是，這裡的幹部，有個別人卻是在蛻化變質。從前按自己的想法很天真，以為只有資本主義社會，人才會腐化，其實，在這個過著戰時共產主義式生活的集體裡，人們也不能完全倖免！然而，怎樣看待自己在這裡的遭遇呢？他想起了一個外國詩人的話：「世界上最大的是海，／比海大的是天空，／比天空大的是胸懷！」[69]

顯然，這裡講述的馬共部隊裡的消極現象透露出賀巾對冷戰政治的批評，他反諷資本主義／共產主義的二元敘事和政治理想主義。不過，最後兩句詩說明賀巾思想中的曖昧之處，那就是他輕輕放過了制度反思和人性批判，而把受害人的不幸遭遇歸咎於個別領導的道德修養問題。長篇小說《巨浪》有一個「假革命黨」李欣。此人的工作態度既專橫霸道，又教條主義，他提高抗英同盟會的入會門檻，實行關門主義，把積極分子排除在外。他以純粹的「革命家」自居，聲稱要反對溫情主義，揚言要轟轟烈烈地地幹革命，結果，這種左傾盲動主

---

[69] 賀巾〈怪人〉，收入賀巾《崢嶸歲月》，頁191。

義過早暴露了地下組織的實力，蒙受了不應有的損失。李欣不敢接應越獄流亡的上司老關，導致老關再次被捕。李欣散布失敗主義和投降主義的論調，公開對革命前途悲觀喪氣。李欣好逸惡勞，腐化墮落，私吞捐款，濫用特權，他對性格耿直的下屬陳天柱進行打擊報復，故意調走天柱手下的兩個女生。李欣懷疑女友秀媚向戰友們洩露了他的生活醜聞，於是多次威脅她和戰友的生命安全。最後，這個投機革命的小官僚被殖民當局政治部誘捕了，他很快就完全招供了，還帶領警察去抓捕聯絡員黃阿吉，企圖邀功請賞。革命往往會遇到殘酷的境遇，激發人性中的崇高和卑劣，李欣這個冒牌革命黨的故事說明了人性的軟弱和複雜，這當然對革命事業構成了挑戰。但是賀巾塑造這個人物的目的不是為了從根本上否定革命的意義，因為正如夏濟安在談論左聯五烈士時指出的那樣：「在革命進程中浮現的恐懼、虛偽和荒謬，與當初誘發革命的理想一樣，都是人性的一部分。如果革命中出現的問題使人沮喪和惱怒，那麼人們仍能從革命理想中尋求愉悅和慰藉。」[70]賀巾發現革命政治的光暗交織，有時感到幻滅的痛苦，但在晚年接受訪談時，他表示對自己選擇的道路無怨無悔，原因即此。

其次是泯滅人性的「破家」。短篇小說〈後袋〉（1999）寫的是家庭人倫和革命事業之間的衝突。馬共戰士小堅、小霞夫婦生了一個女兒，卻無力照顧，只好送給親屬去撫養。這個放棄血緣親情的做法就是「破家」。小堅出於男尊女卑和傳宗接代的觀念，熱心於生育「後代」，他多次勸告妻子再生一個男孩，結果遭到拒絕，此事還在組織會議上被戰友們公開討論，讓小堅很尷尬。最後，一個戰友告之以自己因為沉迷私情而導致被地雷炸傷的經歷，這才打消了小堅再生二胎的想法，讓他深感愧疚。[71]長篇小說《流亡》（2011）提到馬共地下組織派出龐先生到印尼，決定把李發原、張玉玲夫婦的兩個孩子送走，帶到雅加達做證件，護送他們去中國讀書，藉口是為這對夫婦減少麻煩，讓他們集中精力幹革命。面對上級的決定，張玉玲非常難

---

[70] 夏濟安著，萬芷均等譯《黑暗的閘門——中國左翼文學運動研究》（香港：中文大學出版社，2016年），頁162。
[71] 賀巾〈後袋〉，曼谷《世界日報》文藝副刊1999年12月14、15、16日。

過，李發原溫順地表示配合。後來李發原奉命進入中國，他在長沙滯留期間希望看望一下子女，結果被冷酷地拒絕了。這個破家的故事也有賀巾的自傳因素，他在2009年的一次訪談中承認了這一點。[72]

其三是鉗制思想的「整風」。〈青山默默〉（1995）中的馬共醫務員小麗工作認真負責，丈夫還在馬來亞監牢中服刑，她批評領導搞特權，結果遭到了打擊報復，在整風會上被批鬥了三天三夜。〈血淚映彩虹〉（1998）中的陳茵在整風中遭到莫須有的指控，悲憤退黨，在邊區戴罪工作，送別無數犧牲的戰友，熬到馬共解散了，她本想過上舒心的日子，卻被診斷患了癌症，最後在泰南醫院裡淒然去世。[73]〈流亡〉（2011）第十七章提到在流亡印尼期間，一批馬共地下分子展開整風運動，龐某和孟某以革命家自居，硬搬教條，高談闊論，對李發原、張玉玲的流亡生活吹毛求疵，上綱上線，這對夫婦含冤受屈，百口莫辯。

其四是親痛仇快的「肅反」。〈青山默默〉（1995）寫道，根據粗略統計，單單馬共邊區由於肅反擴大化，冤死的人竟然有一百多個，這真是：信而見疑，忠而被謗，身中清白人誰信，世上功名鬼不知！單位有人中毒，戰士成光被誣為嫌疑人，多次遭到調查組的審問。後來，他在生命垂危之際，希望自己去世後被宣布為政治清白。可是在追悼會上，領導對成光的冤情避而不談，還推脫責任。在小說結尾，領導根據大家的強烈要求，被迫召開了申訴大會。輪到小金發言，她想起成光和自己的不幸遭遇，悲憤無以言表，小說描繪了一幅悽愴動人的場景——

　　……輪到小金發言了。李勝看她站在講臺，也許她是想起大哥，想起成光，想起自己，心中的悲切，實在一言難盡。她

---

[72] 謝詩堅〈六十年代馬共作家賀巾訪談〉，參看謝詩堅的部落格「飛揚網路」（http://seekiancheah.blogspot.com/2010/11/blog-post_08.html），訪談時間在2009年11月，地點在泰國的合艾市。

[73] 賀巾〈血淚映彩虹〉，未刊稿，見網站「星馬人民歷史資料室」（http://xingmarenmin.com/projectsTT01.html）。

> 忽然啜泣不已，事先擬好的講稿，撒手掉下講臺。
> 一陣風，把稿紙吹走了。
> 她站在臺上，枯瘦的身子在發抖。她肩上太沉了，擔負不起這歷史的重壓！
> 她直愣愣的雙眼，望著面前那座青山。
> 然而，青山默默，只有，只有那陣陣山風在低徊嗚咽，像是在輕輕地呼喚著他們的名字……。他們閃光的名字，隨著山風所到之處，牢牢鑲進了萬千人們的心中。[74]

應該指出，賀巾關於肅反擴大化和馬共當局道歉認錯的敘述並非是小說家的虛構，而是有歷史真相可以印證。馬共總書記陳平在回憶錄中提到他起草了文件，為肅反中遭到處決的大部分同志給予平反和賠償，希望安撫前來討還公道的群情洶洶的死者家屬，結果，一部分老同志還責怪他的做法過於寬宏大量。[75]〈雲深不知處〉（2004）的主題思想和〈青山默默〉相似。方覺、林心是1950年代的新加坡華校生，他們熱情參加了「五一三事件」等社會運動，二人後來結婚，生下的兒子交給親戚去撫養。後來，這對夫婦繞道神州大陸，冒著生命危險進入馬泰邊境，雙雙成為馬共戰士，不幸後來遇到了肅反擴大化，方覺被錯誤處決，林心悲憤自殺。十多年後，和平協議簽訂，馬共解散，大家才得知方覺夫婦慘死的真相。[76]在此，賀巾揭開馬共歷史的神祕和殘酷的一面，令人聯想到國際共運中的類似現象：蘇聯1930年代的政治大清洗，中共紅軍時代的肅反運動，延安整風，反右運動，文化大革命。賀巾作為歷史見證人，秉筆直書，控訴不義，不同於局外人的向壁虛構和趣味主義的獵奇動機，而自有深切動人的力量。

關於革命政治的危機和缺陷，賀巾看來經歷了較長的一段時間去

---

[74] 賀巾〈青山默默〉，收入賀巾《崢嶸歲月》，頁239。
[75] 陳平、伊恩沃德、諾瑪米拉佛洛爾著，方山等譯《我方的歷史》，頁444-445。
[76] 賀巾〈雲深不知處〉，未刊稿，見網站「星馬人民歷史資料室」（http://xingmarenmin.com/projectsTT01.html）。

回顧、思索和檢討。長篇小說《巨浪》寫於2000年左右。此時，東歐早已劇變，蘇聯解體多年，冷戰終結有日，亨廷頓的「文明衝突說」和福山的「歷史終結論」大行其道，東南亞國家進入了後冷戰年代，中國開啟後革命年代和後社會主義年代，全球化大潮洶洶而至，這也是一個消費主義的時代。馬共走入歷史（1989年12月）已十多年了，成員們早已回歸社會秩序中。在此時代氛圍中，作為前馬共戰士的賀巾，回首為之奮鬥終生的革命大業，如何書寫歷史、自我定位？從這本書的總體敘事來看，作者對華校生的社會參與有濃墨重彩的描繪，對反面人物也有諷刺和揭露，但沒有對革命政治進行反思。

　　長篇小說《流亡》的思想格調有了微妙的變化。根據2010年5月寫作的〈後記〉，作者在2004年完成長篇小說《巨浪》以後就開始動筆寫作《流亡》，期間為了與人合編《陳田紀念文集》而一度擱置《流亡》的寫作，後來在2008年完成《流亡》初稿，但是感覺不大滿意，經過多次修改，六易其稿，方始告成。後記提到在作者流亡的十八年內，東南亞和東亞經歷滄桑巨變，重大歷史事件紛至沓來，令人目不暇接，包括：新馬工運領袖林清祥在1963年被拘禁；印尼「九三〇事件」在1965年爆發；中國「文化大革命」在1966年開始；越共總書記胡志明在1969年逝世，馬來西亞「五一三事件」在同年爆發；新加坡的南洋大學在1980年被關閉。應該指出，所有這些事件都發生在亞洲冷戰的世界歷史結構中，有的還與後殖民現象交織重疊，這也說明1960年代到1980年代是一個高度政治化的歷史時期，地緣政治緊張和意識形態衝突無所不在。這就要求我們把賀巾的文學作品放回到當時的歷史語境中加以解釋、分析和再評價。作者一方是受到歷史風暴的激發而秉筆書寫；另一方面，這些作品也是對歷史風暴的回應和思考。1955年，馬共拒絕無條件投降，「華玲談判」歸於失敗。1957年，馬來亞獨立。1959年，新加坡自治。1960年，「緊急法令」取消。1963年，新加坡和馬來亞合併為馬來西亞。1965年，新加坡獨立。至此，馬共徹底喪失了反帝國主義、反殖民主義、謀求民族解放的政治藍圖，在嶄新的歷史條件下，它如何自圓其說、重塑自我、提出一套關於自身合法性的論述，扭轉世人對它持有的刻板印象？《流

亡》一共有二十章，整整三百頁，採用第一人稱的敘述角度，敘述主人公李發原的十八年流亡經歷。本書的缺點顯而易見：人物角色太多，空間轉換頻繁，材料缺乏裁剪，事無巨細地寫入其中，如同流水帳，沒有集中緊湊的情節敘事，散漫瑣碎而且枯燥乏味。賀巾在東南亞歷史動盪中記述一位革命家的傳奇人生，端的令人佩服，也令人遺憾地暴露了才華的不足。

《流亡》第十九章寫李發原夫婦進入中國大陸來到湖南益陽馬共電臺，此刻中國的「文化大革命」剛結束，中國發生了兩件大事：一是理論界關於「實踐是檢驗真理的唯一標準」的大討論（1978年5月11日開始），二是中國對越南自衛反擊戰的爆發（1979年3月），這兩件事在國際共運中產生了很大反響。李發原受到中國理論界的影響，在馬共內部的政治學習中討論黨的方針路線的問題：經過三十年的鬥爭實踐，馬共是否在任何條件下都要堅持「農村包圍城市，武裝奪取政權」的毛主義道路？討論到最後，領導層的主調還是脫離不了舊框架，堅持認為支持武裝鬥爭是每個黨員應盡的義務。[77]小說提到馬共電臺英語組的同志多是留學西歐的新馬華裔青年，他們接觸過歐洲各國政治理論，視野開闊，思想活躍，敢於質疑馬共的政策。為了回應這個問題，最高領導人連續兩個晚上在大禮堂舉行全體大會，縱談「華玲和談」正反兩方面的經驗，指出和談既然失敗，戰爭只能繼續下去，今天應該如何鬥爭，讓大家去思考和討論。應該說，上述故事情節有高度寫實的成分。從1930年到1989年的漫長革命鬥爭中，馬共根據生存需要和歷史形勢而曾經頒布過三十多個至關重要的革命綱領，在1978年6月15日發布了一項聲明〈沿著農村包圍城市、武裝奪取政權的道路奮勇前進〉。[78]以上敘述證實了在全球冷戰的尾聲階段，在國際共運的歷史轉折關頭，馬共當局未能與時俱進，因地制宜，在變化的現實環境中提出更有針對性的、更加務實可行的政治綱領，而只能舊調重彈，困獸猶鬥。眾所周知，相比之下，中共能夠創造性地改造馬

---

[77] 賀巾《流亡》，頁281-282。
[78] 陳劍主編《與陳平對話——馬來亞共產黨新解》（吉隆坡：馬來西亞華社研究中心，2006年），頁88。

克思列寧主義，使其與中國社會現實密切結合，憑藉政治智慧和艱苦鬥爭，最終取得革命勝利。[79]

不過，隨著老同學蔡楚雲的出現，李發原的觀念出現了微妙的變化。《流亡》第十九章寫到，在中國居留期間，李發原、張玉玲夫婦遇到老同學蔡楚雲。楚雲從新加坡華校畢業以後留學歐洲，學習政治經濟學，受到法國「紅五月風暴」的影響，捲入左派運動。楚雲向老同學介紹歐洲當前的馬克思主義者如何看待社會主義道路，指出他們一般都根據自己國內的特點而制定方針政策，不主張照抄俄國革命模式，許多歐洲國家的革命者主張走和平道路；至於亞洲革命的前途，同樣不能照搬中國革命的經驗。為什麼馬來亞還在模仿中國革命，堅持毛主義的「農村包圍城市，武裝奪取政權」的陳舊路線？蔡楚雲說她在歐洲很多年，目睹資本主義世界的許多變化，距離列寧說的「帝國主義最後階段」還很遙遠，新馬也是世界的一部分，馬共的武裝行動無異於飛蛾撲火——

> 在我們國內，既要敢於鬥爭，也要善於鬥爭。你們決心奔赴延安的精神是可貴的，可是，泰馬邊境是延安嗎？中馬國情各異，能簡單地畫上等號嗎？[80]

蔡楚雲還提到一件事關馬共前途的軼事。不久前，有位南洋大學的同學參軍入伍，很快就在邊區犧牲了，據說他曾把自己的意見寫成一篇文章〈馬來亞的社會性質〉，探討的核心問題是：1957年馬來亞獨立以來的社會性質發生了變化，馬共的鬥爭方式是否也應隨之改變？可惜的是，他剛投筆從戎，就血灑沙場了。上述的畫龍點睛之筆

---

[79] 美國漢學家史華慈（Benjamin I. Schwartz, 1916-1999）指出，根據正統馬列主義信條，共產黨領導的革命鬥爭必須以城市工人階級為主力軍，但是中國共產革命明顯偏離了這個信條，毛澤東領導的中國共產黨既不是工人階級的政黨，也不是農民階級的政黨，而是一個以農民不滿情緒為基礎而逐漸掌握領導權的職業革命者的集團，參看史華慈著，陳瑋譯《中國的共產主義與毛澤東的崛起》（北京：中國人民大學出版社，2006年），頁174-182。

[80] 賀巾《流亡》，頁287。

暗示主人公從事的革命事業已日暮途窮，當年的英雄人物如今成了一個與時空脫節的堂吉訶德，他在幻象與真實的交織中迷失了方向，只能做徒勞無益的掙扎，如此而已。事實上，有的馬共高級幹部，例如余柱業，發現馬共的武裝鬥爭在1970年代已經喪失了人民群眾的支持；他在晚年深切反省過馬共政治綱領的教條主義傾向，例如不顧馬來亞社會現實，照搬中國土地革命的綱領和毛主義的鬥爭路線，余柱業認為這正是導致馬共最終失敗的原因所在。[81]《流亡》講述的李發原的動人故事至此戛然而止，還沒來得及交代一件至關重要的大事：1980年，中共最高領導人鄧小平和新加坡總理李光耀見面以後達成一致意見，後來傳達給已經旅居中國二十八年的馬共總書記陳平：中國政府決定放棄支持馬共，停止輸出革命，關閉湖南益陽的「馬來亞革命之聲」電臺。至此，馬共喪失了最後一根救命稻草，等待它的唯有最終失敗的命運。所以，從全球南方的歷史視野來思考，馬共的故事跌宕起伏，令人思之再三。

結語：冷戰、革命與現實主義

左翼作家賀巾是現實主義的忠實信徒。通過以上的文本解讀和歷史分析，不難發現賀巾小說的結構性特徵：在形式與意識形態之間，在創作方法與世界觀之間，在文學想像與社會生活之間，存在著清晰而嚴密的對應關係。長期以來，現實主義是馬華新文學的大宗形式，迎合殖民地時代華文讀者的文藝趣味和華人作家的感時憂國傳統，在冷戰年代和歷史危機時期，蔚成風氣，毫不例外。套用伊格爾頓的說法，現實主義作為一種敘事形式在賀巾那裡至少是三種因素的複雜統一體，即，一種相對獨立的文學形式的歷史，某種占統治地位的意識形態結構，一系列作者和讀者之間的特殊關係。[82]

---

[81] 陳劍主編《浪尖逐夢——余柱業口述歷史檔案》（八打靈再也：策略資訊研究中心，2006年），頁250-254。
[82] 特里・伊格爾頓著，文寶譯《馬克思主義與文學批評》（北京：人民文學出版社，1986年），頁30。

賀巾在歷史風暴中寫作，難能可貴的是，他沒有被教條主義所束縛，而是忠於良心，揭發真相，寫出革命政治的光暗交織的方方面面。他在「後殖民時代」批判殖民主義，在「後革命時代」反思革命政治，他是左翼作家在冷戰年代介入社會變革的典型個案。從歷史上看，文學家與革命家之間的身分張力有充足的例證。畢竟，文學乃是個人追求的事業，講究天才、靈感和自由不羈的想像；革命強調組織紀律和鬥爭意志，通過肉身受難，追求道德提升和政治洪業的實現。以文學再現政治存在著不可調和的矛盾。現代世界文學中有不少受難者的例證：俄蘇的葉賽寧、馬雅可夫斯基、法捷耶夫、高爾基、肖洛霍夫、奧斯特洛夫斯基，中國的蔣光慈、瞿秋白、丁玲、蕭軍、王實味、胡風。[83]幸運的是，馬共雖然是革命政黨，但是始終偏安一隅，規模不大，一直為生存而苦鬥，無暇統管文藝戰線。賀巾在流亡印尼的十五年間幾乎停止了文學創作。他在四十五歲時從中國返回馬泰邊境，正式加入馬共部隊以後才重操舊業，繼續寫作。而且，賀巾對革命政治之陰暗面的敘寫大都完成於晚年，適逢《合艾協議》簽訂，馬共自動解散以後。在「後革命」年代，他從容回顧往事，直書無隱，深入反思和批評，得以避免政治迫害之發生，全身而退，得享天年。與中蘇革命前輩遭受的磨難相比，他算是幸運之至了。[84]這也許顯示了「後革命」的思想活力。後革命思想彌補了後殖民理論的缺失，對革命政治進行反思和揚棄，從歷史邏輯出發肯定革命的必然性和意義，洞察其內在危機和缺陷，與正統的革命敘事構成有連續、有斷裂的「延異」關係。[85]

---

[83] 參看Merle Goldman, *Literary Dissent in Communist China* (Cambridge, MA: Harvard University Press, 1967)；夏志清著，劉紹銘等譯《中國現代小說史》（臺北：傳記文學出版社，1991年），頁469-494、509-531。

[84] 潘婉明比較了金枝芒和賀巾，指出前者被馬共尊奉為「人民文學家」，其作品經過整理再版，重新推介給大眾；賀巾則備受冷待，「究其原因，乃政治不正確之故。主流馬共對賀巾的創作頗有微詞，認為他好發牢騷，把個人委屈轉移到作品，人物刻畫有所投射，將全體的缺失集中在單一角色身上，擴大其負面形象，不符事實」。潘婉明〈政治不正確與文學性：馬共書寫的「馬共書寫」〉，見「燧火評論」（http://www.pfirereview.com/20180228/），上網日期2015年2月28日。

[85] 德里克（Arif Dirlik, 1940-2017）批評後殖民理論在概括現代歷史時剔除了最近歷史

從1950年代到21世紀，新、馬華文作家的馬共書寫不在少數，他們均有著墨，立場各異，而風格多樣，成績不一。筆者認為，他們的立場可分為五個類型：民族－共產主義，世界主義，自由主義，國家主義，後現代的虛無主義、傳奇化和趣味化。賀巾的立場無疑屬於民族－共產主的範疇。他的流亡生涯與其文學寫作有對應關係，這促進了他的政治思想與時俱進、不落窠臼。可以說，他的思想進步得益於「流亡」（exile）這種獨特的生活方式。薩義德說過：「流亡就是無休無止，東奔西走，一直未能定下來，而且也使其他人定不下來。無法回到某個更早、也許更穩定的安適自在的狀態；而且，可悲的是，永遠無法完全抵達，永遠無法與新家或新情景合二為一。」[86]正是在跨國流亡的生涯中，賀巾跨越地理、種族、語言和文化的疆界，接觸到新的社會關係和理論思潮，使得他的政治意識發生微妙的變化，例如《流亡》的主人公李發原對光暗交織的革命事業的批評思考，顯然受益於他在旅居中國期間與老同學蔡楚雲的重逢和交流，他關於馬共前途的看法顯示了賀巾的批評想像和道德勇氣。就藝術技巧看，賀巾小說的總體特點如下：採取寫實主義手法，融入南洋色彩，在緊張的社會環境中塑造人物形象，強調階級意識和集體身分迸發出來的政治能量，細膩敘述華校生、左翼知識分子和馬共分子在歷史大潮中的故事，壯烈者有之，恐怖者有之，荒誕者亦有之，在階級、種族、性別交織的歷史圖景中追尋一個想像的共同體，展現恢弘崇高的美感和令人動容的感染力。總而言之，賀巾在新馬華語文學史上是一個不容忽視的存在，其關於南洋冷戰和革命政治的描繪有獨到成就，值得後之來者做進一步探索。

中的革命替代物，以後殖民性同化之或者乾脆視而不見。後殖民性的認識論前提不把革命看作有意義的歷史事件。他指出：「後革命有助於更廣泛地理解後殖民時代世界形勢的思想與政治內涵」，參看阿里夫・德里克著，王寧等譯《後革命氛圍》（北京：中國社會科學出版社，1999年），頁83-84。

[86] 愛德華・W・薩義德著，單德興譯《知識分子論》（北京：生活・讀書・新知三聯書店，2002年），頁48。

附錄

訪談五篇

現代主義、跨國流動與南洋文學[1]

一、談現代主義與中國當代詩歌

凌逾：您著述豐富，碩果累累。最初出版的論著是《現代詩的再出發》，然後是《抒情主義與中國現代詩學》，兩書都深入研究中國現代詩，尤其是關注到了大陸和港澳臺及海外詩歌之間的傳承、互動、拓展關係，視野宏闊。那麼，您為什麼以現代詩作為研究的起點呢？由此出發，您怎樣發現了更廣闊的學術世界？

張松建：我自己對詩的興趣，很早就開始了。在中學時候，就非常喜歡唐詩、宋詞、古文，讀了蘅塘退士的《唐詩三百首》、唐圭璋主編的《唐宋詞鑑賞辭典》、龍榆生編選的《近三百年名家詞選》，還有其他一些讀物，會背幾千首詩詞。到了河南大學，還是熱愛中國古典文學，讀了夏承燾的《姜白石詞編年箋校》、鄧廣銘的《稼軒詞編年箋注》，還有張炎的《山中白雲詞》、蘇軾的《東坡樂府》等許多作品，畢業論文是蘇軾詩詞研究。我對詩歌感興趣，可能是因為那時我的性格比較內向敏感吧。後來，去了浙江大學讀碩士研究生，專業是「世界文學與比較文學」，學位論文研究T. S.艾略特詩論，寫了四萬多字，得到答辯委員們的好評。畢業後，碩士論文的其中一章，發表在中國社會科學院的權威刊物《外國文學評論》上面，當時是1999年。

---

[1] 2018年6月26日，受凌逾教授邀請，我在華南師範大學發表一場名為「魯迅與南洋文學：跨國影響的再考察」的學術講座。講座前後，凌逾、吳敏、杜新豔等老師，以及霍超群、林蘭英、王昊、張衡、黃秋華等研究生，對我進行了訪談和對話。整理後的訪談錄發表於南京《世界華文文學論壇》2018年第3期。

後來，一個非常偶然的機會，我去了新加坡國立大學讀博士，對中國現代詩產生強烈興趣，決定研究中國40年代現代主義詩歌。當時的一些老師也很支持。為了寫這個博士論文，我在2003年8月回國查找資料，當時「非典」剛結束。在上海、北京的一些圖書館，搜集了很多第一手資料，都是之前的學者們沒有注意到的。比如說大西南、華北地區、上海的那些大大小小的報刊雜誌，我大概看了數百種。然後，寫成了博士論文，兩位海外評委是加州大學戴維斯分校的奚密教授，加州大學聖地亞哥分校的葉維廉教授，對這個論文評價很高。四年後做了比較大的增訂和修改，然後出版，那是我的第一本書《現代詩的再出發：中國40年代現代主義詩潮新探》。2012年，這本書獲得北京市哲學社會科學優秀著作獎。

　　再後來，我回國了，去清華大學，追隨解志熙老師做博士後。解老師學問淹雅，著述精深，而且平易近人，和藹可親，經常與門下弟子聊學術，往往不經意中給大家帶來很多的靈感和啟發。有一次，他建議說：「中國現代詩學中的抒情問題有很重大的價值，你不妨去考查一下。」當時，有關抒情詩學的研究，還沒有引起大家重視。所以我就朝這個方面去努力，看了很多第一手文獻，複印了成千上萬頁的原始資料，裝滿了整整一大箱子。我的博士後報告試圖以「抒情主義」作為一個焦點和線索，切入中國現代詩學，從跨學科角度理解抒情主義的發生史和問題史，它如何和政治、抒情傳統、市場、技術等各方面，產生複雜的互動。這個課題主要是文學觀念史的一個研究，借用美國思想史家洛夫喬伊（Arthur O. Lovejoy, 1873-1962）的話說，這是「單元觀念」（unit of idea）的探索，其實追求的是英國文化史家威廉斯的「關鍵詞」（keywords）的研究方法，不但強調史料的發掘整理，回到歷史現場，而且把各種聲音——對抗和競爭的聲音——描述出來，放回到相互交織的多重的話語網絡中，觀察這些觀念、理論、語詞如何展開跨文化運動，如何碰撞、交流、斡旋和對抗，最後，生成中國現代抒情詩學。這兩本書，一個是博士學位論文，一個是博士後研究報告，列入洪子誠先生主編的「新詩研究叢書」，都由北京大學出版社出版，在海內外學術界產生了良好反響。哈佛大學、史丹福

大學、芝加哥大學、荷蘭萊頓大學,以及新、馬、港、臺、海外的許多圖書館,都有購買和收藏。這些是個人關於中國現代詩和詩學的一些不大成熟的初步的思考,當然也受益於眾多優秀的中英文論著的啟發。

從2010年開始,我的興趣轉向海外華語文學。對新加坡、馬來西亞、香港、臺灣的文學文化產生了好奇心,發表了一些初步成果,關於楊牧、張錯、梁秉鈞、王潤華、英培安、呂育陶等,以現代詩研究為主。港澳臺、東南亞的華語文學,雖然不及中國大陸文學有廣闊的讀者群,但是因為有相似的殖民地歷史記憶、多元種族圖景和複雜的文化形態,按照劉宏教授的說法,這是一個地地道道的理論「試驗場」(testing ground),許多批判理論都派得上用場。研究海外華語文學,我希望讓文本、理論和歷史,展開三邊互動和辯證對話。我所關注的理論包括:後殖民主義、離散研究、性/別研究、文化地理學、政治哲學、移民社會學。但是,如何把這些理論綜合成一個合適的闡釋框架,運用到文學文本的分析當中,卻是我的中心關懷。

凌逾:中國現代主義給中國新文學帶來哪些影響?現代主義到了中國出現哪些變化?現代主義與西方文化有何關聯?時過境遷,我們現在應該如何看待現代主義?

張松建:在1945年之前的西方,還有,從「五四」時期到當前的中國,「現代主義」是最有影響力的文藝思潮,不斷為不同世代的作家提供靈感源泉。當然,二次大戰結束以後,現代主義被「後現代主義」取而代之,成為西方文學藝術的大宗。從19世紀中後期開始,現代主義對西方文化藝術產生了恆久的衝擊,不單在文學領域,而且對哲學、建築、音樂、繪畫、電影、戲劇等方面,都有絕大影響。關於這一點,可以看看卡爾·休斯克的名著《世紀末的維也納:文化與政治》,還有Sanford Schwartz研究龐德、艾略特與現代西方哲學之關係的那本書 *The Matrix of Modernism: Pound, Eliot, and Early Twentieth-Century Thought*。波德萊爾、里爾克、艾略特、奧登等,都是非常大牌的作

家。西方現代主義是對浪漫主義的一種反動，推進了整個西方文學的發展，是歷史性的轉型。而中國的現代主義文學呢，是另外一種發生背景、脈絡和民族性格，很不一樣。就拿詩歌來說吧，「五四」時期是比較刻板的寫實和說理；到了30年代，現代派作家富有抒情浪漫的風格。到了抗戰和40年代，現代主義新詩的版圖和風格，又有更大變化了。現在看來，現代主義新詩主要是在詩歌的藝術性、美學和技巧方面有複雜精湛的表現，更能夠表達現代人的錯綜複雜的情緒和感覺。從現代主義文化（不僅是文學和藝術），可以發掘出很多重大的問題，它的美學、技巧、文化政治，還有它與社會歷史之間的複雜互動，還包括它內在危機，它的結構性缺陷，這些東西都需要我們重新去思考和清理。現在已經到21世紀了，我們要重新打量它、重新研究它，希望有一些生產性、批判性的想法。

凌逾：今人認識現代主義發生了哪些變化？現代主義與現實主義如何因應互動？

張松建：人們發現，現代主義並不像以前所想像的這麼高蹈遺世、不食人間煙火，純粹表現內心的孤獨絕望。現在的研究已經證明了，這都是一種幻覺。美國一些學者研究指出，現代主義文學和大眾文化、通俗文化、商業市場、社會政治之間的關係特別密切和複雜，包括波德萊爾和法國吉普賽文化的關係，艾略特的反猶思想，奧登積極介入西班牙內戰，所以它並不是非常高端、清高或者說純粹。他們舉了很多例子，例如美國布朗大學的Mary Gluck，她專長歐洲現代主義和都市文化，寫了一本很棒的書《流行的波希米亞──19世紀巴黎的現代主義與都市文化》。還有學者研究西方現代主義的文化經濟，表面上看，現代主義是一個文學活動，但是背後有很多經濟、市場和資本的刺激和推動。我們原來讀詩，覺得詩很純粹、優雅、高深，是「想像力的偉大遊戲」，其實背後有很多非文學因素。此外，就中國現代主義新詩而言，它和寫實主義、浪漫主義的邊界，其實不大清晰，相反，有時候還互相轉化。而且這些詩人們的成就大小不一，參

差不齊。穆旦、杜運燮、杭約赫、唐祈把「感時憂國」精神注入現代主義新詩。陳敬容的新詩，就不是高端現代主義，因為有很多感傷抒情主義。唐湜是一個熱情的詩評家，但是他的詩有強烈的浪漫想像，缺乏現代主義品質。辛笛，基本上是一個「30年代」的現代主義詩人了。袁可嘉主要是一個批評家和理論家，在創作上成就不大。鄭敏的詩，無論形式和內容，始終沒有達到她老師馮至的高度。吳興華呢，他學貫中西，才思敏捷，但是他的詩，在氣象、格局和境界上，未能有太多的突破。

凌逾：1930、1940年代，中國詩壇受現代主義的影響，但是到了現在，現代主義影響力還有多大呢？或者說文學思潮接受史出現了怎樣的反差、悖論？

張松建：西方現代主義一直是非西方國家文學的典範，如對東亞、東南亞的文學都有很大影響，包括中國大陸、臺灣、香港、日本、韓國、新加坡的現代主義文學，也都是深受這些歐美作家的影響。中國現代主義詩歌，在1920年後期進入中國，有那麼多的學者去翻譯、介紹、評論，那麼多的作家去吸收、借鑑、學習，在這個過程中他們會增加一些民族性、本土性的特點，也會受到個人理解能力的限制。在3、40年代，現代主義在中國是很有影響力的，即便是在抗日戰爭期間，大西南、淪陷區都有人在追求現代主義風尚。1949年之後，中國大陸的文學生態朝向另外的方向發展，突顯社會主義現實主義，所謂的「現代主義文學」也就被遮蔽了一段時間。「文革」結束之後，現代主義重新勃興、繁盛、再出發。

凌逾：中國當代詩歌更加豐富多元，長詩與小詩並存，古詩與新詩齊飛，網路和紙質的圖像詩都非常有趣，網絡詩人越來越多，寫詩的門檻似乎越來越低。您覺得當代詩歌的走向是什麼？

張松建：我對中國當代詩有所關注，但是研究得不多，只能說

一點很粗淺的看法。這些年，當代中國處在一個變革的年代，一些批評家把握到時代的潮流，主張寫長詩、大詩，帶有史詩規模的。比如說李陀先生，原來一直做小說評論，是80年代文學的重要的參與者、推動者，後來他對當代詩也非常感興趣，提倡詩人寫史詩規模的長詩。比如說，西川寫了〈萬壽〉，北島寫了〈歧路行〉，歐陽江河寫了〈鳳凰〉，翟永明寫了〈隨黃公望遊富春山〉。從文學史的視野來看，抗戰和1940年代是長詩和史詩（epic）寫作的高潮，茅盾欣慰地說：這是「新詩的再解放和再革命」。在希臘古風時代、古羅馬時代，史詩寫作與部族、王朝、帝國的關係非常密切，洋溢著英雄主義、民族主義熱忱。在中世紀，則是「文人史詩」取而代之了，例如但丁的《神曲》。當代中國的長詩寫作，有自己的傳統、脈絡和現實關懷，為波瀾壯闊的時代畫出一個全景圖。

二、談跨國體驗和治學方法

凌逾：華人作家學者一般都有跨地域、跨文化、跨行業、跨學科的豐富經驗，因此，華文文學藝術與國內的文學藝術有迥然有別的氣質和韻味。那麼，新加坡有哪些跨界的創意值得研究？

張松建：有的。像英培安，小說、詩歌、散文、戲劇都創作，他本人年輕時經常寫生。陳瑞獻有很多跨界藝術實踐，比如雕塑、繪畫、書法，他是多元藝術家。還有一些詩歌，被改編成舞蹈、音樂，像王潤華的詩，被譜成樂曲彈唱，放到Facebook上面。淡瑩的抒情小詩曾被改成舞蹈，由印度演員表演。套用凌逾老師的術語，這就是「跨媒介抒情」了，非常有意思。梁文福，自由游走於文學寫作和音樂創作之間，有大量的散文、新詩、小說作品，以及，數量可觀的歌詞曲譜問世。新加坡注重文化遺產的保存，文學和藝術的跨界，四大文類的跨界，都是可以找到素材的。

凌逾：您的每一篇論文都是「長篇巨製」，有三、四萬字，而且

都做得非常細緻扎實，這與大陸學術期刊的用稿要求不大一樣，請問為什麼採取長文寫法？

張松建：長篇專題論文的寫作，是我學習一些學者的做法。我們國內的很多學者，喜歡寫綜論或概論，從全局上把握文學現象，但也有缺點，不夠精細深入、扎實綿密。臺灣、香港、海外的學者，喜歡做個案研究，他們研究一個作家，把與這個作家相關的全部資料通讀幾遍，再看其他學者對這個作家的研究，還有相關的西方理論。寫長篇專題論文，一般三、四萬字，把文本、歷史、理論、學術史、文學史放在一起，寫得扎實厚重。像解志熙老師，他一直在寫長篇專題論文，他的每篇論文都很長，比如談沈從文、張愛玲、馮至、錢鍾書、唯美頹廢主義，既高屋建瓴，見其大者；又史料豐贍，綿密扎實，多次在《中國現代文學研究叢刊》上連載，在國內很有影響，迄今為止是最重要的參考資料。

長篇專題論文是學術論文寫作的一種很好的方式。我們中國大陸的學術雜誌，發文有字數限制。但是臺灣、香港和海外的刊物沒有那麼嚴格。尤其是臺灣的刊物，例如《清華學報》、《中外文學》、《中國文哲研究集刊》，每一期大概有五、六篇論文，比較厚重，幾百頁，而每一篇論文至少二、三十頁，也有五、六十頁的。他們的注釋也很長，中文、英文、日文參考著作，都有的。在這點上，我們應當學習臺灣學者，他們的論文做得扎實嚴謹、精緻深入。把個案研究整合起來，六篇論文就是一本書了，這是一種思路。王德威教授就寫了很多長篇專題論文，比如說〈魂兮歸來〉談中國文學裡的鬼魅書寫，從馮夢龍《喻世名言》中的短篇小說〈楊思溫燕山逢故人〉談起，一直到當代臺灣、香港、大陸、海外的鬼魅書寫，有好幾萬字。他的《後遺民寫作》，從明清時代的遺民沈光文、林朝崧談起，「海上樓船奏暮笳，傷心桑梓在天涯」，一直談到當代臺灣作家駱以軍。他的視野很開闊，把文學史上眾多的文本編織起來，同時運用一些合適的西方理論，當然也參考了其他學者的成果，加上繁複的注釋，這就是長篇專題論文了。（凌逾：王德威教授知識面寬廣，非同一般，

從晚清研究到現當代，尤其熟悉臺港澳、海外的文學作品，讀書快筆頭快，論文兼具廣度和深度。）他是非常勤奮的，閱讀量非常大。從晚清到當代，中國大陸、臺灣、香港、新加坡、馬來西亞，包括歐洲和北美的華裔文學，他都有所涉獵。（凌逾：他還開闢研究「科幻文學」領域。）他一直比較關注科幻文學。在《被壓抑的現代性》裡的有關晚清小說的四種文論，其中就有科幻小說。

霍超群：您是如何看待當下作家「跨國流動」這一現象的？

張松建：在全球化條件下，民族－國家的地理、語言、文化的疆界被打破了，人們的旅行條件更便利了。實際上，中國從晚清以來就開始打破了此局面，跨界旅行非常普遍。很多當代作家都有離散經驗。拿詩人來說，像北島、楊煉、多多、張棗、孟浪等等都有離散經驗。這種經驗拓展了他們的生活領域，也引起了文化震撼，尤其是西方文化對他們的震撼和啟發。由於時空錯置，作家需要調整身心去適應新文化，重新看待居住國和祖籍國之間的關係。作家對其他族群的文化傳統和歷史記憶的種種想像，在他們的作品裡面都會有所表現。像美國的華裔作家哈金，他的小說很多是用英文寫的，雖然已經入美國籍多年，但大部分反映的還是中國經驗。這些作家在國外留學、定居、工作等等，也為他們的創作提供了全新視野，達到一個更高境界。他們和許多西方的作家、藝術家、知識分子進行交流。哈佛大學歷史學家霍布斯鮑姆寫過一篇文章，叫做「The Benefits of Diaspora」，翻譯成中文，就是「離散的好處」。「離散」的一個方面是，你去國懷鄉、孤苦伶仃、經歷迷茫、挫折和困頓。但另一方面，離散有很多好處，給你帶來一個全新的思想空間，一種新的文藝視野，讓你重新思考一些問題，同時也擴大了人際交往網絡，深化了文學藝術的創造。所以難以想像，如果沒有這些離散境遇，許多作家的創作會是怎樣一個面貌？在中國古代，離散就是跨省、跨區域。詩人們所說的「天涯」，不過是山東、浙江、海南島等沿海地帶。離散在中國古代就有，各個民族、各個文明都有。像屈原被流放，蘇東坡被皇上一道

詔書流放到海南島，也是離散，更準確地說，就是流亡、放逐。雖然當時我們中國沒有「Diaspora」這個詞，但放逐流亡是類似的說法。杜甫的「江南瘴癘地，逐客無消息」，李白的「我寄愁心與明月，隨風直到夜郎西」，都反映了離散境遇。但是傳統離散和現在的還不一樣，現在因為現代性、全球化、種族、性別等各種各樣的問題，離散變得更複雜，矛盾更加多樣化，產生了一種巨大的能量。

三、談魯迅與南洋文學

凌逾：張老師在講座中，詳盡分析了魯迅作品在南洋的再生和重構，視野宏闊，各種理論信手拈來；善於抓取關鍵字，發現文學現象背後的本質問題。他講了幾個很有深度的話題：國民性的跨國流動，南洋阿Q去政治化的重寫，消磨掉了魯迅作品對於革命的衝動。《一個像我這樣的男人》把〈傷逝〉的女性議題轉化為探詢男性氣質。〈猿，有其事〉講「食母」，食母獸，吃了母親，這跟中國「五四」以來的文化傳統是不一樣的，「五四」說要「弒父」，反傳統，把幾千年來的父權文化、封建文化打倒。張愛玲的〈金鎖記〉裡講的是「母吃女」。張老師從「Mother tongue」、後殖民文化的角度來解讀〈猿，有其事〉，即當代新加坡在省思他們已經遺失的傳統文化。我卻想到傳統文化不斷破立和重構的過程，如今又重講回歸傳統，文化復興，這帶給我們很多新的思考。「食母獸」也讓我想到「啃老族」，想到人工智慧、機器人，如果社會上出現大量的「啃老族」和機器人，我們的社會將出現什麼狀況？五年前，我曾經寫過張教授〈文心的異同——新馬華文文學與中國現代文學論集〉的書評，發表在《華文文學》，當時的題目是〈南洋風與現代性的解語者〉。如果像今天這般，聽了這講座再來寫，或者會更深入一些。諸如此類的問題都是可以討論的。大家開放提問吧。

吳敏：南洋作家接受魯迅的作品是否有年代、性別之分？

張松建：新馬作家對魯迅作品的改寫是有年齡和代際上的差異的。像最早出現的對《阿Q正傳》的仿寫，是在1920年代早期，新加坡當時還在殖民地時代。到了1986年，華校消失，影響了英培安寫改寫魯迅的〈傷逝〉，變成他自己的《一個像我這樣的男人》。2004年，梁文福寫〈猄，有此事〉。不同年代，關注的角度是不一樣的。比如說，50年代的殖民地時代，很多來自福建、廣東、海南等地的中國人，都跑到南洋地區打工，他們很多都是沒有什麼文化的，就像流氓無賴型的阿Q一樣，橫行法外，坑蒙拐騙，玩弄法律於股掌之上，這都有強烈的時代痕跡。新加坡獨立之後，這種流氓無賴型的阿Q消失了，民眾受到很好的教育，講究文憑、出國留學，非常西化，男女地位平等。很多女性是職場女性，工作勤奮，一路升職，是一個女強人、社會精英、成功人士的形象，所以男性就感覺到自己的優越感、男性氣概受到了挑戰。小說《一個像我這樣的男人》裡的周建生，就感覺到在女友林子君面前抬不起頭來。他自己沒受過高等教育，賺的錢也比不上他的女朋友，所以他那個男性氣質被嚴重損害了，最後兩個人的感情就破裂了。實際上，他把魯迅的〈傷逝〉這個愛情故事向前推進了一步，強調性別政治、陽剛氣質的問題。接下來是文化認同的危機。1986年，新加坡所有的華校都關閉了，走進了歷史，這對華人社會來說是一個巨大的創傷，他們都有相似的集體記憶和情感結構。所以，梁文福寫〈猄，有此事〉，反思文化認同的問題。不同的時代，不同的作家，他們在重寫魯迅的經典時，都有自己的中心關懷，他們的重寫活動，密切對應新加坡社會歷史的變動。當我們閱讀這些文本的時候，需要進行歷史化和理論化的思考。

吳敏：梁文福是1964年出生的，新加坡是1965年獨立的。那是不是像「70後」、「80後」的華文作家，其實很少有人再拿魯迅的作品去重寫？「60後」之後魯迅的影響好像告一段落了是吧？

張松建：對，式微了，這是吳老師非常重要的觀察。老作家、老華僑他們對中國有美好的感情。年輕一輩的作家，就在本地出生長

大、土生土長，從小主要受英文教育，對祖籍國和原鄉故里沒什麼印象，他們生活在自己的國家裡，一個後殖民的民族－國家，一個全球性的城市，有自己的人生追求，所以也不大瞭解、不大關心中國的歷史和現狀，而是更關注本土的社會現狀及其問題。魯迅已經去世八十多年了，在東南亞華人世界，年輕的80後、90後作家，不會去崇拜魯迅。魯迅對新馬的影響是因為特殊年代，比如說梁文福在作品中說要「救救母親」，「救救母親」是維護中華的文化傳統。

張衡：英培安的小說《一個像我這樣的男人》，讓我想到香港作家西西的作品，《一個像我這樣的女子》。香港和馬來西亞、新加坡同屬於殖民地的背景，兩個作者一個是男性視角，一個是女性視角，您認為英培安從西西那裡，借鑑更多的是什麼呢？

張松建：我在論文中專門比較過英培安、魯迅、西西三個作家。他們在三個不同的空間，一個是後殖民的新加坡，一個是殖民地時代的香港，一個是「五四」時期的中國。時代也不一樣，1910年、1980年、1970年，他們在不同的時間和空間進行寫作。西西的《一個像我這樣的女子》寫一個遺容化妝師，這個特殊的職業對她的人際交往，包括談戀愛，帶來了一些困頓和挫折。英培安曾經在香港待過一年多時間，他非常喜歡西西、梁秉鈞、舒巷城、劉以鬯這些作家的作品，所以他把西西這部小說的名字改編了一下，套用魯迅筆下的「子君」和「涓生」兩個人物的名字，來表達新加坡本身的故事。魯迅表達的是反傳統、青年自由戀愛的故事，是個人主義的東西。在西西的筆下，是殖民地香港中職業女性所面臨的問題，包括愛情問題。新加坡作家英培安，在小說中表現的是「男性氣質」的問題，男性的權威遭受了挑戰，被解構了。所以，這三個文學文本，寫的是三個時間和空間，三位作家的中心關懷是不一樣的。雖然他們有一些相似性，有一些重寫和仿作，一些跨文化的對話，但我更強調本土性、個人性和創造性轉化的過程。

王昊：您是把南洋作為一個整體來說，那麼魯迅在新加坡和其他幾個南洋國家之間的傳播和接受是不是會有一些不同呢？

張松建：「南洋」是一個指稱廣泛的的舊名，現在通稱「東南亞」，地理版圖上包括新加坡、馬來西亞、印尼、菲律賓，泰國等十一個國家。這些國家也多少受到魯迅的影響。比如說印尼有一個作家叫普拉姆迪亞（Pramoedya Ananta Toer, 1925-2006），他是一個社會主義者，也是一個左派作家，他非常崇拜魯迅，他的作品裡面經常會提到魯迅的文章。南洋理工大學的劉宏教授，多年前發表過一個長篇論文，深入討論普拉姆迪亞和中國的跨文化交往，涉及魯迅和左翼作家，這是一篇很有分量的作品。越南人也曾經翻譯過魯迅的小說，今年5月，王潤華老師編了論文集《魯迅在東南亞》，收入包括印尼、越南、菲律賓等國家的作家翻譯魯迅的作品。比如說越南的小說，裡面出現了「呂緯甫式」的人物，但又是越南的青年。在某種意義上，可以說，現在是一個「全球魯迅」的時代。

杜新豔：您是站在什麼立場去評價這些作品的？如果從我的角度來看，我覺得假如沒有您這樣的一個讀者、一個研究者把這些作品重新分類梳理起來的話，可能我們也很難發現與魯迅的關聯。比如說您一開始講的那幾個惡棍型的戲仿，我聽的時候覺得挺不以為然的，假如沒有把他們拉到阿Q系列裡面去對比，我覺得它們可能沒有多少存在的價值，就情節本身來講，似乎沒有太大的給人反思的餘地，像是暴露型的……有點像近代文學的譴責小說。

張松建：我是從「東南亞文學」的本土角度，從華文文學史的內部去思考和評價它們。如果是站在中國的角度，來看魯迅的域外傳播和影響，那些作品確實比較粗糙和平面，把阿Q這個豐富的形象給窄化了，完全變成一個流氓惡棍，沉醉在自身的情欲中。人們有一個流行看法：「仿作」都是派生的、次要的，遠遠比不上原作、original的東西。現在，我研究新馬華文文學，我是從新馬文學史的本土角度，

從內部視野來看,強調南洋作家對魯迅作品的閱讀、選擇和接受,有其自由意志、能動性和個人取捨,而不是單純強調魯迅本身的外向影響,我強調東南亞本地作家接受魯迅時的選擇能力、個人的眼光、時代背景等等。南洋作家其實是有條件、有選擇的去吸收魯迅的某一個方面,各取所需,為我所用,把這個方面擴大、誇張、變形,他們的目的是為了表達南洋、新加坡、馬來西亞的文化和社會,並不是為了說「中國故事」。他們的創作是本土化、在地化,只是借用魯迅故事的框架、人物,或者一個線索,如此而已。借用哲學家馮友蘭的話說,他們是「接著講」,不是「照著講」。

黃秋華:南洋作家除了對魯迅作品進行重寫之外,是否還有對其他作家的重寫?如果有的話,他們的改寫是怎樣一種情況,在當地的接受又是怎樣的?

張松建:中國和新馬的關係有一個歷史性的變化,在1949年中華人民共和國成立之前,東南亞華人及其祖輩都是來自中國,所以他們和中國的原鄉祖籍有密切聯繫。「五四」時期的文學作品,例如魯迅、老舍、巴金等作家的作品,都影響過南洋。很多中國作家包括老舍、許傑、郁達夫、巴人、胡愈之、陳殘雲等,也都去過南洋,時間長短不一。但是相比之下,魯迅對他們新馬作家的影響來的更大。馬華文學、新華文學,產生於1919年左右,中國的「五四」新文學運動一發生,南洋的報紙就開始介紹了,那裡的作家們開始放棄文言,改用白話寫作。所以,沒有中國的「五四」,新馬華文文學是無從產生的。其他中國作家對東南亞華文文學也多少有一些影響,比如說巴金、老舍、曹禺。當地的文藝刊物發表過這些中國作家的作品,都有很大銷量。新加坡在1950年代曾經是東南亞文化中心,一本華文小說印刷一兩萬本,閱讀量很大。華校有很多,華文報紙、華人宗鄉會館,非常之多。後來,英國殖民當局為防範共產主義,禁止從中國進口書籍,所以新馬作家從1950年代開始,接觸和閱讀來自臺灣和香港的文學作品。比如說,覃子豪、洛夫、瘂弦、楊牧、余光中、周夢蝶

的詩歌,對新馬華文作家挺有影響。我曾經諮詢過很多新加坡作家,他們都提到自己曾受臺灣文學的影響。

(錄音整理:霍超群、林蘭英、張玥、劉玲、劉倍辰、張沛倫)

現代詩的探索者[1]

楊湯琛：張老師，您好！作為海外學者中的青年一代，您在現代詩歌研究方面可謂碩果累累，頗有心得，比如您的《現代詩再出發研究》關注的是40年代現代主義詩潮，有關論述多有創見，學界評價頗高；您的《抒情主義與中國現代詩學》甫出便在學術界產生了重要影響，而且逸出了學術圈為諸多圈外詩歌愛好者所推崇，您能否就相關專著簡單談談您詩歌研究的理路？

張松建：我走上詩歌研究的路子與個人的成長經歷和教育背景有很大關係。小時候，很喜歡中國古典文學，熱愛唐詩、宋詞、古文，甚至在高中時，偷偷學習填詞，寫了大約一百多首，這當然是「少年不識愁滋味，為賦新詞強說愁」了。這種興趣一直延續到大學畢業。後來，一個偶然的機會，我去浙江大學讀碩士研究生，專業是「世界文學與比較文學」，學習西方文論，碩士論文研究T.S.艾略特的詩歌理論，寫了四萬多字，在中國社科院的《外國文學評論》上發表了其中一章。

在新加坡國立大學攻讀博士期間，我以中國1940年代現代主義詩歌為研究對象，因為當時很喜歡現代主義文學，認為它比較高級和先進，而穆旦、馮至等人的詩歌也很吸引我。應該說在這個學術領域，資深學者、青年才俊都有許多成果，主要是關於「九葉詩人」的論述。為了挑戰這個約定俗成的框架，我從最基本的資料搜集入手，在上海、北京的圖書館調研，發現數量巨大的第一手資料，在博士論文

---

[1] 2018年10月，華南農業大學的楊湯琛教授就「中國現當代詩歌與詩學」的問題對我進行了書面訪談。整理後的訪談發表於澳門-廣州的《中西詩歌》2018年第4期。

中進行整理、排比、歸類和分析，重建現代主義的歷史敘事，重繪現代主義的詩歌地圖。我在清華大學做博士後期間，利用方便的資料條件，又對這個博士論文做了許多增訂、修改和調整，定名為《現代詩的再出發：中國40年代現代主義詩潮新探》，於2009年由北京大學出版社出版，在2012年獲得「北京市哲學社會科學優秀著作獎」。拙著在鉤沉史料的基礎上，結合文本、歷史與理論，重探中國40年代現代主義詩潮。通過作品解讀、文學行為分析以及對物質、制度、文化、政治的考察，重構這場文學運動在理論與實踐上的多重面向，揭示現代主義詩潮之演變的內在邏輯和外部條件，對其知識構造、成就與困境進行了切實和深入的思考。

《現代詩的再出發》有三四萬多字，除了導論和結論，共分九章。第一章交代現代性、現代主義等背景知識。第二章討論四個西方現代主義詩人（艾略特、奧登、里爾克、波德萊爾）在中國的傳播和接受。第三章分析40年代現代主義詩潮的總體性。第四章是針對現代主義詩學的敘論，重點研討袁可嘉的「新詩現代化」論述。第五章到第九章是個案研究，重點討論新發現的一大批詩人，包括鷗外鷗、羅寄一、路易士、葉汝璉、王佐良、吳興華、沈寶基、羅大岡。最後是一個附錄，介紹法語專家王道乾的頹廢詩。一方面，此書從六個方面——主體性的分裂、反諷的強化、語言口語化和悖論性、張力追求、新感性的發現、跨文體實驗——闡述1940年代中國現代主義詩潮的歷史總體性。另一方面，我認為這批現代主義詩歌作為一種話語模式體現了態度與立場的同一性，但是缺乏勻質性的內涵，無法從靜態、固定的分析範疇，對其進行斬釘截鐵的「身分識別」，只能把它與大眾化詩進行對照，才能發現其特定性。在這個意義上，最重要的不是它的「是什麼」，而是它的「不是什麼」。本書著力論證：40年代現代主義詩歌的身分的曖昧性、模糊性，甚至臨時性，不能粗暴地歸咎於中國詩人的才華和學養的不足，只能從當時歷史經驗和現代性的角度，做進一步的描述、反思和批評思考。總之，此書結合斷代研究（1940年代）、文學史研究（現代新詩史）、流派思潮研究（現代主義），雖然對史料的發掘是其重要貢獻，但是亦涉及「印刷文化」

（print culture）、「翻譯研究」（translation studies）、「比較文學」（comparative literature）。

　　《抒情主義與中國現代詩學》這本書的前身是2008年到2009年我在清華大學進行的博士後研究報告。此書針對現代中國的抒情主義進行多重維度的歷史透視，包括它的知識根源，它與美學、政治、技術與市場的互動；抒情主義、反抒情主義、深度抒情的辯證；抒情主義在詩體論爭、形象之爭中的滲透和調控；以及朱光潛、卞之琳、袁可嘉、吳興華等人在新詩理論或現代詩學方面的創見和不見。從事博士後研究期間，我覺得抒情主義與中國現代詩學是一個有重大價值的課題，惜乎出於多種原因，國內外學界關注甚少。西方學者Theodor Adorno、Frank Lentrichia、Sarah M. Zimmerman、Gregory B. Lee、Daniel Tiffany、Marjorie Perlof、Helen Vendler、Paul de Man、Mutlu Konuk Blasing、Virginia Jackson、Hugo Friedrich的西方抒情詩研究，或可提供參考，但是價值有限。與這項課題相關的第一手資料，散落在「五四」以來全國各地的報章書籍中，所以史料的鉤沉和整理就花費了一年時間。邇來關於中國抒情傳統的研究，漸成顯學；但是，關於中國現代抒情主義的研究，在當時極為罕見。

　　在研讀和消化這些資料的過程中，中國現代「抒情主義」（lyricism）的輪廓逐漸清晰起來。我越來越感到，抒情主義乃是中國現代詩學的基本構造，一個揮之不去的歷史幽靈，大量的詩學爭論都在這個結構中出現和展開，它不但塑造了新詩之成立的前提和預設，而且參與現代中國的文化創新和政治變革。所以有必要回到現場，透過原始史料的梳理，重建抒情詩學的「問題史」，或可稱之為「抒情闡釋學」。眾所周知，從19世紀末期一直到二戰結束後，「現代主義」構成西方現代詩的主流，關於「情感逃避」之類的聲音，堪稱大宗。相比之下，「抒情主義」牢牢奠基為現代中國詩學之霸權結構，這個差異引人深思。尤其是，當我們把現代中國抒情主義與中國抒情傳統、現代西方詩學來一個縱橫對比，那麼，一些「常識」就被問題化、歷史化和複雜化了。現代中國「抒情主義」與後兩者之間，到底存在何種歷史與邏輯的關係，又如何隨歷史境遇的變遷而綻放新意？

如何辨識和詮釋新詩理論中的抒情主義之現代性、中國性和歷史性？有哪些美學、心理學、政治學或文化人類學的動力，促使現代中國人看重抒情的潛能，為現代詩的抒情議題展開論辯，抬高「抒情詩」的地位而且創製五花八門的抒情詩樣式，在微觀詩學上貢獻了諸多思考，使得「抒情主義」銘刻為現代詩學之基本構造？「抒情主義」在推動詩藝變革、進行政治教育、建構現代主體之外，是否存在先天性缺失或內在的緊張，引起了一些理論家的警覺、質疑和建言？

要想回答上述問題，我覺得，有必要從理論與歷史、現代性與傳統、科技與市場的多重角度，展開繁複精緻的辯難。在具體的寫作思路上，這項課題超越流派、風格和社團的藩籬，圍繞「抒情」這個關鍵詞和劇情軸線，以事件化、系譜學和知識考古學的方法，探勘抒情詩學之興起、壯大、分化和重組的蹤跡，揭示「抒情詮釋學」從審美到政治、從理論到歷史、從幻想到現實的轉換，以綜合性視野和寬廣開放的理解方式，對抒情主義的歷史性、現代性和中國性做出歷史分析和理論詮釋。如果理論能夠動搖我們看待現實問題的框架，那麼，我希望關於抒情主義的研究開啟了這種可能性。2009年12月，由來自清華大學、北京大學、首都師範大學的專家教授組成的博士後評審委員會，針對我這個博士後出站報做出下列評價——

> 張松建進入清華大學中國語言文學專業博士後流動站工作以來，致力於中國現代詩與詩學研究，專心致志，創獲頗豐：在站期間獲得教育部留學歸國人員科研啟動基金、北京市第三十四批社會科學理論著作出版資助和人事部第四十三批博士後科學基金等多項科研資助；在海內外重要學術刊物上發表長篇學術論文九篇、已被接受即將發表的論文四篇，這些刊物多是國家級核心期刊如《文學評論》和《中國現代文學研究叢刊》，或不輸於核心期刊的港臺及國外的重要學術刊物如香港浸會大學的《人文中國學報》、新加坡的《亞洲文化》、臺北的《漢學研究》，以及北京大學出版的重要學術刊物如《現代中國》和《新詩評論》；他的學術專著《現代詩的再出發：中國40年

代現代主義詩潮新探》，也由北京大學出版社於2009年11月出版，其博士後課題《抒情主義的美學與政治：中國現代抒情詩學之研究》更進一步獨立開拓出中國現代抒情詩學這個嶄新的研究領域，為此他窮究文獻、刻苦鑽研，如期完成了一部高品質的新著，這部新著也被北京大學出版社接受，即將出版。張松建的這些論著表現出嚴謹求實、善於思考、勇於創新的學術品格，對中國現代詩歌研究做出了重要的推進，對中國現代詩學研究做出了開拓性的貢獻，在國內外學術同行居於領先地位，他因此受到國內外資深的現代文學研究專家嚴家炎、孫玉石、洪子誠、葉維廉、奚密等人的一致好評，被肯認為近年來中國現代文學研究領域湧現出來的最有學術實力和前途的學術新秀。總之，張松建入站以來工作非常出色、學術成績顯著，達到了《清華大學博士後出站科研工作評審辦法》關於優秀等級的一之（四）、三、四條要求。評審小組對張松建同志的科研彙報及其回答表示滿意，一致評定他的博士後科研工作為優秀，同意他結項出站。

這個評審意見是對我的研究成果的鼓勵和肯定。後來，這本書在2012年由北京大學出版社出版，幾年來在海內外學術界贏得了普遍好評。

楊湯琛：蟄居海外，讓您得以跳出當代詩歌場域的各類裝置，以更客觀、更開闊的眼光來審視當代詩歌，那麼，您是怎麼看待中國當下的詩歌生態的？

張松建：在中國大陸的正統敘事當中，1949年是一個分界點，意味著中國歷史走進了所謂「當代」階段。從1949年中華人民共和國成立，到1978年迎向改革開放，這中間的三十年是傳統社會主義、經典社會主義時期。處在建設現代主權國家的過程中，這個時期的中國文化的各種形式（文學、藝術、影視等）都有高度政治化、意識形態化

的痕跡。這個時期的詩歌，突出大眾化、家國情懷、宏大敘事，有樸實直白的特點，例如，賀敬之的〈桂林山水歌〉，郭小川的〈甘蔗林——青紗帳〉，等，即是如此，這是主流的文學圖景。當然還有一些作家、知青在主流文學之外，默默從事個人化的寫作。

從1978年代到現在的這四十年，是德里克（Arif Dirlik, 1940-2017）所謂的「後革命中國」（Post-revolutionary China）、「後社會主義中國」（post-socialist China）的時代。這個時期的中國，放棄了階級鬥爭與計畫經濟，重視法制建設和民主人權，承認個人慾望的合理和正當性，重視個人的隱私和幸福觀，淡化政治色彩和意識形態，所以，當代文學呈現另一種風貌和路徑。從1970年代末期開始，「朦朧詩」風靡全國，湧現了一大批傑作，十年後，它不可避免地走向衰敗。

從1990年代開始，當代中國的詩歌景觀更加複雜和多元。刊物、社團、流派、爭論、會議、座談、駐校詩人、選集和專集、朗誦會、發布會、評獎，踵事增華，極一時之盛。中國是詩歌大國，民間的、官方的、學院派的，各種詩歌活動，令人目不暇接。由於互聯網崛起，網路詩歌走俏，文學生態有所變化。還有值得注意的現象。例如，和傳統意義上的抒情詩相比，不少當代詩人強調「敘事性」。出於對宏大敘事的反抗，當下詩人強調細膩微妙的「個人化詩學」。出於對小詩、短詩作為主流體裁的反動，一些詩人致力於「長詩」和「史詩」的寫作。告別了寫實主義、大眾化的寫作模式，多數詩人追求現代主義、甚至後現代品格。少數詩人醉心於知識化和歷史想像，大多數詩人鍾情於日常生活的詩意描繪。此外，就是詩與音樂、科技的奇妙結合，出現了我所謂的「跨媒介抒情」的現象，這是「數碼人文」（digital humanities）在當代中國之興盛的一端而已。還有，中外詩人的跨國互動很頻繁，許多中國當代詩作被譯成多國語文出版，中國詩人在國外榮獲大獎，等等。

楊湯琛：據說，您從小熟讀古典文史，能背誦上千首古詩，那麼，對於當代新詩的寫作，您認為古典詩詞傳統應當如何繼承呢？這不僅涉及到詩歌民族性問題，也涉及當代新詩如何在世界詩歌之林確

定自身主體性的問題。

張松建：我從三個方面回答你這個問題。首先，我們從事的是人文學科研究，這需要長期的知識積累和學術準備，而古典文學的修習就是一個有效途徑。日本漢學家吉川幸次郎說，在古代中國，寫詩和讀詩是文人最基本的教養。中華民族有一個早熟的文明，詩歌到唐代已登峰造極，元、明、清的詩歌，更多的是重複、迴旋、停滯甚至倒退，現代中國人寫舊體詩是一種個人癖好。中國古代文學早已經典化、博物館化了。所以，我們中國人從小就閱讀和背誦古詩古文，作為一種必備的修養，這是所謂的「童子功」。如果你能夠背誦數千首詩詞和古文，那麼在合適的生活境遇中，你可以脫口而出，抒情言志，或者在文章中鑲嵌成語典故、詩詞名句，這種能力讓你終身受用。

其次，如果有古典文學的良好基礎，可以讓你的學術論文和文學寫作具有良好的文風和可讀性。長期以來，我們習慣於用白話文寫作，忽略了古文的潛在價值。臺灣學者的文風，普遍顯得文雅精煉，比大陸學者好多了。這與他們的教育背景有關。從1949年到1978年的三十年中，當中國大陸進行一波又一波的政治運動的時候，臺灣那邊有一個和平安定的社會環境，重視古代文史的教育。你隨便拿兩岸學者的論著做個比較，就可以發現這個整體上的差異。他們的文學作品的語言，也是如此。

第三，古典文史的學習，也可為新詩寫作提供靈感源泉，包括章法、句法、意象、節奏、詞彙等。戴望舒、卞之琳、何其芳、吳興華、早期馮至，他們的新詩有強烈的古典痕跡。臺灣的楊牧、陳黎、余光中等人的詩風，簡潔優雅，值得大陸詩人琢磨。說到底，傳統與現代性是一種延異的、辯證的關係：一方面是斷裂和對抗，另一方面是連續和協商。西方現代詩人重視古典文學的借鑑，例如，T.S.艾略特精通17世紀玄學派詩人、中世紀詩人但丁、維多利亞詩人的作品，不斷從中發現靈感。現代漢詩從1917年開始，就遭遇身分認同的合法性危機，一直到當代，還有遙遠的回聲，臺灣那邊更是如此。一個嚴重

的指責就是，現代詩背棄了民族傳統，顯得過分歐化、西化了。林毓生有一個著名觀點：「五四」知識分子的全盤反傳統主義造成中國意識的危機，而其特定的思維方式——以思想文化作為解決社會政治的途徑——則來源於中國文化傳統，所以他們無法成功。不少當代中國詩人說起布羅茨基、阿赫瑪托娃、米沃什、策蘭、帕斯捷爾納克，似乎頭頭是道，如數家珍，他們自己也寫出了一些漂亮的詩，但是他們的古典文史知識，非常匱乏，所以無法「持續發展」。不過也有一些詩人，他們及時注意到了這一點，付出了糾偏救弊的可貴的努力。

楊湯琛：作為一名詩歌研究者，您如何看待中國當前的詩歌研究的學術狀況和問題，有什麼好的建議嗎？

張松建：古人相信，詩是一種神祕之物，不可解釋，而且沒有固定答案，所謂「詩無達詁」是也。古代詩歌評論，大都是知人論世、美刺、點評、箋注，缺乏科學性、理論性、系統性的方法論。「五四」以來的學者受西方文學理論和英美新批評的啟發，從現代知識體系和理論方法出發研究詩歌，相信詩是一種獨立自足的意義結構、一種可以進行分析的審美客體，做了許多重要的開拓工作。

當代中國新詩研究總體上有很大成就。前輩學者對第一手資料的搜集和整理，青年才俊的文本解讀和分析，無論是新詩史研究，還是詩歌評論，都有許多成就和貢獻。不過我覺得存在的一個問題是：理論方法比較單一。一些學者局限在「英美新批評」的套路，也有人做過文學社會學的嘗試，不過總體上看，缺乏跨文化研究、跨學科研究的態勢，這可能與詩歌這種「輕薄短小」的文體有關——畢竟，它無法像小說這種文體一樣，容納太多的社會歷史內容。當下致力於新詩研究的學者，在作家作品、流派、文類、社團、印刷文化等大宗論述之外，或可另闢創意空間，追尋新的進路和可能性。例如，超越流派研究、斷代研究、作家作品研究、文學史研究的現有模式，在新詩現代性的整體格局中，發現和勾勒一個重要的理論問題或文學現象，把眾多競爭性的聲音納入一個共時性和歷時性相交織的結構中，觀察、

描述和詮釋這一現象或問題的歷史蹤跡,為重新理解新詩史提供新的思考角度。或者研究現代中國抒情詩的結構,或者探勘新詩語言觀的流變,或者從思想文化史的角度切入文本,或者把一部作品、一本書、一篇文章的結構作為單位,或者考察翻譯在新詩史中的地位和功能,等等,這些也許是行之有效、富有潛力的課題。

當代國際學術的前沿研究,也有許多值得借鑑的理論方法,包括眾多的文化批評理論。即使對「新批評」之文本細讀的理解,不少大陸學者還是自我限制在英美學派的做法,內部研究與外部研究割裂了,未能把德、法學者的研究模式納入自己的視野。近代以來,德國的羅曼語研究出現三位大學者,他們的著作早已成為經典,包括:庫提烏斯(Ernst Robert Curtius, 1886-1956)的《歐洲文學與拉丁中世紀》、奧爾巴赫(Erich Auerbach, 1892-1957)的《模仿論:西方文學中的現實再現》、施皮澤(Leo Spitzer, 1887-1960)的《語言學與文學史:文體學論集》。他們做的也是「文本細讀」,但是不同於英美新批評的狹隘和偏頗,相反,他們融合了廣闊的歷史脈絡、精彩的社會文化資料、淵博的文學史知識、細膩的文本分析和句法形式的研究。美國的薩義德(Edward Said)盛讚奧爾巴赫的《模仿論》,特地為此書的新版撰寫了長篇序言。詹明信(Fredric Jameson)也對奧爾巴赫非常敬重,他的《政治無意識》、《馬克思主義與形式》,強調文學是一種「社會象徵行為」(socially symbolic act),力求在審美分析和形式分析的終點,與政治相遇,把文學批評和文化政治結合起來,打開了全新的視野。這是詹明信對德國學者之方法的繼承和發展。所以,對當代中國詩歌研究者來說,如何突破「純文學」的分析框架,如何避免那種單薄、隨性的文學評論,如何整合其他知識源流,如何運用跨學科方法,把文本、歷史、理論結合起來,從「審美分析」朝向「文化政治」,或可值得思考和嘗試。

事實上,即使對新詩史展開「文獻學」研究,也有推陳出新的方法論。我們知道,漢代經學大師鄭玄、何休、馬融、許慎等人,博稽群籍,遍校群經,他們在校讎學上的成就,早已載之史冊。清代乾嘉學派之惠棟、戴震、錢大昕、閻若璩、段玉裁、王氏父子的樸學功

夫，也樹立了光輝典範。在現代中國學術史上，朱自清、聞一多、馮至等學者，也對文獻學做出了有目共睹的貢獻。汪榮祖稱頌陳寅恪的考據學功夫十分了得，「比乾嘉諸老，更上一層樓」。當代不少青年學者貪便宜、求捷徑，不肯在扎實的文獻上下功夫，「束書不觀，游談無根」，這種學風的結果如何，可想而知。當然，也有一些學者在新詩研究的文獻方面，做出了很好的開拓性的工作，在結合傳統考據學和西方語文學（philology）的基礎上，或可有更多的突破性的貢獻。

楊湯琛：您最近轉向臺灣、香港、海外華文文學研究，為什麼會有這麼一個轉變，是跟生存語境的變遷有關嗎？對於海外文學研究，您有何心得？

張松建：我從中國現代文學研究，轉向臺灣、香港、海外華文文學研究，這個學術轉型，當然與個人的教育背景、生活環境和學術興趣的轉移有關。2002年1月，我進入新加坡國立大學中文系攻讀博士學位。三年半內，我集中精力研究中國現代主義新詩，也接觸到新馬華文文學作品，不過沒有深度介入。當然，我結識了一些新馬作家，閱讀了一批華文文學作品；而本地關於東南亞研究的圖書資料，亦相當豐富，於是我就因利乘便，把研究對象從中國現當代文學擴展到海外華文文學。後來越來越發現，這其實是一個充滿魅力的領域。從2010年開始，我集中研讀這方面的作品，陸續發表了一些研究成果。

2013年7月，我重回新加坡，任教於南洋理工大學中文系，新馬華文文學牢牢地成為我的研究興趣。在我講授的五門課程當中，其中一門課就是「新加坡華文文學」。這些年來，我獲得一些科研基金，發表過關於新馬華文文學的若干篇論文。受邀擔任匿名評委，審查中國大陸、臺灣、新加坡、馬來西亞的學術期刊上的投稿論文。出席國際學術會議，與同行展開廣泛交流。多次發表公開演講，與一般讀者分享我的研究心得。擔任本科生和研究生的指導教師，指導學生們寫作這個領域的論文。擔任碩士論文和博士論文的獨立審查人和答辯委員，推薦發表了一些優秀的論文。受邀擔任新加坡藝術理事會的專家

委員，審查過許多作家的創作基金或出版基金的申請書。通過上述學術活動，我對新馬華文文學有了更加透徹的理解。此外，我也開始緊密關注臺灣、香港文學，發表了幾篇研究論文，例如，關於楊牧、張錯、梁秉鈞的現代詩。

新加坡、馬來西亞、印尼等東南亞國家的華文文學，有其特定的歷史脈絡和現實關懷。過去幾百年當中，幾乎所有東南亞的國家，都曾淪為西方帝國主義國家的殖民地。這些國家有相似的歷史經驗和創傷記憶、民族主義的反殖獨立運動、建設民族－國家的要求，以及後殖民時期的現代化、都市化、全球化的經歷，還有多元民族文化的社會現實。華人通過海上遷徙、跨國移民的方式，輾轉流落到這些國家，落地生根，枝繁葉茂。華文文學就是華人族群的文學寫作形式，它們包含了極其豐富的內容，也是許多文化批評理論的試驗場，例如跨國主義、離散研究、移民社會學等。我從這些領域發現了許多饒有意味的內容，無論是歷史與哲學，還是文化與政治，都值得展開研究。在這個領域，我先後出版了幾本拙著，包括《文心的異同：新馬華文文學與中國現代文學論集》（中國社會科學出版社，2013年），《後殖民時代的文化政治：新馬文學六論》（新加坡：八方文化創作室，2017年），以及新近編著的《新國風：新加坡華文現代詩選》（南洋理工大學中華語言文化中心，新加坡：八方文化創作室，2018年）。

楊湯琛：聽說您有一本新作即將在北京大學出版社出版，能否預先給我們透露一下相關內容？

張松建：這本名為《重見家國：海外漢語文學新論》的專著彙集了近年來我對臺、港、新加坡、馬來西亞的華文文學的研究心得。2013年7月，我重返新加坡，開始任教於南洋理工大學人文學院。出於教學和科研的需要，新加坡、馬來西亞、臺灣、香港、海外華文文學，更加密集地進入我的視野。除了接觸大量的文學作品，我還關注後殖民批評、離散研究、性／別研究、政治哲學、移民社會學、文化

研究的理論概念。但是，如何把這些理論概念整合成一個合適的闡釋框架，運用到具體的文學現象的分析當中，卻是我念茲在茲的中心關懷。那麼，面對眾多的文學文本，如何有效地進入，進而產生一些生產性的、批評性的觀點？我認為，需要打開、照亮、喚醒、啟動文本，否則，文本就是一堆僵死的資料，它們永遠在黑暗中沉睡。

　　此書的題目，屢經變易，最後選定這個名稱。所謂「家國」者，既指這批海外作家的出生地、祖國、公民權的所在地，也就是英文中的「homeland」；也指這批人的祖籍地、故國原鄉，也就是「ancestral lands」，在此指的是中國。所謂「重見」，就是重逢、再次相遇，也讓人聯想到「重見天日」、「重見光明」的說法。書中的許多作家曾在海外漂泊離散，多年以後他們得以還鄉，例如楊牧從美國回到故鄉花蓮，張錯從美國回到臺灣，梁秉鈞從美國回到香港，王潤華從臺灣、美國回到南洋，魯白野從印尼回歸新加坡、馬來亞。當然還有一些作家，他們沒有離散海外的經驗，例如英培安、謝裕民、希尼爾、梁文福、呂育陶，他們在自己的作品中，一再緬懷故國原鄉，講述中國故事。所以，書名「重見家國」，其實有二義：一是結束異國他鄉的流離生涯，返歸祖國，重見山河故人；二是在文字的世界裡，遙想故國原鄉，反思血緣神話。此外，「重見」也與「重建」諧音，暗示這批海外華文作家，志在終結離散、扎根本土，重建美麗家園。拙著試圖把文本、歷史與理論融為一體，朝向跨文化、跨學科的研究方向。這本書每章的切入角度互有參差，但是「身分認同」與「歷史記憶」乃是貫穿全書的兩大主題。這本書是我的階段性的研究成果，期待讀者的批評指正。

新移民年代裡新華文學版圖在哪裡？[1]

一、在您看來，我們所說「新華作家」及「新華文學」是不是必須具有一定的「國族」身分，例如應該是新加坡人（公民）或永久居民？

我覺得，回答這個問題，應該考慮新加坡在獨立前和獨立後的不同情形。在新加坡獨立之前，它不是一個具有獨立主權的「國家」，而是一個地方，一個空間，一個英國的殖民地。這時期的文壇，有極少數的土生土長的本地作家，例如苗秀、趙戎、張金燕、君紹，也有大批量的流寓新馬的「南來作家」，例如曾聖提、丘絮絮、劉思、姚紫、杏影、李汝琳。還有來自馬來亞、印尼的作家，例如魯白野、劉仁心。考慮到這種複雜的歷史情境，文學史家傾向於把那些在新加坡寫作、發表和出版的華文文學作品，籠統地稱之為「新華文學」，而不必顧及作家的國籍身分。方修主編的《馬華新文學大系》、李庭輝主編的《新馬華文文學大系》，以及黃孟文和徐迺翔主編的《新加坡華文文學史初稿》都是採取這種處理手法。

1965年新加坡獨立，它變成了一個實實在在的「國家」（state），有自己的地理邊界、人口、政體、法律制度、經濟模式、教育體制。在這種情況下，包括華文文學在內的「新加坡文學」就是一種國別文學（national literature），它和英國文學、美國文學、俄國文學、法國文學、中國文學、日本文學等概念一樣，採取的是「民族－國家」（nation-state）的敘事單位。所以，描述獨立以後的新華作家或新華文學，應該把新加坡公民或永久居民這個「國族身分」當作一個必要的參照標準。

---

[1] 刪節版發表於新加坡《聯合早報》2019年4月22日，採訪人是張曦娜。

二、美國華裔作家哈金曾說，希望自己「既是美國作家又是中國作家」，擁有雙重「文學公民」的身分，您怎麼看待這種說法，也就說，對於本地新移民作者而言，可以「既是中國作家又是新華作家」，或是「既是臺灣作家又是新華作家」嗎？

哈金原名金雪飛，出生和成長於中國東北，接受了中小學和大學教育，在1984年留學和移民美國，成為美國公民，任教於波士頓大學，主要用英文寫作，以中國題材的小說為主。在哈金取得美國國籍之前，他是法律意義上的中國公民，由於他離開了中國大陸、移居到美國，所以他的那些作品準確地說，應該是游離於民族－國家之際的「離散文學」（Diasporic literature）。當他歸化入籍，成為美國公民，他的那些文學作品，嚴格說來是「華裔美國文學」（Chinese American literature），而不屬於「中國文學」的範疇。法律是一個客觀標準，但是文化、藝術的問題更複雜，因為它們與人的心靈、精神、想像力密切相關，有主觀意識和自我認知。尤其是在全球化的條件下，跨國移民、遷徙離散、留學經商變得更為常見，身分的流動性和多重性變成了一個常態，所以有學者發明了「彈性公民身分」（flexible citizenship）的說法。所以，應該在語言修辭的意義上理解哈金的說法：「既是美國作家又是中國作家」，對於移民美國但還保有中國公民身分的作家來說，當然是可以成立。「文學公民」是一個隱喻說法，可以有雙重甚至多重身分。一些本地新移民作者，獲得了永久居民身分，但是仍然保有原來的國籍，他們可以自由游走於幾個國家之間，這就會出現「既是中國作家又是新華作家」、「既是臺灣作家又是新華作家」這種有趣的現象。從世界文學史上來看，這種情況非常常見，例如19世紀的俄國作家果戈里、屠格涅夫長期住在法國。20世紀的捷克作家米蘭昆德拉移居法國，美國詩人艾略特移居英國，英國詩人奧登遷徙到美國。

三、本地已故前輩作家、評論家趙戎在二戰後大力主張新華文學本土化，事實上自1950年代起，許多前輩作家如苗秀、謝克等人的作品已富有本地色彩，是新華小說本土化的早期典範，隨著時代的

變遷，新華文學是否仍應強調「在地者」的「本土化」？

新華文學的本土化有其特定的歷史環境和合理性，需要辯證地認識和思考。從1920年代的「南洋色彩」的討論，到不久之後的「馬來亞地方作家」的倡議，從1947年的「馬華文藝獨特性」的論爭，到1956年的「愛國主義大眾文學」的提倡，再到1982年的「建國文學」的號召，新華文學的本土化歷程，至此已構成了一條清晰可辨的線索。放到當時的歷史境遇中來觀察，這些文藝話語的目的和針對性是不一樣的。早期的目的是辯難僑民文學，提倡關懷本土。後來，是反對殖民主義、追求獨立建國。再後來，是在國家獨立以後，呼籲作家從事民族－國家的文化建設。苗秀、趙戎是主張新華文學本土化的先驅，他們的《新加坡屋頂下》、《火浪》、《小城憂鬱》、《在馬六甲海峽》、《芭洋上》、《海戀》，都是很好的作品。

近一、二十年來，文化藝術領域的「本土化」呼聲高漲，這是起源於對全球化的反思和批判。全球化抹平了區域差異和歷史傳統，把西方的制度、觀念、文化視為普適價值，強行推廣到全世界，必然消滅了地方知識、民族特性、文化多樣性，製造出不平等的權力關係和壓迫機制。所以，出於對西方中心主義、歐洲中心主義的警惕，一些文化理論家強調在地化、本土性。但是，本土化和全球化不是二元對立的消極對抗的關係，而是辯證靈活、對話協商的關係。Stuart Hall、Arjun Appaduraian、Homi Bhabha，都強調這種你中有我、我中有你的互動關係。

在這種歷史條件下，我們思考新華文學與「本土化」的關係，就應該有全新的視野和批評思考。對於一名從外國移居到新加坡的作家來說，本土化、融入、調適不但是生活習俗的問題，也是創作題材的問題。但是，對於一位在新加坡土生土長的作家來說，他／她的作品天然就具有了在地意識，如果再向他／她鼓吹本土化，豈非多此一舉？我覺得，一方面固然需要本土化、在地化、南洋色彩，另一方面也需要國際視野和世界主義情懷。如果沒有寬廣開放的胸襟、海納百川的精神、兼收並蓄的立場，一味強調在地化、本土性，很可能就走向了排外主義、民粹主義，這反而不好了。如何做到「悅納異己」？

如何表現「待客之道」？如何擺正「自我」與「他者」的關係？這些問題都需要嚴肅思考。所以，本土化不是唯一的、排他的、偏執的標準，不是絕對價值的中心地帶和意義的源泉，也不應該被神聖化、標籤化、極端化、庸俗化的理解。本土化本身既蘊蓄著活力和生機，也潛伏著危機和陷阱。文藝創作是自由的，體現著人類的智慧、想像力和創造性。有人竭力追求「本土化」，也有人以「世界公民」自居。有人迷戀「日常生活」，也有人懷想「歷史記憶」。有人崇尚「博雅」，有人愛好「狹邪」。說到底，本土化是一個「文化政治」的概念，它不是文藝自身的標準，「怎麼寫」其實遠比「寫什麼」更重要。

　　從1919年到現在，新華文學已經有一百年的歷史，內容如此豐富，可以挖掘出多重的面向。例如，種族、階級、性別的議題，國族認同和文化身分，本土化和世界主義，後殖民批評，自我和他者的關係，旅行書寫和地方誌，戰爭創傷和歷史記憶，海洋亞洲，民族主義，生態批評，青春文化，兒童論述，科幻奇譚，等等。這是一個充滿魅力的新世界，學者們已經做出了精彩的貢獻，但是還需要更多地投入。我們需要把自己從「本土化」的單一論述中解放出來，面向新華文學的奇異世界，展開文本、歷史和理論的對話與辯難。

四、在浩瀚的世界華文文學中，不管我們願意或不願意承認，新華文學的處境都是較為弱勢的，也難免會受到包括中國大陸、臺灣，甚至香港文學風氣的影響，我們有需要刻意擺脫這種影響嗎？就好比五四前後，新馬華文文壇深受中國文學影響，7、80年代深受臺灣影響，新加坡獨立以後，也有人主張擺脫大陸文風的影響，請問您的看法如何？

　　世界華文文學在各國的境遇是不同的。相對來說，新華文學的處境比較弱勢，其來有自，也不必妄自菲薄。新華文學受到中國大陸、臺灣、香港、甚至西方的文學風氣之影響，這是非常自然的現象，也是客觀事實。一方面，對一個作家來說，在其文學成長的道路上，必然要閱讀、模仿、借鑑、學習其他國家的文學作品，轉益多師，博採眾長，接受外來影響，進行創造性的轉化，自取所需，為我所用，這

是極其普遍、非常健康的現象。另一方面，不同國家、不同民族、不同區域和不同文明的作家，在其歷史發展的進程中，必然出現跨國交流、跨文化接觸、跨民族互動、跨區域對話的現象。「比較文學」研究的就是這種現象。自從1500年以來，世界歷史被重新塑造了，這種文學影響更是無處無之，司空見慣。我們放眼世界文學，就可看出，大凡有傑出成就的作家，莫不求知若渴、廣收雜取、擁抱外國文學。例如，義大利的但丁、德國的歌德、英國的莎士比亞、法國的巴爾札克、俄國的托爾斯泰、美國的艾略特、中國的魯迅。離開了外國文學的啟發影響，他們根本不可能取得偉大成就。當然，對於一個作家來說，他／她必然要經歷一個學習模仿和自立門戶的階段，經過長期的知識積累和生活歷練，逐漸擺脫對於外國文學、其他作家的依賴，開始走向自立、獨創、開闢新局。所以，沒有「影響」，何來「獨創」？對於一個國家的文學來說，道理也是如此。新華文學，早期的作者都是流寓南洋的所謂「僑民作家」，難免有強烈的中國題材和中原意識，但是隨著新加坡的國家獨立和社會演進，隨著作家的世代交替，隨著文學史的進展，擺脫對於外國文學的過分接受，走上獨立發展之路、形成本土話的性格，也是水到渠成、相當自然的了。

五、作者並非新加坡人或「永久居民」，只曾客居新加坡，但書寫新加坡回憶或是新加坡故事，這樣的作品算不算新華文學？其作者算不算新華作家？

這個問題與第一個問題有關聯。我的意見就是：如果這位作家的創作歷程，集中在新加坡獨立之前，那麼，這當然可以算是「新華文學」。如果他／她的文學生命，主要活躍在新加坡獨立之後，只是從外國移居新加坡，待上一段短暫的時間，又前往其他國家，再離散，再移民，或者回到原先國家，那麼這種文學作品，就很難劃入「新華文學」的名下，而只能算是「離散文學」、「僑民文學」、某國文學的「域外書寫」。方修主編的《馬華新文學大系》收錄的許多作品，都是早期的僑民作家，他們都是跨國流動的匆匆過客。但是，新加坡後來變成了一個主權獨立的國家，「新加坡文學」作為一個國別文

學，自然而然出現了。在這樣的情況下，作者的國籍身分就比較重要了。

不過，話又說回來，一個作家的國籍身分與其文學作品的品質之間，毫無因果關係。判斷一部文學作品寫的好不好，讀者應該直接面向作品本身，細心閱讀，深入思考，然後，做出「獨立公正」的判斷，而不應該盲從外在的標準。過分強調「國籍」，這也是「身分政治」的執迷，當然會問題重重。

六、作家具有國族身分，作品在內容上不涉及新加坡，書寫的都是異域或是「普世性問題」，這樣的作品又算不算新華作品？

一個具有新加坡國籍的作家創作的華文文學作品，不管內容是否與新加坡相關，都應該毫無異議地應該劃入「新華文學」的範疇內。作家是一個獨立的生命個體，有文學創作的權利、自由和想像，不能苛求他們的每一個作品都必須時時刻刻與本國有關。從世界文學史看來，本國作家寫外國題材，並不少見。吳承恩的《西遊記》寫了許多外國異域的妖魔，但它仍然是「中國文學」。老舍的《小坡的生日》寫的是新加坡故事，但它是地地道道的「中國文學」。許山地寫了一些南洋背景的短篇小說、美國作家賽珍珠的小說《大地》寫中國農民王龍的故事、德國作家布萊希特寫了劇本《四川好人》、法國作家伏爾泰寫了《中國孤兒》、奧地利作家卡夫卡寫了《萬里長城建造時》、俄國作家托爾斯泰的小說《盧塞恩》寫的是發生在瑞士小城的故事，所有這些作品，都是他們自己國家的文學。

文心的追尋[1]

一、世界文學與比較文學的省思

蘇文健：張老師您好，很高興有機會對您進行訪談。據我所知，在1990年代初，您曾在河南大學完成本科階段的學習。彼時的河南大學文學院有任訪秋、劉增傑、劉思謙、關愛和、解志熙、沈衛威等知名教授在此執教，薪火相傳，形成了一脈深厚綿長的學術傳統，河大文學院成為國內中國現代文學研究的重鎮之一。據悉，河大文學院即將迎來百年華誕，作為校友，能否請您談談當時求學的一些情況？這段經歷對您後來的學術研究產生了怎樣的影響？

張松建：河南大學歷史悠久，最早可追溯到成立於1912年的河南留學歐美預備學校，它是當時中國的三大留學培訓基地之一，在1942年改名為國立河南大學，在2017年正式進入第一批「雙一流」高校學科建設計畫。許多著名學者當年在此任教，包括馮友蘭、高亨、范文瀾、董作賓、郭紹虞、蕭一山、姜亮夫、嵇文甫、任訪秋等。我考入河大的時候，中文系的專業非常齊全，有一百多位教師，陣容很強大。我修讀了五、六十門課程，發現許多老師學識淵博，教書認真，給我留下深刻美好的印象。

在河大讀書的那四年，物質生活很簡單，很少有娛樂活動，只在週末去學校電影院看一場電影。好讀書的學生占了大多數，他們現在都事業有成，在省內外工作，我和一些老同學經常保持聯繫。河大

---

[1] 北京《中國詩歌研究動態》2021年第25期，採訪人是蘇文健。

的校園寬闊幽靜，周圍環境也很好：北邊有鐵塔公園，盡頭是一個小湖，東邊是一段荒廢的古城牆。這樣的環境很安靜，讓大家沉下心來讀書。我也經常泡圖書館，當時還沒有普及電腦，借書都用一張小卡片。我借閱了哈代、巴爾札克、托爾斯泰、契訶夫、莫泊桑等很多外國作家的作品。我對中國古典文學的愛好從中學時代就開始了，一直保持到本科和研究生階段，許多詩詞古文，當時耳熟能詳，現在記憶猶新。有時候，我和同學們去逛書店街，節衣縮食，買了不少書，我現在的書架上還保留著當年買的《包法利夫人》，人民文學出版社的版本，是李健吾翻譯的。

如今追憶逝水年華，我對老師們的指導充滿了感恩的心情，我也懷念當年的同窗情誼。河大四年對我最大的影響是：培養了勤奮讀書的習慣以及健全的知識結構。這兩點對一個學生的學術起步奠定了基礎。

蘇文健：本科畢業後，您考入浙江大學，攻讀「世界文學與比較文學」方向的碩士學位。您對西方現代詩學有濃厚興趣，碩士論文選擇T·S·艾略特為研究對象，相關的成果是〈艾略特「非個性化」理論溯源〉，也在您畢業前後發表在《外國文學評論》（1999年第三期）上。對一名剛畢業的碩士生來說，能夠在頂尖學術期刊上發表論文，這是莫大的肯定與鼓勵。這篇文章後來被人大複印資料全文轉載。請問：您當時的這個選題是出於哪些方面的考慮？「世界文學與比較文學」的研究方向對您的學術道路來說，最大的收穫與啟示是什麼？

張松建：從1995年到1998年，我在浙江大學中文系讀書，專業是「外國文學」，後來改名為「世界文學與比較文學」。我當時很喜歡里爾克、艾略特等西方詩人的作品。碩士論文的選題是艾略特的「非個性化」詩學，這是一個可以小題大做的題目，通過研討這個焦點問題，能夠把近現代西方文論的許多論述貫穿起來，為人們重新理解現代詩學提供一個觀察角度。為了準備這個碩士論文，我閱讀不少西方文論著作，例如伍蠡甫、繆朗山、韋勒克、朱光潛等人編撰的書籍，

很長見識。這篇論文先後寫了四萬多字,注釋有一百多個。導師、外審專家和答辯委員都給予了很高評價。畢業後,我把碩士論文的其中一章加以修改,投給中國社科院外文所的《外國文學評論》,後來被採用發表。對於一個碩士生來說,這是一個很大的鼓舞。此文被人大複印資料轉載,當時我沒有得到通知,二十年後的今年,一位朋友發來微信截圖,我才得知被轉載這件事。

世界文學與比較文學的研習,使我在中國古典文學、現當代文學之外,打開了一扇新的窗戶,學術視野得以拓展。多年以後,我在分析中國現代文學、海外華語文學的文本時,試圖超越民族－國家的地理疆界,而與西方文學展開跨文化對話,豐富和深化了我對文學現象的認識。例如,我的第一本書《現代詩的再出發》就在史料發現的基礎上,討論英美、德法兩個現代主義譜系的四位詩人——艾略特、奧登、里爾克、波德賴爾——對1940年代中國作家的影響。我現在南洋理工大學講授一門課叫做「新加坡華語文學」,也提醒學生從西方文學的角度進行對比思考。我現在開設了一門本科生的課程「比較文學研究:理論與實踐」,算是重返我的碩士專業了,感到很有意思。

蘇文健:2002年,您來到新加坡國立大學,攻讀現代文學專業的博士學位。博士論文後來經過修訂,以《現代詩的再出發:中國40年代現代主義詩潮新探》為題在北大出版社出版。王潤華教授在序言中指出:這本書是對1940年代現代主義研究的再出發,重寫1940年代中國現代主義詩歌史,重繪40年代現代主義(詩歌)的文化地圖,有許多重大突破,很多新論點,擴大了現代主義詩歌的領域,建立了「新詩現代性」的多元化論說,而且方法與視野均具有典範性。的確,中國學人在新加坡留學,博士論文選題做中國1940年代的現代主義詩潮研究,這本身就是一個饒有意味的話題。能否請您談談當時的研究體會,或者說,在中國大陸做這項研究會不會更有優勢/劣勢?

張松建:我去新加坡留學是一個偶然,沒想到後來改變了我的人生軌道。我在讀博第一年,修滿四門課程,在第二年的2月,通過開題

報告（PhD Qualifying Examination）。開題報告原來的題目是《T. S.艾略特對現代中國詩人的影響》，可是後來發現，這不足以構成一個二十萬字的博士論文，於是，我把論題擴展一下，變成了《中國1940年代現代主義詩歌研究》。為了取得原創性，我決定下大功夫去搜尋新材料。在中國做這個研究當然有資料搜集上的便利，可是也有劣勢，那就是英文學術著作的嚴重匱乏。為了揚長補短，我從2003年8月到11月，花費了八十天的功夫，去上海、北京的幾個大圖書館搜集資料，圓滿完成了計畫。又充分利用新加坡國立大學的海量的英文圖書，把兩者結合起來，實現了預定的目標。你翻看這本書每一頁的注釋，就會發現其特點所在：一方面是新發現的第一手史料，另一方面是廣泛引用權威英文論著。有一位老師在講課時經常提醒學生們：「學術研究的價值有兩點，要麼是新材料，要麼是新觀點，如果兩者都沒有，那麼你還做什麼學問呢？」這話說得有點犀利。新加坡大學的硬體設施非常發達，英文圖書浩如煙海，工作人員的態度極好，對學者們的研究工作提供了強大的支援。可以這樣說吧，如果我在國內大學讀博，那麼，根本不可能有機會接觸如此眾多的英文學術著作，視野必然大受限制，在這種條件下所寫出的博士論文，恐怕就是另外一副面目了。

二、中國現代詩學研究的再出發

蘇文健：我注意到，在您的相關研究中，形式、審美、文化與政治之關係，是您所念茲在茲的話題。如《現代詩的再出發》中的「詩史互動與話語協商」、「城市地理、現代主義與政治烏托邦」等，《抒情主義與中國現代詩學》中的「抒情主義的知識根源：美學、政治、技術與市場」、「文類轉換與形式的政治」、「現代漢詩中的『杜甫』發明：美學、政治與形而上學」，甚至《抒情主義與中國現代詩學》原來也定名為「抒情主義的美學與政治：中國現代抒情詩學之研究」，《後殖民時代的文化政治：新馬文學六論》中的「記憶書寫的詩學與政治」等，以及《華語文學十五家：審美、政治與文化》

等等。我想這不僅與您的研究對象密切相關,而且與您的文學觀念、理論視野、研究方法等相互糾結。可否請您再談談中國現代文學研究中的審美、抒情、政治的(再)定義及其相互聯繫?

張松建:根據M. H.艾布拉姆斯的說法,作者、作品、讀者、世界這四個元素構成了一個互動的系統,不同的批評流派專注於某一特定的方面。韋勒克區分兩種批評模式:內部研究(internal approach)和外部研究(external approach)。近代以來,西方文學理論有一個突破「文學性」而朝向「文化政治」的傾向。英美新批評、俄國形式主義、神話－原型批評、結構主義、解構主義等批評流派,喜歡把文學作品封閉起來進行研究,視之為獨立自足的審美客體,以尋求文學性為職志,是為「內部研究」模式。早先的社會－歷史批評屬於「外部研究」的範疇,後來,精神分析批評、讀者-反應批評離開了文本自身,轉向外部元素。至於女性主義、後殖民主義、新歷史主義、意識形態批評等批評理論,以及稍後崛起的「文化研究」,更是大幅度離開文本自身,專注於階級、種族、性別、身分認同等面向,表達新左翼政見,開啟了一個進路和可能性,這些都是典型的「外部研究」。

女性主義者有一句口號「The personal is the political」(個人的就是政治的),這裡的「政治」有特定涵義。人們慣常理解的「政治」包括政黨政治、國家政治、議會政治等傳統政治學(politics)的層面,屬於「宏觀政治」的範疇。後來,政治哲學家、文化批評家擴大了「政治」一詞的涵義,把「政治的」(political)理解為關於一群人的言說和行動的「生活方式」,這就屬於「微觀政治」了。英國社會學家吉登斯的《現代性與自我認同》討論過兩種政治:一種是「解放政治」,另一種是「生活政治」。所謂生活政治就是微觀政治。關於這方面的論辯,福柯《生命政治的誕生》、阿倫特的《人的境況》、施密特的《政治的概念》、威廉斯的《現代主義的政治》、伊格爾頓的《當代西方文學理論》等著作,都有精深研究。根據韋伯的論述,現代性之出現伴隨著政治、審美與道德的歷史性分化,所以,文學批評領域出現過強調形式主義、純文學、審美主義之重要性的許多論述,

後來轉向文化政治的批評分析。但是中國語境與西方不同。政治性在中國文學理論中堪稱大宗，從先秦就開始了，近代以來尤其如此。新時期以來，中國學術界開始翻譯和介紹英美新批評、韋勒克的著作，出現強調審美、形式、文學性的一股學術潮流。但是「純文學」從來就是一個神話，在80年代的「文化熱」當中，文化政治是隱藏在「純文學」背後的一個話語實踐，意義重大，不可忽視。

從《現代性的再出發》開始，拙著討論的「政治」包括了上述兩個方面的涵義。你列舉的例子都是我關於文學作品之文化政治的粗淺思考。在2008年，我著手研究「抒情主義」的課題，當時的大陸學術界很少有人注意到這個問題的重要。邇來海內外關於「中國抒情傳統」的討論，漸成顯學，各種雜誌專欄、學術研討會都在談論。拙著考察抒情主義的中國性特質、現代性變遷、歷史性分化的多重圖景，在眾多話語的競爭中彰顯語詞、觀念、理論之跨文化運動的蹤跡。抒情主義不是一種純文學的事實，而是與政治、意識形態、技術與市場有密切的關係。歷經晚清以來的內憂外患，現代中國的物質資源非常稀缺，政治運作要依賴於人的主觀能動性的發揮，「文學」作為一種能量巨大而成本極小的形式被調動起來，人們對新詩的「抒情」潛力極為看重，這非常自然。所以，抒情主義不僅是「美學的」而且也是「政治的」。從詩學的一面來說，在抒情話語與社會現實之間出現了矛盾之後，理論家不斷反思和修正自己的知識根源，把一些新元素編織到抒情詩學中，維持這種「抒情闡釋學」的活力。從政治的一面來看，現代中國的新詩運動採取各種民間化的、民族化的、大眾化的形式，激發人的主觀能動性去參與政治變革，使得現代中國政治帶上強烈的「主觀性」，這似乎與英國的光榮革命、美國革命不一樣，前者是王權、貴族和資產階級相互妥協的結果，民眾被排除在政治參與之外，後者只是依靠一次獨立戰爭就一勞永逸地為制憲會議提供了保障，無須採取大規模的群眾運動或者游擊戰爭等形式，甚至連美國歷史上是否存在過一場「革命」都是有爭議的。法國革命、俄國革命與中國革命的相似之處在於：廣大民眾的參與，但是民眾參與的廣度、主體覺悟的程度、過程的複雜程度，仍然比不上中國革命。現代中國

政治不是一上來就直奔和平主義的制度建設，不追求恩格斯、伯恩斯坦的議會合法鬥爭，而是堅持要走馬克思、列寧的暴力革命的路子，強調從情感、態度、心理、精神等人文的、文化的層次，塑造個人的自我意識。林毓生說的「以思想文化解決社會政治問題」、麥斯納說的「文化主義」，都與此相關。文藝、詩歌、抒情主義都有強烈的主觀性，許多政治人物（例如李大釗、陳獨秀、瞿秋白、毛澤東、馮雪峰）都是文學家，經常用詩歌等抒情文藝表達世界觀，這是有趣的現象。就這樣，抒情主義與政治從兩個相反方向走到了一起，相互滲透、相互轉化、相互支援、相互定義。總之，抒情主義不單涉及微觀詩學層面、藝術思維層面或者價值功能層面，而且是個體的行為方式以及政治運動的特徵。我把Political（政治的）作為一個分析範疇與抒情主義建立起邏輯關聯，乃是基於兩者共用了「主體介入」這樣一個結構特徵，而這種個人能動性在後革命時代、去政治化時代、全球資本主義時代的消失，讓德里克大失所望。

蘇文健：在《現代詩的再出發》第四章第一節，您就論述到現代主義詩潮的抒情主義話語。後來在《抒情主義與中國現代詩學》中，您更認為：「抒情主義雖是一種話語建構，卻不是虛幻空洞的神話而是活生生的現實，在其興起、流變、壯大和勝利的過程中，我們目睹了中國現代詩學從審美到政治、從幻想到現實、從理論到歷史的轉換和過渡。三十年後，新的詩學知識不斷輸入中國，抒情幾乎淪為『前現代』的話題了，但在1990年代關於『敘事性』的論爭中，抒情主義的幽靈再度君臨，所以，我們不得不回到歷史，重新思考現代詩的基本問題。」中國新文學／新詩受到啟蒙、革命、救亡等話語的複雜影響，1940年代更是中國歷史上一個不折不扣的「史詩時代」。「史詩時代的抒情聲音」也是近些年王德威教授援引陳世驤「中國抒情傳統」，而挪用到中國現代文學研究的「新發明」。中國新詩在「史詩時代的抒情聲音」，或現代漢詩抒情傳統的理論建構，已成為當下研究熱點議題之一。請問，抒情主義與中國現代詩學的建構和「中國抒情傳統」這一「學術形態」有著一種怎樣的內在對話辯證關係？

這對於百年新詩史、百年新詩理論批評史的書寫／改寫／重寫有哪些啟示？

張松建：「中國抒情傳統」的研究最先起源於陳世驤、高友工等美國華裔學者的討論，他們認為中國古代的文學藝術具有抒情特質，這被認為是民族風格的表現，從而與西方文學的敘事傳統——在古希臘時代是史詩（長篇敘事詩），從18世紀以來被小說取而代之——構成明顯的區別對照。針對中國抒情傳統的研究，在臺灣首先產生了一大批追隨者，在香港、新加坡也有幾位學者踵事增華，近年來大陸學者也聞風而動。

《抒情主義與中國現代詩學》從知識考古學和觀念史的角度，考察中國現代詩學中的抒情主義話語，我稱之為「抒情闡釋學」。這種抒情主義與中國古代文論構成德里達所謂的「延異」關係：一方面是連續性和承傳，另一方面是差異性和斷裂。不過，中國古典詩學中的「情」常與其他概念糾纏在一起，例如「文」、「理」、「氣」、「道」、「性」、「神」、「心」，涵義複雜。王士禎的「神韻說」、袁枚的「性靈說」、翁方剛的「肌理說」，背後是宇宙論、神祕主義、禮樂文化、文統和道統這一套東西。而且，古人所謂的「情」也有分歧的涵義，根據劉若愚的考察，有時候是普遍的人類感情，有時候是個人的性格，或者是個人的天賦和感受力，有時候是一種道德情操，不一而足。現代抒情主義的崛起，乃是由許多因素所導致，「理」、「氣」、「道」、「性」等概念消失了，但「抒情傳統」的活力因數保留下來，與其他元素結合起來，隨物賦形，重現活力。我指的是原始主義的表現論（「詩歌起源於普遍的人類感情」），它相信詩歌寫作就是訴諸於純粹的情感表現，這種抒情主義從「五四」到1980年代，延續七十年之久，直到90年代之後，新詩界不再把「抒情」指認為詩歌本質而是從語言方面重思詩的本質，這是一個結構性的變化，雖然關於抒情性和敘事性的話題還會出現，但不再作為一個支配性的解釋框架了。

俞平伯、周作人、于賡虞、郭沫若、戴望舒、孫毓棠等人的純

詩化的、浪漫化的抒情主義話語，當然與源遠流長的「抒情傳統」有關，不過強化了個人主體性的一面，這與普實克所謂的現代中國文學中的「主觀主義」有關。另一方面，則是大眾化的、寫實的抒情主義的崛起，並且壓倒了純詩化的、浪漫化的抒情主義，前者強調情感與社會結構的對應性，看重抒情主義與集體、國家、民族認同、政治動員的關聯，例如穆木天、蒲風、任鈞、林煥平、蔣錫金、王亞平、黃藥眠、胡風、阿龍，就是典型的例證。當然，這種思想不能說古代完全沒有。宋代理學家邵雍就認為，情感與時代或者當代的社會政治情況有關，他因此譴責只表現個人情感的詩，而提倡顯示對時代的關懷或者具有某些現代批評家所謂的「社會意識」的詩歌（參看劉若愚《中國文學理論》的分析）。

　　進而言之，一方面，中國現代詩學論者在探討抒情主義之時，經常從古典詩學中尋找奧援；另一方面，中國抒情傳統與抒情主義的差異性在於：古人偏重情感的優美、和諧、真誠、真摯，重視中和節制之美。詩可以怨，但要「怨而不怒」、「樂而不淫」、「哀而不傷」，發乎情而止乎禮儀，所以孔子才讚揚《關雎》的「樂而不淫，哀而不傷」。現代的抒情主義強化了情感力度，推崇雄渾抒情。成仿吾說情感不到燃燒點就不做詩，胡風強調主觀戰鬥精神，黃藥眠要求每一句話、每一個字都注進激情，都是著名例證。不少理論家認為，抒情主義不僅是一種語言完成而且是道德完成甚至政治完成，從接受美學的立場看，並不稀奇，古代就有「詩可以觀」、「使頑夫廉，懦夫有立志」之類的論述；但是，像艾青、胡風、阿龍和黃藥眠那樣，認為抒情主義具有突入事物的內部秩序、揭示現實世界的真理的作用，這種功能論卻是一種非常「現代」的觀念。所以，同時從連續性與斷裂這兩種視角，觀察現代中國的抒情主義與中國抒情傳統之間的辯證關係，也許會有新發現。

　　蘇文健：在《現代詩的再出發》第九章〈新古典主義的實驗〉論述了吳興華、沈寶基、羅大岡「對古典詩傳統的再發現」。特別是關於吳興華，後來您在《抒情主義與中國現代詩學》第八章〈知識之

航與歷史想像：重讀吳興華及其他〉再次專門展開深入論述，對「中國現代文學史的失蹤者」重新挖掘，很大程度上深化拓展了吳興華研究。2017年，廣西師範大學出版社在《吳興華詩文集》（兩卷本，上海人民出版社2005年版）的基礎上，推出了五卷本的《吳興華全集》，對當下的吳興華研究起到了重要奠基和推動作用。從百年新詩發展史來看，新詩對古典詩傳統的再發現可謂其來有自，吳興華的「古典新詮」具有重要意義。可否請您談談吳興華的創作實踐及其當代意義？未來吳興華研究「再出發」的可能性何在？

張松建：文學史本來就是一個動態的、開放的系統，而不是一個靜止的、封閉的結構。看一下西方文學史吧，一些作家去世之後，過了幾十年甚至上百年才被人重新發現，被給予公正的評價，獲得文學史上的一席之地。例如，德國的大詩人荷爾德林生前寂寞無聞，直到20世紀初期，才享有大師的美譽。法國的司湯達輾轉流落，孑然一身，突然倒斃在義大利米蘭市的街頭，七十年後大家才認識到他的價值。奧地利的卡夫卡，生前是一個毫無名聲的小職員，死後才被人追認有卓越的才華。經過學者們的努力，中國文學史上的「失蹤者」已經尋獲不少了，這使得我們重審一些作家作品的位置，甚至有可能重寫文學史。《現代詩的再出發》是我的第一本書，在新材料的發掘上下了大功夫，發掘了一批詩人：除了你剛才提到的吳興華、沈寶基、羅大岡，還有葉汝璉、王道乾、羅寄一、王佐良等。

吳興華是高才碩學、曠世不遇的作家兼學者。吳興華、朱光潛、錢鍾書、馮至等民國時代的作家和學者，學貫中西，博古通今。吳氏，天才早慧，博通西洋文學，舊學根底扎實。他在二、三十歲的年紀，就已經寫了不少文章，其中一些與中國古代學術有關，涉及經、史、子、集。吳的新詩寫作，見出他與古典文學有深厚的淵源，他指出，寫詩是一件嚴肅的事，是出於對文學的一片忠誠，寫詩是為一個新傳統立下穩固的奠基石。我認為，他的新古典主義詩學，融匯古典文學與現代意識、西方文學與中國經驗，背後有一種類似於「雙重焦點」和「主體間性」的思維方式。至於未來的吳興華研究，是否有再

出發的可能？我覺得，很難再有什麼突破性的成果。因為一來吳興華在當時和現在都很難說是一位大詩人，影響非常有限，二來他自身也有過分尚古、泥古的傾向，一些詩作缺乏現代生活的氣息，只是知識的堆砌和想像力的遊戲。我們研究任何作家，都沒有必要把他／她抬得太高，以至於喪失必要的分寸感。

蘇文健：《現代詩的再出發》和《抒情主義與中國現代詩學》就體例而言，有很大的一致性，例如，兩本書都設置九個章節，前四章屬於宏觀的理論闡釋，後五章則落實在微觀的個案研究。宏觀的理論闡釋著眼於對「現代主義」、「抒情主義」等概念的理論淵源、歷史演變和文化政治等深入考辨，顯示宏闊的理論視野，而微觀的個案研究則聚焦於「主要的文學現象，把數量可觀的詩人分門別類，進行審美、語言、形式和主題的考察以突顯多元的新詩現代性」，展示細膩獨到的文本分析。在宏觀與微觀、理論與文本、考辨與論述等的兩相結合中，對1940年代現代主義詩潮與中國現代詩學的中國性、現代性、抒情性等進行了縱深的剖析。請問，您是否一開始就有對這種體例的自覺追求？或者當時還有其他想法？能否介紹一下當時的相關情況？

張松建：不同學者的論著有各自的學術風格和著作體例。我的文章通常都比較冗長，大都在兩三萬字左右，屬於「長篇專題論文」，所以，八、九篇論文放在一起，就是一本書的規模了。我的研究，注重文本、歷史與理論的融合。研究一個作家，首先會通讀其全集，發現一個文學現象或焦點問題，注意到這個東西在不同類型作品中的重現和互文的現象，思考如何把這個問題給予概念化和歷史化的處理。我也儘量閱讀有代表性的權威觀點，加以引用注釋，或支持，或辯難，或引申發揮。這樣，在文本、歷史和理論之間，就構成了一個三邊互動、張力對話的框架。單個的文學作品，一部文學史，作家的不同文類的作品，理論家的著作，學術史的概述，歷史、社會、政治、哲學等跨學科的知識源流，這些元素交織在一起，我希望把相關問題

的討論引向深入。

三、海外華語文學重審

蘇文健：王潤華教授在《現代詩的再出發》序言中指出，您「所完成的研究部分只是中國大陸部分，還有40年代的中國臺灣、東南亞、美國各地的華文現代詩的地圖也是亟需完成的」，「張松建的40年代現代詩版圖研究，如果擴大到中國臺灣，很多問題便解決了」。他還說到：「張松建是最具資格把40年代現代詩的地圖擴大到海外的學者。」在新近出版的專著《華語文學十五家：審美、政治與文化》中，您不但對旅美臺灣詩人楊牧的歷史詩學、張錯的離散詩學、香港作家梁秉鈞的食饌詩學進行了扎實的研討，而且以一篇六萬餘字的長文對臺灣現代詩於新加坡的影響展開了縝密的探究，還對力匡、楊際光、燕歸來等冷戰時代的離散作家做了細緻的論述。可以說，這既是您對王潤華教授之學術期許的回應，也構成了您的新的學術生長點。如何有效勾連中國大陸、臺灣、香港、新馬和美國等地的華文現代詩，這的確是一個有潛力的課題。在您現有的學術基礎上，您是否有進一步挖掘的計畫？是否想把它做成一本專著，堪與《現代詩的再出發》、《抒情主義與中國現代詩學》構成「中國現代詩學研究」的三部曲？

張松建：「五四」以來，中國現代詩在縱的方面不斷迂迴前進，在橫的方面蔓延到其他華語社會，這種時空交錯的結果，形成了奚密、王光明、梁秉鈞所說的「現代漢詩」。我非常欣賞這個概念，我認為它沒有政治意識形態的動機，純粹著眼於語言媒介的共通性，而又打破地理疆界，擴大研究者之學術視野，把中國大陸、臺港澳、東南亞、日、韓、歐洲、北美、澳洲等地的中文現代詩放在一起，合而觀之，發現其間的相似性和差異性如何交織互動，構成全球範圍內的「華語文學共同體」。

《華語文學十五家》由七個長篇專題論文構成，涵蓋臺灣、香

港、新加坡、馬來西亞的一眾作家,有詩人、小說家、戲劇家、報章編輯和社會活動家。如何把不同區域的華語文學以一個主題貫穿起來,在文本分析的基礎上,兼顧歷史縱深和理論論述,這頗費思量。我目前還沒有推出「中國現代詩學研究三部曲」的想法。

我目前正在研究一個課題,主題是「文化冷戰」,以東南亞(新加坡、馬來西亞、印尼)為主,旁及香港和大陸,打算完成八個長篇論文,構成一部專著,暫時取名為《抒情的流亡:冷戰、離散、華語文學》[2]。此書之出版,表明我的海外華語文學研究進入了「收官」階段。

蘇文健:您的新馬華文文學研究有顯著的問題意識、理論視野和方法論自覺,在行文及架構中,一系列理論或術語——例如,現代性、全球化、後殖民、離散書寫、身分認同、歷史記憶、文化政治、身體書寫、風景敘事、移民社會學、人文地理學,等等——經常出現,又進行充分的歷史化、脈絡化和文本分析,對作為後殖民現象的語言政治與國族想像均有精緻綿密的探析,往往令人耳目一新。您在〈新加坡華文文學未來五十年〉這篇訪談中,在總結新加坡華文文學過去五十年風雨歷程基礎上,對新加坡華文文學未來五十年的美好前景提出了三條建議:一是開拓國外市場,二是翻譯的新加坡華文文學,三是培養文學讀者。新馬華文文學交織著傳統與現代、全球化與現代性、在地性與中國性等複雜問題。新加坡華文文學,在代際、血緣、地緣等方面,其文學創作和文學研究存在怎樣的差異性,未來它在哪些方面可以尋求突破?

張松建:新馬華文文學有明顯的「代際差異」。在馬來亞於1957年獨立之前、新加坡於1965年獨立之前,新馬華文文學有大宗的中國題材、僑民意識和原鄉想像。這並不奇怪。因為當時的新加坡、馬來亞不是主權獨立的國家而是殖民地,在這兩塊土地上居住著大量的中

---

[2] 按:這本書最終確定的名字是《亞洲冷戰與文學想象》。

國移民,他們是離散華人,從唐山到南洋的目的就是為了討生活,抱著衣錦還鄉、榮歸故里的夢想。他們從不把南洋當作故鄉,他們筆下的祖國就是遙遠的中國,他們對危難中的祖國充滿「遠端民族主義」的熱忱。後來,有的作家在1950年代被英國殖民當局驅逐出境,於是返歸祖國,是為「歸僑作家」。還有的華人仰慕社會主義新中國,於是離開親人,孤身回歸中國。二次大戰以後,更多的華人選擇了落地生根,在新加坡、馬來亞定居下來,歸化入籍,開枝散葉。這樣一來,獨立後的新馬華文文學就有了本土意識、國族認同,所以他們的文學題材就轉向了新加坡和馬來西亞。

還有一些出生於1940、1950年代的作家,在其早期作品中確認血緣神話,流露原鄉追逐的意思,例如英培安、希尼爾的作品就是例證。當然,1980年代之後,本土意識變得非常強大,扎根在新馬華文文學中。出生於1960年代以後的新生代作家,基本上喪失了對原鄉追逐的興趣,中國對於他們變成了真正的「他者」。最重要的是,在文學流派和思潮方面,老一輩作家喜愛的寫實主義大幅度衰落了,現代主義成為新生代作家的新寵。從地緣上看來,新馬華人作家都是來自華南省分的中國移民的後裔,主要是福建人、潮州人、廣東人、客家人、海南人。所以,新加坡有許多宗鄉會館,例如福建會館、海南會館、晉江會館、潮州八邑會館。新馬華文文學中有時夾雜著這些地區的方言土語,形成獨特的語言混雜的現象,例如,苗秀、趙戎的作品中就有很多粵語。

創作方面,關於新加坡華文文學的未來,我有四點期待:第一,文類選擇上面,作家們要少寫微型小說,改寫中長篇小說,挑戰自己的藝術膽量。第二,題材不要局限於本土名物、日常生活和都市地理,要拓展想像空間,把審美觸覺伸向東亞、東南亞,甚至歐美地區,自由出入鄉土社會和歷史世界,追求「世界主義」。第三,作家最好是超越自己族群的文化,追求真正的跨文化寫作。第四,作家們要有決心和信心,超越「地方文學」的套路,寫出優質的文學作品,推向國際社會,真正成為「世界文學」的一部分。

學術方面,有人專注於文學史研究,有人從事當代文學批評,以

個案研究為主。近年來，學院派學者在這方面的研究，以文化認同、離散研究、後殖民理論為取向。我認為，將來的學術突破點在於：把新馬港臺和中國大陸放在一起，尋找一個劇情主線，把眾多的文本貫穿起來，追求既有歷史縱深、也有理論思辨的研究路數。

蘇文健：隨著現代詩研究的拓進，以及身處新加坡華文文學的現場，您對新加坡華文現代詩也開始了持續的關注，與張森林合編《新國風：新加坡華文現代詩選》（2018）。此書選入新加坡建國以來三十一位詩人的代表作，重畫新華現代詩的歷史版圖。在〈繆斯的蹤跡——新加坡華文現代詩的半世紀回顧〉這篇導論中，您對新加坡華文現代詩的歷史脈絡、階段性特徵進行了歸納和分析。相對於中國大陸、臺港澳、馬國、歐美地區的華文現代詩的創作與研究，新加坡華文現代詩的創作與研究具有哪些美學特質及歷史地位？接續此詩選的編撰，將來或可撰寫一本新加坡華文現代詩史／批評史？或者說要完成這項工作，應該如何進入和開展？

張松建：在歐美地區，華文不是官方語言，而只是作為少數族群的華人的語言，華文文學無法進入居住國的文學史，除非被翻譯成英文等主流語言，所以只能算是游走於民族－國家之間的「離散文學」。在中國大陸，中文／漢語是中國公民的母語和唯一的官方語言，中文文學是主流形式，沒有淪為邊緣、弱勢之虞。在新加坡，華文是四種官方語言（華文、英文、馬來文、淡米爾文）之一，華人人口占據全國總人口的百分之七十五左右，一百年來都是如此。但弔詭的是，在新加坡，英文是四大種族（華族、馬來族、印度族、歐亞裔）的第一語言。這是後殖民時代的語言政治（linguistic politics）。在新加坡，英文文學（典型的Anglophone Literature，英語語系文學）是強勢和主流的文學形式，華文文學和馬來文文學、淡米爾文文學一樣，均處於弱勢和邊緣的地位，這就產生了「語言正義」（linguistic justice）的現象。1986年以後，華文教育走向沒落，所有的華校被關閉了，華校生被國家邊緣化了。另外，新加坡是一個具有熱帶海洋氣候

的島國,在1965年獨立後,加快了商品化、現代化、都市化的國家發展戰略,導致鄉村徹底消失,變成了一個城市國家,一個金融中心,一個全球城市。

臺灣曾經是荷蘭、西班牙、日本的殖民地,香港曾經是英國的殖民地,澳門曾經是葡萄牙的殖民地,馬國曾經是英國的殖民地。它們長期處在宗主國(即,帝國民族－國家)的掌控下,後來實行了「去殖民化」政策,也是程度不一,留有餘緒,導致文化建制帶有後殖民特徵。在此意義上可以說,臺港澳的文學和新加坡文學一樣,屬於地地道道的「後殖民文學」。同時,這些地區都是由不同種族的移民構成的離散城市,與中國大陸一起被稱為「大中華地區」(Greater China Region),表現出語言混雜、方言歧出、華文不標準等現象。

從這種歷史的、比較的視野出發,見出新華現代詩的區域特點和民族性格:離散華人與原鄉追逐、冷戰政治和歷史記憶、國族認同和本土意識、都市病、鄉土懷舊、華文教育的危機和文化傷痕。至於你所說的「撰寫一部新加坡華文現代詩史」,謝謝你的抬愛,不過我目前尚無這種打算。

蘇文健:2013年7月,您重返新加坡,在中國大陸、新加坡和臺灣出版了三部專著:《後殖民時代的文化政治——新馬文學六論》、《重見家國——海外漢語文學新論》、《華語文學十五家:審美、政治與文化》,加上此前出版的《文心的異同:新馬華文文學與中國現代文學論集》,以及合編的《新國風:新加坡華文現代詩選》,至此,您碩果累累,好評如潮,有力地推進了海外華文文學研究。這些論著多是扎實深入的個案研究,討論的作家有王潤華、林方、南子、希尼爾、梁文福、謝裕民、英培安、魯白野、呂育陶、郭寶崑、白垚、楊牧、張錯、梁秉鈞等,篇幅往往是好幾萬字,涉及小說、詩歌、散文、戲劇等文類。新馬華文作家中,請問有沒有在創作風格、精神氣度與您個人精神最為契合的作家?或者說這些作家之於您的研究意味著什麼?通過眾多扎實的個案研究,您將來是否有打算寫一部當代新馬華文文學史的計畫?

張松建：這些作家的風格、成就和影響都不一樣。林方、南子是活躍在1970-1980年代的現代派詩人，頗受臺灣現代詩的影響，是比較純粹的現代派作家，其作品沒有涉及文化政治。王潤華從1980年代開始，致力於書寫馬國的殖民地經驗和冷戰年代的歷史記憶，突顯南洋色彩和本土意識。希尼爾、梁文福的詩文主要是關於華文教育危機和華人社群的創傷記憶。謝裕民的小說，題材和主題更加多樣化，涉及都市經驗、男性氣質、離散華人、青春文化、國民性格、文化認同等。魯白野是活躍在1950年代的作家，在馬來亞、印尼和新加坡都生活過，其散文和小說關注新馬歷史、華人拓殖、種族融合、獨立建國、工人運動、國際主義等重大主題。呂育陶是馬華中生代詩人，早期迷戀後現代的都市經驗，後來轉向華社的歷史創傷和抗爭政治。

在這些作家當中，我最為傾心的是楊牧、英培安、郭寶崑、謝裕民，因為他們的作品體現了豐富性和複雜性，兼有深度和廣度。楊牧的詩、散文、翻譯、評論都有很高成就，已然成為全球華語文學中的經典，在此無須多言。郭寶崑深思明辨，風骨凜然，參與人文精神和公民社會，他的跨文化劇場藝術，在在令我心折。英培安的小說，寫華校生的奮鬥與失敗，寫小人物對文藝理想的堅持，使用繁複精湛的敘事技巧，讓人一見難忘。謝裕民的小說，風趣幽默中有諷刺和知性，旁及國族歷史、族群經驗、都市現代性、性別政治，他的技藝不斷生長變化，令人驚喜讚嘆。

上述作家，各有所長，各顯其能，為全球華語文學增添了新鮮獨特的聲音。我在新加坡有十五年的生活經驗，耳聞目睹本土、區域和全球的巨大變化，研究新馬臺港的華語文學，對我而言有三種意義：第一，拓展了我原先已有的學術領域，擴大了一己之文學視野，產生了知識上的好奇心。第二，我根據生活經驗和現場感，對於南洋文學易有瞭解之同情。第三，東南亞國家具有相似的殖民地歷史記憶、多元種族文化、與中國的互動關係，使得東南亞成為理論的實驗場。我在文本、理論和歷史的三邊對話中，體驗到學術探索的無窮樂趣。

四、現代文學研究論衡

蘇文健：中國現代文學的學科建制越來越成熟，後之來者要想有所創新與突破，殊為不易。《現代詩的再出發》的修訂和《抒情主義與中國現代詩學》的寫作幾乎同時進行，二書之翔實的史料和縝密的分析，令人印象至深。在「史料鉤沉、文本細讀、理論詮釋」等方面，這兩本論著後出轉精，確有不少的創新和突破，很好地體現了您的學術特色：「淹博的知識結構、謹嚴的學術識斷和開放的文學趣味」。請您結合中國現代文學研究的現狀與問題，談談這種「語文學」研究的範式轉換對中國現代文學研究的啟示。

張松建：文本、史料和理論的綜合，是我傾心的研究方法。青年學生正當身體健康、精力充沛的時候，只要有一心向學、求知若渴的態度，日積月累，必然有所收穫。只要你用心閱讀，廣泛閱讀，比較對照，深入思考，時間長了，自然而然就會有自己的學術識斷。此外，也不能固步自封，墨守一家一派，而應該與時俱進，因地制宜，博採眾長，轉益多師。你提到的知識結構的健全和開放的學術趣味，起因於我從大學時代就開始的讀書經驗和多次轉換個人的研究領域。《現代詩的再出發》和《抒情主義與中國現代詩學》在史料搜集方面下了很大功夫，《一個杜甫，各自表述》也有語文學的方法的運用。

我對史料的熱愛和對文獻學的敬意，最初起因於解志熙教授的啟發和影響。解老師學問淹博，他在中國現代文學的研究領域卓有貢獻，論對史料之精熟，海內外幾無出其右者，真正是這個領域的「通人」。獨立準備資料，獨立思考問題，論從史出，不尚空談，既大氣磅礡，又扎實綿密，這是他的學術個性。他潛心治學，不慕榮利，結合古代學者之博雅傳統與現代學術的理論方法，他的每一本著作都是心血凝聚的結果，讀者拜讀之後，每每有史料豐贍、勝義紛披的印象。我在寫作博士論文的時候，經常向解老師請教。我在清華大學從事博士後研究，他是合作導師。

這種文獻學是中國古代的正宗學術。箋注、勘誤、輯佚、編校等等，都有一套嚴格的要求，在這方面積累了豐富經驗，湧現出鄭玄、馬融等漢代經學家，以及閻若璩、錢大昕、王氏父子、段玉裁等清代考據學家。這種考據學在西方被稱為「語文學」（philology），起初是對於古希臘、古羅馬之文化的研究，所謂「古典研究」（classical studies）。根據韋勒克的說法，近世德國語文學研究產生了四位大師：即，沃斯勒（Karl Vossler, 1872-1949）、施皮澤（Leo Spitzer, 1887-1960）、奧爾巴赫（Eric Auerbach, 1892-1957）、庫爾提烏斯（Ernst Robert Curtius, 1886-1956）。奧爾巴赫的《模仿論》若干年前出現了中譯本，陸陸續續出現了一些介紹文字。庫爾提烏斯的巨著《歐洲文學與拉丁中世紀》剛出版了中譯本。這兩位學者的其他著作的英譯本，我也曾讀過。閱讀施皮澤的《語言學與文學批評：文體學論集》於我而言是一次美妙的經歷，但是此書至今沒有進入中文學術界。至於沃斯勒，大家聞所未聞。語文學的方法在現代已經式微，一方面是知識爆炸的年代很難出現極其淵博的學者，另一方面是各種批評理論輪番崛起，成為學術界的應時當令的工具。但是，語文學方法自有其優勢所在。薩義德在《模仿論》新版導論中盛讚語文學方法給自己的啟發。批評家保羅・德曼撰文曰〈回到語文學〉。理論家詹明信一再肯定奧爾巴赫給自己的方法論影響。

　　我認為，任何一種方法都有其長處，運用得當，就有上佳之表現，何必一味地追新逐奇？此即古人所說的「運用之妙，存乎一心」。說實話，我不贊成站在今天的學術高度，把過往的理論方法貶低得一塌糊塗。1950年代，在英美新批評如日中天之際，美國批評家斯坦納（George Steiner）逆流而上，故意將其文集《托爾斯泰，或者陀思妥耶夫斯基》的副標題取名為「一種老式批評」（An Essay in the Old Criticism），強調舊方法仍有其生命力。

蘇文健：新馬華文文學是少數文學或吉爾・德勒茲所謂的「弱勢文學」，精彩作品少，加之與歷史政治環境有很深的糾纏，局外人不易入戲，像您具有大陸與新加坡等多重身分，開展相關研究自然具有

某種優勢。從知識化、學科化、經典化等角度，請結合新馬華文文學研究的具體例子談一談您的研究體會與經驗、或問題與方法。

張松建：自從我在2013年7月重返新加坡、任教於南洋理工大學以後，東南亞華文文學成為我的教學對象和科研領域。這些年來，我出版了一些初步的研究成果，也鼓勵學生去寫這方面的本科、碩士和博士論文。在新加坡的《聯合早報》對我的幾次訪談中，我也期待新馬華文文學被其他國家所翻譯、流通和消費，真正成為「世界文學」（World Literature）的一部分。新馬華文文學由於國情特殊而導致處境艱難，缺乏廣闊的閱讀市場，大師和經典較少。與中國大陸的學科建制相比較，新馬華文文學的研究同行不多。但是，這兩國的華文文學包含豐富的歷史內容，見證東南亞的社會變遷，也為全球華語文學做出了獨特貢獻。大量的理論論述都可以在此找到運用的空間，例如，離散研究、後殖民研究、移民社會學、國際冷戰研究、跨國主義等等。所以我覺得投身其中，自有收穫的樂趣。

蘇文健：您曾經說到：「面對眾多的文學文本，如何有效地進入文本，進而產生一些生產性的、批評性的觀點？我認為，需要打開、照亮、喚醒、啟動文本，否則，文本就是一堆僵死的資料，它們永遠在黑暗中沉睡。」20世紀西方批評理論流派林立，各領風騷三五年，而且術語滿天飛，晦澀難懂。研究者對此吃不透，往往會把自己的研究弄成理論與文本兩張皮的尷尬。您的研究力圖發現評論對象的文心之異同，卻又有清晰辯證的理論穿透力，受到學界的一致好評。在華文文學的研究過程中，在理論、問題與方法方面，哪幾位西方批評理論家對您幫助最大？

張松建：從2011年開始，我致力於海外華文文學研究，以東南亞為主，旁涉臺灣和香港。理論方法主要受益於一批洋人學者和華裔學者的啟發。例如，韋勒克（Rene Wellek）、吉登斯（Anthony Giddens）、霍爾（Stuart Hall）、薩義德（Edward Said）、詹明信

（Fredric Jameson）、霍米巴巴（Homi Bhabha）、阿帕杜萊（Arjun Appadurai）、法農（Frantz Fanon）、安德森（Benedict Anderson）、克里弗德（James Clifford）、泰勒（Charles Taylor）、王德威、周蕾、奚密等。

蘇文健：讓我們進入最後一個問題。您的《文心的異同》下編是「中國現代文學論衡」，屬於書評，所評對象涉及日本的秋吉久紀夫，香港的梁秉鈞，新加坡的王潤華，美國的史書美、王德威、奚密，英國的賀麥曉，及中國大陸的汪暉、解志熙、謝冕、孫玉石、吳思敬等十幾位學者的論著。他們大都是學界名人，既有師長輩學者，也有海外漢學家。有分量的書評不容易寫好，如果處理不當，或淪為曲解逢迎，或滑入譁眾取寵。但是，您的書評扎實厚重，持論公允，普遍受到評論對象的肯定，也令讀者深有所獲。在當下學術體制下，學術書評的位置曾一度處於尷尬境地，但其對學術研究發展的意義又不容忽視。能否請您談談當時撰寫相關書評的一些情況，以及哪一篇書評是您寫得酣暢淋漓、得心應手或最讓您滿意的？撰寫書評應該注意些什麼，或如何撰寫一篇好的書評？我相信，這些問題對於處於成長中的青年學者來說，也是比較期待的。

張松建：在研究生時期，學術正是起步階段，所以廣泛閱讀優秀學術著作然後寫下書評，可以鍛鍊個人的思考能力，培養自己的學術趣味。我在讀博期間修讀了幾門課，而每一門課的任課教師都開列了大批的參考書目，讓學生在規定時間內寫出讀書報告。從2002年到2010年，我大概寫了十五篇左右的書評，大部分已經收入了《文心的異同》的下編。《文心的異同》下編是中國現代文學研究論衡，討論海內外十幾位學者的論著。正如你剛才所說，書評其實不易寫，寫得不好就變成了廉價的吹捧，喪失了學術研究的嚴肅性，意義不大。這十幾篇書評我感覺寫得比較認真，評價比較到位。記得讀博時我選修過一門研究生課，老師在課堂上問：「你們覺得，寫書評應該注意什麼呢？」大家面面相覷，我陳述了看法，大意是：書評最好不要就事

論事而應該從學術史的脈絡出發，上下比較，點出你要評論的著作的貢獻。要有讚揚有批評，有肯定有質疑，有補充和發揮，這樣才比較合適。老師對我的回答非常滿意。十幾年過去了，這個細節我還清楚記得。

　　現在總結起來，寫書評主要有兩個要點：一是學術史的眼光，二是公正的態度。蕭功權在〈問學諫往錄〉中指出，「以學心讀，以公心述，以平心取」，意思是以學術之心（而非功利之心）去閱讀，以公正之心（而非個人之私心）去敘述，以平常之心（而非故意抑揚之心）去選取。有位陌生的網友說過，他／她看過我的一些學術評論，印象中我都是首先勾勒出學術史脈絡，接著對所評之書加以敘述和評論，最後是進行學術史的定位。應該說，這位網友的眼光是準確的。

關於新馬華文文學與英培安[1]

一、據我所知，您最早是研究中國文學，什麼時候決定研究新馬／新華文學？為什麼？

我在本科、碩士、博士、博士後期間，讀的都是中文系。最早的兩本專書由北京大學出版社出版。第一本書是《現代詩的再出發：中國40年代現代主義詩潮新探》，前身是我在新加坡國立大學的博士論文，後來榮獲北京市哲學社會科學優秀著作獎。王潤華教授在序言中指出，本書「有許多重大的突破，很多新的論點。作者不但考掘出許多沒人注意的史料、提出許多新的解釋，而且擴大了現代主義詩歌的領域，建立了『新詩現代性』的多元化論說。另外作者研究論述的方法與視野，也具有典範性」。第二本書是由我在北京清華大學的博士後研究報告增訂而成，書名是《抒情主義與中國現代詩學》，海內外學術刊物發表了五六篇書評，認為本書是「中國現代詩學研究的奠基之作」。清華大學解志熙教授指出，全書「交織著精細深入的的詩學識斷和綜合觀照的人文視野，縱橫議論，新見迭出，真正為中國現代詩學研究開拓出了一片全新的天地」。

從2011年開始，我轉向東南亞華文文學，主要以新、馬、印尼為主。這個轉向有幾個原因。其一是學術興趣的調整。我在國大讀書期間認識了一些本地作家和學者，接觸新馬華文文學，閱讀了一些學術著作，很感興趣，發表過幾篇文章，但是沒有深入研究。在出版了上述兩本書以後，決心充分利用本地圖書館的豐富資料，在新馬文學方面做進一步研究，也陸陸續續發表了一些成果，研究對象是林方、南子、希尼爾、王潤華、梁文福、魯迅對新馬作家的跨國影響，在學術

---

[1] 新加坡《聯合早報》2021年5月14日，採訪人是本報記者張曦娜。

界產生了一些積極的反應。其二是工作環境的改變。從2013年7月開始，我任教於南洋理工大學中文系，教學和科研方面都加大了新馬文學的比例，發表的期刊論文，出版的學術論著，參加的國內外學術會議，受邀的學術講座和訪談，申請的科研基金，指導過的本科生、碩士生和博士生的論文，都與這個領域有關。

二、對您而言，研究新華文學的意義在哪裡？

對我來說，這是一個充滿魅力的研究領域，因地制宜，投身其中，感受到無窮的樂趣。第一，東南亞國家有地緣政治上的重要性，有多元的種族文化，有相似的歷史記憶，有共同的處境和命運，新馬文學研究是東南亞研究的組成部分。我在新加坡有十六七年的生活經驗，對當地文化有近距離的觀察，這就打開了一個窗戶，有助於理解東南亞。第二，個人原先研究中國文學和比較文學，現在轉向新華文學，可以從跨國、跨文化的比較視野出發，深入理解「華語文學共同體」和一般意義上的文學文化，也有助於向本地和國際的讀者，推廣介紹優秀的新華文學。第三，新華文學是西方理論的試驗場，例如，跨國主義、離散研究、後殖民研究、移民社會學等，我們綜合使用這些理論論述，打開文本空間，產生批評性的新觀點，同時檢驗西方理論的適用性。

三、王潤華在《新馬文學六論》序言說，您「不只是提供讀後感之類的所謂文學批評，而是有一套完整的理論概念與分析架構，而且他不是憑著一套意識形態教條去評論，只准許只認識一種文學的存在」。您自己如何看待王教授的看法？

王潤華教授高才碩學，具有學人和作家的兩重身分，他的揄揚之詞是對晚生後進的鼓勵。文學批評有多種類型：普通讀者寫的印象雜感、專業讀者寫的學術論著、作家文人寫的感性文字，還有教科書式的常識介紹。它們各有目標讀者，自有其價值所在。我的文學評論屬於學院派的研究方式。這種文學評論需要挑選優秀的作品，在文本細讀的基礎上，使用文學理論和文化理論的概念和方法，結合歷史化

的處理，多層次、多角度地進入文學世界，一方面是想挖掘優秀作品的審美素質，另一方面是嘗試對相關理論展開思考和辯難。文學的世界，多姿多彩，作家們也是各顯其能，研究者最好能有廣闊的學術視野、健全的知識結構、開放的文學趣味，如果他憑藉一套意識形態教條來做研究，只懂得欣賞一種文學風格，畫地為牢，獨沽一味，這顯然是不行的。

四、您什麼時候開始研究英培安？為何想到研究他？

從2011年開始，我寫過三、四個長篇論文，做過一次公開講座，還有一次對談，都與英培安有關。最早的一篇是〈國民性、個人主義與社會性別：新馬華文作家對魯迅作品的重寫〉，討論他的長篇小說《一個像我這樣的男人》。後來，我寫出〈抒情的寓言：英培安、希尼爾現代詩的認同書寫〉，研討他如何表現「本真的倫理學」。最近，我發表了論文〈論英培安的身體書寫〉，運用生命政治和性別研究的理論，將其全部作品當作是一個開放的系統，視之為他的心靈史的折射，進行跨文類的分析。英培安是新加坡最有成就的作家之一，允為東南亞華語文學之重鎮。他創辦過多個文藝刊物，經營草根書店，有力地推動了本地的文化事業。他擅長多種文類，在新詩、小說、雜文、評論、劇本的寫作上，均有上佳之表現，尤其以小說創作的成就為最高。他獲得了很多國內和國際的獎項，實至名歸。他為文藝事業奮鬥了五十餘年，成就卓著。他貢獻了很多靈感和想像力，嘉惠後學。凡此種種，令人肅然起敬，瞻望久之。

五、有關英培安的研究，有許多著重於他的小說的敘事技藝，或是他早期雜文作品中的批判精神，您又較集中於哪一方面？

英培安出版了三十本左右的著作，思想和藝術豐富而複雜，不僅有本土性而且跨區域，不僅關注日常生活而且有歷史意識。他是新華現代詩的先驅，有四本詩集《手術臺上》、《無根的弦》、《日常生活》、《石頭》。他寫過大約十本的雜文，向魯迅致敬，嬉笑怒罵，莊諧並出，閃爍著智慧的光芒。他出版六本長篇小說，還有兩三本短

篇小說集。關於英培安的研究，大都討論他的小說敘事學的成就。的確，他是新馬文壇最早從事現代主義實驗的作家之一，他學習過很多世界文學作家，轉益多師，博採眾長。學者們對他的雜文寫作、後設敘事、複調小說、意識流技巧的研究，取得了顯著成就。我認為，他的文學包含了很多面向，可以展開和討論。例如，他對「身體」有絕大興趣，貫穿於他的小說、戲劇、雜文、詩和評論當中。這個問題不限於性／別問題，而且與自我認同、道德哲學、政治哲學有關係，我認為它是「國族敘事」和「後殖民寓言」。此外，他的「華校生」故事，他與「世界文學」的關係，他與自由主義的關聯，他的跨文化書寫，他的抒情詩寫作，都是饒有意義的課題，值得深入研討。

後記

　　本書是一本研究「文化冷戰」的專著。近年來，有關這方面的研究方興未艾，漸成顯學，吸引了眾多學者的注意力。我在教學和科研的過程中，發現一些東亞和東南亞的文學作品涉及這個主題，於是產生了進一步探究的想法。2017年1月，我獲得了南洋理工大學文學院的激勵基金（HASS Incentive Grant），後來完成關於力匡和楊際光的兩篇專題論文。2018年8月，我申報的科研專案《冷戰的文學再現：新加坡、馬來西亞、印尼的比較研究》（*Literary Representation of the Cold War: A Comparative Study of Singapore, Malaysia and Indonesia*）得到新加坡教育部一級科研基金（Ministry of Education Singapore AcRF Tier 1 Grant）的支持，專案編號是RG 65/18（NS）。從那時開始直到2023年5、6月，我陸續完成了十篇論文，每篇都有兩、三萬字的長度，發表在中國、新加坡、馬來西亞的學術雜誌上。現在把這些論文加以修訂，結集出版，取名為《亞洲冷戰與文學想像》，希望與學術界的同好切磋交流。

　　這十篇論文研究的十位作家具有華裔背景，絕大多數以華文從事文學寫作，他們的文學成就不同，而政治理念迥異。韓素音在中國出生和長大，是一位左翼作家和世界公民，一生同情中國革命，堅持亞洲認同，在冷戰年代異常活躍。黑嬰、王嘯平、韓萌、蕭村是四位歸僑作家，分別出生於印尼、新加坡和馬來亞，他們對亞洲冷戰做出相似的反應，同時各有側重點。黑嬰批判荷蘭殖民主義，擁抱國際主義，晚年目睹蘇聯解體、冷戰終結，發出了痛苦無奈的嘆息。王嘯平一生堅持左翼理想，家國意識強烈，雖在新政權下歷經挫折，但至死不渝。韓萌書寫民國歸僑的夢幻破滅，在大陸政權易手之際，徘徊於葉落歸根與落地生根之間。蕭村在書寫南洋底層華人之外，關懷歸國

華僑的文革痛史，晚年在文字世界裡重返南洋，思想意識和小說敘事都有變化。燕歸來活躍在冷戰年代的香港，也是友聯社的著名推手，她致力於文化冷戰，打造跨國文化網絡，在1970年代黯然隱退。力匡在香港從事多種文體的寫作，追逐冷戰自由主義，移居新加坡以後完成身分認同的轉變，晚年實現了心靈的療傷止痛。王里主張國家主義，讚頌和解政治，敘述左翼青年被體制所改編，是為英雄歸順、豪俠雌伏。金枝芒早年致力於救亡文學寫作，後來加入馬共，宣傳馬華文藝獨特性和革命現實主義。賀巾在東南亞和中國流亡十八年後，走入馬、泰邊境的叢林進行武裝鬥爭，他在晚年寫作自傳體小說，暴露革命政治的光暗交織。

這個科研項目的完成離不開眾多師友的關心、指點和幫助，也離不開科研基金的贊助以及圖書館工作人員的支持。在此，請允許我表達敬意和感謝（恕免敬稱）。

感謝王德威、汪暉、王潤華、劉宏、程光煒、鈴木將久、黃英哲、黃美娥擔任本書的聯合推薦人。感謝梁秉賦、林姵吟、解志熙的關懷與支持。

本書收錄的論文和訪談發表於《中國現代文學研究叢刊》、《世界華文文學論壇》、《漢語言文學研究》、《南方大學學報》、《亞洲文化》、《聯合早報》、《中國詩歌研究動態》、《中西詩學》。感謝陳豔、李良、付國鋒、梁秉賦、孫曉婭、黃禮孩、凌逾、蘇文健、楊湯琛、張曦娜的編輯或採訪。

有些學者邀請我發表學術演講、參加學術會議，使我有機會分享研究成果。有些學者評論我的論著，給予肯定和鼓勵。感謝李怡、武新軍、李葉明、李躍力、許德發、翟業軍、符傑祥、蔣興立、區仲桃、崔春、林得楠、李樹枝、黃美娥、張勇、楊慧、高嘉謙、孫良好、伍明春、姚建斌、劉衛國、凌逾、朱崇科、明田川聰士、程桂婷、須文蔚、白楊、馬正鋒、劉奎、余夏雲、佐藤普美子、蘇文健、蘇玉鑫、張立群、盧筱雯、宋雨娟。

這年來，「論文衡史」、「文藝批評」、「國際漢學研究與資料庫」、「大文學研究」、「北京作家網」、「白先勇衡文觀史」、

「現代漢詩研究」、「跨界經緯」等學術公眾號推送我的論文，引起了海內外讀者的注意。感謝季劍青、李音、李偉榮、李曼蓉、安琪、劉俊、林強、凌逾的盛情。

從2020年到2022年，「新冠」病毒肆虐全球，嚴重影響了人們的工作、生活和學習。我居家工作，不能去圖書館借書，有些資料在本地難以尋獲，而我也無法到海外調研，幸虧有海內外朋友熱情伸出援手，他們掃描紙質圖書或者找到了電子書，幫我渡過了難關。感謝張萊英、馬正鋒、李文鋼、楊慧、宋雨娟、黃海丹、黃晶晶、鄭政恆、余文翰、黃藝紅、賴佩暄、劉秀美、蔣興立、黎必信、朱凱欣、有虹儒、張曉玲的幫助。

從2015年到現在，我在多家圖書館查閱資料，收穫很大。感謝香港中文大學圖書館、新加坡國立大學圖書館、南洋理工大學圖書館、哈佛大學圖書館、臺灣漢學研究中心圖書館、臺灣大學圖書館。我的博士生王芷菁、高祥在擔任研究助理期間，細心校訂我的論文，在此一併致謝。

本書是我在秀威出版社出版的第二本學術專著，感謝責任編輯邱意珺女士，她的敬業和高效保證了本書的及時問世。

2024年3月1日，新加坡

作者簡介
張松建

新加坡南洋理工大學中文系副教授，終身教職，博士生導師，新加坡作家協會理事。新加坡國立大學博士，北京清華大學博士後，美國哈佛大學、荷蘭萊頓大學、臺灣漢學研究中心、臺灣大學訪問學者。

研究領域

中國現當代文學、海外華語文學、比較文學、批評理論。
在海內外學術期刊上發表論文八十餘篇。

出版著作

《華語文學十五家：審美、政治與文化》（秀威出版，2020）
《重見家國：海外漢語文學新論》（北京大學出版社，2019）
《抒情主義與中國現代詩學》（北京大學出版社，2012）等六部專書。

延伸閱讀
華語文學十五家：審美、政治與文化

張松建　著／定價450元

★本書借鏡歷史哲學、離散研究、移民社會學、國際冷戰研究等理論論述，研討華語文學所蘊含的審美、政治和文化議題！

★作者以嚴謹、翔實的文本述評，考察當代十五位文壇巨擘，包含：楊牧、余光中、瘂弦、洛夫等人，名家論點精彩呈現！

楊牧強調歷史與當代的有機聯繫，對臺灣經驗有不絕如縷的著墨蹤跡；張錯經歷跨國離散，持守「中國性」的知識立場，尋求個人的文化認同；梁秉鈞建構「食饌詩學」，在題材領域和美學風格上對現代漢詩有莫大貢獻！

全書由七個長篇專題論文構成，涵蓋臺灣、香港、新加坡、馬來西亞的十五位知名華文作家，包括楊牧、張錯、梁秉鈞、余光中、覃子豪、周夢蝶、瘂弦、鄭愁予、洛夫、管管、郭寶崑、力匡、燕歸來、白垚、楊際光；所討論的文類有現代詩、散文、小說、戲劇、論著。

本書借鏡歷史哲學、離散研究、移民社會學、國際冷戰研究、後殖民研究等理論論述，結合文本細讀和歷史分析，研討這些文學作品所蘊含的審美、政治和文化議題，重審人文精神與公民社會的關聯，冀能為全球華語文學研究貢獻新的批評思考。

語言文學類　PG3147　文學視界152

亞洲冷戰與文學想像

作　　者 / 張松建
責任編輯 / 邱意珺
圖文排版 / 黃莉珊
封面設計 / 李孟瑾
封面圖片 / Freepik、Pixabay

發 行 人 / 宋政坤
法律顧問 / 毛國樑　律師
出版發行 / 秀威資訊科技股份有限公司
　　　　　114台北市內湖區瑞光路76巷65號1樓
　　　　　電話：+886-2-2796-3638　傳真：+886-2-2796-1377
　　　　　http://www.showwe.com.tw
劃撥帳號 / 19563868　戶名：秀威資訊科技股份有限公司
　　　　　讀者服務信箱：service@showwe.com.tw
展售門市 / 國家書店（松江門市）
　　　　　104台北市中山區松江路209號1樓
　　　　　電話：+886-2-2518-0207　傳真：+886-2-2518-0778
網路訂購 / 秀威網路書店：https://store.showwe.tw
　　　　　國家網路書店：https://www.govbooks.com.tw

2025年2月　平裝BOD一版
定價：580元
版權所有　翻印必究
本書如有缺頁、破損或裝訂錯誤，請寄回更換

Copyright©2025 by Showwe Information Co., Ltd.
Printed in Taiwan
All Rights Reserved

讀者回函卡

國家圖書館出版品預行編目

亞洲冷戰與文學想像 / 張松建著. -- 臺北市：秀威資訊科技股份有限公司, 2025.02
　　面；　公分. -- (語言文學類；PG3147)(文學視界；152)
　　ISBN 978-626-7511-16-9(平裝)

1.CST: 中國文學 2.CST: 文學評論 3.CST: 冷戰

820.908　　　　　　　　　　　　113013264